Ulrich Magnus Hammer

FANAL

Ulrich Magnus Hammer

FANAL

Roman

editionfredebold
derdeutscheautorenverlag

1. Auflage 2009

editionfredebold
fredebold&partner gmbh
schaafenstraße 25, 50676 köln

Originalausgabe: „Fanal“

Ein Projekt der Montasser Medienagentur

Titelabbildungen: pecher und soiron, Köln
Umschlaggestaltung: Roland Pecher, Köln
Satz: D.I.E. Grafikpartner GmbH, Köln
Druck und Bindearbeiten: CPI - Ebner & Spiegel, Ulm
Printed in Germany
ISBN 978-3-939674-38-2

www.editionfredebold.de

editionfredebold
derdeutscheautorenverlag

PROLOG

Aufbruch aus der vertrauten Fremde

Ich wartete jetzt schon seit zwei Tagen und Nächten auf der Olson Pier. Die *American Dream* hätte gestern ablegen sollen, aber immer wieder kamen Ansagen aus den Lautsprechern, die blechern eine Verzögerung durchgaben. Die Erklärungen dafür blieben unverständlich, weil akustische Probleme die Sprache in scheppernde Wortfetzen verwandelten, die den Zusammenhang bestenfalls erahnen ließen. Einmal hieß es, die *American Dream* würde noch diese Nacht um null Uhr dreißig ablegen, dann wurde von morgen früh um sechs geredet und schließlich auch das widerrufen. Alles könne sich noch ändern, hieß es, man solle sich auf jeden Fall bereithalten und sich nicht zu weit vom Anleger entfernen. Letzteres musste nicht betont werden, weil kaum einem der Wartenden in den Sinn gekommen wäre, sich, wenn auch nur für Stunden, noch einmal nach Manhattan zu wagen.

Aus der Richtung der Skyline wehte ein Geruch des Verfalls. Nach dem unrühmlichen Abriss der ehemaligen Börse und anderer Gebäude der Wall Street, hatten die *New Order Evangelisten* gestern einmal wieder eines der einst so stolzen Wahrzeichen der siechenden Metropole gesprengt. Die Staubwolke des einstürzenden Wolkenkratzers, vermischt mit den ekelhaften Gasen brennender Kunststoffe, zog nur langsam über die Hafenanlagen in Richtung Atlantik ab.

Heute hatte man lediglich das Echo einiger kleinerer Detonationen hören können, aber keinen der übrig gebliebenen großen Glastürme fallen sehen. Für manche fundamentalistischen Amerikaner mochte der unaufhaltsame Abstieg ihrer einstigen heimlichen Hauptstadt vielleicht sogar ein Segen sein, weil sie sich von den dramatischen Ereignissen der letzten Jahre eine Rückkehr zum guten alten Geist der Gründerzeit erhofften, aber die Europäer, die aus beruflichen Gründen nach New York gekommen waren, dachten nur an eines: an die Flucht vor dem Untergang der Kultur an sich.

Was jedoch würden sie in Europa vorfinden? Ich befürchtete, dass der Verfall des Westens und der etablierten Wirtschaftssysteme auch dort eine breite Spur materieller und geistiger Verwüstung hinterlassen hatte. Aus den Zeitungen und dem Fernsehen erfuhr man nur wenig. Die Nachrichten blieben von Zwecklügen beherrscht, die sicher in guter Absicht zur Besänftigung beginnender Massenpanik gedacht waren.

Den halben gestrigen Tag über war ich auf meinem Lederkoffer gesessen. Ich starrte apathisch über die verrottenden Anlagen des New Yorker Hafens auf das Meer und gab mich der verzweifelten Hoffnung hin, endlich dieses elende Land verlassen zu können. Was auch immer mich in *Good Old Germany* erwartete, so schlimm wie hier konnte es nicht sein.

Überall auf dem Pier hatten sich Gruppierungen gebildet, um die tröstende Nähe einer Feuerstelle aus Kistenbrettern und Kochgeschirr zu teilen. Eine nach der Kleidung und den Kopftüchern der Frauen zu urteilen offensichtlich türkischstämmige Familie brühte seit Sonnenaufgang in einem Wursteimer immer wieder neuen Tee auf, den sie in Pappbechern freigiebig an jeden verteilten, der darum bat. Andere liehen sich gegenseitig Wolldecken aus, um sich beim Aufwärmen abzuwechseln. Einige Frauen verteilten Schaumgummikissen, die sie in einem aufgebrochenen Container gefunden hatten. Aus größerer Entfernung hätte man sich an einen orientalischen Basar erinnert fühlen können, wenn nicht seit dem frühen Morgen Wolken aufgezogen wären und vom Meer her feine Nebelschwaden alles mit einer ungemütlichen Feuchtigkeit benetzt hätten.

Aufflackernd unruhige Winde wirbelten welke Blätter durch die improvisierten Notlager. Das tagelange Warten hatte eine merkwürdige Schicksalsgemeinschaft zusammengeschweißt, die zunehmend die Verhaltensweisen von Gettobewohnern entwickelte. Man konnte schließlich nicht die ganze Zeit untätig herumhocken und resigniert auf den Boden starren. Die Leute hielten sich ständig in Bewegung, um ihre steifen Glieder gelenkig zu halten, wobei sie zum Teil sonderliche Freiübungen absolvierten, aber auch der Austausch untereinander war in einem steten Fluss, sei es, dass sie untereinander Zigaretten, Teebeutel oder Zuckerrationen erstanden oder ein Buch oder alte Zeitungen austauschten, wobei sie den kommerziellen Akt als willkommenen Vorwand nutzten, um miteinander zu reden. Immer noch überwog eine Grundschwingung der Solidarität, gleichwohl diese gelegentlich auch von plötzlich ausbrechenden grundlosen Streitigkeiten unterwandert wurde.

Nur eine Handvoll Polizisten, widerwillig von der desolaten Stadtverwaltung bereitgestellt, patrouillierten in ihren langen Regenmänteln am Rande des Lagers. Je nach Laune hielten sie sich mal mehr, mal weniger aus dem Geschehen heraus. Bis jetzt zumindest hatte es noch keine schweren Zwischenfälle gegeben, was bei der angespannten Stimmungslage wie ein Wunder erschien. Wenigstens hatten die überforderten Relikte der New Yorker Behörden inzwischen eine große Wellblechbaracke mit Toiletten und Waschräumen aufgestellt. Die hatte sich allerdings schon binnen kurzer Zeit in eine schmutzige stinkende Vorhölle verwandelt, vor der sich eine Schlange bildete, die zusehends länger wurde. Bemerkenswerterweise waren noch so viel Reste an zivilisiertem Bewusstsein übrig geblieben, dass man Kindern, Alten und Kranken den Vortritt ließ. Wie sonst nur in Kriegszeiten, zeigten sich jetzt die verborgenen menschlichen Qualitäten genauso, wie die versteckten sozialen Mängel. Auf jeden Fall kam das angeborene Improvisationstalent des Homo sapiens voll zum Zug. Ein wenig abseits zwischen wilden Müllkippen hatten arbeitslose Dockarbeiter aus allen möglichen Materialen dachlose Verschläge zusammengenagelt, in denen man sein Geschäft gegen Bezahlung in Yen oder Euro verrichten konnte. Wer nur Dollars besaß, hatte das Nachsehen. Die einstige Leitwährung der Welt hatte schon vor Monaten jeden Wert verloren, und nicht selten konnte man beobachten, wie das nutzlose Geld von Obdachlosen, die die Scheine von ehemaligen Bankbediensteten geschenkt bekamen, zum Anzünden ihrer nächtlichen Feuer verwendet wurde. Bis jetzt waren Gott sei Dank noch keine Krankheiten ausgebrochen, was vielleicht nur damit zu tun hatte, dass einige Mitarbeiter der Gesundheitsbehörde große Mengen an Vitamintabletten verteilt hatten.

Gegen Mittag waren weite Teile des Nebels abgezogen, und für mehr als eine Stunde hatte eine flache, fahle Sonne die Oberhand gewinnen und damit auch meine Stimmung wieder etwas aufheitern können.

Jetzt erst waren mir wieder meine angestammten Talente und meine jahrelange Erfahrung als Bühnenmagier zu Bewusstsein gekommen. Ich öffnete meinen Koffer und holte aus einem seidenen Futteral verschiedene Utensilien wie Spielkarten, Würfel, farbige Seidentücher und drei Tennisbälle. Es hatte nur wenige Minuten gedauert, bis ich von Kindern, Jugendlichen und Erwachsenen umringt war, die mir gebannt zusahen, wie ich eine Kreuz-Dame vor den Augen des Publikums in ein Pik-Ass verwandelte, nicht existierende Kanarienvögel aus den Seidentüchern schüttelte und weiße Tennisbälle in die Luft warf, die sich noch im Flug in nichts auflösten. Letzterer war einer der Tricks, der bei den Kindern so gut ankam, dass ich ihn immer wieder aufs Neue vorführen musste.

Für einige Stunden löste sich den realen Sorgen zum Trotz die allgemeine Anspannung. Während die Männer einer andalusischen Großfamilie auf ihren Gitarren Flamencorhythmen rasselten und einige Frauen ihre Mäntel ablegten, um sich mit wilden Schreien in Rage zu tanzen, breiteten die Araber ihre Gebetsteppiche aus, und eine Gruppe wiedererweckter Christen sang zu Herzen gehende Halleluja-Refrains, die mit der Gospelekstase einiger schwergewichtiger schwarzer Frauen konkurrierten.

Irgendwann hatte sich knapp einen Meter neben meinem Koffer ein Brite mit seiner Frau eingerichtet. Während er eine Luftmatratze aufblies, kramte sie, eine blonde Schönheit, vor sich hin fluchend in einem Kosmetikkoffer aus Krokodilleder. Ein wenig später, als die junge Frau sich in die Schlange vor der Toilettenbaracke reihte, war ich mit dem Mann ins Gespräch gekommen. Er hatte früher für die Filiale einer Londoner Investmentbank in New York gearbeitet und sich nach dem Zusammenbruch der Finanzwirtschaft auf den Handel mit Rohleder spezialisiert. Damit war es ihm besser ergangen als anderen seiner Kollegen, die schon Mühe gehabt hatten, eine Stelle als Portier oder Nachtwächter zu finden. Mit den ins Unermessliche gestiegenen Ölpreisen wurden Kunststoffe als Luxusartikel gehandelt. *Samsonite* war als erster Kofferhersteller zum guten alten Leder zurückgekehrt und hatte im mittleren Westen wieder Büffelherden angesiedelt. Jemand, der dort für einige Jahre als Vertreter für landwirtschaftliche Maschinen gearbeitet hatte, wusste zu berichten, dass der Beruf des Cowboys wieder hoch in Ehren stand, und wer gut reiten könne, hätte keine Probleme, im Herzen Amerikas einen Job mit besten Zukunftsaussichten zu finden.

Er hätte gut mit dem Lederhandel verdient, erzählte der Brite, aber seiner Frau, einem ehemaligen Model, sei es niemals genug gewesen. Mehr als die allgemeinen Umstände mache *sie* ihm nun das Leben zur Hölle. So habe sie sich anfänglich allen Ernstes nur deshalb mit allen Mitteln gegen eine Passage auf der *American Dream* gesträubt, weil die Kabinen der Ersten Klasse bereits alle ausgebucht waren.

Er deutete auf den rosttriefenden Ozeanriesen.

„Können Sie mir sagen, warum die Schornsteine so hoch sind?"

Tatsächlich ragten fünf gigantische Rohre aus den obersten Aufbauten in die Höhe. Nur weil ich im Ticket-Büro der Reederei ein Plakat mit einem Foto der *American Dream* gesehen und nach den sonderbaren Türmen gefragt hatte, hatte mir eine Angestellte einen schlampig kopierten Prospekt übereicht, in dem mit einigen euphorischen Sätzen die Antriebssysteme beschrieben waren.

Das seien keine Schornsteine, erklärte ich ihm, sondern sogenannte Flettnerrotoren, die den Wind in Antriebsenergie umwandeln könnten. Ein deutscher Ingenieur hätte sie im Zweiten Weltkrieg entwickelt. Sie würden von der Luftströmung in Drehung versetzt und sollten über einen erstaunlich hohen Wirkungsgrad verfügen.

„Aha!", sagte der Brite, „wie interessant. Davon habe ich noch niemals gehört."

Als bei Einbruch der Dämmerung endlich wieder eine neue Nachricht aus den Lautsprechern quäkte, die ein mögliches Ablegen der *American Dream* am nächsten Vormittag um vier Uhr in der Frühe ankündigte, kam eine große Gestalt in einem langen zerknitterten Leinenmantel mit einem verfilzten Fellkragen auf mich zu. Der Mann mit dem kahlen Schädel trug eine braune Hornbrille, deren rechtes Glas gesprungen war. Wie ein feines Spinnennetz sahen die Bruchrisse aus. Irgendwie musste ich an einen Politkommissar aus einem alten Sowjetfilm denken. Sein Auftauchen hätte schon in den ersten Sekunden meine Erinnerung wachrufen müssen, aber vielleicht war ja auch nur das Zwielicht für meine Unsicherheit verantwortlich.

Der Mann stand nur noch knapp einen Meter vor mir.

„Erinnern Sie sich an mich?“

Jetzt war es klar, die näselnde Stimme hatte meine Blockade gelöst.

Ich sagte nur:

„Holland!“

Er grinste unangenehm.

„William Holland! Genau der bin ich. Immer noch ganz der Alte, wie Sie sehen. Sie verlassen nun also unser schönes Land mit diesem Schrotthaufen von Ozeandampfer?“

Ich sagte, es sei alles nichts weiter als eine Illusion.

„Vielleicht“, näselte Holland, „vielleicht ist das alles hier ja tatsächlich nur eine Illusion. Aber dafür sind doch eigentlich Sie der zuständige Fachmann.“

„Selbstverständlich“, antwortete ich voller Verachtung, „jedenfalls ist es mir immer noch lieber, als wie Sie ein Fachmann für Desillusion zu sein. Wobei ich gerne zugebe, dass die schlimmste Form der Desillusion für mich die Vorstellung wäre, dass Sie auch nach Europa flüchten.“

Holland nahm kurz die Brille ab, um die beschlagenen Gläser mit einem schmutzigen Taschentuch zu putzen.

„Natürlich nicht, wie käme ich dazu? Ich bin Amerikaner und Patriot. Ich arbeite jetzt für die Hafenbehörde und bin beauftragt, ein wenig nach dem Rechten zu sehen.“

Verächtlich spuckte ich mein ausgedientes Kaugummi aus, das sich nur in meinem Mund befunden hatte, um den fauligen Geschmack mit Minzaroma zu überdecken.

„*So* nennen Sie das", sagte ich eisig.

Holland setzte seine Brille wieder auf.

„In Zeiten wie diesen kommt es nur noch darauf an, die Form zu wahren."

Er zog seinen Kragen hoch und wandte sich ab. Sein Blick ging zur *American Dream*, die gerade ihre Lichter angeschaltet hatte und zumindest aus dieser Entfernung wie der letzte Ort der Verheißung aussah.

„Ich wünsche Ihnen eine gute Reise."

Noch lange, nachdem Holland in der anonymen Masse verschwunden war, starrte ich grübelnd durch den flackernden Schein der vielen kleinen Feuer in das dahinterliegende Dunkel.

Niemand würde sich in späteren Zeiten wirklich vorstellen können, dass der Zusammenbruch der westlichen Zivilisation nur knappe zehn Jahre gedauert hatte. Zehn Jahre, die mir allerdings wie eine Ewigkeit erschienen waren, und das umso mehr, wenn ich an Sarah dachte, die ich um des Auftrags willen in Deutschland zurückgelassen hatte.

In noch kürzerer Zeit war allerdings ein Wirtschaftssystem kollabiert, das damals noch für unersetzbar gehalten wurde und das Ende einer Entwicklung eingeleitet hatte, die sich hier so drastisch zu vollenden schien.

Ich hatte mich zu Beginn der großen Krise in Frankfurt aufgehalten, und war einer der wenigen Zeugen gewesen, die den Beginn der Katastrophe im Zentrum eines der bedeutendsten deutschen Geldtempel miterlebt hatten.

Für mich hatte alles mit der spektakulärsten Erpressung aller Zeiten begonnen.

ERSTER AKT

DIE MEISTER DES UNIVERSUMS

An die
Nationalbank, Frankfurt
zu Händen
Dr. Dr. h.c. Dietmar Henning
1. Sprecher der NB

Anklage:
Die Finanzwirtschaft der führenden Industrienationen hat sich schuldig gemacht, mehr als 100 Milliarden Euro wissentlich vernichtet zu haben. Die Verflechtung von Banken, Börsen, Fonds, Spekulanten und Politik tarnt die Schuldigen.
Sie, Herr Henning, wurden aufgrund Ihrer öffentlichen Bekanntheit ausgewählt, im Namen aller Beteiligten die Verantwortung zu übernehmen. Am Ende einer Finanzpolitik, deren Praktiken nur noch durch Gier bestimmt werden, steht Verelendung, Hunger und Tod in der Dritten Welt.

Urteil:
Zahlung von 1 Billion Euro. Herr Dr. Dr. hc. Dietmar Henning wird das Management übernehmen, die genannte Summe mit anderen Hauptverantwortlichen seiner Wahl einer noch zu nennenden Institution zur Verfügung zu stellen.

Verwendungszweck:
Beseitigung des Hungers und der damit verbundenen Todesfolge in millionenfacher Zahl.

Urteilsbegründung:
Die gigantischen Kapitalvernichtungen in jüngster Zeit kommen im Ergebnis einer Massenvernichtung menschlichen Lebens gleich.

Vollstreckung:
Einzelheiten werden zu gegebenem Zeitpunkt mitgeteilt.
Einspruch und Revision sind ausgeschlossen.

unterzeichnet:
Gesellschaft zur Rettung der Menschenwürde

1. 1

Studio eines TV Senders

Ich sah über die Köpfe des Publikums und sagte:

„Wenn Sie jetzt bitte Ihre Erinnerungsfotos bereit halten würden."

Meine Assistentin ging mit einem Korb durch die Reihen der Zuschauer und sammelte die Fotos ein. Ich legte sie mit der Rückseite nach oben auf einen Tisch, mischte sie noch einmal und deutete auf einen der drei Prominenten, die das Privileg genossen, in bequemen Sesseln auf der Bühne zu sitzen, um das Geschehen aus nächster Nähe zu bezeugen.

„Herr Kollo", sagte ich mit professioneller Freundlichkeit, „würden Sie bitte zu mir kommen und eines der Fotos auswählen?"

Victor Kollo, vor einem halben Jahr noch ein unbekannter Friseur, gehörte als Jurymitglied einer Castingshow jetzt zu den Medienstars der Quotenwelt. Er war mir zutiefst unsympathisch, aber die Auswahl der Prominenten war Sache der Redaktion. Ich hatte zwar ein Vetorecht, davon aber keinen Gebrauch gemacht.

Mit großer Geste ließ Kollo seine Hand über die Fotos kreisen, zog mit spitzen Fingern eines heraus und reichte es mir.

Jetzt war für mich der Moment gekommen, von der Bühne zu steigen und mir einen Weg durch die Sitzreihen zu bahnen. Vor einer fülligen Frau in einer rosa Bluse blieb ich stehen, schloss für einen Moment die Augen und berührte sanft ihre Schulter.

Ich sagte, sie solle sich das Foto ansehen und mir sagen, ob es sich um jenes handelt, was sie in den Korb gelegt hätte.

Die Frau nickte verblüfft.

Ich reichte ihr galant meinen Arm und bat sie, mit mir auf die Bühne zu kommen.

Was jetzt kam, gehörte zur Routine eines professionellen Magiers und diente nur der Vorbereitung des eigentlichen Höhepunkts.

Ich nahm das Foto in die Hand und starrte einige Sekunden auf das Bild.

„Die Person in der Mitte sind Sie“, sagte ich in suggestivem Tonfall, „vor vielleicht zwanzig Jahren. Aber das könnte Ihnen jeder sagen. Die Ähnlichkeit ist unverkennbar. Mit dem jungen Mädchen links neben Ihnen verbindet Sie ein ganz besonderes Erlebnis. Ist das richtig?“

Wieder nickte die Frau mit großen Augen.

„Ja, allerdings!“

„Im Hintergrund ist ein Strand zu sehen“, fuhr ich fort, „und Sie mussten weit reisen, um dort hinzugelangen. Hawaii! Sie sind in eine Brandungswelle geraten, aus der Sie beinahe nicht wieder aufgetaucht wären.“

Die Frau wischte sich Schweiß von der Stirn und murmelte:

„Unglaublich!“

Ich sagte, das muskulöse Mädchen sei Rettungsschwimmerin und hätte ihr das Leben gerettet, aber der junge Mann im Hintergrund spiele eine noch wichtigere Rolle in ihrem Leben.

Ein weiteres Mal nickte sie verstört.

Sie hätte den Mann ein Jahr später geheiratet, behauptete ich weiter, und würde bis zum heutigen Tag mit ihm eine glückliche Ehe führen.

„Mein Gott, ja“, hauchte die Frau, „das ist alles wahr, ich weiß nicht, wie ...“

Der Applaus aus dem Publikum unterbrach ihren Kommentar.

Ich machte eine beschwichtigende Geste und sagte:

„Jetzt möchte ich Sie bitten, mir zu helfen."

Meine Assistentin schob aus dem Hintergrund einen Zeitungsständer in die Mitte der Bühne und deutete auf einen Mann in einem dunklen Anzug, der die Künstlertreppe herunterkam.

Ich trat näher an den Bühnenrand und kündigte den Höhepunkt der Vorstellung an.

„Unser Notar, Dr. Zimmer, verwahrt seit einer Woche in seinem Tresor einen versiegelten Brief. Ich habe darin eine Voraussage hinterlegt ... die Schlagzeile einer Zeitung vom heutigen Tage!"

Ohne eine Miene zu verziehen, geleitete ich die Frau in der rosa Bluse zu dem Ständer, auf dem zwanzig Tageszeitungen ausgelegt waren.

„Sie sehen nur die letzte Seite", sagte ich, „ist das richtig?"

Die Frau nickte wieder.

„Nur auf einer", fuhr ich fort, „steht die Schlagzeile, die ich vorhergesehen habe. Schließen Sie bitte die Augen und berühren Sie eine der Zeitungen."

Unsicher tappte die Frau vor dem Gestell hin und her, bis sie schließlich nach einem Exemplar griff.

Ich forderte sie auf, die Augen wieder zu öffnen, auf die erste Seite zu sehen und dem Publikum zu sagen, wie die Schlagzeile lautete.

Mit zitternder Stimme las sie vor:

„Bankenskandal verursacht weltweite Hungerkatastrophe. Dietmar Henning, Erster Sprecher der Nationalbank, bestreitet Mitverschulden."

Ein riesiger Bildschirm zeigte die Überschrift.

Ich gab dem Notar ein Zeichen.

„Darf ich bitten, Herr Dr. Zimmer!"

Der Notar öffnete den versiegelten Umschlag und nahm ein Blatt Papier heraus. Er hielt es vor die Kamera, und der Text erschien auf dem Monitor.

Folgende Schlagzeile erschien in der Ausgabe der Frankfurter Rundschau vom 18.3.2008:

Bankenskandal verursacht weltweite Hungerkatastrophe. Dietmar Henning, Erster Sprecher der Nationalbank, bestreitet Mitverschulden.

1. 2

Hinter der Bühne

Als ich meine Künstlergarderobe betrat, zuckte ich unmerklich zusammen. Nicht weil ich mich wirklich erschrak. Auf dem Weg von der Bühne in die Garderobe war für einen Moment der Gedanke in mir aufgekommen, jemand würde in der kleinen Kabine auf mich warten.

„Was machst du denn hier?“, war das Einzige, was ich herausbrachte.

In einem der Klappstühle vor dem Schminkspiegel saß sie, in einem dunkelgrauen Kostüm mit feinen Nadelstreifen, nur scheinbar entspannt zurückgelehnt, mit einem Rock, der viel von ihren Beinen sehen ließ. Unter dem Jackett mit dem schmalen Revers trug sie ein weißes Hemd mit einem hellblauen Seidentuch, das perfekt zum Kostüm passte. So hatte ich Sarah Leismann in Erinnerung. So oder so ähnlich hatte die Psychologin in ihrem Büro im Bundeskriminalamt Hof gehalten und virtuos mit männlichen Vorurteilen gespielt.

Sie lächelte.

Eigentlich konnte es nur einen einzigen Grund für ihren überraschenden Besuch geben.

„Es hat mit Bulthaupt zu tun, oder?“

„Wie machst du das?“, überging Sarah meine Frage, „diese Voraussage war verblüffend.“

Ich schüttelte den Kopf.

„Die Regeln meiner Zunft untersagen die Preisgabe von Berufsgeheimnissen.“

Sie musterte mich mit einem grübelnden Blick.

„Was hältst du von der Schlagzeile, die du angeblich vorausgesehen hast?“

Jetzt sah ich ihr Gesicht im Spiegel und wünschte, das Bild möge verschwinden. Nicht, weil ich etwas gegen Sarah hatte. Nein, im Gegenteil, ich hatte mich gefreut, sie wiederzusehen. Aber sie kam als Botschafterin aus einer Welt, die ich mit guten Gründen verlassen hatte. Sarah Leismann war der angenehme Teil dieser Welt gewesen.

Ich brachte noch einmal das Stichwort *Bulthaupt* in Erinnerung und sagte, sie hätte mir noch keine Antwort auf meine Frage gegeben.

Bulthaupt sei aufgestiegen, erklärte Sarah, er sei jetzt der Boss vom ganzen Laden.

Irgendjemand hatte mir vor einiger Zeit davon erzählt.

Sarah gab sich keine Mühe eine unterschwellige Nervosität zu verbergen. Sicher könne ich mir denken, warum sie hier sei, und wir sollten die Zeit nicht damit verschwenden, um den heißen Brei herumzureden.

Mit einer geringfügigen Drehung des Spiegels konnte ich nun ohne Umweg in ihre Augen sehen.

„Wenn es darum geht, mich wieder in kriminalistische Abenteuer zu ziehen, habe ich kein Interesse.“

Sarah reichte mir ein Papier im Briefformat.

„Da geschieht etwas Einmaliges. Das ist eine Kopie.“

Für eine Weile vertiefte ich mich stumm in das Papier.

„Das unterliegt im Moment noch strengster Geheimhaltung.“

Sarah sah mich erwartungsvoll an.

„Bulthaupt möchte, dass du wieder ins Boot steigst.“

Ich faltete das Papier zusammen und reichte es ihr zurück.

„Wieso ist der Text beim BKA gelandet? Es ist doch eigentlich nur ein Brief mit einer Fantasiesumme, ohne eine konkrete Drohung."

Ihr Lächeln erlosch.

„Henning hat nicht das BKA als Institution informiert, sondern auf vertraulicher Basis mit Bulthaupt gesprochen. Die beiden kennen sich aus der Zeit, als Bulthaupt noch Chef der Abteilung Personenschutz gewesen war. Bis jetzt ist alles noch inoffiziell. Man erinnerte sich im BKA an die Ermordung Gerlachs, den Vorgänger Hennings. Er stand auf der Liste der RAF."

Ich sagte mit fester Stimme:

„Nein!"

„Wenn es nicht anders geht, als Freischaffender", setzte Sarah nach, „ein Beratervertrag. Es wird nicht schlecht bezahlt. Denk darüber nach."

Ich erklärte ihr unmissverständlich, dass ich auch so genug verdiente.

Sarah erhob sich und strich den Rock glatt.

„Ruf mich an. Bulthaupt hält dir die Bürokratie vom Hals, und ich versorge dich mit Informationen über Internes."

Ihre Lippen formten ein spöttisches Lächeln.

„Deine Geheimratsecken sind tiefer geworden. Und die grauen Strähnen sind auch neu."

Reflexartig drehte ich mein Gesicht in den Spiegel und runzelte die Stirn. Bei meinen Auftritten pflegte ich die Haare glatt zurückgekämmt zu tragen. Zweifellos hatte sich der Haaransatz in den letzten Jahren verschoben, aber ich hatte mir eingebildet, die allmähliche Veränderung sei derart geringfügig, dass sie niemandem auffiele. Seit einiger Zeit allerdings fanden sich nach dem Frisieren immer mehr ausgefallene Haare im Kamm.

Wollte sie mir damit etwa sagen, man würde mir das unaufhaltsame Zerrinnen der Zeit ansehen?

Ihr Lächeln wurde breiter und wärmer.

„Es steht dir, und es macht dich männlicher."

Mir fiel ein, dass Sarah früher bei Fragen nach ihrem Privatleben meistens Klagen über ihren Mann parat gehabt hatte und erkundigte mich nach ihrer Beziehung.

Für einen Moment wurde ihre Miene missmutig.

„Ich habe mich von Franz scheiden lassen. Zwei Psychologen, das kann auf die Dauer nicht gut gehen. Und bei dir?"

Ich nickte verstehend und sagte, ich würde vorwiegend solo leben, seit ich als Bühnenmagier aufträte.

„Ach", ihre Stimme klang jetzt ein wenig ironisch, „ein Mann mit deinen Qualitäten und deinem Aussehen?"

An Bewerberinnen, gab ich zu, würde es nicht mangeln, aber keine entspräche meinen Vorstellungen.

„Du solltest vielleicht meine Sprechstunde aufsuchen", schlug Sarah vor.

Ich dankte für das Angebot und versicherte ihr, dass ich auch ohne psychologische Betreuung klarkäme.

Während sie zur Tür hinausging, drehte sie sich noch einmal um und sah mir mit einem rätselhaften Blick in die Augen.

„Auf bald", waren ihre letzten Worte. „Ich zähle auf dich."

1. 3

Im Bundeskriminalamt

„Worauf warten wir noch?“, fragte Fitzler nervös.

Bulthaupt sortierte demonstrativ einen Stapel Wirtschaftszeitungen. „Nur noch auf Frau Dr. Leismann.“

Auf Brus’ Stirn zeigten sich Ärgerfalten.

„Was hat *die* denn mit der Sache zu tun, ist die Abteilung Internes nicht ausgelastet?“

Fitzler kam die Bemerkung seines Kollegen nur recht, um sich demonstrativ von derartiger Unsachlichkeit zu distanzieren.

„Das ist nicht der Moment für persönliche Bemerkungen.“

Bulthaupt strafte Brus mit einem kalten Blick. Gerade als er zu einem Kommentar ansetzen wollte, betrat Sarah Leismann das Zimmer.

Brus beobachte, wie sie sich setzte und die Beine übereinanderschlug. Vor einem Jahr, als seine Frau ein kurzes Verhältnis mit einem jungen Scharfschützen aus dem Sonderkommando eingegangen war, hatte er versucht, bei Sarah zu landen. Sarah hatte ihm ohne große Umschweife klargemacht, dass sie nicht an Abenteuern interessiert und er obendrein nicht ihr Typ sei. Seitdem ging ihr Brus aus dem Weg.

„Guten Morgen, meine Herren“, sagte Sarah, „was für eine erlesene Gesellschaft hat sich hier versammelt. Und das Wirtschaftsdezernat darf auch seinen Senf dazugeben.“

„Haben Sie Frau Dr. Leismann jetzt die Gesprächsleitung übertragen?“, murrte Brus in Richtung Bulthaupt.

Sarah verdrehte die Augen. Ständig wurde in den obersten Etagen über Psychologie geredet, aber keine der Erkenntnisse schien bei den Herren aus der Führungsebene nennenswerte Spuren hinterlassen zu haben. Brus, seit den Achtzigern Leiter der Terrorismusabteilung, sah sich als die einzig kompetente Person in der Firma und missgönnte Bulthaupt heftig den Chefsessel; Fitzler konnte ihm sowieso nicht gefährlich werden, hatte der sich doch in seinen Augen lediglich durch ein Studium an einer mickrigen Privatakademie und mit kleinen Intrigen mühsam zum Wirtschaftsexperten hochgearbeitet. Von einer inspirierten Zusammenarbeit konnte jedenfalls keine Rede sein.

Bulthaupt hatte im Laufe der Jahre sein Körpergewicht verdoppelt und verfügte mit seiner offensiv getragenen Leibesfülle über einen wirksamen Panzer gegen Angriffe aus allen Richtungen.

Er warf einen forschenden Blick auf Sarah.

„Auch wenn Herr Brus seine Gründe hat, Ihre Anwesenheit in einem anderen Licht zu sehen, muss ich sagen, dass Ihr Anblick meine Stimmung jedes Mal aus dem grauen Büroalltag emporhebt. – Und? Wie sieht es nun aus? Ist Romer dabei?“

Sarah wechselte die Haltung, sodass Brus noch ein wenig mehr von ihren Beinen sehen konnte.

„Sie kennen doch Romer, er ist Individualist. Schließlich hatte er genügend Gründe, auf unsere Gesellschaft zu verzichten. Er braucht ein wenig Bedenkzeit. Ich vermute, er wird mich noch heute anrufen.“

Brus' Augen verengten sich.

„Was hat Romer denn damit zu tun?“

Bulthaupt konnte ein süffisantes Lächeln nicht verbergen.

„Sollte der Fall ernst werden und eskalieren, möchte ich ihm das

Profiling übertragen. Als er noch für das BKA arbeitete, gab es wenige, die das Handwerk so beherrschten wie er."

Sarah beobachtete, wie Brus versuchte, sein Missbehagen unter Kontrolle zu bekommen.

„Nun, wie beurteilen *Sie* das Schreiben?", fuhr Bulthaupt ungerührt fort, „*Gesellschaft zur Rettung der Menschenwürde*, was soll uns das sagen? Kann man daraus schon Schlüsse ziehen, Herr Brus?"

Brus nahm seine randlose Brille von der Nase und begann, seine Gläser zu putzen. Es war seine Art, einen wichtigen Kommentar anzukündigen.

„Überlegungen in dieser Richtung sind verfrüht. Mich wundert ohnedies, dass Henning gleich das BKA informiert hat."

„Das hat er nicht, er hat zwei Tage gewartet", antwortete Bulthaupt. „Ich nehme an, der Druck der Familie hat den Ausschlag gegeben, dass er sich an mich und nicht an das Amt gewendet hat. Wir kennen uns von früher. Ich habe meine Gründe, dass ich Sie mit einbezogen habe, bevor es überhaupt ein offizieller Fall wird. Der Mord an Hennings Vorgänger, Gerlach, sitzt noch vielen in den Knochen. Da hat es zuerst auch ein vorab angekündigtes Urteil gegeben und danach eine Hinrichtung. Bis jetzt ist alles inoffiziell. Betrachten Sie das Treffen als Meinungsaustausch."

„Da ist nun erst einmal Kleinarbeit angesagt", verkündete Brus, „der Brief kam mit der normalen Post und ist in Delmenhorst abgeschickt worden. Das ist natürlich Irreführung. Alles hängt davon ab, wie es weitergeht. Eine Billion, mein Gott, das ist eine Fantasieforderung! Ist sie nur Effekthascherei? Oder dient sie als Basis für Verhandlungen? Welche Sanktionen erwartet die NB? Also da gibt es eine Menge ..."

„Schon gut, schon gut", winkte Bulthaupt ab, „Sie haben also noch nicht die geringste Vorstellung."

„Die sogenannte Anklage", versuchte Fitzler einen Argumentationsvorstoß, „ich meine, dass die Finanzmärkte angeblich ..."

„Herr Fitzler", fuhr Bulthaupt dazwischen, „was Ihren Part anbelangt, erwarte ich zu diesem Zeitpunkt noch keine Stellungnahmen aus der hohlen Hand."

Bulthaupt deutete auf einen Stapel zum Teil aufgeschlagener Finanzmagazine auf seinem Tisch.

„Alles, was Sie vorerst wissen sollten, steht hier zu lesen. Die Ernährungskrise ist am leichtesten nachzuvollziehen. Damit hat die Nationalbank sicher am wenigsten zu tun. Kapitalvernichtung ist schon eine andere Sache. Können Sie mir erklären, Herr Fitzler, wie man Geld vernichtet, ohne es ganz real zu verbrennen?"

Fitzler plierte mit den Augen, als wäre er gerade aus einem Tagtraum erwacht, und sein Körper straffte sich wie vor einem sportlichen Einsatz.

„Also die Kapitalmärkte ... Lassen Sie es mich so erklären: Das System der Börse ist hochkomplex und reagiert überaus sensibel auf jede Art von ..."

„Ich entnehme Ihren Ausführungen, dass Sie es nicht wissen", sagte Bulthaupt kalt. „Zumindest können Sie es nicht erklären. Das wäre allerdings auch kein Wunder. In keiner der Fachzeitschriften wird darüber auch nur ein verständliches Wort verloren. Manche Banker behaupten sogar, sie würden einige der hochkomplizierten neuen Finanzprodukte selbst nicht verstehen."

„Das hat mit einer speziellen Art von Wirtschaftsschamanismus zu tun", meldete sich Sarah zu Wort. „Hier werden Tabus gehätschelt, mysteriöse Rituale und Voodoobeschwörungen zelebriert, die bewusst unverständlich bleiben sollen und sich als Herrschaftswissen verstanden wissen wollen."

Bulthaupt schmunzelte.

„Interessant, was Sie da andeuten. Sehen Sie, meine Herren, das ist genau der Grund, warum ich Frau Dr. Leismann dabeihaben wollte. Da fallen Sätze, die die Fantasie anregen: Schamanismus, Tabus, Rituale, Voodoobeschwörungen! Das klingt doch gleich ganz anders, als Aktienderivate, Hypothekenzertifikate, Kurskorrekturen und toxische Papiere."

Brus verschoss einen giftigen Blick in Richtung Sarah, während Fitzler demotiviert auf seine Hände starrte.

Die absolut unrealistische Höhe der Forderung, erläuterte Brus, könne nur bedeuten, dass es dem Erpresser in Wahrheit gar nicht um das Geld ginge. Wäre er aber tatsächlich ein größenwahnsinniger Krimineller, der die aberwitzige Summe für sich einstreichen wolle, stelle sich die Frage, wie er sich den Transfer vorstelle, sollte sie denn jemals aufgetrieben werden können.

„Wenn wir das mit den Forderungen der RAF in den Siebzigern vergleichen", versuchte Fitzler sich einzubringen, „handelt es sich zweifellos um ..."

Bulthaupt schüttelte unwirsch den Kopf.

„Wir haben hier nichts weiter als ein Schriftstück, eine Anklage auf einem Stück Papier. Nichts deutet auf irgendein Umfeld oder eine Ideologie. Einige Millionen Menschen in diesem Land würden zumindest den Vorwurf unterschreiben. Kennen Sie irgendeine Person, die gut auf Banken zu sprechen ist? Ähnlich unbeliebt sind nur noch die Politiker. Die Forderung hätte ebenso gut an den Finanzminister gerichtet werden können. Sarah, Sie sind die Psychologin, können Sie irgendetwas aus dem Text herauslesen?"

Sarah nahm ihre Unterlagen zur Hand und las den Brief noch einmal laut vor. Dann nickte sie und sagte:

„Das Einzige, was mir im Moment auffällt, meine Herren, ist der lakonische Stil. Politische Täter vom Zuschnitt der RAF lieben ausschweifende Traktate. Es findet keine persönliche Beschimpfung statt. Von jemandem, der lediglich die Öffentlichkeit aufrütteln will, würde ich einen hitzigeren Tonfall erwarten. Der Adressat wird in kühler Form informiert."

Sarah warf einen Blick auf ihre Uhr.

„Meine Zeit wird knapp. Ich habe noch einen Termin außer Haus. Da wäre nur noch eine Sache: Wenn Romer wirklich einsteigen sollte, brauchen wir einen Katalog sämtlicher Erpresserbriefe mit politischem Hintergrund, die bei uns jemals dokumentiert wurden."

Brus' Miene hatte sich zunehmend verdüstert.

„Um solche Dokumente zu vergleichen, müssen wir wohl kaum Romer bemühen."

1. 4

Zentrale der Nationalbank

Kurz, nachdem Kupfer den Fahrstuhl betreten hatte, schlüpfte Schneider noch im letzten Moment durch die Tür.

Kupfer trat ein wenig beiseite, um Abstand zu halten und überspielte seine latenten Vorbehalte gegen den Kollegen mit unpersönlicher Höflichkeit.

„Wie war der Urlaub?"

Schneider starrte missmutig gegen die schwarze Glasverkleidung.

„Danke für die Nachfrage - zu kurz."

Kupfer nickte ohne innere Teilnahme.

„Ja, ich verstehe. Meinen werde ich verschieben müssen. Und die Familie?"

„Sie bekommen die Situation natürlich mit", antwortete Schneider im Plauderton. „Peter hatte sich auf den geplanten Segeltörn gefreut. Es sollte ein nachträgliches Geschenk zum Abitur werden."

„Weiß er schon, was er studieren wird?"

Schneiders Miene hellte sich ein wenig auf.

„Jura. Das hat mich zwar überrascht, aber natürlich gefreut. Es war auch mal Mathematik im Gespräch."

Kupfer gab sich verständnisvoll.

„Mit Jura fährt er sicherlich besser, wenn er die Familientradition fortsetzen will."

Der Fahrstuhl hatte die Zieletage erreicht.

„Nach Ihnen", sagte Kupfer. „Meine Tochter studiert jetzt auch Jura. Sie hat mit Kunstgeschichte angefangen. Aber dann ist ihr schnell klar geworden, dass man besser noch etwas Solides dazunimmt."

Da das oberste Stockwerk nur den Mitgliedern der Geschäftsführung vorbehalten war, hatte der Architekt es so eingerichtet, dass man vom Fahrstuhl aus direkt in den Sitzungssaal gelangte.

Hennings Blick wirkte abwesend. Die Begrüßung fiel weniger verbindlich aus als üblich. Er drückte den beiden Vorstandsmitgliedern nur kurz die Hände und deutete auf die Sessel.

In Kupfers Augen zeigte sich Irritation. An einer breiten zweiflügeligen Tür machte sich ein Handwerker in einem hellblauen Overall zu schaffen. Offensichtlich war er gerade dabei, die Türblätter herauszunehmen. Auf dem Boden lagen gedrechselte Holzsäulen mit blassbunten Ornamenten, die an asiatisches Kunsthandwerk erinnerten.

Henning hatte Kupfers fragenden Blick bemerkt.

„Das ist eine fünfhundert Jahre alte Tempeltür aus Nepal. Ich habe sie vor Kurzem auf einer Auktion ersteigert, um sie hier einsetzen zu lassen. Ich sage Ihnen nicht, was sie gekostet hat. Solche Stücke sind selten und eigentlich unbezahlbar. Sehen Sie sich die Details an! Das ist feinstes Kunsthandwerk. Sie wird einen reizvollen Kontrast zu den modernen Möbeln bilden."

Wer Kupfer lange genug kannte, konnte seine Missbilligung bemerken. Jeder wusste, dass Henning ein leidenschaftlicher Sammler asiatischer Antiquitäten war, aber dass er jetzt schon eine nepalesische Tempeltür in den Sitzungssaal bauen ließ, ohne andere Vorstandsmitglieder zu fragen, deutete auf einen zunehmenden Realitätsverlust hin. Bislang hatte er nur seinen Schreibtisch mit tibetischen Gebetsmühlen oder altindischen Ritualsteinen dekoriert.

„Herr Gollier wird heute leider nicht dabei sein", ergriff Henning das Wort, „er ist noch in London. Kommen wir also gleich zur Sache. Haben Sie den Artikel in der WELT schon gelesen?"

Kupfer nickte.

„Ja, die Darstellung ist unfair und sachlich unrichtig. Wir stehen wesentlich besser da, als die Schweizer Invest Bank und andere. Von unseren Kritikern ist das kaum zur Kenntnis genommen worden. Das Management hat da herausragende Leistungen vollbracht."

„Die NB-Aktien verlieren ein wenig", fügte Schneider hinzu, „aber sie befinden sich keineswegs im freien Fall. Bis jetzt sind bei uns keine Köpfe gerollt, das sollte Vertrauen schaffen."

Wohl nur, um die offensichtliche Anspannung zu verbergen, erhob Henning sich aus seinem Sessel und stellte sich vor das Panoramafenster mit Ausblick auf die Skyline der Frankfurter Innenstadt.

„Die Medien übertreiben wieder einmal maßlos. Da werden Zahlen genannt, die die Leute gar nicht beurteilen können, Und da wird mit Inbrunst eine Katastrophe an die Wand gemalt, als forderte man geradezu ihre Erfüllung. Wie soll man dem normalen Bürger auch erklären, dass Finanzmärkte einfach nicht den Gesetzen der klassischen Mechanik gehorchen?"

Eine junge Frau, die wie eine Direktionsassistentin gekleidet war, brachte frisch gefüllte Kaffeetassen auf einem silbernen Tablett.

„Vielen Dank, Frau Delian", sagte Henning.

Sie lächelte ihm kurz zu und verschwand so diskret, wie sie gekommen war.

Mit einer Tasse in der Hand stellte Kupfer sich neben Henning.

„Genau das haben wir ihnen aber über Jahre hinweg vermittelt. Wir haben der Finanzwirtschaft den Mantel der Wissenschaftlichkeit umgehängt. Wir haben gesagt, es gibt Leute, die verstehen etwas von dieser Wissenschaft, Leute, die wissen, was sie tun, und die werden nach allen Regeln dieser Gesetzlichkeiten die ständige Vermehrung des Geldes in Gang halten."

Kompetenz demonstrierend schlug Schneider einen Geschäftsbericht auf und blätterte die ersten Seiten durch.

„Als noch die satten Gewinne sprudelten, dachte sich keiner etwas bei dem Wort *Abschreibungen*. Jetzt weiß jeder, was gemeint ist. Heute übersetzt man eine Abschreibung von drei Milliarden Euro als mutwillige Verbrennung von realem Geld. Wir haben es ja schon immer gewusst, sagen die Leute jetzt, es gibt gar keine Gesetze. Der Zufall regiert meine Investitionen."

Für einen Moment schien Kupfers Blick jedes Detail in Hennings Ausdruck zu studieren. Bis jetzt kannte er den Vorstandschef nur als strahlenden Gewinner, als einen, der niemals zweifelte, am wenigsten an sich selbst. Seit jedoch immer mehr kritische Beobachter ein baldiges Ende der amerikanischen Immobilienblase befürchteten, wirkte sein optimistisches Lachen weniger überzeugend. So wie er den Erfolg der letzten Jahre in erster Linie seiner Person zugeschrieben hatte, lastete nun auch die Sorge um das Ende der satten Gewinne auf seinen Schultern. Man sah ihm an, dass er sich Mühe geben musste, seine Rolle glaubwürdig zu spielen.

„Ich habe mich entschlossen, mit einer Politik der Transparenz an die Öffentlichkeit zu gehen", erklärte Henning seine strategische Position, „man verlangt nach Erklärungen, die nicht nach Ausreden klingen."

Kupfer warf Schneider einen vielsagend undurchdringlichen Blick zu.

„Transparenz", echote Schneider, „sicher, ja, das ist wohl ein gangbarer Weg. Wir sind immerhin die Nationalbank, man wird von uns eine konstruktive Haltung erwarten."

„Ich denke, das war anders gemeint", bemerkte Kupfer nüchtern. „Wenn ich Sie richtig verstanden habe, Herr Henning, sollen wir erklären, was die SIB, die Bluestar Group, Murrey & Loew oder Gellman-Johnson falsch gemacht haben und wie das System funktionierte, um im Anschluss daran zu erklären, wie wir für unser Haus vorerst das Schlimmste verhindern konnten und weiter verhindern werden."

Henning kam wieder an den Besprechungstisch zurück und ließ sich in seinen schwarzen Ledersessel fallen.

„Im Großen und Ganzen haben Sie das ganz richtig verstanden. Ich würde allerdings vorerst noch keine Namen nennen. Ich schlage vor, das Thema bei anderer Gelegenheit zu vertiefen. Ich denke, Herr Dr. Zierer von der SIB ist zurzeit am besten informiert. Vielleicht ist Herr Gollier in der Lage, einige Insiderinformationen zu beschaffen. Die Familie seiner Frau pflegt engste Kontakte zu Dr. Zierer."

Er deutete auf eine Dokumentenmappe und schob Kupfer und Schneider je ein Blatt zu.

„Kommen wir zu Punkt zwei. Das sind Kopien von einem Brief an mich in meiner Eigenschaft als Erster Sprecher der Nationalbank. Wenn ich Sie bitten dürfte, den Text aufmerksam zu lesen."

Kupfer überflog die Zeilen und zog irritiert die Stirn in Falten.

„Der ist vor sieben Tagen eingegangen. Warum haben Sie uns nicht sofort darüber informiert?"

„Nun, was ist geschehen?", antwortete Henning. „Jemandem sind die negativen Zeitungsschlagzeilen im Kopf explodiert, und er sucht einen Schuldigen. Er sucht mich als Opfer aus, klagt mich an und verurteilt mich. Eine Billion, ich bitte Sie, was soll man daran ernst nehmen? Ich habe den Brief meiner Frau gezeigt. Sie hat mich allerdings auf meinen Vorgänger aufmerksam gemacht. Gerlach! Im Vorfeld seiner Ermordung gab es ähnliche Vorwürfe. Vorgestern habe ich mich dann schließlich entschlossen, ein inoffizielles Gespräch mit Bulthaupt zu führen."

Kupfer runzelte die Stirn.

„Sie haben das BKA informiert?"

„Nein, das war ein privater Austausch. Ich kenne Bulthaupt von früher. Er war in den frühen Neunzigern noch für den Personenschutz zuständig. Gestern bekam ich einen Anruf von Bulthaupt. Er führte ebenfalls den Fall Gerlach an. Wie wir alle wissen, wurde Gerlach ermordet. Man könnte auch sagen: hingerichtet.

Bis jetzt haben nur vier Personen bei uns im Hause Kenntnis von dem Erpresserbrief. Ich, Sie beide und Frau Delian aus meinem Sekretariat, die den Umschlag geöffnet hat. Die Sache darf auf keinen Fall nach außen dringen."

Kupfer studierte noch einmal nachdenklich das Dokument und murmelte:

„Ja, Gerlach! Das war eine schreckliche Geschichte. Ich habe ihn noch kennengelernt."

„Ich denke, das ist ein intelligenter Verrückter", wiegelte Schneider ab, „eine Billion! Wer kommt denn auf so eine irre Idee?"

„Ich würde das nicht so einfach abtun", gab Kupfer zu bedenken. „In gewisser Weise könnte das Schreiben die Stimme des Volkes symbolisieren."

Mit einem Anflug von Ungläubigkeit nahm Henning sich noch einmal den Erpresserbrief vor.

„Ich bin auch persönlich gemeint. Das ist nicht zu übersehen. Aber warum ich?"

„Das glaube ich nicht", widersprach Schneider, „Sie sind als Repräsentant angesprochen. – Und was rät Bulthaupt?"

„Vorerst die Ruhe zu bewahren", antwortete Henning. „Er gab sich sehr zurückhaltend. Daraus schließe ich, dass man die Sache ernster nimmt, als ich vermutet habe."

Kupfer versuchte, seiner Stimme einen optimistischen Klang zu geben.

„Vielleicht handelt es sich bei dem Absender ja doch nur um einen pathologischen Fall."

Hennings Ausdruck veränderte sich übergangslos.

„Und wie war der Urlaub, Herr Schneider? Haben Sie sich endlich Ihren Wunschtraum erfüllt?"

Einen Moment wanderten Schneiders Augen unstet zwischen Henning und Kupfer hin und her. Obwohl er sich inzwischen an Hennings Stil, das Ende einer Vorstandsbesprechung mit einer privaten Frage einzuleiten, gewöhnt haben müsste, irritierte ihn der abrupte Themenwechsel immer wieder aufs Neue.

„Es fing nicht schlecht an, aber wenn Sie auf mein Hobby anspielen: nein! Unter einer Million bekommen Sie nicht einmal die kleinste Jongert."

„Ich hatte einmal das Vergnügen, auf einer Jongert Jacht mitsegeln zu dürfen", schwärmte Henning in perfekter Leugnung seiner tatsächlichen Stimmungslage. „Großartig! Es gibt keine bessere Klasse. Aber das war eine Spezialanfertigung für den Finanzminister von Dubai. Sie wissen ja, wie es bei den Arabern zugeht. Da ist jede Ecke mit irgendeinem seltenen Tropenholz verkleidet."

„Ich würde nur noch chartern", griff Kupfer das Scheinthema auf. „Wussten Sie, dass die großen Jachtvermieter aufgrund der Finanzkrise einen Umsatzrückgang von fünfzig Prozent zu verzeichnen haben? In London bricht das ganze Luxusgewerbe zusammen. Da fallen jetzt die Mietpreise für alles."

„Meine Herren", beendete Henning das Treffen mit einem Seitenblick auf seinen Terminkalender, „was dieses Ultimatum anbelangt, werde ich Sie sofort informieren, wenn ein weiterer Brief vom gleichen Absender eingeht."

Beim Hinausgehen warf Kupfer noch einen letzten kritischen Blick auf die Einzelteile der nepalesischen Tempeltür.

*

Kupfer starrte im Fahrstuhl mit unbeweglicher Miene an Schneider vorbei auf die verspiegelten Wände.

„Henning schätzt es nicht besonders, wenn seine Prinzen sich teure Jachten kaufen."

Auf Schneiders Gesicht zeigte sich Bestürzung.

„Ach! Ist das wahr? Das wusste ich nicht."

„Können Sie ja auch nicht wissen", antwortete Kupfer kühl. „Sie sind schließlich noch nicht so lange bei uns. Deshalb sage ich es Ihnen jetzt. Henning kommt aus Hamburg. Ein typischer Hanseat. Understatement! Sie wissen schon. Man trägt den Nerz nur als Futter nach innen. Der Bentley steht in der Schweiz, und die Jacht liegt in Key West. Henning legt äußersten Wert auf Stil. Zu Recht, wie ich finde. Stil ist das Einzige, was uns im Moment bleibt."

Schneider nickte.

„Verstehe! Dann passt es ja gut, dass ich keine Jacht gekauft habe. – Sagen Sie, was denken Sie über Bulthaupts Einschätzung? Die Formulierung des Briefes klang nicht nach einem Scherz."

Kupfer fixierte die Stockwerkanzeige, als könne er es nicht erwarten, endlich die Fahrstuhlkabine zu verlassen. Schneiders physische Nähe hatte er stets nur notgedrungen in Kauf genommen. Die Chemie zwischen ihm und seinem Kollegen hatte von Anfang an nicht gestimmt.

„Einen zweiten Fall Gerlach möchte ich nicht miterleben."

„So habe ich Henning noch nie gesehen", murmelte Schneider.

Kupfers Augen verengten sich zu schmalen Schlitzen.

„Was ist denn Ihre persönliche Meinung zu Hennings Gemütslage?“

Schneider zögerte einen Moment, bevor er antwortete.

„Einige Großinvestoren warten nur darauf, dass er stolpert.“

„Vielleicht“, sagte Kupfer gedehnt.

Bis jetzt hatte er versucht, seine Abneigung unter Kontrolle zu behalten. Schneider war etliche Jahre jünger und gehörte zu der Sorte von rücksichtslosen Aufsteigern, die ihm schon immer zuwider gewesen waren.

In Schneiders Augen blitzte ein intrigantes Funkeln auf.

„Werden Sie ihn weiterhin stützen?“

Als der Fahrstuhl hielt, ging ein Ruck durch Kupfer.

„Selbstverständlich! Was denken Sie? Loyalität ist jetzt ein wichtiges Signal, um das Vertrauen wiederzugewinnen.“

„Loyalität“, wiederholte Schneider, „ich bitte Sie, Herr Kupfer, wann hat das jemals wirklich eine Rolle gespielt, wenn es um Sein oder Nichtsein ging.“

Eine derart unverblümte Aussage hatte Kupfer von seinem Kollegen nicht erwartet.

„Henning wird es schaffen. Er hat immer den richtigen Dreh gefunden. Er wird das Richtige tun. Wer außer ihm könnte sonst die Karre mit Bravour aus dem Dreck ziehen?“

„Gollier“, sagte Schneider.

In Kupfers Augen glomm Misstrauen auf.

„Vielleicht. Aber ich würde Ihnen raten, derartige Gedanken besser für sich zu behalten.“

„Ich dachte ... Natürlich, es war eine unbedachte Äußerung“, sagte Schneider sichtlich verunsichert, „kommen Sie zum Essen mit ins *Luigis*?“

„Das wird nicht gehen“, zog Kupfer sich aus der Affäre, „mir steht noch eine Besprechung mit der Rechtsabteilung bevor. Es geht um Anderson. Die Geheimhaltungsklauseln im Abfindungsvertrag weisen meiner Meinung nach einige Lücken auf."

„Ach", entfuhr es Schneider, „ich wusste gar nicht, dass Anderson schon entlassen ist. Also rollen doch schon die ersten Köpfe?"

„So kann man das nicht sagen."

Kupfers Stimme klang jetzt bewusst beiläufig.

„Die hochspekulative Abteilung sollte schon lange reorganisiert werden. Aber der Fehlbetrag, den Anderson zu verantworten hat, spielt selbstverständlich auch eine Rolle. Bis zum Monatsende muss er sein Büro räumen."

„Wie hoch sind die Verluste von Andersons Abteilung denn nach dem neuesten Stand?", hakte Schneider nach.

„An die fünfhundert Millionen", antwortete Kupfer, „aber das ist noch inoffiziell."

„Ich habe da von einem Gerücht gehört", unkte Schneider. „Anderson soll ein Verhältnis mit Hennings Sekretärin gehabt haben."

Kupfers Tonfall wurde ärgerlich.

„Mag sein. Schon allein deshalb ist die Geheimhaltungsklausel von höchster Wichtigkeit."

Schneiders Augen glänzten vor Neugier.

„Verstehe. Frau Delian bekommt vermutlich eine Menge mit."

Sein Tonfall verrät ihn, dachte Kupfer, aber das wird er noch in den Griff kriegen, und dann könnte der Aufsteiger sogar gefährlich werden. Er sollte Schneider in Zukunft genau beobachten. Der Mann würde bei Bedarf die Seiten wechseln.

1. 5

Im Bundeskriminalamt

Demonstrativ griff Bulthaupt zu seiner kleinen Gießkanne aus gelbem Plastik und goss ein wenig davon in den Topf seines Ficus.

„Setzen Sie sich, Sarah!"

„Sie machen sich gut als Gärtner", sagte Sarah. „Es gehört sicher zu den angenehmen Privilegien Ihrer Position, das Hobby auch während des Dienstes pflegen zu können."

Bulthaupt grinste feist.

„Das haben Sie wirklich schön formuliert. Er wächst und gedeiht. Ich gebe ihm jetzt neuen Dünger. Man muss auch nur ein paar Tropfen in das Wasser mischen. Manchmal denke ich, man kann sehen, wie er wächst. Meine Frau hat mir geraten, ihm leise Mozart vorzuspielen. Ich müsste mir dann eine kleine Anlage kaufen und vielleicht da vorne in die Ecke stellen. Was sagen Sie als Psychologin dazu? Ist das möglich? Können Pflanzen Musik hören?"

„Ehrlich gesagt habe ich mich während meines Studiums nicht mit dem Seelenleben von Zimmerpflanzen befasst", umging Sarah das Thema.

Bulthaupt musterte Sarah mit einem fernen Blick.

„Sagen Sie, Frau Leismann, wie kommt eine Frau wie Sie in diesen Laden? Sie könnten doch als Psychoklempnerin für Manager und Millionäre eine steile Karriere machen."

Sarah lachte auf.

„Ich bitte Sie, wo bekommt man schon so viele pathologischen Fälle auf einem Haufen wie hier geboten!"

Bulthaupt schlug einen Dokumentenordner auf.

„Aus Ihrem Mund klingt es geradezu charmant."

Seine fleischigen Finger zogen ein Stück Papier heraus.

„Hier, lesen Sie das!"

Sie nahm das Blatt und las:

An die Deutsche Nationalbank, Frankfurt, zu Händen Dr. Dr. h.c. Dietmar Henning, Erster Sprecher der NB, 22.3.08.
Betrifft: Die Anklage vom 12.3.08

Am 20.3. wurde um 0 Uhr 30 in der Mannheimer Hauptgeschäftsstelle der NB die virtuelle Zündung von zwei Kilogramm Sprengstoff der Sorte C 40 vorgenommen.
Ihre Entscheidungen werden den weiteren Verlauf der Urteilsvollstreckung beeinflussen. Fachleute, die zweifellos schon hinzugezogen wurden, werden herausfinden, dass von Tatsachen die Rede ist.
Gesellschaft zur Rettung der Menschenwürde.

Mit einem leisen *Soso!* erhob Sarah sich vom Stuhl, um mit nervöser Attitüde ein paar Schritte hin und her zu gehen und sich gleich darauf wieder zu setzen. Als sie die Beine übereinanderschlug, bemerkte sie Bulthaupts Blick. Sie grinste ihn frech an, und er grinste zurück. Bei Bulthaupt, so viel glaubte Sarah zumindest über ihn zu wissen, war der Seitenblick kein voyeuristisches Interesse, sondern pure Ironie. Er verfügte über genügend Integrität, um sich überflüssige Peinlichkeiten zu ersparen.

„Der Brief ist heute Morgen bei der Nationalbank eingetroffen", sagte Bulthaupt, „kurz nach 11 Uhr hat Dr. Kupfer uns die Kopie als Fax zukommen lassen. Seit drei Stunden stellt ein Spezialkommando die Mannheimer Geschäftsstelle auf den Kopf. Bis jetzt haben meine Leute nicht die geringste Spur gefunden. Der Absender will uns glauben machen, er hätte die Fäden in der Hand. Aber immerhin wissen wir jetzt, dass er das Spiel in Gang halten will."

Sarah studierte noch immer den Text.

„Sie sollten sich mehr mit Sprache beschäftigen. Das ist keine Behauptung! Ich wette, irgendwo in der Geschäftsstelle ist der Sprengstoff deponiert. Und der Absender hätte ihn jederzeit per Funk zünden können. Lassen Sie so lange suchen, bis er gefunden ist."

„Ich wette dagegen", widersprach Bulthaupt. „Aber er könnte tatsächlich Ernsteres vorbereiten. Was ist mit Romer? Ich hatte Ihnen eigentlich größere Überzeugungskraft zugetraut."

Sarahs Stirn zog sich in Falten.

„Wenn das eine Anspielung sein soll, weise ich sie zurück. Ich habe niemals etwas mit Romer gehabt. Wir mochten uns. Das war alles. Davon abgesehen will ich nicht verhehlen, dass ich Romer für einen sehr attraktiven Mann halte. Ich habe mich immer gefragt, wie diese blauen Augen in so ein Zigeunergesicht geraten können."

Bulthaupt lächelte schief.

„Zigeunergesicht? So habe ich das noch nie gesehen. Wussten Sie, dass sein Großvater aus Tschechien kam? Steht in seiner alten Akte. Ich bin mal in Prag gewesen, da sehen viele Männer so aus. Also, überzeugen Sie ihn."

„Romer kann man nicht überzeugen", erklärte Sarah, „er überzeugt sich selbst. Ich tippe, er wird zusagen. Mit dem zweiten Brief kann ich ihn wahrscheinlich ins Boot ziehen."

Bulthaupt erhob sich mit seiner Gießkanne in der Hand.

„Entschuldigen Sie mich, ich komme gleich wieder."

Sarah sah ihm nach. Bulthaupt gab ihr immer wieder Rätsel auf. Entweder war er ein intellektueller Tölpel mit ausreichendem Organisationstalent oder ein hervorragender Schauspieler. Ein wirklicher Kriminalist war er jedenfalls nicht. Aber andererseits musste er über besondere Fähigkeiten verfügen, die ihn auf den Posten gebracht hatten. Während seiner Zeit beim Personenschutz hatte er stets die vorderste Front gemieden, und somit niemals Angst um das eigene Leben kennengelernt. Wahrscheinlich fehlte ihm das Helden-Gen. Das hatte den unschätzbaren Vorteil, dass er kein Freund martialischer Aktionen war und Vorsicht über Draufgängertum stellte.

Als er wieder hereinkam, konnte Sarah sehen, dass die Gießkanne aufgefüllt war. Es konnte sich ebenso um den harmlosen Tick eines selbstzufriedenen Chefs wie um eine raffinierte Methode der Ablenkung von seinen wirklichen Gedanken und Emotionen handeln.

„Ich fülle sie immer gleich wieder auf, wenn ich mal zu den Toiletten gehe", sagte Bulthaupt, „Sie werden das kaum glauben, aber als das hier vor Jahrzehnten noch eine kleine Behörde war, gab es in den meisten Büros in einer Ecke ein Waschbecken. Ich fand das recht praktisch. Heute würde einem das merkwürdig vorkommen, aber ich könnte jedenfalls die Kanne gleich hier wieder auffüllen. – Wissen Sie, was man mir damals nachsagte?"

Sarah schüttelte verständnislos den Kopf.

„Es war ein Gerücht", fuhr Bulthaupt fort, „keiner hat es jemals gesehen. Ich soll aus Faulheit in das Waschbecken gepisst haben. Stellen Sie sich vor: Ich habe es tatsächlich gemacht. Aber nur gelegentlich, wenn der Druck zu groß war."

Sarah verbarg ihre Gedanken und versuchte die Vorstellung zu verdrängen, wie Bulthaupt in ein Waschbecken urinierte.

Mit spitzen Fingern nahm Bulthaupt eine kleine Plastikflasche, die neben dem Baum stand, hoch.

„Man sollte es mehrere Stunden, bevor man es benutzt, mit dem Wasser vermischen. Die Lösung muss sozusagen reifen. Sehen Sie, was hier alles draufsteht: *Nitratstickstoff, Phosphat, Bor, Kaliumoxid, Ammoniumstickstoff.* Und noch einiges andere mehr."

„Sie sollten bei Gelegenheit eine Beratungsstunde bei mir buchen", schlug Sarah vor, „dann können Sie mir erzählen, wie Ihre Frau mit ihren Ticks zurechtkommt."

„Das halte ich für keine gute Idee", gab Bulthaupt zurück. „Meine Frau könnte nämlich möglicherweise eifersüchtig werden."

1. 6

Frankfurt

An diesem Morgen empfand ich das allgemeine Unbehagen, das sich schon seit Wochen in mein Bewusstsein geschlichen hatte, intensiver als die letzten Tage zuvor. Das lag vermutlich auch an der Begegnung mit Harry, der jeden Morgen in seinem Rollstuhl aus der winzigen Sozialwohnung im Vorderhaus auf die Straße flüchtete, um sich in aller Öffentlichkeit seinen Hass auf die Gesellschaft im Allgemeinen und auf die schlechten Menschen im Besonderen von der Seele zu reden. Häufig war er kettenrauchend vor dem *Penny-Markt* anzutreffen, in dem ich meine Frühstücksbrötchen kaufte.

„Macht endlich die Augen auf, Leute!", keifte er heute über die Straße. „Ihr seid die ferngelenkten Unterhosen des Kapitals! Wieso lasst ihr euch das bieten? Weil ihr selbst schon Produkte seid! Genau! Schaut euch doch an! Lächerliche Reklamefiguren seid ihr, Formen ohne Inhalt! Wachträumer auf einer Selbstmörderparty! Reißt doch endlich die Augen auf: Alles rast in ein schwarzes Loch! Seht ihr denn nicht, dass die Schwerkraft der Dummheit alles an sich reißt, um hinterher im Nichts zu implodieren?"

Jemand blieb einen Moment stehen und sagte:

„Lassen Sie das Rauchen in der Öffentlichkeit. Das ist kein gutes Beispiel für die Kinder. Die Beine hat man Ihnen ja schon amputiert. Da sollte man vielleicht etwas dazugelernt haben!"

„Fick dich, du scheinheiliges Arschloch!“, zischte Harry zurück. „Die Beine habe ich bei einem Unfall verloren.“

Ein paar Jungs auf dem Schulweg blieben einen Moment stehen. Einer strich sich eine Haarsträhne aus dem Gesicht und sagte:

„Der Typ ist Philosoph. So einer wie Diogenes.“

*

Nach einem kurzen Rückfall auf winterliche Temperaturen war das Thermometer am Mittag erfreulicherweise wieder auf achtzehn Grad geklettert. Und die Restaurants in der Innenstadt hatten wieder Stühle und Tische auf die Fußgängerzone gestellt.

Gerade wollte ich zu meinem Handy greifen und Sarahs Nummer wählen, als ich sie kommen sah.

Seit sie mich in der Garderobe nach meiner Show aufgesucht hatte, war mir mein spezielles Verhältnis zu der ehemaligen Kollegin häufiger durch den Kopf gegangen, als ich vor mir selbst zugeben wollte. Wir hatten uns immer gut verstanden, aber es war nicht einmal zu einem Flirt gekommen. Sarah hatte nur selten über ihren Mann gesprochen, und wenn, dann waren ihre Bemerkungen sehr verhalten gewesen. Weder verheimlichte sie, dass es Probleme gab, noch bauschte sie irgendetwas auf. Ich selbst hatte in jener Zeit unter einer schwierigen Beziehung mit einer farbigen Rocksängerin gelitten, die ihre Drogenprobleme nicht in den Griff bekam. Erst jetzt wurde mir klar, dass ich schon damals für Sarahs erotische Ausstrahlung empfänglich gewesen war. Sarahs Mutter hatte nach einem Sprachenstudium als Dolmetscherin im fernen Osten gearbeitet und war für kurze Zeit mit Sarahs leiblichem Vater, einem taiwanesischem Geschäftsmann, verheiratet gewesen. Von ihm hatte sie lediglich den asiatischen Augenschnitt geerbt. Ihr Aussehen hatte etwas Irritierendes. Mit ihrer zarten Figur wirkte sie auf den ersten Blick fast zerbrechlich. Vielleicht bevorzugte sie gerade deshalb ein forsches Auftreten, das sich meistens mit nervösen Gesten paarte, die eigentlich wenig zu einer Psychologin passten. Ich muss zugeben, dass mich diese Mischung faszinierte.

Sie trug heute keines ihrer irreführenden Bürokostüme, sondern eine ausgefranste Jeans mit einer kurzen Lederjacke über einem Rollkragenpulli. Mit der brünetten Haarsträhne im Gesicht und dem angedeuteten Seitenscheitel sah sie noch attraktiver aus als in ihren kurzen Röcken.

„Ich habe nicht viel Zeit“, sagte Sarah zur Begrüßung. „Hast du schon einen Entschluss gefasst?“

Ich verneinte und sagte, ich könne in ihrem Gesicht lesen, dass es Neuigkeiten gebe.

Sarah lächelte zurückhaltend.

„Du bist also doch ein Gedankenleser?“

Ich schüttelte den Kopf und wartete, bis sie mir eine Kopie des zweiten Briefs zuschob. Sie würde nicht locker lassen, und ich fragte mich, warum Bulthaupt so sehr daran gelegen war, mich zur Mitarbeit zu überreden.

„Würde das als Entscheidungshilfe reichen?“, bohrte Sarah weiter.

Ich las den Text Buchstaben für Buchstaben. Erst nach einem längeren Schweigen entschloss ich mich zu einem Kommentar. Der erste Text ließ bereits vermuten, dass etwas nachkommen würde.

Ich fragte Sarah, was Bulthaupt dazu sagte.

Sie dachte einen Moment nach.

„Er legt sich nicht fest. Vermutlich glaubt er, der Absender blufft. Übrigens ist bis jetzt immer noch kein Sprengstoff in Mannheim gefunden worden. Bulthaupt glaubt, es gäbe keinen.“

Nachdem ich noch einmal aufmerksam den Text gelesen hatte,

war ich davon überzeugt, dass der Sprengstoff irgendwo in der Geschäftsstelle versteckt sein müsse.

Der Sprachstil des Textes machte mich nachdenklich. Jedes Wort war genau überlegt. Offensichtlich war dem Verfasser bewusst, dass ein Profiler sich damit beschäftigen würde. Jeder Satz klang sachlich, aber nicht kalt. Er schien sich seiner Sache absolut sicher zu sein, denn er verzichtete auf jegliche überhebliche Formulierungen, als ginge es um eine Versuchsanordnung, die Schritt für Schritt das vorgegebene Ziel erfüllte.

„Du bist also dabei?", fragte Sarah ungeduldig und legte einen Geldschein neben die Kaffeetassen. „Ich zahle. Spesen! Wir fahren jetzt gleich in die Firma, dann kannst du deinen Vertrag unterschreiben. Mein Wagen steht im Parkhaus."

*

„Romer", flötete Bulthaupt zur Begrüßung, „wie schön, Sie einmal wieder in diesem Haus zu sehen! Gut sehen Sie aus! Um Jahre verjüngt, wie mir scheint. Die neue Karriere als Bühnenmagier bekommt Ihnen offenbar nicht schlecht. Man erzählt sich ja unglaubliche Dinge über Sie. Diese Schlagzeilenvorhersage, von der Sarah mir berichtet hat, das geht über meinen Verstand."

„Das soll es auch," gab ich zurück, „aber Sie können mir glauben, alles besteht nur aus einfachen, allerdings perfekten Tricks. Kein Mensch kann wirklich hellsehen. Ahnungen ja, aber Details dieser Art, das ist schlichtweg unmöglich. Wenn es anders wäre, könnte ich schließlich auch die Lottozahlen voraussehen. Dann würde ich in einer Luxusvilla in Spanien leben und stünde jetzt gewiss nicht hier. Außerdem könnte ich Ihnen dann mit hundertprozentiger Sicherheit sagen, wer der Verfasser der Briefe ist."

Bulthaupt griff nach der gelben Kanne und benetzte die torfige Erde des Ficus nur mit wenigen Wassertropfen.

„Man muss so eine Pflanze mit viel Liebe hochgießen, sonst vegetiert sie vor sich hin oder geht früher oder später ein."

Sarah warf mir einen vielsagenden Blick zu.

Er stellte die Kanne wieder ab und schob mir ein Stück Papier zu.

„Lesen Sie es durch und unterschreiben Sie unten. In die freien Spalten können Sie Ihre Extrawünsche schreiben."

„Keine Bürokratie", nannte ich meine Bedingung, „keine aufwendigen Spesenabrechnungen und Zugang zu allen Datenbanken."

Bulthaupt nickte.

„Schon recht. Haben Sie sich bereits ein paar Gedanken gemacht? Die Mannheimer Geschäftsstelle ist bis auf den letzten Quadratzentimeter durchsucht worden. So viel steht fest: Da gibt es keinen Sprengstoff."

Ich machte eine vage Handbewegung in Richtung des Ficus und sagte, es sei wirklich ein schöner Baum.

Bulthaupt ließ einige der hellgrünen Blätter eines Zweigs zärtlich durch seine Finger gleiten.

Ich erinnerte mich, dass bei meinem letzten Besuch in diesem Büro hier noch sein unleidlicher Vorgänger saß und versicherte Bulthaupt, dass sich alles zum Besseren verändert hätte. Immerhin hatte er es geschafft, dem Raum jede Assoziation an kriminalistische Tätigkeiten zu nehmen und ihn gleichsam in ein windstilles Auge im Taifun zu verwandeln. Alles sah so aus, als könne draußen die Welt zusammenbrechen, ohne irgendwelche Folgen für dieses Büro zu hinterlassen. Hier an diesem Ort würde es keine Krise geben.

Bulthaupt reagierte mit einem dankbaren Blick. Vielleicht fühlte er sich verstanden.

Er deutete auf den Vertrag und legte einen Kugelschreiber daneben.

„Nun unterschreiben Sie schon endlich. Bitte alle drei Ausfertigungen."

Nachdem ich die Papiere unterzeichnet hatte, bat ich ihn ohne Erklärung, mir einen Umschlag und einen Briefbogen zu geben.

Bulthaupt zog eine Schublade auf und legte die geforderten Utensilien auf den Schreibtisch.

Nachdem ich ein paar Zeilen auf das Blatt geschrieben hatte, schob ich es mit der Bemerkung in den Umschlag, darin läge jetzt eine Voraussage und Bulthaupt solle den Umschlag erst öffnen, wenn der nächste Erpresserbrief angekommen sei.

Als ich mich verabschiedete, fiel mir wieder ein, dass ich Bulthaupt bitten wollte, mir einen persönlichen Kontakt zu Henning zu verschaffen.

Er nickte, ohne zu fragen, warum.

„Ich werde etwas für Sie arrangieren", rief er mir nach, als ich mit Sarah das Büro verließ.

*

Auf der Rückfahrt waren wir auf der Autobahn in den Feierabendverkehr geraten. Sarah fluchte leise über Drängler und Schlafmützen, während ich schweigend neben ihr saß und meinen Gedanken über das sonderbare Ultimatum nachhing.

Bis jetzt lag immer noch kein konkretes Verbrechen vor. Meine Ausbildung als Profiler würde mir vermutlich wenig helfen. Die Arbeit, wie ich sie in Amerika während meiner Ausbildung gelernt hatte, war auf Verbrechen ausgerichtet, die man mit anderen Verbrechen vergleichen konnte. Man kreiste Tat und Täter langsam ein. Erst das Allgemeine, dann die Details, man verglich Tätertypen, Tatmotive, soziale Hintergründe, Herkunft und Ausbildung, bis allmählich ein Bild von einem möglichen Täter entstand.

„Du denkst, der Fall ist ohne Vergleich“, sagte Sarah, während sie auf die Bremse trat, um ein begonnenes Überholmanöver im letzten Moment rückgängig zu machen; der Kleinlaster vor ihr hatte Gas gegeben und war auf die linke Spur gefahren.

„So ein Arschloch!“, fluchte sie.

„Wer auch immer dahintersteht“, dachte ich laut, „ist ganz sicher kein Serienmörder, kein perverser Kinderschänder, kein Schwerverbrecher der üblichen Art. Nein, bei dieser ganzen Sache geht es um mehr. Das sagt mir mein Instinkt. Hier ist was anderes im Spiel. Da ist so eine unterschwellige Stimmung in der Luft. Harry bringt das manchmal auf den Punkt.“

„Wer ist Harry?“, fragte Sarah.

Ich erklärte ihr, dass Harry bei mir im Vorderhaus wohne und so eine Art Straßenintellektueller im Rollstuhl sei, mit zwei amputierten Beinen und einer vorlauten Klappe.

Die Bremslichter vor uns begannen, immer nervöser zu flackern. Kurzfristig schien es, als erstarre die Kolonne im Stillstand, aber nachdem wir mit Fußgängertempo eine Baustelle passiert hatten, kam wieder Bewegung in den Stau, und Sarah trat das Gaspedal durch, um endlich den Kleinlaster zu überholen.

„Ich hasse diese Strecke: ständig Staus, furchtbar!“, motzte Sarah und schaffte es gerade noch rechtzeitig, in die Ausfahrt abzubiegen.

Als wir das Messegelände passierten, kamen auch schon das Finanzviertel und der Wolkenkratzer der Nationalbank in Sichtweite.

Während der letzten halben Stunde war von Osten her ein Unwetter aufgezogen. Der Himmel wurde zunehmend dunkler. An den Bewegungen der Äste konnte man erkennen, dass der Wetterwechsel stürmische Winde mit sich brächte und wahrscheinlich in einem Wolkenbruch endete.

Wir waren fast auf der Höhe der Nationalbank. Zur Linken schien die Glasfassade endlos in die Höhe zu streben. Eine Spiegelung der niedrigen Wolken teilte die Frontseite des Gebäudes in einen dunklen und einen hellen Teil, deren Trennungslinie wie ein glühender Lavastrom erschien, den eine plötzliche Böe zu einer Flammennaht entfachte, die den mächtigen Spiegelklotz hell lodernd auftrennte und seine infernalische Glut über die Stadt ergießen ließ.

Es sah wie ein apokalyptisches Historiengemälde aus der Zukunft aus, wie ein futuristischer Turm zu Babylon, ein überdimensionaler Glaskristall, der jeden Moment zerbarst. Ich spürte, wie sich meine Nackenhaare sträubten. Nein, schoss es mir durch den Kopf, keine Vorahnungen bitte.

1.7

Eine Bar in Frankfurt - nachts

Zeit war für Anderson bislang nur ein digitaler Wert auf der Zeitachse von einem hektischen Heute in ein rastloses Morgen gewesen. Vergangenheit und Zukunft hatten nur in Kurven existiert, die An- und Abstiege von Aktienkursen darstellten. Gestern, das waren die abgehakten Eintragungen in seinem Terminkalender, und das Datum von Heute war das morgige Datum von Gestern. Alles, was vom Heute in die Zukunft wies, waren gegenwartstoxische Zeitziffern: Runen des Verschwindens.

Seit seiner Entlassung bei der Nationalbank hatte die Zeit gänzlich andere Eigenschaften angenommen. Sie war zu einer rätselhaften Naturkraft geworden, die sein Allerinnerstes zu ihrem Hoheitsgebiet erklärt hatte. Einer ihrer schrecklichsten Dämonen war die Langeweile, gepaart mit gleichzeitiger Unruhe und Zukunftsangst.

Dass die Nationalbank sich von ihm trennen würde, hatte er schon vor Wochen vorausgesehen, aber die plötzliche Bedeutungslosigkeit seiner Existenz veränderte sein Leben gerade radikaler, als er es sich jemals hätte vorstellen können.

Heute hatte er am späten Abend zu Fuß die Innenstadt durchwandert und lustlos in einem thailändischen Restaurant gegessen. Zeitweise war in ihm das merkwürdige Gefühl aufgekommen, verfolgt zu werden. Er konnte sich nicht erinnern, jemals an Paranoia gelitten zu haben, aber wahrscheinlich war das seinen geschwächten Nerven geschuldet.

Kurz vor Mitternacht landete er in einer Bar, die ihm vorher niemals aufgefallen war. Einem hochgewachsenen Mann mit kahlem Schädel und einer braunen Hornbrille, der kurz nach ihm das Lokal betreten hatte, schenkte er keine Aufmerksamkeit.

Die Möblierung schien so gut wie keine Spur von Abnützung zu zeigen. Auf seine Frage nach dem Grund für den Mangel an Gästen, bekam er vom Barkeeper die Antwort, dass man gerade erst vor wenigen Tagen eröffnet habe. Eine Weile grübelte Anderson darüber nach, warum diese Bar eine Erinnerung in ihm wachrief, die er nicht benennen konnte. Dann wurde ihm klar, dass der Innenarchitekt hier offenbar das Bild eines berühmten amerikanischen Malers nachgestellt hatte. Jetzt fiel ihm auch der Name ein: Edward Hopper. Das Motiv war durch seine exzessive Vermarktung als Poster zu einem hohen Bekanntheitsgrad gelangt.

Die Einrichtung dominierte eine lang gestreckte Theke im Stil einer typischen American-Bar, in der die Gäste vornehmlich auf angeschraubten Hockern mit bequemen Rückenlehnen aufgereiht nebeneinandersitzen. Letztlich war der Raum ein möbliertes Nichts, das die Inhaltslosigkeit aller modernen Formen verdeutlichte. Hier würden nur Leute einkehren, die dem Einsamkeitskult huldigten und sich an der langen Theke mit den Spiegeln zwischen den Getränkeregalen in Andacht vor sich selber versenken konnten. Anderson fühlte sich noch elender als zuvor, wie ein von Gott verlassener, entwurzelter Mönch ohne Gotteshaus und schützende Klosterzelle, ohne Gebete und ohne Glauben. Letzteres war das Schlimmste von allem. Er hatte immer an etwas geglaubt, an sich selbst, an den Erfolg und an das Geld, aber jetzt löste sich alles auf, woran man glauben konnte. Die Schreckensvision einer zerfallenden Zivilisation geisterte durch seine Vorstellung. Kein Lichtblick erhellte die innere Düsternis. Er war nur einer der Ersten, die es getroffen hatte, ein Opfer der ersten Welle, aber es würden weitere Wellen kommen, höhere Wellen, undenkbare Wellen, Wellen, die alles mit sich rissen und eine elende Wüste der Geistlosigkeit, Freudlosigkeit und Armut hinterließen.

Der Barkeeper, ein junger Mann mit einem freundlichen Allerweltsgesicht trug ein weißes Käppi in Schiffchenform, genau wie jener auf dem berühmten Bild von Edward Hopper.

Anderson bestellte einen Whisky mit Soda. Erst nachdem er einen Schluck getrunken hatte, erinnerte er sich, dass Whisky ihm weder besonders schmeckte noch bekam. Einzig die suggestive Wirkung der Umgebung hatte ihn zu der Bestellung veranlasst.

Es irritierte ihn, dass niemand sonst an der Theke saß. An einem der runden Tische vor der großen Glasscheibe, die das Innen vom Außen trennte, hatte ein gut gekleidetes Paar Platz genommen, während halb im Blickschatten einer Säule der Glatzköpfige saß und die Getränkekarte studierte. Die Trostlosigkeit der Straße vereinigte sich in der Spiegelung mit der stilisierten Innenarchitektur der Bar und gab Anderson das Gefühl, sich in einem räumlichen wie zeitlichen Nirgendwo zu befinden.

Knapp zwei Wochen waren vergangen, seit Kupfer ihm die Entlassung präsentiert hatte. Als einstiger Chef der hochspekulativen Abteilung hatte ihm die Nationalbank Milliardengewinne zu verdanken, aber für Henning und Kupfer zählte nur noch der vergleichsweise lächerliche Fehlbetrag von einigen Hundert Millionen.

Anderson hatte ebenso lächerliche fünfzig Millionen als Abfindung gefordert, aber nur zehn Millionen bekommen. Das war weniger als ein Jahresgehalt Hennings. Andere würden die Summe vielleicht als Vermögen bezeichnen, für ihn war sie ein Tropfen auf den heißen Stein. Um sich ein solides Polster für die Zukunft zu sichern, hatte er in zwei Immobilienprojekte investiert, die noch vor einem Jahr größtmögliche Sicherheit versprachen, aber die Büroetagen in den beiden Hochhäusern in Berlin und Frankfurt waren zur Hälfte leer geblieben. Die Zinsen überstiegen die Einnahmen, und es war kein Umschwung in Sicht.

Realistisch gesehen war Anderson pleite, ein Habenichts, ein Verlierer geworden. Jetzt zeigte sich auch, dass man in seiner Branche in Zeiten des Erfolgs stets von Schmarotzern umgeben war, Freunde aber mit der Lupe suchen musste. Schon wenige Tage, nachdem er sein Büro geräumt hatte, dämmerte ihm, dass er von allen wichtigen Einladungslisten gestrichen war. In Bankerkreisen tat man so, als hätte er niemals existiert. Die wenigen sogenannten Freunde, die er nach der Entlassung angerufen hatte, um sich zu einem gemeinsamen Essen zu verabreden, waren in fadenscheinige Ausreden geflüchtet. Wer jetzt immer noch zu den Siegern gehörte, wollte sich nicht mit Verlierern sehen lassen. Man hatte Angst, das negative Image würde wie ein Virus anstecken. Henning und Konsorten hatten ihm mehr genommen als nur die gerechte Beteiligung an früheren Spekulationsgewinnen.

„Schlechten Tag gehabt?“, fragte der Barkeeper in argloser Absicht.

„Wie kommen Sie darauf?“, gab Anderson verärgert zurück, „sehe ich so beschissen aus?“

Der Mann mit dem Käppi vermied den Blickkontakt.

„Entschuldigen Sie, ich wollte nicht indiskret erscheinen.“

Anderson starrte in sein leeres Glas. Er spürte bereits die Wirkung des Alkohols. Der ungeliebte Geschmack spielte keine Rolle mehr.

„Schon gut! Noch einmal dasselbe!"

Der Barkeeper wischte mit einem Tuch über die blitzsaubere Theke.

„Mein Boss hat auf die gute Lage in der Nähe des Bankenviertels gesetzt. Hoffentlich hat er sich da nicht verrechnet. Wenn man den Zeitungsmeldungen glauben darf, könnte es schon bald der schlechteste Standort der Stadt sein."

Mit einem routinierten Schwenk der Flasche füllte er Andersons Glas auf.

„In welcher Branche sind Sie tätig?"

„Zurzeit in keiner", antwortete Anderson mürrisch.

So gut die Ansprache auch gemeint war, kein Smalltalk der Welt konnte ihm das Gefühl der Vereinsamung und des Ausgestoßenseins nehmen. Aber es gab noch eine Empfindung, die fast schwerer wog, als alle anderen: Seine innere Geometrie war zusammengebrochen. Als er mit seiner Karriere begonnen hatte, waren seine Innenwelten mit den Außenwelten identisch gewesen. Obwohl er tatsächlich die meiste Zeit seines Lebens in Büroräumen verbracht hatte, waren die Räume seiner Fantasie unendlich gewesen, hatten Platz für jede nur denkbare Erweiterung geboten. Geld hatte er mit Freiheit assoziiert, und die Freiheit hatte sich meistens nur als Projektion in seinem Kopf abgespielt, als Projektion aller Möglichkeiten, die ihm mit seinem Erfolg theoretisch offenstanden. Trotz der realen Enge der Büros, in denen das Geld für die Fantasien verdient wurde, hatte stets die Vorstellung von ewiger Ausdehnung dominiert. Jetzt waren diese inneren Räume fiktiver Möglichkeiten auf ein punktförmiges Nichts geschrumpft. Woran sollte seine Fantasie sich jetzt noch entzünden? Etwa an der totalen Katastrophe? Und wohin anders als in ein zukunftsloses Vakuum könnte sie ihre Flügel aufspannen?

Eine gut aussehende junge Frau mit langen Beinen und blonden

Haaren betrat die Bar. Ihre Lippen waren so voll, dass sie wie aufgespritzt wirkten. Anderson fragte sich, warum jemand wie sie keinen männlichen Begleiter dabeihatte.

„Hallo, Irene", grüßte der Barkeeper, „nett, dass du vorbeischaust. Warum hast du nicht ein paar von deinen Freundinnen mitgebracht? Ich hab dir doch gesagt, dass ihr für die Drinks nichts bezahlen müsst."

Irene sagte, sie hätte das nicht mitbekommen. Nach einem kurzen Blick auf Anderson zog sie ein Handy aus der Tasche und wählte eine Nummer.

„Hey, Gina, hör mal, hier gibt's 'ne neue Bar, das *Nighthawk*! Zieh dir was Nettes an und komm vorbei! Der Barkeeper ist ein alter Freund. Für alleinstehende Mädchen sind die Getränke frei."

Zwei Hocker weiter setzte sie sich neben Anderson vor den Bartresen. Seine Bemühungen, ihre Existenz zu ignorieren, blieben aufgrund eines starken Parfumgeruchs, der aus ihrer Richtung kam, erfolglos.

Seit Tagen hatte er mit allen nur erdenklichen Methoden probiert, auf andere Gedanken zu kommen, aber immer wieder kam neben dem Selbstmitleid die Wut auf seinen ehemaligen Arbeitgeber hoch.

Anderson spürte das Blut in seinen Adern kochen, wenn er an die Nationalbank dachte. Leute wie Henning hatten aus den Banken globale Geldmaschinen gemacht und ihren Wertpapierdealern freie Hand gegeben, solange die magischen Quellen sprudelten. Jetzt gaben sich die Vorstände plötzlich wieder als die bescheidenen Verwalter der ihnen anvertrauten Vermögen und schoben die Verantwortung auf diejenigen, die in ihrem Auftrag an der vordersten Front der Milliardenspekulationen die goldenen Kartoffeln aus dem Feuer der Renditeorgien geholt hatten.

Sein Abfindungsvertrag verpflichtete ihn zwar zum Stillschweigen über interne Vorgänge bei der Nationalbank, aber er war entschlossen, seine aus den Vorstandsetagen gewonnenen Kenntnisse über Strategiepapiere und seine bei Marion Delian angezapften Topsecret-Informationen meistbietend zu veräußern. (Mit Hennings hübscher Sekretärin hatte ihn eine kurze Affäre verbunden.)

Das Mädchen rückte einen Sitz näher an seine Seite.

„Sind Sie ein Freund von Robert?"

„Wer ist Robert", fragte Anderson ohne wirkliches Interesse.

Sie deutete auf den Barkeeper.

„Das ist Robert!"

„Nein", sagte Anderson, „ich bin rein zufällig hier reingeraten."

„Sie sehen aus, als hätten Sie Streit mit Ihrer Freundin gehabt", versuchte das Mädchen, ein Gespräch zu eröffnen.

Anderson legte einen Geldschein auf die Theke.

„Ich habe keine Freundin."

Der Aufenthalt in dieser Bar hatte seine Stimmung drastisch verschlechtert. Er hätte den Whisky nicht trinken sollen.

Als Anderson schon halb auf der Straße stand, rief ihm der Barkeeper nach:

„Schauen Sie doch wieder mal rein!"

Draußen hatte es zu regnen begonnen. Die nassen Karosserien der abgestellten Autos spiegelten die Neonlichter. Anderson schlug den Kragen seiner Jacke hoch. Mit dem Regen war auch die Temperatur abgefallen. Er drehte sich nicht um. Jetzt gab es wichtigere Dinge zu tun, als in Bars herumzuhocken.

„Es gibt nichts Öderes, als leere Bars", sagte eine Stimme hinter ihm.

Anderson drehte sich um. Der große Mann mit der Glatze und der Hornbrille hatte die Bar ebenfalls verlassen.

„Na, dann werde ich mein Glück noch mal woanders versuchen", fügte der sonderbare Unbekannte hinzu. „Und Ihnen noch einen schönen Abend."

Anderson sah ihm noch einen Moment nach. Der Tonfall des Mannes hatte ihm nicht gefallen.

1.8

In *Peters Bistro*

Leo Zech hatte sich verfahren. Er stand wieder vor derselben Kreuzung wie vor zehn Minuten, nur dass er dieses Mal von der anderen Seite gekommen war. Er war die ganze Zeit im Kreis gefahren. Er sah auf die Uhr. Jetzt war er schon fast eine Viertelstunde zu spät.

Die Gegend dämmerte nächtens in einer Trostlosigkeit, die jeden Fußgänger von der Straße verscheuchte. Aufs Geratewohl bog er in eine Seitenstraße, um sich an deren Ende grundlos für die linke Abzweigung zu entscheiden.

Es war die richtige Entscheidung gewesen.

Endlich war die Tankstelle zu sehen, die er hatte finden sollen. Sie gehörte zu einer Supermarktkette und gewährte Rabatte, die der Mühe wert waren, auch bei Dunkelheit in diese entlegene Gegend im Industriepark Ost zu fahren. Wahrscheinlich nur, weil die Tankstelle Tag und Nacht geöffnet war, konnte sich hier eine Kneipe halten, die sich *Peters Bistro* nannte und zwischen zwei Lagerschuppen eingequetscht war und im Grunde nur eine Art Baracke mit etlichen kleinen Anbauten und einem riesigen, mit Lastwagen und Containern vollgestellten Parkplatz war. Die windschiefe Herberge für Zufallsbesucher, die in dieser trostlosen Umgebung wie ein gestrandetes Ufo aus Holzlatten, Wellblech und Aluminiumtüren anmutete, erstrahlte in einem todbleichen Neonlichtglanz.

Zech hatte sich angewöhnt, die Person, die er gleich treffen würde, *Wohltäter* zu nennen.

Er, der jetzt sicher schon ungeduldig auf ihn wartete, hatte ihn aufgefordert, alles, was er über ihn erführe, vorsichtshalber aus seinem Gedächtnis zu verbannen, um sich den Bullen gegenüber nicht zu verplappern.

In *Peters Bistro* lief zu einer Schlagermusik im Hintergrund ein Fernseher mit abgedrehtem Ton, auf dem gerade für ein Shampoo geworben wurde. Vom Fernfahrer bis zum Jungmanager gaben sich hier die unterschiedlichsten Menschen ein Stelldichein. Keiner gehörte zur Welt des jeweils anderen, aber man redete miteinander, wenn auch nur über die Benzinpreise und die düsteren Zukunftsaussichten.

Der *Wohltäter* saß mit einer Zeitung in der Hand an einem Tisch zwischen zwei Toilettentüren. Wahrscheinlich war kein anderer Platz frei gewesen.

Im ganzen Raum roch es nach Bier, Bratwurst und Urin. Als Zech näher kam, senkte der Mann kurz die Zeitung.

Für einen Moment kamen ihm Zweifel an seinem Verhältnis zum *Wohltäter.* Immerhin hatte er bereits einen Auftrag für ihn ausgeführt, der zwar nicht besonders kompliziert, aber dem Gesetz nach eine kriminelle Handlung gewesen war. Dann jedoch kehrte sofort wieder das alte Vertrauen zurück. Er hatte die überaus präzisen Anweisungen Punkt für Punkt befolgt und sich in keinem Moment in Gefahr befunden. Es gab keinen Anlass für Misstrauen.

Beim ersten Wiedersehen vor einigen Tagen hatte der *Wohltäter* ihn in groben Zügen in sein Projekt eingeweiht, und was er sagte, hatte Zech nicht nur eingeleuchtet, sondern auch gefallen. Endlich einmal sollten die Richtigen zur Verantwortung gezogen werden, und niemand sollte dabei körperlich zu Schaden kommen. Er hatte eingewilligt und eine professionelle Arbeit geleistet.

Heute war der *Wohltäter* kurz angebunden, während er Zech mit freundlichem Nicken einen Briefumschlag zuschob.

„Ihr Honorar", sagte der *Wohltäter*, „machen Sie den Umschlag auf und sagen Sie mir, ob Sie mit der Höhe der Summe einverstanden sind. Des Weiteren werden Sie Anweisungen über ihren nächsten Einsatz finden. Wenn Sie jetzt aussteigen wollen, habe ich vollstes Verständnis dafür."

Zech hielt es für unter seiner Würde, die Geldscheine zu zählen. Das Honorar war ihm peinlich, er hatte nichts gefordert, er hätte es auch umsonst gemacht und war bestenfalls bereit, einen Teil davon anzunehmen. Der *Wohltäter* winkte ab.

„Nehmen Sie es, ich bitte Sie darum. Sie haben es sich verdient. Ihre Unkosten bekommen Sie extra erstattet."

„Ich steige nicht aus", sagte Zech.

Der *Wohltäter* sah ihm prüfend in die Augen.

„Gut! Die neuen Anweisungen können Sie später studieren. Sie sind ebenfalls in dem Umschlag. Wenn es Schwierigkeiten geben sollte, melden Sie sich bei mir. Und heuern Sie keine weiteren Mitarbeiter an. Sie müssen alles alleine machen."

„Ich werde einiges delegieren müssen", wandte Zech ein, „speziell, was technische Fragen betrifft."

Darin lag genau genommen der schwierigste Teil. Er selbst war zwar kein ungeschickter Bastler, aber in diesem Fall war höchste Professionalität gefragt. Gute Leute fand man nicht an jeder Ecke und verschwiegene waren noch seltener. Dazu musste man alles so einfädeln, dass man nicht nachträglich erpresst werden konnte. Zech verfügte noch über einige Kontakte von früher, aber es würde nicht einfach werden, die Leute nach so vielen Jahren noch zu finden. Davon abgesehen konnte man nicht wissen, ob sie überhaupt noch in der Branche tätig waren. Er hatte sich sogar schon überlegt, die Sender- und Empfängerschaltungen selbst herzustellen. Mit genügend Einfallsreichtum würde er vielleicht an Montagepläne kommen, die er nur noch zu modifizieren brauchte. Mit dem Sprengstoff sah es wesentlich schwieriger aus. Nicht, dass es nicht genügend Anbieter gab, nur: Die meisten von ihnen waren zwielichtige Figuren. Der Kontakt mit derlei Dunkelmännern könnte unerwünschte Gefahren mit sich bringen. Auch hier hatte er über eine Do-it-yourself-Möglichkeit nachgedacht, war aber zu keinem befriedigenden Ergebnis gekommen.

„Das ist kein Problem", sagte der *Wohltäter.* „Verschiedene Zutaten für unsere Unternehmung werden Sie bei einem Spezialisten bestellen müssen, aber natürlich darf niemand erfahren, was damit geschieht. Ich vertrauen Ihnen und verlasse mich auf Sie."

Zech nahm ein Blatt aus dem Umschlag und faltete es auseinander. Wie schon beim letzten Mal handelte es sich um eine Punkteliste.

„Das können Sie hundertprozentig", sagte Zech.

Nichts war in der Liste vergessen worden. Jedes Detail der Vorbereitung war ausgeführt, und alles fügte sich in einen präzisen Zeitplan. Zusätzlich war an unerwartete Veränderungen der Situation gedacht worden. Dazu waren Hinweise für Anpassungen angeführt.

Der *Wohltäter* nickte.

„Ja. Ich muss mich jetzt verabschieden."

Niemand außer Zech sah ihm nach, als er das Bistro verließ.

Jetzt, wo alles auf eine dramatische Steigerung hinauslief, verspürte Zech ein Unbehagen. Was wäre, wenn bei aller akribischen Vorbereitung nun doch etwas schiefging? Niemand dürfe auch nur im Entferntesten einer Gefahr ausgesetzt sein, hatte ihm der *Wohl-*

täter eingeschärft. Jeder dumme Zufall müsse ausgeschaltet werden.

Der nächste Auftrag schien auf den ersten Blick keine Komplikationen zu bergen. Aber worauf steuerte alles hinaus?

1.9

Die Kunsthalle der Nationalbank

In den großzügigen Ausstellungsräumen der neu eröffneten Kunsthalle der Nationalbank waren mindestens zweihundert Personen versammelt. Zweifellos handelte es sich um die Creme der Gesellschaft.

Am Eingang wurden Sarah und ich von einer blonden Frau in einem schwarzen Kostüm mit einigen freundlichen Floskeln begrüßt, die uns das Gefühl geben sollten, persönlich gemeint zu sein. Wie die anderen Gäste auch hatte jeder von uns ein kleines Namensschild bekommen, wie es auf Kongressen üblich war. Vielleicht handelte es sich um eine Sicherheitsmaßnahme.

Auf der Einladungskarte stand:

Sammlung Gollier – Impressionismus – Expressionismus – Surrealismus: Wegbereiter der Moderne.

Das klang nach einem kulturpolitischen Anspruch. Hundertfünfzig Exponate! Es war keine kleine Sammlung. Wie reich musste man sein, um sich so ein Hobby leisten zu können? Die aufgeführten Künstlernamen gehörten zur ersten Garnitur der Kunstgeschichte.

Ein Geruch aus Firnis und teueren Designerdüften lag in der Luft.

Ich deutete auf die Einladungskarte.

„Wer ist Gollier?“

Während sie mich ungeduldig an ein Buffet zog, um sich Kaviarschnitten und Wachteleier auf einen Teller zu legen, flüsterte Sarah mir zu, sie hätte sich vorher ein wenig schlau gemacht. Gollier sei Großaktionär einiger bedeutender Firmen und säße im Vorstand der Nationalbank. Die Hälfte der Sammlung sei einem Erbe seiner Frau, einer geborenen Keyserling, zu verdanken, und den Rest hätte er selbst dazugekauft. Ein böses Gerücht besage, dass etliche Werke aus dem ursprünglichen Keyserlingbesitz auf Judenenteignungen im Dritten Reich zurückgingen, was Gollier allerdings bestreite. Alfred Keyserling sei Ingenieur gewesen und hätte in den Zwanzigern aus der kleinen Werkstatt seines Vaters Friedrich die Technischen Werke Gerau gemacht, die Generatoren, Batterien und Elektromotore für U-Boote produzierten. Dazu hätte man ein Firmen-KZ unterhalten, in dem Tausende der Zwangsarbeiter an Quecksilber und anderen Vergiftungen gestorben seien, was die jetzigen Erben immer noch leugneten.

Mit einem verbindlichen Lächeln kam die Frau in Schwarz, die uns die Namensschilder gegeben hatte, zielstrebig auf uns zu.

„Herr Romer, Frau Leismann, wenn Sie mir bitte folgen wollen. Herr Henning hat jetzt einige Minuten Zeit für Sie.“

Da keine Woche verging, in der man den einflussreichsten Banker Deutschlands nicht in irgendeiner Nachrichtensendung auftreten sah, war mir das markante Gesicht vertraut.

Henning löste sich aus einer kleinen Gruppe.

„Vor hundert Jahren“, flüsterte Sarah mir zu, „trugen Herren in seinem Alter einen grauen Bart, jetzt haben sie alle getönte Haare.“

Im Original wirkte Hennings Lachen verkrampfter, als er es in den Medien zur Schau zu stellen pflegte. Der große Mann bewegte sich, als müsse er die Würde des Geldes und dessen Verwaltung auch körperlich darstellen.

Ich fand es seltsam, dass die Ausstrahlung eines starken Charismas mit zunehmender Nähe abnahm. Eine unverkennbare Eitelkeit ließ Hennings Gesichtszüge starrer erscheinen, als seine professionelle Mimik vorzuspiegeln versuchte. Eine gewisse Jungenhaftigkeit in seinen Zügen verlieh ihm das Aussehen eines Sportlers, der vorgab, Rilke, Heine und Thomas Mann zu lesen. Ganz sicher benutzte er teure Kosmetika. Hennings dominante Präsenz speiste sich vermutlich weniger aus den Tiefen seiner selbst als der ihm verliehenen Macht. Seine wirkliche Energiequelle waren die Milliarden, mit denen er jonglierte, und der damit verbundene Status einer Führungspersönlichkeit. Aber die Verwaltung der Milliarden, die ihm nicht gehörten, hatte nach der Entwicklung im letzten Jahr einiges zu wünschen übrig gelassen.

Die dezenten Falten auf Wangen und Stirn unterstrichen den Eindruck, dass die Person imstande sei, sich der Verantwortung zu stellen und Sorgen zu empfinden, wohingegen die Straffheit der übrigen Haut das physische Vermögen signalisierte, jede Minute seines Lebens der ungeheuren Aufgabe, die das Schicksal ihm gestellt hatte, zu opfern. Seine Augen verrieten den merkwürdigen Fernblick von Menschen, die durch ihren Gesprächspartner hindurch eine andere, bedeutendere Wirklichkeit zu fixieren schienen. Einem Mann wie ihm, vermutete ich, würde niemand wirklich nahekommen können. Zweifellos gehörte er zu der Handvoll Götter, die die einfachen Menschen hier unten auf der Erde mit jenem Manna versorgten, ohne das die Glaubensgemeinschaft der Konsumenten auf all ihre kreditfinanzierten Häuser, Autos und Luxusspielzeuge ansonsten verzichten müsste.

„Herr Romer!“

Hennings Stimme war weder zu laut noch zu leise, weder zu tief noch zu hoch, sie klang freundlich, aber ohne Wärme.

„Sie sind also Bulthaupts hochgelobter Kaffeesatzleser! Erlauben Sie mir, mich nicht mit Floskeln aufzuhalten. Ich habe diese Vernissage für das Treffen gewählt, weil es die unauffälligste Möglichkeit darstellte, uns zu begegnen. Bislang sind aufseiten der Nationalbank nur drei meiner engsten Vertrauten und meine Sekretärin, Frau Delian, eingeweiht. Ich möchte es so lange wie möglich dabei belassen."

Er warf einen Blick zur Seite, um sicherzustellen, dass niemand etwas mitbekam, und senkte seine Stimme.

„Herr Bulthaupt schwankt zwischen terroristischem oder psychopathischem Hintergrund. Wie denken Sie darüber? Sind das die einzigen Alternativen?"

Nach einem Moment des Schweigens entschloss ich mich zu einer provokativen Antwort.

„Ich warte darauf, dass der Kaffeesatz größer wird. Dann mache ich mich an die Deutung."

Henning bemühte ein Lachen. Aber er war nicht wirklich amüsiert.

„Ich habe eines Ihrer Kunststücke beobachten dürfen. Im Fernsehen. Ich glaube, es war bei einer Talkshow. Wenn Sie das wirklich könnten, müssten Sie jetzt schon die Identität des Absenders erraten haben. Davon abgesehen würden Sie alle Börsenanalysten mit einem Schlag brotlos machen. Ist das richtig?"

Ich nickte zustimmend und unterstrich, dass meine Magie nur auf der Weiterentwicklung klassischer Bühnentricks beruhe.

Hennings Augen wurden kälter.

„Und warum glaubt Bulthaupt, Sie könnten die Hintergründe erhellen?"

„Fragen Sie Bulthaupt", gab ich zur Antwort, „vielleicht glaubt er, ich verfüge tatsächlich über gewisse paranormale Fähigkeiten."

Der Blick des Bankchefs schweifte ab.

„Tun Sie das?"

Ausweichend erklärte ich, dass man mich beim FBI lediglich zum Profiler ausgebildet hätte.

Henning hatte jetzt einen korpulenten Mann mit einer Halbglatze ins Auge gefasst.

„Darf ich Ihnen unser Vorstandsmitglied Herrn Gollier vorstellen? Ihm und der Weitsicht seiner Familie haben wir diese einzigartige Ausstellung zu verdanken."

Während Gollier Sarahs rechte Hand ergriff und in altmodischer Weise einen Handkuss andeutete, verabschiedete Henning sich mit der Entschuldigung, etliche Gäste noch nicht begrüßt zu haben. Ich beobachtete eine Weile, wie der hochgewachsene Mann sich Hände schüttelnd einen Weg durch die Menge bahnte.

Gollier war aus gänzlich anderem Holz geschnitzt. Die füllige Figur trug er mit erstaunlicher Eleganz, und sein rundliches Gesicht mit den ausdrucksvollen dunklen Augen und den buschigen Augenbrauen ließ auf einen kultivierten Weltmann schließen. Sein gestreifter Zweireiher sah nach einer Maßanfertigung aus, während er mit der dunkelroten Seidenweste darunter offenbar der Forderung Ausdruck verleihen wollte, ihn auf keinen Fall mit den anderen Erbsenzählern gleichzustellen.

Er musterte mich mit einem offensiven Blick.

„Gehören Sie zu der Finanz- oder der Kunstfraktion?"

Ich überlegte einen Moment. Obwohl Gollier von Henning schon sehr bald erfahren würde, dass ich für das BKA arbeitete, entschloss ich mich zu einer Antwort, die der Kommunikation eine interessantere Richtung geben würde.

„Weder zu der einen, noch zu der anderen, ich bin Bühnenmagier."

„Ach", sagte Gollier, „dann sind Sie im weitesten Sinne ein Künstler. Magie und Malerei haben viel miteinander zu tun. Wussten Sie zum Beispiel, dass die Impressionisten in ihrer Technik die sehr viel späteren Entdeckungen der Atomphysik vorweggenommen haben?“

Ich schüttelte den Kopf und sagte, dass ich davon noch nie etwas gehört hätte. Das war eine Lüge. Ich hätte durchblicken lassen können, dass ich ursprünglich einmal Kunstgeschichte und Psychologie hatte studieren wollen und nur durch verschiedene Zufälle sowie meine Neigung zur Intuition eine Laufbahn als Profiler eingeschlagen hatte. Tatsächlich hatte ich mich in meinem Wesenskern stets mehr als Künstler gesehen, mich aber aus vielerlei Gründen bemüht, kein Aufhebens davon zu machen. Das Magierhandwerk hatte sich als der beste Mittelweg erwiesen, die chaotischen Tendenzen meines Charakters in eine disziplinierte Form zu bringen. Davon abgesehen war es ein psychologisches Experimentierfeld erster Güte. Ebenso bot mir der banale und zugleich kunstvolle Magierberuf die Möglichkeit, meine philosophischen Ambitionen unbemerkt zu integrieren, immerhin ging es um nichts Geringeres als die Illusion. Schon in jungen Jahren hatte mich immer wieder das Gefühl beschlichen, dass irgendetwas mit der Welt nicht stimmen würde und wir vielleicht nur ein winziger Teil einer gigantischen Illusionsmaschine wären, die wir *Kosmos* zu nennen pflegten, aber ich gab mir die größte Mühe, solche Gedanken für mich zu behalten. Auf jeden Fall war ich im Moment noch daran interessiert, dass Gollier mich unterschätzte.

Gollier deutete auf ein Gemälde.

„Sehen Sie, das ist ein Cézanne. Damals haben die Leute gesagt: Der kann nicht richtig malen. In Wahrheit hat er versucht, eine höhere Wirklichkeit des Lichts wiederzugeben. Er hat die Dinge mit den Augen eines Atomisten gesehen. Die harte Substanz wird fragwürdig. Alles ist durchscheinend. Die Welt ist ein Gemälde auf einem Schleier aus Voile. Er musste erst die Farben neu sehen lernen, um so zu malen. Das ist mit Impressionismus gemeint. Cézannes Eindruck der Natur war die Voraussetzung für die Auflösung der Welt in Quanten aus Farbe, Licht und Schatten. Es geht nicht um das Objekt als solches, es geht um die Wahrnehmung der Wirklichkeit."

Letzteres, unterbrach ich den Vortrag, könne man durchaus auch in einen metaphorischen Zusammenhang mit der Geldwirtschaft bringen.

Golliers Körpersprache war ungezwungener als die Hennings. Er lächelte häufiger und machte einen ausgiebigen Gebrauch von seinen Händen. Auf jeden Fall schien er über die Gabe der Ironie zu verfügen.

Die Kunst biete in der Tat vielseitige Möglichkeiten der Vergleiche, fuhr Gollier bestätigend fort, auch als geeignetes Anschauungsmaterial für die Mysterien des Geldmarkts. Überhaupt ermögliche sie aufschlussreiche Erkenntnisse über die Relativität von Werten. Man müsse sich bewusst sein, dass die meisten der hier vertretenen Künstler es zu Lebzeiten weder zu Ruhm noch zu bedeutendem Reichtum gebracht hätten. Die Preise, zu denen ihre Werke heute gehandelt würden, hätten sicher ihre kühnste Vorstellungskraft übertroffen.

„Stellen Sie sich vor", sagte Gollier mit einem wissenden Blick, „Sie seien auf einer einsamen Insel gestrandet. Kein Trinkwasser, keine essbare Nahrung, aber plötzlich entdecken Sie eine angeschwemmte Kiste, in der sich ein paar Dosen Gulaschsuppe, ein Feuerzeug und ein Dutzend Originalzeichnungen von Leonardo da Vinci befindet. Was ist am wertvollsten? Natürlich das Gulasch. Und ich vermute, Sie würden die Zeichnungen ohne Reue entzünden und zum Aufwärmen der Suppe benutzen."

Gollier fing an, mich zu interessieren. Ich nickte beeindruckt und fragte ihn, ob er mir auf ähnliche Art auch die derzeitige Bankenkrise erklären könne.

Mir war aufgefallen, dass sein Blick immer wieder auf Sarah fiel. Sarah schien über die Fähigkeit zu verfügen, einem Mann das Gefühl zu geben, dass Alter und Intelligenz eine unwiderstehlich erotische Kombination eingingen. Wahrscheinlich war es nur ihrer bewundernden Aufmerksamkeit zu verdanken, dass Gollier sich zu weiteren Ausführungen motiviert fühlte.

„Was Sie Krise nennen", fuhr er in charmantem Plauderton fort, „ist der chaotische Teil einer Welt, in der die Berechenbarkeit von Zahlen nicht identisch ist mit der Berechenbarkeit von Werten, die von einem Moment zum anderen ihre Vorzeichen wechseln können. Stellen Sie sich vor, allen Kunsthändlern geht es prächtig. Jemand bietet plötzlich einen Koffer mit Michelangelo-Skizzen an. Gutachter bezeugen die Echtheit. Es gibt Gerüchte über Fälschungen, aber die Gutachter fangen an, sich gegenseitig ihre Qualifikation zu bescheinigen. Schließlich erfindet der Kunsthandel auch noch ein Zertifikat, das die Seriosität der Prüfung bestätigt. Jetzt steht dem Kauf nichts mehr im Wege. Die Kunsthändler rechnen sich schon die Höhe der Wertsteigerungen aus. Hundert Prozent! Tausend Prozent! Aber dann werden die Blätter noch einmal von einer unabhängigen Institution untersucht. Es war doch kein Gerücht: Die Zeichnungen sind Fälschungen. Nachdem der Händler die Zeichnungen gekauft hatte, war sein Konto um hunderttausend leichter, aber er erhöhte den Wert der Skizzen kraft seiner zertifizierten Behauptung sofort auf zweihunderttausend. Für ihn hatte sich sein imaginärer Kontostand erhöht. Investition plus Gewinn. Jetzt aber waren dieselben Blätter gar nichts mehr wert, folglich beträgt das reale Ergebnis des Händlers minus einhunderttausend. Unser Händler hätte also genauso gut einen echten Rembrandt kaufen und anschließend verbrennen können. Abschreiben bedeutet in der Finanzwelt dasselbe wie verbrennen."

Sarah strich sich effektvoll durch die Haare.

„Das war ein beeindruckender Vortrag."

Gollier bot ihr stilvoll seinen Arm.

„Wenn Sie mich für einen Moment begleiten möchten, zeige ich Ihnen die wertvollsten Exponate der Sammlung und einige Blätter aus einem Skizzenbuch Michelangelos, die garantiert echt sind."

Als Sarah mit Gollier fortging, drehte sie sich noch einmal kurz um und zwinkerte mir zu.

In meiner Wahrnehmung gehörte sie zu den wenigen Frauen, die sowohl von vorne als auch von hinten eine gute Figur machen und auf hohen Hacken genauso sportlich laufen wie in Turnschuhen. Mein Blick blieb noch einen Moment auf ihren schlanken, aber wohlgeformten Beinen hängen. Sie waren mir schon aufgefallen, als ich Sarah vor vielen Jahren zum ersten Mal im BKA gesehen hatte.

Ich hatte bis jetzt noch nicht herausgefunden, nach welchen Kriterien die Hängung der Bilder vorgenommen worden war. Was ein Professor der Ästhetik dazu im Katalog geschrieben hatte, war mir unverständlich geblieben. Da hing ein Tanguy neben einem Nolde, ein Dix neben einem Dalí und ein Richter neben einem Oldenburg. Einzig die Gegenüberstellung eines monochromen Geiger, ganz Rot in Rot, mit einem schwarzen Quadrat von Malewitsch leuchtete mir ein. Zwischen den beiden Arbeiten lag fast ein Jahrhundert. Ich fragte mich, wieso nach Malewitschs *Schwarzem Quadrat* überhaupt noch Kunst gemacht werden konnte. Er hatte mit seinem Bild doch schon das Ende von allem vorausgesagt.

„Sie unterscheiden sich wohltuend von den übrigen Gästen",

sagte eine näselnde männliche Stimme neben mir. „Wie ich annehme, sind Sie weder ein Banker noch ein Kunstsammler."

Ein großer schlanker Mann mit kahlem Schädel und einer modischen Hornbrille hatte sich unbemerkt an meine Seite gestellt. Er trug einen dunklen Anzug mit einem schwarzen Hemd ohne Krawatte und roch nach einem scharfen Mundspray.

„Ich bin Bühnenmagier", gab ich zur Antwort und ärgerte mich gleich darauf über meine vorschnelle Reaktion.

Die schmalen Lippen des Mannes deuteten ein Schmunzeln an.

„Wie interessant! Das Leben ist voller Magie!"

Ich rückte ein wenig ab. Die Nähe des Mannes aktivierte meine innere Abwehr.

„Denken Sie nur an Faust", fuhr er meine Abneigung ignorierend fort. „Heute sind die Banker die Alchemisten. Sie glauben, man könne wertloses Papier mit Zauberzahlen in echtes Gold verwandeln. Aber mit solchen Ideen ist schon Faust auf die Nase gefallen. Vielleicht ist diese Sammlung das Einzige, was eines Tages von der Nationalbank übrig bleibt."

Er zeigte auf das schwarze Quadrat.

„Malewitsch! Das war damals wirklich visionär. Man stelle sich das einmal vor, er wollte mit seiner Kunst allen Ernstes die russische Revolution unterstützen. Geistig natürlich! Eines seiner suprematistischen Bilder hat er Stalin gewidmet. Dafür wäre er beinahe in einem Gulag verschwunden. Künstler sind wirklich naiv."

Der Mann gefiel mir ganz und gar nicht. Er erregte mein Misstrauen.

Ich entschloss mich zu einer direkten Frage.

„Und wie soll ich Sie in diese Vernissage verorten?"

Er sah mich mit spöttischen Augen an.

„Ich leiste mir den Luxus des Beobachtens. In diesen spannenden Zeiten lohnt es sich, genauer hinzusehen."

Er nickte noch einmal mit einem kühlen Lächeln in meine Richtung und sagte im Gehen:

„Einen schönen Tag noch. Wer weiß, vielleicht kreuzen sich unsere Wege nicht zum letzten Mal.“

ZWEITER AKT

DER ERNSTFALL TRITT EIN

2. 1

Marbella

Max Gollier wischte sich den Schweiß von der Stirn.

„Die Hitze ist nicht gerade erholsam."

Inge Gollier, geborene Keyserling, sah mit interesselosem Blick aus dem Fenster der Limousine.

„Ich mag das. Man kann an nichts mehr denken. Das tut manchmal gut. Aber der Wagen hat auch eine Klimaanlage."

„Wenn man von den Palmen absieht", nörgelte Gollier, „lässt der Ort einiges an Schönheit zu wünschen übrig."

Marbella und seine rapide alternde Jetset-Gemeinde war Gollier stets zuwider gewesen, aber jetzt hatte sich eine Möglichkeit angeboten, Dr. Zierer, den Vorstandssprecher der Schweizer Invest Bank, besser bekannt unter dem Akronym SIB, in einem privaten Rahmen zu treffen, um herauszufinden, wie der bedeutendste Verwalter amerikanischer Vermögen in Europa die derzeitigen Vorgänge auf dem US-Hypothekenmarkt einschätzte. Die Clanchefin Henriette Keyserling hatte zu ihrem fünfundneunzigsten Geburtstag eine Familienkonferenz einberufen, die einen Machtwechsel zum Thema hatte, und Dr. Zierer, der seit über zehn Jahren die privaten Vermögensanteile der meisten Mitglieder der Keyserlingfamilie betreute, würde ebenfalls anwesend sein. Bis jetzt hatte die alte Keyserling nie einen Zweifel daran gelassen, bis zum letzten Atemzug die absolute Kontrolle zu behalten. Seit einem Jahr jedoch saß sie im Rollstuhl und hatte angefangen, ihren Vorsatz in Zweifel zu ziehen. Ihren Vorstellungen entsprechend sollten vorerst lediglich einige unbedeutende Verantwortungsbereiche von einigen ihrer Kinder und Enkel übernommen werden. Aber es sollte ein Anfang werden, dessen Fortgang zweifellos einige der traditionellen Strukturen verändern würde.

„Während meines Studiums", sagte Inge schläfrig, „war ich in den Semesterferien häufig hier. Da sah der Ort noch ganz anders aus. Es war wesentlich romantischer."

„Du hattest doch nie ein besonders gutes Verhältnis zu deiner Großmutter", sagte Gollier.

Inge seufzte auf.

„Ich hatte gar kein Verhältnis zu ihr. Sie war für alle unnahbar und vor allen Dingen unbelehrbar. Kommunizieren konnte sie nur in Form von Anordnungen, Belehrungen und Ablehnungen. Ihre Fähigkeit, die Vergangenheit zu verdrängen, spielte sich auf höchster Ebene ab. Aber sie war ja fast nie hier. Um das Marbella-Anwesen hat sich meistens Onkel Karl gekümmert. Der gerierte sich ebenfalls nicht als besonderer Menschenfreund und war nur selten auf der Finca zu sehen, weil er sich ständig auf Golfplätzen oder Society-Events rumtrieb."

Gollier schüttelte den Kopf.

„Karl! Der war doch auf unserer Hochzeit. Ein unangenehmer Mensch."

Die Züge seiner Frau verfinsterten sich.

„Der größte Teil der Sippschaft ist nicht viel besser. Lass uns von etwas anderem reden. Ich habe kein Interesse, mir die Laune verderben zu lassen."

„Eigentlich geht dich das ja auch alles nur am Rande was an", versuchte Gollier das Thema zu beenden. „Du hast geerbt und auf jegliche Mitsprache verzichtet. Das war eine kluge Entscheidung. Damit hast du dir eine Menge Stress erspart."

Als sie endlich aus den engen Straßen der Innenstadt heraus waren, hatte sich das Bild verändert. An den breiten Palmenalleen tauchten jetzt große gepflegte Grundstücke mit herrschaftlichen Häusern auf, allesamt in südländischem Stil, wenngleich in unterschiedlichsten Variationen, so wechselten italienischen Privatpalästen nachempfundene alte Villen mit modernen ibizaaffinen Luxusvillen ab.

Inge deutete aus dem Fenster.

„Sieh mal, die riesige Anlage auf der rechten Seite hat sich ein Scheich aus den Emiraten gebaut. Die goldene Kuppel gehört zu seiner Privatmoschee."

Gollier nickte.

„Das sind die Leute, denen eines Tages wahrscheinlich alle unsere Banken und Wirtschaftsunternehmen gehören werden. Dann wird es in den Zentralen Extraräume mit Gebetsteppichen geben und Gelddynastien wie die Keyserlings werden der Vergangenheit angehören."

Am Ende des Villenreservats bog der Wagen in einen schmalen Privatweg, der durch einen Pinienwald in sanften Kurven auf einen Hügel führte. Schon die Einfahrt gab einen Hinweis auf die zu erwartende Größe der Keyserling-Finca.

Als sich ihr Wagen einem säulenbewehrten mächtigen Eingangsbogen näherte, glitt das schmiedeeiserne Torgatter aus floralen Ornamenten mit diskreter Lautlosigkeit automatisch zur Seite. Erst nach einigen Hundert Metern auf einer breiten, mit blühenden Oleanderbäumen gesäumten Kieseinfahrt öffnete sich in der Gartenlandschaft der Vorplatz zu einem riesigen alten Gutshaus, dem man schon auf den ersten Blick ansehen konnte, wie viel Geld alleine die Restaurierung gekostet haben musste. Auch hier konnte man in der Architektur des dreistöckigen Herrenhauses mit den vielen Balkonen und Markisen deutlich den italienischen Einfluss erkennen.

Gollier warf einen kurzen Blick auf seine Frau.

„Wer ist denn Madame Keyserlings Favorit?"

Sie räusperte sich.

„Was bleibt ihr anderes übrig, als Hans zumindest die Verantwortung für die formalen Abwicklungen zu übertragen? Er ist der Erstgeborene und inzwischen auch schon über siebzig. Karl will eigentlich gar keine Verantwortung, aber aus Prinzip doch mit entscheiden, und mein Vater hat wie Eduard zwar seinen Anteil gehalten, will aber sonst nicht viel mit den Geschäften seiner Mutter zu tun haben. Eduard selbst ist allerdings jetzt kein Faktor mehr: Er ist schon vor Jahren gestorben. Johann hat er vorher noch enterbt. Der gehört geschäftlich also sowieso nicht zum Clan."

Gollier ließ den Wagen langsam auf den Haupteingang zurollen und brachte ihn sanft zum Stehen.

Überall waren dunkel gebräunte Menschen zu sehen, die sich in den Gartenanlagen verlustierten.

„Das sieht nach wirklichem Luxus aus", bemerkte Gollier, als ein Bediensteter die Koffer aus dem Wagen hob und sich den Wagenschlüssel erbat, um das Auto auf den Parkplatz zu fahren.

„Das ist nur das alte Gutshaus", erklärte Inge, „es gibt noch weitere verteilte Gebäude und einen Appartementbungalow für Gäste."

Inzwischen war eine junge Frau mit spanischen Gesichtszügen auf sie zugekommen und erklärte in bestem Deutsch, dass sie Mercedes heiße und für ihre Unterbringung zuständig sei.

Gollier warf einen suchenden Blick in die Runde.

„Meine Frau erzählte mir, es gäbe inzwischen sogar einen eigenen Golfplatz auf dem Grundstück."

Mercedes nickte.

„Allerdings. Señor Karl ist sehr stolz darauf. Er hat alles selbst geplant. Mit dem Wasserverbrauch, den man im Sommer braucht, um ihn zu erhalten, könnte ein ganzes Dorf für Jahre auskommen."

Inge Gollier zog die Brauen hoch. „Oh, Sie haben eine eigene Meinung! Halten Sie das für übertrieben?"

Ohne eine Miene zu verziehen, deutete Mercedes auf einen schmalen Weg durch einen Palmenhain.

„Frau Keyserling stellt Ihnen eines der alten Gesindehäuser zur Verfügung. Sie sind sehr stilvoll restauriert und luxuriös ausgestattet. Sie werden sehen."

Als sich die Vegetation aus üppigen Oleanderstauden und Hibiskussträuchern mit ihren orangeroten Blüten ein wenig öffnete, sah man vor einem Säulengang des Herrenhauses einen hellen Kiesplatz mit einer großen gedeckten Tafel. Zwischen den Stämmen mehrerer hoher Washingtonpalmen war ein Sonnensegel gespannt.

Mercedes deutete zu dem riesigen Tisch.

„Frau Keyserling bittet in einer Stunde alle Gäste zur Begrüßung an die Kaffeetafel. Zur Bewirtung wurde extra ein Gourmetkoch aus Deutschland eingeflogen."

Inge Gollier musterte Mercedes von der Seite.

Der Tonfall der jungen Frau war von einem spitzen Unterton gefärbt. Vielleicht hatte sie professionelle Qualitäten, die es ihr gestatteten, sich mit den Voraussetzungen ihrer Arbeit nicht zu identifizieren.

Als Mercedes ein paar Schritte vorausging, sagte Gollier leise zu seiner Frau:

„Das Personal von heute ist auch nicht mehr gerade mit Demut erfüllt."

„Mit einem solchen Satz würdest du bei meiner Großmutter glatt punkten“, bemerkte Inge Gollier, „es sei denn, er war ironisch gemeint.“

Gollier lächelte lustlos.

„Ich mag hochmütige Untertanen aus anderen Gründen nicht. Aber was Mercedes anbelangt, würde ich dem ironischen Aspekt den Vorzug geben. In diesem Umfeld eine eigene Haltung an den Tag zu legen, zeugt von einer gewissen Charakterstärke. Vielleicht ist sie die einzige integere Person auf diesem Anwesen. Nun ja, vielleicht ist es ja auch nur eine kulturelle Note – der sprichwörtliche Stolz der Spanier.“

Aus dem Augenwinkel hatte Inge Gollier ein Paar bemerkt, das aus einem Torbogen zwischen den Säulengängen heraustrat.

„Das ist Johann, der Enterbte, mit seiner Frau Mira! Er hat jahrelang nicht mit seiner Großmutter geredet. Oder vielmehr sie nicht mit ihm.“

Gollier warf einen verstohlenen Blick auf das Paar. Sie, eine schlanke Erscheinung mit einem ebenmäßigen Gesicht und leicht gewellten brünetten Haaren, trug ein elegantes helles Sommerkleid. Er, mit schütteren grauen Haaren, halblang getragen und einem Dreitagebart, wirkte in einer weiten Leinenhose und einem kurzärmeligen bunten Hemd wie ein Bohemien.

Mercedes blieb vor einem einstöckigen Gebäude aus großen Sandsteinquadern stehen und öffnete die Tür.

„Treten Sie ein! Wenn Sie etwas brauchen, fragen Sie mich. Frau Keyserling legt größten Wert darauf, dass es ihren Gästen an nichts fehlt.“

Inge öffnete ihren Koffer und schüttelte den Kopf.

„Es ist immer wieder das Gleiche, ich nehme die falschen Kleider mit. In dieser Hitze ist fast nichts von den Sachen tragbar.“

*

Gollier beugte sich zu seiner Frau.

„Wie hat sie es geschafft, sich derart gut zu halten? Unglaublich, in fünf Jahren wird sie hundert werden, falls sie das noch schafft. Nur am Reichtum kann das nicht liegen."

„Das ist genetisch bedingt", flüsterte Inge zurück, „in ihrer Familienlinie haben viele ein hohes Alter erreicht."

„Wer sind die beiden jungen Mädchen neben deiner Großmutter?", fragte Gollier ebenso leise.

„Das ist die Urenkelgeneration", antwortete Inge, „für sie liegen die Verwicklungen der Firma in der Nazizeit so weit zurück, dass es nur noch Geschichte ist. Dass ihr Großvater sein Vermögen mit Zwangsarbeitern gemacht hat und ein freundschaftliches Verhältnis zu Hitler unterhielt, ist für sie bestenfalls ein Dissertationsthema."

Die alte Dame schien sich aus ihrem Rollstuhl erheben zu wollen, aber die Anstrengung reichte nur für eine Straffung ihres Oberkörpers und war ohnedies nur dazu gedacht, ihrer Begrüßungsansprache die erwünschte Würde zu verleihen. Auch wenn sie sich Mühe gab, ihren Worten einen warmherzigen und persönlichen Klang zu verleihen, kamen sie hölzern über ihre Lippen und ließen auf einen grundsätzlichen Mangel an Gefühl schließen. Wer sich einschmeicheln wollte, machte dagegen höfliche Bemerkungen über ihr treffliches Formulierungstalent. Schon bald, nachdem die Bediensteten Kaffeetassen gefüllt und Torten angeschnitten hatten, kam Unruhe in die Gesellschaft. Jeder hatte Geschenke mitgebracht und wartete auf den Moment, sie endlich überreichen zu können. Dieses Ritual wurde von Hans Keyserling eingeleitet, indem er sein Glas erhob und eine kleine Rede hielt, die in erster Linie Henriettes Verdienste als Großmutter, Mutter, Familienoberhaupt und Firmenchefin würdigte. Sätze wie *Alle, die wir hier sind, lieben dich!* waren so monoton vorgetragen, dass sie fast ironisch klangen. Mit seinen letzten Worten überreichte er ihr einen Strauß mit violetten Rosen und einen Karton.

„Ich weiß schon, was drin ist“, sagte die alte Keyserling. „Das ist wieder ein neuer Hut für meine Sammlung. Beim letzten Geburtstag war es einer mit Kornblumen aus Seide und Tüll.“

Karl präsentierte der alten Dame erwartungsvoll eine halb geöffnete Schachtel, in der man eine zierliche Uhr mit vielen Brillanten erkennen konnte. Um keinen Zweifel am Wert des Geschenks aufkommen zu lassen, hielt er einen Extrahinweis für nötig:

„Eine Sonderanfertigung von Cartier.“

Es folgten eine chinesische Vase, ein Parfum, ein Bildband über Glanz und Gloria des Keyserling-Unternehmens, ein Opernglas und andere Dinge, die der Alten vermutlich nicht das Geringste bedeuteten.

Inge Gollier schob ein schmales Päckchen über den Tisch.

Henriette Keyserling wickelte das Geschenkpapier ab.

„Ein Buch! Wie schön! Du bist immer so originell, Inge! Und dazu noch eines von unserem geliebten Papst. *Christus, der Glaube und Gott!* Das klingt ja vielversprechend! Wusstet ihr eigentlich, dass ich ihm einmal die Hand schütteln durfte, als er noch Ratzinger hieß? Du meinst also offensichtlich, dass ich trotz meines Alters noch Trost von höchster Seite brauchen könnte?“

Henriette Keyserling lachte heiser auf.

„Schlag einmal die erste Seite auf“, sagte Inge. „Es ist handsigniert. Das hat Max mit seinen guten Kontakten zum Vatikan organisiert.“

„Sehr schön, sehr schön, das ist ja etwas ganz Besonderes!“, lobte Henriette ohne jede Euphorie in der Stimme. „Jetzt erwarte ich aber, dass ihr ein wenig feiert. Das gehört sich so.“

Hans erhob sich ein zweites Mal und klopfte gegen das Sektglas.

„Das will ich meinen!“

„Fühlt euch wie zu Hause", ergriff Karl das Wort. „Langt zu! Die Torte ist hervorragend. Ich habe sie aus Wien einfliegen lassen! Der Champagner kommt aus der eigenen Kellerei. Den könnt ihr nirgendwo sonst bestellen."

Gollier hatte beiläufig ein Gespräch zwischen Karl Keyserling und Dr. Zierer verfolgt. Vor Eröffnung der Kaffeetafel hatte er den Schweizer Bankvorstand nur kurz begrüßt.

Es ging um einen Kollegen Zierers, der auf eigenmächtige Weise mit dem Bankkapital spekuliert hatte. Da dessen Umgang mit dem Geld anderer Leute zu riesigen Verlusten geführt hatte, war er entlassen worden und kämpfte jetzt um eine Abfindung in Millionenhöhe. Der Fall wurde zum Anlass genommen, andere Personen und andere interne Skandale im Finanzgewerbe zum Thema zu erheben.

„Mein Neffe, Johann Keyserling, ist als Richter, der einige bedeutende Wirtschaftsprozesse geführt hat, in gewisser Weise Fachmann für so etwas", sagte Karl Keyserling zu Zierer.

Johann Keyserling machte eine wegwerfende Handbewegung.

„Nein, bin ich nicht. Das Recht ist in diesen Fällen sowieso nur eine Frage des Geldes und der Macht. Ich habe in kaum einem meiner Prozesse wirklich gerechte Urteile fällen können. Meistens hatten ein Dutzend Staranwälte das Sagen über den Ausgang eines Prozesses. Im Vergleich zu all jenen, die Millionenbeträge veruntreuen, bekommt jeder einfache Dieb höhere Strafen."

„Da ist was Wahres dran", stimmte Gollier zu.

Auf Mira Keyserlings Stirn bildeten sich Ärgerfalten. Die Äußerungen ihres Mannes schienen ihr nicht zu gefallen.

„Die Leute, denen Sie härtere Strafen, überhaupt Strafen, wünschen, sind häufig diejenigen, die alles in Gang halten", wandte Zierer ein, „von Arbeitsplätzen will ich gar nicht erst reden. Das Volk braucht seine Feinde. Und daran verdient dann wieder die Boulevardpresse. Neuerdings ist es ja Mode geworden, dass Unternehmer auf der Titelseite als Kriminelle und Volksschmarotzer verleumdet werden. In den Siebzigern war das anders, da hat einer der einflussreichsten Zeitungsverleger in Deutschland noch die Werte des Kapitalismus und seiner Manager verteidigt."

„Mein Neffe war in seiner Jugend Kommunist", sagte Karl.

Johann Keyserling sah seinen Onkel unverwandt an.

„Kommunist? Ich hasse Ideologien. Die Schnittstelle zwischen Kommunismus und Kapitalismus ist für mich der Materialismus. Eine Art von Gerechtigkeit für alle stand in beiden Lagern nie zur Diskussion. Ich bin Richter und zu meinen Aufgaben gehört es, zwischen Recht und Unrecht zu unterscheiden. Im Übrigen werden Sie mir doch sicherlich zustimmen, dass der Anfang aller wirklich großen Vermögen meistens in einer unrechtmäßigen Aneignung bestand. Ich könnte Ihnen da etliche berühmte Beispiele aus der Geschichte nennen, einige aus der jüngeren Vergangenheit sind mir sogar bis ins Detail vertraut."

Während die greise Clanchefin ankündigte, sich jetzt für ihre nachmittägliche Siesta zurückzuziehen, rückte Dr. Zierer näher an Gollier.

„Wie ich von Ihrer Gattin hörte, sind Sie nur mitgekommen, um mit mir über die Situation in Amerika zu reden?"

Gollier sah Zierer forschend an.

„Diese Gerüchte über Probleme mit den amerikanischen Hypothekenzertifikaten – was soll man davon halten? Wir sehen die Entwicklung mit Besorgnis."

Zierer deutete ein amüsiertes Lächeln an. Kein Schatten des Zweifels war in seinem Gesicht zu finden.

„Die Einbrüche sind nur vorübergehender Natur, es handelt sich um die üblichen Schwankungen."

Gollier nickte mit diplomatischem Gleichmut und einer Spur Ironie auf den Lippen.

„Soso. Aber wenn mehr dahintersteckt, könnten erhebliche Probleme auf die Großbanken zukommen. Das käme einer Lawine gleich. Immerhin gibt es schon seit Langem alarmierende Nachrichten auf dem Immobiliensektor. Und da sehe ich durchaus einen Zusammenhang."

Zierer lächelte noch selbstgefälliger.

„Die Preise für Immobilien werden im Endeffekt weiter steigen."

„Oh ja", entgegnete Gollier mit unüberhörbarer Skepsis, „allerdings! Bis vor Kurzem stiegen sie in einer Weise, die alle Alarmglocken hätten zum Läuten bringen müssen. In einigen Städten Floridas wurde der Schätzwert von Villen innerhalb eines Tages um tausend bis zweitausend Dollar erhöht. Und genauso schnell wechselten die Objekte ihren Besitzer. Angeblich lief der Handel zuletzt nur noch unter den Spekulanten selbst. Demnach gibt es keine Käufer mehr, die in einem Haus wohnen wollen. Es ist doch nur noch eine Frage der Zeit, bis die Nachfrage total zusammenbricht."

Zierer demonstrierte ungebrochenen Optimismus.

„Ich sage Ihnen: Das ist alles inszeniert. Da stecken Interessengruppen dahinter. Das sind nur eine Handvoll windiger Großspekulanten."

Gollier schüttelte verständnislos den Kopf.

„Gehören wir nicht selbst zu den Großspekulanten? Wir hätten unsere überschüssigen Gewinne schließlich auch in die heimische Wirtschaft investieren können. Aber da war uns ja die Rendite nicht hoch genug. Politisch ein bedenkliches Signal. Ich kann nur hoffen, dass die Nationalbank gut beraten wurde."

„Wir alle wurden nur von den Besten beraten", sagte Zierer, „Johnson-Gellman und Levy-Shoemaker haben die Zertifikate begutachtet und sich selbst bis zum Abwinken eingedeckt. Was will man noch mehr? Ich denke ..."

„Ja, ich weiß", unterbrach Gollier, „Zertifikate! Und wissen Sie, von wem die sogenannten Zertifikate geprüft und benotet wurden? Von denjenigen, die den meisten Profit mit diesen Papieren gemacht haben! Ja, so ist das, der Kreislauf ist perfekt. Ich predige es schon seit Jahren, wenn alle in die gleiche Richtung laufen, sollte man schnellstens die Trendpisten verlassen."

„Worauf setzen Sie denn persönlich?", fragte Zierer misstrauisch. „Wie sichern Sie ihr persönliches Vermögen ab?"

Gollier zögerte einen Moment.

„Sie werden das merkwürdig finden, aber ich decke mich schon seit Jahren mit Gold ein!"

„Soso", nickte Zierer, „Gold, wer hätte gedacht, dass ein gutes altes Edelmetall wieder zu Ehren kommt? Ich sage Ihnen, wie die Panikgerüchte zustande kommen. Es gibt da einige einflussreiche Leute an der New Yorker Börse, die genau das tun, was Sie sagen. Sie denken eigensinnig und setzen schon seit einiger Zeit auf einen Zusammenbruch der Finanzwirtschaft."

„Wie bitte?", mischte Johann Keyserling sich ein, „die Spekulanten wetten auf eine Wirtschaftskrise?"

„So ist das System nun einmal", erklärte Zierer gereizt, „da sind Wetten zugelassen. Mit Wetten auf einen Kursverfall kann man ein Vermögen machen. Allerdings nur, wenn er auch eintritt. Die Spekulanten können andererseits dabei auch ihren ganzen Einsatz verlieren. Ich wage sogar die Voraussage, dass ihre Wette nicht aufgeht. Es wird die üblichen Abwärtsbewegungen geben, man wird die Einsätze erhöhen, und danach geht alles wieder steil aufwärts. Wer auf eine Krise gesetzt hat, schaut dann in die Röhre. Aber vorerst verunsichern sie die Trendsucher. Sie wissen ja, wie das mit Gerüchten ist. Allan Greenspan brauchte früher nur mal mit seinem Taschentuch seine alte Ledertasche zu putzen, und schon orakelte die amerikanische Nation, ob es eine Rezession oder einen Wirtschaftsboom geben wird."

Golliers Miene hatte sich weiter verfinstert.

„Ich kann Ihren Optimismus nicht ganz teilen. Eigentlich bin ich hierhergekommen, um im Auftrag Dr. Hennings mit Ihnen über Möglichkeiten einer Zusammenarbeit der wichtigsten europäischen Großbanken zu sprechen. Ihre SIB, Herr Zierer, könnte bei einem Kollaps der amerikanischen Hypotheken nur noch eine kostspielige Hülle ohne Inhalt sein. Es könnte kein Jahr mehr dauern, bis die Börsenkurse weltweit in den Keller sinken. Und nach der Finanzkrise käme zwangsläufig der Wirtschaftskollaps."

Zierer lachte, aber es hörte sich gezwungen an.

„Sie malen da Gespenster an die Wand, Herr Gollier."

Gollier gab sich Mühe, einen gleichmütigen Ausdruck zu bewahren.

2. 2

Im Bundeskriminalamt

Als ich aufwachte, kam es mir anfänglich so vor, als hätte ich traumlos geschlafen. Erst als ich nach dem Frühstück meinen Terminkalender zur Hand nahm, auf den Eintrag *11 Uhr – Bulthaupt* sah und mir klar wurde, dass ich mich beeilen müsste, kamen einige merkwürdige Szenen wieder zum Vorschein, die mich in der Nacht heimgesucht hatten.

Als die ersten Erinnerungsschnipsel weitere aus dem Dunkel des Vergessens hochspülten, gewannen die Bilder zunehmend an Schärfe.

Gollier war in einem weißen Kittel in Hennings Büro gestanden, das sich in ein unaufgeräumtes Künstleratelier verwandelt hatte. Auf einem Sofa lag eine nackte Frau, die ein wenig wie Sarah aussah.

Eine riesige Staffelei mit einer überdimensionalen Leinwand beherrschte den Raum. Als Gollier sich der Leinwand mit einem breiten Quastenpinsel näherte, war noch nichts von der Nackten zu sehen. Der Hintergrund aus grauschwarzen chaotischen Strukturen und wenigen roten oder gelben Flecken wirkte wie ein unscharfes Schlachtfeld.

Henning trat ans Sofa und betrachtete eingehend das Aktmodell.

Ohne einen Blick auf die Leinwand zu werfen, sagte Henning:

„Du bist einfach kein Künstler, Max. Das abstrakte Geschmiere sieht einfach nur wie Dreck aus."

Gollier lachte dröhnend und malte mit wenigen Strichen eine Kontur in Rot, die perfekt die Formen des Modells wiedergab.

„Besser so?", fragte Gollier, der gleich darauf zu einem schmierigen Lappen griff und alles wieder verwischte.

Hennig sah immer noch auf die Leinwand. Dafür hatte er übergangslos seine Kleider abgelegt.

„Viel besser", war seine Antwort, die sich offenbar gar nicht auf das Bild bezog.

„Schönheit ist die größte Lüge überhaupt", sagte Gollier

Nachdem er mit einem feineren Pinsel in unglaublicher Geschwindigkeit etliche Details auf den Hintergrund gemalt hatte, sah das Bild wie ein Katastrophengemälde von William Turner aus.

Das Aktmodell erhob sich lasziv vom Sofa und kam langsam auf mich zu. Jetzt bestand kein Zweifel mehr: Es war Sarah. Während ihr Blick auf der Leinwand haften blieb, legte sie ihre Arme um meinen Hals und sagte:

„Unglaublich, er malt wie Turner!"

Gollier begann, die Leinwand mit Asche und farbigen Pigmenten zu bewerfen.

„Ich werde es Der Untergang Roms nennen", sagte er stolz.

Nur mit einer Unterhose bekleidet stand Henning plötzlich vor dem Panoramafenster. Mir kam es vor, als würde kein Glas das Innen vom Außen trennen. Ein Geruch von Brand und Moder wehte in den Raum. Sarah betrachtete den unteren Rand des Bildes mit einer Lupe. Sie trug inzwischen ein langes rotes Ballkleid und hielt ein Glas Sekt in der Hand.

„Das sieht aber gar nicht nach Rom aus."

Ich war inzwischen an das glaslose Fenster getreten und ergänzte Sarahs Bemerkung.

„Er hat die Skyline von Frankfurt gemalt."

Draußen sah ich verrottete und teilweise eingestürzte Wolkenkratzer, ganze Stadtviertel schienen mit Abfall und Morast überschüttet und von dunklen Schwelbränden umwölkt.

Ich deutete in die Ferne und sagte:

„Was hat die brennende Freiheitsstatue in Frankfurt zu suchen?"

„Merkwürdig", hörte ich Sarahs Stimme. „Hier auf dem Bild ist sie auch zu sehen. Aber da brennt sie noch nicht."

Henning streifte seine Unterhose ab und richtete seinen Körper auf. Er kam mir erstaunlich muskulös und jugendlich vor.

„Wir sind noch lange nicht am Ende!", schrie er und stürzte sich aus dem Fenster.

Ich wunderte mich, dass ich völlig gleichgültig blieb.

„Mein Gott!", rief Sarah, „er kann tatsächlich fliegen!

Von einer heftigen Böe ergriffen, breitete Henning seine Arme aus. In seinem Gesicht war ein euphorisches Lachen zu erkennen. Für einen Moment schien er tatsächlich zu fliegen und von günstigen Aufwinden in die Lüfte gezogen zu werden. Doch dann verzerrten sich seine Gesichtszüge. Seine Haut war von tiefen Falten zerfurcht. Seine Augen flatterten panisch, er fuchtelte wild mit den Armen, und plötzlich fing er Feuer und trudelte schreiend in den dunklen Abgrund.

Auf der Fahrt nach Wiesbaden gingen mir die letzten Traumbilder nicht mehr aus dem Kopf. Im Laufe meiner Erinnerung waren sie immer plastischer und realer geworden. Und sie beunruhigten mich, weil sie etwas mit dem realen Geschehen zu tun hatten. Natürlich war es nicht ungewöhnlich, wirkliche Erlebnisse, in diesem Fall vermutlich die Ausstellungseröffnung in der Kunsthalle der Nationalbank, als surreale Zerrbilder in Träumen gespiegelt zu sehen, aber bei diesem Traum wurde ich das Gefühl nicht los, dass eine Botschaft aus der Zukunft darin enthalten war.

Bulthaupt hatte noch seine Gießkanne in der Hand, als ich das Büro betrat.

Das ganze Theater mit dem Ficus war wahrscheinlich nur eine Inszenierung, um die Gesprächspartner in die von ihm gewünschte Stimmung zu lenken.

Ich widmete dem Zimmerbaum einen bewundernden Blick und versicherte vorsorglich, er sei eine echte Zierde.

„Ich habe übrigens den Brief, den Sie mir zurückgelassen haben, aufgemacht und gelesen", murmelte Bulthaupt wie beiläufig.

Datum: 23.3.08. Ich sage voraus, dass der nächste Brief an die NB vor dem 30.3.08 eintreffen wird. Ich vermute, der Absender wird ankündigen, jetzt tatsächlich eine Bank zu sprengen. Er wird Datum und Uhrzeit nennen und die Evakuierung anmahnen.

Bulthaupt sah mich an.

„Das haben Sie geschrieben."

Er schob mir ein anderes Blatt zu.

„Lesen Sie das! Der Brief ist heute Morgen bei der Nationalbank eingegangen. Sie hatten mit Ihrer Prophezeiung recht."

Ich nahm das Blatt und las.

An die
Deutsche Nationalbank, Frankfurt
zu Händen Dr. Dr. h.c. Dietmar Henning 25.3.08
Nachdem Sie nun mehrere Tage Zeit hatten, die gestellte Forderung zu überdenken, ist jetzt der Moment gekommen, ihr einen realen Hintergrund zu verleihen.

Zweifellos ist die Mannheimer Geschäftsstelle von Spezialisten des BKA bis auf den letzten Winkel erfolglos durchsucht worden. Das sollte Sie in keiner Weise beruhigen. Seien Sie versichert, dass die Filiale jeder Zeit gesprengt werden kann. Dass diese Behauptung den Tatsachen entspricht, wird im Laufe der folgenden sieben Tage vorgeführt werden. Die genaue Zeit werden Sie zwei Stunden vorher erfahren.
Damit dürfte eine weiträumige Evakuierung gewährleistet sein.
Gesellschaft zur Rettung der Menschenwürde.

Bulthaupt sah mich wohlwollend an.

„Was sagen Sie dazu? Sie haben es ja erwartet. Meine Leute sind seit drei Stunden in Mannheim und durchsuchen noch einmal jeden Winkel. Jede Menge Technik ist im Einsatz. Da wird keine Möglichkeit ausgelassen. Ich sage Ihnen, es ist ein Bluff. Das ist schon irre, mit wie wenig Aufwand man eine derartige Aufregung erzeugen kann. Haben Sie sich schon den Anfang einer Meinung gebildet? Ist das eine neue Form von Terrorismus? Steckt in Wahrheit eine Gruppe dahinter? Oder handelt es sich um einen intelligenten Irren?"

Ich sah durch den Ficus zum Fenster hinaus in den dunklen Himmel. Er hatte sich bereits am frühen Morgen zugezogen. Ein kaum sichtbarer Nieselregen hatte eingesetzt. Ich dachte einen Moment mit Unbehagen an die Rückfahrt auf der verregneten Autobahn. Während Bulthaupt mich abwartend fixierte, wuchs meine Abneigung gegen kriminalistische Fragestellungen. Ich war nicht in der Stimmung, aus meinen ungeordneten Gedanken eine schnelle Theorie zu basteln und Bulthaupt ein paar aus der Luft gegriffene Ideenblasen zu präsentieren.

„Warten wir ab", gab ich zur Antwort und entschloss mich zu der Voraussage, dass der Erpresser einen Termin an einem Wochentag wählen würde; meiner Ansicht nach ging es ihm hauptsächlich darum, die Presse auf den Plan zu rufen.

„Ich sollte noch etwas mit Blüten dazustellen", sinnierte Bulthaupt, „einen Hibiskus vielleicht. Also, die Presse! Ja, das liegt Henning schwer im Magen. Wir werden alles so arrangieren, dass hauptsächlich die Feuerwehr ins Auge fällt. Man könnte von einer beschädigten Gasleitung sprechen. Sehr wenig offizielle Polizei und ein Spezialkommando, das niemand bemerken darf. So müsste es gehen, Henning und die NB vorerst aus den Schlagzeilen rauszuhalten. Sie haben doch Henning inzwischen kennengelernt! Hat es Ihnen einen Erkenntnisgewinn verschafft?"

Ich erklärte ausweichend, dass Henning aus meiner Sicht ein typischer Banker sei, zugeknöpft bis oben hin. Leute wie er betrieben vermutlich Verdrängung auf höchstem Niveau. So einer müsste schließlich ständig den Siegreichen spielen und dürfe sich keine Zweifel anmerken lassen, sollte er denn überhaupt welche haben. Ich nähme an, dass Henning seit der Finanzkrise mit dem Rücken zur Wand stünde. Um bei einem derart abgebrühten Profi die Angst zu spüren, müsse man schon sehr genau hinsehen. Er wäre wirklich sehr kurz angebunden gewesen, aber dafür hätte ich mir einen interessanten Vortrag von Herrn Gollier über sinnbildliche Zusammenhänge zwischen Kunst und Geldwirtschaft anhören dürfen; der Mann sei interessant und charismatisch.

„Gollier", nickte Bulthaupt, „ja, ich habe natürlich inzwischen über alle Vorstandsmitglieder und die wichtigsten Topmanager der Nationalbank Dossiers erstellen lassen. Man weiß ja nie, welche Zusammenhänge sich da auftun können. Wussten Sie, dass Gollier ursprünglich eigentlich Sprecher der Nationalbank werden sollte? Doch Henning galt damals als der ehrgeizigere Global Player. Er hatte die Vision, das Bankenemblem in jeder Hauptstadt der Welt zu etablieren. Gollier hatte andere Vorstellungen. Er hat es offiziell gut weggesteckt. Sein Privatvermögen ist übrigens um einiges größer als das von Henning. Damit besitzt er eine gewisse Unabhängigkeit. Neben seinem Job bei der Nationalbank ist er an etlichen internationalen Finanzgeschäften beteiligt. Also ich sage Ihnen: sich in der Geldwirtschaft als Laie einen Durchblick zu verschaffen, ist so gut wie unmöglich. Ja, ich denke, wir sollten dann ..."

Von einer plötzlichen Eingebung befallen, ließ ich mich zu einer neuerlichen Vorhersage hinreißen.

„Ich glaube, der Anschlag in Mannheim wird für Mittwoch angekündigt."

Das Erstaunen in Bulthaupts Blick erschien mir gespielt und lediglich ironisch gemeint.

„Wie kommen Sie darauf? Sie sind doch ein Hellseher!"

Um Bulthaupt weiterhin im Unklaren darüber zu lassen, ob meine Behauptung auf Hellsichtigkeit oder logischen Überlegungen basierte, schloss ich für einige Sekunden die Augen, als würde ich mich in eine spontane Trance versenken. Sollte er ruhig ein wenig Stoff bekommen, um über meinen Charakter nachzudenken. Vorläufig legte ich noch keinen Wert darauf, von ihm richtig eingeschätzt zu werden.

„Nein", gab ich nach kurzer Pause zurück, „aber ich denke, der Autor des Briefes ist eine Person, die eine Abneigung gegen das Asymmetrische hat. In der Mitte der Woche passt zu ihm."

Kopfschüttelnd legte Bulthaupt den Brief in einen Ordner.

„Sie hören von mir, sobald es eine Nachricht oder andere Erkenntnisse gibt."

Als ich zur Tür hinausging, drehte ich mich noch einmal um und hinterließ grinsend den Ratschlag, dem Ficus nicht zu viel Wasser zu geben. Das bekäme seinen Wurzeln genauso schlecht wie zu wenig Wasser.

*

Kaum hatte ich meinen Loft betreten, läutete das Telefon.

Es war Bulthaupt.

„Neue Nachrichten aus Mannheim, Romer! Meine Leute von der Spurensicherung haben endlich den Sprengstoff gefunden! Echter Sprengstoff! C4! Und stellen Sie sich vor, er war in einem Schließfach im Tresorraum deponiert. Ein mechanischer Zeitzünder war auch dabei, ist aber vorsätzlich nicht scharf gemacht worden. Vermutlich ist das Fach mit einem falschen Ausweis angemietet worden. In der Abteilung Brus wird auf Hochtouren daran gearbeitet, mehr darüber herauszufinden."

Auch wenn Bulthaupt das im Moment noch anders sah, bestand für mich kein Zweifel, dass es sich bei diesem Sprengsatz aller Wahrscheinlichkeit nach um denjenigen handelte, der in der zweiten Drohung erwähnt worden war.

„Denken Sie an meine Voraussage", erinnerte ich Bulthaupt am Ende des Gesprächs. „Mitte der Woche wird man einen weiteren Sprengsatz finden."

2. 3

Mannheim. Geschäftsstelle der Nationalbank
Mittwoch

Gegen meinen wiederholten Protest hatte Sarah auf der Autobahn das Gaspedal überwiegend bis zum Anschlag durchgetreten. Ich spürte, wie die Karosserie des alten Wagens zitterte. Zweifellos waren die Felgen lange nicht mehr ausgewuchtet worden. Als wir Mannheim erreichten, atmete ich auf, auch wenn Sarah immer noch mit überhöhter Geschwindigkeit in die Kurven schoss. Ein Villenviertel, das wir passierten, wirkte wie eine gänzlich unzeitgemäße und unheimliche Demonstration gegen die täglichen Nachrichten vom unaufhaltsamen Einbruch der Wohlstandswirtschaft. Alles signalisierte mit den gepflegten Vorgärten und polierten Autos vor den Einfahrten Unveränderlichkeit und Resistenz gegen jegliche höhere Unbill.

Als wir nach rechts in eine breitere Straße bogen, waren die Blaulichter schon zu sehen. Die Geschäftsstelle mochte noch gut ein paar Hundert Meter entfernt sein, aber wir konnten erkennen, dass alles weiträumig abgesperrt war. Sarah parkte den Wagen in einer schmalen Seitengasse. Um so wenig wie möglich aufzufallen, gingen wir das letzte Stück bis zu den Plastikbändern der Sperrzone zu Fuß.

Als ein Polizist uns anhielt, zeigte Sarah ihren Dienstausweis, und wir konnten passieren.

Schon während meiner Dienstzeit beim BKA hatte ich öfter Gelegenheit, staunend zu verfolgen, wie schnell sich ein ganz normaler Ort, ein beliebiger, vom Zufall erwählter kleiner Flecken des Landes, in kürzester Zeit in eine zu einem Notstandsgebiet erklärte Anderswelt verwandeln konnte, in der vor dem unveränderten Hintergrund einer scheinbar intakten Zivilisation die übliche Ordnung durch Ausnahmegesetze ersetzt wurde.

„Dafür, dass es nur um eine gebrochene Gasleitung geht", bemerkte der Polizist irritiert, „wird hier ein ganz schöner Aufstand betrieben."

Als wir weitergingen, sah er Sarah hinterher. Man sah ihm an, wie es in seinem Kopf ratterte. Sie trug einen kurzen schwarzen Lederrock zu roten Turnschuhen im Tennisstil. Letztere gaben ihrem Gang einen reizvollen erotischen Schwung. Ich sympathisierte mit ihrem Hang zur stilvollen Provokation.

Fünfzig Meter weiter, neben dem Eingang der NB-Filiale, stand ein BKA-Mann in Zivil.

„Sie sind doch Romer", sagte der Beamte. „Sind Sie wieder bei der Firma?"

Sarah lächelte gewinnend.

„Bulthaupt erwartet uns!"

Bulthaupt kam uns bereits mit ernster Miene entgegen.

„Herzlichen Glückwunsch, Romer", er legte mir jovial eine Hand auf die Schulter, „Sie hatten wieder einmal recht. An einem Mittwoch. Stellen Sie sich vor, ich habe Ihnen das geglaubt und Vorbereitungen getroffen. Kommen Sie, ich möchte Ihnen etwas zeigen."

Für einen Moment musterte er Sarah von oben bis unten. „Passender geht es ja wieder einmal nicht! Was bezwecken Sie mit der Strategie?"

Sarahs Miene bekam einen arroganten Zug.

„Irgendjemand muss dem martialischen Getue hier doch etwas

entgegensetzen. Im Ernst, ich hatte lediglich keine Zeit mehr, mich umzuziehen."

Ein Mann in einem schwarzen Overall kam dazu.

„Das ist Becker", stellte Bulthaupt vor, „er ist der Einsatzleiter des Sprengstoffkommandos. Die Gefahr ist fürs Erste vom Tisch. Ich denke, Sie können jetzt mit Ihren Leuten wieder abziehen, Becker. Wir wollen hier so wenig Aufsehen wie möglich erregen."

Becker war ein viriler Mittvierziger, der Tatendrang, den Willen zur Präzision und eine fatale Abwesenheit anderer Humanattribute ausstrahlte.

„Wir werden trotzdem noch weitersuchen", beharrte der Einsatzleiter, „man weiß nie, ob das nicht wieder eine Finte ist und gleich etwas anderes angekündigt wird."

„Dann machen Sie das. Aber mit kleiner Besetzung", sagte Bulthaupt und warf mir einen vielsagenden Blick zu. „Also kommen Sie, ich zeige Ihnen, was wir gefunden haben."

„Ich dachte, Becker wäre strafversetzt worden", kommentierte Sarah den Auftritt des Einsatzleiters, als er bereits außer Hörweite war.

Bulthaupt warf Becker einen verärgerten Blick hinterher.

„Jemand von ganz oben hat das verhindert."

Ich stellte keine weiteren Fragen und wartete ab, bis Bulthaupt uns in ein geräumiges Lager geführt hatte, das der Annahme für eingehende Post und andere Lieferungen diente.

In dem Raum roch es wie in einer Turnhalle nach einer Mischung aus altem Gummi und Dielenpolitur. Auf einem Tisch war ein aufgeschnittenes Paket zu sehen, das wie ein Menetekel aus einer anderen Welt einer Deutung harrte. Dasselbe Arrangement isoliert in einem Kunstmuseum hätte man auch für eine Arbeit von Beuys halten können, vielleicht mit dem Titel *Die letzten Dinge des Lebens*.

Bulthaupt schien wenig beeindruckt.

„Da, das ist seine Sprengladung".

Als ich unwillkürlich einen Schritt zurücktrat, verzog er seine wulstigen Lippen zu einem unpassenden Grinsen.

„Keine Gefahr! Nicht die Geringste! Sehen Sie es sich an!"

Langsam ging ich auf den Tisch zu.

„Schauen Sie rein!", ermunterte er mich.

So behutsam, als gäbe es noch einen Berührungszünder, klappte ich einen Pappdeckel beiseite und spähte mit angespannter Haltung in den Karton. Zellulosegeruch und Aromaspuren, die mich an etwas erinnerten, das ich nicht genau benennen konnte, schlugen mir entgegen. Zwischen einem Haufen Holzwolle lagen kleine Päckchen in Plastikfolie gewickelt und mit Tesafilm verschlossen. Mit einem grundlosen Unbehagen legte ich einen Finger auf den Inhalt. Ich kannte die Effekte suggestiver Behauptungen aus meiner Tätigkeit als Bühnenmagier. Einfach nur einen Gegenstand als gefährlich zu bezeichnen, reichte aus, um einen Einbruch in den inneren Frieden zu erzeugen.

„Mein Gott", entfuhr es mir, „damit hätte man ja das ganze Gebäude in die Luft sprengen können."

Sarah drängte mich ein wenig beiseite, um ebenfalls einen Blick in den Karton zu werfen. Sie hatte weder Respekt vor dem Behälter noch vor dem Inhalt. Offenbar war ihre Psyche gegen Suggestionen resistent.

Bulthaupt grinste erneut.

„Wir können den Inhalt getrost an einen Kindergarten weiterreichen. Es handelt sich um eine handelsübliche Knetmasse zum Spielen."

Immer noch zurückhaltend nahm ich eines der abgepackten Stücke in die Hand.

„Was Sie nicht sagen!", war mein einziger Kommentar.

„Aber es war eine Zündeinrichtung dabei", erklärte Bulthaupt mit der Begeisterung eines Archäologen, der ein antikes Artefakt gefunden hat, und zog eine Platine mit Elektronikbauteilen aus der Holzwolle. „Sie ist funktionsfähig. Unser Fachmann aus der Elektronikabteilung hat herausgefunden, dass die Schaltung ein Funksignal auffing, das als verstärkter Spannungsimpuls den Zünder betätigte. Nur um uns zu demonstrieren, dass es möglich gewesen wäre. Das Ganze ist wirklich raffiniert eingefädelt."

Ohne auch nur das Geringste von Elektronik zu verstehen, untersuchte ich die Schalteinheit von allen Seiten und berührte einen der farbigen Drähte.

„Er hat also das Knetgummi gezündet", sagte Sarah nachdenklich.

Bulthaupt nickte.

„Das Paket kam mit einem privaten Postservice, der auch Büromaterial und anderes anliefert. Der Absender wird gewusst haben, dass solche Lieferungen bald geöffnet und kontrolliert werden. Offenbar hat er das Gebäude beobachtet und unmittelbar, nachdem der Wagen der Servicefirma ankam, die Nationalbank informiert. Die haben sich natürlich sofort mit uns kurzgeschlossen und wir haben sofort evakuiert. So konnte, bis Becker mit seinen Leuten fündig wurde, der Inhalt des Pakets unbemerkt bleiben."

Ich hob noch einmal mit spitzen Fingern den elektronischen Zünder auf.

Bulthaupt nahm ihn mir aus der Hand und erklärte, dass man so ein Schaltelement heutzutage aus dem Elektronikversand beziehen und jeder begabte Bastler es modifizieren könne. Solche Module würden in Massen für den Modellbau hergestellt. Die Schaltung müsste allerdings noch genau untersucht werden. Er sei schließlich kein Elektronikspezialist.

„Es wimmelt hier von Presseleuten“, mischte Sarah sich ein. „Haben Sie die Sache mit der Gasleitung durchgezogen?“

Bulthaupts Gesicht verfinsterte sich.

„Ja, aber da ist was schiefgelaufen: In dem Gebäude gibt es keine Gasleitungen. Bislang konnte ich die Reporter halbwegs abwimmeln. Wenn der ganze Rummel hier jetzt schnell aufgelöst wird, fragt vielleicht keiner mehr so genau nach. Ich denke, das ist jetzt der Startschuss, um richtig loszulegen. Man wollte uns nur zeigen, wie ernst die Briefe gemeint sind. Wie es aussieht, haben wir es mit einem sehr professionellen Gegner zu tun. Jetzt ist Ihre Stunde gekommen, Romer, ich denke, das war erst der Anfang. Was sagen Sie, Sarah, was will der Mann, oder was wollen die Leute, die dahinterstecken?“

Sarah lächelte hinterhältig.

„Sie gehen selbstverständlich davon aus, dass es sich um einen Mann handelt.“

„Ich bitte Sie“, gab Bulthaupt zurück, „die Sprache in den Briefen! Nein, ich denke, eine Frau würde das anders formulieren. Sie sind doch die Psychologin, können Sie sich einen derart konzentrierten und förmlichen Text von einer weiblichen Person vorstellen?“

„Auch wenn Ihre Äußerung einen Hauch von Frauenfeindlichkeit andeutet“, sagte Sarah kühl, „gebe ich Ihnen recht. Tatsächlich werden fünfundneunzig Prozent aller kriminellen Erpressungen von Männern begangen.“

Ich hatte inzwischen zwei Männer ins Auge gefasst, die mit ihren Fotoapparaten nach Presse aussahen, und warnte Bulthaupt, dass die beiden wahrscheinlich gleich über uns herfallen würden. Das könne nicht in seinem Sinne sein.

Bulthaupt winkte einen uniformierten Polizisten herbei.

„Haben Sie alle Ihre Leute informiert? Es darf nichts nach außen dringen. Sagen Sie den Presseleuten, die Sache mit der Gasleitung war blinder Alarm. Und lassen Sie jetzt schnellstens Ihre Männer abziehen."

Er sah zu Sarah und mir.

„Auch wir werden uns jetzt aus dem Staub machen. Eine BKA-Präsenz wegen einer scheinbar defekten Gasleitung? Da wird man nachhaken. Also, Romer, ich hoffe, Sie haben jetzt endgültig Feuer gefangen. Haben Sie noch eine weitere Voraussage für mich? Was kommt als Nächstes?"

Ich behauptete, nicht die geringste Ahnung zu haben, und wiederholte, dass ich wirklich kein Hellseher sei, um gleich darauf allerdings die Vorhersage zu treffen, dass der Verantwortliche für diesen Pseudoanschlag wahrscheinlich schon in den nächsten Tagen sein Ultimatum konkretisieren würde.

Das war nur logisch, da seine Forderung ja bis jetzt äußerst vage geblieben war. Lediglich eine utopische Summe und ihr Verwendungszweck waren genannt worden. Sonst nichts.

Bulthaupt sah nachdenklich zum Bankgebäude.

„Jaja, das ist alles ein wenig absurd. Da stellt jemand in erpresserischer Form die wohl höchste Forderung der Kriminalgeschichte. Und angeblich will er das Geld nicht für sich. Das ist doch eine politische Aktion. Wenn da ernsthaft etwas weitergeht ... Also, das macht doch für eine Einzelperson keinen Sinn. Erstens würde selbst eine Billion Euro die Probleme auf der Welt nicht beseitigen, und zweitens: Wer soll denn nach der Zahlung mit dem Geld umgehen, und wie soll das vonstattengehen? Entweder steckt eine neue Form von politischem Terrorismus dahinter, oder es ist eben doch ein Irrer, wenngleich einer, der offensichtlich perfekt zu planen versteht. Das hat er ja hier bewiesen."

In Bulthaupts letzten Worten schwang eine gewisse Bewunderung mit. Ich hatte mir noch immer keine abschließende Meinung über ihn gebildet. Leute in seiner Position verfügten meistens über die Eigenschaft, ihre Persönlichkeit je nach Bedarf modifizieren zu können, wobei Bulthaupt durchaus den Eindruck zu erwecken versuchte, dass man ihm vertrauen könne. Bislang war mir allerdings immer noch nicht ganz klar, warum er so nachdrücklich Wert auf meine Mitarbeit legte, zumal außer Sarah offenbar niemand sonst davon begeistert war. Vielleicht wollte er auch nur Brus ärgern. Jedenfalls sagte mir mein Gefühl, dass Bulthaupt durchaus der Typ sein könnte, mit trügerischer Jovialität seine Mitarbeiter wie Schachbrettfiguren einzusetzen. Mit mir würde er das ganz sicher nicht machen können.

2. 4

Zentrale der Nationalbank

„Freut mich, dass du so schnell dazustoßen konntest, Max", sagte Henning in ungewohnt warmherzigem Tonfall. „Wie war es in Marbella?"

Ohne eine Gemütsregung zu zeigen, reichte Kupfer Gollier die Hand. Der kurze Blicktausch deutete an, dass die beiden Männer ein neutrales Verhältnis pflegten.

„Meine Frau hatte mich um meine Begleitung gebeten", sagte Gollier. „Ich persönlich empfinde Marbella als einen unangenehmen Ort. Der alten Keyserling geht es nicht sehr gut. Die Ärzte sagen ihr baldiges Ableben voraus. Meine Frau konnte das als Erbin nicht ignorieren."

Henning räusperte sich.

„Also, dann fang ich mal gleich an. Schneider wird nicht dabei sein. Er ist zurzeit in New York."

Henning faltete einen Bogen Papier auf und begann vorzulesen.

An die Deutsche Nationalbank - Frankfurt. Zu Händen Dr. Dr. h.c. Dietmar Henning, 1. Sprecher der NB, 6.4.08.
Wie Sie gesehen haben, gibt es keine absolute Sicherheit.
Da Sie nun vermutlich von der Ernsthaftigkeit der Forderung überzeugt sind, ist es an der Zeit, die nächsten Schritte in Angriff zu nehmen. Natürlich werden Sie nicht die Absicht haben,

zu kooperieren. Das könnte sich jedoch ändern. Da die genannte Summe nicht von der Nationalbank allein aufgebracht werden kann und Sie als Verantwortlicher für die Umsetzung ausersehen wurden, wird Ihnen empfohlen, ohne Verzögerung mit den wichtigsten Kollegen der europäischen Großbanken zu sprechen. Dabei sollten Sie sich auf die Schweizer Banken konzentrieren. Sie gehören mit zu den Hauptverursachern der Geldvernichtung sowie deren Folgeschäden. Herr Dr. Zierer von der SIB könnte der erste Ansprechpartner sein. Seien Sie versichert, dass den berechtigten Forderungen weiterer Nachdruck verliehen wird.

In der Annahme, dass Sie im Moment jegliches Interesse der Presse vermeiden wollen, sollten Sie wissen, dass die Entscheidung über eine Veröffentlichung des Ultimatums nicht in Ihren Händen liegt. Vorerst wird Ihnen noch eine gewisse Zeit eingeräumt, die Situation und Ihren persönlichen Anteil an den menschenfeindlichen Machenschaften Ihrer Branche zu bedenken. Sie und weitere Hauptschuldige haben ihre astronomischen Gehälter stets mit der Verantwortung, die sie zu tragen haben, gerechtfertigt. Jetzt ist der Moment gekommen, den Beweis dieser Behauptung anzutreten: Hundert Millionen Euro der geforderten Summe sind aus Ihrem persönlichen Vermögen zu zahlen.

Zu gegebenem Zeitpunkt wird eine Stellungnahme von Ihnen gefordert. In welcher Form sie stattzufinden hat, wird rechtzeitig mitgeteilt.

Gesellschaft zur Rettung der Menschenwürde.

Henning legte das Blatt in die Mitte des Konferenztischs und sah Gollier an.

„Nun, nach der Sache in Mannheim war ja zu erwarten, dass er jetzt zum Konkreten kommen wird. Hundert Millionen aus meinem persönlichen Vermögen! Was denkt der sich, wer ich bin? Er muss doch wissen, dass selbst ein Spitzenmanager kein Multimillionär ist."

Kupfers Augen verengten sich.

„Sie nehmen das ernst?"

Henning überging die Frage und wandte sich an Gollier.

„Sie haben Zierer doch gerade erst in Marbella gesehen."

Gollier blickte kurz auf, während er das anonyme Schreiben studierte, als gäbe es noch weitere Informationen zwischen den Zeilen zu lesen.

„Allerdings. Da war er noch von der hohen Qualität der amerikanischen Anlagen überzeugt. Obwohl es schon eine Menge alarmierender Gerüchte gab. Wie die Schweizer Erbsenzähler das ignorieren konnten, ist mir schleierhaft."

„Wir haben alles genauestens unter die Lupe genommen", wandte Kupfer ein, „Sie haben doch auch zugestimmt, Herr Gollier, und sich im Übrigen um ihre visionären Kulturprojekte gekümmert."

Gollier lachte trocken auf und nahm Henning ins Visier.

„Visionäre Kulturprojekte? Das ist doch mehr ein Attribut für deine Fraktion, Dietmar, du wolltest doch keine biedere nationale Großbank mehr leiten, es musste ja unbedingt in ein paar Jahren ein globaler Finanzkonzern geschmiedet werden."

„Sie haben auch davon profitiert", bemerkte Kupfer scheinbar gleichmütig, „und niemand hatte alternative Konzepte zu bieten."

Gollier war aufgestanden und näher an ein großformatiges Bild hinter einer Sesselgruppe getreten. Besprechungen in Hennings Entscheidungstempel riefen stets seine Abneigung hervor. Die Auserwählten verhielten sich hier wie Ritualfetischisten, die glaubten, dass die physische Himmelsnähe des obersten Stockwerks all ihren Worten eine besondere Segnung angedeihen ließe. Tatsächlich jedoch, und das wusste Gollier aus etlichen Erfahrungen, waren die

Vorstandsmitglieder, die hier Entscheidungen fällten, genauso fehlbar wie jeder andere Mensch. Und wie oft hatte er erlebt, dass es in dieser inhumanen Höhe dem gesunden Menschenverstand schwindlig wurde, bis er schließlich ganz entschwand.

„Du hast den Rothko gegen einen Rauschenberg eingetauscht", durchbrach Gollier das Thema, „das ist ja für deine Verhältnisse geradezu gewagt. Vielleicht solltest du ihn in diesen unruhigen Zeiten besser gegen einen erbaulichen Seerosenteich von Monet auswechseln. Und was Ihre Bemerkung betrifft, Herr Kupfer: Im Moment hat niemand profitiert. Genau genommen sind wir die Verlierer. Das Ganze nimmt jetzt eine politische Dimension an. Da gibt es dann auch einen roten Faden zu diesem Ultimatum. Und darum geht es ja wohl bei dieser Besprechung."

Eine Assistentin betrat das Konferenzzimmer mit einer kalten Platte und gefüllten Kaffeetassen.

„Aha", kommentierte Kupfer, während er misstrauische Blicke auf Gollier warf, „es wird also eine lange Sitzung werden."

Henning bestätigte die Vermutung mit einem kurzen Nicken.

„Es wird noch eine weitere Person an unserem Gespräch teilnehmen. Es handelt sich um Staatssekretär Emmerich vom Innenministerium. Ich habe den Brief sofort nach Erhalt an Bulthaupt weitergeleitet. Die Terrorismusfraktion im BKA bastelt an einer Theorie, und Bulthaupt fühlte sich in Anbetracht der Erkenntnis, dass die Forderung offenbar ernst gemeint ist, bemüßigt, mit dem Innenminister darüber zu reden. Und der schickt jetzt erst einmal seine rechte Hand vor."

Gollier stand noch immer vor dem großformatigen Bild. Jeder, der ihn kannte, wusste, dass er sein Kunstverständnis als taktisches Mittel einsetzte, um seine Gesprächspartner zu verunsichern und von seinen wirklichen Gedanken abzulenken.

„Die Tempeltür aus Nepal ist wirklich ein Gewinn für das Ambiente“, sagte Gollier scheinbar wieder ohne Zusammenhang zum Thema. „Wenn man bedenkt, dass sie einst in einem Kloster die Pforte zum Allerheiligsten war, hat sie hier ja durchaus einen adäquaten Rahmen gefunden. Wenn du meine persönliche Meinung wissen willst, Dietmar: Der Rauschenberg passt einfach nicht dazu.“

Kupfer konnte das gespannte Verhältnis zwischen Henning und Gollier bis heute nicht einschätzen. Die beiden kannten sich schon seit über einem Jahrzehnt und hatten früher ein enges Verhältnis gepflegt, sich aber häufig in grundsätzlichen Fragen überworfen. Gollier benützte seine finanzielle Unabhängigkeit, um sich den Anschein einer gewissen Ambitionslosigkeit zu geben. Kupfer vermutete, dass Gollier sich in Wahrheit über alle erhaben fühlte und sich Gedankengänge leistete, die das Tagesgeschäft zu einem lästigen Nebeneffekt degradierten.

„Also, reden wir darüber“, ergriff Henning die Initiative, „wir müssen uns vorbereiten. Der Erpresser macht weiter, er will seine wahnsinnige Forderung offensichtlich tatsächlich durchsetzen. Dabei hat es ganz den Anschein, dass er intelligent genug ist, um zu wissen, dass so etwas unmöglich ist. Dass er nichts übereilt, hat Vor- und Nachteile. Der Vorteil für ihn ist, dass er alles gründlich vorbereiten kann. Sein Nachteil, dass die Zeit vielleicht für uns arbeitet. Damit meine ich die Arbeit der Ermittler. Auf jeden Fall erwartet er im Augenblick nur, dass wir ihn ernst nehmen und ich irgendwelche Aktionen zeige, die auf eine Umsetzung hindeuten. Dieser Romer, du hast doch bei der Ausstellungseröffnung eine Weile mit ihm gesprochen, Max ... Was hast du für einen Eindruck von dem Mann? Was glaubst du, warum Bulthaupt jemanden von außen hinzuzieht?“

„Von außen ist nur halbwahr“, stellte Gollier richtig. „Hat er nicht früher als Profiler für das BKA gearbeitet? Romer verhält sich nicht wie ein normaler Ermittler. Er ist vermutlich ...“

„Hast du ihn nach seiner Meinung gefragt?", unterbrach Henning ungeduldig.

„Nein", gab Gollier zurück, „ich habe die Sache gar nicht erwähnt, und er hat sich mir gegenüber nur als Bühnenmagier vorgestellt. Ich nehme an, er ging davon aus, dass ich noch gar nicht eingeweiht bin. Er war ja auch nicht gekommen, um Theorien zu präsentieren, sondern um etwas über dich zu erfahren."

Hennings Wangenmuskeln zuckten leicht.

„Über mich? Hat er dich etwa über mich ausgefragt?"

Gollier lächelte süffisant.

„Nein, natürlich nicht. Er wollte einfach nur Atmosphäre schnuppern. Er wird sich fragen, warum ausgerechnet du ausgesucht worden bist."

„Ja", mischte Kupfer sich ein, „das ist sicher eine berechtigte Frage, wo doch die Hauptschuldigen in den USA zu suchen sind."

Gollier wollte etwas hinzufügen, aber die Tür öffnete sich, und die Assistentin führte den angekündigten Staatssekretär herein.

„Es ging leider nicht früher", sagte Emmerich, „und meine Zeit ist kurz bemessen. Ich muss heute Abend wieder in Berlin sein."

Henning reichte Emmerich die Hand und lächelte verständnisvoll.

„Ja, ich weiß. Wir sind mitten im Thema, und was Ihren Teil betrifft, können wir ohne Umschweife zur Sache kommen."

Emmerichs Blick blieb für einen Moment an der neu eingebauten nepalesischen Tempeltür hängen und wanderte zu dem repräsentativen Rauschenberg. Mit unbeeindruckter Miene zog er eine Lesebrille aus einem Etui und ein gebundenes Heft aus seiner Dokumententasche.

„Nun, Herr Henning, Sie hatten ja schon am Telefon Ihre Verwunderung darüber geäußert, dass sich der Innenminister für dieses seltsame Ultimatum interessiert. Wenn Sie mir gestatten, das kurz auszuführen."

Henning machte eine auffordernde Handbewegung.

„Bulthaupts Terrorismusabteilung", fuhr Emmerich fort, „hat alte Bekennerschreiben aus der Zeit der RAF hervorgeholt und verschiedene Überlegungen angestellt, wie eine Neuauflage der Bewegung aussehen könnte. Schließlich hat man sich an eine Studie erinnert, die das Innenministerium kurz nach der offiziellen Auflösung der RAF in Auftrag gegeben hat. In den Neunzigern haben wir das Dossier nachgebessert und all die neuen technischen Möglichkeiten berücksichtigt, die der RAF noch nicht zur Verfügung standen. Also hat man versucht, sich vorzustellen, wie eine solche terroristische Gruppe mit politischem Anspruch heutzutage vorgehen würde."

„Und wie würde das aussehen?", unterbrach Kupfer.

Emmerich blätterte in dem Dossier.

„Das kann man sich am besten vorstellen, wenn man die Methoden der modernen organisierten Kriminalität als Beispiel heranzieht. Die ganze Palette der elektronischen Möglichkeiten bei der Vorbereitung: Video, Abhörgeräte, ferngesteuerte Modellflugzeuge mit Sprengsätzen. Und nicht zu vergessen: Datenmanipulation und Hackerangriffe auf Datenbanken. Und in diesem Zusammenhang muss man natürlich veränderte Strategien unterstellen."

„Was hat das alles mit dem Interesse des Innenministers zu tun?", hakte Gollier nach.

Emmerich zog ein loses Blatt aus dem Dossier und reichte es Gollier.

„Sehen Sie, das ist ein Bericht aus dem Spiegel. Das liegt schon drei Jahre zurück. Die italienische Mafia hatte einen Spitzenhacker unter Vertrag genommen, um die elektronischen Datenwege für Geldtransfers zwischen den Großbanken anzuzapfen."

„Ja, ich kenne den Fall“, winkte Gollier ab, „der Angriff war wohl tatsächlich erfolgreich. Aber inzwischen hat man auf dem Sicherheitssektor erheblich nachgebessert.“

Emmerich erhob seine Stimme.

„Erfolgreich? Mehr als das! Über ein Jahr lang hat die Mafia etliche Hundert Millionen in andere Richtungen gelenkt. Da sieht man, was inzwischen alles möglich ist! Das Ganze flog nur durch interne Querelen auf. Die sogenannte Nachbesserung in der Daten- und Systemsicherung ist pure Augenwischerei. In der gleichen Zeit haben die Hacker aufgerüstet. Was ich mit all dem sagen will: Die Rekordforderung deutet auf eine große Sache hin. Wenn das wirklich so ernst gemeint ist, wie es nach dem neuesten Stand der Dinge scheint, wird ein Generalangriff auf das Finanz- und Wirtschaftssystem vorbereitet. Der Erpresser wird alle Register ziehen. Und natürlich überlegen wir, ob da etwas im Gange ist, das internationale Dimensionen erreichen könnte. Eine Billion! Das ist ein absolutes Novum! Und dann die hundert Millionen, die er von Ihnen persönlich will. Wie stehen Sie zu der Forderung?“

Henning zögerte einen Moment, bevor er sich zu einer Antwort entschloss.

„Ich besitze keine hundert Millionen.“

„Das denke ich mir“, sagte Emmerich nüchtern, „vielleicht dient die Zahl nur dafür, sich bei späteren Verhandlungen einen Spielraum zu verschaffen. Und wie würden Sie sich verhalten, wenn er sich, was Ihren persönlichen Anteil anbelangt, mit, sagen wir, zehn Millionen begnügte?“

Kupfer beobachtete Henning wie ein Luchs, der auf seine Beute starrt, während der Chef der Nationalbank einen kurzen Blickwechsel mit Gollier tauschte.

„Zehn Millionen“, antwortete Henning gedehnt, „halten Sie das vielleicht für eine geringe Summe?“

Der Staatssekretär sah emotionslos in die Runde.

„Ich bin nicht hier, um mir eine eigene Meinung zu leisten, aber Sie sollten bedenken, dass in Ihren Kreisen mit Summen jongliert wird, die den Eindruck erwecken, dass zehn Millionen zu dem gehören, was unter Finanzinvestoren auch Peanuts genannt wird. Wenn es um Abschreibungen geht, stellt man einer Summe von hundert Millionen gerne das Wörtchen *nur* voraus."

Gollier sah demonstrativ an Emmerich vorbei.

„Herr Staatssekretär, die Vermögensverhältnisse der Vorstandsmitglieder sind kein Staatsgeheimnis. Mit ein wenig Aufwand kann jeder gute Journalist herausfinden, dass keiner von uns mit Millionen um sich werfen kann. Beruflich gehört es zu unseren Aufgaben, in anderen Größenordnungen zu denken."

„Gewiss", sagte Emmerich ungerührt, „ich wollte auch nur von Herrn Henning wissen, wie viel er bereit wäre, für sein Leben in die Waagschale zu werfen, wenn eine solche Bedrohung auf den Tisch käme. Immerhin ist Ihr jährliches Salär von 15 Millionen oft genug in den Zeitungen erwähnt worden. Also, wie würden Sie auf eine Forderung, die unter Ihrem Jahresgehalt liegt, reagieren?"

Henning sah ungehalten in Richtung Tür, als die Assistentin noch einmal hereinkam.

„Ein Telefongespräch für Sie, Herr Dr. Henning."

„Ich habe doch deutlich gesagt", fuhr Henning auf, „dass ich im Moment keine Anrufe annehme!"

Die junge Frau verzog keine Miene.

„Ich glaube es, handelt sich ... Es ist jemand von der FRANKFURTER ALLGEMEINEN, und es geht um den Vorfall in Mannheim."

Ein Schatten huschte über Hennings Gesicht.

„Mannheim! Die FAZ? Das hat gerade noch gefehlt. Stellen Sie durch!"

„Entschuldigen Sie, meine Herren", sagte Henning und nahm den Hörer ab.

Eine Weile blieb er stumm, dann hörte man ihn sagen:

„Nein, das ist Unfug. – Nein, nichts dergleichen ist geschehen. – Ja, keine Ursache."

Kupfer und Gollier sahen fragend zu Henning.

Dem Vorstandssprecher schien der Anruf auf den Magen geschlagen zu sein.

„Sie haben in der Redaktion einen anonymen Anruf erhalten. Jemand behauptet, dass es in Mannheim kein Problem mit Gasleitungen gab, sondern dass es sich um eine Sprengstoffdrohung handelte."

Kupfers Gesicht wirkte jetzt ernsthaft besorgt.

„Aha! Es geht langsam los. Natürlich wird der Erpresser sich denken können, dass wir das leugnen. Und ich vermute, es geht ihm wieder einmal nur darum, zu zeigen, dass er die Fäden in der Hand hält."

Der Staatssekretär sah auf seine Uhr und erhob sich.

„Ich muss mich jetzt verabschieden, meine Herren. Was die Presse anbelangt, sorgt sich der Innenminister am meisten. Wenn der Wortlaut der Forderung öffentlich werden würde, könnte das bei der derzeitigen wirtschaftlichen und sozialen Lage möglicherweise in der Bevölkerung eine gewisse Sympathie für den Erpresser hervorrufen. Das möchten wir natürlich gerne verhindern."

2. 5

Innenstadt – Frankfurt

Ich war einmal wütend im Kreis gelaufen, weil ich mich nicht mehr erinnern konnte, wo ich gestern meinen Wagen geparkt hatte. Als ich ihn dann endlich gefunden hatte, kam mir Harry entgegen. Wie immer, wenn ich ihn sah, grüßte ich freundlich und sagte einen belanglosen, aber kommunikativ gemeinten Satz über das Wetter. Ich glaube, er mochte mich. Auf jeden Fall hatte er mich bis jetzt noch nicht beschimpft. Harry bremste seinen Rollstuhl und hielt dicht neben mir.

„Du bist der Einzige hier weit und breit, der nicht träumt. Deswegen sage ich dir das ganz persönlich: Nimm deine Koffer und hau ab. In den Himalaja. In ein Kloster am besten. Hier läuft alles auf einen Endzustand raus, den man nicht überbieten kann. Du verstehst, was ich meine? Man kann es riechen. Aber die meisten denken, der Geruch hat nur mit dem Ozonloch zu tun. Das sind die ewigen Ignoranten. Sieh dich um. Die angebliche Kultur ist sowieso nur noch Oberfläche – und darunter ist nichts! Nur noch freier Fall."

Auf dem Weg in die Innenstadt verfolgten mich Harrys Worte nachhaltiger, als meiner Konzentration auf den Verkehr guttat.

Schließlich hatte ich meinen Wagen in einer Parkgarage abgestellt und mich darüber geärgert, nicht gleich ein öffentliches Verkehrsmittel genommen zu haben. Ohne Eile lief ich Richtung

Schirnhalle, wo ich mich mit Sarah auf der Terrasse einer Cafébar verabredet hatte. Auf den ersten Blick war hier nichts von einer Finanzkrise zu bemerken. Alles sah nach ungetrübtem Konsumverhalten aus. Aber da kündigte sich auch schon ein Riss in der glatten Oberfläche an.

Als wolle eine höhere Macht die Brüchigkeit aller Hoffnungen auf Geborgenheit illustrieren, wankte ein kleines unansehnliches Männchen aus einer schmalen Seitengasse, das wie aus einem Paralleluniversum an diesen Ort geworfen schien.

Zerlumpt, undefinierbaren Alters, vollbärtig, zottelhaarig, mit etlichen gefüllten Plastiktüten behängt, auf einen knorrigen Stock gestützt stapfte er an den Schaufenstern vorbei, wütende Unmutsäußerungen wie *dämliche Scheißer, können den Rachen nicht voll kriegen ... Konsumfaschisten ... alles zum Kotzen ... Kaufhäuser anzünden* rauswürgend.

Im Vergleich dazu waren Harrys Orakel von geradezu subtiler Qualität. Selbst als der Kretin vor den Auslagen einer *Armani-Dependance* vorbeiwankte, nahm niemand Notiz von ihm. Dabei war er weder zu überhören noch zu übersehen. Lediglich zwei junge Mädchen sahen ihm kurz nach und verschwanden in einer der billigeren Modeboutiquen.

Ich beobachtete, wie eine elegant gekleidete Frau einen harschen Bogen um den pöbelnden Lumpensonderling machte, als sei er ein bedrohliches unsichtbares schwarzes Loch.

Als ich im Vorbeigehen einen Blick in die puristischen *Armani-Auslagen* warf, fiel mir auf, dass die wenigen erlesenen Kleidungsstücke nicht mit Preisschildern versehen waren. Das konnte nur heißen: Hier sieht man nicht auf den Preis, er spielt genau genommen keine Rolle. Eines Tages, so befürchtete ich, würden vielleicht nicht wenige die Existenz solcher Art Luxustempel nur noch für pure Illusion halten.

Dieses seltsame Ultimatum hatte etwas mit dieser merkwürdigen, ambivalent bedrohlichen Stimmung zu tun, so viel stand für mich außer Frage. Kaum jemand verweilte länger vor den Auslagen, und viele, die in die Kaufhäuser gingen, sahen so griesgrämig aus, als wäre das Kaufen von irgendwelchen Dingen nur noch eine lästige Pflicht. Dabei hatten die Priester der Konsumreligion das Geldausgeben stets als höchste Lust des Daseins gepriesen. Mit diesem Gedanken wurde mir plötzlich der ganze Wahnsinn kollektiver Hypnose bewusst. Waren nicht seit Jahrzehnten künstlich Bedürfnisse erzeugt worden, in deren Folge die Ansprüche ins Unermessliche gestiegen waren? War nicht fast jeder nur noch dem Prinzip des Habenmüssens gefolgt? War nicht Verbrauchen zur Leittugend geworden, und waren nicht allmählich alle anderen Werte, die das Leben erst lebenswert machen, aus unserer Kultur entfernt worden? Wie hatte man sich das mit dem *Mehr* und dem *Immer mehr* vorgestellt, und was würde geschehen, wenn es nur noch sinnentleerte Angebote ohne Nachfrage gab?

Einer spontanen Eingebung folgend, ließ ich mir an einem Kiosk, der auch Blumen im Angebot führte, einen gemischten Frühlingsstrauß zusammenstellen.

Sarah wartete bereits auf mich, als ich das verabredete Restaurant erreichte.

So wie sich meine Gedanken in den letzten Minuten verdunkelt hatten, schien Sarah mir jetzt wie ein Lichtblick in all dem betriebsamen Einerlei. Sie hatte ihr übliches Bürokostüm gegen eine enge Jeans und eine kurze taillierte Lederjacke eingetauscht. Dazu wirkte sie auffälliger geschminkt, als ich es von ihr kannte. Mir lag eine Bemerkung dazu auf der Zunge, ich enthielt mich dann aber eines Kommentars.

Sie hob amüsiert die Brauen, als ich eine Blume nach der anderen aus dem Ärmel meines Jacketts zauberte und vor ihr auf den Tisch legte.

„Was hat das zu bedeuten, Markus?"

„Nichts, das dich beunruhigen müsste", behauptete ich, „ich wollte nur etwas Farbe in die graue Stimmung bringen."

Sarah lachte auf.

„Stimmung? Grau? Wo? Es ist ein fantastischer Tag mit Frühlingstemperaturen. Die Leute ziehen sich schon wieder lockerer an. Die allgemeine Laune scheint mir eher gehoben."

Ich sah mich verstört um.

„Ja, natürlich", log ich, „da hast du zweifellos recht."

Anfänglich wollte ich es einfach leugnen, aber es bestand kein Zweifel, dass mein Pulsschlag sich beschleunigt hatte. Und selbstverständlich hatte das nur mit Sarahs Gegenwart zu tun.

Sie neigte den Kopf und blinzelte gegen die Sonne. Ich glaubte, für einen kurzen Moment einen verträumten Ausdruck zu bemerken.

Um gar nicht erst in eine unpassende Gemütslage zu verfallen und das auch noch Sarah anmerken zu lassen, flüchtete ich feige ins Sachliche.

„Was denkt Bulthaupt über die Erpressung? Hat er sich schon eine Meinung gebildet?"

Sarah nahm eine Akte aus ihrer Tasche.

„Da bin ich überfragt. Er hält sich nach allen Seiten offen. In seiner Stellung positioniert man sich nach politischen Kriterien. Er lässt denken, und andere sehen eine Chance, sich ins Licht zu rücken. Jetzt werden die ganzen alten Vorgänge über die RAF und andere politische Erpressungsversuche noch einmal genau studiert. Ich habe dir einen Stapel mitgebracht."

Ich nahm eine der Blumen vom Tisch und steckte sie in ihr fülliges dunkles Haar. Sie ließ es mit einem mädchenhaften Lächeln geschehen.

„Mach mir nichts vor, Markus", sagte Sarah. „du hältst nichts vom Aktenstudium. Oder?"

„Die Bekennerschreiben", murmelte ich und blätterte in der Akte, die sie mitgebracht hatte. „Ich kenne einige davon. Wenn man sie aufmerksam liest, wird schnell klar, dass es sich um uniforme Texte handelt, wahrscheinlich weil der Inhalt so lange diskutiert wurde, bis alle damit einverstanden waren. Das ist bei den Briefen an die Nationalbank deutlich anders."

Ich machte keinen Hehl aus meiner Überzeugung, dass in diesem Fall die Standardmethoden des Profilings versagen würden. Im Moment gab es nur eine Mantrafrage, an der ich mich festhielt: Wie muss ich mir eine Person vorstellen, die sich so ein Ultimatum ausdenkt und es dann auch noch perfekt ausführt?

Während mein Blick für einen Moment nachdenklich auf ihrem Gesicht verweilte, drehte Sarah ihren Kopf.

„Was ist denn da los?"

In der Menge erkannte ich den Kretin.

„Er ist es, der den Krach veranstaltet", sagte ich.

Das undefinierbare Geschimpfe näherte sich. Sarah hielt eine Hand hinter ihr Ohr.

„Was krakeelt er da? Das ist völlig unverständlich."

Er schien einen jungen Mann in einem dunklen Anzug angerempelt zu haben. Er blieb einen Moment stehen und schrie ihm nach:

„Scheiß feiner Pinkel! Leck mich am Arsch!"

„Na ja, hier sind das noch Randerscheinungen", sagte Sarah, „in Rio de Janeiro gibt es solche Vorfälle ständig, nur sind da die Außenseiter viel jünger und zücken gleich eine Knarre. Glaubst du, dass Typen wie er als Symbole für die allgemeine Unzufriedenheit taugen?"

Ich verneinte ihre Frage und sagte, jemandem wie ihm sei sowieso schon alles egal, er sei auch nur eine Figur im Marionettentheater der Wachträumer. In Wirklichkeit sei es vielmehr die schweigende Mehrheit, in der es gäre. Geschwiegen hätten sie über all die Jahrzehnte nur deshalb, weil es ihnen viel zu lange viel zu gut ging. Ich redete schon wie Harry. Er hatte mich offenbar infiziert.

Sarah unterdrückte ein Lachen.

„Wie ich sehe, gehst du die Sache aus einer sportiv höheren Warte an. Darf ich vielleicht einmal fragen, was du wirklich machst? Gehe ich recht in der Annahme, dass du immer noch nicht gewillt bist, lästige Kleinarbeit zu machen?"

Ich erinnerte sie daran, dass ich meine Gründe gehabt hatte, der Firma den Rücken zu kehren. Außerdem würden mir die Terrorismusfreaks aus der Brus-Abteilung ohnehin den ganzen Profilingkram aus den Händen nehmen. Das sei für mich völlig in Ordnung, aber ich würde auf keinen Fall dasselbe noch mal machen. Obendrein würden sie meiner Ansicht nach sowieso keine Anhaltspunkte finden.

Sarah musterte mich mit einem skeptischen Blick.

„Also hast du letzten Endes das Handtuch geworfen?"

Ich versuchte, meiner Stimme einen festen Ton zu geben, und klärte sie darüber auf, dass ich stattdessen lieber Bücher über reiche Menschen lese, über Religion und Philosophie, darunter die Bibel, der Koran und exotische Heilslehren aller Art.

„Wie bitte?", fuhr Sarah auf. „Was soll das denn heißen? Religion? Bibel? Bist du übergeschnappt?"

Ich lächelte sie beruhigend an und versuchte ihr verständlich zu machen, dass ich mich einfach nur gefragt hätte, wo ich nach den Ursachen für die allgemeine Stimmung suchen müsse.

Ihr Blick blieb misstrauisch.

„Hast du eine Antwort darauf gefunden?"

Ich ließ sie einen Moment zappeln, bevor ich lakonisch *Religion* sagte.

Sarah rollte mit den Augen.

„Du bist tatsächlich neben der Spur."

„Sieh es einmal so", überging ich ihren Kommentar, „alles dreht sich ums Geld. Früher einmal hätte man gesagt: Gold. Und da kommt auch schon gleich die Bibel ins Spiel. Der Tanz um das goldene Kalb. Das war ein heidnisches Ritual. Die Anbetung des Goldes ..."

„Markus", unterbrach Sarah, „du sollst eine Erpressung aufklären und keine Mysterienspiele erklären."

Ich sagte, es liefe auf dasselbe hinaus, der Kapitalismus sei eine Religionsgemeinschaft. Da bestünde kein Zweifel. Die größte der Welt und die perverseste, gleich neben dem Christentum und dem Islam. Mächtiger auf jeden Fall. Sie sei die einzige Massenreligion, die sogar Mitglieder verfeindeter anderer Religionen vereine. Der Tempel der Kapitalisten sei die Bank, dort horteten sie ihr Manna, das Geld. Ihr Schrein sei die Börse, ihre Evangelien seien die Bilanzen, und ihre Gebete das Aufsagen von Aktienkursen. Ihre Lithurgie bestünde aus verlogenen Gesängen über Leistung und Verantwortung, ihr Halleluja sei die Rendite, und ihre Heilsbotschaft verkünde die permanente Transformation von Geld in Glückseligkeit.

„Schon gut, Markus", unterbrach Sarah, „du hast mich überzeugt."

Wie in jeder Religion käme irgendwann die Dekadenz zum Durchbruch, fuhr ich unnachsichtig fort, und dann würde sie unweigerlich entarten. Die Gläubigkeit sei zur Perversion verdammt, und die Ekstatiker würden zu Hemmungslosen. Man bete die Aktienkurse vom frühen Morgen bis in die späte Nacht. Und die Propheten seien nichts anderes als verdeckte Finanzterroristen. Am gefährlichsten jedoch sei der Wunderglaube an die unendliche Vermehrung des Geldes. Wenn die Wunder ausblieben, würden die Religiösen noch gläubiger, um das Wunder zu erzwingen. Und irgendwann bräche der ganze Wahnsinn dann zusammen.

„Aha!", sagte Sarah, „du willst also metaphysisch an die Sache herangehen."

Ich fühlte mich annähernd verstanden.

Sarah reichte mir die Akte.

„Egal, wie du vorgehst, lies dir das noch einmal ganz genau durch. Da ist auch eine Liste mit allen politisch motivierten und aus dem Rahmen fallenden Erpressungsforderungen drin. Die sind alle nicht über den normalen Datenweg zugänglich. Das Material wurde bislang unter Verschluss gehalten. Bulthaupt wird irgendwann eine Theorie von dir sehen wollen, zumindest einen mentalen Durchbruch. Also zaubere etwas aus dem Hut. Ich muss jetzt los", sagte sie und gab mir einen flüchtigen Kuss auf die Wange.

„Fährst du heute noch nach Wiesbaden zurück?", rutschte es mir raus.

Sie verneinte und antwortete, sie würde sich ein Zimmer in irgendeinem kleinen Cityhotel nehmen.

Ich versuchte, meine Stimme neutral klingen zu lassen, und wagte einen Vorstoß.

„Dann können wir heute Abend vielleicht zusammen essen gehen?"

Sie sah mich einen Moment forschend an.

„Wäre nett gewesen, geht aber nicht. Ich bin bereits mit einer Freundin verabredet."

Ohne mir meine Enttäuschung anmerken zu lassen, wünschte ich ihr einen netten Abend. Ich sah ihr noch so lange nach, bis sie in der Menge verschwunden war, bestellte mir noch eine Tasse Kaffee und blätterte die Dokumente durch, die Sarah mir mitgebracht hatte.

Keines der Bekennerschreiben aus der RAF-Zeit hatte Ähnlichkeit mit dem Ultimatum. Auch keiner der anderen Erpresserbriefe konnte zum Vergleich herangezogen werden. Entweder handelte es sich um Personen, die persönliche Gründe hatten oder um eindeutig Geistesverwirrte. Nichts von alledem hätte man für ein Profilraster verwenden können.

„Ist an Ihrem Tisch noch ein Platz frei?“, hörte ich eine tiefe Stimme.

Ein schwergewichtiger Mann stand neben meinem Tisch. Er trug ein überweites Jackett mit einem karierten Hemd darunter, dessen Kragen offen stand und eine stark behaarte Brust ahnen ließ. Ich sah kurz in die Runde. Es gab noch andere freie Tische.

„Entschuldigen Sie meine Aufdringlichkeit“, sagte der Mann, „kann es sein, dass ich Sie neulich bei einem Polizeieinsatz vor einer Filiale der Nationalbank in Mannheim gesehen habe?“

In der Hoffnung, er würde mir meine gespielte Verständnislosigkeit abnehmen, protestierte ich gegen die vorgebliche Verwechslung.

Der Mann holte eine Visitenkarte aus seiner Jackentasche.

„Mertens. Ich bin Journalist und Reporter. Angeblich ist es nur um eine undichte Gasleitung gegangen. Aber wenn ich das richtig beobachtet habe, war da noch irgendein Spezialkommando zugange.“

„Mannheim“, behauptete ich, „kenne ich nur vom Durchfahren. Wenn ich Ihnen bekannt vorkomme, kann das vielleicht daran liegen, dass ich Bühnenkünstler bin und gelegentlich auch im Fernsehen auftrete.“

„Was Sie nicht sagen!“, dröhnte der Mann, „ja, natürlich, Sie sind der Hellseher mit den spektakulären Voraussagen.“

Ich nickte.

Er sah mich noch einmal prüfend an.

„Aber Sie haben von der Sache in Mannheim gehört?"

Ich schüttelte den Kopf, doch ich spürte, dass er mir nicht glaubte.

„Dann entschuldigen Sie vielmals", sagte der Mann. „Wie das Gehirn einen täuscht. Ich könnte immer noch schwören, ich hätte Sie in Mannheim gesehen. Sie haben ja meine Karte. Rufen Sie mich an, wenn Sie mal einen Tipp für mich haben, ich bin immer auf der Suche nach einer guten Geschichte. Die Sache in Mannheim war meiner Meinung nach eine Bombendrohung. Ich sage Ihnen, Bankenhass wird demnächst in Mode kommen. Wenn Sie wüssten, was einem in meinem Beruf alles zu Ohren kommt! Ich sage Ihnen, diese Finanzkrise, wird zu einer Krise der Gesellschaft werden und es wird uns alle betreffen. Was sagen Sie als Hellseher dazu?"

2. 6

London

Anfänglich hatte es so ausgesehen, als könne sich für Anderson in London eine neue Zukunft eröffnen.

Dutzende Telefonnummern in seiner Adressenkartei schienen ein Garant für beste Kontakte zur Finanzwelt.

Fürs Erste hatte er sich ein Hotelzimmer in Notting Hill genommen. Die Adresse gehörte zwar nicht zum Allerfeinsten, bot aber ausreichend Reputation, um nach außen das Gesicht als erfolgreicher Geschäftsmann wahren zu können. Notting Hill war vor Jahrzehnten noch eine Art Slum im Westen Londons gewesen. Inzwischen hatte sich der Stadtteil zu einem kosmopolitischen Treffpunkt für junge Erfolgsmenschen entwickelt.

Die ersten Tage war ihm London wie ein Stück verloren gegangene Heimat vorgekommen. Die Ursache dafür lag in seiner Kindheit. Die ersten zehn Jahre seines Lebens war er mit seiner deutschen Mutter und seinem englischen Vater aufgewachsen. Als Letzterer sich auf und davon gemacht hatte, war neben der Muttersprache Deutsch das Englische als einziges Erbe geblieben. Während seines Studiums an einer Chicagoer Wirtschaftsakademie hatte er die Sprache des Vaters so weit perfektionieren können, dass niemand mehr einen deutschen Akzent heraushören konnte. Im Laufe eines späteren Praktikums in London hatte er sich dann etliche Amerikanismen abgeschliffen und den Tonfall der höheren Schichten angenommen.

Schon der bloße Ortswechsel vermochte bereits seine trüben Gedanken zu vertreiben und ihn einzuladen, einige Tage einfach nur das Flair dieser außergewöhnlichen Weltstadt zu genießen und sich in den alten Docks herumzutreiben, wo die Kunstgalerien fast jeden Abend eine Vernissage zu bieten hatten und man in den Restaurants interessante und schöne Menschen bewundern konnte.

Menschen, wie sie sich zum Beispiel bei einer Ausstellung von Darwin Hossler ein Stelldichein gaben, hatte Anderson schon lange nicht mehr gesehen. Hier reichten sich die auffälligsten Exzentriker der Stadt die Hand, eitle Prominente aus dem Showbusiness, machtbewusste Mäzene aus Industrie und Werbung, Adelige mit vornehmem Gehabe und kaum versteckten homosexuellen Neigungen, Szeneprinzessinnen, die weniger die Kunst als reiche Männer im Fokus hatten, und nicht zuletzt einige exquisite weibliche Schönheiten mit exotischen Genen, die sich in der Rolle von Kulturmätressen gefielen. Dazwischen hatten es die Intellektuellen einmal wieder geschafft, sich durch Verzicht auf trendige Garderoben von den profanen Eventkonsumenten abzuheben. Aus diesen Kreisen hatten sich dann auch kleinere Gruppen gebildet, die ihr Vergnügen an der Veranstaltung in mehr oder weniger anspruchsvollen Diskussionen über den tieferen Sinn der ausgestellten Arbeiten suchten. Jemand, der durch die Bemerkung des Galeristen Lauper als Kritiker ausgewiesen war, ein feister Typ mit stechenden Augen und affektierten Handbewegungen, bemerkte, die Werke würden ganz offensichtlich jede eigene künstlerische Qualität verleugnen, aber genau das sei das eigentlich Raffinierte an Hosslers Kunst. Darwin Hossler führe vor, wie man einen normalen Gebrauchsgegenstand ohne den Einsatz künstlerischer Techniken in einen Wertgegenstand verwandeln könne. Dass Hossler den kompromisslosen Weg ginge und den Mindestwert seiner Werke schon durch das teure Material Gold festlege, zeige Mut und eben jene Genialität, die er vordergründig abstreite.

Ein hübscher Mann mit dandyhaften Bewegungen sagte zu einem anderen Mann, den er vorher mit einem Kuss auf die Wange begrüßt hatte:

„Offenbar hat Hossler mitbekommen, dass die Spekulanten neuerdings wieder auf Gold setzen."

Während der Angesprochene in offensichtlich ironischer Weise liebkosend über die glänzende Oberfläche eines der Kunstobjekte strich, bemängelte er lautstark das Fehlen eines goldenen Dildos, um daraufhin bedauernd festzustellen, dass es wohl schon sehr bald keine Vernissagen wie diese mehr geben würde. Die Kunsthändler dürften das natürlich niemals zugeben, aber hinter vorgehaltener Hand kursierten Gerüchte über ein Galeriensterben ungeahnten Ausmaßes. Es gäbe schon jetzt keine Käufer mehr, und was Lauper hier zelebriere, sei nichts weiter als eine verlustreiche Beschwörung. Keiner würde hier heute auch nur ein Stück von den edelmetallenen Banalitäten kaufen, wenn er die gleiche Menge Gold bei seiner Bank zum halben Preis bekäme.

Auf gefährlich hohen Hacken balancierend hielt eine mondän geschminkte Asiatin in einem roten Seidenkleid einem männlichen Begleiter mit schütterem grauem Haar die Preisliste unter die Nase, während sie Anderson mehrmals interessierte Blicke zuwarf. Der betagte Begleiter schüttelte verständnislos den Kopf und flüsterte der Begleiterin etwas ins Ohr, worauf sie die Preisliste aus der Hand legte. Vielleicht hatte er ihr angeboten, besser zu einem Juwelier zu gehen und statt eines absurd überteuerten Kunstwerks einen dauerhaften Brillanten zu erstehen.

Erst gegen Mitternacht war Anderson in gehobener Stimmung zu seinem Hotel zurückgekehrt. Er fühlte sich wie ein vormals Scheintoter, dem das Leben eine neue Chance gegeben hatte. Sein alter Optimismus war auf dem besten Wege, wieder die Oberhand zu gewinnen.

Aber schon die ersten Telefonate am nächsten Morgen endeten mit einer herben Enttäuschung.

Zwei seiner ehemaligen Kollegen waren unter den Nummern, die in seiner Adressendatei standen, nicht mehr zu erreichen. Einer sollte London in Richtung Shanghai verlassen haben, und ein anderer galt als verschollen. In der Brokerszene kursierte das Gerücht, dass er sich in ein buddhistisches Kloster in Thailand zurückgezogen habe. Bei den Firmen, die er anrief, gab es schon Schwierigkeiten, überhaupt mit einem Abteilungsleiter zu sprechen. Lediglich bei Greystone stellte man ihn zur Chefetage durch. Mit McNeal, dem Chairman, hatte er vor zwei Jahren noch im Auftrag der Nationalbank verhandelt, und wie sich schnell herausstellte, sah der Greystone Boss den kurzen Wortwechsel bereits als enorme Vergünstigung an. Einen Job hatte er nicht anzubieten, nicht heute und nicht morgen. In väterlichem Tonfall vermischt mit einer sarkastischen Note, hatte McNeal darauf hingewiesen, dass Einstellungsgespräche gänzlich aus der Mode gekommen seien, weil man sich in den meisten Firmen zurzeit auf Entlassungen konzentriere. Einige wenige Investoren, die gerade jetzt Unsummen an der Energie- und Rohstoffverteuerung verdienten, wollten wiederum keine Verlierer einstellen, und dass man Anderson bei der Nationalbank vor die Tür gesetzt hatte, war auch schon bis in die Londoner Finanzkreise vorgedrungen.

Lediglich der Personalchef des renommierten Bankhauses Gouldsteen Brothers hatte ihm einen Termin eingeräumt. Seit Tagen wurde über eine drohende Insolvenz bei Gouldsteen gemunkelt, aber jeder in der Geldbranche hielt die Gerüchte für gezielte Desinformationen.

Schon aus der Entfernung sah Anderson, dass etwas nicht in

Ordnung war. Vor dem Eingang der Gouldsteen-Zentrale drängelten sich Menschenmassen. Reporter fotografierten, streckten dem herausströmenden Bankpersonal Mikrofone entgegen oder hetzten mit Fernsehkameras von einem Standort zum anderen, um die beunruhigenden Bilder einzufangen. Mengenweise strömten Männer in blauen Hemden, mit hochgekrempelten Ärmeln und locker gebundenen Schlipsen aus dem Gebäude mit der glanzvollen Fassade aus Marmor und Glas. Ihre Gesichter waren versteinert, und unter den Armen trugen sie Pappkartons. Von Reportern angesprochen, winkten sie verärgert ab und suchten wie ertappte Ladendiebe kommentarlos das Weite. Einem jungen Mann, der ihm wie ein Journalist vorkam, stellte Anderson die Frage nach dem Grund der sonderbaren Massenflucht.

Ein ironisches Aufblitzen in den Augen des Angesprochenen ließ auf Schadenfreude schließen.

„Haben Sie denn noch keine Zeitung gelesen? Gouldsteen ist pleite! Die Bank ist geschlossen worden, und alle Mitarbeiter sind entlassen. Von heute auf morgen. Unglaublich! Gouldsteen! Das ist das Ende der Investmentbranche."

Mit schwermütigen Gedanken kehrte Anderson in sein Hotel zurück. Der Fall einer der bedeutendsten Banken Amerikas mit zigtausend Angestellten in den Metropolen der Welt drohte unweigerlich die restlichen Finanzinstitute mit sich ins Verderben zu reißen.

Als Steigerung der Hiobsbotschaften erreichte ihn gegen Mittag per E-Mail die Nachricht, dass die beiden Immobilienprojekte, in die er privat investiert hatte, zwangsversteigert würden. Damit war sein finanzieller Spielraum wahrscheinlich auf weniger als die Hälfte geschrumpft. Die Nachricht hatte einen Anfall rasender Kopfschmerzen mit sich gebracht.

Obwohl ein Teil von ihm immer noch eine Wende zum Guten erhofft hatte, überwog die Ahnung eines endgültigen Zusammenbruchs seiner Finanzen. Jetzt galt es, schnell zu handeln. Vermutlich verfügte er immer noch über einen Rest von fünf Millionen Euro. Nur ein Weg war geblieben: Er musste mit diesem Geld als privater Anleger in das riskante Geschäft des Daytrading einsteigen. Die täglichen Kurs- und Währungsschwankungen boten einem geschickten Spekulanten zwar die Möglichkeit, seinen Einsatz an nur einem Tag zu verdoppeln oder zu vervielfachen, genauso aber konnte man auch den Rest seines Kapitals verlieren. Als sich gegen Abend auch noch beunruhigende Stiche in unterschiedlichen Körperregionen zu den Kopfschmerzen gesellten, suchte er eine Apotheke auf, um sich ein starkes Schmerzmittel zu kaufen. Nach der Beschreibung seiner Symptome versuchte die freundliche Apothekerin, seine Ängste mit dem Hinweis auf psychosomatische Störungen zu zerstreuen.

Nach zwei weiteren Tagen hatte Anderson ein Appartement gefunden, drei große Bildschirme gekauft und einen schnellen Internetanschluss installieren lassen.

Eine Woche nach seiner Ankunft in London war Anderson wieder im Geschäft, und die körperlichen Beschwerden vorerst verschwunden. Nachdem er um halb acht in der Frühe seinen Kaffee getrunken und einen Teller mit *Kellogg's Corn Flakes*, Milch und Bananenscheiben zu sich genommen hatte, schaltete er spätestens um acht seine Notebooks ein, um die Börsenkurse auf den Monitoren zu verfolgen. Um zehn nahm er in einem nahen Bistro ein zweites Frühstück zu sich und trank eine Kanne Tee. Am frühen Abend ging er zum Essen in ein indisches Restaurant, und danach setzte er sich wieder vor die Bildschirme. Er hatte sich eine Großpackung Vitamin A gekauft und nahm dreimal täglich drei Tabletten, um seinen ermüdeten Augen von innen heraus Linderung zu verschaffen. Einen Tag hatte er zwölf Millionen mit einer gewagten Option auf ein Stahlgeschäft mit China gewonnen, am nächsten verlor er acht Millionen, weil er auf ein weiteres Absinken des Dollarkurses gewettet hatte, das nicht eingetroffen war. Die folgenden Tage verdiente er die Hälfte vom Verlust mit einem sprunghaften Anstieg des Goldpreises, mit Optionen auf kanadische Erdgasquellen, die noch nicht erschlossen waren, mit indischen Softwareaktien und mit den Schwankungen der Devisenkurse in Asien.

Mit dem Elan war auch vorübergehend die Hoffnung auf eine Wende zurückgekehrt.

Eine Woche lang häuften sich die Gewinne auf seinen Depots, aber dann kam das Ende, und es dauerte nur einen Tag.

Eine Spekulation auf den wertvollen Rohstoff Titan war ein Misserfolg gewesen, und darauf folgte eine Fehleinschätzung nach der anderen. Gegen Mitternacht waren Andersons letzte Reserven Opfer der gefräßigen globalen Finanzmaschine geworden.

Mit der Existenzangst waren auch die Kopfschmerzen und das unheimliche Stechen in anderen Körperteilen zurückgekommen.

Rettungsplan A war fehlgeschlagen. Unwiderruflich! Niemand würde ihm für private Spekulationen noch Geld leihen.

Jetzt zeigte es sich als weise Voraussicht, dass er Plan B niemals aus den Augen verloren hatte.

DRITTER AKT

VERBLENDUNG UND HOCHMUT

3. 1

Marbella

Gollier ließ seine Augen über die unwirkliche Szenerie schweifen. Beerdigungen sowie die damit verbundenen Rituale und Feierlichkeiten waren niemals seine Sache gewesen. Auch dieses Mal war er nur mit nach Marbella gekommen, um die Umstände für ein weiteres diskretes Treffen mit Dr. Zierer zu nützen.

Niemand aus der Keyserling Familie hatte damit gerechnet, dass die greise aber trotz Rollstuhl immer noch rüstige Clanchefin schon so bald nach ihrem neunzigsten Geburtstag an einem Gehirnschlag sterben würde.

Die runde Kuppel der Friedhofskapelle verlieh dem Gebäude eine Ähnlichkeit mit einer Moschee, und die langen Sandsteinwände mit den kleinen Nischen für Urnen wirkten genauso fremdartig. Vor einem überdimensionalen Marmorgebilde, das wie ein verkleinertes Mausoleum einer Fürstenfamilie aussah, hatten sich an die Hundert Trauergäste versammelt. Auf diesem Teil des Friedhofs waren seit Jahrhunderten die Renommiergrüfte der wohlhabenden Familien errichtet worden, um die Erinnerung an ihre Namen noch in ferner Zukunft wachzuhalten.

Die Trauerveranstaltung stand unter der befremdlichen Regie klimatischer Randbedingungen, die ihren Einfluss auf Bekleidung und Accessoires geltend machte. Helle Farben, dünnes Leinen und elegante Strohhüte dominierten unter der steilen Sonne des Südens.

Die rücksichtslos gleißenden Strahlen wurden von keinerlei Wolken gemildert. Alle Farben mischten sich zu einem staubigen Beige, das einen Geruch der Fäulnis zu verbreiten schien, der in Wirklichkeit von einer nahen Mülldeponie herüberwehte. Dass ausnahmslos Sonnenbrillen getragen wurden, gab den Bildern den Anschein, als wären sie einem Fellini-Film entsprungen. Schon die Aufstellung der Familienmitglieder warf ein symbolisches Licht auf das Nachspiel der Vermögensaufteilung. Rechts neben Zierer stand Hans Keyserling mit angemessen ernster Miene, während Karl, der Lebemann, auf der Linken eine auffällige weibliche Erscheinung ins Auge gefasst hatte, die ihr Gesicht hinter einem mondänen Schleier verbarg.

„Man könnte meinen", sagte Gollier kaum hörbar zu seiner Frau, „sie hätten sich alle nur zu einem Pferderennen eingefunden."

Aus Respekt vor den testamentarisch hinterlegten Wünschen seiner verstorbenen Mutter hatte Hans Keyserling einen katholischen Priester aus dem bayerischen Heimatland einfliegen lassen, um der Seele der Verflossenen ein letztes Geleit zu geben und ihre Taten zum Wohl der Familie und der Gesellschaft im Allgemeinen zu verherrlichen. Über Jahrzehnte hatte sie die Geschicke des Konzerns aus dem Hintergrund gelenkt und dafür gesorgt, dass jede Investition dem Wachstum des Vermögens diente. Stets hatte sie nur Gutes im Sinn gehabt, und wo immer sich eine Möglichkeit bot, der deutschen Wirtschaft nach dem Kriege geholfen, wieder in Glanz und Gloria zu erstrahlen. Wie zum Beispiel stünde die deutsche Autoindustrie ohne die Aufbauhilfen der Keyserlings da? Was wäre aus manchen bedeutenden Politikern ohne die unauffällige Unterstützung der Keyserlings geworden? Und wer im einfachen Volk wusste schon von den vielen wohltätigen Aktivitäten der alten Dame? Vor nicht allzu langer Zeit hatte sie sogar ihr Herz für die Dritte Welt entdeckt. Einige Minister einiger afrikanischer Länder mit entwicklungsfähigen Ölfeldern hatten nur durch die Gelder aus ihren Hilfsfonds zur Macht gelangen können.

„Ich muss kotzen“, war plötzlich eine Stimme zu hören. „Tausende KZ-Häftlinge haben ihr Leben in den Keyserling Fabriken verloren.“

Ein Raunen ging durch die Gruppe, aber der Priester ließ sich nicht beirren und fuhr ungerührt mit seiner posthumen Laudatio fort.

Gollier rückte nahe an seine Frau.

„Wer war das?“

„Das kann nur Johann gewesen sein.“

Mit unbeweglicher Miene trat Inge Gollier an den offenen Schacht vor den weißen Säulen der überdachten Gedenktafel und warf einen Blumenstrauß auf den Sarg.

Eine Stunde später hatte sich die Trauergesellschaft, teils in gehobener Stimmung, teils missgelaunt, auf dem Familiensitz versammelt, um sich bei Kaffee, Kuchen, Kaviarschnitten und Champagner auf die nachfolgenden Verhandlungen einzustimmen. Hans Keyserling hatte nun offiziell die Nachfolge der Chefin angetreten und eine Miene aufgelegt, die aufdringlich von der Wucht der Verantwortung kündete, die nun auf seinen Schultern lag.

Geld, deklamierte Hans in einer kurzen ungelenken Rede, sei niemals der Fokus seiner Ambitionen gewesen. Jahrzehnte hätte er, ohne viel Aufhebens davon zu machen, die selige Henriette unterstützt, und immer nur sei er dem Wohl der Familie, der Tradition und der uneigennützigen Sicherung des Vermögens verpflichtet gewesen. Auch wenn der Name Keyserling von vielen böswilligen Kritikern immer wieder in den Dreck gezogen würde, gäbe es doch einen großen Freundeskreis aus Politik und Wirtschaft, der den Einfluss der Familie zu schätzen wisse. Hier gelte es, im Sinne der alten Dame das Begonnene erfolgreich weiterzuführen.

Niemand verlor ein Wort über den Eklat bei der Beerdigung. Allerdings war Johann Keyserling der Tafel ferngeblieben.

Obwohl erst knapp drei Tage seit dem Tod der alten Keyserling vergangen waren, gab es keinen Zweifel, dass Karl, der das Marbella-Anwesen geerbt hatte, hier einiges umkrempeln würde.

Allmählich fingen die Trauerfeierlichkeiten an, sich in unterschiedliche Sektionen aufzuspalten. Nach Inge Golliers Aussagen waren die meisten der Haupterben mehr oder weniger über den Ausgang der Testamentseröffnung informiert, und dass sich zurzeit noch keiner benachteiligt fühlte, lag vermutlich nur an der abnormen Größe eines Vermögens, das selbst bei gehobenen Erwartungen für jeden genug übrig lassen würde.

Auf die Rolle des Beobachters zurückgezogen, sah Gollier die Zukunft der Sippe nur noch als schleichenden Zerfall, der wahrscheinlich schon in Kürze die fortgeschrittenen Degenerationserscheinungen offenbaren würde. Weder Hans noch Karl verfügten über den Biss und die merkantile Radikalität der Gründergeneration. Hans war der geborene Verwalter, und Karl konnte nun endlich prassen und prahlen, ohne von der quasi göttlichen Instanz der verflossenen Chefin in seine Schranken gewiesen zu werden. Somit würde der dynastische Untergang des Hauses Keyserling in unheimlicher Zufälligkeit mit dem Niedergang der internationalen Finanzwirtschaft zusammenfallen. Golliers persönliche Einschätzung der Situation ging inzwischen so weit, eine gravierende Wirtschaftskrise globalen Ausmaßes für möglich zu halten. Ein Zusammenbruch der Autoindustrie zeichnete sich bereits deutlich ab, und wenn deren Aktien in den Keller fielen, wäre auch der größte Teil des Keyserling-Vermögens unwiderruflich verbrannt.

Inzwischen hatten sich im Garten mehrere Gruppen gebildet, eine kleine um Dr. Zierer, eine größere um Karl Keyserling, der man unschwer ansah, dass sie Vergnügung höher schätzte als Verantwortungsgetue, und eine weitere, die weitaus größte: die vor Jugend strotzende Urenkelgeneration, deren Umfang beständig zunahm und den Beginn einer Party vermuten ließ.

Gollier beobachtete die Tendenz mit Missbehagen. In gelegentlichen Gesprächsfetzen, die er aufgefangen hatte, wurde deutlich, dass man Privilegien auf Leistungen zurückführte, die in Wahrheit noch keiner von ihnen persönlich erbracht hatte. Jenen, die hier im Garten flanierten, stand die Sorglosigkeit ins Gesicht geschrieben. Einige wenige hatten in ihrer Selbstdarstellung scheinbare Außenseiterpositionen eingenommen und gaben sich individualistisch. Man tat so, als interessiere man sich für Kultur, aber im Endeffekt kam eine Verabredung zum Golf dabei heraus.

Am späten Nachmittag schließlich hatte das trunkene Jungvolk den Trauerevent endgültig in eine spanische Fiesta verwandelt.

Auf der Suche nach Dr. Zierer war Gollier auf seine Frau getroffen, die in der Nähe des Pools mit Johann Keyserling unter einem Sonnenschirm über alte Zeiten plauderte.

Johann Keyserling fixierte Gollier einige Sekunden mit einem abschätzenden Blick.

„Warum setzen Sie sich nicht zu uns? Ihnen scheint diese Art der Totenfeier genauso wenig zu gefallen wie mir."

Gollier zog einen Gartenstuhl heran, ohne sich jedoch zu setzen.

„Warum nehmen Sie überhaupt daran teil?"

Keyserling warf einen bösen Blick auf eine Gruppe angetrunkener Jugendlicher.

„Eigentlich geht das niemanden etwas an. Mein Vater hatte mich wegen meiner kritischen Haltung zur Familiengeschichte enterbt, aber jetzt wurde mir plötzlich eröffnet, dass ein Vermögensposten existiert, der auf meinen Urgroßvater Friedrich zurückgeht. Er war mit seinen *Mechanischen Werkstätten* der eigentliche Gründer der Keyserling-Unternehmen und hatte mit Hitler nicht viel am Hut gehabt. Einen Teil dieses Stammvermögens hat mein Vater geerbt, und Henriette hat ihn nach seinem Tod verwaltet. So stehe ich dann überraschenderweise doch noch auf der Liste der Erben. Es ist keine wirklich bedeutende Summe. Vielleicht sollte ich mit dem Geld ein Stück vom Amazonasurwald aufkaufen, um ein paar Indianerstämme zu retten. Stellen Sie sich einmal vor, die Indianer hätten das Rennen um die Zivilisation gewonnen und hätten von Amerika aus Europa kolonialisiert, dann wäre ihre Kultur jetzt die Leitkultur, und unsere Politiker trügen jetzt Federschmuck, und unser Gott hieße vielleicht Manitu!"

„Eine seltsame Vorstellung", sagte Gollier mit einem Blick auf seine Uhr, „vielleicht können wir das Gespräch zu einem späteren Zeitpunkt fortsetzen, ich bin mit Herrn Zierer verabredet und suche seit einer Viertelstunde das Grundstück nach ihm ab."

„Zierer!", fuhr Keyserling mit zorniger Stimme auf. „Dass der sich noch unter die Leute traut! Unlängst hat er hier noch über den ewigen Aufwärtstrend der Wirtschaft schwadroniert. Ich vermute, dass er sich mit Hans im Teepavillon aufhält."

Gollier überging die Anspielung auf das Fiasko des Schweizer Bankiers. Beim Pavillon angelangt, hatte Hans Keyserling gerade die Familienkonferenz im Vorfeld der Testamentseröffnung beendet.

Dafür, dass er inzwischen wegen der Milliardenabschreibungen in seiner Bank unter heftigen Beschuss geraten war, wirkte Zierer erstaunlich gut gelaunt.

„Worum geht es?", fragte Zierer geradeheraus. „Ich habe mit Henning telefoniert. Er hat da einige merkwürdige Andeutungen gemacht, wollte aber nicht weiter darüber reden."

Gollier wartete einen Moment mit seiner Antwort, weil ein junges Mädchen im Badeanzug nach Karl fragte. Erst als sie wieder fort war, begann er mit seiner Erklärung.

„Eben deswegen hat Henning mich gebeten, die Beerdigungsfeier zu einem unauffälligen Informationsaustausch zu nützen. Die Sache ist streng geheim und von höchster Brisanz. Sie könnte uns alle betreffen."

„Legen Sie los!", drängte Zierer neugierig. „Wer weiß, wie lange wir ungestört bleiben."

Gollier reichte Zierer ein zusammengefaltetes Papier.

„Das sind Kopien von vier Briefen, die Herr Henning erhalten hat."

Zierer setzte sich eine schmale Brille auf und begann zu lesen.

„Das ist ein schlechter Witz."

Er schüttelte ungläubig den Kopf.

„Das nehmen Sie doch nicht wirklich ernst? Eine Billion! Das ist absurd!"

„Ist es das?", versuchte Gollier zu korrigieren. „Ich muss Ihnen doch nicht erzählen, mit welchen Zahlen in unserem Metier jongliert wird! Der Autor hat uns in der Mannheimer Geschäftsstelle der Nationalbank vorgeführt, dass er offenbar fähig ist, seiner Forderung höchst realen Nachdruck zu verleihen."

Zierer schüttelte verstört den Kopf.

„Was meinen Sie damit?"

„Er hat einen virtuellen Anschlag durchgeführt", erklärte Gollier. „Er hätte problemlos die ganze Filiale in die Luft sprengen können. Aber wenn idealistische Motive dahinterstecken, würde es nicht zum Konzept passen, unschuldige Menschen umzubringen."

Zierer sah noch einmal auf das Blatt.

„Idealistische Motive? Was für ein Unfug! Was soll daran idealistisch sein, Menschen in Angst und Schrecken zu versetzen?"

In Golliers Lächeln mischte sich eine überhebliche Note.

„Er oder sie gehen davon aus, dass wir verantwortungslose Finanzjongleure sind, die mit den Ergebnissen unserer Geldpolitik ganze Völker in Angst und Schrecken versetzen, indem wir sie ihrer Lebensgrundlage berauben."

Zierers Miene zeigte Verärgerung.

„Das hört sich an, als hätten Sie Verständnis für die Erpressung."

„Davon kann wohl keine Rede sein", gab Gollier zurück, „Sie vergessen, ich bin selbst im Vorstand und in höchstem Maße betroffen. Die Sache ist jetzt natürlich in Händen des BKA. Und dort sind auch nur einige wenige Personen in Kenntnis gesetzt. Ich wage nicht daran zu denken, welche Auswirkungen es haben könnte, wenn die Öffentlichkeit davon erfährt. Ich persönlich denke allerdings, dass mehr dahintersteckt, als wir uns im Moment vorstellen können."

„Lassen Sie mich rekapitulieren", sagte Zierer. „Dem letzten Brief nach zu urteilen, soll ein immer größerer Personenkreis zur Rechenschaft gezogen werden, und Herr Henning soll die Umsetzung koordinieren und sozusagen wider Willen zum Komplizen des Erpressers werden. Und jetzt fällt ein weiterer konkreter Name, nämlich meiner. Das ist allerdings schon seltsam. Andererseits braucht man keine Insiderinformationen: Mein Name ging ja in den letzten Wochen oft genug durch die Wirtschaftsgazetten. – Und was glaubt Herr Henning, was ich tun könnte?"

Gollier zögerte einen Moment, bevor er sich zu einer Antwort entschloss.

„Ehrlich gesagt, wir hatten nicht genug Zeit, darüber so ausführlich zu sprechen, wie es vielleicht nötig gewesen wäre. Der Tod von Frau Keyserling war schließlich nicht geplant. Es war ein purer Zufall, der uns diese unauffällige Zusammenkunft ermöglichte. Sie sehen, der Briefautor hat es jetzt schon geschafft, uns in einen planlosen Reaktionismus zu treiben. Jetzt sieht es ganz so aus, als würden wir gezwungen, auch noch mit Personen zu reden, die nur darauf warten, dass die Nationalbank Schwäche zeigt. Im letzten Jahr gab es Hinweise auf Gelüste einiger unserer Konkurrenten nach einer feindlichen Übernahme."

„Ach!", entfuhr es Zierer erstaunt. „Wer soll das denn sein?"

Golliers Stimme bekam einen kalten Klang.

„Das sollten Sie eigentlich besser wissen als wir. Im internationalen Vergleich ist die NB doch wohl eher im Mittelfeld anzusiedeln, da gibt es etliche Hausnummern, die ich wohl nicht zu nennen brauche. Und im Fall der italienischen UCI-Bank, die von einer Hedgefondsgruppe auf 18 Milliarden Euro Schadensersatz verklagt wurde, kann man ja sehen, mit welchen Mitteln Angriffe ausgeführt werden."

Zierer faltete die Kopie mit den Erpressertexten wieder zusammen. Er schien unruhig zu werden.

„Wir sollten jetzt vielleicht zum Kern der Sache kommen; mir steht noch eine Besprechung mit den Keyserling-Erben bevor."

Gollier steckte das Papier ein und nickte zustimmend.

„Alles hängt davon ab, ob der Erpresser die Schraube weiter anzieht und welche Karten er in der Hand hat. Die Situation ist weiß Gott absurd. Vorerst bittet Herr Henning, die Möglichkeiten zu sondieren, wie wir mit den Vorständen der wichtigsten europäischen und amerikanischen Investmentbanken diskrete Gespräche einleiten können, ohne dass wir uns selbst in eine ungünstige Position lavieren. Wir werden sehen, ob andere Institutionen oder leitende Personen direkt bedroht werden. Sie haben doch früher selbst bei Johnson-Gellman und Levy-Shoemaker gearbeitet. Ich denke, Herr Henning erwartet von Ihnen eine Vorbereitung für Gespräche, ohne dass jemand zu früh erfährt, worum es genau geht."

Zierer erhob sich aus dem Rattansessel.

„Ich werde mir etwas überlegen."

„Tun Sie das", bekräftigte Gollier, „und tun Sie es, ehe es zu spät ist."

3. 2

Frankfurt – Ein Nobelrestaurant

Ich hatte ein Bild von dem Mann im Kopf gehabt, das meine übliche Intuition Lügen strafte. Das also war ein leibhaftiger Großspekulant, einer, der mit zig Millionen und Milliarden umgegangen war, als ginge es dabei in globalem Maßstab nur um Kleingeld. Allerdings gab es zu bedenken, dass die sagenhafte Karriere des blassen Mannes vor einigen Wochen jäh zu einem unrühmlichen Ende gekommen war. Das weltweit agierende Finanzunternehmen *Bluestar* hatte ihn noch vor einem halben Jahr als einen seiner erfolgreichsten Mitarbeiter gefeiert, mit Lorbeeren überschüttet und zum Chef der Frankfurter Filiale gemacht, dann aber war das Kartenhaus des Stars jäh zusammengebrochen, nachdem sich herausstellte, dass seine letzten Transaktionen als Investmentspezialist seinen Arbeitgeber fünfhundert Millionen gekostet hatten, die in den überregionalen Tageszeitungen wieder einmal den verharmlosenden Titel *Abschreibungen* bekommen hatten.

Natürlich fühlte Segovian sich in keiner Weise schuldig, da er ja über etliche Jahre für seine Tätigkeit nur Lob und Bonuszahlungen eingeheimst hatte. Aus seiner Sicht, die vermutlich die richtige war, hatte man ihn niemals gebremst, sondern stets ermuntert. Und jetzt sollte er wie etliche seiner Kollegen das schwarze Schaf sein.

Ich hatte mich als freiberuflicher Journalist ausgegeben und meine vorgebliche Recherche so dargestellt, dass der gefeuerte

Jungmanager sich in dem Glauben wiegen konnte, hier wolle jemand seine ehemaligen Chefs als die wahren Schuldigen brandmarken und ihn vielleicht sogar als Opfer darstellen.

Als Treffpunkt hatte Segovian ein italienisches Nobelrestaurant vorgeschlagen, von dem man munkelte, dass es einer Mafiafamilie als Geldwaschmaschine diente. Seine legere Freizeitkleidung gab nichts von seinem ehemaligen Status zu erkennen.

„Wenn es Ihnen nichts ausmacht", sagte der Mann mit der merkwürdig hohen Stimme, „würde ich lieber an einem der Tische auf der Terrasse Platz nehmen."

Ich nickte zustimmend.

„Natürlich nicht, wer möchte sich bei dem strahlenden Sonnenschein schon in einer dunklen Restaurantecke aufhalten?"

„Es ist nicht deswegen", begründete Segovian seinen Wunsch, „draußen kann man wenigstens in Ruhe rauchen. Das ist auch einer dieser Lateralschäden. Ich bin seit fünf Jahren Nichtraucher, jetzt habe ich wieder angefangen und rauche täglich eine Schachtel weg. Sind Sie Raucher?"

Ich verneinte und behauptete, die Abstinenz sei nicht mein Verdienst, weil es mir einfach nie geschmeckt habe, und manchmal würde ich sogar bedauern, dass ich nicht rauche, weil die faschistoide Bevormundung der Europabürokratie meinen Protest herausfordere. Außerdem fragte ich mich, warum es keine Aufkleber für Autos gebe, auf denen zu lesen stünde: *Rasen kann tödlich sein* oder *Geldgier vernichtet Kultur*?

Segovians Blick wirkte verständnislos. Ganz sicher hatte er andere Sorgen, als über die grundsätzlichen Absurditäten des modernen Lebens nachzudenken.

Ich hatte Segovian um ein Treffen gebeten, weil der Exspekulant vor seiner Karriere bei Bluestar für die Nationalbank gearbeitet hatte.

Inzwischen gab es einen vierten Erpresserbrief an die Nationalbank, in dem Henning aufgefordert wurde, für einen Teil der Finanzkatastrophe mit seinem persönlichen Vermögen geradezustehen. Der jedoch behauptete nach Bulthaupts Aussage, dass er bestenfalls über einen Bruchteil der genannten Summe verfüge.

Bis jetzt hatte ich mich bemüht, die Konversation in einem möglichst entspannten Stil angehen zu lassen, um Segovian nicht misstrauisch zu machen. Obwohl mir der Mann nicht ungebildet erschien, wirkte er geistig ausgebrannt. Seine Konzentrationsfähigkeit reichte nicht einmal für einen intelligenten Smalltalk aus. Aus seinen Bemerkungen war zu schließen, dass er sich vermutlich niemals in seinem Erwachsenenleben mit anderen Dingen als der Geldvermehrung beschäftigt hatte. Ich empfand keinerlei Überlegenheit, im Gegenteil, er tat mir in seiner erbärmlichen Sinnentleertheit leid.

Obwohl der gescheiterte Spekulant jetzt bis zum Halse verschuldet war, bestellte er frischen Hummer und zum Durstlöschen Champagner.

Am Nebentisch saßen zwei Männer mit einer jungen Frau, die in eloquenter Form eine Werbekampagne erläuterte. Die Männer nickten wenig begeistert, während sie in ihrem Essen stocherten. Einer legte seine Gabel hin und sagte zu der Frau, das sei alles gut und schön, aber der Werbeetat betrage nur noch die Hälfte wie im Vorjahr, und damit sei ihr Vorschlag nicht umzusetzen. Immer häufiger schienen Stimmungslagen wie diese jetzt den Alltag zu beherrschen.

Dass Segovian seine ehemaligen Arbeitgeber, die Chefs der Großbanken, nun zu seinen Feinden zählte, machte die Sache für mich zwar leichter, gab aber zur Vorsicht Anlass. Ich nannte einige Stichworte.

„Über Henning kann ich nicht viel sagen“, legte Segovian los, „obwohl ich vor Bluestar für die Nationalbank gearbeitet habe.

Aber eines steht fest: Die großen Bosse stellen sich gern als die bescheidenen Diener ihrer Kunden dar. Da kann ich nur lachen. Ihre offiziellen Bezüge sind der Öffentlichkeit inzwischen zwar bekannt, aber was noch dazukommt, ist eine andere Sache."

Ich gab mich naiv und fragte, was er damit meine.

„Ich bitte Sie", fuhr Segovian fort, „etliche Untergebene Hennings verdienen offiziell erheblich mehr als ihr Chef. Was meinen Sie denn, wie so etwas funktioniert?"

Ich tat überrascht und murmelte ein erstauntes *Ist das wahr?* Informationen dieser Art waren bei genauerem Studium auch den Wirtschaftsteilen der führenden Zeitungen zu entnehmen.

„Allerdings ist das wahr", feixte Segovian, „aber was hat das zu bedeuten? Henning zum Beispiel ist ein ganz normaler Manager, keine Instanz hat ihn moralisch dazu verpflichtet, wesentlich weniger Geld zu verdienen, als seine amerikanischen Kollegen. McKenzie von Johnson & Gellman brachte es im vergangenen Jahr auf vierzig Millionen unter dem Strich und Lee Hanks von Levy-Shoemaker sogar auf fünfzig Millionen. Hennig bezieht ein jährliches Gehalt von fünfzehn Millionen, sein Untergebener, der Chef der hochspekulativen Abteilung, Anderson, kam im letzten Jahr noch auf zwanzig Millionen. Merkwürdig, werden Sie denken. Bei einem Boss in der Automobilindustrie dachte man auch, er bezöge lediglich ein Millionengehalt, aber nach seinem Ausstieg bei dem Autokonzern zeigte sich, dass er durch die üppigen Aktienoptionen Multimillionär geworden war."

„Optionen?", wiederholte ich, um die Kommunikation in Gang zu halten.

„Bei fast jedem großen Konzern", ging Segovian ins Detail, „gibt es für die Mitarbeiter das Optionenprivileg. Das ist zwar kein Geschenk, aber je nach Rang können sie eigens für diesen Zweck reservierte Anteile der Firma, für die sie arbeiten, erwerben. Zu bevorzugten Konditionen natürlich. Das bedeutet, je mehr einer verdient, desto mehr Geld kann er von seinen Einkünften für den Aktienerwerb reinvestieren. Genau genommen müssen sie die Aktien nicht wirklich bezahlen. Sie haben eine Option. Die Aktien sind ihm also reserviert. Diese Optionen verkaufen sie dann zum günstigsten Zeitpunkt weiter. Manchmal hilft ihnen dabei ihr Insiderwissen. Das ist zwar verboten, geschieht aber ständig. Bei Leuten wie Hennig, die schon seit Jahrzehnten Millionensaläre scheffeln, könnte sich einiges nebenher angesammelt haben."

Ich nickte verstehend und heuchelte eine gewisse Benommenheit angesichts solcher Zahlen, während Segovian einen Kugelschreiber aus seiner Jacke zog und nach einer Papierserviette griff.

Inzwischen waren alle Tische auf der Terrasse besetzt. Dem Aussehen nach schienen die meisten Gäste Geschäftsleute zu sein, die ein Geschäftsessen von der Steuer absetzen konnten. Bei einem Blick zur Seite glaubte ich einen Lidschlag lang ein Gesicht bemerkt zu haben, das mir bekannt vorkam, dann wurde es jedoch gleich wieder vom Kopf eines anderen Gastes verdeckt. Ich hatte nicht einmal die Hälfte eines Gesichts gesehen, aber der blanke hohe Schädel und der Teil einer Hornbrille riefen eine Erinnerung wach, die ich noch nicht zuordnen konnte.

„Eine einfache Rechnung", führte Segovian aus, „eine hypothetische natürlich, aber eine durchaus realistische: Henning hat nicht immer Gehälter über zehn Millionen bezogen, aber unter zwei Millionen hat er es selbst in seiner Anfangszeit nicht gemacht. Rechnen Sie zum offiziellen Einkommen noch die üblichen Bonuszahlungen für besondere Leistungen hinzu, sammelt sich da schon einiges an. Was dann als besondere Leistungen bewertet wird, gehört nicht selten zu den ganz normalen Aufgaben des Jobs. Ziehen Sie Steuern und diverse Unkosten für statusbedingten Luxus ab, könnte er in zwanzig Jahren problemlos fünfzig Millionen in Aktienoptionen investiert haben. Bei der zeitlichen Dauer muss man davon ausgehen, dass sich der Einsatz minimal verzehnfacht hat. Das macht dann schon einmal fünfhundert Millionen. Ist doch nicht schlecht? Oder?"

Ich stocherte betont nachdenklich in meinem Thunfischsalat. „Fünfhundert Millionen! Soso! So viel, glauben Sie, hat jemand wie Henning auf der hohen Kante."

Segovian nickte.

„Könnte sein, vielleicht auch weniger, vielleicht auch mehr. Sagen Sie, ich überlege schon seit einer Weile, ob wir uns schon einmal begegnet sind. Ich werde das Gefühl nicht los, wir kennen uns."

Zwar hatte ich die Möglichkeit einer solchen Frage vor dem Treffen angedacht, jetzt aber nicht mehr damit gerechnet.

„Könnte ich Sie vielleicht im Fernsehen gesehen haben?", fuhr Segovian fort, „in irgendeiner Talkshow?"

Ausweichend beteuerte ich, ein Allerweltstyp zu sein, den man leicht verwechseln könne.

Da könne er nicht zustimmen, widersprach Segovian.

„Was werden Sie jetzt machen?", versuchte ich das Thema zu beenden, „Werden Sie nach einer neuen Stellung im Finanzgeschäft suchen?"

Auf Segovians Stirn bildeten sich Zornesfalten.

„Wo denken Sie hin? Jede Bank kennt meinen Namen. Nicht einmal als Pförtner würde man mich mehr einstellen. In Dutzenden Zeitungsartikeln bin ich als mutiertes Finanzmonster gebrandmarkt worden. Aber ich bin ja nicht der Einzige. Das macht die Situation natürlich auch nicht leichter. Im Gegenteil. Haben Sie schon von der französischen Selbstmordserie gehört?"

Ich verneinte, während ich aus dem Augenwinkel noch einmal kurz einen Ausschnitt des Gesichts sah, von dem ich immer noch nicht wusste, wo ich es schon einmal gesehen hatte. Jetzt plötzlich fiel es mir wieder ein. Es erinnerte mich an die merkwürdige Person, die mich bei der Präsentation der Gollier-Sammlung in der NB-Kunsthalle angesprochen hatte.

„Man hat alles versucht, um es zu vertuschen“, erklärte Segovian, „erst gab es nur Gerüchte, aber eine Notiz in der SÜDDEUTSCHEN ZEITUNG hat es bestätigt. Innerhalb nur eines Monats haben sich an die zwanzig Manager unterschiedlicher Firmen das Leben genommen. Stellen Sie sich vor, sogar der Präsident hat sich mit den Vorfällen beschäftigt. Es ist beängstigend. Man spricht von einer Mystery-Serie. Und es ist wirklich mysteriös.“

Davon hätte ich nichts gehört, warf ich ein, das klänge mir mehr als unwahrscheinlich.

Segovians Miene zeigte Betroffenheit.

„Zweifellos, das tut es. Fragen Sie in den Redaktionen nach! Ich wollte es auch kaum glauben, aber es ist wahr. Vier Mitarbeiter von Telecom France! Vier in einem Unternehmen! Aber es kommt noch besser! Sechs haben sich bei Peugeot-Citroën umgebracht. Sechs! Das ist doch völlig unglaubwürdig, und doch stimmt es. Drei waren es bei Renault. Einer beim Energiekonzern EDF und einer bei der Cateringgesellschaft Sodhexo. Was glauben Sie, was das zu bedeuten hat? Ein böser Fluch? Voodoo? Es ist wie ein Sog, oder, um es zynisch zu sagen, ein Trend, eine Modeerscheinung. Ich darf gar nicht darüber nachdenken. Da bekommt man es mit der nackten Angst zu tun. Vielleicht ist es irgendwie ansteckend – ein Gemütsvirus. Im Ernst, in den letzten Tagen hat auch mich der Gedanke heimgesucht. Aus, Schluss, Ende, das war’s, raus aus der Scheiße, für immer und ewig. Was habe ich schon noch zu erwarten?“

Ich sah ihn erstaunt an und sagte, dass er vermutlich noch nicht einmal die Vierzig überschritten hätte und ein ganzes Leben noch vor ihm läge und ein Mann wie er doch einfach noch einmal von vorne anfangen könne.

Segovians Blick ging in eine unsichtbare Ferne.

„Kann ich nicht. Meine Karriere und mein Privatleben sind ruiniert, und jetzt sitze ich auch noch auf einem Schuldenberg. Mein ehemaliger Arbeitgeber droht sogar mit Schadensersatzforderungen. Entweder bringe ich mich ebenfalls um oder ich besorge mir eine Schrotflinte, verwüste meine alte Firma, puste meinem Ex-Chef den Schädel weg und lasse mich danach von den Scharfschützen eines Einsatzkommandos erschießen. Ja, das wäre doch eine ideale Lösung. Fuck! Scheiße! Ich hab doch den Irrsinn nicht erfunden! Ja, so sollte ich das machen! Warum sollen die wahren Schuldigen nicht auch daran glauben?"

Segovian musste sich subjektiv gesehen in einer wirklich aussichtslosen Lage befinden. Ich nahm mir vor, diese beunruhigende Selbstmordserie auf ihren Wahrheitsgehalt zu überprüfen. Vielleicht gab es, wie Segovian bereits angedeutet hatte, in extremen Krisenzeiten einen Psychovirus, der ansteckend wirkte.

Als wir uns verabschiedeten, warf ich noch einmal einen Blick auf die Gäste, als ich bemerkte, dass der Mann mit der Glatze gerade zur Tür hinausging. Jetzt war ich mir sicher, dass er mit jenem, an den er mich erinnerte, identisch war. Seine sportliche Statur und die Art, sich zu bewegen, waren von der ersten Begegnung in meiner Erinnerung haften geblieben.

Mich befiel eine Ahnung, dass seine Anwesenheit in diesem Restaurant mit mir zu tun hatte.

3. 3

Wiesbaden

Bulthaupt deutete auf den Besuchersessel. „Machen Sie es sich bequem, Herr Romer, es wird etwas länger dauern."

Aus der Ecke, wo der Ficus stand, war leise Musik zu hören, und auf dem Schreibtisch standen eine Teekanne und zwei Tassen samt einer Zuckerschale und einem Milchkännchen.

Er sah versonnen auf seinen Ficus.

„Was meinen Sie, Romer, wie oft ich mir schon überlegt habe, das Handtuch zu werfen. Frühpension! Ab nach Thailand oder Mallorca. Egal wohin, einfach weg von dem ganzen Müll. Ich bin hier nur von Unfähigen, Ignoranten, Kleinscheißern oder Vollidioten umgeben. Tag für Tag. Das tötet jegliche Kreativität."

Er beugte sich zum Topf seines Ficus. Jetzt konnte ich zwei kleine Lautsprecher erkennen, die rechts und links neben dem Terrakottatopf standen. Er veränderte die Richtung eines der Lautsprecher.

„Ich probiere verschiedene Sounds. Mozart glaube ich, kommt besonders gut an. Ich hab mich auch in so einem Esoterikladen beraten lassen. Da haben sie mir eine CD mit japanischer Flötenmusik empfohlen. Das klingt, als würden Bambussträucher ein Konzert für Paradiesvögel geben. Wussten Sie, dass ich einige Jahre Geige gelernt habe?"

Ich schüttelte den Kopf.

„Ich war wohl nicht begabt genug", sinnierte Bulthaupt weiter,

„oder zu faul. Egal, heute bedauere ich, dass ich damit aufgehört habe. Dann hätte ich dem Ficus ab und zu was vorspielen können."

Er wurde immer wunderlicher. Ich deutete auf die Teekanne.

„Seit wann trinken Sie Tee?"

Bulthaupt klopfte auf seinen Bauch.

„Das ist mal wieder ein Versuch, abzunehmen. Ich hab darüber in einem Gesundheitsmagazin gelesen. Trinken, trinken, trinken. Und ein paar Tage lang nichts essen. Es scheint zu wirken. Eigentlich müsste es Ihnen schon aufgefallen sein. Ich habe in drei Tagen drei Kilo abgenommen. Das ist doch sensationell. Ich hatte mich an meine Fettwülste gewöhnt, aber seit einiger Zeit werden selbst die Finger immer dicker. Und es schlägt auf die Gelenke. Die müssen ja mit dem ganzen Gewicht fertig werden. Möchten Sie auch eine Tasse?"

Ich nickte.

„Wussten Sie", fuhr Bulthaupt fort, „dass unsere Psychologin, die schöne Frau Leismann, die Meinung vertritt, mein Bauch, mein Gewicht, sei mein Schutzpanzer, meine feste Burg, my home, my castle. Ich sei in Wahrheit ein ängstlicher Typ, der sich auf diese Weise gegen den Weltuntergang wappne. Ich denke sogar, sie hat recht. Was glauben Sie, Romer? Geht die Welt schon unter?"

Ich ließ seine Frage unbeantwortet. Im Grunde war es egal, was Bulthaupt erzählte. Immer noch konnte ich mir keinen Reim darauf machen, was der Grund gewesen war, ausgerechnet mich auszuwählen. Bulthaupt musste schon lange bemerkt haben, dass ich eine künstlerische Interpretation des Profilerberufs einer kriminalistischen vorzog. Verbrechen hatten mich stets abgestoßen, und das Detektivgeschäft war mir eigentlich zuwider. Meistens bestand zwischen beiden Fronten eine gewisse Spiegelung. Beide waren mit den negativen Seiten des Lebens beschäftigt, und Misstrauen war ihre bevorzugte Gemütslage. Trotz meiner Ambivalenz wollte ich nicht

Stunden in einem Büro verbringen. Letztlich konnte auch der Ficus die Tristesse nicht überdecken.

So entschloss ich mich, Bulthaupt höflich zu fragen, wie lange es so weitergehen würde, und ob er vielleicht ein Experiment mit mir veranstalte.

Bulthaupts Blick sollte pure Unschuld darstellen.

„Ich bitte Sie, Romer, mit wem kann ich mich hier sonst schon über solche Dinge unterhalten? Sie denken, ich habe mir irgendwelche Psychotricks zusammengebastelt?"

Seine Augen bohrten sich in die meinen.

„Nein, nein, ich meine das genau so, wie ich es gesagt habe. Also, um Ihre Frage zu beantworten: Ich wollte Sie nur ein wenig einstimmen. Ich habe Fitzler und Brus zum Vortrag bestellt, und ich habe mir gedacht, Sie sollten das eins zu eins hören, statt als Kolportage von Frau Leismann."

Bulthaupt griff zum Telefon, um seine beiden Mitarbeiter zu sich ins Büro zu bitten.

Das Stichwort *Leismann* rief mir für einen Moment ein Bild von Sarah in Erinnerung. Sie im Geiste vor mir zu sehen, wachträumend mit einer Hand durch ihre Haare zu streichen und sie mit der anderen Hand an mich zu ziehen, gefiel mir und verdrängte die Banalität um mich herum für einen Moment.

Wenige Minuten später kamen Fitzler und Brus kurz hintereinander in Bulthaupts Büro. Fitzler trug ein breites Pflaster auf der Stirn.

Bulthaupt schien nur mit Mühe ein Grinsen unterdrücken zu können.

„Was haben Sie denn gemacht?"

„Es sieht schlimmer aus, als es ist", erklärte Fitzler, „meine Frau hat einen Aschenbecher an meinen Kopf geworfen, weil ich mir im Wohnzimmer eine Zigarre angezündet habe."

„Mein Gott, Fitzler, was sind das denn für absurde Geschichten? Einmal beschlagnahmt sie Ihre Autoschlüssel, ein anders Mal geht sie mit der Heckenschere auf sie los, letzte Woche hat sie ihren Weinkeller verwüstet, und jetzt das. Lassen Sie sich einfach scheiden."

In dem Moment betrat Brus Bulthaupts Büro mit der Attitüde eines ehemaligen Leistungssportlers, der ins Trainerfach übergewechselt ist. Er trug eine enge Jeans mit kariertem Hemd mit offenem Kragen und einem modischen Cordjackett darüber.

Fitzler senkte den Kopf wie ein Schuljunge.

„Habe ich auch schon drüber nachgedacht. Seit einiger Zeit ist es nur noch die Hölle. Genau genommen war es niemals harmonisch."

„Sie müssen einfach mal richtig auf den Tisch hauen, dass es kracht", empfahl Brus kaltschnäuzig, „Flagge zeigen, Herr Fitzler! Das wirkt manchmal Wunder."

Mich bedachte er mit einem betont abweisenden Blick.

„Aha, einen Hellseher haben wir jetzt auch dabei. Wozu reißen wir uns hier eigentlich den Arsch auf, wenn Herr Romer sowieso schon alles weiß."

„Ich bin kein Hellseher", stellte ich richtig, „und habe dergleichen außer auf der Bühne auch nie behauptet."

„Bitte, Herr Brus!", mischte Bulthaupt sich ein, „wir wollen doch unsere kostbare Zeit nicht mit persönlichen Animositäten verschwenden."

Fitzler öffnete eine schmale Akte, ohne hineinzusehen.

„Seit gut einer Woche nehmen wir jede große Investmentbank, jeden Investmentfonds und alle spekulativen Finanzfirmen bis ins letzte Detail unter die Lupe. Der gedankliche Ansatz ist folgender: Warum hat sich der Erpresser ausgerechnet die Nationalbank ausgesucht? Vor gut einem halben Jahr wurden in der NB Pläne diskutiert, mit einer anderen Großbank zu fusionieren. Der Grund dafür waren Gerüchte über eine feindliche Übernahme. Tatsächlich gibt es Investoren, die nur auf einen günstigen Moment warten. Verschiedene Szenarien für einen Angriff sind denkbar. Eines davon ist die Manipulation der Aktienkurse. Ein anderes könnte auf dem klassischen Prinzip der Rache basieren. Da gibt es zum Beispiel diesen Michael Anderson. Er leitete die hochspekulative Abteilung bei der Nationalbank. Angeblich ist er für den Verlust einer halben Milliarde verantwortlich gemacht worden."

Brus trommelte unruhig mit den Fingern auf die Stuhllehne.

„Wenn Herr Fitzler wieder monologisieren will, werde ich hier nicht weiter meine Zeit verschwenden."

„Sie bleiben hier!", sagte Bulthaupt scharf.

„Wenn meine Informationen stimmen", fuhr Fitzler mit einem verschliffenen Seitenblick zu Brus fort, „hat man Anderson mit einer Abfindung von zehn Millionen entlassen. Für die Nationalbank hat er zuvor enorme Gewinne erwirtschaftet. Er verfügt über ein Netzwerk internationaler Kontakte und könnte mit seinem Insiderwissen möglichen Angreifern dienlich sein. Genügend Grund, sich zu rächen, hat er allemal. Außerdem soll er hoch verschuldet gewesen sein und ein Vielfaches der Abfindungssumme gefordert haben. Die Erpresserbriefe könnten damit in Zusammenhang stehen. Dann gibt es aber auch noch den Herrn Gollier. Nach außen hin gelten Henning und Gollier als befreundet, in Wahrheit jedoch sind sie Konkurrenten. Gollier ist neben seinem Posten im Vorstand an einigen großen Unternehmen beteiligt. Er hätte die Möglichkeit, die richtigen Leute zusammenzubringen, um die Nationalbank zu übernehmen."

Bulthaupt nahm seine gelbe Kanne und gab dem Ficus ein paar Tropfen.

„Was sagen Sie dazu, Herr Brus?"

Brus warf Fitzler einen bösen Blick zu und blätterte nervös in seiner Mappe.

„Frau Leismann hat da einen konstruktiven Beitrag geleistet, der die sprachliche Analyse betrifft. Wir haben an die hundert Erpresserbriefe verschiedenster Hintergründe miteinander verglichen. Einzeltäter genießen die Macht, die sie ausüben. Sie reden von sich meistens in der Ichform: *Ich fordere*, und so weiter. In den Briefen an die Nationalbank fallen Sätze wie: *Sie, Herr Henning, wurden aufgrund Ihrer öffentlichen Bekanntheit ausgewählt*, oder ... *wird Ihnen zu gegebenem Zeitpunkt mitgeteilt ... wird Ihnen empfohlen ... wird eine Stellungnahme von Ihnen gefordert.*

Hier liegt ein anderes sprachliches Muster vor. Terroristen im Stil der RAF redeten meistens in der Wir-Form. Sie machten unmissverständlich deutlich, dass ihre Traktate von einer Gruppe formuliert wurden. Als sich die RAF in den Neunzigern offiziell für aufgelöst erklärte, war ich überzeugt, dass diese Form des Terrors der Vergangenheit angehört. Würde sich heute eine radikale politische Gruppe formieren, müsste man von anderen Denkweisen und anderen Zielen ausgehen."

Seit einigen Minuten war es in der Ecke, aus der die Musik kam, still geworden.

Bulthaupt schob eine neue CD in die Minianlage neben dem Ficus.

„Dieser Soundtrack ist etwas ganz Besonderes. Das sind einfache Durakkorde mit überlagerten Walgesängen."

Brus sah demonstrativ auf den Boden, bevor er mit seinem Vortrag fortfuhr.

„Dieser Angriff könnte auch aus der Ecke der Globalisierungsgegner kommen. Die Entwicklung in diesem Lager ist viel zu lange unterschätzt worden."

Während Brus' Ausführungen hatte ich hauptsächlich Bulthaupt beobachtet und versucht, aus dessen Mienenspiel eine Meinung herauszulesen.

„Wie wollen Sie nun weiter vorgehen?", unterbrach Bulthaupt jetzt mit eisiger Stimme, „was soll uns das sagen? Nicht einmal der Ansatz eines Profils einer fiktiven Terrorgruppe ist zu erkennen."

Brus' Augen schossen mir wütende Blick zu.

„Profil? Dafür haben Sie doch einen hoch bezahlten Kaffeesatzleser unter Vertrag genommen. Vielleicht gedenkt Herr Romer für sein Honorar ja auch eine entsprechende Leistung zu erbringen. Möglicherweise verfügt er ja auch schon über eine Eingebung, die den Fall in kürzester Zeit aufklärt. Also, Herr Romer, spannen Sie uns doch bitte nicht weiter auf die Folter und sagen Sie uns, wer für die Briefe an die Nationalbank verantwortlich ist. Ich könnte mir dann eine Menge Arbeit ersparen. Immerhin gibt es zurzeit etliche höchst reale Bedrohungen. Alleine in den letzten drei Tagen haben wir zwei Selbstmordattentäter aus dem radikalislamistischen Umfeld enttarnen können, bevor sie ihre Absichten umsetzen konnten."

Ich bemühte ein versöhnliches Lächeln. Brus besaß nicht die Qualitäten, um mich ausreichend zu provozieren.

„Ich bin nicht Ihr Feind, Herr Brus, und auch nicht Ihr Konkurrent."

Bulthaupt nickte zustimmend.

„Genug des Geplänkels, ich wünsche Kooperation und konkrete Ergebnisse. Nur darauf kommt es an. Wie Sie beide wissen, Herr Fitzler und Herr Brus, wird die NB-Sache von höchster Stelle beobachtet. Es gibt gewichtige Gründe, dass der Innenminister persönlich an dem Fortgang der Ermittlungen interessiert ist. Er hat mich erst heute Morgen angerufen, um mir mitzuteilen, dass man sich sogar schon im Kanzleramt für den Fall interessiert. Man befürchtet dort bereits, dass möglicherweise das Herz unseres Wirtschaftssystems in die Schusslinie geraten ist."

Auf Fitzlers gerötetem Gesicht traten die Adern an Hals und Stirn deutlich hervor.

„Darf man fragen, ob Herr Romer inzwischen eine Theorie ausgearbeitet hat und welchen Beitrag wir von ihm zu erwarten haben?"

„Sie dürfen", sagte ich, und bemühte mich um einen gleichmütigen Tonfall.

„Sie können sich vorstellen, dass ich auch neugierig bin", setzte Brus nach. „Also, was ist Ihr Ansatz?"

Ich sah aus dem Fenster, als würde mich das alles nichts angehen, und sagte, dass ich weder eine Theorie noch irgendeinen Ansatz hätte.

„Das darf ja wohl nicht wahr sein", fuhr Fitzler auf und sah wieder zu Brus. „Ich kann es nicht glauben ... Ist das hier noch das BKA oder eine geschlossene Anstalt? Diese ganze Besprechung ist eine einzige Farce. Vielleicht können Sie uns sagen, Herr Bulthaupt, was hier gespielt wird?"

Brus knallte seine Dokumentmappe auf Bulthaupts Schreibtisch und stampfte aus dem Zimmer.

Kurz darauf erhob sich auch Fitzler. Im Türrahmen drehte er sich noch einmal um.

„Unfassbar! Durakkorde mit Walgesängen überlagert ... Ich bin nicht bereit, das absurde Theater noch weiter mitzuspielen."

Bulthaupt drehte die kleine Musikanlage etwas lauter und grinste mir selbstgefällig zu.

„Wie fanden Sie die Walgesänge?"

Ich gab zu, dass sie mich fasziniert hatten, und fabulierte etwas von außerirdischer Exotik.

Bulthaupts Augen leuchteten.

„Sie meinen das vermutlich sogar crnst. – Würden Sie wenigstens mir offenbaren, wie Sie den Fall jetzt angehen werden?“

Einen kurzen Moment sah ich Bulthaupt an, wie ich es auf der Bühne tat, wenn ich jemanden hypnotisieren wollte.

„Nein!“

Ich ließ es eine Weile wirken, bevor ich fortfuhr.

„Aber nicht, weil ich es nicht will, sondern weil ich es nicht kann.“

Bulthaupt sah interessiert auf.

„Ach! Ich dachte, Sie wollten damit nur Brus ärgern.“

Jede Art von klassischem Profiling, erklärte ich, wäre in diesem Fall absolut sinnlos. Die Techniken, die man mir beim FBI beigebracht hätte, seien unter völlig anderen Verhältnissen entstanden. Bestens geeignet, einen Serienmörder einzukreisen, aber was den Verfasser des Ultimatums anginge, hätten sie meiner Meinung nach keine oder nur beschränkte Gültigkeit. Dieser Täter, wenn man ihn überhaupt so bezeichnen könne, befände sich in einer gänzlich anderen Situation als jemand, der ein nachweisliches Verbrechen begangen hätte.

„Und Fitzlers Version“, fragte Bulthaupt, „was halten Sie davon? Hunderte Finanzjongleure aus den Managementetagen sind im letzten halben Jahr entlassen worden. Rache war schon immer ein solides Motiv.“

Ich schob eine nicht existierende Verabredung vor, um die Besprechung von meiner Seite aus zu beenden und schloss mit dem provisorischen Rückschluss, dass der Autor des Ultimatums ganz sicher nicht aus Rache handeln würde. Sein Ziel wäre die ultimative Bloßstellung und mein Instinkt sage mir, dass man seine Identität vermutlich niemals erfahren würde.

3. 4

Innenministerium

Georg Möller kam Johann Keyserling mit ausgestreckter Hand entgegen.

„Johann! Ich freue mich, dass du kommen konntest.“

Keyserling ließ seinen Blick durch das Büro streifen.

„Was verschafft mir die Ehre, in das Büro des Bundesministers des Innern eingeladen zu werden? Abgesehen von den grauen Haaren hast du dich ja bestens in Form gehalten.“

„Setz dich, Johann!“

Möller deutete auf eine Sesselgruppe im Bauhausstil.

„Kann ich dir etwas bringen lassen?“

„Nein, danke“, sagte Keyserling. „Oder doch. Vielleicht eine Tasse Tee. *Earl Grey* oder *Darjeeling*.“

Keyserling ließ sich in einen der schweren Ledersessel fallen.

„Mein Gott, Georg, wer hätte das gedacht? Vom radikalen Systemkritiker zum Innenminister! Nett hast du es hier!“

„Lisa, würdest du uns bitte ein Kännchen schwarzen Tee und einen Milchkaffee bringen!“, rief der Innenminister in Richtung des Vorzimmers, bevor er die Tür schloss. „Dasselbe könnte man auch über dich sagen. Vom Kommunarden zum Richter. Wer dabei in der besseren Position ist, lasse ich mal dahingestellt sein. Politiker bekommen ihre Macht auf Zeit verliehen und müssen jede Entscheidung rechtfertigen. Du bist als Richter von der Tagespolitik unabhängig."

„Unabhängig?", wiederholte Keyserling, „Dazu könnte man einiges sagen. Du warst doch vor deiner politischen Karriere auch Jurist und hast als Anwalt genügend Einblick in die Realitäten gewonnen. Übrigens bin ich niemals ein echter Kommunarde gewesen. Es war eine Wohngemeinschaft. Einige meiner Mitbewohner hatten lediglich eine große Klappe, tönten von Revolution und Weltverbesserung. Einer von denen sitzt jetzt in einer Kommunalverwaltung in der Provinz, ein anderer ist bei der CSU gelandet, einer ist nach einem LSD-Trip nie mehr wieder richtig zu Verstand gekommen, und der Rest hat nach dem Jurastudium in der Wirtschaft Zuflucht gesucht. So viel zu den Nachzüglern der Achtundsechziger."

„Soweit ich mich erinnere, ist einer von ihnen, Peter Meinrad, für mehrere Jahre im Gefängnis gelandet, weil er in einem Kaufhaus eine Brandbombe gelegt hatte", sagte Möller. „Ich habe ihn damals verteidigt."

Er nahm ein gerahmtes Foto vom Schreibtisch und reichte es Keyserling.

„Das müsste doch einige Erinnerungen wecken."

Keyserling starrte eine Weile auf das Bild, bevor er sich zu einem Kommentar entschloss.

„Das ist ja Evi mit euren beiden Töchtern! Kaum zu glauben! Das muss jetzt über dreißig Jahre her sein."

„So ungefähr", sagte Möller. „Wir haben uns vor über zehn Jahren getrennt. Das Bild steht hier nur wegen der Mädchen."

„Evi kam gelegentlich bei uns in der Wohngemeinschaft vorbei", sagte Keyserling. „Einer meiner Genossen spielte damals in einer Rockband. Sie hatte wohl was mit ihm."

Möller lachte mehrdeutig.

„Ja, ja, Evi ließ nichts anbrennen. Aber so waren die Zeiten nun einmal. Es war ja fast schon zwanghaft, jede Form von dauerhafter Beziehung zu meiden. Allerdings hatte ich auch nicht viel Zeit für sie. Die Terroristenprozesse fingen gerade an. Meistens verbrachte ich mit meinen Kollegen die halbe Nacht im Büro, um die Strategien und Plädoyers zu erarbeiten. – Damit wären wir in gewisser Weise auch schon beim Thema.“

Möller unterbrach seine Einleitung, als die Sekretärin aus dem Vorzimmer mit einem Tablett hereinkam. Erst als sie die Tür wieder hinter sich geschlossen hatte, fuhr er fort.

„Ich musste es bei unserem Telefongespräch bei Andeutungen belassen. Du wirst dich gewundert haben, warum ich mich nach all den Jahren ausgerechnet bei dir gemeldet habe.“

„Private Gründe wird es wohl kaum haben. Ich nehme an, es geht um etwas, das mit Wirtschaftskriminalität zu tun hat“, sagte Keyserling.

Der Innenminister schob Keyserling einen Umschlag zu.

„Bevor du das liest, muss ich dir sagen, dass es sich dabei um eine hochsensible Angelegenheit handelt. Der Vorgang unterliegt strengster Geheimhaltung.“

„Und was habe ich damit zu tun?“, fragte Keyserling erstaunt.

„Das erkläre ich dir, nachdem du es gelesen hast.“

Keyserling zog ein DIN-A4-Blatt aus dem Umschlag und setzte seine schmale Brille auf, bevor er den Text erst sorgfältig studierte und dann noch einmal mit leiser Stimme vorlas.

„An den Bundesminister für Finanzen
der Bundesrepublik Deutschland
Dr. Franz Strackmann 15.4.08
Die Anklage: Die Diener des Staates (Bundesrepublik Deutschland), auch Politiker und Beamte genannt, haben sich schuldig

gemacht, ohne Erlaubnis des Volkes das ihnen geschenkte Vertrauen zu missbrauchen und ohne dringende Not eine intakte Volkswirtschaft in eine Verschuldung zu treiben, deren Zinsen astronomische Höhen erreicht haben, die im Nachhinein wieder an den Bürger weitergereicht werden. Damit ist der Staat unmittelbar an Verteuerung und Wertverlust beteiligt. Die Folgen treiben Millionen Menschen dieses Landes in Armut und Verzweiflung.

Das Urteil: Sie, Herr Dr. Strackmann, wurden stellvertretend für Ihre Zunft und die beteiligten Ministerien auserwählt, die Verantwortung für den oben genannten Betrug am Volk zu übernehmen. In welcher Weise das zu geschehen hat, wird Ihnen zu gegebenem Zeitpunkt mitgeteilt.

Gesellschaft zur Rettung der Menschenwürde.

Keyserling schüttelte den Kopf.

„Was soll daran denn geheim sein? Hier wird doch nur gesagt, was jeder denkt."

Möller nahm den Umschlag vom Tisch und zog zwei weitere bedruckte Papiere heraus.

„Das scheint alles nur der Anfang einer Briefserie, deren inhaltliche Drohungen sich steigern und deren Ende nicht abzusehen ist. Wenn du das hier auch noch gelesen hast, weißt du, wovon ich rede."

Keyserling überflog die Texte und lachte erheitert auf.

„Was soll das sein? Eine Art Pop-Terrorismus? Und das landet auf deinem Schreibtisch? – Eine Billion Euro für die Beseitigung des Hungers in der Dritten Welt kommt mir ein bisschen wenig vor. Die Forderung ist geradezu bescheiden."

Möller schob Keyserling eine dünne Aktenmappe zu.

„Was du nicht sagst! – Aus den Texten geht nicht hervor, was in

Mannheim tatsächlich passiert ist. Das ist der BKA-Bericht über die virtuelle Sprengung. Kannst du dir vorstellen, was los ist, wenn auch nur das Geringste davon durchsickert? Eine Schlagzeile darüber könnte die Aktien der NB in den Keller versenken."

Keyserling warf nur einen kurzen Blick auf den BKA-Bericht.

„Ich habe heute Morgen ein längeres Gespräch mit Bulthaupt vom BKA geführt", erklärte der Minister, „da wird jetzt auf Hochtouren analysiert. Wenn ich das richtig verstanden habe, gibt es drei kontroverse Theorien. Die erste geht von einer neuen terroristischen Bewegung aus, die zweite bevorzugt einen Einzeltäter, die dritte denkt in Richtung eines Wirtschaftskomplotts. Jede der drei Versionen enthält wiederum verschiedene Interpretationen über Motive und Absichten. Kurz gesagt, man weiß nichts, alles ist möglich, und für nichts existieren reale Beweise. Nur über eines sind sich alle einig: Hier geschieht etwas völlig Neues, hier braut sich etwas zusammen, dessen Folgen kaum jemand auszusprechen wagt. Ich persönlich nehme die Angelegenheit für wichtig genug, um ihr höchste Priorität zu geben. Bulthaupts Abteilungsleiter für Wirtschaftskriminalität, Fitzler, und Brus, für Terrorismus, halte ich für Fachidioten ohne weitreichende Visionen. Bulthaupt selbst äußert sich nur in Orakeln, um sich nicht festlegen zu müssen, und ..."

„Ich kenne Bulthaupt flüchtig", unterbrach Keyserling, „Leute wie er sagen niemals, was sie denken, falls sie denken ..."

„Wahrscheinlich", fuhr der Minister fort. „Also, kommen wir zum Kern dieses Treffens: Ich habe beschlossen, einen kleinen informellen Arbeitskreis zu formieren, der fähig ist, in größeren Maßstäben zu denken. Ich habe dich als einen unabhängigen und unbeugsamen Geist in Erinnerung, und darüber hinaus gehörst du nach meinen Informationen zu den wenigen Richtern, die etwas von Wirtschaftskriminalität verstehen. Wir haben beide in einer Zeit studiert, als politischer Terrorismus sich gegen den Kapitalismus richtete. Und wir haben mit Menschen zu tun gehabt, die ausgestiegen sind und der Gesellschaft den Krieg erklärt haben. Denken wir nur an Hannes Meister. Ein Mann, der als Anwalt die Industrieinteressen vertrat und plötzlich zum Systemgegner wurde und mit zunehmender Radikalisierung zu einem gefährlichen Kriminellen, der auch vor Mord nicht zurückschreckte. Vielleicht ist diese Erfahrung nützlich. Um es kurz zu machen: Wenn der Fall wirklich eskaliert, muss ich vorbereitet sein, Entscheidungen zu treffen. Ich möchte dich in dieser heiklen Sache als Berater dabeihaben. Und ich brauche jemanden, der eine eigene Meinung dazu hat. Was sagst du?"

Keyserling nahm einen tiefen Schluck aus seiner Teetasse und starrte einen Moment zum Fenster hinaus, bevor er sich zu einer Antwort entschloss.

„In Ordnung."

„Schön", sagte der Minister, „dann werden wir uns in nächster Zeit sicher regelmäßig treffen. Vielleicht ergibt sich ja bei Gelegenheit auch ein gemeinsames Abendessen. Dann können wir in Ruhe über die alten Zeiten schwätzen."

Keyserling nickte.

„Hast du noch Kontakt zu Evi?"

„Seit die Kinder groß sind, nur selten", sagte Möller.

Keyserling warf noch einen Blick auf das gerahmte Foto.

„Wenn du sie einmal wiedersiehst, bestell ihr doch Grüße von mir. Vielleicht erinnert sie sich."

„Hast du schon eine Meinung zu den Vorgängen?", fragte Möller.

„Es wird kein halbes Jahr dauern", antwortete Keyserling, „und wir werden von der größten Wirtschaftskrise aller Zeiten sprechen. Eine Krise der Gesellschaft wird folgen, und die wird in einer Bewusstseinskrise enden."

3. 5

Eine Autobahnraststätte.

Es war einer der Tage, an denen man sich mit Unbehagen hinters Steuer setzte. Zech achtete auf solche Stimmungen. Nach knappen zehn Kilometern auf der Autobahn in Richtung Süden verlangsamte sich der Verkehr. Obwohl er sich rechtzeitig auf den Weg gemacht hatte, schien es so, als wollte der Tag ihm nur Schwierigkeiten in den Weg legen. Bereits in der Stadt kam ihm der Verkehr zähflüssiger vor als gewöhnlich. Ein Stau auf der Autobahn war in seiner Planung nicht berücksichtigt gewesen.

Als in der Ferne Blaulichter unruhig aufflirrten, spürte er Stresswellen durch seine Adern pulsieren.

Der Auftrag des *Wohltäters* lautete, sich mit einem Mr Jones zu treffen und quasi als Bote zu fungieren. Also musste der *Wohltäter* gute Gründe haben, den persönlichen Kontakt mit Mr Jones zu vermeiden. Jetzt bestand die Gefahr, dass Mr Jones nach einer halben Stunde des Wartens vielleicht aufgeben würde und Komplikationen vermutete.

Als Zech einen Polizeiposten passierte, der die rechte Fahrbahn gesperrt hatte, war der Verkehr für kurze Zeit zum Erliegen gekommen, um danach erst einmal wieder zu einem zähen Fließen zurückzufinden.

Schließlich war auch der Grund für die Verzögerung in seiner ganzen brutalen Realität zu erkennen. Zur Hälfte auf dem Seitenstreifen liegend bot sich das Bild eines fast schon surreal verformten Gebildes, das aus einem Laster mit zwei ineinander verkeilten Personenwagen bestand. Ein Kranwagen, der sich unter etlichen Behinderungen in eine geeignete Position zu bringen versuchte, brachte noch einmal jede Bewegung auf der linken Spur zum Stillstand, bis endlich ein Ruck durch die Schlange ging und die Fahrzeuge wieder zügig in Fahrt kamen.

Mr Jones sollte sich mit einem Buch von George Soros zu erkennen geben, aber als Zech entnervt die Raststätte erreicht hatte und abgehetzt keuchend die Tischreihen musterte, war keine männliche Person mit einem Buch vor sich zu sehen.

Mit der Vermutung, Mr Jones habe nicht länger warten können oder wollen, war Zech an die Selbstbedienungstheke gegangen, um sich einen Kaffee zu holen, dessen Geruch bereits jedes Aroma vermissen ließ und die Vorfreude auf einen Genuss verdarb. Der erste Schluck bestätigte seine Annahme so weit, dass er die fast noch volle Tasse stehen ließ und sich enttäuscht zum Ausgang wandte.

In diesem Moment bemerkte er eine hagere männliche Person, die sich gerade einen Stuhl zurechtrückte und ein Buch mit einem dunklen Umschlag vor sich auf den Tisch legte. Er kniff seine Augen zusammen. Auf dem Titel prangte ein Soros-Porträt.

Zech trat näher.

„Sie sind Mr Jones?"

„Es tut mir leid, dass Sie warten mussten", sagte der Mann mit dem dunklen Teint und pechschwarzen Haaren, „es ist einer dieser Tage, an denen höhere Mächte ihren Hang zum Chaos demonstrieren. Fast eine halbe Stunde musste ich mich dem Tempo eines Schwertransporters anpassen. Darüber hinaus vereitelte der polizeiliche Geleitschutz jedes Überholmanöver."

Die Art der Formulierung ließ auf hohe Bildung schließen und irritierte Zech.

„Ich selbst wurde ebenfalls durch einen Unfall auf der Autobahn aufgehalten“, beschwichtigte er, „und bin gerade erst vor zehn Minuten hier eingetroffen.“

„Das bestätigt meine Annahme kosmischer Einflüsse auf die kollektive Tendenz des Tages“, orakelte der Mann mit einem unergründlichen Lächeln.

„Jones ist nicht Ihr richtiger Name, oder?“, rutschte es Zech heraus, während er noch überlegte, wo er die Herkunft seines Gegenüber einzuordnen hatte; gleichzeitig fiel ihm ein, dass er so eine Frage hätte gar nicht stellen dürfen.

„Natürlich nicht“, gab der Mann mit dem exotischen Aussehen zur Antwort, „es ist besser für Sie, wenn Sie nicht wissen, wie ich wirklich heiße, und davon abgesehen, werden Sie vermutlich auch dafür bezahlt, dieses Treffen sofort wieder zu vergessen.“

Zech schüttelte den Kopf.

„Es geht mir nicht ums Geld.“

„Ich verstehe“, sagte Jones lakonisch. „Leider muss ich sofort wieder aufbrechen. Also machen wir es kurz: Sie haben etwas für mich?“

„Allerdings!“

Zech zog den braunen Umschlag aus der Tasche und überreichte ihn Jones. Nur zu gerne hätte er gewusst, welche Rolle die neue Figur im Spiel des *Wohltäters* darstellte. Jones oder wie auch immer er wirklich hieß, sprach ein flüssiges Deutsch mit einer Akzentmelange, die er nicht einordnen konnte. Vielleicht handelte es sich um eine Mischung aus englischen und arabischen Einflüssen. Der Klang seiner Stimme war weich, aber das Gesicht, und davon im Besonderen die Nase, sahen nicht nach arabischer Herkunft aus. Abgesehen von der Ausdrucksweise deuteten auch die sensiblen Züge auf eine Person von Intelligenz und Bildung. Der Mann strahlte etwas Vornehmes aus. Vielleicht kamen seine Vorfahren vom indischen Subkontinent. Er hätte ihn direkt fragen können, unterließ es aber.

Jones reichte ihm höflich die Hand, wünschte einen guten Tag und verließ mit zügigen Schritten die Raststätte.

Für einen Moment verspürte Zech den Impuls, ihm hinterherzulaufen, um zu erfahren, in was für einen Wagen er stieg, und einen Blick auf das Nummernschild zu erhaschen. Damit hätte er zumindest einen Anhaltspunkt haben können, aus welcher Stadt Jones kam, aber er unterdrückte die Neugier in der Annahme, dass der *Wohltäter* damit nicht einverstanden war.

Während seiner gesamten Rückfahrt fragte er sich, welche Aufgabe der *Wohltäter* dem rätselhaften Exoten wohl zugedacht haben mochte.

3.6

Ein Coffeeshop – Eine Bankfiliale

Diesen Morgen hatte ich mir reserviert, um endlich das Konzept für meine neue Show fertigzustellen.

Das Frühstück nahm ich wie jeden Tag an der langen Theke ein, die ich mir an das Fenster zum Hof gestellt hatte.

Einer der Fensterflügel war geöffnet.

Mein geliebtes Domizil, eine ehemalige Tischlerwerkstatt mit großen Eisenfenstern, die im Hof an das Vorderhaus grenzte, und einfach, aber stilvoll in ein modernes Loft umgewandelt worden war, hatte den Vorteil, dass ich mich hier mit direktem Zugang zum Hof weniger von der Welt abgeschlossen fühlte, als in einer normalen Wohnung. Die meisten meiner Nachbarn pflegten ein fast schon freundschaftliches Verhältnis untereinander, was den Ort zu einer Oase des guten Willens machte.

Kaum hatte ich mir bei einer Tasse Tee und einem Toastbrot mit Marmelade die ersten Notizen gemacht, läutete das Telefon.

Es war Sarah. Ihre Stimme klang besorgt. Sie befand sich bereits auf dem Weg von Wiesbaden nach Frankfurt und nannte das Stichwort *Ultimatum*. Damit war klar, dass sie quasi als Kurier unterwegs war.

Als Treffpunkt hatte sie eine *Starbuck-Filiale* in der Innenstadt vorgeschlagen.

Als ich mich dort zur verabredeten Zeit um halb zehn eingefunden hatte, läutete mein Handy. Sarah war wegen einer Autobahnbaustelle in einen Stau geraten und veranschlagte die Verspätung auf eine halbe Stunde. Um die Zeit zu überbrücken, besorgte ich mir einige Zeitungen und bestellte mir einen *Latte macchiato*. Seit Sarah und Bulthaupt mich überredet hatten, wieder für das BKA zu arbeiten, waren die einschlägigen Seiten keinen Tag ohne bedrückende Meldungen aus der Welt der Wirtschaft und Finanzen geblieben. Vielleicht, so vermutete ich jedenfalls, brachte die Informationsflut den unerwünschten Nebeneffekt der Abstumpfung mit sich. In Frankreich wurde gerade ein junger Investmentspezialist wegen Veruntreuung vor Gericht gestellt, konnte man lesen, und seine Fehltritte seien derart offenkundig gewesen, dass eine langjährige Gefängnisstrafe wahrscheinlich war. War der Gestrauchelte vielleicht der Nächste, der sich in die mysteriöse französische Selbstmordserie einreihen würde? Ich verscheuchte den negativen Gedanken aus Furcht, er könne sich realisieren. Segovians Bericht darüber hatte meine Fantasie auf unangenehme Weise angeregt. Bei einer schnellen Recherche waren mir die von Segovian genannten Fälle im Übrigen bestätigt worden.

Obwohl die meisten Bankenchefs in den letzten Wochen unentwegt versucht hatten, die Krise herunterzuspielen, war täglich Gegenteiliges zu lesen. Vorübergehend hatte die Situation allerdings auch den Vorteil gebracht, dass aggressive Investoren wie Bluestar, die Jordan Group, Greystone und ähnliche Firmen ihre Projekte zur feindlichen Übernahme großer Unternehmen kaum noch von den Banken mit Krediten vorfinanziert bekamen.

Ich grübelte eine Weile über die angedeuteten magischen Kreisläufe nach. Da fürchteten sich also Banken davor, mithilfe ihrer eigenen Kredite von Profithaien gefressen zu werden. Welch absurder Zirkelschluss!

Aber auch in anderen Bereichen der Wirtschaft war die gigantische Wachstumsmaschinerie ins Stocken geraten. Nur in Nebensätzen war davon die Rede, dass man die Entwicklung ohne jegliche Fachkenntnisse und hellseherisches Talent schon seit Jahren hätte voraussehen können. Dass die Ölpreise bis auf kurzfristige Schwankungen niemals mehr sinken würden, hatte inzwischen jeder begriffen.

Auch wenn die amerikanische Kreditblase und das Energieproblem nicht unmittelbar miteinander zu tun hatten, gab es zumindest den Zusammenhang der Gleichzeitigkeit, der ungezügelten Gewinnsucht und unverantwortlichen Kurzsichtigkeit. Im Endeffekt schienen sich jedoch alle Komponenten gegenseitig zu beeinflussen und zu einem Abstiegskartell zu vereinen, dessen Sogwirkung alles, was sich auch nur annähernd in seiner Nähe befand, mit sich in den Strudel einer gigantischen Pleite riss. Eine Katastrophe zog die nächste im Schlepptau mit.

„Da bin ich!“, riss Sarahs Stimme mich aus den Grübeleien.

Sie klang gehetzt.

„Ausgerechnet heute geht alles schief. Ich habe nur eine knappe halbe Stunde, dann muss ich wieder zurück.“

Sie reichte mir einen braunen Umschlag.

„Schöne Grüße von Bulthaupt. Das Spiel geht weiter.“

Ich zog eine Kopie aus dem Umschlag und überflog den Inhalt. Es handelte sich um einen neuerlichen Erpresserbrief, der mit *Gesellschaft zur Rettung der Menschenwürde* unterzeichnet und an Strackmann, den Finanzminister, gerichtet war. Strackmann sollte die Verantwortung für Staatsschulden und Zinsen übernehmen und deren aktuelle Höhe als Anzeigen in den großen Zeitungen veröffentlichen.

Die Forderung kam mir vergleichsweise harmlos vor. Schließlich könnte jeder gute Journalist die Summe schnell herausfinden. Vielleicht ging es dem Erpresser nun um einen Versuchsballon in den

Kreisen der Politik. Ich vermutete, dass diese Forderung eine weitere Steigerung in einem raffinierten Plan war, den ich keineswegs durchschaute.

„Ich nehme an", interpretierte Sarah, „unser Autor ist intelligent und informiert genug, um zu wissen, dass Strackmann nicht der Verursacher der Misere ist. – Wie sieht es bei dir aus? Gibt es neue Einsichten?"

Ich zuckte hilflos mit den Achseln und sinnierte laut darüber, dass ich mich wie ein Schiffbrüchiger in einem Meer aus Informationen fühlte, dessen Wellen immer höher schlügen und mir den Blick auf das Eigentliche verwehrten. Dennoch entschloss ich mich zu einer definitiven Aussage:

„Jetzt bereitet der Erpresser eine Kampagne in der Öffentlichkeit vor!"

„Ist das eine Vorhersage", fragte Sarah, „die ich an Bulthaupt weiterreichen kann?"

„Das ist für mich nur eine logische Schlussfolgerung", korrigierte ich ihre Frage.

Hastig trank sie ihren *Cappuccino* aus und erhob sich mit einem gestressten Seufzer.

„Ich hasse dieses Gehetze, aber Bulthaupt hat mich am Nachmittag zu einer Konferenz bestellt."

Mir lag noch eine Frage auf der Zunge.

„Geht es um das Ultimatum?"

Sie gab mir einen Kuss auf die Wange.

„Nein, um internes Geplänkel. Ich darf die Psychologin spielen. War schön, dich gesehen zu haben."

Ich sah ihr nach, wie sie davonrauschte. Die Berührung ihrer Lippen hatte ein angenehmes Gefühl hinterlassen. Es war mehr als nur eine Geste der Freundschaft gewesen. Nicht zum ersten Mal verfiel ich in Grübeleien über Sarahs Beziehungen zu Männern. Die

Mischung aus unterschwelliger Nervosität, hintergründiger Intelligenz und fragiler Sportlichkeit verlieh ihr eine eigenwillige erotische Ausstrahlung, die den meisten Männern vermutlich Rätsel aufgab und manche auch auf Distanz hielt. Man musste sie schon eine Weile kennen, um sich von ihrer Art nicht verunsichern zu lassen. Ich hatte von Anfang an keine Probleme mit ihrem Naturell gehabt, aber das hatte sicher auch daran gelegen, dass ich stets einen gewissen Abstand gewahrt hatte. Jetzt, nachdem sie sich von ihrem Mann getrennt hatte, sahen die Dinge ein wenig anders aus.

Als mir bei einem neuerlichen Blick in die Zeitung ein Bericht über die Nationalbank ins Auge stach, kam mir zu Bewusstsein, dass auch ich meine Einnahmen eben jenem Finanzinstitut anvertraut hatte. Vor Jahren war einer dieser Geldpriester in gestreiftem Anzug mit polierten Bankerschuhen auf mich zugekommen, hatte mir die spezielle Magie des unendlichen Wachstums erklärt und mich nachdrücklich auf die enormen Durchschnittsgewinne im Technologiesektor hingewiesen. Während ich den Schaden getragen hatte, war die Nationalbank in den Genuss der horrenden Gebühren gekommen. Ich hätte es besser wissen müssen. Aber es hatte eine Massenhypnose gegeben. Hysterisch wurde von fantastischen Gewinnen geredet. Nur ein Dummer, ein hoffnungsloser Ignorant, würde die Chancen übersehen. So jedenfalls hatte man die zynischen Aufforderungen zum Massenreichtum in den Medien verstehen können.

Letztere Gedanken wären mir wahrscheinlich nicht in den Sinn gekommen, wenn in meinem Tagesplaner nicht ein kurzer Besuch in einer Nationalbankfiliale vermerkt gewesen wäre, um mir am Automaten einen Kontoauszug zu besorgen und am Schalter einen überflüssig gewordenen Dauerauftrag zu stornieren.

Eine halbe Stunde später stand ich im Eingangsraum der Filiale und wartete geduldig, bis ich an der Reihe war. Einer der Kunden warf kaum einen Blick auf den Kontoauszug, den er in der Hand hielt, bevor er eilig davonhetzte, ein anderer starrte auf das Papier und schüttelte verständnislos mit dem Kopf, während ein weiterer leise lachte und mit dem Ausdruck in der Hand in den Schalterraum ging.

Der Servicebereich wirkte noch schäbiger, als bei meinem letzten Besuch. Die Einrichtung schien näher zusammengerückt, um einer Zwischenwand Platz zu machen. Alles wirkte abgenützt, die Angestellten waren freudlos gekleidet und hatten gänzlich das Lächeln verlernt. Dazu roch es nach Klebstoffen, wie sie beim Teppichlegen verwendet werden. Die Plakate an Säulen und Ständern verkündeten in stilloser Gestaltung noch Zinsgewinne und Finanzprodukte, die es bereits nicht mehr gab oder bald schon nicht mehr geben würde. In offensichtlicher Bewusstlosigkeit wurde hier die wahre Tristesse eines zu Geld gefrorenen Materialismus vorgeführt. Auf einem der Plakate winkte das fade Foto eines BMW-Jeeps nur noch als pure Wunschfantasie, mit der man niemanden mehr in ein gefährliches Kreditabenteuer würde locken können.

Ich überflog meinen Kontoauszug mit geringem Interesse an Einzelposten. Seit ich den Dienst beim BKA quittiert und mich für eine Karriere als Bühnenmagier entschieden hatte, waren die meisten Ausgaben zu beruflichen Investitionen geworden und meine Zeit, das verdiente Geld auszugeben, geschmolzen wie Butter in der Sonne.

Am Schalter stand der Kunde, der beim Anblick seines Kontoauszugs so seltsam gelacht hatte und zeigte der verwirrten Beraterin seinen Ausdruck.

„Ist das ein Witz oder eine neue Werbekampagne? *Wir verwandeln Ihr Geld in Altpapier. Herzlich, Ihr Vorstand der Nationalbank.*"

„Was? Wie bitte? Was meinen Sie?", fragte die Beraterin stotternd.

Sie eilte mit dem Ausdruck in den hinteren Teil der Filiale und kam mit einem blassen Herrn in einem blauen Hemd zurück, der leise mit dem Kunden redete.

Ein weiterer Kunde hatte wohl den Satz *Wir verwandeln Ihr Geld in Altpapier* mitbekommen und fing zu schimpfen an.

„Das kann ja wohl nicht wahr sein! Wissen Sie, was bei mir auf dem Auszug steht? *Wir sind die Kokain schniefenden Luftblasen-Dealer. Ihre Risikoabteilung der Nationalbank.* Das hab ich ja schon immer geahnt!"

Er erhob seine Stimme.

„Früher war das hier einmal eine Filiale mit freundlichem Service und kurzen Wartezeiten, jetzt sieht sie aus wie eine Zweigstelle vom Sozialamt. Und man wird behandelt wie ein Bittsteller! *Kokain schniefende Luftblasenblasen-Dealer!* Super! Das muss man sich merken! Die Typen ziehen sich Anzüge mit Nadelstreifen an und reden wie Priester, um zu vertuschen, dass sie eigentlich Kriminelle sind!"

Eine schlicht gekleidete ältere Dame mischte sich ein.

„Allerdings! Das sollte auch laut gesagt werden. Für wie dumm halten die uns? Respekt, junger Mann, man muss sich trauen, den Mund aufzumachen! Das nenne ich Zivilcourage! Schließlich leben wir in einer Demokratie. Auf meinem Auszug werden sie noch unverschämter. Das muss man sich einmal anhören."

„Meine Herrschaften", versuchte der Banker im blauen Hemd zu beruhigen, „das ist ... Das hat nichts mit der Bank zu tun. Wir werden ..."

„Sie sollten sich was schämen", schimpfte die ältere Dame, „hören Sie sich das an! *Wenn Sie unter 3.000,00 Euro verdienen, sollten Sie sich nach einer anderen Bank umsehen! Wir legen keinen Wert auf Habenichtse! – Herzlich, Ihre Filiale der National-*

bank.. Das ist eine unglaubliche Beleidigung! Haben *Sie* das verfasst?"

„Um Gottes willen", das Blauhemd versuchte zu lächeln, „wir werden das aufklären. Jemand ist in unser Computersystem eingedrungen."

„Demokratie!", rief eine junge Kundin mit einem Kind an der Hand in den Schalterraum und bezog sich verspätet auf den Hinweis der älteren Dame, man müsse den Mund aufmachen. „Wie lächerlich! Wir dürfen zwischen tausend Käsesorten wählen, die alle gleich stinken: Wir leben in einer Konsumdiktatur! Und was soll das hier heißen?"

Sie winkte mit einem Ausdruck.

„Ist denn die ganze Geschäftsleitung durchgeknallt? *Ich verdiene fünfzehn Millionen im Jahr! Und was verdienen Sie? Herzlich, Ihr Dietmar Henning, 1. Sprecher der Nationalbank.*"

„Fünfzehn Millionen", wiederholte die alte Dame, „wofür denn das?"

Ich war die ganze Zeit über abseitsgestanden und hatte beobachtet, welche Bewegungen sich hinter dem Tresen abspielten. Das Blauhemd rannte aufgeregt hin und her und führte hektisch mehrere Telefonate. Aus einem verglasten Extrabüro kam einer im grauen Anzug mit gelichteten grauen Haaren, während die Schalterdamen die erregten Kunden mit inhaltslosen Spruchblasen überschütteten. Inzwischen füllte sich der Raum mit weiteren Personen, die sich über den Ausfall der Automaten beschwerten. Eine der Angestellten kam mit Zetteln, die sie auf die Displays der Geldmaschinen im Eingangsbereich klebte. *Vorübergehend außer Betrieb!*

Auf meinem Kontoauszug stand am unteren Rand zu lesen: *Wir verzocken Ihr Erspartes. Herzlich, Ihre Investmentabteilung.*

„Jetzt ist es so weit", sagte ich, ohne mir bewusst zu sein, dass ich nicht allein war. „Das ist der Anfang vom Ende."

„Was sagten Sie da?“, fragte die junge Frau mit dem Kind.

Ich steckte meinen Kontoauszug ein und entschloss mich, den Stornoauftrag zu verschieben.

„Nichts“, sagte ich im Gehen, „gar nichts.“

3.7

Frankfurt – Eine Bar

Das *Nighthawk* war diesmal nicht so leer, wie bei seinem ersten Besuch. Anderson erinnerte sich, dass der Barkeeper sich Sorgen um die gerade erst begonnene Zukunft gemacht hatte, und das, obwohl die Bar gerade erst neu eröffnet worden war.

Der Mann mit dem weißen Schiffchenkäppi hinter dem Tresen schien bester Laune und hatte Anderson gleich wiedererkannt.

„Wie schön, dass Sie wieder einmal vorbeikommen!"

Anderson setzte sich an die Bar.

„Ein Helles!"

„Beim letzten Mal haben Sie Whiskey geordert", sagte der Barkeeper, „und Sie waren nicht besonders gut gelaunt. Geht es Ihnen jetzt besser?"

„Mir geht es großartig", log Anderson und versuchte, ein breites Grinsen zuwege zu bringen. „Ich lebe inzwischen in London."

Der Barkeeper zog die Brauen hoch.

„In London! Ja, das ist eine echte Weltstadt. Ich habe ein paar Jahre dort gearbeitet. Dagegen ist Frankfurt ein Dorf. Wie man hört, laufen die Geschäfte in der City auch nicht mehr so wie früher."

„Mag sein", sagte Anderson, „die Ferrari- und die Diamantenhändler haben es zurzeit etwas schwerer."

Der Barkeeper nickte.

„Jaja, kann ich mir denken. Die City lebte schon immer von den Bankern und Spekulanten. Und denen geht jetzt wohl an den Kragen."

Anderson sah aus dem Augenwinkel, wie Segovian hereinkam, und nachdem er einen kurzen Blick in die Runde geworfen hatte, auf den Tresen zusteuerte.

„Anderson! Tut mir leid, dass ich mich ein wenig verspätet habe. Wie geht es, alter Junge?"

Anderson reichte Segovian formell die Hand zur Begrüßung.

„Soll ich die Frage wirklich beantworten? Wie es aussieht, sitzen jetzt viele von uns in einem Boot."

Segovian lachte mit freudlosem Blick.

„Wenn es wenigstens noch ein Boot wäre! Bestenfalls treiben wir auf Flößen dahin, deren Stämme unter unseren Füßen verrotten."

Er winkte dem Barkeeper zu.

„Einen *Wodka Lemon*! Mit Eis!"

„Wenn Sie das so sehen", nahm Anderson den Ball auf, „können wir ja offen reden."

Segovian wartete, bis der Barkeeper ihm den *Wodka Lemon* rübergeschoben hatte und gönnte sich einen tiefen Schluck aus seinem Glas.

„Sie sind also extra aus London gekommen, um mich zu treffen. Es muss sich ja um eine große Sache handeln."

„Grandell hat Sie vor die Tür gesetzt?", fragte Anderson.

Segovians Miene verdüsterte sich.

„Allerdings! Aber damit nicht genug: Er hat sich entschlossen, mich auf Schadensersatz zu verklagen! Und wie es aussieht, hat er die besseren Anwälte. Wenn ich sagen würde, ich sei ruiniert, wäre das noch eine Untertreibung. Ich kann mir eigentlich gleich die Kugel geben."

„Das meinen Sie nicht ernst", sagte Anderson, „Sie sind immer noch ein Star in der Branche. Die Konkurrenten von Grandell müssten Sie doch mit Kusshand nehmen."

Segovian schlug sein Glas hart auf die Theke.

„Weit gefehlt, mein Lieber. Welche Konkurrenten? Wen meinen Sie da? Die ganze Branche löst sich in Wohlgefallen auf! Manche haben es nur noch nicht gemerkt oder wollen es nicht wahrhaben. Grandell und sein Bluestarfonds könnten allerdings noch eine Weile durchhalten. Soweit ich weiß, war sogar noch eine Übernahme der Nationalbank geplant. Aber Sie würde das ja nun nicht mehr betreffen."

Segovian selbst hatte ihm genau das richtige Stichwort geliefert. Jetzt war der Moment gekommen, sein Anliegen hervorzubringen. „Genau darüber wollte ich mit Ihnen sprechen. Dieses Übernahmeprojekt ... Grandell kann das nur durchziehen, wenn er die richtigen Informationen bekommt. Ohne die Schwachstellen der Nationalbank zu kennen, wird ihm das nicht gelingen. Außerdem braucht er die richtigen Partner. Ich könnte ihm die entscheidenden Hinweise geben."

In Segovians Miene glomm vorweggenommene Schadenfreude auf. Die Richtung schien ihm zu gefallen.

„Verstehe, und Sie wollen dafür noch einmal richtig abzocken?"

Anderson nickte.

„Bluestar verfügt immer noch über gigantische Reserven", erklärte Anderson. „Bis jetzt gehörten sie schließlich zu den Gewinnern der ganzen Katastrophe."

Nachdenklich starrte Segovian in sein Glas.

„Da könnte man doch gleich zwei Fliegen mit einer Klappe schlagen. Sie geben Grandell falsche Informationen, sodass er eine Menge Geld in das Übernahmeprojekt steckt und am Ende mit hohen Verlusten scheitert. Und Sie kassieren vorher noch einmal richtig ab.“

„Das Problem ist“, sagte Anderson, „dass niemand an Grandell herankommt. Meistens regiert er sein Imperium von einer seiner Jachten aus, oder er sitzt in einem seiner Firmenjets.“

Segovian hatte Feuer gefangen.

„Und um das Problem zu lösen, brauchen Sie meine Insiderkenntnisse. Richtig? – Nun, es gibt noch ein paar Leute bei Bluestar, die wissen, dass ihre Tage als Manager in der Firma gezählt sind. Die hätten allen Grund, ihren Chef gründlich aufs Kreuz zu legen und mir einen Tipp zu geben, wo sich Grandell wann aufhält und wie man einen Termin bei ihm erhält. Ich denke, ich kann das arrangieren.“

Andersons Laune war sprungartig gestiegen.

„Ich hatte weniger erwartet. Also kann ich mit Ihrer Hilfe rechnen?“

Segovian trank sein Glas leer und bestellte sich einen neuen Drink.

„Können Sie, mein Lieber, aber da müssen schon ein paar Prozente für mich drin sein. Wie viel wollen Sie denn Grandell für Ihre Informationen abknöpfen?“

Andersons Augen bekamen den Glanz neu erweckter Gier. „Hundert Millionen mindestens.“

„Fordern Sie fünfhundert Millionen. Da haben Sie dann ein wenig Spielraum für Verhandlungen, und man wird Sie ernst nehmen.“

Segovian deutete dezent auf einen Tisch in der Nähe des Eingangs. „Sehen Sie den Mann dort hinten?“

Anderson sah sich um.

„Welchen meinen Sie?“

„Den mit der Glatze und der Hornbrille. Er scheint uns die ganze

Zeit über zu beobachten. Und er gibt sich keine Mühe, das zu verbergen. Er ist mir vor einiger Zeit bei einem Geschäftsessen im *Luigis* aufgefallen."

„Was Sie nicht sagen! Ich weiß, wen Sie meinen", sagte Anderson, „das sieht mir nicht gerade nach einem Zufall aus. Ich bin dem Typ auch schon einmal begegnet. Er hat mich sogar angesprochen. Und zwar genau in dieser Bar. Das ist noch nicht so lange her."

Der Glatzköpfige hatte bemerkt, dass Segovian und Anderson auf ihn aufmerksam geworden waren. Mit übertrieben langsamen Bewegungen verließ der schlaksige Mann seinen Tisch und kam auf den Bartresen zu.

„Guten Abend, die Herren. Mister Segovian und Mister Anderson, wenn Sie nicht widersprechen."

Andersons Muskeln verkrampften sich wie bei einem Tier, dessen gesamtes System sich auf Gefahr und Abwehr einstellt.

„Wer sind Sie?"

„Mein Name ist Holland", sagte der Mann mit einer Stimme, deren vordergründige Sanftheit nicht zu seiner Statur passen wollte. „William Holland. Aber das wird Ihnen nicht viel sagen. Ich arbeite für einige Leute einer einflussreichen amerikanischen Institution. Sie beobachten die Entwicklung der Finanzmärkte und die damit verbundenen politischen Folgen mit großer Sorge."

Er nahm eine unbedruckte weiße Karte aus der Tasche und schrieb mit einem Kugelschreiber eine Telefonnummer darauf.

„Heben Sie die gut auf. Vielleicht gibt es eines Tages Gründe, mit mir über das eine oder das andere zu reden. Mir stehen Möglichkeiten zur Verfügung, in gewissem Rahmen und bei bestimmten Problemen Hilfe anzubieten."

Segovian runzelte verärgert die Stirn.

„Ich glaube nicht, dass wir auf Ihre Hilfe Wert legen."

„Wie auch immer“, beendete Holland seinen Auftritt, „es ist ein Angebot, das steht. Was Sie daraus machen, ist Ihre Sache. Im Übrigen gebe ich Ihnen den Rat, unsere Begegnung für sich zu behalten.“

VIERTER AKT

DIE ERSTEN OPFER

4. 1

Mallorca - Ende Mai

Als Gollier aus dem Flugzeug stieg, wehte ein unerwartet frischer Wind. Bei seinem Aufenthalt in Marbella war es wesentlich heißer gewesen. Abgesehen von einer ungünstigen Großwetterlage, die sich über ganz Mitteleuropa erstreckte, spürte man hier das Inselklima. Mallorca, hatte Henning versprochen, würde sich in dieser Jahreszeit von der schönsten Seite zeigen. Mildes Klima würde vorherrschen, und wo man auch hinsehe, sprieße die Natur. Von Letzterer war auf dem Rollfeld noch nicht viel zu sehen.

Henning hatte die Anmietung eines Learjets gestrichen, um symbolisch den neuen Sparkurs zu demonstrieren. Gollier warf noch einmal einen Blick auf den winzigen Düsenflieger, den er aus eigener Tasche gechartert hatte. Ein Minijet der Marke Eclipse. Es war ein gänzlich neuer Flugzeugtyp aus ultraleichten Materialien mit nur sechs Plätzen und keinerlei Service, der von einem jungen Unternehmen als Lufttaxi für Manager angeboten wurde. Der vergleichsweise geringe Mietpreis im Zusammenhang mit dem allgemeinen Einsparungsgetue in den Vorstandsetagen würde diese innovative Idee gewiss mit schnellem Erfolg belohnen. Als Gollier gemächlich auf das wartende Mercedescoupé zuging, überlegte er, ob es sich lohnen könnte, in das neue Transportunternehmen zu investieren und dies vielleicht zu einem globalen Service auszubauen.

„Herr Gollier“, rief ihm der entgegenkommende Chauffeur zu, „darf ich Ihnen Ihre Tasche abnehmen?“

Erst nachdem sie Palma und das großstädtische Verkehrschaos hinter sich gelassen hatten, machte der Fahrer wieder den Mund auf.

„Herr Henning sagte mir, dass es Ihr erster Besuch auf der Insel ist?“

„Das ist richtig“, antwortete Gollier, „ich verbringe meinen Urlaub meistens in Florida.“

„Ich habe einen kleinen Umweg eingeschlagen“, erklärte der Fahrer, „um Ihnen einen ersten Eindruck der Insellandschaft zu geben. Nur um diese Jahreszeit erleben Sie Mallorca in derartiger Blüte. Zur Rechten sehen Sie die südlichsten Ausläufer der Tramuntana. Der Gebirgszug erstreckt sich vom äußersten Norden bis zum äußersten Westen. Die Bergkuppe dort ist der Galaxo, einer der höchsten Gipfel. Der Allerhöchste ist der Puig. An die zweitausend Meter. Den können Sie auch von hier aus sehen, wenn sie sich ein wenig umdrehen. Man erkennt ihn an der großen Radarkuppel.“

Der Wagen bog von der gewundenen Asphaltstraße in einen Kiesweg, der nach einigen steilen Serpentinen mit engen Kurven zu einem Landsitz führte, dem man ansah, dass die meisten Gebäude erst in jüngster Zeit fertiggestellt worden waren. Das aus hellem Sandstein gebaute Haupthaus war wie ein kolonialer Bungalow flach gehalten, wobei das weitläufige Dach von mediterranen Bögen gestützt wurde, die als Säulengänge dienten, die mit Schatten spendendem Wilden Wein bewachsen waren. Alles schien so angelegt, dass es auf den ersten Blick bescheidener aussah, als die meisten Fincas, die Gollier auf dem Wege aufgefallen waren.

Als die Limousine hielt, bemerkte Gollier einen großen Mann in einem deplatziert wirkenden hellen Sommeranzug mit kahlem Schädel und einer braunen Hornbrille in ein Taxi steigen. Die Person kam ihm bekannt vor, aber er konnte sie im Moment nicht einordnen.

An einem nierenförmigen Pool unter einem Sonnenschirm saß Henning und faltete eine Zeitung zusammen, die er offenbar gerade gelesen hatte.

„Schön, dass du so früh schon da bist, Max."

Hinter dem Pool sah man einen kleinen Bagger Löcher in die Erde schaufeln. Von einem Laster wurden mit einem Kran ausgewachsene Olivenbäume gehievt und auf den Rasen neben die Löcher gestellt.

„Das sind dreihundert Jahre alte Olivenbäume", schwärmte Henning, „aus einer Plantage in den Bergen. Dahinter soll noch ein kleiner japanischer Garten entstehen, in dem ich einige Stücke aus meiner Sammlung aufstellen kann."

„Sehr schön", brummte Gollier. „Warum musste das Treffen eigentlich ausgerechnet auf Mallorca stattfinden? Das könnte man als falsches Signal auslegen."

„Setz dich", forderte Henning ihn auf, „Ernesto wird sich um dein Gepäck kümmern. Bis jetzt kennt außer dir, Schneider und Kupfer noch niemand in der Firma den Zusammenhang. Ein Angriff eines Hackerklubs ist heutzutage keine Seltenheit mehr. Nun gut, ich habe Vanhouten und Heinrichs vergessen. Wir mussten sie einweihen. Sie haben den größten Einfluss im Aufsichtsrat. Aber sie werden im eigenen Interesse dichthalten."

Wie zwei Urlauber, die sich nur zufällig kennengelernt hatten, erschienen Kupfer und Schneider im Eingang zum Hauptgebäude und kamen die Treppe in den Garten hinunter. Schneider trug ein kurzärmeliges Hemd und eine halblange Strandhose mit einem großflächigen Blumenmuster. Ohne den dunklen Anzug, dachte Gollier, sieht er nur noch wie ein windiger Autoverkäufer aus. Gollier hatte nie einen Hehl aus seiner elitären Einstellung gemacht und Henning gegenüber oft genug seine Befürchtung geäußert, dass kulturlose Leute wie Schneider es in diesen Zeiten mit Ehrgeiz und Kleingeistigkeit weiterbringen könnten, als einem Unternehmen zuträglich sei.

„Wie ich hörte“, quäkte Schneider zur Begrüßung, „haben Sie eine dieser neuen Eclipse-Jets gechartert. Wie fliegt es sich denn mit diesen leichten Dingern?“

„Nicht anders als in einem Learjet“, wiegelte Gollier ab. „Es gibt nur keinen Service, außer einer Selbstbedienungstheke. Ich halte das für ein zukunftsträchtiges Geschäftsmodell.“

Peinlich berührt, schoss Kupfer einen verärgerten Blick in Schneiders Richtung.

„Ich muss heute wieder zurückfliegen, vielleicht sollten wir gleich zum Thema kommen. Hat es noch weitere Reaktionen in der Presse gegeben, Herr Gollier?“

Gollier nahm eine Dokumentenmappe aus seiner schwarzen Ledertasche.

„Einige schon. Ich habe alle Kommentare zusammenstellen lassen.“

Henning zog ein Bündel zusammengehefteter Artikel heraus.

„Fangen wir mit der FAZ vom 18.4. an.

Hackerangriff auf das zentrale Computersystem der Nationalbank.

Obwohl die Nationalbank zu denjenigen Großbanken gehört, die am wenigsten unter den Folgen des amerikanischen Hypothekenfiaskos zu leiden hatten, steht das Management seit Wochen unter Beschuss der Wirtschaftspresse. Jetzt muss sich der schwer geprüfte Vorstand auch noch mit einer feindlichen Offensive aus gänzlich anderen Kreisen beschäftigen. Gestern Morgen gaben die Kontoautomaten von hundert Geschäftsstellen im ganzen Land

Kontoauszüge mit provozierenden Texten am unteren Rand aus. Ehe die Filialdirektoren die Geräte abschalten ließen, wurden insgesamt über hunderttausend Auszüge gedruckt. Um nur drei von zehn verschiedenen Variationen der unerwünschten Texte zu zitieren: Wir verwandeln Ihr Geld in Altpapier. *Herzlich, Ihr Vorstand der Nationalbank ...*

Und so weiter ... Die Texte sind uns ja hinreichend bekannt."

Gollier beobachte Henning beim Vorlesen. Der Chef bemühte sich, seiner Stimme einen unberührten Klang zu geben, aber Gollier kannte Henning lange genug, um die Anspannung in seinem Gesicht feststellen zu können. Henning, der stets über alles, was in der Nationalbank geschah, die Kontrolle behalten hatte, musste jetzt zusehen, wie alles außer Kontrolle geriet.

„Was meinen Sie", fuhr Henning fort, „was ich an Überredungskünsten beim Herausgeber habe aufbieten müssen, um die Redaktion davon abzubringen, alle oder andere Versionen zu drucken. Aber es hat uns wenig genützt."

Henning legte die Mappe auf den Tisch.

„Sehen Sie selbst."

Während ein dunkelhäutiger junger Mann, offenbar Ernesto, einen Servierwagen mit Getränken und leichten Snacks an den Tisch rollte und Kupfer stirnrunzelnd die Zeitungsausschnitte durchblätterte, zündete sich Schneider unter den missbilligenden Blicken Hennings eine Zigarre an.

„Die Provinzpresse macht mir, ehrlich gesagt, mehr Sorgen", resümierte Kupfer das Studium der Zeitungsartikel, „als die FAZ oder die SZ. Mich wundert, dass die BILDZEITUNG bislang noch nicht zugeschlagen hat."

Gollier schnupperte mit Kennermiene in die Rauchschwaden aus Schneiders Zigarre.

„Kubanische Produktion?"

„Noch besser", protzte Schneider in Verkennung der tatsächlichen Situation, „das hier ist eine Sonderanfertigung. Mein Zigarrenhändler hat einen Kubaner eingestellt, der die Zigarren bei ihm im Laden anfertigt und individuelle Wünsche berücksichtigt. Ich rauche quasi meine eigene Marke."

Unübersehbar zeigten sich auf Hennings Stirn Sorgenfalten.

„Meine Herren, wir haben ein völlig anderes Thema! Die Zurückhaltung der BZ hat ihre Gründe. Es gibt da einige alte Verbindungen. Dennoch habe ich nachdrücklich auf verschiedene Großaktionäre des Verlages hinweisen müssen, die eng mit der Nationalbank verbunden sind. Es ist riskant, derartige Register zu ziehen. Dieses Mal hat es noch funktioniert."

„Wir können das später im Detail erörtern", schlug Gollier vor, „ich möchte Sie kurz über die neuesten Zahlen informieren. Der letzte Stand von heute Morgen, neun Uhr dreißig, meldet 2.375 Kontoauflösungen. Wir werden die Sache für längere Zeit nicht aus der Presse bekommen. Jetzt wird offiziell nach einem Hackerklub gefahndet. Immerhin haben wir bis jetzt die Hintergründe geheim halten können. Aber wie lange wird es noch dauern, bis der Erpresser selbst den Redaktionen Informationen zukommen lässt?"

„Hier", murmelte Schneider und blies einen virtuosen Rauchring in die Luft, „aus dem Hamburger Abendblatt vom 19.4.: Überschrift:

> *Wer hätte das gedacht?* Wir sind die Kokain schniefenden Luftblasen-Dealer. Herzlich, Ihre Risikoabteilung der NB
> *Solche Sätze und sieben andere, nicht weniger boshafte Varianten, konnten gestern Morgen Tausende Kunden der NB auf ihren Kontoauszügen lesen. Wie das Bundeskriminalamt auf Anfrage verlauten ließ, wird als Urheber dieser Offenbarungen eine Ha-*

ckergruppe vermutet. Die Tatsache, dass man in das zentrale Computersystem der NB eindringen konnte, erschüttert das Vertrauen vieler Kunden in die Sicherheit ihrer Konten. Mehr noch haben die subversiven Verkündungen auf empfindliche Weise den Nerv der Zeit getroffen. Hiermit bekommt der Unmut über Globalisierungsfolgen, Massenarmut und Arroganz der Politiker und Wirtschaftsführer genau die Stichworte, die komplexe Zusammenhänge auf einen Punkt schrumpfen lässt und scheinbares Verstehen in Volkszorn verwandelt."

Schneider sah auf.

„Und so weiter. Das hat uns jetzt gerade noch gefehlt. Gestern Abend sind die Kurse der NB-Aktien tief abgerutscht. Nachdem dann heute Morgen der Wirtschaftsteil der SZ eine Notiz über unsere strategische Offensive brachte, zog er wieder ein wenig an. Ich möchte nicht wissen, was geschieht, wenn sich weitere Angriffe dieser Art ereignen."

Auf den Rasenflächen, die den Pool umgaben, schaltete sich plötzlich eine Sprinkleranlage ein. Ein Windhauch wehte einen undefinierbaren Blütengeruch und winzige Wassertropfen herüber.

„Es ist zu heiß für die Jahreszeit", sagte Henning, „das sind die Vorboten des Klimawandels."

Ein junger Mann in kurzen weißen Leinenhosen kam über den Rasen. Hinter ihm brach sich das Sonnenlicht in dem Sprühnebel zu einem Regenbogen, der den Auftritt unbeabsichtigt aus der Realität hob. Gollier kannte ihn. Es war Peter, Schneiders Sohn.

Die wohlgebräunte Erscheinung strich sich das volle brünette Haar aus der Stirn.

„Gibt es ein gutes Restaurant in der Nähe?"

Eine zweite Gestalt schritt durch den Regenbogen. Sie war weiblich.

Warum hat Kupfer seine Tochter mitgebracht, dachte Gollier, und Schneider seinen Sohn? Die beiden Männer konnten nicht gerade als befreundet angesehen werden. War es ein Zufall oder wurde hier eine Ehe angebahnt, um zwei Vermögen zu einer dynastischen Kraft zu vereinen? Dass die Kinder der Geldeliten bevorzugt unter sich blieben, war kein Geheimnis und kam immer mehr in Mode. Wer wollte schon einen Partner, der niemals die Regeln der führenden Klasse begreifen würde?

„Natürlich", gab Henning zur Antwort, „nicht ganz in der Nähe, wenn ihr es etwas exklusiver wollt. *Son Vida*. Ernesto soll euch einfach hinfahren."

„Sehen wir uns, Anna", fragte Kupfer seine Tochter, „bevor ich wieder zurückfliege?"

„Vielleicht", gab das Mädchen zurück, „warum bleibst du nicht wenigstens über Nacht?"

In Kupfers sonst stets kontrolliertem Blick leuchtete Wärme auf. Es war nicht zu übersehen, dass der Anblick seiner hübschen Tochter ihn mit Stolz erfüllte.

„Ich werde es mir überlegen. Aber verlass dich nicht darauf. Bekomme ich für den Fall der Fälle noch einen Abschiedskuss?"

„Peter hat mir erzählt", sagte Schneider, als das junge Paar in Richtung der Garagen verschwunden war, „dass Ihre Tochter nach Harvard gehen wird."

Kupfer nickte ungeduldig.

„Ja, ich habe ihr dazu geraten. Sie will Jura mit Kunstgeschichte verbinden, um später einmal im Auktionsgeschäft arbeiten zu können. Da macht es sich gut, wenn man auf einer amerikanischen Eliteuniversität studiert hat. Peter will doch auch nach Amerika gehen."

„Ja", sagte Schneider, „aber nach New York. Ich habe ihm geraten, nach dem Staatsexamen ein Praktikum in einer renommierten Kanzlei zu machen."

„Meine Herren", unterbrach Henning, „darf ich daran erinnern, dass wir einige wichtige Entscheidungen zu treffen haben?"

Gollier war aufgestanden und kreiste mehrmals sinnierend um den Tisch. Es sah aus, als zelebriere er ein Ritual zur Wiederherstellung der universellen Harmonie.

„Darf ich ehrlich sein, Dietmar?", sagte Gollier in einer Tonlage, als führe er lediglich ein Selbstgespräch.

„Ich bitte darum", gab Henning mit starrem Blick auf den kreisenden Gollier zurück.

„Wir müssen den Fakten nun ins Gesicht sehen", fuhr Gollier fort, „und uns vorbereiten. Ich denke, wir alle stellen außer Zweifel, dass die Briefe und der Hackeranschlag auf denselben Urheber zurückgehen. Ich habe mich eingehend in unserer Informatikabteilung nach den Sicherheitsrisiken erkundigt. Man hat eingestanden, dass ein solcher Vorfall jederzeit wieder geschehen kann. Wir sollten uns auf jede nur denkbare Steigerung einstellen, und im Notfall ..."

„So weit wird es nicht kommen", unterbrach Henning, „das wäre ... Dafür gibt es eigentlich keine Worte ... Nein, wir müssen Haltung zeigen. Die Nationalbank lässt sich nicht erpressen! Das BKA ist ja auch nicht untätig geblieben. Ich habe noch heute Morgen mit Bulthaupt telefoniert. Da wird jetzt auf Hochtouren gearbeitet."

Golliers fortgesetztes Kreisen schien Schneider und Kupfer hypnotisiert zu haben. Beide starrten mit leeren Augen in den Regenbogen über dem Rasen.

„Wir sollten uns darauf einstellen", resümierte Gollier, „dass der Erpresser in Kürze Verhandlungen eröffnen wird. Deshalb sollten wir jetzt schon einige Szenarien durchspielen. Schließlich müssen wir wissen, wie wir reagieren wollen."

Kupfer nickte zustimmend.

„Das meine ich auch."

„Verhandlungen", grübelte Henning, „das kann ich mir nicht vorstellen. Was gibt es da zu verhandeln? Das ist doch alles sinnlos ... Was ist mit Zierer, Max? Was ist der neueste Stand?"

Gollier setzte sich wieder auf seinen Stuhl.

„Zierer ist extra nach New York geflogen, um mit einigen Finanzpartnern darüber zu sprechen. Er war auch bei Levy-Shoemaker und Johnson-Gellman, aber niemand nimmt die Sache ernst genug. Unglaublich, und das nach der überraschenden Gouldsteen-Brothers-Pleite."

Henning machte eine ausladende Handbewegung.

„Ja, was muss denn erst passieren, dass die Herren sehen, was auf sie zukommt? Muss denn erst die gesamte Finanzwirtschaft zusammenbrechen?"

Gollier sah auf seine Uhr.

„Ich werde jetzt aufbrechen, Dietmar. Vielleicht können Herr Schneider und Herr Kupfer ein paar Konzeptvarianten entwickeln, wie wir die Dringlichkeit besser verdeutlichen. – Was war das übrigens für ein merkwürdiger Typ, der bei meiner Ankunft hier in ein Taxi gestiegen ist? Er kam mir bekannt vor."

„Ach der", murmelte Henning nachdenklich, „Mister Holland. Ein seltsamer Vogel, in der Tat. Er arbeitet für irgendeinen amerikanischen Braintrust, der angeblich auch den Präsidenten berät und Informationen über die Auswirkungen der Finanzkrise in Europa sammelt."

Gollier runzelte die Stirn.

„Jetzt fällt es mir wieder ein. Er war bei der Eröffnung unserer Kunsthalle anwesend. Wenn ich mich recht erinnere, hat er Romer angesprochen."

4. 2

Vor der Zentrale der Nationalbank

„Sarah!“, schrie ich auf, „verdammt, das wäre beinahe schiefgegangen. Fahr langsamer!“

Ihr Fahrstil aktivierte meinen Adrenalinspiegel bis zum Anschlag und schlug mir auf die Nerven. Andererseits stand der rabiate Umgang mit ihrem Wagen und den Verkehrsregeln in einem reizvollen Kontrast zu ihrer Erscheinung. Mein Instinkt sagte mir, ich müsse sie beschützen. Aber Schutz hatte sie vermutlich am wenigsten nötig.

„Meine Güte“, entgegnete Sarah, „du bist vielleicht sensibel. Ich habe in zehn Jahren keinen Unfall gebaut.“

Trotzdem fuhr sie ein wenig langsamer. Aber nur wenig.

Eine Funkstreife raste mit Blaulicht und eingeschalteter Sirene an uns vorbei. Danach kam eine zweite und eine dritte. Die meisten Autos ordneten sich rechts in eine Schlange, und für einen Moment kam der Verkehr zum Stillstand. Als es endlich weiterging, stieß Sarah einen leisen Fluch aus.

Ich sagte, sie solle einfach der Funkstreife hinterherfahren.

Sie gab wieder Gas und schnitt einen Mercedes. Der Mann am Steuer fluchte aus dem Fenster.

Als wir die Straßensperre erreichten, zeigte Sarah ihren Dienstausweis vor.

Wie ein Wahrzeichen, halb futuristisches Minarett, halb modernistische Skulptur in Stahl und Glas, ragte das Gebäude der Nationalbank vor uns in den Himmel.

„Fahren Sie ihren Wagen bitte rechts auf den Bürgersteig", forderte der uniformierte Beamte uns auf, „Herr Bulthaupt erwartet Sie. Dort in dem blauen Bus befindet sich die Einsatzleitung."

Als sie aus dem Wagen stieg, musterte der Polizist sie von oben bis unten. Sarah trug zu den engen schwarzen Jeans nur ein weites T-Shirt und auf dem Kopf eine Baseballmütze. Dazu hatte sie sich eine große *Ray-Ban-Brille* aufgesetzt. Ich nahm an, dass der Effekt beabsichtigt war.

Das Gelände sah zunehmend nach einem Kriegsgebiet aus.

Überall liefen die Männer vom Spezialkommando in ihren schwarzen Overalls herum. Sie waren so schwer bewaffnet, als gelte es, gegen eine feindliche Armee anzutreten.

Jetzt trat Bulthaupt aus dem Bus, gefolgt von Brus, der eine Kevlonweste über der Brust und eine kämpferische Miene zur Schau trug.

Brus warf Sarah einen giftigen Blick zu.

„Frau Leismann! Wie schön, dass Sie auch schon da sind. Sie verwechseln das hier nicht zufällig mit den Dreharbeiten zu einer amerikanischen Krimiserie?"

Sarah rückte nur kurz die *Ray-Ban* ein wenig herunter und grinste gemein, ohne etwas zu erwidern.

Keine zehn Meter vom Eingang des Zentralgebäudes entfernt parkte ein verbeulter alter Opel mit offener Heckklappe. Daneben stand ein Mann in einem grell karierten Hemd, der aus dieser Distanz wie ein harmloser Rentner aussah und etwas in den Händen hielt, von dem ein Kabel zu zwei roten Gasflaschen führte. Er wirkte winzig vor der riesigen Glasfassade, schien aber einen fast schon militärischen Einsatz zu rechtfertigen.

Bulthaupt streifte mich nur mit einem kurzen Blick.

„Das ist unser Mann! In einer halben Stunde ist der Spuk vorbei. Dieses Mal hat mir Ihre Voraussage doch schon sehr gefehlt, Romer, dann hätte ich dieses Desaster hier vielleicht verhindern können. Becker hält das hier für einen militärischen Kampfeinsatz."

Bulthaupts vorschnelle Vermutung erstaunte mich. Hielt er den Mann mit den Gasflaschen allen Ernstes für den Verfasser der Erpresserbriefe?

„Das soll der intelligente Stratege sein, der in ausgefeilten Sätzen eine Billion Euro zur Wiederherstellung der Gerechtigkeit fordert?"

Bulthaupt ließ meine Frage unbeantwortet.

Er nahm ein Megafon vor den Mund und richtete es auf den Unbekannten.

„Geben Sie auf! Nehmen Sie langsam die Hände hoch und entfernen Sie sich rückwärts von den Gasflaschen!"

Brus flüsterte Bulthaupt etwas ins Ohr und machte ein Handzeichen in Richtung eines der schwarzen Overalls.

„Sie haben keine Chance!", dröhnte es aus einem Lautsprecher, der jetzt dazugeschaltet worden war. „Lassen Sie den Zünder fallen! Bis jetzt ist noch niemand verletzt worden. Wir können reden! Sie sind im Visier der Scharfschützen! Ja, so ist es gut! Weg von den Gasflaschen. Legen Sie sich mit dem Gesicht auf den Boden."

Bulthaupts Worte wurden von den spiegelglatten Gebäudewänden reflektiert und als Echo zurückgeworfen.

Der Mann in dem karierten Hemd ließ jetzt tatsächlich das schwarze Kästchen fallen und bewegte sich einige Schritte. Romer sah sich um. Die schwarzen Männer verbargen ihre Gesichter unter den Schutzhelmen. Auch ein Dutzend normaler Polizisten hielten Maschinenpistolen im Anschlag.

Aus einem Polizeilaster kroch ein merkwürdiges mechanisches Monster auf Ketten. Die Mischung aus Minipanzer und Mondexplorer gehörte vermutlich zu den Sprengstoffspezialisten. Es war ein ferngelenkter Roboter, wie man ihn zum Entschärfen von Bomben einsetzt.

„Ja! Langsam! Lassen Sie es fallen. Auf den Boden!“, befahl Bulthaupt.

Der Mann ließ seine rechte Hand sinken und griff an seine Jacke. Er zuckte zusammen.

Man hatte keinen Schuss fallen hören, aber ich war mir sicher, dass einer der Scharfschützen gefeuert hatte. Der Mann taumelte und fiel zu Boden.

„Verdammt“, schrie Bulthaupt Brus an, „wer hat den Schießbefehl gegeben? Sie verdammter Vollidiot! Jetzt haben wir den Schlamassel!“

„Ich habe keine Anweisung gegeben“, sagte Brus kleinlaut, „da hat einer von Beckers Leuten die Nerven verloren.“

„Die Nerven verloren?!“, schrie Bulthaupt mit rotem Kopf und angeschwollenen Adern. „Holen Sie mir diesen beknackten Becker!“

An die zwanzig der schwarzen Männer fielen über den Gestrauchelten her. Zwei in voluminösen gelben Schutzanzügen trugen die Gasflaschen weg.

„Es ist vorbei“, sagte Bulthaupt, „das war's!“

Becker kam mit einer Maschinenpistole in der Hand angerannt. „Einsatz erfolgreich beendet.“

„Erfolgreich?“, schnauzte Bulthaupt, „das gibt ein Nachspiel! Sind Sie verrückt geworden, eigenmächtig Schießbefehl zu erteilen?“

„Habe ich nicht!“, gab Becker in zackigem Tonfall zurück, „das war Kösters eigene Entscheidung. Er hat das Recht dazu! Sie kennen den Paragrafen Nullzwölf aus dem Handbuch. Köster ist einer meiner besten Schützen. Behält immer die Nerven! Aus seinem Blickwinkel sah es so aus, als würde der Mann nach einer Waffe greifen. Er hat lediglich auf den Unterarm gezielt. Genau genommen ist es ein Streifschuss. Hervorragend ausgeführt. Köster trifft auf hundert Meter eine Kirsche. Machen Sie das nach, dann können Sie sich aufblasen.“

Bulthaupts Blick wurde eisig, aber er sagte nichts.

Der Mann lag reglos auf einer Bahre und wurde nun von einem Arzt versorgt.

Teile von Beckers Kampftruppen traten den geordneten Rückzug an. Mehrere Herren in dunklen Anzügen kamen aus dem Eingang des Gebäudes. Ich konnte die Gesichter erkennen. Weder Henning noch Gollier waren dabei. Es war den ungelenken Figuren, die wie ein Standbild im Fernseher aussahen, anzumerken, dass sie den Umgang mit einer solchen Situation in ihren Managertrainings nicht gelernt hatten.

„Kommen Sie, Romer“, sagte Bulthaupt jetzt wieder mit ruhigerer Stimme, „wir sehen uns den Mann einmal an. Sie auch, Frau Leismann!“

Er legte eine Hand auf meinen Rücken und schob mich sanft vorwärts, bis wir vor der Bahre standen.

Der Arzt sah kurz auf.

„Bulthaupt, BKA!“, sagte Bulthaupt, „wo ist er denn getroffen worden?“

Der Arzt schob dem Mann einen Sauerstoffschlauch in die Nase.

„Es ist nur ein Streifschuss am Ellenbogen. Ein Pflaster hat ausgereicht. Davon ist er nicht zu Boden gegangen. Das war eine Herzattacke. Deswegen hat er sich an die Brust gegriffen. Da haben Ihre Männer voreilige Schlüsse gezogen.“

„Aha“, schnaubte Bulthaupt, „auf hundert Meter eine Kirsche! Becker wird noch sein blaues Wunder erleben!“

Ich sah mir den Mann mit dem Schlauch in der Nase genauer an. Sein Alter schätzte ich auf Mitte fünfzig. Er trug ein kariertes

Sakko in einem grünlichen Farbton mit gebügelten Jeans und sah aus wie ein Angestellter im öffentlichen Dienst, ein Durchschnittsbürger mit einem Allerweltsgesicht. Obwohl man ihm ansehen konnte, dass es ihm schlecht ging, wirkten seine Züge seltsam entspannt.

Becker kam aus dem Bus der Einsatzleitung mit einem Ausweis in der Hand. Offenbar hatte man nach dem Schuss als Erstes das Dokument sichergestellt und die Daten sofort an den Zentralcomputer des BKA weitergeleitet.

„Jürgen Leibold“, bellte Becker, „Alter: 57 Jahre, Wohnsitz: Frankfurt, Gärtnerstraße 12. Arbeitsstelle: Digitec, Offenbach. Beruf: vermutlich Informatiker.“

„Informatiker!“, wiederholte Bulthaupt. „Na, was wollen wir noch mehr, Informatiker, das passt doch perfekt zu dem Hackerangriff.“

Er wandte sich an den Arzt.

„Wie geht es ihm?“

Die Bahre wurde von zwei Sanitätern in den Rettungswagen geschoben.

„Er hat Glück gehabt, es war wenigstens kein Herzinfarkt. In ein paar Stunden ist er vermutlich ansprechbar. Ich kann das allerdings nicht versprechen. Man wird ihn im Krankenhaus auf Herz und Nieren untersuchen.“

Bulthaupt klopfte mir auf die Schulter.

„Ich hatte mit einem Nervenkrieg gerechnet, der sich vielleicht noch über Wochen, wenn nicht gar Monate hinziehen würde.“

Ich sagte nichts. Die Bemerkung erstaunte mich. Glaubte Bulthaupt jetzt allen Ernstes, dieser Leibold wäre der Erpresser? Eine derartige Naivität passte nicht zu ihm. Aber vielleicht wollte er auch nur meinen Einspruch provozieren.

Einer vom Sprengstoffkommando kam heran.

„Wissen Sie schon, was in den Flaschen war?“, fragte Becker mit inquisitorischem Blick.

„Allerdings“, sagte der Mann im schwarzen Overall, „eine Mischung aus Düngemittel, Unkraut-Ex und Zuckerstaub. Das Rezept hat er wahrscheinlich aus dem Internet. Verschlossen in einer Stahlflasche ist das Zeug genauso gefährlich wie Dynamit. Die Substanzen sind im Handel erhältlich. Er hätte damit die ganze Eingangshalle in ein Trümmerfeld verwandeln können. Die genaue Analyse wird uns erst heute Abend vorliegen.“

Jetzt war Brus dazugekommen. Mich nahm er grußlos mit einem abschätzenden Blick zur Kenntnis.

„Wie es aussieht, habe ich mich geirrt. Gott sei Dank. Ich denke, er ist ein Einzeltäter. Ein Ausgeklinkter!“

„Rufen Sie mich morgen früh an“, sagte Bulthaupt an mich gerichtet, „ich möchte Sie und Frau Leismann dabeihaben, wenn wir den Mann vernehmen. Falls er schon bald dazu in der Lage ist.“

Erst nachdem Brus wieder mit Becker im Einsatzbus verschwunden war, fragte ich Bulthaupt, ob er Leibold wirklich für unseren Briefautor hielte.

Bulthaupt grinste vieldeutig.

„Woher wollen Sie wissen, wen ich für was halte? Also lassen wir Brus fürs Erste einen kleinen Triumph. Er ist für diesen Kriegsschauplatz hier verantwortlich. Brus, das ist auch so ein Fall ... Aber dieser Becker ... Er denkt, er ist unersetzbar, so eine Art Kriegsheld mit Sonderstatus.“

Auf dem Rückweg machte Sarah keine nennenswerten Anstalten, ihren Fahrstil zu verändern. An einer roten Ampel nahm sie kurz die Sonnenbrille ab und einen kleinen Handspiegel sowie einen Lippenstift aus der Ablage, um sich mit einer schnellen routinierten Bewegung die Lippen nachzuziehen.

Ich sagte, sie hätte eine schwere Macke.

„Reg dich nicht auf, irgendwo muss ich schließlich auch Dampf ablassen. Oder denkst du, nur weil ich Psychologin bin, darf ich mir keine Macke leisten?“

Sie sei eine verkappte Neurotikerin, stellte ich fest.

Sarah lachte hell auf.

„Verkappt? Ich habe meine Neurosen niemals verheimlicht. Jeder bekommt sie mit. Es ist mir, ehrlich gesagt, auch egal. Im BKA reden sie sowieso alle über mich.“

Die Ampel schaltete auf Grün, und Sarah trat das Pedal durch. Ich zog meinen Gurt fester.

„Was reden sie denn über dich?“, fragte ich ohne Umschweife.

„Das Übliche, was Büromenschen so einfällt. Angeblich soll ich einen hohen Männerverschleiß haben.“

„Und, ist was dran?“, hakte ich nach.

Kaum hatte ich die Frage ausgesprochen, ärgerte ich mich. Eigentlich wollte ich nichts über ihr Privatleben wissen. Schließlich stand es ihr frei, wie sie leben wollte und was sie erleben wollte. Schon während meiner Zeit beim BKA war mir aufgefallen, dass sie nicht zur Fraktion der Moralisten gehörte. Mir war ihre unverbogene Haltung sympathisch gewesen. Beunruhigt musste ich feststellen, dass sie mir immer besser gefiel.

„Nicht wie die Büroheinis glauben.“

Sie warf mir einen kurzen Blick zu.

„Geh ich dir auf die Nerven?“

Ich schüttelte den Kopf und gab zu, dass ich ein Faible für widersprüchliche Naturen hätte, dass schlichte Gemüter mich meistens langweilten und mein eigener Charakter auch nicht jedermanns Sache wäre.

„Bulthaupt ist schon ein raffinierter Kauz“, wechselte Sarah das Thema. „Er hat keinen Moment daran geglaubt, dass wir den Richtigen gefasst haben. Was denkst du, warum dieser Mann sich mit seinen Gasflaschen vor der Nationalbank in die Luft sprengen wollte?“

„Er hasst Banken“, gab ich zur Antwort.

„Und warum sollte er Banken hassen“, setzte Sarah nach.

Ich überlegte einen Moment.

„Vielleicht haben sie ihm ja nur einen Kredit verweigert.“

4. 3

Ein Krankenhaus in Frankfurt

Der Blick des Arztes blieb einen Augenblick zu lange auf Sarah hängen. Sie trug einen hellgrauen Hosenanzug mit einer Jacke, die ihre schlanke Figur betonte. Das Ganze hatte sie mit einer stilvollen kurzen Perlenkette abgerundet. Ohne Zweifel sah sie heute besonders attraktiv aus. Wenn mir also die Krankenhausatmosphäre auf das Gemüt schlagen würde, konnte ich mich an ihrer Erscheinung erfreuen. Sie schien meine Bewunderung zu bemerken und warf mir einen warmherzigen Blick zu, der gleich wieder meinen Puls beschleunigte. Ich gab mir Mühe, meine Gefühle zu verbergen. Meine Bühnenerfahrung verhalf mir meistens zu einer glaubwürdigen Kontrolle meines Gesichtsausdrucks.

„Brenninghaus!", sagte der Mann im grünen Kittel, „Ich bin der behandelnde Arzt."

Bulthaupt wippte vor Ungeduld auf und ab.

„Können wir ihn sprechen?"

Brus starrte auf eine kahle Wand.

Der Arzt zeigte ein verhaltenes Lächeln.

„Der Notarzt hat da nicht ganz richtig diagnostiziert. Er hatte weder einen Herzinfarkt noch eine Attacke. Er ist einfach ohnmächtig geworden. Wahrscheinlich der Stress."

Er öffnete eine Tür.

„Sie können rein. Man könnte sagen, er ist kerngesund. Aber

ich möchte Sie warnen, der Mann hat ein cholerisches Temperament."

Ich sah mich unbehaglich um. Alles war mit Geräten vollgestopft, und es roch nach Desinfektionsmitteln. Jetzt war es Sarah, die mich beobachtete.

Bulthaupt trat an ein Bett, das aussah wie eine Maschine.

„Machen Sie das, Brus!"

Brus kam näher und zog eine Kladde aus der Tasche.

„Sie sind Jürgen Leibold, 57 Jahre alt, haben ihren Wohnsitz in Frankfurt, in der Gärtnerstraße 12, und Ihr Arbeitgeber ist die Digitec in Offenbach."

„Allerdings", grollte der Mann, dem nichts fehlen sollte, der aber noch immer an einem Schlauch hing. „Wer soll ich sonst sein?"

Brus tauschte einen kurzen Blick mit Sarah aus, als wolle er sich vergewissern, dass er den richtigen Ton getroffen hatte.

„Sie wollten vor der Zentrale der Nationalbank zwei Bomben zünden und sich gleich mit in die Luft sprengen."

„Was soll das?", schimpfte Leibold. „Steh ich schon vor Gericht? Ich habe nichts getan. Es steht ja alles noch. Leider!"

Brus setzte eine steinerne Miene auf.

„Sie waren im Begriff, ein schweres Verbrechen zu begehen und ..."

„Verbrechen!", unterbrach Leibold, „was die Betrüger in der Nationalbank machen, das ist ein Verbrechen! Das sind Gangster mit Schlips und weißem Kragen! *Die* sollten Sie verhören! Ich habe kein Verbrechen begangen. Ich bin der Blitzableiter. Ich habe mein ganzes Leben keinen einzigen Menschen ... Was rede ich überhaupt mit Ihnen? Sie stecken doch mit diesen Typen zusammen!"

„Es reicht!", fauchte Brus, „ich stecke mit niemandem unter einer Decke, ich vertrete das Recht!"

„Ha", lachte Leibold auf, „Recht! Dass ich nicht lache. Was für ein Recht denn? Ganovenrecht. Politiker, Manager, Banker und

Richter, das ist die kriminelle Vereinigung, die hinter Schloss und Riegel gehört."

Brus versuchte, unbeeindruckt zu erscheinen.

„Sie haben den Anschlag kaltblütig und fachmännisch vorbereitet. Sie wollten ihn ausführen. Das alleine reicht schon aus, um Sie ..."

„Kaltblütig!", fuhr Leibold dazwischen, „lesen Sie keine Zeitung? Henning und Konsorten verarschen ihre Kunden neuerdings mit Beleidigungen. Henning! Dieser Obergauner! Wissen Sie, was der verdient? Über eine Million im Monat bekommt so ein Typ als Belohnung für den großen Beschiss. Das ist Zynismus pur."

Bulthaupt schob Brus beiseite.

„Lassen Sie mich mal! – Herr Leibold, ich verstehe Ihre Erregung. Beruhigen Sie sich bitte. Ich bin nicht Ihr Richter. Ich möchte nur wissen, was Sie dazu veranlasst hat, sich selbst mit in die Luft zu sprengen."

„Sind Sie der Chef hier?", frage Leibold bissig, „Gute Frage! Warum? Ich hab's ja nicht getan."

„Aber Sie wollten", insistierte Bulthaupt: „Eine andere Frage: Wie wir wissen, arbeiten Sie bei Digitec als Informatiker und entwickeln Software. Waren Sie jemals Mitglied in einem Hackerklub, oder sind Sie es noch?"

„So ein Schwachsinn!", krächzte Leibold. „Als Detektive seid ihr Dilettanten! Ich arbeite im Kundendienst. Genauer: Ich habe gearbeitet. Sie haben mich vor zwei Monaten entlassen."

„Kundendienst", mischte Brus sich wieder ein. „Wir wissen ..."

Bulthaupt hob herrisch eine Hand.

„Bitte, Herr Brus! Also, Herr Leibold, warum sind Sie entlassen worden?"

„Warum! Warum!"

Leibold richtete sich auf.

„Jeden Tag werden in diesem Land Tausende entlassen. Sie natürlich nicht. Sie sind ja ein Beamter. Shareholder-Value! Haben Sie vielleicht schon mal von gehört. Digitec ist an die Börse gegangen. Schlanker werden! Altlasten entsorgen! Und so weiter. Ich war eine Altlast. Das sind die gleichen Gangster, wie diese Bankscheißer! Sollte man gleich mit in die Luft sprengen!"

„Wir wissen inzwischen", meldete Brus sich noch einmal zu Wort, „dass Sie Informatik studiert haben."

„Was Sie nicht alles wissen, ich habe vor zehn Jahren einen Einführungskurs für Programmierer mitgemacht."

„Also doch", frohlockte Brus.

Der Arzt kam ins Zimmer und zog eine Spritze auf.

„Ich werde Ihnen jetzt noch eine Beruhigungsspritze geben, Herr Leibold."

„Was?!", fuhr Leibold auf. „Ohne mich! Ich will mich nicht beruhigen! Stecken Sie sich die Spritze in den Arsch!"

Bulthaupt deutete auf Sarah.

„Das ist Frau Dr. Leismann. Eine Psychologin. Vielleicht möchten Sie sich lieber mit ihr unterhalten?"

Leibold verdrehte die Augen.

„Ah, jetzt kommen Sie mir mit der Psychotour!"

Er musterte Sarah mit zorniger Verachtung.

„Ich bin nicht verrückt! Es steht doch jeden Tag in der Zeitung, dass Ganoven unsere Wirtschaft leiten. Steuerhinterzieher, Geldvernichter, Arbeitsvernichter, Menschenvernichter. Und alle kommen sie mit ein paar Euro Bußgeld davon."

Sarah trat ein wenig näher an das Bett.

„Ich halte Sie keineswegs für verrückt. Außerdem bin ich der Ansicht, dass Sie völlig recht haben. Sie haben lediglich einen etwas ungewöhnlichen Weg gewählt, Ihre Meinung zu äußern."

Sarah war sich meiner offenen Bewunderung sicher. Sie hatte

sich schon früher stets herausgenommen, auf Konzepte zu verzichten und spontan auf die Situation zu reagieren.

Leibold kniff seine Augen zusammen als wittere er ein ultimatives Komplott, hielt aber den Mund. Offenbar hatte Sarah den richtigen Ton getroffen. Aber nicht nur das. Mehr noch als die gesprochene Botschaft schien die unbefangene Art ihrer Körpersprache auf Leibold zu wirken. Im Gegensatz zu Brus und Bulthaupt blieben ihre Gesichtszüge entspannt und ihre Augen freundlich.

„Ich sage Ihnen", fuhr Sarah mit leiser Stimme fort, „wie ich Ihre Situation einschätze. Tatsächlich ist niemand verletzt worden. Das haben Sie Herrn Bulthaupts Umsicht und ihrer eigenen Einsicht zu verdanken. Das ist doch die ideale Basis, um ein Held zu werden. Sie haben ein Anliegen und können jetzt in der Presse Ihre Anklagen erheben. Natürlich wird man sie verurteilen, aber wenn Sie den Richter überzeugen, haben Sie nur eine Geldstrafe zu erwarten."

Sarah nickte Leibold aufmunternd zu und schenkte ihm obendrein noch ein mitfühlendes Lächeln, das echt war.

Leibold schien sich ein wenig beruhigt zu haben.

Bulthaupt wandte sich an mich.

„Möchten Sie noch mit Herrn Leibold sprechen?"

Ich schüttelte den Kopf.

„Sie werden morgen in Untersuchungshaft überführt", sagte Bulthaupt zu Leibold, „dann werden wir die Unterhaltung fortsetzen."

4. 4

Romers Loft

Trotz eines brummenden Schädels war ich zeitig aufgestanden, hatte aber beim Frühstück lange über den gestrigen Abend gegrübelt. Ich war mit Sarah Leisman in einer Bar gewesen, und wir hatten jeder einen Cocktail getrunken, der schon nach einem halben Glas, zumindest bei mir, den Zustand totaler Trunkenheit hervorrief. Manchmal dachte ich, es würde sich allmählich eine Liebesaffäre mit Sarah anbahnen, aber dann verwarf ich die Vorstellung, aus Angst, sie konsequent weiterzudenken. Mit Exotinnen hatte ich ja bereits Erfahrung durch meine Langzeitaffäre mit einer farbigen Rocksängerin. Und ich muss zugeben, dass mich das Andersartige, das Undeutsche, immer schon angezogen hatte. Mit Sarah hatte sich eine Art Verhältnis entwickelt, in dem eine Spannung bestand, die wir beide stets durch eine vorgebliche Lockerheit aufzuheben versuchten. Dazu schien jeder von uns auch noch eine Ängstlichkeit kaschieren zu müssen, die aus den misslichen Erinnerungen vorangegangener Beziehungen resultierte. Es gab Berührungen und Flirts, Gesten, die wir schnell zurückzogen und zu bedeutungslosen Beiläufigkeiten degradierten. Eigentlich hätten wir auch ganz offen reden können. Das hätte mit einer Psychologin eigentlich möglich sein müssen. Vielleicht war aber gerade der Umstand, dass Sarah über eine scharfsichtige Menschenkenntnis und ich über eine gute Intuitionsgabe verfügte, ein Hindernis. Auf jeden Fall gab es Barrieren, die wir nach wie vor aufrechterhielten. Für einen Moment war ich versucht gewesen, Sarah einfach zu fragen, ob sie mit mir nach Hause käme. Ich unterließ es aus Angst, sie würde etwas sagen, das mich vielleicht verletzt hätte. Nach dem ersten Frühstückskaffee bedauerte ich, es nicht getan zu haben.

*

Mittlerweile ging es auf neun Uhr zu, und ich hatte mir vorgenommen, noch einmal alle Details für meinen nächsten Auftritt durchzugehen und einige schwierige Teile zu proben. Am Wochenende würde ich bei einer Wohltätigkeits-Gala einer bayerischen Fürstin auftreten, die mir dafür ein fürstliches Honorar angeboten hatte. Es war eine dieser Veranstaltungen, auf der sehr reiche Personen andere reiche Personen aufforderten, Geld für einen guten Zweck zu spenden. Wenn dann schließlich einige Hunderttausend oder sogar eine Million zusammengekommen waren, feierten sie ihre eigene Großherzigkeit bei Fünf-Sterne-Menüs und Champagner. Dazu waren ihre Kleider meistens extra für den guten Zweck bei einem teuren Designer in Auftrag gegeben worden, um die voyeuristischen Interessen der Klatschpresse zu befriedigen, die bei solchen Anlässen stets nach Strich und Faden bestochen wurde. Dafür berichteten sie am nächsten Tag ausführlich über die guten Absichten und die Banalitäten am Rande der Gala. Die Gespräche, die ich nach meinen Auftritten mit solcher Art Menschen zu führen genötigt wurde, waren fade und uninteressant bis zur Grenze des Erträglichen. Meine Urteile bezogen sich dabei nicht auf moralische, sondern einzig auf ästhetische Kriterien. Alles, was in solchen Kreisen für schön erachtet wurde, beleidigte meinen Geschmack, und alles, was sie geistreich fanden, strotzte vor Selbstüberschätzung.

Die Auswahl der telepathischen und hellseherischen Kunststückchen war im Großen und Ganzen immer dieselbe. Nicht nur in meinem Programm. Alle Kollegen bedienten sich aus derselben traditionellen Trickkiste. Worauf es ankam, war die Verpackung. Da zeigte sich das Können und die Fantasie des Magiers. Da die meisten Teile einer einzelnen Nummer aus verschiedenen Ablenkungsmanövern und Irreführungen bestanden, galt es, diese immer wieder neu zu erfinden oder in einem neuen Licht erscheinen zu lassen. Bei Voraussagen wurde zum Beispiel besonders großer Wert auf die Art der Präsentation gelegt. Da musste man sich immer wieder etwas Sensationelles einfallen lassen. Eine Zeit lang war es geradezu Mode gewesen, die Voraussage im Beisein eines Notars in einen Eisblock einzufrieren, den man am Ende der Show entweder mit einem stählernen Pickel oder einer Kettensäge wirkungsvoll zerteilen konnte. Meistens stand der Eisbehälter schon mit einer Dampfwolke umgeben auf der Bühne und beschäftigte die Fantasie des Publikums. Damit war es von anderen Vorgängen und Gedanken abgelenkt. Ich hatte mir vorgenommen, am Wochenende eine völlig neuartige Verwahrung der Prophezeiung zu präsentieren, war bis jetzt aber auf keine durchschlagende Idee gekommen.

In gewisser Weise war mir wieder eine Bemerkung Golliers über einen Zusammenhang von Geldwirtschaft und Magie in Erinnerung gekommen, ähnelte meine Arbeit als Bühnenmagier doch tatsächlich den Kunststücken der Finanzstrategen. Sie taten schließlich auch nichts anderes, als mit immer neuen Varianten alter Tricks anderen Leuten das Geld aus der Tasche zu ziehen. Diese Idee steckte vermutlich auch in dem Wort *Performance*, das in der Wirtschaftswelt für den Auftritt einer Firma auf dem Aktienmarkt verwendet wurde. Man verlieh einem Unternehmen damit eine Aura des Magischen und prophezeite ihm unendliches Wachstum. So jedenfalls war es bei den Börsengängen einst gang und gäbe gewesen, aber obwohl das Wort *Performance* noch immer verwendet wurde, war die ehemals leuchtende Aura zu einem ersterbenden Glimmen geschrumpft.

Gerade als ich einige Stichworte auf einen Block schreiben wollte, läutete das Telefon.

Bulthaupts knarzige Stimme war zu hören.

„Guten Morgen, Herr Romer. Haben Sie Zeit für einen Termin um zwölf?"

Lustlos fragte ich nach Art und Zweck des Termins.

„Das klingt nicht gerade begeistert", sagte Bulthaupt, „Henning würde sich gerne noch einmal mit Ihnen treffen."

„Henning?", wiederholte ich verblüfft, „was Sie nicht sagen! Was will er?"

Bulthaupt lachte trocken.

„Er will sich Ihre Theorie anhören."

Ich schluckte und wiederholte nach einem Moment des Schweigens, dass ich keine Theorie hätte.

„Macht nichts", sagte Bulthaupt gänzlich unbeeindruckt, „ich bekam vor einer Stunde einen Anruf von Henning. – Haben Sie schon Zeitung gelesen?"

Ich verneinte.

„In der heutigen FAZ gibt es im Wirtschaftsteil wieder einen Artikel über die Nationalbank", fuhr Bulthaupt fort, „um ein positives Signal zu setzen, hatte Henning den Zukauf einer italienischen Bank angekündigt. Jetzt hat er den Vorstoß abblasen müssen und verkauft den Rückzieher als eine Besinnung auf das bodenständige Kerngeschäft."

„Ja, und?", unterbrach ich.

„Gegen Ende des Artikels", erklärte Bulthaupt, „wird Leibolds missglückter Anschlag erwähnt. Er hätte das halbe Gebäude in die Luft sprengen können! Das ist lächerlich! Die Gasflaschen hätten gerade einmal die Eingangshalle zertrümmert. Und, jetzt kommt's:

Scheinbar beiläufig wird ein anonymer Hinweis erwähnt, der sich auf die Erpressung bezieht."

Da sei der Redakteur aber gut informiert gewesen, warf ich ein.

„Dann steht da noch", fügte Bulthaupt hinzu, „die Ermittler untersuchten zurzeit einen Zusammenhang mit Leibold. Henning ist hochgradig besorgt, weil in dem Artikel so getan wird, als ob die Informationen von unzufriedenen oder entlassenen Insidern stammten. Also, treffen Sie sich mit Henning. Ihnen wird schon eine Theorie einfallen. Enttäuschen Sie mich nicht."

„Was ist mit Leibold?", fragte ich Bulthaupt. „Gibt es neue Erkenntnisse über sein Motiv und dieses angebliche Informatikstudium?"

„Keine Ahnung", antwortet Bulthaupt ungerührt, „ich habe das alles Brus überlassen. Allerdings nur, um ihn vom Hals zu haben. Er will Leibold dazu bringen, die Namen seiner Auftraggeber zu nennen. Brus sagt, die Details würden auf eine sehr präzise Vorbereitung deuten. Der spontane und etwas chaotische Anschein sei nur vorgetäuscht, genauso wie Leibolds cholerische Ausbrüche. Die dienten nur dazu, uns in die Irre zu führen. Was das Informatikstudium anbelangt, verfolgt Brus gerade eine angeblich heiße Spur. Offenbar hat Leibold nach einem abgebrochenen Studium einen Computerservice betrieben. Brus hat einen von Leibolds früheren Kunden ausfindig gemacht. Da steht eine Befragung an."

4. 5

Nationalbank – Hennings Büro

„Haben Sie die Zeitung gelesen?“, fragte Henning.

Ich verneinte und sagte, dass Bulthaupt mich jedoch über den Artikel am Telefon informiert hätte.

Ich hatte mir Hennings Büro noch größer vorgestellt, aber auch so wurde die Bedeutung des Allerheiligsten kurz unter der Spitze des Glasturms durch eine großzügige Aufstellung der gediegenen Ledermöbel genügend hervorgehoben. Ich fühlte mich unwohl und fand die Atmosphäre trotz der Ausmaße bedrückend. Ein eigenartiger Geruch lag in der Luft, der mich an einen Neuwagen erinnerte. Vielleicht hatte es mit den Ledersesseln zu tun, deren Ausdünstungen sich mit kleinsten Partikeln von Reinigungsmitteln oder Filterchemikalien aus der Klimaanlage mischten. Zweifellos war den Entscheidungsträgern hier oben die Notwendigkeit bewusst, ein derart banales und zwielichtiges Produkt wie Geld mit einer entsprechenden Rahmenästhetik aufwerten zu müssen.

Die breite Tür, durch die man mich geführt hatte, war offensichtlich eine Antiquität aus einem asiatischen Land. Von beeindruckender Größe wirkte das kunstvoll geschnitzte hölzerne Monstrum wie das Entree zu einem exotischen Thronsaal. Gleichzeitig gab es dem Raum eine private Note. Wer sich eine derartige Freiheit herausnehmen konnte, musste zweifellos über sehr viel Macht verfügen.

Im Übrigen war der Innenarchitekt offenbar der Order gefolgt, sogenannte Wertigkeit ohne Rücksicht auf das geschmackliche Endergebnis darzustellen. Teile der riesigen Fensterfront waren von Textillamellen unterbrochen, wie man sie gerne bei Messeständen verwendet, Sessel und Tische erschienen wie Zwitterwesen aus Bauhaus und Ikea, die mit einem hellen Orientteppich konkurrierten, dessen filigrane Muster in diesem Zusammenhang eine gewisse Verwandtschaft mit Banknoten andeuteten. Wenn man jedoch ein Gespür für Materialien besaß, musste man zugeben, dass alles von bester Qualität und damit teuer war. Sparsamkeit zur Schau zu stellen, war hier nicht das Ziel gewesen.

Warum man Dietmar Henning in der medialen Spiegelung stets eine herausragende charismatische Ausstrahlung unterstellte, blieb mir schleierhaft. Der Mann hinter dem scheinbar völlig überflüssigen Schreibtisch hatte bei unvoreingenommener Betrachtung nichts Besonderes an sich. Von Gesichtern wie dem seinen wimmelte es in der Finanzwelt, und die zwanghafte Darstellung von Seriosität gab seiner Miene etwas Starres, so, als wäre er letztlich nur eine Computeranimation ohne jegliche Inspiration. Sein blauer Anzug, das hellblaue Hemd mit dem weißen Kragen, und der rosa Schlips mit den dünnen Querstreifen waren vermutlich teuerste Designerware, sahen aber an ihm nicht besser aus als ein x-beliebiger Anzug aus dem Kaufhaus. Alles hier oben negierte wirkliches Leben und wirkliche Kultur. Jede *Corporate Identity* hatte ihre Identität verloren. Ähnliche Büros, ähnliche Bekleidung und ähnliche Gesichter würde man in Paris, London, Stockholm, Shanghai, Mumbai oder Peking finden. Daran änderte auch die exotische Tür nichts.

Henning griff meinen fragenden Blick auf.

„Das ist eine fünfhundert Jahre alte nepalesische Tempeltür. Ich bin passionierter Sammler asiatischer Antiquitäten."

Er nahm eine kleine Statue vom Schreibtisch hoch.

„Diese Buddhafigur ist aus Jade und stammt aus Tibet. Sie ist ein besonders seltenes Stück und ihr Wert kaum zu bemessen."

Der Blick aus dem Fenster auf Frankfurts Skyline verführte mich eher zu dem Eindruck, in solch schwindelnder Höhe auch die geistige Übersicht verlieren zu können. Deshalb richtete ich meine Aufmerksamkeit auf das riesige Gemälde gegenüber Hennings Schreibtisch.

„Sie mögen Rauschenberg", bemerkte ich anerkennend und in der Hoffnung, das Gespräch über ein kulturelles Medium einleiten zu können.

Henning machte eine vage Handbewegung.

„Er gehört zur Sammlung der Nationalbank. Herr Dr. Albach, der Kurator, hat mich überredet, es hier einmal probeweise aufzuhängen. Ich lasse die Bilder gelegentlich auswechseln. Vorher hing da ein Rothko. Wenn ich ein Anhänger des Zeitgeistes wäre, müsste ich den Rauschenberg gegen einen Koons auswechseln, aber eine Geburtstagstorte mit einem kopulierenden Paar gehört nicht gerade zum Stil des Hauses. Herr Gollier meint, ein Seerosenstück von Monet würde jetzt besser zu der Tempeltür passen."

Henning schob mir die FAZ zu.

„Aber kommen wir zum Thema. Wenn Sie bitte diesen Artikel noch einmal aufmerksam durchlesen würden."

Ich tat, als würde ich den Text Wort für Wort studieren, legte die Zeitung mit einem Stoßseufzer beiseite und sagte, Bulthaupt ginge davon aus, dass nur unser Briefautor der anonyme Informant sein könne.

Hennig gab seiner Miene eine dynamische Note.

„Ich kann Ihnen garantieren, dass vonseiten der Nationalbank nichts nach außen gedrungen sein kann. Auch wenn die Zahl der Eingeweihten zwangsläufig angewachsen ist. Es sind zwei Vertreter des Aufsichtsrats dabei und Dr. Zierer von der SIB."

Ich blätterte in meinen Unterlagen und führte an, dass in dem Dossier noch seine Sekretärin aufgeführt sei. Sie hätte immerhin den ersten Erpresserbrief geöffnet.

Henning machte eine überlegene Handbewegung.

„Für meine Sekretärin, Frau Delian, lege ich meine Hand ins Feuer. Aber was ist mit dem BKA?"

Ich ließ ihn eine Weile auf meine Antwort warten, bevor ich die Meinung äußerte, dass undichte Stellen niemals gänzlich auszuschließen wären.

„Unser Innenminister Möller", sagte Henning, „sieht die Sache in einem politischen Licht und will sich vermutlich damit profilieren. Für ihn bahnt sich ein genereller Angriff auf das System an. Soviel ich weiß, ist er dabei, einen hochkarätigen kleinen Krisenstab einzuberufen. Ich halte das im Moment noch für ein falsches Signal. Bulthaupt glaubt, Sie hätten eine interessante Theorie vorzutragen."

Hennings Blick ging in die Ferne, aber es war nicht der Blick des Eroberers, der einer monetären Vision entgegensieht. Die Augen wirkten matt und abwesend.

„Das ist typisch Bulthaupt", sagte ich mit bewusst naiver Betonung. „Nein, von einer Theorie kann keine Rede sein."

Ich ließ den Satz wirken, bevor ich fortfuhr.

„Nennen Sie es mehr eine Ahnung, zu der sich ein gewisses Begreifen gesellt."

Daran war durchaus etwas Wahres. Mit dem Wort *Ahnung* bezeichnete ich gewisse Wolken, die sich zeigten, wenn ich die Augen schloss und an ein Thema dachte. Die Wolken veränderten sich und nahmen alle möglichen Formen an, die mich an verwischte Puzzles erinnerten. Manchmal blitzte etwas Konkreteres auf. Ehe ich es genau erkennen konnte, verschwand es schon wieder oder verformte sich zu einem anderen Bild. Aber so fing es immer an, und meistens wurden die Bilder im Laufe der Zeit immer deutlicher.

„Eine Ahnung", wiederholte Henning mit eisiger Stimme, „wie sagten Sie noch so treffend? Sie warten, bis sich genügend Kaffeesatz angesammelt hat, und dann fangen Sie an zu deuten. Was verspricht sich Herr Bulthaupt eigentlich von Ihrer Mitarbeit?"

„Das weiß ich selbst nicht", antwortete ich mit gespielter Sorglosigkeit. „Lassen Sie es mich so sagen: Ich vermute, ich bin Bulthaupts Wünschelrute."

„Wünschelrute", wiederholte Henning noch verblüffter. „Soso!"

Jetzt veränderte ich meinen Tonfall.

„Wenn Sie es wirklich wissen wollen: Was ist geschehen? Größenwahn, Kurzsichtigkeit und Gewinnstreben in Form nackter Gier haben ein Finanzbeben in Amerika ausgelöst, das wie ein Tsunami über den Atlantik nach Europa braust. Über den Pazifik wird es auch Asien erreichen. Und Sie selbst wanken über die Kommandobrücke eines Dampfers, der sich *Bank* nennt und bei jeder nächsten Welle in der Mitte auseinanderbrechen kann."

Hennings Gesicht wirkte jetzt fahl und seine Augen noch glanzloser.

„Das ist die Panikversion."

Ich wies mit provozierend gemeinter Beiläufigkeit darauf hin, dass Katastrophen dieser Art an sich nichts Neues wären, aber die Wahrnehmung des Menschen von Natur aus lückenhaft sei und dazu neige, Wesentliches auszublenden und Illusionen ohne realen Hintergrund zu erzeugen.

Ich deutete auf die kleine Buddhafigur und bat Henning, sie mir für einen Moment anzuvertrauen.

Henning zog verwundert die Brauen hoch und beobachtete mich jetzt mit einer Mischung aus Misstrauen und Neugier.

„Was auch immer Sie vorhaben: bitte!"

Behutsam nahm ich die kostspielige Antiquität in die Hand, und ehe Henning Einspruch erhoben hatte, warf ich sie in die Luft, um sie gleich darauf wieder sicher aufzufangen.

„Um Gottes willen“, rief Henning entsetzt, „sind Sie verrückt geworden?“

„Sie ist ja noch da“, sagte ich lächelnd, „aber jetzt werde ich sie einfach mitten in der Luft verschwinden lassen.“

Henning konnte gerade noch *Nein, lassen Sie das!* sagen.

Mit Entsetzen folgten seine Augen der Skulptur, wie sie wieder in die Luft flog und ich sie ein weiters Mal auffing. Beim darauf folgenden dritten Wurf verschwand sie direkt vor seinen Augen. Einen Meter über seinem Schreibtisch.

Bevor Henning zu dem unbegreiflichen Ereignis Stellung nehmen konnte, streckte ich ihm meine rechte Hand mit dem Buddha darin entgegen.

„Keine Sorge“, beruhigte ich ihn, „der Skulptur ist nichts geschehen. Ich habe mit meiner Hand nur einen Wurf angedeutet und ihr Gehirn hat das Weitere ergänzt. Der Buddha hat meine Hand nie verlassen. Was Sie gesehen haben, war Einbildung plus Suggestion.“

Hennings Miene entspannte sich. Ich beobachtete, wie es in ihm arbeitete.

„Ich weiß zwar noch nicht, worauf Sie hinauswollen“, sagte Henning. „aber fahren Sie fort.“

Genau diese Bereitschaft, Illusionen für bare Münze zu nehmen, erklärte ich weiter, hätte auch zum Einbruch der Finanzwirtschaft geführt.

„Sie sympathisieren mit dem Erpresser“, sagte Henning.

„Allerdings“, gab ich provokativ zurück, „das ist die Voraussetzung für meine Arbeit.“

Henning runzelte verärgert die Stirn.

„Sie sind davon überzeugt, dass der Angriff auf unser Computersystem ebenfalls auf den Briefautor zurückgeht?“

„Alles spricht dafür“, bekräftigte ich, „es passt in die Strategie, die ich dem Erpresser unterstelle.“

„Und was ist mit Leibolds Informatikstudium?“, hakte Henning nach, „ist das eine heiße Spur, wie Brus behauptet?“

Ich klärte ihn auf, dass Leibold lediglich ein paar Computerkurse belegt hätte und man jetzt erst einmal weitere Ermittlungsergebnisse abwarten müsse.

Henning nickte verstehend, sah auf seinen Terminkalender und rief Marion Delian herein. Die Besprechung war zu Ende.

Als ich den Raum schon verlassen hatte, hörte ich noch einmal Hennigs Stimme.

„Sie halten mit etwas hinter dem Berg!“

Ich drehte mich um und stellte einen verständnislosen Blick zur Schau.

„Und was sollte das sein?“

„Haben Sie irgendein Bild von dem Erpresser im Hinterkopf? Eine Vision, die auf magische Art zu Ihnen gelangt ist?“

„Vielleicht“, gab ich als Antwort, „aber die Vision ist nur eine gestaltlose Wolke.“

Henning schüttelte verärgert den Kopf.

„Haben Sie vielleicht auch eine ähnlich gestaltlose Idee, wo sie ihn finden können?“

Ich zwang mich zu einem breiten Lächeln und sagte:

„Dort, wo ihn keiner vermutet. Wer weiß, vielleicht ist es Möller, der Innenminister persönlich, Ihr Freund, Herr Gollier, oder Sie selbst. Auch meine Person käme in Betracht.“

Henning hob lediglich die Brauen und schwieg.

4. 6

Berlin – Ein Bungalow am Wannsee

„Schön hast du es hier", sagte Keyserling.

Möller trug Jeans mit einem hellen T-Shirt. Aus der Entfernung hätte man ihn für einen jungen Mann halten können, aber sobald er sich bewegte, war eine gewisse Steifheit zu bemerken, die den Eindruck erweckte, dass seine Gelenke ihm Schwierigkeiten bereiteten. Trotz der zwanglosen Freizeitkleidung hatte er den staatstragenden Habitus eines Ministers nicht abgelegt. Die vielen Jahre im Zentrum der Macht hatten ihre Spuren hinterlassen. Wahrscheinlich glaubte er inzwischen selbst, mit seinen über sechzig Jahren, ein staatstragendes Element geworden zu sein. Umso bescheidener wirkte das rustikale Grundstück mit dem kleinen Bungalow. Dafür allerdings lag es direkt am Ufer des Wannsees.

„Ich habe das Anwesen geerbt", fühlte Möller sich zu einem Kommentar bemüßigt. „Als mein Großvater es kaufte, war das hier noch erschwinglich. In der Umgebung gab es noch eine Menge echter Bauernhöfe. Ich will das Haus schon seit Jahren vergrößern, aber das Baureferat gibt sich stur. Wenn man bedenkt, was hier überall für Prunkkästen stehen, sind die Auflagen unverständlich. Davon abgesehen ist die Rechtslage sehr undurchsichtig. Ich habe mehrere Klagen eingereicht. Die erste ist abgewiesen worden, weil der Richter ein Ökofanatiker ist, der hier am liebsten nur Frösche sähe. Jetzt überlegt sich der Bürgermeister, auf welcher Basis er die Regeln ein wenig großzügiger auslegen kann. Uns verbindet ein gemeinsames Hobby."

„Lass mich raten", sagte Keyserling, „ihr seid beide im gleichen Männergesangsverein."

Möller lachte gezwungen.

„Wir sind beide in der Freizeit Pferdezüchter."

„Ach", entfuhr es Keyserling, „wie kommst du zu einem derart exklusiven Hobby? In deiner Jugendzeit hättest du das als dekadentes Kapitalistenvergnügen bezeichnet. Oder sorgst du bereits für das Ende des Ölzeitalters vor? Du könntest dann mit einem Pferdegespann ins Ministerium fahren."

„Es klingt exklusiver als es ist", erklärte Möller. „In Wirklichkeit ist es eine ererbte Leidenschaft meiner Frau. Sie hatte bereits als Kind mit Pferden zu tun."

„Es ist deine dritte Ehefrau, oder?", fragte Keyserling.

„Nein, Brigitte ist meine vierte", korrigierte Möller, „die dritte ist bei einem Autounfall gestorben. Wir haben nicht einmal ein Jahr miteinander verbringen können."

Barfuß, in einem kurzen Sommerkleid und sonnengebräunten Gliedmaßen kam eine jugendlich wirkende Frau heran.

„Das ist Brigitte", stellte Möller vor.

Sie ging mit einem offenen Lachen auf Keyserling zu und streckte ihm die Hand entgegen.

„Das ist also der legendäre Johann Keyserling. Ich hasse übertriebene Formalitäten. Darf ich Johann sagen? In meinen Kreisen ist das Siezen gänzlich aus der Mode."

Sie muss über zwanzig Jahre jünger sein, dachte Keyserling und sagte lediglich:

„Ja, sicher!"

„Ihr redet über Pferde, habe ich mitbekommen."

Sie zog die Gartenstühle unter einen Schatten spendenden Baum.

„Das hört sich immer nach was an. Dabei besitze ich lediglich fünf Pferde. Zwei Stuten weisen einen Stammbaum auf, der einen Zuchtversuch lohnt. Ich habe das irgendwie in den Genen, mit Pferden umzugehen. Im Übrigen interessiere ich mich mehr für Kunst. Ich arbeite halbtags in einer Galerie."

Möller legte eine Hand auf die Taille seiner Frau.

„Vielleicht kannst du uns einen Moment alleine lassen, Brigitte. Wir haben etwas zu besprechen, dass offiziell unter die höchste Geheimhaltungsstufe fällt."

„Oh!", flötete Brigitte, „ja natürlich, diese hoch geheime Sache!", und zog sich in einen entfernteren Teil des Gartens zurück.

„Was ist mit dem Brief an den Finanzminister?", fragte Keyserling ohne Umschweife, „hat er inzwischen noch einen weiteren mit detaillierten Forderungen erhalten?"

„Nein", antwortete Möller, „aber ich bin mir sicher, dass da noch etwas nachkommt."

Er legte eine schmale Mappe auf den Tisch.

„Das ist ein Zwischenbericht vom BKA. Genauer von Bulthaupt. Am Schluss hat er ein interessantes Dossier von einem Herrn Romer hinzugefügt. Du solltest es durchlesen, bevor wir weiterreden. Es sind nur ein paar Seiten. Ich werde inzwischen den alten Rosenbusch vor der Terrasse beschneiden."

„Du bist auf dem besten Wege, dich in einen alten Kauz zu verwandeln. Adenauer war auch Rosenliebhaber. Ob er es darüber hinaus noch mit Pferden hatte, weiß ich nicht. Aber ich denke, wenn man bei Rosen angelangt ist, lässt die Alterssenilität nicht mehr lange auf sich warten."

Während Keyserling sich in das Dossier vertiefte, war Brigitte von ihrer Sonnenliege aufgestanden.

„Was haltet ihr von einen *Martini* auf Eis?", fragte sie mit launigem Timbre in der Stimme, „das passt doch gut zu diesen Temperaturen."

Ohne eine Antwort abzuwarten, verschwand sie im Haus. Keyserling sah ihr nach.

Möller hatte es bemerkt.

„Sie ist zweiundzwanzig Jahre jünger als ich. Du wirst es nicht glauben, aber es ist eine echte Liebesgeschichte. Wir haben uns ein Jahr nach Emmas Tod kennengelernt. Ich war nicht im Geringsten auf eine Beziehung aus. Aber das Schicksal wollte es anders. Und jetzt bin ich auch noch zum dritten Mal Vater geworden. Ich habe nachdrücklich auf den Altersunterschied hingewiesen, aber für sie spielt es offenbar keine Rolle."

„Warum auch?", fragte Keyserling. „Es kommt doch auf die inneren Werte an. Und damit bist du ja reichlich gesegnet."

Möller ließ von seinem Rosenbaum ab. Seine Selbstzufriedenheit wich einer indignierten Miene.

„Das Alter war wirklich nicht ausschlaggebend. Sie liebt mich."

Brigitte kam rechtzeitig mit einem Tablett und drei Gläsern zurück.

„Das ist schon seltsam", sinnierte Möller, „wenn ich das Wort *Martini* höre, sehe ich sofort Bilder aus den Sechzigern vor meinem geistigen Auge. Mich wundert, dass es die Marke überhaupt noch gibt. Auf den Schülerpartys war es schick, *Martini* zu trinken."

„Da war ich noch nicht einmal auf der Welt", mischte Brigitte sich ein und trank einen kräftigen Schluck aus dem Glas. „Dann also, zum Wohl!"

Möller sah ein wenig verständnislos zu seiner Frau.

„Es gab auch eine Menge Drinks mit *Martini*", schwelgte er in seinen Erinnerungen fort. „An die meisten kann ich mich nicht mehr erinnern. *Martini Cola* mit einem Schuss Zitrone fand ich nicht schlecht. Manchmal wurde auch noch ein Schuss *Wodka* beigemischt. Das war die Zeit, in der ein Rendezvous in einer italienischen Eisdiele stattfand. Die Mädchen trugen enge Latexhosen oder manchmal schon recht kurze Röcke. Elvis hatte gerade angefangen, Schnulzen zu singen ...“

„Ja“, unterbrach Keyserling, „dann schlug die Stunde der englischen Rockbands. Die Intellektuellen hielten sich noch an den Jazz. Und Autos waren noch richtige Autos, aus Blech mit viel Chrom, und konnten in jeder Werkstatt repariert werden. Wenn da einer einen Sportwagen fuhr, schaute man hin und dachte sich, so einen will ich auch einmal fahren.“

„Arbeiter und Angestellte“, übernahm Möller, „bekamen zu der Zeit ihren Lohn noch bar ausgezahlt. Niemand musste ein Bankkonto haben. Das weiß heute kaum noch einer. Ein Postsparbuch reichte.“

„Oder einfach nur eine Keksdose im Küchenregal“, fügte Keyserling hinzu.

Möller nickte.

„Die Rechnungen zahlte man per Postanweisung. An solchen Sachen sieht man, wie sich alles verändert hat. Geht dir das auch so, Johann? Manchmal sehe ich das alles viel klarer als Ereignisse, die nur ein Jahr zurückliegen.“

Keyserling lachte trocken.

„Das ist der Beginn der Altersdemenz. Man nimmt es fälschlicherweise als Begünstigung wahr.“

In Möllers Gesicht zuckte es.

„So ein Quatsch! Ich bin damals immer für meine Mutter zum Tante-Emma-Laden gegangen. Die Milch wurde noch in eine Aluminiumkanne gepumpt. Milch schmeckte überhaupt ganz anders, und Bananen auch. Eigentlich ging es uns ja nicht schlecht.“

„Im Gegenteil!“, stimmte Keyserling zu, „alles war im Aufbruch:

Technik, Kunst, Film, Erotik, Sex, Mode. Man erinnere sich nur an *Swingin' London*: Miniröcke, Op-Art, Pop-Art! Ja, und dann kam der große Bruch! Revolution! Fast von einem Tag zum anderen. Seltsam eigentlich."

„Allerdings war die Politik stockreaktionär, das musste ja auch aufgebrochen werden", warf Keyserling ein.

„Rückwirkend finde ich vieles sehr merkwürdig", sinnierte Möller, „plötzlich wurde auf den Partys in irgendwelchen Künstlerlofts in Kreuzberg über Marxismus und Leninismus geredet, Studenten zeigten ihren Professoren den nackten Arsch, und die Bundesrepublik Deutschland wurde zu einem faschistoiden Artefakt einer überkommenen Zeit erklärt ..."

„Und dann wurde demonstriert, demonstriert und noch mal demonstriert", ergänzte Keyserling.

Möller wiegte den Kopf wie ein vergreister Mönch.

„Dutschke hielt seine ekstatischen Brandreden, und es flogen erste Steine. Das war wohl die Wende. Ich habe zwar niemals einen Stein geworfen, aber ich habe es toleriert. Hast du Steine geworfen?"

Keyserling hatte sein Glas zügig geleert und gleich wieder frisch aufgefüllt.

„Nein, Demonstrationen waren mir eigentlich zuwider. Ich fand das ausgesprochen nutzlos, um wirklich etwas zu verändern. Meistens ging es doch darum, den dicken Max zu spielen. Ich kann Menschenmassen nicht ertragen, egal, was sie sich auf ihre Fahne geschrieben haben. Die Mitläufer von damals sind später ohnehin wieder ganz normale Durchschnittsbürger geworden."

Brigitte beobachtete Keyserling mit einer gewissen Bewunderung.

„Aber du hast doch selbst in einer dieser wilden Kommunen gelebt. Das finde ich schon spannend. Das waren damals doch wirklich revolutionäre Experimente. Und dann Woodstock, Jimi Hendrix auf Drogen, Haschisch, freie Liebe, und was sonst noch alles. – Ist das Gespräch übrigens immer noch streng geheim?"

Möller lachte angestrengt.

„Wir haben ja noch nicht einmal begonnen. Johann musste sich zuerst einmal mit den Unterlagen beschäftigen."

„Jaja", sagte Keyserling, „eines Tages werden wir für unsere Legenden alle das Bundesverdienstkreuz bekommen. Im Ernst: Ich halte das für wahrscheinlich. Schließlich sind die Cleversten aus jenen Tagen ja in der Politik gelandet. Sie können sich sozusagen selbst die Orden ans Revers heften. Du, Georg, wusstest doch damals auch schon ziemlich genau, wo du hinwolltest. Du und deine linke Anwaltsclique, ihr habt doch selten ein armes Schwein verteidigt."

Brigitte zog die Brauen hoch.

„Ach, war das so, Georg?"

Möller überging die Frage.

„Die Prozesse mussten immer politisch sein", setzte Keyserling nach, „und die Weichen nach oben stellen. Natürlich lief alles unter dem Motto *Systemveränderung*. Das haben wir dann ja auch geschafft. Aus einer halbwegs funktionierenden Demokratie ist eine Kosumdiktatur und für die Teilhaber der Macht ein Selbstbedienungsladen geworden."

Möllers Stirn zog sich in Falten.

„Ich bitte dich, Johann, soll das eine Anspielung auf meinen Posten sein? Du gehörst als Richter doch auch zum sogenannten *Establishment*, zu denen, die wir eigentlich abschaffen wollten. Ich habe schon damals immer für Realpolitik plädiert. Mit naiven Träumereien hat noch keiner was verändert."

„Was ist denn real an der Politik?", warf Brigitte ein.

„Naivität konnte man dir sicherlich nie nachsagen", bohrte Keyserling weiter, „in einem Wochenmagazin stand zu lesen, dass du nach dem Ende deiner Dienstzeit einen Aufsichtsratsposten in einer Firma für Sicherheitskonzepte antreten wirst."

„Soll das hier eine moralische Diskussion werden?", begehrte Möller auf, während Brigitte glänzende Augen bekam. „Ich mache es nicht wegen des Einkommens. Ohne einen Job werde ich es kaum aushalten."

„Nein", widersprach Keyserling, „Moral möchte ich hier nicht ins Feld führen. Dein Ministerium hat aber mit ebenjener Firma zusammengearbeitet. Das ist dasselbe wie Insidergeschäfte von Bankern. Beides ist nicht legal."

Jetzt wurde Möller ärgerlich.

„Ich habe mich mein ganzes Leben lang niemals durch meine Posten begünstigt oder bereichert. Wenn du das andeuten willst ... Das habe ich außerdem auch gar nicht nötig. Allein meine Autobiografie hat fast dreihunderttausend Euro eingebracht."

„Georg hat mir erzählt, dass du Evi kanntest", goss Brigitte Öl ins Feuer, „sie war so eine Art Groupie in deiner Kommune. Das kann man sich heute kaum vorstellen, wie das damals gewesen sein muss."

„Das geht mir jetzt aber zu weit", beendete Möller das unleidliche Thema, „man muss ja nicht in jedem morastigen Loch buddeln. Ich denke, wir sollten jetzt weitermachen, Johann."

„Ich werde uns einen kleinen Imbiss für den Abend vorbereiten", sagte Brigitte.

Dieses Mal sah Keyserling ihr nicht nach. Möller schlug unnötigerweise die Akte noch einmal auf.

„Hast du das alles aufmerksam durchgelesen?"

Keyserling nickte.

„Das meiste ist typisches BKA-Geschwafel. So klingt es immer, wenn sie eigentlich noch gar nichts wissen. Einzig dieser Romer gefällt mir. Er denkt in die richtige Richtung. Seine Analyse kommt leichtfüßig daher, geht aber in die Tiefe."

„Vielleicht", stimmte Möller zu, sein Gesicht hatte sich wieder entspannt. „Ich habe gestern ein Gespräch unter vier Augen mit Henning geführt. Das muss natürlich auch als streng vertraulich betrachtet werden. Unabhängig davon, ob der Erpresser nun weitermacht oder nicht, ob es ein Einzelner ist oder ob wir es mit einer Gruppe zu tun haben, steckt das gesamte Finanzwesen in einer schlimmeren Krise, als dem einfachen Bürger deutlich wird. Das ist wie bei einem Eisberg. Der größte Teil der Katastrophe schwimmt sozusagen unsichtbar unter der Wasseroberfläche. Henning hat übrigens auch mit diesem Romer gesprochen. Romer war wohl früher Profiler beim BKA. Später hat er eine Bühnenkarriere als Hellseher vorgezogen."

„Ein Hellseher", wiederholte Keyserling. „Nun, was wollen wir noch mehr? Vielleicht weiß er ja schon, wer der Autor der Briefe ist und behält es einfach noch eine Weile für sich, um sich an dem Theater zu vergnügen. Vielleicht weiß er auch, wie sich die Ölpreise weiterentwickeln und die verbrannten Milliarden ersetzt werden, und noch eine Menge mehr."

„Was meinen Teil anbelangt", sagte Möller, „wird man von mir ein Konzept erwarten für den Fall, dass sich die Sache zu einer Staatsaffäre steigert."

„Staatsaffäre", wiederholte Keyserling süffisant, „das hört sich nach Querelen an einem Fürstenhof an. Nein, mein lieber Georg, Staatskrise wäre das bessere Wort."

Möller verzog zerknirscht das Gesicht.

„Vielleicht. Ich schließe mich der Analyse von diesem Romer an. Der Erpresser denkt weiträumig und scheint eine Verknüpfung verschiedener Elemente aus Wirtschaft und Politik vorzubereiten. Jetzt ist durch Dr. Zierer und die SIB auch schon ein weiteres Land mit einbezogen worden. Dr. Zierer bekommt quasi den Auftrag, eine internationale Finanzgemeinschaft für die Globalisierungskrise in die Verantwortung zu nehmen. Das erinnert mich ein wenig an ein Schneeballsystem."

„Die Bezeichnung *Schneeballsystem* trifft in der Tat besser für das kriminelle Finanzsystem zu, das sich gerade aus der Geschichte verabschiedet", warf Keyserling ein.

„Wie auch immer", fuhr Möller fort, „da wird eine Ausweitung der Erpressung programmiert, die eine gefährliche Eigendynamik entwickeln könnte. Und dazu gibt es bis jetzt keinerlei Möglichkeit, mit dem Erpresser zu kommunizieren. Das Spiel ist seit dem ersten Brief an Henning einseitig geblieben. Ich gehe allerdings davon aus, dass er irgendwann mit Henning in Kontakt treten wird. Du bist Richter. Säße der Erpresser auf deiner Anklagebank, wie würde dein Urteil ausfallen?"

Keyserling schenkte sich ein drittes Glas *Martini* ein.

„Du solltest ihn stärker verdünnen", warnte Möller. „Früher konntest du nichts vertragen."

„Seit meine Ehe in die Brüche gegangen ist", erklärte Keyserling, „trainiere ich meine Kondition."

Möller zog die Brauen hoch.

„Das wusste ich nicht."

Keyserlings Blick war schon ein wenig glasig geworden.

„Woher auch? Also bleiben wir beim Thema. Säße der Autor des Ultimatums auf meiner Anklagebank, hinge alles davon ab, welchen Schaden er angerichtet hätte und wie gut seine Anwälte sind. Eines sollte dir klar sein: Die Presse würde auf Freispruch plädieren. Vorausgesetzt, die Wirtschaft geht weiter den Bach runter und der Erpresser erledigt seinen Job so perfekt, dass kein Mensch getötet oder verletzt wird."

Hatte sich anfänglich bei Möller noch Protest geregt, war sein Ausdruck jetzt nachdenklich geworden.

Keyserling schwieg eine Weile und packte Eisstücke auf seinen restlichen *Martini*, bevor er ihn austrank.

„Das war ein Plädoyer", sagte Möller.

„Findest du?", gab Keyserling zurück, „du wolltest sicher etwas anderes hören."

Möller lehnte sich in seinen Gartensessel zurück und seufzte.

„Vielleicht. Aber im Großen und Ganzen stimme ich dir zu. Du hast eine eigene Meinung. Ich respektiere das. Deswegen wollte ich dich dabeihaben. Jetzt ist allerdings der Moment gekommen, destruktiven Pessimismus einzudämmen und sich unserer Stärken zu besinnen. Immerhin leben wir in einer funktionierenden Demokratie, und unser Rechtssystem ist auch intakt."

Keyserling lachte bitter.

„Demokratie? Wie lächerlich. In Wahrheit regiert die Diktatur des Profits. Und was das Recht anbelangt, so kann ich dir aus meiner Richterpraxis nur sagen: Es wird ausgehandelt wie bei den Summen für Firmenübernahmen."

Brigitte kam mit einer Kalten Platte aus dem Haus.

Keyserling beobachtete, wie Möller seinen Blick nachdenklich über das Wannseepanorama schweifen ließ. Er sah nicht wie ein Betroffener aus. Wie auch immer sich die Krise entwickeln würde, er würde in absehbarer Zeit in Pension gehen, und keiner würde seine Bezüge kürzen.

„Was glaubst du, Johann, was für eine Art Mensch auf die Idee einer solch aberwitzigen Erpressung kommen könnte?"

Keyserling grinste.

„Vielleicht jemand, der sich in einer sicheren Position wähnt. Wie wäre es mit einem Bankmanager, einen, der den Wahnsinn von innen kennt und ihm ein Ende machen will, weil er weiß, dass die entfesselten Finanzsysteme selbst den Kapitalismus beerdigen. Oder jemand wie du zum Beispiel, Georg, ein Politiker, der sich plötzlich auf seine alten Ideale besinnt, einer, der die Wahrheit über unsere Demokratie kennt und die Nase voll hat, tatenlos zuzusehen."

Brigitte hatte den letzten Satz mitbekommen.

„Ideale, Wahrheit! Das klingt romantisch!"

4. 7

In einer Luxuswohnung in Frankfurt und auf einer Autobahn

Segovians Nerven waren mittlerweile bis zum Zerreißen gespannt.

Jasmin lief den halben Vormittag in aufreizender Unterwäsche missgelaunt durch die riesige Wohnung und schimpfte vor sich hin, weil die Putzfrau gekündigt hatte und ihr dieses und jenes nicht passte. Alles hätte sich in letzter Zeit zum Negativen verändert, nörgelte sie, Segovians Sorgen gingen ihr auf die Nerven, er solle sich gefälligst zusammenreißen und sich um eine neue Stellung bemühen. Auf dem Höhepunkt warf sie in der Designerküche ein Weinglas an die Wand.

Irgendwann kam dann heraus, dass sie heute Geburtstag hatte und Segovian ihr nicht einmal einen Blumenstrauß auf den Frühstückstisch gestellt hatte. Von angemessenen Geschenken wolle sie gar nicht erst reden. Segovians Entschuldigung interessierte sie nicht.

„Es tut mir wirklich leid, Jasmin“, sagte Segovian betreten, „unter diesen Umständen bin ich einfach nicht mehr fähig, an Geburtstage zu denken.“

„Du bist ein egoistisches Arschloch!“, keifte Jasmin. „Und ein Hochstapler dazu. Vor einem Jahr, als wir uns kennenlernten, hast du den großen Börsenstar gespielt und so geredet, als würden die Millionen nur so vom Himmel regnen. Und was ist jetzt? Zu meinem letzten Geburtstag war immerhin noch ein Brilli drin. Aber da hast du dir ja auch noch alle Mühe geben müssen, mich rumzukriegen. Also, was ist jetzt mit all den Millionen? Soll ich für den Rest meines Lebens auf diesem Niveau vor mich hinvegetieren? Ich will dir mal was sagen ..."

„Es reicht, Jasmin!", unterbrach Segovian ihren bösartigen Redefluss, „wenn du zufällig deine Tage bekommen hast, lass es bitte nicht an mir aus."

„An wem denn sonst?", fauchte Jasmin.

„Wir gehen heute Abend ins *Luigis*", versuchte Segovian zu beruhigen, „und dann wird dort das Geburtstagsgeschenk nachgereicht."

„Ich scheiß was drauf!", geiferte sie zurück. „Ich denke, du bist pleite. Was willst du mir denn da schenken?"

Segovian schwollen die Adern. Er fragte sich, wie er auf diese Frau hatte reinfallen können. Gewiss, sie war attraktiv, aber es hatte auch andere Angebote gegeben. Schmerzhaft wurde ihm klar, dass er nicht nur, was Jasmin anbelangte, schon seit geraumer Zeit gravierenden Selbsttäuschungen unterlegen war. Er hatte ernsthaft geglaubt, das viele Geld hätte ihn zu einer charismatischen Persönlichkeit gemacht, die auch um ihrer selbst willen geliebt wurde. Manchmal hatte es vielleicht kleine Momente gegeben, in denen ihm die Dauergier und der Dauerstress fragwürdig vorgekommen waren, aber er hatte die aufblitzenden Fragen nach dem eigentlichen Sinn des Lebens stets schnell verdrängt. Er hoffte, Jasmin würde einlenken und ihn nicht nötigen, sie mit einer Blumenvase oder einem anderen Einrichtungsgegenstand zu erschlagen.

„Alles hat seine Grenzen! Du hast die ganze Zeit in Luxus gelebt, und ich habe das alles bezahlt, jetzt hältst du einfach deinen Rand oder verschwindest aus meiner Wohnung. Das ist ja alles nur noch zum Kotzen!"

Jasmin grinste gemein, zog die Unterwäsche aus und präsentierte ihren schönen nackten Körper.

„Verschwinden! Gute Idee! Hätte ich schon lange machen sollen. Den *Armani-Slip* kannst du behalten. Vielleicht kannst du ab und zu daran riechen, um dich zu erinnern, was dir verloren gegangen ist."

Segovian starrte sie entsetzt an.

„Das ist ja ekelhaft, wie du dich aufführst. Wie eine Nutte. Allerdings bist du für deine Dienste im Bett wesentlich besser bezahlt worden. Dafür hätte ich mir auch ein Luxus-Callgirl leisten können. Glaub nur nicht, dass an jeder Ecke ein Millionär auf dich wartet."

Jasmin stolzierte nackt ins Schlafzimmer, riss die Kleiderschranktüren auf und zerrte ihre Kleidungsstücke heraus.

„Das werden wir ja sehen!"

Segovian sah ihr einen Moment zu. Das Spektakel war zu absurd geworden, um ihn jetzt noch zu berühren. Er spürte, wie alle seine Gefühle erkalteten. Es gab nichts mehr zu retten, weder beruflich noch privat. Er zog seinen besten Anzug und seine teuerste Krawatte an und streifte seine *Cartier-Uhr* übers Handgelenk. Eine Weile stand er reglos vor dem Spiegel und sah sich in die Augen. Nach einer Zeit, die ihm endlos erschien, ging er zu seinem Schreibtisch und nahm die Autoschlüssel heraus. Wie in Trance fuhr er mit dem Fahrstuhl in die Tiefgarage und stieg in seinen Maserati. Nein, genau genommen war es gar nicht mehr seiner. Das teure Spielzeug hatte er vor wenigen Tagen an einen Kollegen verkauft, der seinen Posten bei Bluestar behalten hatte. Aber das alles spielte keine Rolle mehr.

Eine halbe Stunde später war er auf der Autobahn und bahnte sich mit der Lichthupe den Weg frei. Nicht jeder reagierte gleich schnell auf die Nötigung. Es gab sogar Fahrer, die es darauf anlegten, ihn zu behindern, einfach auf der linken Spur blieben und obendrein in provozierender Absicht die Geschwindigkeit drosselten. Einem fuhr er bis auf einen knappen Meter an das Heck. Als auch das nichts half, nutzte er die nächstbeste Gelegenheit, auf der rechten Fahrbahnseite zu überholen. Dieses Manöver wiederholte er auf den folgenden hundert Kilometern etliche Male.

Für Sekundenbruchteile kam ihm sein finaler Plan absurd vor, wie ein schlechter Traum, aus dem er immer noch aufwachen könnte. Er könnte jetzt einfach auf die Bremse treten und bei der nächsten Ausfahrt abbiegen. In einer halben Stunde wäre er wieder zu Hause. Aber nein, es gab kein Zuhause mehr. Das Auto gehörte ihm nicht mehr, die Wohnung müsste er auch am Ende des Monats aufgeben, nein, es würde nie mehr ein Zuhause geben. Es gab keine Hoffnung auf irgendeine Normalität, auf irgendeine Zukunft. Die Zukunft war zu einer Einbahnstraße in einen Albtraum geworden.

Dass er Angst und Schrecken verbreitete, bekam er nicht mehr mit. Sein Blick nahm die Straße nur noch als einen Tunnel wahr, der kein Ende nahm.

Irgendwann hatte sich ein dunkelblauer Porsche hinter ihn gesetzt. Was hatte der Fahrer vor? Wollte er etwa ein Wettrennen mit ihm veranstalten? Nein. Segovian sah im Rückspiegel, wie eine Leuchtschrift im Fenster des Porsche aufleuchtete. POLIZEI!

Aha, dachte Segovian, das also sind die neuen Zivilstreifen, um Rasern in teuren Sportwagen den Kampf anzusagen. Jetzt würde es noch einmal richtig spannend werden.

„Perfekt!“, rief Segovian gegen den Sound der Stereoanlage an, „ihr habt ja keine Ahnung, auf was ihr euch einlasst“, und trat das Gaspedal durch.

Die Tachometernadel schoss schlagartig von hundertachtzig auf zweihundertfünfzig Stundenkilometer. Jetzt machte er sich keine Mühe mehr, einen Trödler vor ihm zu bedrängen, er fuhr gleich in rasanten Schlangenlinien von links nach rechts und von rechts nach links. Einmal sah er bei einem Überholmanöver das entsetzte Gesicht einer Frau hinter dem Steuer eines Golfs. Der Abstand zwischen den beiden Wagen hatte weniger als einen halben Meter betragen.

Der Verkehr wurde kurzfristig dichter und erlaubte im Moment keine weitere Beschleunigung. Der blaue Porsche war zurückgeblieben. Für Segovian stand fest, dass es nicht am Vermögen des Sportwagens liegen konnte. Entweder beherrschte der Fahrer sein Fahrzeug unzureichend oder er nahm Rücksicht auf die anderen Verkehrsteilnehmer. Nachdem er zwei Ausfahrten hinter sich gelassen hatte, schien die Strecke ein wenig freier geworden zu sein. Szenen aus seiner Vergangenheit überlagerten sich mit dem sich vor seiner Windschutzscheibe abspielenden Film, der die Mittellinie wie einen Perforationsstreifen einer Filmrolle erscheinen ließ. Eigentlich, dachte Segovian, ist das Leben nur ein kurzer Film voller überflüssiger Irrwege durch ein Labyrinth von Banalitäten. Das Storyboard glich einem Drehbuch absurder Ereignisse, die sich durch eine Anhäufung fataler Fehler und unerfüllter Hoffnungen auszeichneten. Niemand, den er in seinem Berufsleben kennengelernt hatte, war wirklich glücklich gewesen. Jeder war nur mit rastlosem Raffen beschäftigt, um den vermeintlichen Voraussetzungen des Glücks näherzukommen. Keiner hatte sich jemals wirklich die Ruhe gegönnt, die Privilegien seiner Einkommensklasse auch entsprechend zu genießen. Alles war immer eine Hetze von einem Erfolg zum nächsten, immer auf der Jagd nach dem finalen Gewinn, der einen zum Milliardär machte. Vielleicht war Sex die einzige Belohnung gewesen, die sich am schnellsten hatte realisieren lassen. Frauen, die sich von Reichtum angezogen fühlten, hatte es in seinem Umfeld stets genug gegeben, meistens waren sie die wahren Nutznießer des schnellen Geldes. Während er in seinem Büro bis in den späten

Abend vor den Bildschirmen gesessen hatte, um die Kursentwicklungen zu verfolgen, hatten seine Freundinnen sich ein Übermaß an Freizeit damit vertrieben, die teuren Boutiquen leerzukaufen.

Jetzt hatte der Porsche aufgeholt. Segovian fragte sich, welcher Motor unter der Haube saß. Rabiat drängte er mit der Lichthupe einen Jeep von seiner Spur. Die Tachonadel kletterte auf zweihundertachtzig. Der Porsche schwenkte nach rechts und zog auf gleicher Höhe nach.

Offenbar war der Polizist hinter dem Steuer doch ein ausgebuffter Fahrer, der wusste, was man aus der Maschine herausholen kann. Segovian sah auf den Tacho, der auf die Dreihunderter-Marke zusteuerte. Jetzt sah er die Brückenpfeiler auf sich zuschießen. Er musste nur ein wenig nach rechts auslenken, und die Party wäre zu Ende. Für den Bruchteil einer Sekunde riss der Perforationsstreifen.

Etwas in seinem Kopf wurde heller und heller, Abertausende Bilder fügten sich während seines letzten Atemzugs zu einem Film, der sein Leben darstellte. Für alles, was danach geschah, gab es in seinem Kopf nichts mehr, das zu einer Wahrnehmung fähig gewesen wäre. Das Ende des Films zeigte, wie sein Maserati und sein Körper von einem Brückenpfeiler in zerberstende Einzelteile zerlegt wurden.

Danach kam der Abspann.

FÜNFTER AKT

MACHTVERLUST

5. 1

Romers Loft und ein *Penny Markt*

Nach der Galashow am Wochenende war für einige Tage nichts Aufregendes passiert, außer, dass ich in der Zeitung von Segovians Tod gelesen hatte, der mich umso stärker berührte, als ich quasi das Übergreifen der französischen Selbstmordwelle auf Deutschland prophezeit hatte. Nur vor wenigen Tagen war ich dem Mann gegenübergesessen. Er war ein lebendiges Wesen gewesen. Ich hatte mit ihm geredet. Auch wenn seine Verzweiflung nicht zu übersehen gewesen war, hatte er auf mich doch vital genug gewirkt, um sich an jeden Zipfel Leben zu klammern. Jetzt hatte er der ungewissen Zukunft mit einem selbstinszenierten Autounfall einen Riegel vorgeschoben. Für einen Moment kam die unangenehme Vision in mir hoch, wie lauter Ferrari- und Maseratifahrer in blauen Geschäftsanzügen bei einem Rallyestart in ihre Prestigekarren stiegen und um die Wette auf eine riesige Betonmauer zurasten.

Ich hatte mir heute nach dem Frühstück einen Videomitschnitt meiner Vorstellung angesehen und mich hauptsächlich mit Verbesserungen meiner Bühnentricks beschäftigt.

Bei dem letzten Auftritt hatte ich meine Voraussage als Schriftbild in der rechten Hand der Gastgeberin, einer Fürstin zu Selchow und Lemburg, erscheinen lassen. Das betuchte Publikum hatte sich begeistert von den raffinierten Täuschungen hypnotisieren lassen. Nach der Vorstellung wollte jede der Wohltätigkeitsdamen mit mir reden. Ich erinnerte mich nur mit Schaudern daran. In diesen Kreisen schienen Depressionen, Pessimismus, Zweifel und Zukunftsängste unbekannt. Zumindest hielten die Millionärsgattinen die Fassade unter Kontrolle. Niemand würde erfahren, ob es Ehemänner gab, die vielleicht im obersten Stockwerk eines Unternehmens um ihre Existenz kämpften. Wer allerdings zu den Multimillionären gehörte, konnte in jeder Krise das Risiko begrenzen. Von ihnen müsste keiner auf Luxuspaläste und Jachten verzichten.

Die Damen, die mir die Hand schüttelten, waren im Grunde gepuderte Mumien mit den Gesichtern von Schaufensterpuppen.

Nachdem ich den restlichen Vormittag damit verbracht hatte, einige neue Ideen auszutüfteln, war nach einem Blick in den leeren Kühlschrank der Entschluss gefallen, den nahen *Penny Markt* aufzusuchen.

Auf dem Weg durch den Hof war mir Leffers, der windige Anwalt aus dem Vorderhaus, begegnet. Wie üblich wanderten seine Blicke unstet hin und her.

Meine rhetorisch leutselige Frage *Wie geht's?* nahm Leffers für bare Münze.

„Könnte nicht besser laufen. Meine Kanzlei platzt vor neuen Klienten. Alle die gefeuerten Börsenmakler wollen jetzt Abfindungen einklagen oder brauchen juristischen Beistand, weil sie Anklagen wegen Veruntreuung von Firmenkapital zu gewärtigen haben. Seit der Gouldsteen-Pleite ist der Teufel los."

Er lachte aufgekratzt.

„Jetzt legen sie mir die Reste ihres Vermögens auf den Tisch, damit ich ihren Kopf aus der Schlinge ziehe."

Bislang hatte ich Leffers eher für einen harmlosen, aber gutmütigen Aufschneider gehalten, jetzt redete er jedoch wie ein übler Krisengewinnler und gab sich damit als Mitläufer und Schmarotzer zu erkennen.

Ich wünschte ihm einen erfolgreichen Tag und ging meiner Wege.

An einer Straßenecke vor dem Supermarkt saß Harry in seinem Rollstuhl und verteilte kopierte Handzettel. Neugierig nahm ich ihm eines der Blätter aus der Hand.

Achtung! Babylon fällt ins Chaos! Das Delirium hat ein Ende! Einberufung für alle Banker und Politiker in die Realität! Sie sind die wahren Terroristen, und Ihr seid das Volk. Der Kult des Mammons kollabiert in den Ernstfall.

Einige andere, die den Zettel in der Hand hielten, schüttelten verständnislos den Kopf. Bei den alten Griechen hätte Harry sicher etliche Schüler um sich versammelt, die jedes seiner Worte gierig aufgesogen und die Kunde von einem neuen Philosophen verbreitet hätten. Hier schien jedoch keiner auf die Idee zu kommen, seine Sätze ernst zu nehmen.

Gleich in der *Penny-Filiale* allerdings wurde die passende Illustration zur allgemeinen Stimmung geboten.

Vor einem Monat noch hatte hier ein junger Türke an der Kasse gesessen, der für jeden Kunden eine freundliche Ansprache bereithielt, jetzt war die Filiale modernisiert und das gesamte Personal ausgewechselt worden. Schlechte Laune gehörte zum Betriebsklima und übertrug sich auf die Kunden, die sich mürrisch um die Reihenfolge in der Warteschlange stritten.

Solche Orte würden die Damen der Gala-Gesellschaft nur besuchen, wenn ein Konzeptkünstler sie auf einer documenta zum Kunstwerk erklärte. Heute stand eine der typischen Eskalationen auf dem ungeschriebenen Spielplan. Die blonde Filialleiterin schnauzte den Kassierer an, er möge jetzt endlich die Kasse schließen und ihr beim Auspacken helfen. An der Kasse jedoch stand ein angetrunkener Rentner, der nicht genug Geld dabeihatte, einige Lebensmittel zurückgeben musste und dabei ohne Unterlass vor sich hinschimpfte. Die Filialleiterin, böse Blicke in Richtung Kasse schießend, rangierte einen Wagen mit frischer Ware in einen der schmalen Gänge, wobei sie eine ältere Frau anstieß, die sich ihrerseits lautstark über den Verfall der guten Sitten beklagte. Vielleicht hatte gerade eine Sonneneruption einen Magnetfeldschauer auf die Erde geschleudert und rein zufällig konzentrierte Wirbel über genau dieser Stelle des Globus erzeugt. Da sich durch die Verzögerung an der Kasse eine lange Schlange gebildet hatte, gab es auch hier Anlass zu Unmut, als ein misslauniger Mann ein junges Mädchen bezichtigte, sich vorgedrängt zu haben. Es fielen Worte wie *Egoschlampe, dumme Kuh* und *Machoweiber.*

Als ich den *Penny Markt* mit drei verschiedenen Tageszeitungen in meiner Einkaufstasche wieder verließ, entdeckte ich Harry unter einem Schatten spendenden Ahornbaum. Offenbar wurde er nun doch ernst genommen. Einige Schüler vom benachbarten Gymnasium hatten ihn umringt und schienen andächtig seinen Welterklärungen zu lauschen. Ich fragte mich, wo Harry die Inspiration für seine Formulierungen hernahm. Ich wusste lediglich, dass er den Mechanikerberuf erlernt hatte und er, seit er im Rollstuhl saß, alles las, was ihm in die Finger kam. Bereits gelesene Wochenzeitungen oder Magazine reichte ich häufig an Harry weiter. Bücher lieh er sich meistens aus der nahen Stadtbibliothek, und da er keinen Beruf mehr ausübte, hatte er genug Zeit, um über das Gelesene auch noch nachzudenken und eigene Schlussfolgerungen zu ziehen. Wahrscheinlich brauchte man zur Philosophie am wenigsten ein Studium. Zum Philosophen wurde man vermutlich geboren, und jeder, der willens war, jeder Antwort mit einer weiteren Frage zu begegnen, besaß ausreichendes Talent. Aber sicher waren nur wenige bereit, sich den Abgründen zu stellen, die sich hinter den Fragen auftaten.

Auf seinem Schoß lagen einige Zigarettenpackungen. Ich nahm an, dass er sie von den Jugendlichen in Anlehnung an altgriechische Opfergaben für seine Orakel geschenkt bekommen hatte. Wenn er so weitermachte, würde er noch zum Guru werden.

Ein Mann mit misanthropischer Miene zeigte verärgert auf die Zigaretten am Boden und sagte:

„Das ja widerlich! Noch nie was von Umwelt gehört?"

Einer der Schüler bückte sich artig und sammelte die Kippen auf, während Harry dem Mann nachrief:

„Kleinkarierter Ökofaschist!"

Wieder zurück im Loft fand ich eine Nachricht von meinem Bühnenagenten auf dem Anrufbeantworter vor, und da es offenbar um einen interessanten Auftritt in einem Luxushotel ging, rief ich unverzüglich zurück. Gerade hatte ich wieder aufgelegt, läutete das Telefon ein weiteres Mal. Diesmal war es Bulthaupt.

Er hielt sich gar nicht erst mit einer Begrüßungsformel auf.

„Haben Sie schon die BILDZEITUNG gelesen?"

Ich sagte:

„Nein, sie liegt noch zusammen mit der FAZ in einer Plastiktüte."

„Dann holen Sie sie raus", befahl Bulthaupt barsch, „und sehen sich die Titelseite an!"

Ich zog die Zeitung aus der Tüte. Die Headline bestand nur aus einem fett gedruckten Wort, das sich über die ganze Breite der Seite erstreckte:

Wahnsinn! Deutschlands Schulden!
1,5 Billionen ist der aktuelle Stand.
In Worten: eintausendfünfhundertdreiundsiebzig Milliarden
In Zahlen: 1.573.213.978.625

Die jährlichen Zinsen belaufen sich auf annähernd sechzig Milliarden!

„Jetzt blättern Sie zur Seite zwei“, raunzte Bulthaupt.

Ein Unbekannter fordert den Finanzminister auf, innerhalb von drei Tagen in hundert deutschen Tageszeitungen eine ganzseitige Anzeige zu schalten, in der die Verschuldung unseres Landes und die Zinsen dafür genannt werden. Wie wir aus informierter Quelle erfuhren, war die Aufforderung in Form einer Erpressung abgefasst. Angeblich spielten dabei Details aus dem Privatleben des Ministers eine Rolle. Die Existenz einer Erpressung wird vom Pressesprecher des Ministeriums dementiert. Wie wir von mehreren Zeitungsverlagen erfahren haben, wurden tatsächlich entsprechende Anzeigen vorbereitet, aber im letzten Moment storniert. Als Grund dafür kann vermutlich nur eine Intervention aus dem Kanzleramt infrage kommen. Warum aber fordert der vorgebliche Erpresser eine Information, die mit etwas Mühe jedermann zugänglich ist? Weil keiner auf die Idee kommt, nachzufragen?
Wir sind zwar nicht erpressbar, aber wir greifen die Idee auf und präsentieren den aktuellen Stand, sodass man ihn auch ohne Brille lesen kann. Wir nehmen die Zahlen zum Anlass, zu fragen: Wie viele unterernährte Kinder in Afrika oder anderswo könnten von einem winzigen Teil der Zinsen dem sicheren Tode entrinnen, oder wie viele Schulen könnten davon im eigenen Lande gebaut werden?

„Er dreht jetzt auf“, meldete Bulthaupt sich wieder zu Wort. „Sie haben es vorausgeahnt, er will die Öffentlichkeit erreichen, und jetzt fängt er an, mit anonymen Hinweisen die Presse zu informieren.

Übrigens, an der Sache mit dem Privatleben des Ministers ist etwas dran. Ob der Erpresser davon weiß, geht aus dem Brief überhaupt nicht hervor. Da wird nichts dergleichen erwähnt. Aber das BKA weiß darüber Bescheid. Es gab da mal eine Kokainparty, auf der man auch Minister Strackmann gesehen hat. Mir persönlich ist das eigentlich egal, ich scheiße auf das Moralgetue, ich finde nur die Doppelmoral zum Kotzen. Brus hat jetzt übrigens eine Großoffensive in Hackerkreisen eingeleitet. Das ist eigentlich eine Sache für Sie. Da ist echtes Profiling gefragt."

„Ich habe keine Lust auf endlose Recherchen", murrte ich ins Telefon, „und ich halte das auch für sinnlos."

„Wir reden darüber noch", überging Bulthaupt meine Reaktion. „Übrigens was den Fall Leibold angeht: Sie hatten mit Ihrer Einschätzung wieder einmal recht. Brus hat zwei seiner ehemaligen Klienten ausfindig gemacht. Seine Fähigkeiten sollen so miserabel gewesen sein, dass er den Job aufgab und bei der Digitec im Auslieferungsbüro anfing. Die Nationalbank wollte ihm keinen Kredit gewähren. Da hat er einfach durchgedreht."

Ich wurde das Gefühl nicht los, dass es Bulthaupt aus irgendwelchen Gründen offenbar egal war, was ich tat und wie ich es tat. Auf jeden Fall schien er meine Abneigung gegen jede reguläre kriminalistische Arbeit zu akzeptieren.

Als sich gegen Abend der Himmel verdunkelte, setzte ich mich in meinen bequemsten Sessel, ein riesiges schwarzes Ledermonstrum, und schloss die Augen, um mich in meine ureigenste Technik fallen zu lassen. Es war meine Art des Profiling. Anfänglich ließ ich meinem Geist seinen freien chaotischen Lauf und gab mich der Beobachtung scheinbar unsinniger Bilderschnipsel hin. Nach einer gewissen Zeit gab ich meinem Geist Stichworte, Hinweise und ein Thema. Dieses Mal hatte ich mich auf Gesichter, Persönlichkeiten und Charaktere programmiert. Dazu stellte ich mir einfach nur irgendwelche beliebigen Personen vor. Meistens begann meine Fantasie mit schattenhaften Gebilden, die dann manchmal sehr konkrete Formen annahmen. Erst wenn ich die Idee, Gesichter zu sehen, aufgab, erschienen sie undeutlich in Details verschwimmend, aber wenn ich Glück hatte, gab es dazwischen ein klares Gesicht. Natürlich war es ein Fantasiegesicht, aber ich maß ihm Bedeutung bei.

Ich hatte vielleicht eine Stunde so gesessen, ohne dass vor meinem geistigen Auge ein eindeutiges Gesicht erschienen wäre. Die meisten waren unscharf geblieben. Aber mir war nachträglich aufgefallen, dass alle Gesichter männlich gewesen waren, und keines davon jung ausgesehen hatte. Eines der Bilder hatte ein wenig länger eine bestimmte Form und einen bestimmten Ausdruck gehalten. Aber auch das hätte ich nicht wirklich beschreiben können. Konnte man sich überhaupt ein Bild von jemandem machen, über den man so gut wie nichts wusste? Gab es überhaupt eine Intuition?

5. 2

Nationalbank – Hennings Büro

„Setzen Sie sich erst einmal“, sagte Henning zu Zierer, „ich verstehe Ihre Erregung, aber uns ist mehr oder weniger das Gleiche in unserer Mannheimer Geschäftsstelle widerfahren. Von dem Angriff auf unser Computersystem will ich gar nicht reden. Davon sind Sie wenigstens verschont geblieben. Bis jetzt! Der Schaden durch den Prestigeverlust geht bereits in die Milliarden. Wir haben den absoluten Tiefstand unserer Aktienkurse erreicht.“

Gollier saß scheinbar entspannt in einem Sessel, so als wäre er nur am Rande betroffen.

„Dein Wort in Gottes Ohr, Dietmar, aber ich fürchte, von *absolut* kann keine Rede sein. Die Aktien taumeln immer noch in mittleren Tiefen, aber nach unten ist noch jede Menge Platz. Ich erinnere mich, wie ich dir vor vielen Jahren einmal sagte, ich hätte nichts gegen satte Gewinne, den Wunderglauben an ewiges Wachstum allerdings hielte ich für noch gefährlicher als Dummheit. Jetzt wird langsam jedem klar, wie absurd dieser blinde Glaube war. Das Einzige, das weiterwächst, ist die Bevölkerung, ist die Armut und sind die Öl- und Nahrungsmittelpreise und die Schuldenberge.“

Zierer hatte sich erst neben Gollier in einen Sessel gesetzt, war dann aber wieder aufgestanden, um nervös vor dem gigantischen Fenster auf und ab zu laufen.

„Sie können das nicht vergleichen“, sagte Zierer mit seinem

Schweizer Akzent in Richtung Henning, „bei mir ist ein Kleinlaster vor meiner Privatvilla gestanden. Keine zehn Meter von der Haustür entfernt. Die Sprengladung hätte ausgereicht, alles in Trümmer zu verwandeln und meine gesamte Familie zu töten. Ich darf gar nicht daran denken."

Hennings Gesicht blieb unbewegt.

„Jaja, das stand alles in der Presse, aber im Lieferwagen befanden sich fünfzig Kilo harmlose Knetmasse, genau wie in unserem Fall."

„Genau", eiferte sich Zierer, „so stand es in den Zeitungen. Was Gott sei Dank nicht drin stand, war die Existenz eines Wagens mit echtem Sprengstoff."

Henning hob die Brauen und sagte lakonisch:

„Ach!"

„Man hatte ihn fünfhundert Meter entfernt am Rande einer Wiese geparkt", erklärte Zierer weiter, „fernab von Wohnhäusern. Es handelte sich um eine Mischung aus Salpeter, Düngemittel, Unkraut-Ex und Zucker. In alte Gasflaschen gefüllt. Eine Zündvorrichtung war auch dabei. Damit haben sie zeigen wollen, dass es sich um keine leere Drohung handelt. In dem vorausgegangenen Brief wurde ich daran erinnert, meinen Beitrag zu erfüllen. Das ist in der Presse auch nicht erwähnt worden. Da muss es wohl einen enormen Druck von ganz oben gegeben haben. Ich gehe davon aus, dass sich der Schweizer Geheimdienst eingeschaltet hat. Mein Gott, so etwas in der Schweiz. Das ist ... das ist fast wie Gotteslästerung. Wir waren für die Finanzwelt immer das heilige Land. Tabu! Da schwebte immer eine allmächtige Hand über den Schweizer Alpen. Es gab Vereinbarungen, Diskretion und ein allgemeines Interesse, dass es so bleibt. Das alles geht jetzt den Bach hinunter."

Golliers Augen blitzten ironisch auf.

„Sie, Herr Zierer, sind nicht ganz unbeteiligt an diesem Erdrutsch. Genau genommen gehören Sie in Europa zu den Hauptverantwortlichen. Ich habe mich ehrlich gewundert, dass der Erpresser zuerst die Nationalbank angesprochen hat und nicht die SIB. Wenn ich mich recht erinnere, waren Sie es doch, der den großen Reibach an die Wand gemalt hat. Diese Rating-Mystik klingt mir noch jetzt in den Ohren. AAA! Ein Spitzenrating. Über jeden Zweifel erhaben! Beste Konditionen. Da sollten mal so nebenbei die Milliarden gescheffelt werden. Ohne jedes Risiko! Wie auch bei einem AAA-Rating? *Levy-Shoemaker hat auch ... Perlwiser sagt ... General Investment kauft die Pakete gleich im Container* ... und so weiter. War es nicht so, Herr Zierer? Jetzt können Sie der Verantwortung, von der Sie immer gesprochen haben, gerecht werden."

„Ja", mischte Henning sich ein, „wir haben uns mehr von Ihrer Reise in die Staaten versprochen. Das Ultimatum betrifft ja schließlich nicht allein die Nationalbank. Der Erpresser wird sich früher oder später auch die amerikanischen Großbanken vorknöpfen. Es war Ihre Aufgabe, das zu vermitteln."

Ärgerfalten zogen auf Zierers Stirn.

„Was haben Sie erwartet? Ich durfte doch die wahren Zusammenhänge noch nicht offenlegen. Ich habe immerhin einige Leute getroffen, die hellhörig geworden sind. Aber, ehrlich gesagt, habe ich gehofft, dass sich alles in Luft auflöst."

„Da sind Sie ja nun eines Besseren belehrt worden", bemerkte Gollier kühl, „hoffentlich sind nicht wir diejenigen, die sich in Luft auflösen. Wenn das Volk sich keine Kredite mehr leisten kann und wir keine mehr geben können, sind wir auch nicht mehr die Hohepriester, die sich in ihren Glastempeln mit dem heiligen Geist des Geldes beweihräuchern. Verstehen Sie, dunkler Anzug und weißer Kragen mit Krawatte steht nicht mehr für Priesterschaft, sondern für Mafia. Wir sind die, die sich bei der Geldverbrennung mit Champagner zuprosten."

Zierer schien sich nur mit Mühe konzentrieren zu können. Seine Augen wanderten zwischen Henning und Gollier unruhig hin und her.

„Was erwarten Sie jetzt von mir?“

„Wir erwarten von Ihnen, dass Sie eine Konferenz der wichtigsten Groß- und Investmentbanken zuwege bringen“, erklärte Gollier unnachgiebig, „wir gehen davon aus, dass der oder die Erpresser die Schraube anziehen werden. Wir wissen weder wie noch was sie vorhaben. Aber wir wissen jetzt, dass es geschehen wird.“

Henning nickte beifällig.

„Auch wenn mir dein Zynismus nicht gefällt, Max, der Schlussfolgerung stimme ich zu. Wir müssen eine Art Gesprächsangebot vorbereiten. Vielleicht wird irgendeine Form der öffentlichen Einsicht von uns erwartet. Wir wissen es nicht. Es besteht immer noch die Möglichkeit, dass etwas ganz anderes dahintersteckt.“

„Du meinst, eine Inszenierung aus dem Spekulantenlager?“, ergriff Gollier wieder das Wort, „damit beschäftigt sich doch Fitzler vom BKA. Tatsächlich ist diese Variante noch nicht vollständig abgeklärt.“

Henning wandte sich an Zierer.

„Sie sagten, einige Leute in Amerika wären hellhörig geworden. Was meinten Sie damit?“

Zierers Miene entspannte sich ein wenig.

„Auf der einen Seite haben wir es mit der alten *American-way-of-life*-Mentalität zu tun. Aber die verhält sich wie ein abblätternder Lack. Einige Werte an der Peripherie brechen schon zusammen. Man kauft jetzt lieber japanische Autos, während die heimische Produktion von Monsterjeeps auf den Halden lagern. Der Dollar verliert seinen Nimbus der Unverletzlichkeit. Das *Haus-auf-Schulden-Modell* gehört bald der Vergangenheit an. Einige werden nachdenklich. Ein bekannter Analyst ging so weit zu behaupten, der

Turbokapitalismus könne die freie Wirtschaft in ihren Grundfesten vernichten. Und das müsse man verhindern, solange es noch nicht zu spät sei."

„Und was meinte er mit *zu spät*", hakte Gollier nach.

Zierer sah mit einem resignierten Blick aus dem Fenster über die Skyline.

„Das habe ich nicht erfahren. Jetzt sind die Wirtschaftsintellektuellen an den Universitäten und Denkfabriken der Regierung am Analysieren. Der ganze amerikanische Traum wird infrage gestellt. Das könnte fatale Auswirkungen haben."

„Was für Auswirkungen?", fragte Henning.

Zierer warf erregt die Arme hoch.

„Das fragen Sie noch? Da bricht ein Imperium zusammen! Eine Großmacht wird zum Entwicklungsland degradiert! Und Europa wird mit in den Abgrund gezogen werden. Ich habe gestern von einem Minister erfahren, dass die Schweiz vermutlich alle Banken verstaatlichen wird und Chefgehälter fünfhunderttausend im Jahr nicht übersteigen dürfen. Das ist das Ende der freien Wirtschaft. Das Ende der Freiheit überhaupt. Das ist realer Kommunismus!"

5. 3

Frankfurt - Schirn Kunsthalle

Es war nicht meine Art, in paranoider Form auf Menschen zu achten, aber seit ich meinen Wagen geparkt hatte und in Richtung Schirnhalle gegangen war, wurde ich das Gefühl nicht los, verfolgt zu werden. Zweimal war ich kurz stehen geblieben, um einen forschenden Blick in die Runde zu werfen. Aber da war einfach nur eine Menge Menschen in Frühlingskleidung, manchmal schlendernd, manchmal hetzend, einzeln oder in kleinen Familiengruppen. Sie standen vor den Schaufensterauslagen oder kamen mit Plastiktüten aus Geschäften. Männer in Anzügen mit aufgeknöpften Hemdkragen und Aktentaschen und Rucksacktouristen zwängten sich gemeinsam aus Richtung des Bahnhofs durch die Fußgängerzone. Nein, da war niemand, der sich an meine Fersen geheftet hatte. Ich fing schon an, unter Einbildungen zu leiden.

Eigentlich hatte ich die Wohnung nur verlassen, weil mir bei dem aufreizenden Klima die Decke auf den Kopf gefallen war und ich das tägliche Zeitungsstudium in einem Café wesentlich besser ertrug.

Dazu kam, dass sich mit zunehmender Nähe zur Schirn Kunsthalle auch der vorherrschende Menschentypus veränderte. Viele, die sich eine Ausstellung angesehen hatten, besetzten die umgebenden Restaurants noch mit den großen Hochglanzkatalogen in den

Händen. Eindeutig wurde mein ästhetisches Empfinden hier weniger beleidigt als an anderen Orten in der Innenstadt.

Während ich meine Blicke schweifen ließ, ging mir der merkwürdige Kontrast zu den täglichen Hiobsbotschaften durch den Sinn. Den Schlagzeilen nach zu urteilen, gab es kaum noch ein größeres Unternehmen, das nicht durch Massenentlassungen von sich reden machte. Eigentlich hätte man in den Gesichtern der Menschen Angst oder Anzeichen von Depressionen erkennen müssen. Tatsächlich jedoch wirkte das allgemeine Treiben, speziell an Orten wie diesen, so normal, dass ich eine starke Unheimlichkeit empfand. Aber was ich sah, waren nur die Fassaden. Bis jetzt schienen die äußeren Insignien des Wohlstands noch gegen jeden Krisenfraß gefeit. Wahrscheinlich sparte man vorerst nur im Geheimen.

Aus der Entfernung hatte ich ein Plakat vor dem Eingang der Kunsthalle bemerkt. Als ich beim Näherkommen erkennen konnte, dass es sich um eines der typischen Warhol-Porträts handelte, fasste ich den spontanen Entschluss, einen Blick in die Ausstellung zu werfen. Immerhin hatte der Meister der Pop-Art das Universum in ironischer Form als die Summe des Konsumierbaren erklärt und gleichzeitig den Kult der Selbstbezogenheit zur Mode gemacht.

Dreihundert Seriengrafiken, Zeichnungen und Objekte des Großmeisters waren angekündigt. Gleich im ersten Saal hingen die großformatigen Siebdrucke mit den bekannten übermalten Fotografien von Prominenten.

Vor dem berühmten Goetheportrait war ich eine Weile stehen geblieben. In diesem Fall hatte Warhol natürlich kein Polaroidfoto machen können, sondern Goethes Kopf mit dem breiten Hut von Tischbeins berühmtem Gemälde *Goethe in der Champagne* abgelichtet, und danach mit den gewohnten grellen Konturen überarbeitet.

Gerade wollte ich zum nächsten Bild wechseln, als ich einen Schatten bemerkte. Meine Nackenhaare sträubten sich. Ich spürte eine starke Präsenz.

„Holland! William Holland!", sagte eine Stimme neben mir.

Also doch! Mein Instinkt hatte mich nicht getäuscht. Ich drehte mich um und versuchte, Gelassenheit vorzutäuschen.

Der Mann kam näher.

„Darf ich Ihnen einen Moment bei den Kunstbetrachtungen Gesellschaft leisten?"

Zu meiner Verblüffung stellte ich fest, dass mir die Person bekannt war. Ich sagte, er wäre doch dieselbe Person, die mich auf der Vernissage in der Kunsthalle der Nationalbank schon einmal angesprochen hätte.

„Ganz recht", stimmte Holland zu, „und ich habe die Ahnung geäußert, dass sich unsere Wege vielleicht ein weiteres Mal kreuzen würden. Und sehen Sie, meine Ahnung hat mich nicht getäuscht. Aber wie Sie sich denken können, handelt es sich keinesfalls um einen Zufall. Ich bin beauftragt, mit Ihnen in Kontakt zu treten."

Dieses Mal war er mit einem sandfarbenen Anzug bekleidet und auf dem vormals kahlen Kopf waren kurze Haarstoppeln gewachsen. Die dunkelbraune Hornbrille und ein zusammengerolltes Magazin gaben ihm jetzt den Anschein eines Intellektuellen. Er hätte Architekt oder Designer sein können und passte somit gut zum Schirnpublikum.

Ich entschloss mich zu einer frontalen Ansprache.

„Wer sind Sie? Woher kennen Sie mich? Haben Sie mich etwa beschattet?"

„Beschattet? Nein, so würde ich das nicht nennen", antwortete Holland mit einem breiten Lachen. „Ich wollte mit Ihnen über ein heikles Thema reden. Ich bin amerikanischer Staatsbürger und bin beauftragt ..."

Sein Akzent erkläre es von alleine, unterbrach ich seine Vorstellung, und eigentlich sei ich nicht in der Stimmung, mich mit jemandem, den ich nicht kenne, zu unterhalten.

„Begnügen Sie sich damit, dass ich einfach Holland bin", fuhr er meinen deutlichen Hinweis ignorierend fort, „und eine einflussreiche amerikanische Interessengruppe vertrete, die sich mit der Zukunft der globalen Finanzwirtschaft befasst. Soweit wir wissen, sind Sie einem ähnlichen Thema verbunden."

Langsam gewann ich meine Fassung wieder.

„Wie kommen Sie darauf?"

„Lassen wir das", sagte Holland tonlos. „Ich will es einmal so sagen: Die Institution, die mich unterstützt, verfügt über Informationen, die nicht jedem zugänglich sind. Wussten Sie übrigens, dass Warhol an einer Verschwörung gegen die Regierung der USA beteiligt war? Man hat es ihm allerdings nie nachweisen können."

Wahrscheinlich wollte er mir mit der abwegigen Geschichte irgendetwas sagen.

Um ihn zu provozieren, stellte ich die Legalität seiner Absichten infrage.

Holland grinste überheblich.

„Ich bin von höchster Stelle autorisiert. Sonst würde ich hier nicht neben Ihnen stehen."

„Können Sie das beweisen?", beharrte ich.

Holland zog ein Handy aus der Tasche und schrieb zwei Nummernfolgen auf einen Notizzettel.

„Rufen Sie bei der amerikanischen Botschaft an. Ich bin dort als Mitarbeiter akkreditiert. Wenn Sie die zweite Nummer wählen, sind Sie direkt mit dem Wirtschaftsberater des amerikanischen Präsidenten verbunden. Ich hätte natürlich auch zuerst das BKA ansprechen können, aber es gibt Gründe, das auf einen späteren Zeitpunkt zu verschieben. Weitere Legitimationen zu nennen bin ich nicht befugt."

„Danke", sagte ich, „es reicht mir auch so. Und eigentlich ist es mir auch egal, wer oder was Sie legitimiert."

Holland blätterte in einem Katalog und setzte eine Kennermine auf.

„Warhol hat gesagt, jeder Mensch wird eines Tages ein Künstler sein, und sei es, dass er nur sich selbst vermarktet. Das war doch wirklich visionär. Jetzt leben wir in einer Welt voller Selbstdarsteller, die sich zum Kunstwerk erhoben haben."

Ich fragte abschätzig, ob die Leute von der National Security Agency neuerdings auch Kunstgeschichte studiert hätten, und forderte ihn auf, einfach zur Sache zu kommen und dann wieder zu verschwinden.

„Lassen wir es behutsam angehen", sagte Holland und kam noch näher. „Wie wäre es mit einer Unterhaltung über philosophische Grundfragen und deren Bedeutung in der Welt der nackten Materie?"

Ich rückte ein Stück ab. Hollands Geruch nach einem undefinierbaren Rasierwasser in Kombination mit den Restausdünstungen eines Mundsprays war mir unangenehm. Aber es passte zu ihm.

„Da gibt es zum Beispiel diesen Herrn Zierer", eröffnete Holland das eigentliche Thema. „Sie haben ja schon von ihm gehört. Kürzlich wollte man ihn wohl ermorden, oder man hat so getan, als wolle man ihn ermorden. Nun, das ist natürlich eine Angelegenheit der Schweizer Behörden. Das hätte uns auf der anderen Seite des Atlantiks nicht weiter zu interessieren. Aber da geschieht etwas Merkwürdiges in der Bankenwelt: Es nimmt internationale Ausmaße an. Da gibt es Verbindungen zwischen einem Herrn Henning von der Nationalbank in Deutschland und Herrn Zierer von der SIB, geheime Zusammenkünfte und einen spektakulären Hackerangriff auf die Nationalbank, der auch unsere Datenspezialisten beunruhigt, und einen Selbstmordattentäter. Das alles vor dem Hintergrund rapide sinkender Aktienkurse bei der Nationalbank und der Schweizer SIB. Auch das würde man nur am Rande beobachten, wenn die SIB nicht ganz besondere Beziehungen zu den Staaten unterhalten würde. Da dachten nun einige Leute aus der engeren Umgebung des Präsidenten, man könne ja einmal in Deutschland oder in der Schweiz anfragen. Das haben sie auch gemacht, sind aber auf eine Mauer des Schweigens gestoßen. Dann trifft ein Herr Gollier aus dem Vorstand der Nationalbank, ein Mann mit internationalen Verbindungen in höchste Kreise, den Herrn Zierer in Marbella. Herr Zierer reist bald darauf nach New York. Es gibt ein Treffen hochrangiger Investmentbanker. Johnson-Gellman, Levy-Shoemaker, Grandell, na, Sie wissen schon. Es wird von einem globalen Finanzkomplott gemunkelt. Jemand, eine Gruppe, eine obskure Macht greift das Finanzsystem an. Aktienkurse von ehemals soliden Banken brechen ein, und es stellt sich die Frage, wer einen Vorteil davon hat?"

„Sie sind tatsächlich von der NSA", sagte ich mit suggestivem Unterton, „oder sonst einem dieser Vereine."

„Spielt das wirklich eine Rolle", gab Holland zurück. „Was glauben Sie? Könnte man sich vorstellen, dass auch in Deutschland auf höherer oder sogar höchster Ebene über eine solche Art der Verschwörung nachgedacht wird?"

Ich studierte mein Gegenüber so fasziniert wie ein exotisches Wesen, dessen Gefährlichkeit ich aus Mangel an Vergleichen nicht einschätzen konnte. Der Mann war zweifellos intelligent und sicher auch gebildet, aber sein Habitus war der eines Zynikers. Er war ein Teil der großen Misere, einer, der für irgendeine Seite arbeitete und die Ideologien nach den Vorgaben der Auftraggeber wechselte. So einer könnte jede Meinung vertreten. Eigentlich hätte ich mit dem

Auftauchen einer solchen Figur rechnen müssen. Natürlich hatten sich die Schweizer Ermittlungsbehörden nach dem Anschlag auf Zierer eingeschaltet, und vermutlich war auch der Geheimdienst der Alpenrepublik hellhörig geworden. Von dort aus war es kein weiter Weg zu den befreundeten Diensten in den USA. Wo es Geheimnisse gab, gab es auch Indiskretionen. Wahrscheinlich waren inzwischen auch der Bundesnachrichtendienst und der Verfassungsschutz informiert. Immer wenn es um spektakuläre Einbrüche in Datensysteme ging, fühlten sich die Geheimdienste persönlich getroffen.

„Sie brauchen aber lange für eine Antwort", brach Holland in meine Gedanken ein, „was meinen Sie, gibt es da ein besonderes Interesse in den Kreisen der Regierung?"

„Das weiß ich nicht", wich ich aus. „Und warum sollte ich überhaupt etwas über all diese Sachen wissen, von denen Sie sprechen?"

Holland knipste sein smartes Lächeln aus.

„Herr Romer, wir würden uns hier jetzt nicht unterhalten, wenn ich nicht bestens über Sie informiert wäre. Sie waren einmal einer der erfolgreichsten Profiler beim BKA. Dann sind Sie ausgestiegen und haben eine Karriere als Bühnenmagier begonnen. Jetzt arbeiten Sie wieder freiberuflich für die alte Firma. Wir haben einen guten Draht zur Terrorismusabteilung. Herr Brus und andere wurden genau wie Sie in den USA geschult. Es kursieren dort Gerüchte über Ihren Sonderauftrag. Herr Brus beschäftigt sich mit einer vermuteten terroristischen Bewegung zur Beseitigung des Bankenwesens. Was ist der Hintergrund dafür? Sie sind, wie wir wissen, nach der Vernissage noch einmal mit Herrn Henning zusammengetroffen. In Ihrem Beruf als Bühnenmagier wird man nicht einfach in die Zentrale der Nationalbank zu einem Tee mit dem Vorstand eingeladen."

„Sie wissen aber eine Menge", stellte ich fest.

Mittlerweile war es mir wieder gelungen, keine Gefühlsregung zu zeigen.

Holland lachte verschliffen.

„Ach nein, nur ein wenig. Aber das gehört zum Basishandwerk. Worum es wirklich geht, wissen wir leider nicht. Darüber hätte ich gern mehr von Ihnen erfahren. Ich bin mir sicher, dass Sie zum erlauchten Kreis derjenigen gehören, die über alles Bescheid wissen."

„Nein, gehöre ich nicht", widersprach ich, „und, ehrlich gesagt, weiß ich nicht genau, was Sie wollen. Man hat mich nach dem Hackerangriff lediglich als Berater hinzugezogen."

„Sie sind nicht schlecht im Lügen, aber leider weiß ich, dass man Sie schon vorher angesprochen hat."

Ich wandte mich von ihm ab und fasste den nächsten Saal ins Auge. Im Gehen sagte ich:

„Es war sehr unterhaltsam, Mister Holland. Es tut mir leid, dass ich Ihnen nicht behilflich sein konnte. Aber wir leben hier in einer Demokratie, wo jeder fragen kann, was er will."

„Nett, Sie wiedergesehen zu haben", rief Holland mir mit täuschender Freundlichkeit hinterher, „und behalten Sie unser kleines Gespräch im eigenen Interesse für sich."

Als ich mich noch einmal umsah, war er wie vom Erdboden verschluckt. Die weiteren Ausstellungsstücke nahm ich nur noch fragmentarisch wahr. Dieser Holland beschäftigte meine Fantasie auf unangenehme Weise. Leute wie er überbrachten selten gute Nachrichten. Sein Auftauchen erschien mir wie ein ungünstiges Omen.

5. 4

Nizza

Der Pförtner des Jachtklubs musterte Anderson abweisend. Ein offenes Mercedescoupé stoppte unmittelbar vor dem eisernen Gatter. Er nickte dem Fahrer freundlich zu und drückte auf einen Knopf. Lautlos glitt das Tor beiseite, und der Wagen rollte auf die Pier. Der in Plastik gegossene Reichtum an den Bootsstegen erinnerte Anderson an bessere Zeiten und daran, dass er jetzt nicht mehr dazugehörte. Jetzt allerdings galt es, trotz der misslichen Lage Haltung zu bewahren.

„Ich bin mit Mr. Grandell verabredet“, sagte Anderson.

Der Mann mit dem Logo eines privaten Sicherheitsdienstes auf dem Hemd sah auf eine Liste.

„Sind Sie offiziell angemeldet? Im Hafen gelten strengste Sicherheitsvorschriften. Entweder müssen Sie auf der Liste stehen oder abgeholt werden.“

„Keine Ahnung“, sagte Anderson resigniert. „Mr. Grandell ist informiert.“

Der Pförtner zog eine weitere Liste unter seinem Pult hervor.

„Anderson? Wie ist denn Ihr Vorname?“

„Michael“, antwortete Anderson.

Der Pförtner zog die Brauen hoch.

„Ah ja, hier ist es eingetragen. Können Sie sich ausweisen?“

Anderson zeigte seinen Reisepass.

„Gut, gehen Sie gleich rechts den Kai hoch. Dann sehen Sie die Mole B. Gehen Sie zum Ende. Da liegt die *Age of Aquarius*. Sie ist nicht zu übersehen.“

Je weiter Anderson die Mole hochlief, desto schwerer wurden seine Schritte und desto größer wuchs die leuchtend blaue Megajacht ihm entgegen.

Dieses hier war die Welt, die er einst hatte erobern wollen. Wenn man sich keine höchsten Ziele setzte, hatte er sich gesagt, braucht man im Geldgewerbe gar nicht erst anzufangen. Welchen Sinn machte es, Geldgeschäfte, Transaktionen und Spekulationen zu tätigen, wenn man dabei nicht auch selbst reich wurde?

Jetzt waren die zehn Millionen Euro aus der Abfindung auch noch im großen Abschreibungsorkus verschwunden. Jahrelang hatte er in seiner Abteilung satte Gewinne erzielen können. Jetzt war er nur noch ein Verlierer, aber einer, der täglich neue Gesellschaft bekam. Dabei war er nicht zur Nationalbank gekommen und hatte gesagt: Gebt mir einen Haufen Geld, damit ich spekulieren kann. Nein, es war umgekehrt gewesen. Geh aufs Ganze, hatte man ihm bedeutet, mach Kohle, so viel du kannst.

Kupfer hatte zum Abschied gesagt: *Seien Sie zufrieden, dass Sie überhaupt etwas bekommen, vielleicht sind Sie einer der Letzten, die mit einem goldenen Handschlag verabschiedet werden.* Nein, Anderson fühlte sich in keiner Weise schuldig: Er hatte den Kapitalismus nicht erfunden. Leute wie er waren vor zwei Jahren noch die unumstrittenen Helden gewesen, und jetzt wurden sie in den Medien wie Kriminelle behandelt. Das war nicht gerecht.

Am Beginn der Mole waren die Boote nicht länger als fünfzehn Meter, meistens flach gebaute Sportrenner der Marke Sunseeker. Einer seiner ehemaligen Kollegen hatte sich so ein Spielzeug gekauft, einen Bootsführerschein gemacht und war in einem Sommer ganze dreimal damit gefahren. Der Liegeplatz hatte so viel wie ein kleines Appartement in London gekostet, und die Wartung war mit etlichen Tausend Euro pro Jahr zu Buch geschlagen. Eines Tages hatte die Jacht eines Geschäftsmannes aus Dubai neben seinem Boot angelegt. Da hatten livrierte Diener die Drinks serviert, und auf dem Mitteldeck war ein Pool eingebaut. Da hatte sich der Kollege in seinem Boot lächerlich armselig gefühlt.

Verglichen mit den Sunseekers musste die *Age of Aquarius* mindestens fünfzig Meter messen.

„Anderson!", rief ein Mann in weißen Shorts mit knallbuntem Hawaiihemd von der Brücke, „nehmen Sie den Steg zum Achterdeck. Ich komme runter."

Anderson gab sich einen Ruck. Er musste sich zusammenreißen und die letzten Reste seines Selbstbewusstseins mobilisieren. Schließlich wollte Grandell etwas von ihm, und nicht umgekehrt. Oder? Vielleicht gab es noch andere, die ihre Informationen feilboten. Immerhin galt es, einen guten Preis auszuhandeln. Also durfte Anderson sich nicht anmerken lassen, dass er in der Finanzwelt zu einer Unperson geworden war.

Allein das Achterdeck mit dem ausladenden Schattendach war riesig. Da war Platz für zwei weiße Ledersofas, einen gedeckten Tisch mit Mahagonistühlen und etlichen Sonnenliegen im klassischen Maritimstil. Auf Letzteren räkelten sich zwei junge Frauen, eine blond, die andere brünett, beide wohlgebräunt und von hübscher Gestalt.

Auch wenn Anderson sich in der Vergangenheit seine Zukunft so vorgestellt hatte wie das, was er hier sah, war eine große Ernüchterung über ihn gekommen: Bei dem Deal, den er Grandell anbieten wollte, ging es für ihn nicht mehr um Visionen von unermesslichem Reichtum, sondern ums nackte Überleben. So jedenfalls sah er seine Situation in diesem Moment.

Grandell, der um die Fünfzig sein mochte, gab sich mit seinen halblang getragenen, vollen Haaren wie ein wiederbelebtes Exemplar der fast schon ausgestorbenen Gattung der Playboys. Er spielte die Rolle mit der vollen Überzeugung, einer der ganz Großen im Geschäft zu sein, einer, dem nicht einmal eine weltweite Finanzkrise etwas anhaben könnte. In seinem Gesicht fanden sich nicht die geringsten Spuren eines Zweifels.

„Das sind Jeanette und Evelyn", sagte Grandell, „sie sind von der gestrigen Party übrig geblieben und haben sich entschlossen, uns ein wenig Gesellschaft zu leisten, nachdem wir unsere geschäftliche Besprechung hinter uns gebracht haben."

Über eine Treppe aus dem Unterdeck kam ein Steward in einer weißblauen Matrosenuniform mit einem Tablett und Drinks.

Plötzlich wirkte auf Anderson der Luxus, den auch er selbst angestrebt hatte, bis zum Grotesken übertrieben, unanständig und pervers. Davon abgesehen musste auch Grandell fürchten, in absehbarer Zeit schon mit leeren Taschen dazustehen.

„Setzen Sie sich", sagte Grandell, „verzichten wir auf die Förmlichkeiten, nennen Sie mich Everett."

„Michael!", sagte Anderson.

Grandell schlug Anderson freundschaftlich auf die Schulter.

„Michael! Schön, dass Sie kommen konnten. Wie gefällt Ihnen meine schwimmende Firmenzentrale?"

„Sie arbeiten hier wirklich?", fragte Anderson erstaunt, „wie kann man ein riesiges Unternehmen von einer Jacht aus leiten?"

Grandell warf einen befehlsgewohnten Blick zu den beiden Mädchen.

„Seid so lieb, und verzieht euch bitte für ein Stündchen aufs Vorderdeck. Wenn ihr etwas braucht, fragt einfach Robert. Ihr könnt auch im Salon fernsehen."

„Der Koch möchte wissen", fragte der Steward, „wann er das Dinner bereiten soll."

Grandell sah übers Wasser zum Horizont.

„Zum Sonnenuntergang. Machen Sie uns zwei leichte Sommercocktails, Robert, vielleicht mit ein wenig Tequila.“

„Sehr wohl, Sir!“, sagte Robert und verschwand wieder unter Deck.

Die Mädchen banden sich betont langsam Seidenlungis über die Bikinis und defilierten mit schwingenden Hüften zum Vorderdeck.

„Jeanette und Evelyn! Was für krasse Namen!“, sagte Anderson.

Grandell lachte auf.

„Künstlernamen. Sie sind von einem Begleitservice gemietet. Aber täuschen Sie sich nicht, Michael, beide befinden sich auf dem Weg zu einer akademischen Laufbahn. Evelyn, oder wie auch immer sie wirklich heißt, studiert Sprachen, und Jeanette Literaturwissenschaften. Sie sind keine Nutten. Und zu Ihrer Frage: Onassis hat seine Firma auch von einer Jacht aus geleitet, und das zu Zeiten, als es noch kein Satellitentelefon und Internet gab. Also kommen wir zur Sache! Sie arbeiten zwar nicht mehr bei der Nationalbank, aber Sie haben die Folgen der geplatzten Immobilienblase hautnah mitbekommen. Die Nationalbank hat sich erstaunlich gut gehalten, deswegen interessiert sich Bluestar für das Unternehmen.“

Anderson verspürte Erregung. Es hatte zwar auch schon in der Vergangenheit Bemühungen einiger aggressiver Investoren gegeben, die Nationalbank zu übernehmen und zum eigenen Nutzen auszuschlachten, aber die Deutschen hatten sich immer wieder erfolgreich dagegen wehren können. Die Nationalbank erschien wie eine uneinnehmbare Festung, deren eherne Mauern bis in alle Ewigkeit jedem Feind trotzen würden. Diesen Schein hatte Henning offenbar mit ausgewogenen Aussagen und der immer neuen Versicherung, die Bank stünde im Vergleich zu anderen ausgesprochen solide da, aufrechterhalten können. Wie lange noch?

„Da wird Bluestar wenig machen können“, sagte Anderson, „dafür sitzt die NB noch viel zu sicher im Sattel.“

Grandells Augen blitzten siegessicher.

„Bluestar allein vielleicht nicht, aber zusammen mit der Jordan Group wäre es möglich.“

Warum hat er das nicht für sich behalten?, dachte Anderson. Vielleicht war Grandell von seinen Erfolgen derart berauscht, dass er Vorsicht für unangebracht hielt, aber wahrscheinlich hatte er einfach nur einen Fehler gemacht. Das konnte jedem passieren. Er selbst verfügte schließlich über eigene Erfahrungen auf dem Gebiet des Versagens. Jetzt aber wusste Anderson, wie viel Geld im Spiel war, wenn Bluestar und die Jordan Group ihre Kräfte für einen Angriff auf die Nationalbank zusammenführten. Er, Anderson, könnte seinen Preis problemlos in die Höhe schrauben. Ursprünglich hatte er von Grandell nur zehn Millionen für interne Informationen fordern wollen, aber jetzt, wo klar war, worum es ging, würde er sich nicht für weniger als einem Jahresgehalt seines ehemaligen Chefs abspeisen lassen. Wenn Grandell etwas anpackte, blieben immer Milliarden hängen. Fünfzig Millionen sollten für Indiskretion und Verrat drin sein. Und wenn die Jordan Group mit dabei war, wären auch hundert Millionen angemessen. Segovian hatte ihm sogar geraten, mit fünfhundert Millionen anzufangen. Aber an genau solchen Fehleinschätzungen war er auch gescheitert.

„Unmöglich“, sagte Anderson, „das schaffen Sie nie, Everett. Da würden sich auch die politischen Instanzen einmischen. Die NB heißt nicht nur Nationalbank, sie ist inzwischen auch eine Art Nationaldenkmal geworden. Überall haben sie ihre Finger drin. Und dann kommt die Verbandelung mit den Politikern. Überall sitzen sie in den Aufsichtsräten. Da gibt es eine Menge Klebstoff, Überkreuzungen, gemeinsame Interessen. Jeder scheint seine Finger in allen Töpfen zugleich zu haben. Nein, die Nationalbank ist trotz der spektakulären Pleite von Gouldsteen Brothers immer noch eine uneinnehmbare Festung."

Gänzlich unbeeindruckt von der Aufzählung der Schwierigkeiten, blitzte der über Jahrzehnte eingeübte Größenwahn aus Grandells Augen. Mit befehlsgewohnter Geste rief er seinen Steward, um sich großtuerisch wie ein arabischer Potentat nach dem Befinden der beiden Mädchen zu erkundigen und damit zu demonstrieren, dass er es sich immer noch leisten konnte, seine Geschäfte mit den angenehmen Seiten des Lebens zu verbinden.

„Sie sind im Salon und sehen sich Videos an", sagte Robert. „Haben Sie noch Wünsche, Sir?"

Grandell sah Anderson unternehmungslustig an.

„Was meinen Sie, Michael, ein Gläschen Champagner könnte doch nicht schaden."

Anderson nickte lustlos. Im Moment kam ihm die Umgebung unendlich banal und fade vor. All der Glanz bestand lediglich aus poliertem Kunststoff. Bei genauerem Hinsehen gab es nichts, was das Auge wirklich erfreute, und nichts, das den Händen bei Berührung schmeichelte. Alles schien Anderson nur noch ins Gigantische verzerrtes Design, beliebige Formen, die jeden Sinns entleert waren. Er stellte sich vor, wie eines Tages der Kunststoff schimmeln und nach und nach all das verklebte Material aus Epoxidharz und Glasfasern auseinanderfallen würde. Frühere Schiffe aus Holz oder Eisen hatten wenigstens noch respektable Wracks abgegeben, aber diese Plastikkreuzer würden zu einem ekelhaften Sondermüllhaufen zerfallen.

„Ich habe auch gedacht, die Festung sei nicht zu nehmen", setzte Grandell das Thema fort, „aber seit Sie die Bank verlassen haben, ist eine Menge geschehen. Dieser Hackerangriff kam uns mehr als gelegen. Das hat die prekäre Situation der Nationalbank noch einmal an die Öffentlichkeit gebracht. Bis jetzt gab es keinen Tag, an dem der Kurs wieder gestiegen ist. Was glauben Sie, Michael, wie lange wird sich die Bank noch halten können?"

Anderson überlegte einen Moment, welche Antwort die beste wäre. Bis jetzt war es zwischen ihm und Grandell noch nicht zu einem Deal gekommen, und jeder von beiden hatte es vermieden, darüber zu reden. Meinte Grandell etwa, er bekäme die gewünschten Informationen umsonst?

„Warum glauben Sie", fragte Anderson hintergründig, „könnte ich darüber eine Auskunft geben?"

Grandells Blick wurde eiskalt.

„Weil ich Sie dafür bezahlen werde. Sie haben einen großzügigen Lebensstil gepflegt, ich denke, Sie möchten ihn nur ungern einschränken."

Jetzt galt es, die Nerven zu behalten. Vielleicht hatte Grandell Erkundigungen eingezogen und wusste bereits schon zu viel über Andersons derzeitige Situation. Ich muss ihn noch ein wenig hinhalten, dachte Anderson.

„Bis jetzt konnte von Einschränkungen noch keine Rede sein. Man hat mich immerhin mit einer angemessenen Summe abgefunden. Und die damit verbundene Vereinbarung verpflichtet mich zu striktem Stillschweigen über alles, was mit den Geschäften und internen Vorgängen bei der Nationalbank zusammenhängt. Natürlich kann ich mich in allgemeiner Form äußern. Dann kann ich Ihnen allerdings nicht mehr sagen, als Sie beim Studium der Zeitungen selbst herausfinden können."

Grandell lächelte schief.

„Ihr ehemaliger Chef Henning ist für uns eine berechenbare Größe. Solange er die ungeteilte Macht besitzt, lassen sich seine Reaktionen mit einer guten Wahrscheinlichkeit vorhersehen, aber was ist mit Kupfer?"

Anderson überlegte einen Moment. Grandell hatte es auf Informationen zum Nulltarif abgesehen. Er ließ einfach nicht locker und überging die üblichen Regeln, weil er es gewohnt war, dass meistens alles nach seinen Regeln lief. Anderson würde noch einmal so tun, als hätte er die Taktik nicht bemerkt. Er spürte wieder den alten Ehrgeiz, besser als andere zu sein, jeden auszutricksen und jede Zockerrunde als Gewinner zu verlassen. Noch ein kleiner Happen, und Grandells Neugier würde sich weiter steigern.

„Kupfer", sagte Anderson gedehnt, „ist undurchschaubarer als Henning. Gerade weil er sich nach außen als bescheidener zweiter Mann gibt und immer wieder seine Loyalität gegenüber Henning betont. Ich habe gelegentlich Gespräche zwischen Kupfer und Schneider mitbekommen. Schneider gibt sich ständig Blößen. Da könnte man denken, er ließe sich in jedes Boot ziehen. Im Ernstfall jedoch wird er sich an Henning halten, weil ihm das echte Selbstbewusstsein für eine eigene Strategie hinter dem Rücken seines Chefs fehlt. Bei Kupfer ist das anders. Er gilt als absolut integer und unantastbar. Wenn man so einen umdreht, kann man mit ihm rechnen. Aber wenn man es falsch anstellt, ist er vielleicht derjenige, vor dem man sich am meisten in Acht nehmen muss."

Anderson hatte einfach seiner Intuition freien Lauf gelassen. In Wahrheit wusste er kaum etwas über Kupfer. Tatsächlich war er davon überzeugt, dass Kupfer Henning niemals verraten würde. Aber Grandell hatte es offenbar geschluckt.

Grandell sah interessiert auf.

„Verstehe. Die Information könnte von Nutzen sein. Und was ist mit Max Gollier? Soweit ich weiß, ist er mit Henning befreundet. Er soll finanziell von seinem Posten unabhängig sein. Vielleicht ist er derjenige, den wir ins Bluestar-Boot ziehen können. Wer unabhängig ist, hat auch Einfluss. Hat Gollier vielleicht irgendetwas gegen Henning in der Hand?"

Anderson atmete tief durch. Jetzt war der Moment für den Poker gekommen. Jetzt musste er Farbe bekennen. Alles andere würde Grandell ihm als Schwäche auslegen.

„Gollier? Warum sollte ich etwas darüber wissen? Vielleicht können wir endlich die Karten auf den Tisch legen, Everett."

„Na, dann fangen Sie mal mit dem Legen an, Michael", sagte Grandell und fixierte Anderson wie ein Krokodil kurz vorm Zubeißen.

„Wenn die Jordan Group daran beteiligt ist, muss eine Menge Gewinn im Spiel sein. Ich hatte an hundert Millionen gedacht."

Grandells Augen wurden schmal, aber die Empörung in seinem Blick war sicher nur gespielt. Schließlich bediente er sich bei seinen Geschäften der gleichen Methoden.

„Sie sind komplett verrückt. Was denken Sie, wer Sie sind, Michael? Halten Sie mich etwa für genauso verrückt?"

Wenn er sein Gesicht nicht verlieren wollte, war für Anderson der Moment gekommen, aufs Ganze zu gehen.

„Jetzt sind es schon hundertfünfzig Millionen, Everett! Und bedenken Sie: Sie sind nicht der Einzige, der es auf die NB abgesehen hat."

„Das ist nicht nur eine Menge Geld", sagte Grandell, „das ist ein Vermögen."

„Zwingen Sie mich nicht, weiter zu erhöhen", warnte Anderson. Jetzt war er wieder in seinem ureigensten Element.

Das Adrenalin pulste durch seine Adern. Das war echtes Zocken! Poker für die ganz großen Jungs. Zahlen spielten nur noch eine symbolische Rolle.

„Ihnen, Everett, muss ich doch nicht erzählen", fügte Anderson hinzu, „was eine Menge Geld ist. Wenn Sie hundert Millionen für eine Menge hielten, würden Sie jetzt nicht auf dieser wunderbaren Jacht sitzen. Ich sage Ihnen, Everett, was wirklich eine Menge ist. In London habe ich eine Ausstellung besucht. Sie verwahren dort den größten Teil der technischen und anatomischen Aufzeichnungen Leonardo da Vincis. Um den Besucher zu beeindrucken, wurde im Katalog der Wert der Sammlung angeführt. Fünf Billionen. Ich habe keine Ahnung, wie man so einen Wert berechnen kann, es sind einige Blätter, die in einen mittleren Karton passen. Fünf Billionen! Also, ich denke, wir sollten nicht über die Verhältnismäßigkeit von Zahlen diskutieren."

Während Anderson seinen Versuch, sich als den Verhandlungspartner mit den besseren Karten darzustellen, erst einmal wirken ließ, kam Robert, gefolgt von zwei weiteren Stewards, um das Dinner zu servieren. Die Sonne hing schwer und dunkelrot über dem Horizont. Ihr unterer Rand berührte fast schon das Wasser. Ein feiner Dunstfilm verwischte die Farben zu einem Pastellgemälde. Die Plastikschiffe sahen jetzt noch unwirklicher aus.

„Sie sind ein harter Brocken", sagte Grandell ohne Ärger in der Stimme, „Sie werden jetzt doch wohl nicht gehen wollen. Mein Koch könnte sich beleidigt fühlen. Er gehört zur ersten Garnitur, also lassen Sie sich den Genuss nicht entgehen. Jeanette und Evelyn werden uns Gesellschaft leisten. Geben wir uns beide ein wenig Bedenkzeit."

Aha, dachte Anderson, so läuft das Spiel, jetzt wird der Erotikfaktor in die Waagschale geworfen.

Wie es aussah, hatte er die erste Runde zu seinen Gunsten entschieden.

5. 5

Frankfurt – Palmenhaus

Für einen Moment hatte ich das Gefühl für Zeiten und Orte verloren und beinahe vergessen, dass ich mich noch immer in Deutschland befand. Die feuchte Schwüle rief Erinnerungen an eine Indienreise zurück und erregte mein Gemüt.

„Sie werden immer kauziger", sagte ich zu Bulthaupt. „Warum haben Sie mich an einen solch exotischen Ort bestellt?"

Bulthaupt ließ seinen Blick durch das Dickicht schweifen, als suche er etwas ganz Bestimmtes.

„Geduld, Romer, Geduld."

Ich wischte mir einen Wassertropfen, der von der Kuppeldecke heruntergefallen war, von der Stirn und klagte, dass es mir den Atem raube.

„Das ist das Kondenswasser", erklärte Bulthaupt, „gehen wir in den subtropischen Teil, da ist es ein wenig kühler."

„Sie haben meine Frage nicht beantwortet", beharrte ich.

Bulthaupt öffnete die Glastür zur nächsten Halle.

„Ein Gewächshaus von diesen Ausmaßen ist eine Gegenwelt. Es ist ein Ort der Kontemplation. Also das Gegenteil von meinem derzeitigen Büroalltag. Da herrscht ein Kommen und Gehen, eine Konfusion, die selbst ein Buddhist kaum noch ausgleichen könnte."

Sein Verhältnis zu seinem Ficus war schon skurril genug, aber das hier setzte allem die Krone auf.

Bulthaupt deutete auf einen schmalen Kiesweg zwischen künstlichen kleinen Felsen.

„Gehen wir hier entlang! Im Eingang hängt eine Schautafel, da können Sie sehen, wie viele Arten es hier gibt. Tausende. Und alles wächst in gegenseitigem Einvernehmen nebeneinander, miteinander, manchmal untereinander, übereinander und sogar ineinander. Da gibt es Kleines und Großes, Spender und Schmarotzer. Alle haben sie eine ganz bestimmte Aufgabe bei der Erhaltung des Gleichgewichts. Dann kommen noch die Käfer, Würmer, Insekten und alles mögliche Getier dazu. Aber das Gesamtbild bleibt harmonisch. Nur: Wenn Sie jetzt eine der botanischen Komponenten weglassen oder auch nur geringfügig die Erdmischung verändern, falsche Düngemittel einsetzen oder die Temperatur und Feuchtigkeit verändern, dann gerät das ganze System unter Stress, und es geht alles ganz schnell. Ein Efeu, das hier nur am Boden kauerte, umschlingt nun Bäume bis zur Krone und plötzlich sind einige Moose verschwunden, sterben Äste ab, und eine Ameisensorte, die es hier vorher nicht gab, siedelt sich an. Das ganze vertraute Biotop bricht zusammen und wird sich ab jetzt in eine völlig andere Landschaft verwandeln."

Bulthaupt schob sich behutsam durch eine Schneise in Richtung eines künstlichen Wasserfalls, während ich ihm wie hypnotisiert folgte.

„Was ist passiert?", fragte ich ohne Umschweife. „Haben Sie eine Droge genommen und wollen Sie mich jetzt an Ihren Erkenntnissen über die unergründlichen Geheimnisse der Botanik teilhaben lassen? Oder war Ihr Vortrag als Metapher zur Finanzkrise gemeint?"

Bulthaupt hielt einen Moment an und sah mir prüfend in die Augen.

„Hier soll ein subversives Treffen stattfinden, und ich wollte Sie als Zeugen dabeihaben."

„Subversiv?", wiederholte ich verblüfft, „Was hat das zu bedeuten?"

„Das weiß ich leider selbst nicht", gab Bulthaupt leise zur Antwort. „Ich erhielt heute Morgen einen Anruf. Jemand will mit mir über die Erpressung der Nationalbank reden."

Die Erklärung hörte sich ausgesprochen beunruhigend an.

„Und wer ist dieser jemand?", bohrte ich nach.

Bulthaupt warf einen Blick in die Runde, als könnten jeden Moment materialisierte Dschungelgeister aus dem Dickicht treten.

„Genau das weiß ich nicht", flüsterte er in meine Richtung, „ein mysteriöser Anonymus."

„Wie können Sie ihn erkennen?", fragte ich mit ebenso leiser Stimme zurück.

Bulthaupt machte eine vage Handbewegung.

„Er sagte, er würde sich im rechten Moment zu erkennen geben."

Ich sah mich um und äußerte mein Missfallen über die Situation.

„Mir gefällt es auch nicht", stimmte Bulthaupt zu. „Davon abgesehen, wollte ich Sie mit ein paar Neuigkeiten aus der Firma versorgen. Fitzler wollte sich den gefeuerten Spekulanten der Nationalbank, diesen Anderson, vorknöpfen, aber der ist spurlos verschwunden. Ich nehme an, er hat mit seiner Abfindung erst einmal Urlaub in der Karibik gemacht. Und dann kommt diese Sache mit dem vorgetäuschten Anschlag auf Zierer in der Schweiz dazu. Da fand man dann in einem zweiten Wagen alte Gasflaschen mit fast derselben Mischung, wie Leibold sie verwendet hat. Da Leibold ja in Haft sitzt, kann er es nicht gewesen sein, aber die Verwendung derselben Sprengtechnik, argumentiert Brus, könnte jetzt doch auf eine Gruppe deuten. – Wie denken Sie darüber?"

Ich ließ Bulthaupt einen Moment warten, bevor ich antwortete.

„Ich bevorzuge die Version eines Einzeltäters, der bestenfalls ein paar Fachleute für sich arbeiten lässt. Und Letztere werden nicht die geringste Ahnung haben, worum es geht."

Trotz der begrenzten Fläche der Treibhäuser waren die kleinen Wege zwischen den Bäumen und Rankgewächsen so raffiniert wie ein Labyrinth angelegt. Am Ende der Laufrichtung hatte ich das Gefühl, durch ein kleines Stück Dschungel gewandert zu sein, und da ich immer wieder für einen Moment stehen blieb, um den Blick auf einer bizarren Luftwurzel oder einer nie gesehenen Blüte ruhen zu lassen, dehnte sich die empfundene Zeit weit über ihren realen Wert hinaus. Als sich der Weg verbreiterte, stießen wir auf eine kleine Lichtung, an deren Rand sich ein künstlicher kleiner Wasserfall über einen künstlichen Felsen ergoss, der halb aus dem Dickicht der Farnblätter ragte.

Bulthaupt schöpfte eine Handvoll von dem Wasser.

„Wasser gehört auch zu den großen Mysterien der Natur. Vielleicht sollte ich einen Zimmerspringbrunnen neben meinen Ficus stellen."

Er sah auf seine Uhr.

„Ich hasse Unpünktlichkeit. Jetzt ist es bereits eine halbe Stunde nach der vereinbarten Zeit."

Offenbar hatte mein Unterbewusstsein eine Reihe von gedanklichen Kombinationen angestellt, die nun als Intuition an die Oberfläche spülten und mich zu der Frage veranlassten, ob Bulthaupt schon einmal den Namen William Holland gehört hätte.

Er schüttelte den Kopf.

„Nie gehört. Warum? William Holland? Klingt irgendwie nicht nach einem echten Namen. Was hat er zu bedeuten?"

Ohne zu überlegen, ob ich die Information besser für mich behalten hätte, offenbarte ich Bulthaupt, dass ich vermutlich ins Fadenkreuz der NSA oder eines anderen amerikanischen Geheimklubs geraten sei. Man hätte mich beobachtet und schließlich angesprochen. Es sei einer von den smarten Typen gewesen, einer mit akademischer Bildung, und er hätte sich William Holland genannt. Dazu hätte er angedeutet, dass es in Brus' Abteilung eine undichte Stelle gebe. Ich äußerte die Vermutung, dass wahrscheinlich alles mit der engen Verflechtung bei den internationalen Terrorspezialisten zu tun hätte und dieser Holland anscheinend wusste, dass Brus für eine Zusatzausbildung in den Staaten gewesen war.

Bulthaupt atmete schwer, und die Adern auf seiner Stirn schwollen an. Er schien einem Wutanfall nahe, behielt aber gerade noch die Beherrschung.

„Das ist ja unglaublich! Das ist ein Fall für die Interne Abteilung. Da ist Frau Leismann jetzt gefragt."

Einige weitere Verwünschungen seiner Mitarbeiter folgten. Nachdem er sich beruhigt hatte, erkundigte ich mich nach dem Stand der Ermittlungen in Bezug auf Brus' Abteilung und den Hackerangriff.

„Haben Sie etwa noch keinen Bericht bekommen?", polterte Bulthaupt weiter. „Diese Ermittlungen – das ist alles Augenwischerei! Alle wichtigen Hackervereinigungen sind befragt worden. Ohne Erfolg. Brus hat da noch einen anderen Gedankengang entwickelt: Der Angriff könnte aus einer Quelle kommen, die vielleicht später der Nationalbank neue Sicherheitsprogramme anbieten würde. So was ist nicht das erste Mal vorgekommen. Aber irgendwie passt das alles nicht zusammen."

Er sah noch einmal auf seine Uhr, um festzustellen, dass jetzt bereits eine volle Stunde verstrichen war.

„Es sieht ganz so aus, als wäre das subversive Treffen ins Wasser gefallen. Verlassen wir diesen Ort der Harmonie, um uns wieder ins banale Leben zu stürzen."

Ich stimmte zu. Während wir denselben Weg zurückgingen, kam es mir vor, als würde Bulthaupt den Rückweg bewusst verzögern.

Als wir wieder den kleinen Wasserfall passierten, meldete er sich noch einmal zu Wort.

„Mir fehlt seit Langem einmal wieder eine Voraussage von Ihnen. Was denken Sie über diese globale Finanzkrise? Wie wird das weitergehen? Was sagt Ihre Intuition?"

Ich schwieg eine Weile, während wir uns wie zwei verschollene Amazonasforscher weiter durch den exotischen Pflanzenwald bewegten. Ich musste mich zusammenreißen, dass meine Gedanken sich nicht zu sehr aus dem Hier und Jetzt entfernten und den mäandernden Lianen in die Tiefen vorgestellter Urwälder folgten.

„Also, was meinen Sie?", erinnerte Bulthaupt an seine Frage.

Ich sagte, dass mich die Gelassenheit erstaune, mit der die Öffentlichkeit all die wahnwitzigen Medienberichte hinnehme, als beträfe es sie gar nicht. Wenn ich mit Sicherheit etwas voraussagen könne, dann sei es der endgültige Zusammenbruch einer Massenillusion.

Mittlerweile waren wir wieder am Ausgangspunkt unserer Wanderung angelangt.

„Wenn ich noch um eine weitere Voraussage bitten dürfte", sagte Bulthaupt. „Und was kommt danach?"

Eines stünde fest, sagte ich, die Welt brauche keine Spekulanten, sie brauche keine Kapitalisten und keine Kommunisten. Vielleicht sei endlich wieder die Stunde der Visionäre gekommen.

Bulthaupt lachte spöttisch.

„Gehen Sie in die Politik, Romer."

Ich fühlte mich wie ein Fernreisender, der gerade eine anstrengende Exkursion in die Tropen hinter sich hatte, und musste mich fast anstrengen, um die schwere Tür zur Eingangshalle aufzudrücken, hinter der die Luft Gott sei Dank etliche Grade kühler war.

Bulthaupts Anregung beantwortete ich mit der abschließenden

Ankündigung, dass es in absehbarer Zukunft eine Politik, wie wir sie kennen, nicht mehr geben würde.

Als wir den gläsernen Tropenpalast verließen und vor dem Haupteingang standen, streifte Bulthaupts Blick misstrauisch über den Parkplatz.

„Sehen Sie die beiden Männer dort? Die in den grünen Overalls? Jetzt steigen sie in einen Pick-up-Jeep. Können Sie die Nummer erkennen?“

Ich verneinte und stellte mit Besorgnis fest, dass meine Augen vor einem Jahr noch keine Probleme mit der Entzifferung gemacht hätten. Wohl oder übel würde ich demnächst einen Augenarzt aufsuchen müssen, um mir eine Fernbrille anpassen zu lassen.

„Die beiden sind mir schon aufgefallen, als ich ankam“, sagte Bulthaupt.

Jetzt wurde mir bewusst, dass ich Bulthaupt schon die ganze Zeit über hatte fragen wollen, ob der Anrufer mit einem amerikanischen Akzent gesprochen habe, und holte das Versäumnis nach.

Bulthaupt dachte einen Moment nach.

„Wo Sie mich jetzt fragen ... Vielleicht. Ehrlich gesagt, ich habe nicht darauf geachtet, es klang nach perfektem Deutsch. Aber ein Akzent? Doch, ja, da war so ein näselnder Beiklang.“

Ich äußerte die Vermutung, dass der Mann, mit dem er gesprochen habe, wahrscheinlich dieser William Holland gewesen sei, und ging von der Annahme aus, dass wir die ganze Zeit über mit einem empfindlichen Richtmikrofon belauscht worden wären.

Als wir uns verabschiedeten, fiel mir auf, dass Bulthaupt erstaunlich unbeeindruckt wirkte, so als wäre alles nur eine Inszenierung unter seiner eigenen Regie gewesen. Mir war nicht wohl in meiner Haut. Allein schon das Gefühl, in irgendeiner Form beobachtet zu werden, war mir zutiefst unheimlich.

SECHSTER AKT

AHNUNGEN WERDEN WIRKLICHKEIT

6, 1

Ein ICE nach Köln

Zech hatte Linowski vor etlichen Jahren auf einer Party bei einem Kiezkönig kennengelernt. Dass der Champagner in Strömen floss, gehörte zu den Selbstverständlichkeiten einer solchen Gesellschaft, aber es gab auch diskrete Nebenzimmer, in denen Launemacher anderer und stärkerer Art gereicht wurden. Der vom Zuhälter zum Großgastronom avancierte Klaasen hatte Zech aus purer Laune heraus an seinen Tisch geholt, wo auch Linowski mit einer Edelnutte im Arm die Korken knallen ließ. Jeder wusste, dass Linowski viele Jahre als Klatschreporter für ein Schmierenmagazin gearbeitet hatte und wegen Alkoholimus und unkorrektem Umgang mit seinem Spesenkonto gefeuert worden war. Seitdem arbeitete er nur noch gelegentlich als freier Mitarbeiter für die Boulevardpresse. Tatsächlich hatte niemand mehr etwas mit ihm zu tun haben wollen, weil sein Name selbst bei Klatschredaktionen nur noch für Kloakenjournalismus stand.

Nur wenige wussten, dass er in jener Zeit ein Archiv mit Hunderten kompromittierender Foto-, Ton- und Videodokumente aufgebaut hatte. Niemand jedoch ahnte, dass er etliche dieser Dokumente für kleinere Erpressungen verwendete, die ihn finanziell über Wasser hielten – mit einer Ausnahme: Zech hatte es herausgefunden.

Persönlich hätte er sich keinen Deut dafür interessiert, aber der

Wohltäter hatte eine Steigerung seines Projektes eingeleitet und schien zudem nach Wegen der eigenen Absicherung zu suchen. So jedenfalls hatte Zech den neuen Auftrag interpretiert.

Linowski hatte mehrere Vorschläge für die Art des Treffens mit einigen barschen Worten in den Wind geschlagen und seine Version durchgesetzt. Er würde erst in Koblenz in den Zug steigen und den ICE in Bonn wieder verlassen, während Zech bis Köln im Zug bliebe, um anschließend mit dem nächstbesten ICE wieder nach Frankfurt zu fahren.

So blieben ihm genau dreißig Minuten, um herauszufinden, ob er die Verantwortung für einen Einsatz Linowskis überhaupt übernehmen könnte. Niemals zuvor hatte Zech sich in derartige menschliche Niederungen begeben. Verglichen mit Linowski waren die Spezialisten für Qualitätseinbrüche und Bankraub, mit denen er in früheren Zeiten zu tun gehabt hatte, wahre Gentlemenganoven gewesen. Zumindest hatte es Regeln der Loyalität und eine Art Ehrenkodex gegeben.

Immerhin, Linowski stand tatsächlich auf dem Bahnsteig und setzte sich wenige Minuten später mit einem unappetitlichen Rülpser auf den Platz gegenüber Zech.

„Zech, Sie alter Gauner", feixte er zur Begrüßung, „muss sich ja um eine große Sache handeln, wenn Sie so viel Kohle lockermachen können."

Zechs Miene verfinsterte sich.

„Verdammt, Linowski, können Sie nicht leiser reden?"

Linowskis aufgedunsenes Gesicht sah mit flackernder Verständnislosigkeit zu ihm auf, seine unsteten Augen verschwanden fast hinter den rötlich geschwollenen Lidern. Wenn er den Mund aufmachte, glotzten einem schiefe Zähne entgegen, die seine rattenhafte Ausstrahlung abstoßend unterstrichen.

Während der Zug sich wieder in Bewegung setzte, öffnete er

eine geschmacklose Reisetasche aus blauem Plastikgewebe mit roten Streifen und zog zwei Bierdosen heraus.

„Wollen Sie auch eine?"

Zech schüttelte den Kopf.

„Wir sollten gleich zum Thema kommen."

„Wie viel ist denn bei der Sache für mich drin?", fragte Linowski mit unverkennbarer Gier im verschleierten Blick.

Schon die Art, wie sein Gegenüber sich schlürfend an der Bierdose zu schaffen machte, erregte Zechs Abscheu in einem Maße, dass ihm nichts anderes übrig blieb, als demonstrativ aus dem Fenster in die Landschaft zu sehen. Die endlose Kette öder Siedlungshäuser, in rasender Geschwindigkeit auftauchend und sich wieder in der Ferne verlierend, drückte nicht weniger auf die Stimmung als Linowskis Anblick.

„Fünfzigtausend, und vielleicht sogar das Doppelte. Es hängt von Ihrem Material ab."

Linowski grinste bis zu den Ohren.

„Na dann schießen Sie mal los! Ich hab Sie alle in meinem Archiv, und alle haben sie reichlich Dreck am Stecken."

„Haben Sie nicht", sagte Zech kalt, „Sex- und Drogeneskapaden von Jetset-Prominenten interessieren mich nicht. Ich brauche neues Material. Ihr Archiv wird da nur wenig zu bieten haben."

„Was ist das für eine Scheiße", fluchte Linowski, „nehmen Sie, was ich habe, oder vergessen Sie's."

Zech hatte drei der üblichen Umschläge dabei. Zwei von ihnen enthielten Geldscheine. In dem dritten befand sich die entscheidende Liste. Einen Moment dachte er nach. Jetzt war der Zeitpunkt für eine Entscheidung gekommen, die Karten wenigstens zu einem Teil offenzulegen oder auf Linowskis Mitarbeit zu verzichten.

Der *Wohltäter* hatte jedoch einen Zeitplan vorgegeben, dessen Einhaltung nicht infrage gestellt werden durfte.

Eigentlich blieb Zech kaum noch eine Wahl.

Mit unguten Gefühlen reichte er Linowski den Umschlag mit den Auftragszielen.

„Lesen Sie sich die Liste durch!"

Linowskis Alkoholikeraugen weiteten sich ein wenig.

„Na, hallo! Das ist ja ... Was haben Sie vor? Sind Sie größenwahnsinnig geworden? Die Elite aus Wirtschaft und Politik. Also da kann ich nichts machen. Das ist mir zu heiß. Das könnte die falschen Leute auf den Plan rufen. Sie wissen schon. Ein geschickt arrangierter Unfall, und der gute alte Linowski ist nur noch ein Matschhaufen."

Genau diese Reaktion hatte Zech erwartet. Jetzt wurden die Verhandlungspositionen aufgebaut.

Wie wollte man das Unrecht aus der Welt schaffen, ging es Zech durch den Kopf, wenn man sich derart widerwärtiger Mittel bedienen musste? Andererseits waren die Machenschaften und Verfehlungen derjenigen, die auf der Liste standen, weitaus gravierender und betrafen in letzter Konsequenz das Leben und Wohlergehen von Millionen.

„Unter zweihunderttausend ist nichts drin", grunzte Linowski und öffnete eine zweite Bierdose.

Jetzt galt es, die Nerven zu behalten. Zech nahm Linowski die Liste aus der Hand und hielt ihm die beiden anderen Umschläge unter die Nase.

„Zusammen enthalten sie hunderttausend Euro. So weit hätte ich mit meinem Angebot gehen können. Aber Sie können den Rachen ja nicht voll genug kriegen. Ich betrachte unser Gespräch für beendet. Der Deal ist geplatzt."

Der Zug verlangsamte bereits seine Fahrt. Linowskis Gesichtsfarbe schien blasser geworden zu sein.

„Warten Sie, ich könnte vielleicht ... Überlassen Sie mir die Liste.

Und ein Vorschuss von, sagen wir, zehntausend? Ich melde mich in ein paar Tagen bei Ihnen."

Mit Linowskis letztem Satz war der ICE zum Stehen gekommen.

„Keine Liste, keinen Vorschuss", beendete Zech die Verhandlung. „Es gibt auch noch andere Spezialisten. Sie sind aus dem Spiel. Einen guten Tag noch, Herr Linowski."

Linowskis Gesicht zerfiel in seine Einzelteile.

„Beeilen Sie sich", setzte Zech nach, „gleich fährt der Zug weiter."

Linowski hetzte stolpernd zum Ausstieg.

Während der ICE langsam wieder anfuhr, sah Zech noch einmal in Linowskis verdutztes Gesicht.

Er war sicher: Noch in der Nacht würde sich Linowski telefonisch melden und um den Auftrag betteln.

6. 2

Ein Industrieviertel in Frankfurt

„Hier muss es irgendwo sein“, sagte Sarah und bog scharf nach rechts in eine breite Industriestraße ein.

Wie üblich hatte sie die Geschwindigkeit kaum reduziert. Der Gurt zerrte an meiner Schulter.

Trotz meines Vorsatzes, mich nicht einzumischen, rutschte mir ein Kommentar heraus:

„Muss das sein, Sarah?“

Als Antwort trat sie so heftig auf die Bremse, dass ich ohne den Gurt wahrscheinlich mit dem Kopf gegen die Frontscheibe geprallt wäre.

„Da ist es!“

Sie zeigte auf ein hässliches großes Gebäude voller Firmenlogos an der Fassade und rangierte den Wagen in eine Parklücke.

Der Eingang sah aus wie bei einem Getränkeabholmarkt. Alles wurde von ungemütlichem Neonlicht bestrahlt. Leute kamen heraus, Leute gingen hinein, und einige standen rauchend zwischen drinnen und draußen. Den meisten sah man an, dass sie Latinos waren. Dann fiel mir neben dem Eingang ein Plakat auf: *Deutsch Kolumbianischer Kulturverein.*

Meinen Verdacht, dass sich vielleicht ein Dealerklub dahinter verbergen könnte, zerstreute Sarah mit der Erklärung, alle möglichen Latinos, Brasilianer, Venezolaner, Spanier, Mexikaner und

Frankfurter kämen hierher, um sich in erster Linie die Seele aus dem Leib zu tanzen. Das seien alles ganz normale Leute, die einer Arbeit nachgingen und sich hier nur am Wochenende träfen, es sei tatsächlich ein Verein, und dazu noch einer, an dem keiner etwas verdienen würde.

Eigentlich hatte ich mich mit Sarah am Nachmittag nur zu einem kurzen Gedankenaustausch treffen wollen, aber es waren mehrere Stunden daraus geworden. Einerseits hatte sie mich im Einvernehmen mit Bulthaupt über den Fortgang der Ermittlungen informieren wollen, während sie andererseits ebenfalls im Auftrage Bulthaupts herauszufinden versuchte, was ich inzwischen unternommen hatte, und wie ich über den derzeitigen Stand der Dinge dachte.

„Du bist wirklich ein Phänomen", hatte Sarah gesagt, „du hältst dich für etwas ganz Besonderes. Du machst kaum einen Finger krumm und wartest auf die große Intuition. Aber Bulthaupt scheint ja immer noch auf deine Genialität zu setzen."

Ich hatte das nicht abgestritten und noch einmal darauf hingewiesen, dass mein Gehirn während des Wartens keineswegs stillstehen würde. Überflüssigen Aktionismus zu vermeiden, gehöre nun einmal zu meinen Methoden. Mit dem Stichwort *Aktionismus* hatte ich Sarah dazu gebracht, ein wenig aus dem Nähkästchen zu plaudern. Brus hatte seine Leute inzwischen einige Hundert Computercracks befragen lassen, aber es gab noch immer nicht die geringste Spur, und von einer Theorie konnte auch keine Rede sein. Für Fitzler hingegen verdichteten sich die Hinweise auf ein Wirtschaftskomplott. Als eines der Indizien dafür galt ihm die Tatsache, dass der ominöse Briefautor und vermutliche Hintermann des Hackerangriffs noch keinerlei Personen- und Sachschaden an Gebäuden angerichtet hatte, wenngleich die finanziellen Schäden für die Bank schon jetzt alles Dagewesene überstiegen. So hatte Fitzler sich auf die Theorie einer feindlichen Übernahme durch einen großen Unbekannten eingeschossen. Sarah sagte, sein Selbstbewusstsein hätte unangenehme Formen angenommen. Er glaubte, er hätte den Fall seines Lebens an der Angel. Im Übrigen, berichtete sie weiter, hätte ein Ermittler Michael Anderson bis nach Nizza verfolgt. Dort sei Anderson mit einem der aggressivsten Großinvestoren auf dessen Jacht zusammengetroffen: Everett Grandell. Es existierten schon seit Langem Gerüchte, dass dessen Firma Bluestar es auf die Übernahme einer Schweizer oder einer deutschen Großbank abgesehen hatte. Da er ursprünglich nur den Aufenthaltsort Andersons herauszufinden hoffte, hatte dem Ermittler die schnelle Abreise des ehemaligen Spekulanten nach Nizza keine Zeit für die Beschaffung von technischen Mitteln gelassen. So war die einmalige Chance, ein vielleicht belastendes Gespräch mit modernsten Richtmikrofonen aufzuzeichnen, vertan worden. Bulthaupt hätte sich über alle Maßen aufgeregt.

Sarah selbst war damit beschäftigt gewesen, die undichte Stelle in Brus' Abteilung zu lokalisieren. Obwohl Brus zugegeben hatte, bei einem Antiterrorkongress in New York etliche Agenten verschiedenster Geheimdienste kennengelernt zu haben, wies er jede Schuld von sich. Mit einer Erklärung für die unaufgeklärte Indiskretion konnte er nicht aufwarten. Sarah behauptete, sein Team müsse das jetzt ausbaden. Er verdächtige jeden und hätte mittlerweile das Klima seiner Abteilung in die Eiszeit getrieben.

„Und was ist mit dir?“, hatte Sarah gefragt, „du hast doch sicher irgendein Bild von der Persönlichkeit des Erpressers im Kopf?“

„Stimmt“, hatte ich zugegeben, „aber es ist unschärfer als ein impressionistisches Gemälde.“

„Oh!“, hatte Sarah kommentiert, „solche Sätze solltest du dir bei Bulthaupt aber verkneifen.“

Danach waren wir in ein thailändisches Restaurant zum Essen

gegangen. Dort machte Sarah den Vorschlag, noch etwas gemeinsam zu unternehmen. Anschließend verriet sie mir auf der Fahrt durch trübselige Vorortstraßen, den Vorschlag nicht ganz uneigennützig gemacht zu haben, weil sie mich mit einer Person bekannt machen wollte, die mich interessieren könnte.

Die Gegend, die wir durchquerten, sah aus, als wäre aus der Finanzkrise schon eine Wirtschaftskrise geworden. Die Autos, die auf den Parkplatz fuhren, gehörten bestenfalls zur unteren Mittelklasse.

Verlassene Lagerhallen waren mit hässlichen Graffiti übersät, auf einem Gewerbehof stapelten sich verbeulte Blechtonnen, einige Straßenlaternen versagten ihren Dienst, Müllcontainer quollen ihren Inhalt auf die Straße, und überall sah man umgeworfene Plakatständer von der letzten Wahl mit unkenntlichen Politikergesichtern. Vor den Eingängen und an den Ecken standen Männergruppen. In einem kleinen Dönerladen herrschte Hochbetrieb. Nachtfeuchtigkeit mischte sich mit dem Geruch von Abfällen und Schwelbrand. Vielleicht hatte die Stadtverwaltung diesen Bezirk bereits aufgegeben. Als langsam ein Polizeiauto vorbeifuhr, hatte ich den Eindruck, die Polizisten würden nicht nach rechts und nicht nach links schauen. Noch deutete nichts auf gravierende Verluste von Zivilisation hin, solche Viertel hatte es immer gegeben, aber ich stellte mir vor, wie schnell sich die ersten Verfallsviren ausbreiten könnten. Vielleicht würde es bei einem längeren Streik der Müllabfuhr keinen Monat dauern, bis es hier wie in einem Slum aussah.

„Also, worauf warten wir noch?“, sagte Sarah. „Gehen wir rein!“

Hinter dem Eingang standen zwei farbige Frauen an einem Pult und kassierten von jedem lächerliche fünf Euro, für die man auch noch einen kleinen kopierten Zettel bekam, auf dem zu lesen stand, dass vier Euro davon als Bonus für Getränke angerechnet würden.

Der große Saal sah nach einem Jugendklub aus und war nur mit einfachen Tischen und Stühlen eingerichtet, aber man hatte sich

Mühe gegeben, dem Mangel an Design mit etlichen farbigen Strahlern ein wenig Stimmung zu verleihen. Jeglicher Glanz einer Nachtbar fehlte. Nein, hier würden keine großspurigen Kokaindealer ihren Champagner schlürfen. Bei genauerem Hinsehen konnte man erkennen, dass überall Farbe vom Putz blätterte. Dafür schien das bunte Publikum in ausgelassener Stimmung. Die Tanzfläche war brechend voll, und man sah, dass die meisten Paare die gängigen Schritte beherrschten.

„Tanzen wir?“, fragte Sarah.

Ich behauptete, kein guter Tänzer zu sein.

Sie zog mich an eine Theke.

„Macht nichts, ich bringe es dir bei. Am besten, wir kippen erst einmal einen Tequila. Das macht die Beine fit und bläst hinderliche Gedanken aus dem Hirn.“

Auch wenn niemand hier seinen gesellschaftlichen Status als Stempel auf der Stirn trug, konnte man an der Art des Umgangs spüren, dass die meisten hier der unteren arbeitenden Klasse angehörten oder Studenten waren, die sich teurere Vergnügungen nicht leisten konnten. Dennoch hatten sich einige der Gäste auffallend in Schale geworfen, doch das war der Schick aus Kaufhäusern; Designer-Anzüge, echte Brillanten würde man hier nicht finden, stattdessen holte man sich Punkte durch Tanzkünste, die man sonst nur in einem Musical sehen konnte.

Vielleicht war das Ganze auch eine unbewusste Demonstration gegen den allgemeinen Verfall der Stimmung.

Der Tequila war mir nach wenigen Sekunden in den Kopf geschossen und hatte immerhin eine derartige Wirkung gezeigt, dass ich mich von Sarah auf die Tanzfläche ziehen ließ.

„Einfach locker bleiben“, sagte sie lachend, „tu so, als könntest du es. Das ist die ganze Magie.“

Ich hatte erst gar nicht den Versuch unternommen, irgendeine

Kontrolle zu behalten. Dafür war es jetzt zu spät. In dem dichten Gedränge mitten zwischen all den Tanzenden spielte es kaum eine Rolle, wie ich mich bewegte.

Sarah zog mich näher zu sich heran.

„Das ist nicht schlecht, Markus, wo hast du das gelernt?"

Ich flüsterte ihr ins Ohr, dass ich mich auf der Bühne schließlich auch anständig bewegen müsse. Außerdem hätte ich ja auch nicht gesagt, dass ich überhaupt nicht tanzen könne.

Für eine Weile hatte ich das Zeitgefühl verloren. Der Zustand gefiel mir. Irgendwann gab es ein langsames Stück, das mich ohne eine geplante Absicht dazu gebracht hatte, meine Arme um Sarahs Taille, meinen Kopf an ihre Schulter zu legen und mit meinen Lippen ihren Hals zu berühren. Es fühlte sich gut an, und es hätte ewig so weitergehen können, aber dann löste Sarah sich aus der Umarmung und sagte:

„Da sind Christina und Emilio."

Die Unterbrechung riss mich aus der intimen Stimmung. Ich bedauerte es.

Wie sich ein wenig später erwies, war Christina eine ehemalige Studienkollegin von Sarah, deren Freund, Emilio Sanchez, in München Informatik studiert und für einige Jahre als Dozent an der Technischen Universität gearbeitet hatte. Später hatte er bei Siemens als Spezialist für Datensicherheit gearbeitet. Unlängst war er nach Frankfurt übergesiedelt und hatte eine eigene Beraterfirma gegründet.

„Emilio kennt alle Koryphäen auf dem Gebiet der Informatik", sagte Sarah, „ich habe gedacht, er wäre genau der richtige Mann für dich."

Natürlich war Emilio über den Hackerangriff auf die Nationalbank ausreichend informiert und hatte sich seine Gedanken über den Hintergrund gemacht. Seiner Meinung nach gab es im Prinzip fast kein Sicherheitssystem, das sich mit entsprechender Kenntnis und hohem Aufwand nicht überlisten ließ. Aber was man bei der Nationalbank geschafft hatte, sagte Emilio, erfordere schon die allerhöchsten Weihen. So etwas könne nur ganz wenigen Experten gelingen, Personen mit derartigen Fähigkeiten würden normalerweise in der Forschung arbeiten und trügen meistens einen Professorentitel. Obwohl Emilio selbst zu dieser Klasse gehörte, wusste auch er nicht zu sagen, wie man die Kontoautomaten der Bank hatte manipulieren können.

Ich meinerseits konnte nicht über die wirklichen Zusammenhänge reden, die den Fall so brisant machten. Der Öffentlichkeit war schließlich nur die Hackerattacke bekannt, wohingegen das Ultimatum des Briefautors noch immer als Geheimsache behandelt wurde.

Ich hatte zugelassen, dass Sarah sich trotz des Alkoholkonsums hinter das Steuer ihres Wagens gesetzt und mich nach Hause gefahren hatte. Nach einer kurzen Diskussion war es mir gelungen, sie zu überreden, mit mir in meinen Loft zu kommen, um ihr einen starken Kaffee einzuflößen. Schon auf dem Weg durch den Hof musste ich sie stützen.

Als ich den Kaffee aufgebrüht hatte, war sie bereits auf meinem Bett eingeschlafen. Mir selbst ging es nicht viel besser. Ich hatte sie mit einem Laken zugedeckt und mich neben sie gelegt. Als ich in der Früh aufwachte, lag sie ohne Bekleidung in meinen Armen. Wir hatten kein Wort miteinander gewechselt und waren stumm übereinander hergefallen. Es war kurz und intensiv gewesen. Dann war Sarah aus dem Bett gesprungen, hatte sich hastig angezogen und ohne etwas zu sagen die Wohnung verlassen.

Ich hatte einen anderen Abschied erwartet und grübelte eine Weile über das Geschehene nach. Was hatte Sarahs abrupter Aufbruch zu bedeuten?

6. 3

Im *Luigis*

Offenbar wusste man im *Luigis*, dass man einen Minister zu Gast hatte. Der Tisch war vermutlich von Möllers Sekretärin vorbestellt worden.

Die Kellner waren auf den ersten Eindruck nicht freundlicher als zu den anderen Gästen, aber man spürte an verschiedenen Kleinigkeiten, dass das Personal eingeweiht war.

„Bist du etwa ohne Bodyguards unterwegs?“, fragte Keyserling erstaunt. „Das ist in deiner Position aber ungewöhnlich.“

Möller war alleine in das Lokal gekommen, und nirgendwo waren Männer zu sehen, die den Eindruck trainierter Personenschützer erweckten.

„Der Eindruck täuscht“, korrigierte der Minister, „wir sind hier nicht in Russland, wo sich die Oligarchen und Politiker mit hünenhaften Muskelmännern umgeben. Das wäre hier kontraproduktiv. Alles, was zur Sicherheit nötig ist, wurde schon vor über einer Stunde arrangiert. Siehst du das Paar dort drüben am Tisch? Sie gehören zu meiner unmittelbaren Leibgarde. Frauen sind der neueste Schrei in der Branche. Sie sind vielseitig einsetzbar und lassen sich eben gut mit einem männlichen Partner kombinieren. Merkwürdige Kerle in schlecht sitzenden Anzügen und mit auffälligen Sonnenbrillen sieht man nur noch in altbackenen Hollywoodfilmen. Der schmächtige Typ an der Bar gehört auch dazu, und draußen sind noch zwei weitere, um den Eingang unter Kontrolle zu behalten."

„Donnerwetter", kommentierte Keyserling, „in deiner Studentenzeit hättest du solche Leute als Kapitalistenknechte beschimpft. Jetzt vertraust du ihnen dein Leben an."

Möller lachte selbstgefällig.

„Das ist aber wirklich lange her, Johann, und jemand wie du sollte eigentlich wissen, dass sie nicht so sehr mich als Person meinen, sondern das Amt beschützen. Wenn du so willst, muss ich es mir gefallen lassen. Es ist ja schließlich kein besonders angenehmes Privileg, auf einen Großteil seines Privatlebens verzichten zu müssen."

Keyserling verzog die Mundwinkel.

„Komm mir jetzt bitte nicht mit der Leidensnummer, Georg. Aufopferung im Dienste der Gesellschaft und so weiter ... Das Amt! Die Verantwortung! Ich kann solche Phrasen nicht gut ertragen."

Möller verzog keine Miene.

„Ich würde das an deiner Stelle nicht so von oben herab posaunen, du bist doch auch in Amt und Würden. Ein deutscher Richter ... Unkündbar und mit Pensionsberechtigung."

Auf Keyserligs Stirn kündeten sich Zornesfalten an.

„Das Amt und die Würde! Jaja! Mein lieber Georg, lass es mich ein wenig unfeiner formulieren: Das ist gequirlte Scheiße! Und du weißt es eigentlich besser als ich. Von welcher Würde ist die Rede? Die des Rechts? Gut, wir leben nicht mehr im Zeitalter der fürstlichen Willkür. Ein Kohlhaas hätte heute wahrscheinlich bessere Chancen gehabt, aber der kleine Mann hat vor Gericht immer noch schlechtere Karten als ein Gauner im weißen Kragen."

„Ich weiß, Johann, aber wir waren zusammengekommen, um ..."

Doch Keyserling war bereits in Fahrt geraten und nicht mehr zu stoppen.

„Wir sind schon mitten im Thema, Georg, das gehört alles mit zu der Misere. Wem soll das Volk denn noch vertrauen? Bei meinem Job fängt das mit den Staatsanwälten an. Wenn ein mächtiger Unternehmer unter Beschuss gerät, sagt der Justizminister: Da soll der Herr Staatsanwalt sich eben mit dem Herrn Richter, den Herren Anwälten und dem prominenten Herrn Angeklagten zu einer Vorbesprechung treffen und sehen, wie man ein wenig Schadensbegrenzung betreiben kann. Das Ganze nennt man dann einen Deal. Du erinnerst dich vielleicht, mit Henning war es vor einigen Jahren das Gleiche. Als Vorstand bei der Nationalbank und Aufsichtsratsmitglied in einem anderen Großunternehmen hatte er mitgeholfen, sechzig Millionen zu veruntreuen und nichtsnutzigen Funktionären nachzuwerfen. Dafür hat er drei Komma fünf Millionen Strafe zahlen müssen. Weniger als ein Viertel seines Jahresgehalts. Man stelle sich vor: Irgendein normaler Arbeitnehmer klaut seiner Firma sechzig Millionen und verschenkt sie auf der Straße an Bedürftige. Da würde die ganze Härte des Gesetzes zuschlagen. Oder stell dir vor, ein Richter wie ich würde ihn einfach freisprechen!"

„Bitte, Johann", drängte Möller, „ich habe heute nicht so viel Zeit."

Er schob Keyserling einen Stapel Zeitungen zu.

„Ich gehe davon aus, dass du schon einige davon gelesen hast."

„Nein", entgegnete Keyserling, „ich hatte Wichtigeres zu tun."

Möller lachte trocken auf.

„Na, dann ist es ja wenigstens eine Neuigkeit."

Keyserling starrte einen Moment auf die Titelseite der FAZ.

„Nein", sagte Möller, „du musst den Wirtschaftsteil aufschlagen. Gott sei Dank ist es noch nicht reif für die erste Seite."

Keyserling blätterte sich unwillig durch die sperrigen Seiten.

Ein Ultimatum, das alle Dimensionen sprengt. Wer erpresst die Nationalbank um die Rekordsumme von einer Billion Euro? Geheimdienste wissen es schon lange: Geheimnisse unterliegen den Gesetzen der Statistik. Lange Zeit wissen nur zwei davon. Irgendwann wird ein Dritter eingeweiht. Später werden es vier, dann fünf. Und dann gibt es einen, der seine Gründe hat, das Geheimnis an Unbefugte weiterzugeben, es zu verkaufen oder seinerseits als Druckmittel einzusetzen. So oder ähnlich ist es offenbar bei der Nationalbank geschehen. Nach einem ersten anonymen Hinweis, der unkonkret blieb, erhielten wir gestern einen zweiten, dessen Quelle vermutlich in der Nationalbank selbst zu suchen ist. Demnach erhielt der Vorstandssprecher Dietmar Henning bereits am 12.3.08 ein Ultimatum in Form eines Briefes, in dem eine Billion Euro gefordert wird. Das Schreiben ist in Form einer Anklage abgefasst, die mit einem Urteil endet. Eine Kopie dieses Dokuments liegt der Redaktion vor. Der Erpresser bezieht sich auf die Bankenkrise und die Spekulation auf Öl und andere Rohstoffe sowie die mit der amerikanischen Hypothekenblase verbundenen Abschreibungen in Milliardenhöhe. Der oder die Autoren unterzeichnen mit Gesellschaft zur Rettung der Menschenwürde. *Wenn unsere Informationen zutreffen, soll das geforderte Geld zur Beseitigung des Hungertods in weiten Teilen der Dritten Welt eingesetzt werden. Sowohl die Nationalbank als auch das Bundeskriminalamt leugnen die Existenz des Erpresserschreibens, aber es gibt Hinweise, dass ein Feuerwehr- und Polizeieinsatz bei der Mannheimer Geschäftsstelle der Nationalbank am 1.4. und der Hackeranschlag auf das Computersystem der Nationalbank am 17.4. in diesem Zusammenhang zu sehen sind. Vermutungen legen nahe, dass die Veröffentlichung der Staatsschulden auf Seite eins der BZ ebenfalls in diesem Zusammenhang stehen.*

Keyserling seufzte auf.

„Lange werden sie die Existenz der Briefe nicht mehr leugnen können."

Möller hatte eine teure Flasche Wein bestellt und studierte den Aufkleber.

„Das denke ich auch", stimmte Möller zu. „Eigentlich habe ich mir das Weintrinken abgewöhnt, aber zum Essen und besonders beim Italiener, gehört ein guter Tropfen einfach dazu. Du sagst sicher auch nicht nein."

Der Kellner blieb beim Tisch stehen und sah Möller erwartungsvoll an. Das *Luigis* gehörte zu den ersten Plätzen der Stadt und leistete sich den Luxus, auf Speisekarten zu verzichten. Wer hier nur das Wort Pizza in den Mund nahm, musste damit rechnen, höflich aus dem Lokal komplimentiert zu werden.

„Che cosa ci consiglia?", fragte Möller mit weltmännischer Geste.

„Der Küchenchef wird gleich persönlich zu Ihnen kommen, Herr Minister", sagte der Kellner in akzentfreiem Deutsch, „und Ihnen die Auswahl des Tages erklären."

„Grazie", sagte Möller.

Keyserling gab sich keine Mühe, ein Grinsen zu unterdrücken.

„Ah, parli bene l'italiano! Also gehörst du auch zur Toskanafraktion? Die Affinität zu unserem weinseligen Lieblingsnachbarn Bella Italia blickt wirklich auf eine erstaunliche Tradition zurück. Da sind alle politischen Grenzen aufgehoben. Goethe, Hitler, Adenauer, die Rechten und die Linken, Industrielle und Revoluzzer – was Italien anbelangt, sind sich alle einig. Könnte es sein, dass wir in einer geheimen Ecke unserer kollektiven Seele am liebsten alle Italiener wären, dass wir unsere Nachbarn ein wenig um ihre Kunst, im Chaos zu leben, beneiden?"

Möller warf Keyserling einen indignierten Blick zu.

„Ich besitze lediglich ein bescheidenes kleines Ferienhaus in der Nähe von Florenz. Es wird selten benutzt. Meistens verbringen wir dort nur zwei Wochen im Herbst. Während der Sommerferien ist es mir im Grunde zu heiß. Du könntest mit deiner Frau einmal vorbeikommen. Es gibt ein kleines Gästehäuschen."

Keyserling verzog das Gesicht.

„Vielen Dank für die Einladung, aber wie du weißt, leben Mira und ich seit einiger Zeit getrennt. Es lief schon lange nicht mehr gut. Ich glaube, sie hat mein Verhältnis zur Familie Keyserling niemals verstanden. Wenn ich mit dem Familienclan gemeinsame Sache gemacht hätte, wäre ich jetzt Multimillionär, und Mira hätte ein Leben in Luxus führen können."

„Das mit Mira tut mir leid", sagte Möller, „aber du bist auch alleine willkommen. Italien ist in jedem Falle ein Kontrastprogramm zur deutschen Lebensart. Man nimmt sich Zeit fürs Essen, Zeit zum Ausspannen und Genießen, und an Kultur fehlt es auch nicht. Alleine Florenz ... Mit der politischen Situation allerdings möchte ich nicht tauschen. Möchtest du etwa in Italien Richter sein, und immer damit rechnen, dass die Mafia dir eine Bombe unters Auto legt?"

Keyserling lachte freudlos.

„Mafia? Ich habe ständig mit der Mafia zu tun. Nicht nur mit einer. Die Politik selbst ist in unserem Lande zu einer *Cosa nostra* verkommen. Wenn es um die eigenen Pfründe geht, sind sich alle einig."

Möllers Miene wirkte resigniert.

„Mein lieber Johann, ich habe das alles nicht erfunden, und wenn es nach mir ginge, müssten die Diäten für die Abgeordneten auch nicht regelmäßig erhöht werden. Ich denke, wir sollten jetzt besser zu unserem Thema zurückkehren. Meiner Meinung nach ist es nur noch eine Frage der Zeit, und die unleidliche Geschichte rückt auf Seite eins der BZ. Das hätten wir zwar alle gerne vermieden, aber jetzt müssen wir uns vorbereiten."

„Wen meinst du mit *wir?*", fragte Keyserling scharf, „was ist das Problem, wenn das Volk Bescheid weiß?"

„Ich bitte dich", sagte Möller, „du verstehst doch genug von den komplizierten Zusammenhängen, um zu sehen, was da abläuft. Übrigens es gibt da noch etwas Neues. Es ist so geheim, dass noch nicht einmal das BKA informiert wurde. Alle Minister haben jetzt Briefe von dem Erpresser bekommen. Sie sollen alle zurücktreten. Der Erpresser lässt durchblicken, dass er gegen jeden Druckmittel in der Hand habe."

„Und was hat er gegen dich in der Hand?", fragte Keyserling.

Möller lachte gekünstelt.

„Ach, alte Geschichten aus den Sechzigern. Angeblich soll ich es mit minderjährigen Drogensüchtigen getrieben haben, die ich als Anwalt betreute."

„Und?", insistierte Keyserling. „Hast du?"

Möller machte eine vage Handbewegung.

„Natürlich nicht! Ein Mädchen war später ziemlich sauer auf mich, weil ich sie ihrer Meinung nach nicht gut genug verteidigt hatte. So eine würde auch behaupten, ich hätte sie gegen ihren Willen flachgelegt."

„Ich sage dir eines", insistierte Keyserling. „In Wahrheit habt ihr alle Angst vor den nächsten Wahlen. Ich frage mich nur, ob ihr auch nur annähernd begreift, was vor sich geht.

Ich sage dir, worauf die Leute sauer sind: Ihr haltet Wahlreden, diskutiert, fliegt von einem Kongress zum anderen, sitzt an gedeckten Tischen und verhandelt über das Elend in der Welt. Aber alles ist außer Kontrolle geraten."

Möller hob sein Weinglas und starrte auf die rote Flüssigkeit, als könne das Sprichwort *In vino veritas* ihn erleuchten.

„Du sympathisierst mit dem Erpresser?“

Keyserling lachte trocken auf.

„Allerdings! Du etwa nicht? Du musst mir nicht antworten, aber hier sind wir ja unter uns.“

6. 4

Nizza

Marvin Jordan ließ den Motor an. Das Boot erzitterte leicht, und vom Heck hörte man leise das Geräusch gurgelnden Wassers. Mit über fünfzehn Meter Länge war der schnittige Kunststoffrumpf nicht eben klein, aber bei dieser Art von Speedbooten gab es nur ein lang gestrecktes Vorderdeck, das praktisch nicht benutzt werden konnte und nur wenig Raum hinter der Windschutzscheibe mit dem Steuerrad, den Instrumenten und einigen angeschraubten Sesseln bot.

„Warum hast du dir eine so ungemütliche Kiste gekauft?", fragte Grandell, „das ist ja wie in einer mutierten Badewanne mit Motor."

Im Gegensatz zu Grandell war Jordan braun gebrannt, mit ausgebleichtem blondem Haar und einem jungenhaften Lachen.

„Das siehst du doch, Everett, in so eine Kiste steigt man ein, macht die Leinen los, und braust ab durch die Wellen. Du brauchst keinen Skipper, keine Matrosen und Stewards. Das ist Vergnügen pur. Außerdem habe ich es nicht gekauft, sondern geleast. Eine Londoner Agentur macht gerade fantastische Sonderpreise, seit das Geschäft eingebrochen ist. Ich werde den Teufel tun, mir so einen fetten Klotz ans Bein zu binden, wie du mit deiner *Age of Aquarius*. Dafür habe ich mir einen Airbus zugelegt. Das rechnet sich bei meinen internationalen Verpflichtungen. Und wenn ich ihn nicht benutze, wird er vermietet. Da sind die halben Unkosten schon wieder drin."

Zwei dunkelhaarige schlanke Mädchen in Shorts und mit Basttaschen kamen den Bootssteg hochgelaufen. Grandell winkte ihnen zu.

„Das sind Estrella und Marietta. Ich habe sie zu dem Ausflug eingeladen. Ich nehme doch an, es ist dir recht."

„Was soll das?", fragte Jordan unwirsch, „ich hab nicht viel übrig für den Nuttenkram."

„Sie sind keine Nutten", entgegnete Grandell, „sie kommen von einem Begleitservice. Da werden nur Mädchen mit Stil und Bildung vermittelt."

Jordan nahm kurz seine Sonnenbrille ab.

„Ach, was du nicht sagst. Haben sie vielleicht sogar einen Doktortitel? Außerdem wollten wir während des Ausflugs ein paar wichtige Sachen besprechen. Da möchte ich keine Mithörer dabeihaben."

Grandell balancierte über das schmale Vorschiff zum Bug und reichte den Mädchen eine Hand, um vom Steg an Bord zu gelangen.

„Sie verstehen nur so viel Englisch, wie nötig ist, um sich ein wenig zu amüsieren."

„Na gut", lenkte Jordan ein, „dann sollen sie sich vor der Windschutzscheibe auf die Sonnenmatratzen legen. – Mach die Leinen los, Everett!"

Jordan setzte sich in den Sessel vor dem Steuerrad und schob den Gashebel langsam nach unten. Erst entfernte sich das Boot fast lautlos vom Steg, aber kurz, nachdem sie die kleinen Leuchttürme auf den Hafenmolen an der Ausfahrt hinter sich gelassen hatten, ließ Jordan den Motor aufheulen, dass sich der Bug aus den Wellen hob. Rechts und links spritzte die Gischt an den Bordwänden vorbei, und man spürte das harte Aufschlagen des Bugs, wenn Wellenberge und Täler wechselten.

„Das ist etwas anderes", rief Jordan dem Fahrtwind entgegen, „als auf deinem Megakahn! Da ist man dicht am Wasser. Das macht wenigstens Spaß."

Grandell sah missmutig zum Hafen zurück.

„Bei dieser Geschwindigkeit können wir die Mädchen nicht aufs Vordeck schicken."

Während Jordan noch mehr Gas gab und dabei auf einen kleinen Fleck in der Ferne deutete, sagte er etwas, das Grandell wegen des Motorlärms nicht verstehen konnte. Der Fleck wurde schnell größer. Jordan hielt Kurs auf eine Insel, deren Größe man noch nicht abschätzen konnte, aber nur eine Viertelstunde später war klar, dass es sich um ein winziges Felseneiland mit einer ebenso winzigen Bucht mit strahlend weißem Sand handelte. Jordan nahm das Gas weg und ließ das Speedboot auslaufen. Erst kurz vor dem Miniaturstrand ging der Anker auf Grund.

„Wollt ihr ein wenig baden gehen?", forderte Jordan die beiden Mädchen auf. „Die großen Jungs haben etwas zu besprechen."

Estrella und Marietta verschwanden kurz unter Deck und kamen in Bikinis wieder hoch. Erst nachdem sie mit einigen Posen, die wie natürliche Bewegungsabläufe aussehen sollten, ihre wohlgeformten Körper ins rechte Licht gerückt hatten, sprangen sie mit spitzen Wonneschreien ins Wasser.

Jordan öffnete eine *Coca-Cola-Dose.*

„Willst du auch eine, Everett?"

„Ich trinke lieber ein Bier", sagte Grandell.

Jordan öffnete die Klappe zum eingebauten Kühlschrank und reichte Grandell eine Dose.

„Eiskalt! Also, Everett wie sieht es aus, hat dieser Anderson mit nützlichen Informationen aufwarten können?"

Grandell nahm einen tiefen Schluck aus seiner Dose.

„Köstlich! – Kann ich noch nicht sagen. Informationen: ja, aber ob sie wirklich nützlich sind, wird sich noch erweisen."

„Was hast du ihm gezahlt", fragte Jordan.

„Gar nichts", sagte Grandell, „wir haben eine Summe ausgehandelt, die Anderson aus seiner Sicht zu einem reichen Mann macht. Aber ich habe eine Extraklausel in unsere Vereinbarung eingebaut. Er erhält das Geld nur, wenn wir mit seinen Informationen zum Erfolg kommen."

„Du haust jeden übers Ohr", bemerkte Jordan anerkennend.

„Nicht jeden", lachte Grandell selbstgefällig, „aber Anderson gehört zu den Leuten, die bei bestimmten Summen den Überblick verlieren."

Jordan nickte scheinbar anerkennend.

„Mag sein. Warum ich mit dir reden wollte: Wir sind gerade selbst dabei, die klare Sicht zu verlieren. Ich habe ein paar einflussreiche Leute konsultiert, die den Markt zurzeit nach neuen Kriterien analysieren. Es gibt da im Moment einigen Wirbel in den deutschen Medien. Angeblich wird die Nationalbank um eine Billion Euro erpresst, und es gibt Gerüchte, dass Zierer von der SIB mit einem Dutzend Investoren und Bankchefs in den Staaten konferiert hat. Die Gespräche sollen in einem merkwürdigen Zusammenhang mit den Vorgängen bei der NB stehen. Ich habe nichts Konkretes erfahren. Da rennt man gegen einen bleiernen Vorhang des Schweigens. Das erregt mein Misstrauen in höchstem Maße. Da ist irgendetwas im Gange, das mir gar nicht gefällt. Dieser Zierer verwaltet gigantische Mengen amerikanischen Vermögens, und jetzt ist seine SIB nur noch ein faules Ei. Alle haben gesagt, es dauert nur ein paar Monate, dann haben wir das Schlimmste hinter uns und können wieder zum Tagesgeschäft übergehen. Aber es ist anders gelaufen, Everett. Dir muss doch auch klar sein, dass sich da einiges grundlegend verändert hat. Das ist ein Erdrutsch, und wenn meine Informationen stimmen, ist es nur ein Vorspiel. Der wirkliche Knall steht uns erst noch bevor. Hältst du das immer noch für einen guten Zeitpunkt, eine deutsche Großbank zu schlucken?“

Grandells Stirn zog sich in Falten.

„Sehe ich das richtig, du willst einen Rückzieher machen? Ich denke, es ist genau der perfekte Moment. Günstiger bekommen wir sie nie wieder. Sie sind schwer angeschlagen, aber sie sind immer noch in ein solides Wirtschaftssystem eingebettet. Der Staat wird alles tun, um sie zu stützen. Auch wenn wir die neuen Mehrheitsaktionäre werden. Der Name wird bleiben. Die Nationalbank ist quasi ein Nationalheiligtum. Nirgendwo können wir unser Geld besser anlegen.“

Grandell winkte den beiden Mädchen zu, die sich auf dem kleinen Sandstreifen in die Sonne gelegt hatten.

„Mein Gott, Everett“, sagte Jordan, „ich bin ja auch kein Feind hübscher Frauen, aber das war nun gänzlich überflüssig. Dachtest du vielleicht ...?“

Er schüttelte den Kopf wie ein Lehrer über einen missratenen Schüler.

„Nun, egal, wenn wir wieder im Hafen sind, schickst du sie entweder gleich zu ihrer Agentur zurück oder amüsierst dich alleine mit ihnen. Ich würde dir nur raten, dich nicht zu übernehmen. Der Jüngste bist du inzwischen auch nicht mehr.“

Jordan verschwand kurz unter Deck und kam mit einem Umschlag in der Hand wieder hoch.

„Es gibt noch eine andere Sache, Everett, die mir Sorgen macht. Hier ist ein merkwürdiger Brief drin. Er ist in Deutschland abgeschickt worden, und ich habe den Verdacht, dass du auch so einen Brief bekommen hast.“

Grandells Augen flatterten ein wenig.

„Was für ein Brief?“

Jordan zog ein zusammengefaltetes Blatt Papier aus dem Umschlag.

„Ich kann ihn dir gern vorlesen, vielleicht klingelt dann etwas bei dir.

An Mr Marvin Jordan, Chairman der Jordan Group.

Was in Deutschland bei der Nationalbank vorgeführt wurde, kann jederzeit auf die Vereinigten Staaten ausgedehnt und bei Bluestar wiederholt werden. Wenn Sie wissen wollen, was zu tun ist, um derartige Vorfälle zu vermeiden, wenden Sie sich an Herrn Dr. Henning.

Gesellschaft zur Rettung der Menschenwürde.

Ich habe mit Henning telefoniert und unter der Auflage äußerster Verschwiegenheit einiges erfahren. Es bahnt sich da offenbar ein mysteriöses Komplott gegen die gesamte globale Finanzwirtschaft an.“

Grandell nickte.

„Ja, ich habe auch so einen Brief bekommen. Manchmal denke ich, das ganze Geldsystem steht wirklich kurz vor dem Zusammenbruch. Kannst du dir vorstellen, eines Tages wieder mausearm zu sein?“

Jordan lachte dröhnend.

„Ich werde es gar nicht erst versuchen, Everett. Gedanken dieser Art haben keinen Platz in meinem Konzept. Marvin Jordan hat bis jetzt noch aus jeder Krise seinen Vorteil gezogen. Jeder Krieg hat seine Kriegsgewinnler und jede Krise ihre Krisengewinnler. Wenn nichts mehr geht, werde ich mein Vermögen auf den Untergang der Menschheit setzen und preiswert die Konkursmasse der Zivilisation aufkaufen.“

6. 5

Nationalbank – Hennings Büro

Hennings Siegerlächeln war einer eigentümlichen Starrheit gewichen, seit ich das letzte Mal in demselben Besprechungssalon zu einer Audienz beim Bankmogul eingeladen gewesen war, sie erschien mir wie eine Art von Versteinerung, die sich zwar immer noch bemühte, Beweglichkeit vorzutäuschen, tatsächlich aber nur einstudiert wirkende Gesten hervorbrachte. In meiner Jugend hatte ich noch Chefs vom alten Schlage kennengelernt, ältere Menschen, die beruflich stets eine ernste Miene zur Schau getragen hatten, einen Ernst, der in Beziehung zu ihrer tatsächlichen Verantwortung stand. Aber diese Menschen hatten einen persönlichen Ausdruck getragen, der in entsprechenden Situationen Würde mit Gefühlen paaren und mitunter sogar natürlicher Heiterkeit weichen konnte. Hennings Mienenspiel zeigte dagegen die Spuren beruflich zur Schau getragener Fassaden, hinter denen eine jahrzehntelange Herrschaft über Firmenimperien aufscheinen sollte und dabei doch nur einen Abglanz all der kleinen Ränkespiele, die zur Machterhaltung nötig waren, widerspiegelte. Das ungewollt Zwiespältige und scheinbar Undurchsichtige schien tief aus seinem Inneren zu kommen und ein Teil eines Naturells zu sein, das ihn von der realen Welt abkoppelte. In den luftigen Höhen, in denen er sein Reich regierte, war er zwar immer wieder angefochten worden, aber sein Sessel stand hoch genug, um auf die Widrigkeiten hinabblicken zu können. Jetzt schwebten die Unbilden wie dunkle Wolken vor seinem Panoramafenster. Das Fiasko war auf Augenhöhe angelangt. Nicht nur sein persönlicher Sessel war jetzt gefährdet, das ganze künstliche Gebäude aus Geld, Krediten, Zinsen, Hypotheken, Aktien, Derivaten, Optionen und Kursgewinnen verbog sich unter den Sohlen seiner Maßschuhe zu einem Zerrbild, knackte, knisterte, erzitterte und bröckelte an allen Stellen. Wäre es ein reales Gebäude aus Beton, Stein und Mörtel, würde man es sofort wegen Einsturzgefahr räumen lassen. Vielleicht war es das, was Hennings Züge eingefroren hatte, er lebte in einem Wolkenkratzer, der nur scheinbar ein Erdbeben überstanden hatte. Die Glasfassaden sahen noch halbwegs unversehrt aus, aber die Statiker warnten bereits vor gravierenden Rissen in den tragenden Säulen.

Im Stadtverkehr in einen Stau geraten, waren ich und Sarah ein paar Minuten zu spät gekommen.

Als wir Hennings Allerheiligstes betraten, fielen die meisten Blicke zuerst auf Sarah. Sie hatte sich für den hochoffiziellen Anlass einen dunkelgrauen Hosenanzug ausgewählt, der ihre schlanke Figur noch schmaler erscheinen ließ. Wahrscheinlich war es egal, was sie anzog, sie sah in jeder Kleidung gut aus.

„Staatssekretär Emmerich, aus dem Innenministerium“, stellte Henning vor, „und Herr Dr. Keyserling. Herrn Gollier kennen Sie ja schon.“

Ich erinnerte mich an die Eröffnung der firmeneigenen Kunsthalle. Hatte Sarah nicht gesagt, Gollier wäre mit einer geborenen Keyserling verheiratet?

„Herr Dr. Keyserling ist Richter“, erklärte der Staatssekretär, „und gehört zu einem kleinen Beraterteam, das der Innenminister zusammengestellt hat.“

Henning bemühte ein verkniffenes Lächeln.

„Ich hatte die Ehre, selbst schon auf der Anklagebank vor Herrn

Keyserling zu sitzen. Ihm habe ich ein außergewöhnlich faires Verfahren mit einem gerechten Ausgang zu verdanken."

Keyserlings Gesicht blieb unbewegt.

„Schön, dass Sie das so sehen. Ich hielt das Verfahren für gänzlich unfair, und von Gerechtigkeit konnte wohl keine Rede sein. Es gab einen Vorabdeal, wie Sie sich vielleicht erinnern werden, Herr Henning, und ich habe meine Ansicht zu ihrem großzügigen Umgang mit dem Geld anderer deutlich ausgesprochen. Genau diese Vorfälle sind es, die mit dazu beigetragen haben, dass den kleinen Leuten auf der Straße langsam der Kragen platzt. Dieses Ultimatum ist sicher nur ein Vorgeschmack auf wesentlich größere Probleme, die auf unsere Gesellschaft zukommen."

Es entstand ein betretenes Schweigen. Henning sah indigniert aus dem Fenster, während der Staatssekretär in seiner Aktentasche kramte.

Einzig Gollier bemühte sich nicht, ein Schmunzeln zu verstecken.

„Herr Keyserling ist dafür bekannt, auf diplomatische Verkleidungen zu verzichten. Ich nehme an, genau das ist es, was ihn zum Berater in dieser Angelegenheit qualifiziert. Und damit wären wir dann wohl auch beim aktuellen Thema. Die Zeit des Herrn Staatssekretärs ist knapp bemessen, und ich denke, wir sollten zügig zu den wichtigsten Punkten kommen."

Henning schien erleichtert, dass Gollier ihm eine goldene Brücke gebaut hatte.

„Auf dem Tisch liegen Kopien des neuesten Erpresserschreibens. Wenn ich Sie bitten dürfte, den Text zur Kenntnis zu nehmen."

An die Deutsche Nationalbank – Frankfurt
zu Händen Dr. Dr. h.c. Dietmar Henning 19.5.08
1. Sprecher der NB

In der Annahme, dass Sie und alle, die inzwischen über das Ultimatum der Gesellschaft zur Rettung der Menschenwürde informiert wurden, die Kommunikation über den Fortgang anstehender Aktionen eröffnen möchten, wird Ihnen nunmehr die Möglichkeit dazu gegeben.

Zur technischen Umsetzung wurde diesem Brief eine CD hinzugefügt, die ein Programm zur Verschlüsselung von Texten enthält. Ihre Fachleute werden wissen, wie damit umzugehen ist. Ihre Stellungnahme hat am 23.5. um Punkt 9:30 zu erfolgen. Sie hat auf den Bildschirmen der Kursmonitore in den Bankschaltern sämtlicher Nationalbankfilialen in der Bundesrepublik zu erscheinen.

Der codierte Text soll für genau drei Sekunden auf den Bildschirmen zu sehen sein. Jeder Kunde am Schalter wird die Botschaft für eine kurzfristige Störung halten, ebenfalls die Angestellten der Filialen. Dieses Verfahren der Kommunikation bietet beiden Parteien größtmögliche Sicherheit. Sie alleine entscheiden, wer außer Ihnen von dem Inhalt Ihrer Botschaft Kenntnis erhält und die Verschlüsselung durchführt, und ich bin der Einzige, der sie wieder decodieren kann. Wie ernst die gestellte Forderung zu nehmen ist, wurde mit einem Angriff auf Ihr zentrales Computersystem dokumentiert. Glauben Sie nicht, das Arsenal zur Erinnerung an das Ultimatum habe sich damit erschöpft.

Gesellschaft zur Rettung der Menschenrechte.

„Nun“, sagte Emmerich mit Blick auf Henning, „darauf haben Sie doch die ganze Zeit gewartet.“

Henning schüttelte verständnislos den Kopf.

„Wie soll das funktionieren?“, fragte ich.

„Sie scheinen amüsiert“, bemerkte Gollier in meine Richtung.

„Nur ein wenig“, gab ich zurück, „das ist nicht schlecht ausgedacht. Ich kann Ihnen sagen, wie das funktioniert. In einer der Bankfilialen wird jemand auftauchen, der ein winziges Objektiv einer Elektronikkamera im Knopfloch einer Jacke oder einer anderen Stelle am Körper trägt. Drei Sekunden sind mehr als genug, ein Foto vom Monitor zu machen.“

Emmerich gab nur ein *Aha!* von sich.

Mir war aufgefallen, dass sein Blick immer wieder auf Sarah haften blieb. Emmerich selbst hatte vermutlich kaum die Vierzig überschritten und trug die dunklen Haare etwas länger. Mit seinem fein geschnittenen Gesicht und seinem stilvollen Habitus hätte er besser ins Kulturministerium gepasst. Wahrscheinlich hielt er sich für einen gut aussehenden Mann. Ich spürte eine grundlose Eifersucht in mir aufsteigen. Sarah hatte die Blicke des Staatssekretärs kaum zur Kenntnis genommen. Ihre Aufmerksamkeit schien sich mehr auf Keyserling zu richten, der im Moment so tat, als ginge ihn das alles gar nichts an.

„Da wird Herr Brus sich aber freuen“, meldete Sarah sich zu Wort, „da kann er dann sein ganzes Fußvolk in ein paar Hundert Filialen postieren.“

„Das ist zwar raffiniert ausgedacht“, sagte Emmerich mit optimistischer Miene, „aber es gäbe dann auch Videobilder von den Überwachungskameras. Davon abgesehen könnte man alle Personen, die nach neun Uhr dreißig die Filialen verlassen, untersuchen.“

„Vielleicht können ja die Spezialisten etwas mit den Videoaufzeichnungen anfangen. Aber bis jetzt hat der Erpresser oder die Erpressergruppe noch keinen Fehler gemacht.“

Henning sah zu Gollier.

„Also, Max, jetzt sind erst einmal wir an der Reihe. Wir haben nicht mehr viel Zeit, eine entsprechende Botschaft zu formulieren. Ich denke, Herr Emmerich und Herr Keyserling sind hier, um genau darüber zu konferieren. Der Innenminister hat mich gebeten, die

Antwort mit ihm abzustimmen. Das kann uns nur recht sein, schließlich scheint es um wesentlich mehr zu gehen als das Wohl der Nationalbank. Du hattest einen Entwurf vorbereitet, Max, vielleicht würdest du ihn kurz vortragen. Anschließend können wir darüber diskutieren."

Gollier setzte sich eine Lesebrille auf und nahm ein Blatt Papier aus einer Dokumentenmappe.

„An die Gesellschaft zur Rettung der Menschenrechte.
Da Sie uns nun endlich eine Möglichkeit der Kommunikation eröffnet haben, gehen wir davon aus, dass Ihnen die Schwierigkeiten, eine Billion Euro zur Verfügung zu stellen, bewusst geworden sind. Wenn Sie mit Ihrer Offensive nunmehr realistische Verhandlungen eröffnen wollen, sind auch wir dazu bereit. Wir haben Ihren Vorschlag, Herrn Zierer von der SIB für Verhandlungen in den USA zu gewinnen, befolgt.
Bislang stehen konkrete Ergebnisse noch aus. Auch wenn wir jede Schuld an den von Ihnen genannten Umständen von uns weisen müssen, sind wir uns unserer Verantwortung gegenüber der Gesellschaft bewusst. Denkbar wäre die Gründung eines internationalen Fonds zur akuten Bekämpfung des Hungers in der Dritten Welt. Wir halten es für möglich, genügend Beteiligte zu gewinnen, um schrittweise eine Summe von 10 Milliarden einbringen zu können. Wir gehen davon aus, dass die Forderung von einer Billion Euro niemals zu erfüllen ist. Wir nehmen ferner an, dass sie von Ihnen als symbolische Zahl verwendet wurde, die durch Verhandlungen relativiert werden kann. Ferner möchten wir Sie darauf aufmerksam machen, dass Ihre elektronische Manipulation unserer Kontoautomaten zu einem Ergebnis geführt hat, das eigentlich nicht in Ihrem Interesse sein kann, da ein Einbruch unserer Aktienwerte unseren möglichen Beitrag zu

Ihrer Forderung erschwert. Da wir nicht wissen, wer sich hinter der Gesellschaft zur Rettung der Menschenrechte verbirgt, können wir nur Vermutungen über Ihre tatsächlichen Motive und Absichten anstellen. Sollte Ihre Forderung, wie Sie den Anschein erwecken, wirklich politischer Natur sein, appellieren wir an Ihren gesunden Menschenverstand, nicht noch mehr Unheil anzurichten. Es müsste Ihnen einleuchten, dass Sie damit Ihre eigene Mission gefährden ..."

Gollier sah auf.

„Nun, es ist ein Entwurf. Was sagen Sie, ist er viel zu lang oder immer noch unvollständig?"

Emmerson knetete nervös seine Hände.

„Ich denke, der Herr Innenminister hat da auch noch ein Wort mitzureden, und Herr Bulthaupt vom BKA natürlich auch. Schließlich wissen wir nicht, ob es überhaupt weitere Kommunikationsangebote geben wird. Ich denke, wir sollten den Erpresser darauf aufmerksam machen, dass für ihn immer noch die Chance einer Abkehr von seinem Vorhaben besteht. Bis jetzt ist es schließlich nur bei einer Forderung geblieben. Kein Menschenleben ist zu Schaden gekommen. Er müsste sich hauptsächlich für den Hackerangriff, den er ja quasi zugegeben hat, verantworten."

Henning war aufgestanden und schritt mit auf dem Rücken gefalteten Händen vor seinem Panoramafenster auf und ab.

„Als Diskussionsbasis kann man das nehmen, Max, aber jede Formulierung sollte genau durchdacht sein. Die Wendung, Herrn Zierer betreffend, *wir haben Ihre Forderung erfüllt*, würde ich nicht verwenden. Das klingt nach Schwäche. Besser wäre dem Sinne nach: *Wir haben Ihre Anregung aufgegriffen.* Aber gut, das sind Kleinigkeiten. – Herr Keyserling, was meint der Berater des Herrn Innenministers?"

Der Richter wirkte in dieser Umgebung merkwürdig unpassend. Seine mittellangen schütteren Haare schienen ungekämmt, und auf seinen Wangen glitzerten hellgraue Bartstoppeln. Irgendetwas an ihm kam mir bekannt vor. Sein Gesicht unterschied sich deutlich von denen der hier versammelten Amtsträger. Ich fand sein unverbogenes und irgendwie provokatives Auftreten sympathisch. Sein Gesicht zeigte die gezähmte Grimmigkeit von Leuten, die sich kein X für ein U vormachen lassen und mit ihrer Meinung nicht hinter dem Berg halten.

„Verzeihen Sie mir, wenn ich Sie in der Einschätzung der Situation korrigieren muss", eröffnete Keyserling seine Stellungnahme, „man hat hier immer noch nicht begriffen, worum es geht. Der Autor appelliert mit seinen Aktionen an Ihren gesunden Menschenverstand, und er ist es, der Sie auffordert, nicht noch mehr Unheil in der Welt anzurichten. Zweifellos erwartet er, dass Sie sich zu Ihrer Schuld bekennen, statt sie von sich zu weisen. Und wenn Sie von einer symbolischen Zahl reden, muss ich Sie darauf aufmerksam machen, dass im vergangenen Jahr weltweit sogenannte Derivate, also Kunstprodukte der Finanzwirtschaft, im Wert von 450 Billionen Dollar gehandelt wurden. Am Terminmarkt der Deutschen Börse waren im selben Zeitraum Futures und Optionen im Wert von 2,7 Billionen Euro im Handel. Und die amerikanische Staatsverschuldung beträgt elf Billionen Dollar. Sie, Herr Henning, wissen das natürlich, schließlich gehört die Nationalbank zu den zehn Großbanken, die siebzig Prozent dieses Umsatzes unter sich aushandeln und daran gut verdient haben. Da können Sie eine Billion Euro kaum noch als Fantasiesumme hinstellen. Ich frage mich, wie Sie überhaupt jemals aus der Sache rauskommen wollen. Wenn das alles öffentlich wird, werden die Aktienkurse der Nationalbank weiter sinken, und Sie werden Tausende Kleinkunden verlieren."

Keyserling machte eine kurze Pause und sah in die Runde, bevor er fortfuhr.

„Sie hoffen auf ein Wunder, das nicht geschehen wird. Wenn Sie irgendeine Rettung suchen, setzen Sie sich an die Spitze einer radikalen Veränderung. Sie können sich auf prominente Vordenker berufen. Solidarisieren Sie sich mit dem Erpresser. Aber mit zehn Milliarden brauchen Sie gar nicht erst anzufangen."

Hennings Gesicht schien in den letzten Minuten neue Falten bekommen zu haben.

„Mit dem Erpresser solidarisieren", wiederholte Gollier nachdenklich, „das klingt absurd, aber man sollte darüber nachdenken."

6. 6

Im Bundeskriminalamt

„Ich muss mich schon sehr wundern, Herr Bulthaupt," sagte Gollier mit spöttischer Miene, „man hätte doch problemlos an einem anderen Ort zusammentreffen können. Soll das jetzt eine Art Vernehmung werden?"

Bulthaupt hatte Golliers verstörten Blick auf seinen Zimmerbaum bemerkt.

„Er will mir aus dem Zimmer wachsen. Das kommt von meinem neuen Spezialdünger."

Gollier sah abwechselnd auf Bulthaupt und den Ficus.

„Ist das ein spezieller BKA-Humor, dessen Hintergründe mir noch verschlossen sind?"

„Keineswegs", erklärte Bulthaupt, „sehen Sie das als moderne Amtsführung. Natürlich hätten Sie sich nicht hierher bemühen müssen. Ich bin immer froh, wenn ich einmal aus dem Büro rauskomme. Ich wollte damit nur ein Zeichen setzen, das an die Adresse von Herrn Fitzler gerichtet ist."

Gollier zog irritiert die Brauen hoch.

„Wie darf ich das verstehen?"

„Soweit ich weiß", erklärte Bulthaupt, „hat Herr Fitzler gestern ein Telefongespräch mit Ihnen geführt."

Gollier nickte.

„In der Tat. Es war ein sehr sonderbares Gespräch mit etlichen unverständlichen Fragen. Ich war ohnedies in Eile und musste das Telefonat meinerseits schnell beenden. Er hat es noch einmal zu einem späteren Zeitpunkt versucht, mich aber nicht mehr im Büro erreicht."

Bulthaupt machte eine abwertende Handbewegung.

„Fitzler! Mein Gott, der Mann ist in erster Linie ein Aktenwurm. Im Rechnen ist er auch nicht schlecht, aber als Psychologe ein kompletter Versager. Jeder Versuch von Frau Leismann, ihm auf diesem Gebiet ein wenig Nachhilfeunterricht zu geben, ist gescheitert. Er hat seine Laufbahn beim Finanzamt begonnen und ist erst später zum BKA gestoßen. Ein guter Kriminalist ist bis heute nicht aus ihm geworden. – Also gut, ich werde Ihnen reinen Wein einschenken. Was Fitzler da veranstaltet hat, sollte wohl ein telefonisches Verhör werden. Er verfolgt immer noch die Theorie, dass alles vielleicht nur mit dem geplanten Versuch einer feindlichen Übernahme der NB zu tun hat. Er hat da auch schon Kandidaten im Auge, denen er solche Absichten unterstellt, Bluestar und die Jordan Group."

Gollier winkte gelangweilt ab.

„Ach! Das kann er doch in jeder Zeitung nachlesen. In der Tat, Grandell und Jordan stehen in den Startlöchern, aber ich denke, die NB hat sich dagegen genügend abgesichert."

„Aber dann ist da noch dieser Anderson", fuhr Bulthaupt fort, „offenbar hat er noch eine Rechnung mit der Nationalbank offen. Wir wissen, dass er mit Everett Grandell, dem Chef von Bluestar, in Nizza zusammengetroffen ist."

Gollier schüttelte den Kopf.

„Anderson! Ja, das passt zu ihm. Seine Abfindung war ihm nicht hoch genug. Was soll ich dazu sagen? Zurzeit laufen eine ganze Menge wütender Leute rum, die jahrelang das Geld zum Fenster rausgeworfen haben und jetzt ohne Stellung sind. Trotzdem kann ich mir nicht vorstellen ..."

„Aber deswegen habe ich Sie nicht hergebeten", unterbrach Bulthaupt, „Fitzler hat sich da so seine Gedanken über Ihre Person und ihr spezielles Verhältnis zu Herrn Henning gemacht. Es ist ja kein Geheimnis, dass bei der damaligen Besetzung des Chefpostens auch Sie im Gespräch waren, aber Henning das Rennen gemacht hat. Ich kann daran nichts Besonderes finden, aber Fitzler hält es für möglich, dass Sie unter gewissen Umständen gemeinsame Sache mit denjenigen machen könnten, die es auf die Nationalbank abgesehen haben. Ich sage Ihnen das nur deswegen, weil ich derartige Vermutungen nicht teile und in jeder Beziehung unproduktiv finde. Ich muss Fitzler alleine schon gedankliche Aktivitäten in dieser Richtung untersagen. Das kann ich nur, wenn er mitbekommt, dass ich persönlich mit Ihnen gesprochen habe. Von mir aus soll er es für eine Vorladung halten. Aber ich kann dann meine Entscheidung legitimieren."

Gollier war keinerlei Gemütsbewegung anzusehen, die darauf schließen ließ, dass ihm derartige Verdächtigungen in irgendeiner Form etwas anhaben konnten.

„Das ist das Lächerlichste, was ich jemals gehört habe. Jeder, der die Hintergründe über die Besetzung des Chefsessels in der NB kennt, weiß, dass ich zwar von einigen Personen aus dem Vorstand vorgeschlagen wurde, tatsächlich aber nicht das geringste Interesse an dem Posten hatte. Das hat mit meiner persönlichen Situation und meinen kulturellen Interessen zu tun. Ich bin ausreichend abgesichert, um auf die Nationalbank und mein Gehalt vollständig verzichten zu können. Das wird Herr Fitzler aber sicher schon alles herausgefunden haben. Sehen Sie, ich habe mit einem Grundstock, den meine Frau mit in die Ehe einbrachte, über Jahrzehnte die *Sammlung Gollier* aufgebaut und mir nebenbei einen Ruf als Kunstkenner erworben. Mein Freund, Herr Henning, hat sich oft genug über mein mäßiges Interesse am Tagesgeschäft beklagt. Aber ich denke, mein Engagement für die neue NB-Kunsthalle ist für unser Image von unschätzbarem Wert. Wenn alle Werte am Boden sind, ist die Kunstsammlung der Bank ein Aktivposten, der unabhängig von Wirtschaftskrisen stetig im Wert steigt. Was auch immer auf der Welt passieren wird, ein Monet, ein Cézanne, ein Picasso, ein Renoir ein Dalí ... Die Preise für solche Kunstwerke steigen und steigen, bis in alle Ewigkeit. Sie überdauern jede Krise."

Bulthaupt beugte sich hinunter und schaltete die kleine Stereoanlage neben seinem Ficus ein. Den Lautstärkeregler drehte er dabei so leise, dass es sich anhörte, als käme die Musik direkt aus den Blättern des Zimmerbaums und sei ein biologischer Vorgang wie atmen.

„Er mag Musik", erklärte Bulthaupt, „da gibt es inzwischen wissenschaftliche Abhandlungen. In den Labors der Biologen kann man ja alles messen, kleinste Reaktionen, Veränderungen des elektrischen Widerstands und mikrochemische Vorgänge. Die Themen, die in diesem Zimmer manchmal verhandelt werden, sind ja nicht immer positiver Natur. Das kann man mit Musik wieder ausgleichen."

Gollier neigte den Kopf und fixierte Bulthaupt mit dem Blick eines Psychiaters.

„Debussy?"

Bulthaupts Augen leuchteten auf.

„Ah, Sie haben es gleich erkannt. Ja, das ist Debussy! Aber das hat nichts mit meinem Geschmack zu tun. Die Auswahl trifft der Ficus selbst."

„Ach!", sagte Gollier.

„Man muss den Baum schon einige Tage beobachten, um Reaktionen zu erkennen. Alles, was mit Biologie zu tun hat, folgt ganz eigenen Zeiteinheiten und eigenen Gesetzen."

Gollier sah demonstrativ auf seine Uhr.

„Herr Bulthaupt, ich habe heute noch andere Verpflichtungen zu erfüllen. Wenn Sie ..."

„Ich weiß", unterbrach Bulthaupt mit einem mildem Lächeln, „ich hatte auch nicht vor, Sie grundlos mit Betrachtungen aus der Welt der Botanik zu langweilen. Was ich Ihnen damit sagen wollte, hat durchaus mit den Umständen zu tun, die das BKA zurzeit mit der Nationalbank verbinden. Wir reden ja nicht über einen x-beliebigen Kriminalfall. Dieses Ultimatum und die damit zusammenhängenden Eskalationen sind ein Teil eines sehr viel größeren Problems. Da ich als Chef dieser Behörde nun einmal nicht mit den Niederungen der Ermittlungsarbeit befasst bin, gehört es zu meinen Aufgaben, das große Ganze im Auge zu behalten. Das alles hat schon jetzt beachtliche Kreise gezogen, und die wirklich gefährlichen Pressereaktionen stehen uns noch bevor. Herr Henning wird es wohl nicht vermeiden können, den Journalisten in absehbarer Zeit reinen Wein einzuschenken."

Golliers Ausdruck wurde zunehmend ungeduldiger.

„Ja, das sehe ich auch so. Trotzdem wäre ich Ihnen dankbar, wenn Sie auf den Punkt kämen."

Bulthaupt gab sich gänzlich unbeeindruckt.

„Mit meinen Metaphern aus der Pflanzenwelt wollte ich lediglich auf naturgesetzliche Zusammenhänge hinweisen ..."

„Bitte, Herr Bulthaupt ..."

„Lassen Sie mich kurz diesen Gedankengang zu Ende führen," insistierte Bulthaupt mit einschmeichelnder Stimme, „ich habe mir da einige Gedanken gemacht und muss zugeben, dass ich noch immer nicht verstanden habe, wie diese neue globale Superwirtschaft genau funktioniert und wie das genau mit den Problemen der Nationalbank zusammenhängt. Aber eines können wir aus der Botanik lernen: Bei komplexen Systemen geht es immer um das Gleichgewicht. Alle Mitspieler sind Teile eines Ganzen und tragen dazu bei, dass ein ideales Verhältnis von Geben und Nehmen garantiert ist."

„Herr Bulthaupt!", unterbrach Gollier erneut.

Bulthaupt schien es zu genießen, Golliers Geduld auf die Folter zu spannen.

„Sie als Kunstliebhaber müssten das nur zu gut verstehen. Ist es bei einem guten Gemälde nicht genauso? Da gibt es doch auch Gesetze der Farbverteilung, der Hell- und Dunkelwerte und der Komposition. Man denke nur an den Goldenen Schnitt. Man muss es nicht unbedingt wissen und erklären können, aber jeder fühlt es. Ja, was ich damit sagen will, ist: Ich verstehe nicht viel von Wirtschaft und Politik, aber alles, was ich verstehe, ist, dass da etwas aus dem Gleichgewicht geraten ist. Und zwar auf fundamentale Weise. Alle spüren es, aber keiner will es so richtig wahrhaben."

Golliers Ausdruck hatte sich ein wenig verändert. Seine vorher ungeduldigen Augen schienen für einen Moment fasziniert.

„Ihre Reflexionen haben philosophische Dimensionen."

„Ich sage Ihnen, was mich irritiert", überging Bulthaupt Golliers Bemerkung, „ich habe es mit dem merkwürdigsten Fall meines Berufslebens zu tun. Auch wenn ich Fitzler und Brus zurzeit noch freie Hand lasse, vertraue ich der Intuition Romers. Wenn er recht behält, hat eine einzelne Person unserem Wirtschaftssystem den Kampf angesagt, und sie scheint dabei schon in wenigen Wochen erfolgreicher zu sein, als es die RAF in zehn Jahren war. Kein einziges Kapitalverbrechen geht bis jetzt auf ihr Konto, aber die Methode könnte ein politisches Beben auslösen. Dass der Erpresser es geschafft hat, mit einer Hackeraktion die Kurse der Nationalbank spürbar zu beeinflussen, zeigt, wie empfindlich das System ist."

Gollier starrte demonstrativ an Bulthaupt vorbei auf die Zweige des Ficus.

„Herr Bulthaupt, ich bin Insider, wollen Sie mich über mein Gewerbe aufklären?"

„Aufklärung!", konterte Bulthaupt, „Das ist ein gutes Stichwort. Genau darum scheint es zu gehen. Die Aufklärung besorgt jetzt der Erpresser. Das heißt, er hat gerade erst damit begonnen. Zu den Mysterien, die der Aufklärung bedürfen, gehört auch der seltsame Umstand, dass unser Wirtschaftsfachmann, Herr Fitzler, mir bis heute nicht erklären konnte, wie moderne Wirtschaft eigentlich funktioniert. Dann musste ich feststellen, dass manches doch viel einfacher ist, als man vermutet. Die ganze Trickkiste aus Optionen, Derivaten, Zertifizierungen, Ratings und so weiter muss man nicht im Detail verstehen, wenn man ein paar kluge Leute zu Wort kommen lässt. Es ist noch nicht lange her, da haben Herr Henning und Herr Kupfer öffentlich beteuert, dass sie eine Systemkrise für unwahrscheinlich halten, während Das *Wall Street Journal* jetzt von einem *Watergate der amerikanischen Wirtschaft* spricht und ein Versagen des Systems diagnostiziert. Doch die entscheidende Aussage habe ich aus einer New Yorker Boulevardzeitung. Zum Tod eines bekannten Mafiabosses hat der Kolumnist geradezu eine Lobeshymne auf den Gangster geschrieben. Verglichen mit den kriminellen Großspekulanten und Wirtschaftsbetrügern sei der Pate geradezu eine Lichtgestalt, die niemals den einfachen Bürgern ihr Geld weggenommen habe. Im Vergleich zu den Milliardenschwindlern sei er fast schon ein Ehrenmann zu nennen. Verstehen Sie, was ich meine? Unser Erpresser ist in diesem Sinne eine Instanz des natürlichen Rechtsempfindens. Wenn die Gangster schon Lichtgestalten im Vergleich zu Finanzspekulanten sind, wie wird dann erst unser Mister X dastehen, wenn die Presse groß einsteigt? Das alles sage ich Ihnen nur, um noch einmal darauf hinzuweisen, wie wichtig die Reaktion der Nationalbank auf das Kommunikationsangebot des Erpressers ist."

6. 7

Schweiz – Im Zierer'schen Chalet

Langsam wurde mir klar, dass wir eine Reise ins Herz der Verdrängung angetreten hatten.

Sarah stoppte den Leihwagen gut hundert Meter von dem Gebäude entfernt. Es war ein typisches Schweizer Chalet, eine Art ländliches Gutshaus im alpinen Stil, das sich nur aus der Entfernung bescheiden ausnahm. Je näher man kam, desto deutlicher konnte man die wahre Größe des Anwesens abschätzen.

Ich fragte sie, warum sie anhalte.

Sarah ließ die Seitenfenster des Wagens runter.

„Ich dachte, eine Panoramaansicht dieser wundervollen Idylle ist eine ideale Einstimmung."

Während der ganzen Fahrt über hatte ich darauf gewartet, dass Sarah auf unsere gemeinsam verbrachte merkwürdige Nacht zu sprechen kommen würde. Aber sie tat so, als wäre nichts geschehen. Auf der einen Seite fand ich es erstaunlich, dass ausgerechnet eine Psychologin von sich aus keine Worte für eine intime Begegnung übrig hatte, die nicht so verlaufen war, wie wir es uns vielleicht gewünscht hätten. Aber vielleicht hatte auch alles nur damit zu tun, dass wir beide am frühen Morgen, als die sexuelle Explosion stattgefunden hatte, noch immer betrunken gewesen waren. Ich tröstete mich mit der provisorischen Einsicht, dass die professionelle Kenntnis der menschlichen Psyche nicht notgedrungen damit verbunden war, die eigenen Probleme zu durchschauen. Trotz ihrer vordergründigen Ehrlichkeit war mir Sarah immer ein Rätsel geblieben. Genau jetzt wäre vielleicht der Moment gewesen, das Thema von meiner Seite aus anzusprechen. Aber als unsere Blicke sich begegneten, glaubte ich zu spüren, dass sie für eine Aussprache noch immer nicht bereit war.

Dann jedoch hatte sich plötzlich meine Zunge verselbstständigt.

„Ich möchte nicht indiskret sein, Sarah", fing ich unbeholfen an, „aber irgendwann müssen wir darüber reden ..."

Ihr Blick wurde unerwartet weicher. Sie legte mir beinahe zärtlich ihre Hand auf den Mund.

„Lass es, Markus, jetzt geht es um andere Dinge. Der richtige Zeitpunkt wird schon noch kommen. Hab ein wenig Geduld mit mir. Lass uns einfach so tun, als hätte es nie stattgefunden."

„Wie meinst du das?", fragte ich irritiert.

„Warte einfach ab. Ich hab dich sehr gern. Darüber zu reden bringt gar nichts. Es wird der Tag kommen, an dem wir es noch einmal versuchen. Okay?"

Sie strich mir mit der Hand über die Wange.

„Vertrauen braucht Zeit."

Ich gab ihr einen flüchtigen Kuss auf den Mund, und sie ließ es geschehen. Für einen Augenblick leuchteten ihre Augen auf.

„Danke für dein Verständnis."

Während ich tief Luft holte, schien es mir, als sei etwas zwischen mir und Sarah klarer geworden, aber ich konnte es nicht benennen, was.

Immer noch in Gedanken bei Sarah, streckte ich meinen Kopf aus dem Fenster und schnupperte die würzige Landluft. Die Wiesen waren frisch gemäht, und es roch intensiv nach Gras. Bilder aus meiner Kindheit tauchten auf. Wie viele Jahre hatte ich keine Feldblumen mehr gesehen? Hier standen sie am Rand der schmalen

Asphaltstraße, die leuchtend blauen Kornblumen, rote Mohnblüten, hochstielige sattgelbe Gänseblümchen und andere, deren Namen ich vergessen hatte. Der heitere Anblick sprach dem Anlass, der mich und Sarah hierher geführt hatte, Hohn. Eigentlich fehlte nur noch ein Alphornorchester, um die Illusion komplett zu machen. Landschaften wie diese konnte man in Heimatfilmen als Hintergrund für einen romantisch kitschigen Familienausflug sehen. Der Vater mit einer Mundharmonika an den Lippen vorweg, danach die Kinder, und zum Schluss die Mutter in einem Trachtenkleid. Anschließend durchquerten sie eine Wiese, um sich schließlich an einem kristallklaren Bächlein zum Picknick niederzulassen.

Sarah ließ den Motor wieder an und steuerte auf die Einfahrt des Chalets zu. An den Torsäulen musste sie nur mit der Hand aus dem Fenster langen, um den Klingelknopf zu betätigen.

Aus einem kleinen Lautsprecher kam eine brüchige weibliche Stimme, deren Klang meine vorherige Vision ins Reich der puren Fantasie verwies.

„Ja, bitte?“

„Dr. Leismann und Herr Romer“, sagte Sarah, „wir sind verabredet.“

Nachdem das mächtige schmiedeeiserne Tor zur Seite geglitten war, lenkte sie den Wagen auf einen kleinen Parkplatz vor dem Eingang zum Chalet und brachte ihn neben einem zierlichen Mazda Cabriolet ungewohnt sanft zum Stehen.

Eine schmächtige Frau mit gepflegten silbergrauen Haaren kam uns entgegen.

„Frau Zierer?“, fragte Sarah.

Die Frau nickte. Ihr Gesicht sah fahl aus, und die Augen schimmerten rötlich aus dunklen Rändern.

„Ja. – Bitte kommen Sie doch unter das Terrassendach, ich kann die Sonne nicht vertragen.“

Um der besonderen Situation Rechnung zu tragen, sprach ich Frau Zierer zuerst einmal unser Beileid aus und sagte, ich könne mir denken, wie ihr zumute sei, und wir würden ihre Zeit nicht über Gebühr beanspruchen.

Frau Zierer deutete auf zwei Gartensessel.

„Das ist schon in Ordnung. Setzen Sie sich doch bitte. Ein Besuch lenkt mich ab. Im Moment graust mich das leere Haus mehr. Darf ich fragen, warum sich das deutsche BKA für den Tod meines Mannes interessiert? Für die Beamten aus Zürich scheint es doch außer Zweifel zu stehen, dass er den Freitod gewählt hat."

Sie wandte sich zur Seite und wischte mit einem Tempotaschentuch über ihre Augen.

„Ich kann es immer noch nicht fassen. Er wäre in fünf Jahren in Pension gegangen, und wir hatten noch so viel vor ... Die Kinder und die Enkelkinder ... Für diesen Sommer war ein Urlaub in Florida geplant. Mein Mann hatte sich dort nach einem Grundstück umsehen wollen. Er hatte sich vorgestellt, dass wir dort unseren Lebensabend verbringen. Er liebte das Seeklima und die Sportfischerei ... Was wollen Sie wissen?"

„Ich nehme an", sagte ich, „Sie sind mit den Problemen der SIB und den Verwicklungen Ihres Mannes in den Abschreibungsskandal einigermaßen vertraut. Herr Henning und Ihr Mann haben gemeinsam an der Lösung eines Problems gearbeitet, über das Sie vermutlich ebenso unterrichtet sind. Das ist der Grund, warum sich das BKA für die näheren Umstände interessiert."

Frau Zierer nickte.

„Dem BKA liegen die Ermittlungsakten der Schweizer Kollegen vor", fuhr ich fort, „und eigentlich zweifelt niemand an der Freitodversion."

Frau Zierer nahm wieder das Taschentuch zur Hand.

„Es tut mir leid", sagte Sarah, „dass wir Sie damit belästigen müssen, aber Herr Brus, der Leiter der Antiterrorabteilung im BKA, hegt Zweifel. Dabei geht es um den Obduktionsbericht. Man fand Spuren von einem starken Beruhigungsmittel. Ihr Mann hatte sich in Zürich mit jemandem getroffen, dessen Identität bislang nicht ermittelt werden konnte. Als er abends nach Hause kam, war außer der Haushälterin niemand hier. Sie waren zu der Zeit nicht im Haus. Sie hatten Ihren ältesten Sohn besucht und verbrachten den Abend mit ihm und seiner Frau. Herr Brus, der einen terroristischen Hintergrund im Auge hat, sieht durchaus die Möglichkeit, dass Ihr Mann sich nicht freiwillig in den Wagen gesetzt hat. Herr Fitzler von der Wirtschaftsabteilung denkt über das Gleiche nach, aber aus anderen Gründen. Er glaubt an ein Komplott internationaler Investoren."

Es kostete mich einige Überwindung, Frau Zierer in ihrem desolaten Zustand zu fragen, ob ich mir den Ort ansehen könne, an dem ihr Mann gestorben sei.

Schwer atmend erhob sie sich und nickte resigniert.

„Ja, natürlich. Die Garagen befinden sich im hinteren Anbau."

Für einen Moment durchrieselte mich ein Schauer des Unbehagens. Am liebsten hätte ich diesen Ort sofort wieder verlassen. Die äußerliche Friedlichkeit der Umgebung, die weißen Kieswege, die hohen Zypressen, die an Italien erinnerten und die üppigen Blumenstauden mit den leuchtenden Blüten sahen für mich wie verstreute Teile einer Grabesdekoration aus, und der schwere Geruch schien mehr wie eine atmosphärische Störung über dem Garten zu liegen.

Mit angsterfüllten Augen schloss Frau Zierer zögerlich eines der beiden Garagentore auf. In dem weitläufigen Raum standen ein uralter Cadillac, ein Mercedes Jeep und ein VW Phaeton.

Rot lackiert, mit glänzender Politur und ausladenden Chromstoßstangen prunkte der Cadillac wie ein Ausstellungsstück in einem Schaufenster. Zweifellos ein erlesenes Sammlerstück, befand sich der Wagen in einem erstklassigen Zustand.

„Er hat den Cadillac vor dreißig Jahren als junger Mann gekauft", sagte Frau Zierer leise, „und er hat ihn viele Jahre gefahren. In der Schweiz waren amerikanische Straßenkreuzer damals sehr beliebt. Es fiel in Zürich nicht besonders auf."

Ich stellte mir Zierer in diesem roten Schlitten mit offenem Verdeck vor. Bulthaupt hatte mir ein Foto von Zierer gezeigt. Darauf hatte der Banker wie ein biederer Schalterbeamter ausgesehen, mit einer Goldrandbrille und versteinerter Miene. So einer hatte es zum Chef einer der Größten Investmentbanken der westlichen Hemisphäre gebracht. In der Schweiz war er der *Mister Money* gewesen, einer, der amerikanisches Vermögen anzog wie ein Magnet die Eisenspäne. Vielleicht hatte er ein vielschichtiges Doppelleben geführt. Wie hoch mochte sein persönliches Vermögen sein, das seine Frau jetzt erben würde? Sie wirkte wie die biedere Gattin eines Filialleiters und nicht wie eine Millionenerbin. Was würde sie mit dem vielen Geld ohne ihren Mann anfangen?

Frau Zierers Stimme zitterte und war kaum hörbar.

„Hier in dem Phaeton hat er gesessen. Die Motoren von allen drei Autos hat er laufen lassen. Auf den Gaspedalen lagen Ziegelsteine und die Tore waren geschlossen. Der Arzt sagte, in Kombination mit dem Beruhigungsmittel hätten die Abgase wahrscheinlich schnell gewirkt. Er glaubt, mein Mann hätte das Mittel schon Stunden vorher eingenommen und eventuell die Dosis noch einmal verdoppelt. Das könnte erklären, warum er keinen Abschiedsbrief hinterlassen hat."

Mit einem unbehaglichen Gefühl ging ich ein wenig näher an den riesigen Wagen und öffnete die Fahrertür. Alles an der Innenausstattung war makellos und blitzsauber. Die beigen Sitze verströmten immer noch einen feinen Ledergeruch, als wäre das Fahrzeug gerade aus der Fabrik gekommen.

„Ich verstehe", sagte Sarah, „das Fehlen eines Abschiedsbriefes ist es, was Herrn Brus misstrauisch gemacht hat."

„Ich muss hier raus", stöhnte Frau Zierer auf, „ich habe noch immer den Geruch der Abgase in der Nase."

Auf einer Treppenstufe zur Terrasse geriet sie ins Stolpern. Bevor sie fallen konnte, fing Sarah sie auf und stützte sie auf den letzten Metern zu einem Gartensessel.

„In zwanzig Jahren hat er aus der SIB eine der größten Banken der Welt gemacht", stammelte sie, während ein Schwall Tränen aus ihren Augen brach. „Und dann wirft man ihn mit Schimpf und Schande hinaus. All die Jahre hat er für seine Kunden eine gute Rendite erwirtschaftet. Diese amerikanische Hypothekenblase ... Es war doch nicht seine Schuld ... Das ist nicht gerecht, das ist ..."

„Nein", sagte Sarah, „ganz sicher hat Ihr Mann ein solches Schicksal nicht verdient."

„Der Arzt hat mir versichert", schluchzte Frau Zierer, „dass mein Mann von allem kaum noch etwas mitbekommen hat. Bei der Menge an Beruhigungsmittel ist es ein Wunder, dass er noch fähig war, das alles zu arrangieren. Wo er die Ziegelsteine nur herhatte? Nirgendwo hier auf dem Grund wird gerade etwas gebaut, und es gibt auch keinen Lagerraum für so etwas. Nur einen Schuppen für Gartengeräte."

„Und Sie haben nicht die geringste Idee", fragte ich noch einmal nach, „mit wem Ihr Mann sich vorher in Zürich getroffen haben könnte?"

Frau Zierer schüttelte den Kopf.

„Nein, aber die Ermittler werden es vielleicht noch herausfinden. Für mich spielt das auch keine Rolle mehr. – Mein Gott, wer hätte das gedacht! Noch vor einem Jahr hat man ihn in den Zeitungen als einen der erfolgreichsten Banker der Schweiz bezeichnet. Die wichtigsten Politiker des Landes kamen hier in dieses Haus, um sich mit ihm zu beraten. Bis jetzt hat kein einziger von ihnen angerufen, um zu kondolieren. Ein paar Briefe habe ich bekommen, die so klangen, als hätte sie eine Sekretärin abgefasst."

Sarah sah Frau Zierer mitfühlend an.

„Wir werden Sie jetzt nicht weiter belästigen."

Als wir den Weg zum Tor hochfuhren, sah ich, wie die Frau uns von der Terrasse aus nachblickte. Vor dem Hintergrund des großen Hauses und dem Alpenpanorama in der Ferne wirkte sie winzig und verloren.

Auf der Rückfahrt nach Zürich hatte Sarah einen Umweg gewählt, der uns durch sanfte grüne Täler und beschauliche kleine Dörfer führte. Die Bilder erinnerten mich an kunstvoll zusammengebastelte Landschaften von Modelleisenbahnen. Alles sah aus, als hielte der liebe Gott persönlich seine Hand über diese Idylle, als würden hier die Geranien noch in tausend Jahren von den Balkonen der idyllischen Bauernhäuser hängen. Eine Weile grübelte ich noch darüber nach, wie trügerisch die vorgebliche Realität sein konnte. Was sich hier dem Auge bot, war eine fragwürdige Schönheit am Ende der Tage.

SIEBTER AKT

DIE SPRACHE DER FAKTEN

7. 1

Frauenhofer Institut in Freiburg

Professor Rethlinger empfing mich in einem Büro voller Bücher und Zeitschriften, mit Ausblick auf einen kleinen Park. Der Wissenschaftler mochte um die fünfzig sein, trug den Schädel fast kahl rasiert und hatte ein jungenhaftes Gesicht mit einem offenen Lächeln.

Rethlinger war von seinem Sessel aufgestanden und mir entgegengekommen.

„Herr Dr. Sanchez hat mich also an Sie weiterempfohlen! Emilio und ich haben ein Jahr lang am selben Projekt gearbeitet. Er ist ein begnadeter Programmentwickler. Sie deuteten ja bereits in Ihrer Mail an, worum es geht. Wenn Sanchez sagt, dass nur ganz wenige für eine Manipulation, wie sie bei der Nationalbank vorgenommen wurde, infrage kommen, dann weiß er, wovon er redet."

„Aber einer muss es getan haben", sagte ich.

„Keiner von meinen Kollegen in der Forschung", gab Rethlinger zu bedenken, „würde so etwas tun. Das ist absurd. Nein, ganz sicher nicht. – Diese Gerüchte, die man in den Zeitungen lesen kann, dass die Nationalbank um eine Billion Euro erpresst wird, ist da wirklich etwas dran? Offenbar streitet die Bank das ab."

Offiziell sei es immer noch geheim, sagte ich, aber man würde das Gerücht wohl in den nächsten Tagen bestätigen müssen. Wahrscheinlich würde die BILD ZEITUNG es dann auf die Titelseite bringen. In den Berichten würden zwar Vermutungen ausgesprochen, aber ich könne ihm sagen, dass diese Erpressung und der Hackerangriff auf denselben Urheber zurückgingen.

„Was ist Ihr Job bei der Sache?", fragte Rethlinger, „sind Sie eine Art Sonderermittler?"

Ich sagte, man könne es vielleicht so nennen. Zurzeit würde ich im Auftrag des BKA arbeiten und sei so etwas wie eine *Ein-Mann-Denkfabrik*. Inzwischen würde ich allerdings kaum noch denken. Irgendwie käme ich damit nicht recht weiter. Was mir bliebe, sei lediglich ein wenig Intuition. Etwas nehme in meinem Kopf Gestalt an. Die Formen seien noch verschwommen. Aber langsam würden sich Teileindrücke von der Persönlichkeit des Erpressers zusammensetzen. Bis jetzt hätte er alles so arrangiert, dass man außer durch puren Zufall oder höhere Magie niemals seine Identität erfahren würde. Etwaige Helfer würden seine Identität entweder nicht kennen, oder sie seien ihm auf eine besondere Weise verpflichtet und sympathisierten mit seinen Absichten.

Rethlinger hob interessiert den Kopf.

„Sie denken, dass derjenige, der den Hackerangriff ausgeführt hat, nicht der Verfasser der Briefe ist? Darf ich fragen, warum?"

Ich schwieg eine Weile. Die Frage versetzte mich in eine kreative Hilflosigkeit, und mein Gehirn schien alle Gedankenspiele der letzten Wochen in rasender Geschwindigkeit durchzuspielen.

„Ich weiß es selbst nicht", sagte ich, „das geht in die dunklen Bereiche der Intuition. Sie als Physiker würden vielleicht von Wahrscheinlichkeitswellen im Unfassbaren reden."

Seit Wochen lese ich in erster Linie immer wieder die Brieftexte, fuhr ich fort, es sei eine eigentümliche Kunstsprache. Jeder Satz sei genauestens überlegt. Manchmal erscheine es mir wie eine Collage, die jeden Hinweis auf einen bestimmten Charakter vermeiden wolle, dann wieder schimmere hinter der Steifheit etwas Persönliches. Ich hätte mich gefragt, ob der Erpresser sich selbst vielleicht als Humanist sehe. Aber inzwischen hätten seine Aktivitäten schon etliche Folgen gezeigt. Da gebe es Todesfälle am Rande, eine unheimliche Selbstmordserie in französischen Bankerkreisen, verheerende Aktieneinbrüche und eine Bankpleite nach der anderen.

„Zweifellos legt er den Finger auf die Wunde", sagte Rethlinger. „Was den konkreten Anlass Ihres Besuchs betrifft, ist mir gerade etwas eingefallen. Vor einigen Jahren hat jemand in meiner Abteilung gearbeitet, der dabei war, ein neues Sicherheitssystem zu entwickeln, Dr. Kamal Pradesch, ein Inder mit englischem Pass. Ich glaube, er ist in London aufgewachsen. Seine Spezialität war Codierungsmathematik. Ich habe ihm damals eine große Karriere vorausgesagt. Wo er abgeblieben ist, kann ich Ihnen allerdings nicht sagen. Vielleicht ist er nach England zurückgegangen. Oder er hat einen Job in seinem Herkunftsland angenommen. Früher gingen die indischen Informatiker nach Deutschland oder besser noch Amerika, um richtig Geld zu verdienen. Jetzt fängt es an, sich umzudrehen. Die Konzerne in Indien zahlen ihren Top-Leuten jetzt die gleichen Gehälter wie im Westen. Wenn dort einer umgerechnet zehntausend Euro im Monat verdient, kann er leben wie ein Fürst, mit Dienstpersonal, Chauffeur und allem Drum und Dran. Dr. Pradesch gehörte zu den kreativsten jungen Wissenschaftlern, die ich hier am Institut kennengelernt habe. Jemand wie er könnte Ihnen vielleicht sagen, wie es dem Hacker gelungen ist, in das Computersystem der Nationalbank einzudringen, und wo Sie nach einer Person suchen müssen, die so etwas bewerkstelligen kann."

Etwas in mir witterte einen leuchtenden Streifen am Horizont meiner Suche. Gab es vielleicht doch noch den Anfang eines roten Fadens, der mich schließlich weiterführen würde? Professor Rethlinger hatte mehr oder weniger deutlich gesagt, dass er eine Person kenne, die vermutlich über ausreichende Fähigkeiten verfügte, um zu wissen, wie man einen Hackerangriff mit den höchsten Schwierigkeitsgraden bewerkstelligen könnte. Vielleicht war eine Aufklärung zum Greifen nahe.

„Gibt es hier am Institut sonst noch Personen“, hakte ich nach, „die Dr. Pradesch näher kannten?“

Rethlinger griff zum Telefon und führte nacheinander mehrere kurze Gespräche mit einigen Kollegen oder deren Assistenten.

„Bedauere“, sagte der Professor, nachdem er das letzte Telefonat beendet hatte, „Einer der Assistenten kannte Dr. Pradesch näher. Er soll jetzt wieder in Indien sein. Ein Ort war ihm nicht bekannt. Nachdem sein Vertrag hier im Institut ausgelaufen war, hat er wohl eine Weile für IBM Deutschland gearbeitet. Wenn ich mich recht erinnere, stammte er aus Rajastan. Das ist alleine schon größer als Deutschland. Aber er könnte in jede größere Stadt gegangen sein, in der sich Softwarekonzerne niedergelassen haben.“

Als ich mich verabschieden wollte, fiel mir noch eine Frage ein. „Können Sie mir sagen, warum die Mathematiker in der Finanzwirtschaft den Zusammenbruch nicht vorhersagen konnten?“

Rethlingers Miene verdüsterte sich.

„Eine gute Frage. Da ging es mehr um Glaubens- als um Wissensfragen. Sie glaubten an ein stabiles System, das wie ein monetäres Perpetuum mobile funktioniert. Chaostheoretiker schütteln schon seit Langem den Kopf darüber. Unsere Wirtschaft ist eng mit der Gesellschaft und der Kultur verbunden. Das Ganze ist ein hochkomplexes System aus unendlich vielen Einflüssen. Da herrschen die Gesetze der Rückkopplung. Da kann eine Zahl noch fünf Stellen hinter dem Komma den Unterschied zwischen Ordnung und Chaos ausmachen.“

Auf der Rückfahrt war meine Stimmung wieder auf dem Nullpunkt. Für einen Moment hatte es vielleicht einen roten Faden gegeben, die erste mögliche Spur, den Hauch von etwas Realem. Aber fast schon zum Anfassen nahe, war der Faden gleich wieder zerrissen, die Spur verwischt. Indien! Das war gleichbedeutend mit dem Nirwana.

Ich fragte mich, ob ich Sarah in meine Gedanken einweihen sollte, verwarf die naive Idee aber sofort wieder. Für den Rest der Fahrt kreisten sie einzig um Sarah. Ich fragte mich, warum die erwünschte Annäherung so stockend verlief. Warum brach sich die Zuneigung nicht vehement Bahn? Warum sagte ich ihr nicht einfach, dass ich sie liebte und gerne dauerhafter mit ihr zusammen sein würde? Natürlich hätte ich mir durch ein solches Bekenntnis nichts vergeben. Bei optimistischer Betrachtung unterstellte ich dem Schicksal einen eigenen Willen, der darüber entscheiden würde, wie es weiterging. Vielleicht schlummerte etwas zutiefst Fatalistisches in meinem Gemüt, vielleicht war ich aber auch nur ein übersensibler Empfänger der allgemeinen Stimmung einer kulturellen und spirituellen Zukunftslosigkeit. Vielleicht hatte die Religion des Geldes uns alle zu heimatlosen Seelen gemacht, denen das innere Vagabundieren zur zweiten Natur geworden war. Wer wollte sich in solchen Zeiten schon auf irgendetwas festlegen?

Überraschend fand ich einen Parkplatz kurz vor dem Hauseingang. Beim Einparken fiel mein Blick zufällig auf einen hellen Kombiwagen, wie ihn Handwerker fahren. Trotz einer irritierenden Spiegelung im Fenster glaubte ich, Hollands markantes Gesicht erkannt zu haben. Ich wollte aussteigen und einfach hinüberlaufen, hatte aber meinen Wagen noch nicht gänzlich in die Parklücke gebracht. Ein entgegenkommendes Fahrzeug hupte, sodass ich zuerst mein Manöver beenden musste, und danach war der Kombi verschwunden. Nichts in meinem Loft sah danach aus, als hätte es ein Fremder unbefugt betreten, aber ich fühlte mich unwohl. Vielleicht hatte ich mich geirrt, vielleicht aber auch nicht. Wenn nicht, war das neuerliche Auftauchen Hollands beunruhigend. War vielleicht mein Loft verwanzt worden? Und wenn, warum? Mehr als eine Stunde suchte ich alle nur möglichen Ecken nach Spuren ab. Gegen Mitternacht entschloss ich mich, davon auszugehen, dass die Person in dem Wagen doch nicht Holland gewesen war.

7. 2

Frankfurt - In einem *Starbuck-Café*

Nachdem ich später als gewöhnlich aus einem unruhigen Schlaf erwachte, war die Bedrohung mit einem Schlage zurück.

Das ungute Gefühl, in meinen eigenen vier Wänden nicht mehr allein zu sein, meine Intimität verloren zu haben, kroch mir so sehr unter die Haut, dass ich Bulthaupt anrief und ihm von meinem paranoiden Verdacht erzählte. Wie ich aus seinen Bemerkungen entnehmen konnte, hielt er mich wirklich für paranoid, versprach mir aber, umgehend ein Spezialistenteam vorbeizuschicken. Schließlich sei man das BKA und verfüge über die technischen Mittel, jede Form von Verwanzung innerhalb kürzester Zeit festzustellen. Eine Stunde später kamen tatsächlich zwei Techniker mit mehreren Koffern. Eine weitere Stunde lang machten sie sich mit allen möglichen Geräten in meinem Loft zu schaffen, bis sie endlich aufgaben. Nein, sagte der Cheftechniker, sie hätten nichts Auffälliges gefunden. Vom Telefon bis zum letzten elektronischen Gerät, von der Toilette bis zum Kücheninventar hätten sie alles mit ihren Hightech-Detektoren gescannt. Ich könne mich wieder ganz zu Hause fühlen, cleaner ginge es nicht.

Nachdem die beiden Spezialisten den Loft verlassen hatten, war immer noch ein winziger Rest an Misstrauen geblieben. Ich entschloss mich, erst einmal in die Innenstadt zu fahren, wo ich wahllos in ein Café ging, um mir ein zweites Frühstück zu bestellen.

Erst nach einigen Sekunden kam mir das seltsame Interieur zu Bewusstsein. Seltsam in dem Sinne, als vor dreißig oder vierzig Jahren eine normale Caféhauseinrichtung mehr oder weniger so ausgesehen hatte wie hier an diesem zeitversetzten Ort. Das Wort Design und seine moderne Bedeutung war offenbar niemals bis in dieses museale Refugium vorgedrungen, auch wenn links und rechts die Moderne optische Akzente setzte. Aber vielleicht, kam mir in den Sinn, war das alles mit großer Raffinesse nachgestaltet worden, um einen neuen Retrotrend zu etablieren. Für junge Menschen lag die Zeit, in der dieser Stil zum Standard gehörte, weit genug zurück, um inzwischen für ein Revival reif zu sein.

Die Bedienung redete tiefsten hessischen Dialekt und verblüffte durch eine Freundlichkeit, die man in *Starbuck-Filialen* sonst niemals antreffen würde. Eine unvermittelte Wachträumerei rief ein Gefühl in mir wach, als hätte die Krise weltverändernde Ausmaße angenommen und die ganze Moderne hinweggespült, eine ganze Epoche des kollektiven Größenwahns aus dem Geschichtsbuch radiert und dieses Café als Insel der überlebenden Glückseligen übrig gelassen. Gleichzeitig fand ich es absurd, ausgerechnet an einem Ort wie diesem in euphorische Stimmung zu geraten.

Ich bestellte ein französisches Omelette mit einem Kännchen Kaffee und holte mir eine Zeitung von der Garderobe.

Wie in den letzten Wochen üblich, wurde spätestens auf Seite zwei die Inflationsrate thematisiert und die obligate Frage gestellt, wo das alles noch hinführe, wenn es so weiterginge.

Im Wirtschaftsteil waren neue Bankpleiten aufgelistet. Die Amerikaner sprachen schon vom größten Crash seit Menschengedenken und bereiteten sich auf eine Rezession von historischen Ausmaßen vor.

Inzwischen waren die ersten Tsunamiwellen vom Epizentrum New York auch in Deutschland angelangt. Eine Hypothekenbank hatte bereits Konkurs angemeldet, und weitere würden folgen. Auch die Börse selbst war in Mitleidenschaft gezogen. Einer der Großaktionäre, war zu lesen, der Engländer Jack Hamilton mit seiner Globe Invest Group, wäre seine Anteile an der Frankfurter besser heute als morgen losgeworden, aber ein Verkauf seiner Aktien hätte bei den ersten Tranchen die Kurse rapide sinken lassen und Hamiltons Gewinne in Verluste verwandelt.

Alle anderen Nachrichten waren Varianten eines Themenkreises, der an einem Tag das Finanzdebakel favorisierte und am nächsten die Ernährungskrise fokussierte, um darauf wieder einmal auf Afghanistan zu kommen.

Nur ein Artikel am Ende des Wirtschaftsteils erregte meine Aufmerksamkeit bereits im Titel.

Amerikanischer Großinvestor unter mysteriösen Umständen ums Leben gekommen.

Darunter stand zu lesen, dass Everett Grandell, der Chef des berüchtigten Finanzkonzerns Bluestar, am letzten Wochenende auf seiner Jacht, der *Age of Aquarius*, in Nizza tot aufgefunden worden sei. Angeblich solle nun auch Bluestar kurz vor der Insolvenz stehen. Nach ersten Verlautbarungen sei der Milliardär Grandell an einer Überdosis einer Designerdroge gestorben. Grandell sei dafür bekannt gewesen, auf seiner Jacht exzessive Partys zu feiern. Zurzeit würde allerdings von den Ermittlungsbehörden geprüft, ob noch andere Umstände eine Rolle gespielt hätten und Fremdverschulden in Betracht gezogen werden müsse. Grandell habe sich durch die Massenentlassungen sicher viele Feinde gemacht, und in den letzten Wochen habe es sogar Morddrohungen gegen ihn gegeben.

Von Sarah hatte ich erfahren, dass Brus einen seiner Leute auf Anderson, den Ex-Spekulanten der Nationalbank, angesetzt hatte, der mit Grandell in Nizza zusammengetroffen war. Der Fall war jetzt wahrscheinlich Wasser auf Fitzlers Mühlen. Der hatte Anderson immerhin der Konspiration mit Feinden der Nationalbank verdächtigt. Sollte es da tatsächlich einen Zusammenhang geben?

Ich sah auf meine Uhr. Das Zifferblatt zeigte auf Viertel nach neun, und heute war der 31.5., der Tag, für den der Autor des Ultimatums eine Antwort von Henning gefordert hatte, eine Antwort, die um neun Uhr dreißig für genau drei Sekunden in codierter Form auf den Kursmonitoren in den Schalterräumen sämtlicher Nationalbank-Filialen in Deutschland laufen sollte.

Um diesem Ereignis als Zeuge beizuwohnen, hatte ich mir eine Geschäftsstelle ganz in der Nähe ausgesucht. Vom Café bis dort würde ich weniger als fünf Minuten benötigen, sodass ich gerade noch genügend Zeit hatte, die Rechnung zu begleichen und die Toilette zu benutzen.

Um einen unauffälligen Ablauf meiner Aktion zu gewährleisten, hatte ich meine Uhr so genau wie möglich nachgestellt und betrat drei Minuten vor halb zehn die Filiale mit einer schmalen Aktenmappe. Letztere diente nur dem Zweck der Begründung meiner Anwesenheit, indem ich einige Papierstücke herauszog, die ich zu studieren vorgab. Ich würde sie gleich wieder in die Tasche stecken, als hätte ich das Wichtigste vergessen, und den Schalterraum scheinbar verärgert über meine Schusseligkeit verlassen. Nur einer der Kunden, die auf einer Bank warteten, bis sie an der Reihe waren, sah auf den Bildschirm an einer Säule in der Mitte des Raums. Es waren gerade die Börsennachrichten auf dem Wirtschaftssender *Bloomberg* zu sehen. Ich warf noch einmal unauffällig einen Blick auf meine Uhr. Gleich würde es so weit sein. Eine Minute vor halb Zehn!

Der Mann, der den Bildschirm beobachtet hatte, wurde zum

Schalter gebeten. Ich zählte: einundzwanzig, zweiundzwanzig, dreiundzwanzig ... neunundfünfzig, sechzig.

Halb zehn! Das Bloomberg-Signet verschwand, und vor einem schwarzen Hintergrund leuchteten weiße Buchstaben-, Zahlen- und Symbolkombinationen auf, die ein wenig wie geometrische Teppichmuster aussahen. Ich warf einen Blick auf die Überwachungskamera unter der Decke, die den ganzen Raum im Blickfeld hatte. Ab morgen, kam mir in den Sinn, würde die Stubenhockerfraktion in Brus' Abteilung Hunderte von Überwachungsbändern sichten. In diesem Fall hatten sie immerhin das Glück, nur einen klar definierten winzigen Zeitraum in Augenschein nehmen zu müssen. Und sie würden nach einer Person suchen, von der sie hofften, sie würde sich in irgendeiner Form auffällig machen, und sei es auch nur der unmotivierte Reflex, sich am Revers seiner Jacke zu schaffen zu machen: Immerhin war es ja möglich, dass sich dahinter die Absicht verbarg, einen Monitor mit einer am Revers versteckten stecknadelgroßen Geheimkamera zu fotografieren.

Niemand von den Menschen, die hier in der Filiale ein und aus gingen, konnte ahnen, dass heute eine verschlüsselte Botschaft an einen unbekannten Erpresser ausschlaggebend über das Schicksal der größten deutschen Bank entscheiden würde.

Auch wenn zurzeit noch alles seinen normalen Gang zu gehen schien, fiel mir auf dem Rückweg auf, dass in den Schaufenstern etlicher Geschäfte mit großen Plakaten erhebliche Preisnachlässe angepriesen wurden. Meistens geschah das in Prozentangaben, die niemand wirklich überprüfen konnte.

Sommerhosen für Herren: 30 Prozent Nachlass, Designerhemden: 20 Prozent, Bikinis: 70 Prozent.

Aber ein Blick durch die breiten Eingänge erweckte den Eindruck, dass die Lockmethode nicht so funktionierte, wie der Handel es sich erhoffte. Vielleicht fingen die Menschen ja nun an, endlich zu begreifen, dass man nicht unbedingt etwas kaufen musste, nur weil es gerade billig war.

Am nächsten Vormittag rief ich als Erstes bei Bulthaupt an, um mich nach dem Stand der Fahndung zu erkundigen.

Bulthaupt lachte nur höhnisch.

„Das ist wieder einmal typisch Brus. Da sind zwei Dutzend Mitarbeiter zusätzlich aus anderen Abteilungen abgezogen worden, um die ganze Nacht über Videosequenzen zu sortieren und verdächtige Personen zu untersuchen, und jetzt stellt sich heraus, dass in einigen Filialen Flachbildmonitore in den Schaufenstern hängen. Also brauchte unsere Zielperson nicht einmal das Innere einer Filiale zu betreten, um die codierte Nachricht mit einer unauffälligen Digitalkamera zu dokumentieren. Niemand hat das vorher recherchiert. Das ist eine unglaubliche Panne. Brus wird sich dafür verantworten müssen, und ich werde ...“

„Wissen Sie etwas über den Inhalt der Botschaft“, unterbrach ich Bulthaupt.

„Ich lasse Ihnen eine Kopie zukommen. Da ist die Rede von einem Fonds und von einer beginnenden Kooperation einiger internationaler Finanzinstitute. Henning nennt die Höchstsumme von einhundert Milliarden, die man vielleicht zusammenbringen könne. Wie Sie sehen, geht die Nationalbank jetzt in die Knie.“

7.3

Frankfurt - In einem Privatsalon

Jack Hamilton war in den letzten Jahren immer seltener hinter dem Steuer seiner Jaguar-Limousine gesessen. Anfänglich nur zu speziellen Anlässen, hatte er das Fahren zunehmend einem jungen Chauffeur überlassen, um die lästigen Staus und sonstigen Widrigkeiten des Stadtverkehrs zum Arbeiten und Telefonieren zu nutzen.

An einem Tag in der Woche fuhr er nachmittags mit seinem Porsche in einen wohlhabenden Stadtteil, der sich durch ruhige, mit altem Baumbestand gesäumte Straßen auszeichnete, hinter denen liebevoll bepflanzte Vorgärten lagen, die mit blühenden Büschen und Stauden eine Welt vortäuschten, an der die Ereignisse der Tagespolitik wie flüchtige Wolken vorbeizuschweben schienen.

Hier lebten höhere Angestellte, Akademiker und Besitzer von florierenden Handwerksbetrieben. In einem der Häuser lebten aber auch Fiona, Jolanda und Anna. Zu dritt hatten sie die kleine Villa im Stil der Gründerzeit gemietet und sich dort als Callgirls der gehobenen Klasse von ihren früheren Managern losgesagt, um das diskrete Geschäft nun auf eigene Rechnung zu betreiben. Seit einem halben Jahr besuchte er regelmäßig Anna. Für ihn war sie mehr als ein bezahltes Callgirl. In gewisser Weise hatte er sich sogar ein wenig in sie verliebt, fand aber nichts dabei, dass Anna gegen ein fürstliches Honorar auch noch anderen Männern eine romantische Gelegenheitsliaison anbot. Alles andere wäre auch in keiner

Weise zu seinem Vorteil gewesen. In seinem Penthouse wartete abends nach der Arbeit seine angetraute Ehefrau, während sich im Kinderzimmer zwei Töchter, die eine vier Jahre alt, die andere sechs, auf den Gutenachtkuss von ihrem Vater freuten. Natürlich hätte er sich einfach eine persönliche Geliebte halten können, da gab es immer wieder Gelegenheiten und Angebote, aber ein solches Arrangement barg vielfältige Gefahren, das eine Fülle von Vorsichtsmaßnahmen erforderte. Eine Geliebte, das hatte er etliche Male im Kreise von Freunden und Kollegen mitbekommen, würde früher oder später Ansprüche stellen und das Leben in einer Weise komplizieren, die mit dem damit verbundenen Stress jeglichen Lustgewinn verdarb. Anna hingegen betrachtete alles als nüchternes Arrangement auf Zeit, verfügte aber über beträchtliche schauspielerische Talente, die nur deshalb zu glaubwürdigen Ergebnissen führten, weil sie sowohl intelligent als auch gebildet war. In Prag aufgewachsen, hatte sie nicht nur das Gymnasium abgeschlossen, sondern auch noch einige Semester Pädagogik studiert. Um sich das Studium zu verdienen, hatte sie als Fotomodell gearbeitet und daraus für einige Jahre einen Hauptberuf gemacht. Aber irgendwann gab es immer weniger Buchungen, und für eine Weile wurde sie drogenabhängig. In dieser Zeit hatte sie sich als Gelegenheitscallgirl über Wasser gehalten. Jetzt hatten die drei Mädchen es sich so eingerichtet, dass sie sich die Männer auswählen und die übelsten Niederungen der Branche meiden konnten.

Heute war der Sex ausgefallen, weil Anna zur Einstimmung Drinks serviert und er sich länger als sonst mit ihr unterhalten hatte. Auch vorher waren sie niemals sofort in ihren Privatsalon gegangen und sofort zur Sache gekommen. Anna legte Wert auf eine entspannte Atmosphäre, und Hamilton war es nur recht, erst einmal die Daueranspannung abklingen zu lassen. Natürlich war diese Form von individuellem Service nicht umsonst. Unter tausend Euro war mit den Mädchen nicht zu verhandeln. Dafür gab es kaum zeitliche Begrenzungen für den Tag, und ein gemeinsames Dinner für danach war stets inklusive. Meistens allerdings wurde der volle Umfang der Leistung nicht genutzt.

Über ein kleines Geschenk, das er ihr wie beiläufig in die Hand drückte, hatte sie sich offenbar wirklich gefreut. Es war eine *Dolce&Gabbana-Tasche* aus grauem Leder mit zwei eleganten Querfalten und einem auffälligen Messingschild mit der typischen Gravur *D&G*. Er hatte lange gesucht und etliche unterschiedliche Modelle miteinander verglichen. Das Geschenk sollte von Herzen kommen, und er hatte sich wirklich Mühe gegeben, sich in Anna hineinzuversetzen.

„Dolce und Gabbana“, sagte sie mit weicher Stimme, „gefällt mir. Du bist süß, Jack. Du hast echt Stil.“

Nach einem harten Vormittag war er mit Anna unter einem Sonnenschirm auf der Terrasse gesessen, und sie hatte ihm Geschichten aus ihrem Teenagerleben in Prag erzählt, als wäre er ein ganz normaler Freund. Bei anderer Gelegenheit hatte sie ihn auch schon nach seiner Familie gefragt und darauf den Schilderungen seiner privaten Sorgen und Nöte aufmerksam zugehört.

Als er sein Glas geleert hatte, sagte Anna:

„Ich hätte jetzt richtig Lust. Was meinst du?“

Dieser Satz war neu in ihrem Repertoire. Sie gab Hamilton immer das Gefühl, dass sie es sei, die mit ihm schlafen wolle. Hamilton war nicht so naiv, ihre Sätze für bare Münze zu nehmen, aber sie verwendete niemals die gleiche Formulierung.

„Ja“, gab Hamilton zurück, „ich hätte jetzt auch Lust.“

Dann läutete Hamiltons Handy. Seine Sekretärin war am Apparat. Einer seiner Abteilungsmanager führte gerade eine Verhandlung mit einem möglichen Partner für neue Großinvestitionen, und es gab Kommunikationsprobleme. Der Mann gehörte zu einem reichen Fürstenclan in Dubai und war es gewohnt, nur mit den obersten Chefs zu verhandeln.

„Schade“, sagte Hamilton, „die Rechnung kannst du trotzdem wie üblich machen. Vielleicht schau ich morgen noch einmal vorbei.“

„Vielleicht geht nicht“, entgegnete Anna. „Du kennst meinen Terminkalender. Ruf mich spätestens heute Abend an.“

Als sich Hamilton in seinen Porsche setzte, stutzte er: Am Steuerrad hing ein kleiner Zettel. Er musste ihn umdrehen. Die Buchstaben stammten von einem Computerausdruck, und es sah aus wie eine Werkstattnotiz. Der Text allerdings war bedrohlich:

Überlegen Sie es sich noch einmal, bevor Sie den Motor anlassen.

P.S. Eine Botschaft in der Ablage wird Sie aufklären.

Reflexhaft sprang Hamilton aus dem Wagen. Dann hielt er einen Moment inne, machte einen Schritt zurück, nahm mit spitzen Fingern einen Briefumschlag aus der Ablage und warf einen schrägen Blick auf den Zettel am Steuer.

Während Hamilton die Nummer der Polizei in die Tasten seines Handys tippte, ging er noch einmal zurück zur Haustür und drückte den Klingelknopf.

Anna öffnete erstaunt die Tür.

„Hast du was vergessen?“

„In ein paar Minuten wird hier eine Menge Polizei auftauchen“, sagte Hamilton aufgeregt. „Ich wollte es dir nur sagen, damit ihr euch nicht wundert, was die hier vor dem Haus wollen.“

Anna schüttelte verständnislos den Kopf.

„Ich verstehe nicht. Polizei? Hier? Warum?“

„Keine Ahnung“, keuchte Hamilton. „Also, in meinem Porsche

befindet sich vermutlich ein Sprengsatz. Es hing ein Zettel mit einer Warnung am Steuerrad. Ich habe die Polizei schon informiert. Also, mach die Tür zu. Ich melde mich morgen."

Dann nahm Hamilton das Schreiben aus dem Umschlag.

An Mr J. Hamilton, Haupteigner und Chairman der Firma Globe Invest Group.
Herzlichen Glückwunsch zu Ihrer Entscheidung, nicht die Zündung zu betätigen. Sie werden später erfahren, warum.
Hiermit werden Sie aufgefordert, sich innerhalb einer Woche von Ihrem Aktienanteil an der Frankfurter Börse zu trennen.
Ich gehe davon aus, dass Sie über den Erhalt dieser Aufforderung Stillschweigen bewahren. Sollten Sie mehr über die Bedeutung dieser Botschaft erfahren wollen, wenden Sie sich in diskreter Weise an Herrn Dietmar Henning von der Nationalbank.
Gesellschaft zur Rettung der Menschenwürde

Kaum hatte Hamilton zu Ende gelesen, waren auch schon Polizeisirenen zu hören. Fünf Minuten später hatte ein wahrer Fuhrpark den Porsche umringt. Zwei Männer in Zivil hatten ihn kurz befragt und anschließend angeordnet, alle Fahrzeuge umgehend in Sicherheit zu bringen. Polizisten in Uniform klingelten an Häusern, und zwei mit Spezialhelmen und Schutzwesten ausgerüstete Spezialisten näherten sich zielstrebig Hamiltons Wagen. Ihre Gestik war besonnen, aber ebenso schien ihnen jedes Zögern fremd. Zweifellos hatten die Männer Übung in ihrem Handwerk. Sie öffneten die Motorklappe, nahmen Werkzeug aus einem Plastikkoffer und lifteten den Porsche mit Druckgashebern. Kurz darauf kehrten sie mit einem kleinen Gegenstand und eine Art Päckchen zurück.

Es schien Entwarnung zu geben. Die beiden zivilen Kriminalbeamten stießen dazu. Man redete einen Moment. Einer winkte Hamilton, näherzukommen.

„In Ihrem Wagen war kein Sprengstoff verstaut", erklärte er in ruhigem Tonfall, „sondern ein halbes Kilo harmloses Knetgummi. Wenn das C4 oder was Ähnliches gewesen wäre – na, dann Hallo! Wo wir hier stehen, wäre jetzt ein netter kleiner Krater, und in der Umgegend wären eine Menge Glasscheiben zu Bruch gegangen, und Ihr schönes Auto ... Na ja. Aber die Sache hat einen Haken!"

Er nahm einem der Spezialisten, die inzwischen ihre gigantischen Westen abgelegt hatten, ein schwarzes Kästchen aus der Hand. Der Deckel war geöffnet und man konnte eine elektronische Schaltung erkennen.

„Das ist der Haken", fuhr der Zivile fort, „wie man mir gerade eben erklärt hat, handelt es sich um einen Zünder, der mit einem Handyanruf scharfgemacht werden kann. Der Apparat hier hat vor zwanzig Minuten tatsächlich und ganz real die Knetmasse gezündet. Wahrscheinlich geschah das zu dem Zeitpunkt, als Sie sich hinter das Steuer gesetzt haben. Das ist wohl als eine Warnung zu betrachten. Wir werden uns darüber in Ruhe unterhalten müssen."

„Das nennt man einen virtuellen Anschlag", bemerkte der andere Zivile, „das ist einer der Fälle, auf die wir achten sollten. Herr Bulthaupt vom BKA möchte darüber informiert werden. Ich nehme an, er wird sich dann auch mit Ihnen, Herr Hamilton, unterhalten wollen."

Hamilton hatte noch fast eine Stunde warten müssen, bis die Männer von der Spurensicherung von jedem Winkel des Wagens Fingerabdrücke genommen, Haare und Fusseln in Glasröhrchen gesteckt und aus jeder nur denkbaren Perspektive Fotos geschossen hatten. Das Prozedere hatte immerhin den Vorteil, dass sein Wagen nicht für eine spätere Untersuchung konfisziert worden war.

Als er wieder am Steuer saß, stellte er fest, dass seine Hände leicht zitterten und Schweißperlen auf seiner Stirn standen. Dass man in seiner exponierten Stellung in der Branche irgendwann im Leben vielleicht einmal mit dem Tode bedroht werden könnte, hatte er in Rechnung gestellt, aber das Erlebnis saß ihm gleich aus mehreren Gründen in den Knochen. Er müsste den Vorfall seiner Frau erzählen. Sie würde fragen, wo es denn passiert sei. Er würde den Ort nennen und sagen müssen, er hätte dort in der Privatvilla eines Anlegers einen Besprechungstermin gehabt. Das würde vielleicht vorerst noch keine größeren Probleme nach sich ziehen, aber irgendetwas war in sein Leben eingebrochen, ein dunkler Schatten, der Angst erzeugen sollte. Und dieser Brief, den er wie gefordert den Kriminalbeamten gegenüber geheim gehalten hatte, war mysteriös. Aber mehr noch als das, bedeutete er baldige Verluste, große Verluste, für ihn und die Frankfurter Börse gleichermaßen. Wer wollte ihn dazu zwingen? Und warum?

Die Person, die hinter der Aufforderung steckte, wusste genau, was da geschehen würde, wenn die Aktien als Pakete auf den Markt kamen. Die Mengen, um die es sich dabei zwangsläufig handeln würde, wären meldepflichtig, und die Insider wären unverzüglich darüber informiert. Der Kurs der eigenen Aktien der Frankfurter Börse würde umgehend fallen, und das bedeutete, dass er selbst auch nur einen Bruchteil des jetzigen Wertes für seine Aktienpakete bekommen würde.

Hamilton musste sich konzentrieren, für Momente hatte er kaum noch auf den Verkehr geachtet. Statt wie geplant zuerst nach Hause zu fahren, war er wie in Trance in der Firma gelandet, um sich stumpfsinnig hinter seinen Schreibtisch zu setzen und Papiere durchzublättern, deren Sinn ihn im Moment nicht interessierte.

Das Telefon läutete.

„Bulthaupt", sagte eine knorrige Stimme. „BKA. Der Pseudoanschlag auf Ihr Leben könnte in einem größeren Zusammenhang stehen. Ich würde mich gerne etwas ausführlicher mit Ihnen darüber unterhalten. Nicht am Telefon! Passt es Ihnen morgen früh um halb elf?"

Hamilton nickte, als könne der Anrufer ihn sehen.

„Ja, das lässt sich machen."

Er starrte stumpf auf das Firmenlogo, das als stilisierter Globus aus Plexiglas magisch vor einem wandfüllenden blauen Hintergrund aufleuchtete. Darüber prangten drei vergoldete Buchstaben: *GIG*. Wesentlich kleiner stand am unteren Rand *Globe Invest Group* zu lesen.

Heute morgen noch war das Symbol ein Wegweiser in die Zukunft gewesen, ein Leuchtzeichen mit der Botschaft: *Gewinn, mehr Gewinn, noch mehr Gewinn.* Jetzt schien es plötzlich wie ein Symbol auf einem futuristischen Grabstein. Dieser Bulthaupt würde Fragen stellen. Was würde geschehen, wenn er den Brief zur Sprache brächte? Nein, er wollte vorerst der Forderung nach Geheimhaltung Folge leisten. Erst würde er sich anhören, was dieser Bulthaupt zu sagen und zu fragen hatte. Sollte er seine Frau einweihen? Sie würde sowieso mitbekommen, dass etwas im Gange war. Anna und die Callgirl-Villa waren vielleicht im Moment das geringste Problem, es sei denn, seine Frau würde misstrauisch werden. Aber der Verkauf seiner Aktienpakete könnte der Anfang vom geschäftlichen Ende sein. Eines würde das andere nach sich ziehen. Natürlich würde die Presse sofort reagieren. Man würde sich fragen, warum er sehenden Auges in den Bankrott rannte. Sein genau ausbalanciertes Investitionskarussell würde aus dem Gleichgewicht geraten. Binnen kürzester Zeit würde es Auswirkungen auf andere Bereiche seiner Firma geben. Schon das Gerücht einer möglichen Insolvenz könnte ihm den Rest geben.

Aus den Milliarden würden Millionen werden, und die würden wie Eis in der Tropensonne vor seinen Augen dahinschmelzen.

Er las noch einmal die Botschaft, die er in seinem Wagen gefunden hatte. Der Hinweis, sich an Dietmar Henning zu wenden, erinnerte ihn an hartnäckige Gerüchte, nach der die Nationalbank bereits seit Wochen erpresst würde, damit stünde der Hackerangriff in einem Zusammenhang. Einen Impuls, bei der Nationalbank anzurufen und sich einen Termin bei Henning geben zu lassen, unterdrückte er.

Stattdessen griff Hamilton zum Telefon, um eine andere Nummer zu wählen.

„Patrick?"

„Jack!"

„Ich habe mich entschlossen, die Anteile an der Frankfurter Börse abzustoßen."

„Du bist verrückt", schallte es aus dem Hörer.

„Ich habe meine Gründe", erklärte Hamilton lakonisch, „kümmere dich drum. Je schneller, desto besser."

Als er auflegte, kam seine Sekretärin mit einer Unterschriftenmappe.

„Es ist nur ein Vorgang, Mister Hamilton, würden Sie bitte unterschreiben?"

Hamilton zeichnete gegen, ohne hinzusehen.

Die Sekretärin nahm die Mappe wieder an sich und stutzte einen Moment.

„Mister Hamilton! Ist Ihnen nicht gut? Kann ich etwas für Sie tun?"

„Nein, danke", sagte Hamilton, „es geht mir gut. Bringen Sie mir einfach ein Glas Wasser."

Hamiltons Blick fiel auf die Fotografie auf seinem Schreibtisch. Das Lachen seiner Töchter schien ihm jetzt aus einer anderen Welt zu kommen, aus einer Welt, die sich vor wenigen Stunden aus seinem Leben verabschiedet hatte.

7. 4

Mallorca – Anfang Juli

Henning sah demonstrativ aus dem Fenster des Wagens. Schneider redete von Weinsorten, von Pferden und Jachten. Henning verstand weder etwas von Wein noch von Pferden, und die Jachten waren für ihn auch nicht mehr als ein Aushängeschild. Schneider so dicht neben sich zu spüren, aktivierte eine innere Abwehr gegen den ungeliebten Aufsteiger. Aber jetzt ging es darum, Kroll, einen der wichtigsten Chefredakteure, zur Kooperation zu gewinnen, und Schneider verfügte über die besten Kontakte zur Presse. Er hatte das Treffen hier auf Mallorca arrangiert, weil er wusste, dass Kroll ein begeisterter Golfspieler war. So hatte er es tatsächlich geschafft, den wichtigsten Journalisten Deutschlands, zumindest was die Stimmung im Volk betraf, auf Kosten der Nationalbank für ein Wochenende auf die Insel einzuladen, um ihm den neuesten, schönsten und besten Golfplatz zu zeigen. Genau für solche Sachen hatte Schneider ein Händchen. Nur zwanzig Minuten vom Flughafen entfernt, im Süden der Insel, hatte er für Kroll eine Suite in einem kleinen Luxushotel reserviert, das die Hilton-Gruppe als Premium-Segment des Hotelkonzerns in Sa Torre, einem renovierten alten Herrengut, betrieb. Jetzt saßen sie alle zusammen in der Langversion einer Mercedes-Limousine.

Während der endlosen Auffahrt zum Klubgebäude konnte man die Dimensionen der Spielfelder nur erahnen. Wahrscheinlich erstreckte sich der akribisch gepflegte Achtzehn-Loch-Platz über gut einen Quadratkilometer.

Kroll sah mit anerkennender Miene aus dem Fenster.

„Das kann sich sehen lassen. Die Spieler muss man mit dem Fernglas suchen. Ich frage mich, wie sich so eine Anlage rechnen kann. Wie ich hörte, gibt es noch zwanzig weitere Golfplätze auf der Insel."

Er deutete auf eine Gruppe mittelgroßer Teiche mit Schilfbepflanzung an den Rändern.

„Wo bekommen Sie das Wasser her?"

Schneider sagte, man würde es aus einer nahen Kläranlage beziehen und noch einmal durch eine eigene Anlage schicken, wo es dann mit Trinkwasserqualität wieder herauskäme. Die Kosten alleine dafür beliefen sich auf zweieinhalbtausend Euro täglich, und der Rasen würde von vierzig Gärtnern in Schuss gehalten. Der Platz gehöre einem deutschen Unternehmer, der sich in erster Linie selbst eine Freude habe machen wollen. Wahrscheinlich hätte er es nicht nötig, schnelles Geld damit zu verdienen.

Im Klubhaus hatte Schneider eine Begrüßung durch den Manager organisiert und Kroll entscheiden lassen, dass man nach einem leichten Sommergetränk erst einmal eine halbe Runde mit neun Löchern spielen, ein Dinner einnehmen und danach bis Loch achtzehn weiterspielen würde. Bei den enormen Distanzen würde man allein schon für die erste Hälfte gut zwei Stunden benötigen.

Sie hatten ihre Caddies mit dem Schlägersortiment am Rande des Greens auf das sogenannte Rough gestellt. Die extrem kurz gehaltenen Rasenstücke für den Abschlag waren mit einer derartigen Präzision geschnitten, dass sie sich nicht mehr von einem dicht gewebten Teppich unterschieden.

„Das ist der Unterschied", sagte Schneider in einem Tonfall, als wäre es sein Golfplatz. „Das ist hier alles first class. Da können Sie hinsehen, wo Sie wollen, jeder Quadratmeter ist perfekt. Mit hundertfünfzig Euro die Stunde ist das geradezu preiswert."

Henning warf Schneider einen missbilligenden Blick zu. Jetzt hätte er lieber Kupfer oder Gollier dabeigehabt. Aber Schneider war für diese Aufgabe vermutlich besser geeignet. Er und Kroll waren aus einem ähnlichen Holz geschnitzt. Politiker würden von stimmiger Chemie sprechen, aber Henning befürchtete, dass auch bestes Einvernehmen und diese Wochenendeinladung nur wenig bewirken würden. Bestenfalls könne man etwas abstimmen, um sich für die Zukunft einen minimalen Einfluss auf die Berichterstattung zu sichern.

„Wie hoch ist Ihr Handicap?", fragte Kroll in Richtung Henning.

Hennings Blick wurde überheblich.

„Achtundzwanzig. Ich bin nur ein mäßiger Spieler. Wäre ich ein guter, würde man mir nachsagen, ich verbrächte mehr Zeit auf dem Golfplatz als im Büro. Das wäre nicht gut fürs Geschäft. Einmal im Monat eine entspannte Runde ohne Erfolgsstress ist das Äußerste, was mein Terminkalender zulässt. Und was ist Ihr Handicap?"

„Zwölf", sagte Kroll und versuchte seiner Stimme einen bescheidenen Klang zu geben, „aber ich kann mir nicht viel darauf zugutehalten, ich könnte noch wesentlich besser sein. Mein Vater spielte schon Golf, und ich habe es bereits in sehr jungen Jahren gelernt. Ich hätte Profi werden können, aber der Journalismus erschien mir letztlich in vielerlei Hinsicht reizvoller. – Dann haben Sie eine Vorgabe von sechzehn Schlägen, Herr Henning. Und was ist Ihr Handicap, Herr Schneider?"

„Achtzehn", antwortete Schneider. „Ich arbeite seit einem Jahr an einer Verbesserung. Zwölf wäre ein erreichbares Ziel, wenn es mir nicht ebenso ging wie Herr Henning. Seit dem Hypothekendesaster ist nur noch ein Tag am Wochenende drin."

„Wollen Sie anfangen, Herr Kroll?", schlug Henning vor.

Kroll suchte in seiner Schlägertasche auf dem Caddie.

„Wenn Sie meinen. Dann werde ich einmal meinen neuen Metal-Wood ausprobieren.“

Gleich der erste Schlag musste vier Par, eine Distanz von ungefähr vierhundert Metern, über eine Teichlandschaft befördert werden.

Vielleicht hatte Kroll einen schlechten Tag oder war noch nicht genügend an seinen neuen Metal-Wood gewöhnt. Der Ball war in einen Bunker, eines der großen Sandlöcher, geraten. Es erforderte eine Menge Erfahrung und eine besondere Schlagsicherheit, ihn dort wieder herauszubekommen.

Henning hatte seinen Ball in den Teich befördert und musste mit einem neuen von einer markierten Linie am Teichrand weiterspielen, wohingegen Schneider den seinen im Rough, dem gröberen Rasen, unweit des Greens, dem feinen Rasen, wiederfand. Wenn er keinen Fehler machte, würde ein Schlag genügen, um den Ball auf das Green zu bringen. Mit ein wenig Glück könnte er ihn mit dem dritten Schlag ins Loch versenken, aber Henning schoss ihm einen Blick zu. Sie hatten vereinbart, Kroll auf jeden Fall gewinnen zu lassen. Schneider setzte den Ball auf das Green, brauchte aber noch zwei weitere Schläge, um ihn ins Loch zu bekommen, während Kroll seinen Ball mit ungewöhnlicher Bravour aus dem Bunker schlug. Er landete mitten auf dem Green, keine drei Meter vom Loch entfernt. Man musste Kroll im Moment nicht unbedingt bevorzugen, er spielte ohnedies besser. Er wechselte noch einmal den Schläger und brauchte tatsächlich nur einen Schlag, um den Ball sanft ins Loch zu befördern.

„Wann werden Sie es in den Schlagzeilen bringen?“, eröffnete Schneider die Verhandlungen, die der eigentliche Grund für diese Golfpartie waren.

„Dienstag, vielleicht erst Mittwoch“, antwortete Kroll, während er seinen Ball in einen Waschautomaten am Rande des Roughs legte. „Aber ich sage Ihnen gleich, dass ich da nur noch sehr wenig machen kann. Aufgrund der besonderen Beziehungen des Verlages zur Nationalbank haben wir sowieso schon eine Menge Rücksicht gezeigt. Aber auch wir müssen unseren Job machen. Auch wir haben Aktionäre, die Auflage sehen wollen. Die Gouldsteen-Brothers-Pleite war der letzte große Knaller. Dass in London jeden zweiten Tag eine Bank dichtmacht, ist fast schon banal. Die Erpressung der stolzen NB wäre ein echter neuer Knüller. Das bringt Auflage ohne Ende. Ich kann Ihnen nur die Wahl der schlimmeren oder der netteren Version lassen. Ballmann, der bei uns den Rohentwurf für Seite Eins macht, hatte schon etwas vorbereitet. *Eine Billion Euro Strafe für die Verbrennung von Milliarden.* Da war auch ein Foto von der Jacht eines arabischen Millionärs vorgesehen, mit dem Untertitel: *Diese Jacht kostet weniger, als der Chef der Nationalbank in einem Jahr verdient.* Ich habe das erst einmal abgebogen."

„Mein Gott", stöhnte Schneider auf, „das verletzt ja alle Regeln des Anstands!"

Kroll legte seinen frisch gereinigten Ball auf die Abschlagslinie. „Sind die Praktiken der Großspekulation vielleicht anständig? Aber es wird ja auch nicht in dieser Form gebracht. Vielleicht gibt es eine Möglichkeit, im Rahmen der weiteren Berichterstattung das Image der Nationalbank wieder aufzuwerten. Das geht aber nur, wenn Sie kooperieren."

Er ließ seinen Schläger einmal zur Probe durch die Luft sausen, bevor er ausholte und den Ball in ein Geschoss verwandelte, das in hohem Bogen über ansteigendes Gelände sauste und dann nicht mehr zu sehen war.

„Wie meinen Sie das?", fragte Henning irritiert und schlug seinen Ball weit aus der Richtung. „Verdammt, ich hätte einen anderen Schläger nehmen sollen."

„Mit der Vorgabe, die Ihnen zusteht", versuchte Kroll, Henning zu motivieren, „haben Sie doch noch alle Chancen."

„Kooperation", kam Schneider aufs Thema zurück, nachdem auch er seinen Ball über den Grashügel geschlagen hatte, „das hört sich immerhin konstruktiv an."

„Machen wir uns doch inzwischen auf den Weg zum nächsten Abschlag", ergriff Schneider die Initiative und ging zu seinem Caddie.

„Der Punkt ist folgender", sagte Kroll, „bis jetzt ist vonseiten der Nationalbank die Erpressung offiziell geleugnet worden. Wir bekamen unsere Informationen durch eine anonyme Zusendung. Was Sie noch nicht wissen: Inzwischen liegen uns vier Briefe vor. Auf eine knallige Titelstory können wir nicht verzichten. Das werden Sie verstehen."

Henning schüttelte den Kopf.

„Nein, das verstehe ich nicht. Das alles steht im Zusammenhang mit einer Wirtschaftskrise, die uns alle betrifft."

„Sie sind quasi ein Opfer der Gesetze, denen Sie über Jahre mit Ihrer eigenen Finanzpolitik gefolgt sind", konterte Kroll, „jetzt steht mein Shareholder-Value gegen Ihren. – Wenn Sie die Existenz der Erpressung offiziell bestätigen, könnte ich die Folgeberichte so weit steuern, dass Ihnen damit ein strategischer Umgang möglich ist."

Kroll griff in ein Seitenfach seiner Schlägertasche auf dem Caddie.

„Ich habe Ihnen Kopien der Dokumente, die bei uns eingegangen sind, mitgebracht. Jetzt sagen Sie mir bitte, ob Sie die Texte kennen oder nicht. Die Berichterstattung wird davon abhängen, ob wir sagen können: *Die Nationalbank hat bestätigt*, oder *sie hat es abgestritten*."

Auf dem Weg zum nächsten Abschlag überflog Henning missmutig die Kopien, während Kroll ihn von der Seite beobachtete. Als sie den höchsten Punkt des Grashügels erreicht hatten, waren es kaum mehr als fünfzig Meter bis zum Loch.

Kroll sah überrascht auf seinen Ball, der mitten im Green gelandet war. Er würde mit nur einem weiteren Schlag sicher ins Loch gehen.

„Das war pures Glück, meine Herren", sagte Kroll.

Henning irrte im Rough herum und suchte seinen Ball. Nachdem er ihn gefunden hatte, wischte er sich mit einem blütenweißen Taschentuch den Schweiß von der Stirn. Immerhin bekam er den Ball an den Rand des Greens.

Kroll ging zum Loch und nahm die Orientierungsfahne heraus.

„Nun, Sie haben es gelesen. Sind es die Erpresserbriefe oder nicht? Dementieren Sie weiter?"

Schneider und Henning tauschten einen kurzen Blick aus.

„Nein", sagte Henning und bemühte sich, seiner Stimme einen selbstbewussten Klang zu verleihen. „Es lässt sich ja ohnehin kaum noch leugnen."

„Ja, allerdings", stimmte Kroll zu. „Also, wenn wir es jetzt bringen, ist es keine unbestätigte Behauptung mehr. Das hat einen unschätzbaren Vorteil für die Nationalbank. Sie können dafür in einem kurzen Interview erst einmal andere Zusammenhänge abstreiten."

„Die Hitze wird langsam unerträglich", klagte Schneider, „jetzt könnte man einen Strohhut gebrauchen."

„Wir spielen noch zwei Löcher", schlug Henning in erleichtertem Tonfall vor, „und machen eine Pause. Im Klubrestaurant gibt es eine hervorragende Küche."

„In Ordnung", nickte Kroll, während er zusah, wie sein Ball unaufhaltsam auf einer unsichtbaren Zielgeraden dem Loch entgegenrollte.

Schneider zog anerkennend die Brauen hoch. Aber dann blieb

der Ball knapp einen Zentimeter vor dem Loch liegen. Kroll ging zum Loch und starrte einige Sekunden auf die weiße Kugel, als würde sie, plötzlich von göttlicher Hand bewegt, doch noch einen magischen Impuls erhalten und ins Loch stürzen. Aber nichts dergleichen geschah.

„Also gut, was soll's?", kommentierte Kroll gelassen und tippte den Ball leicht an. „Das ist Künstlerpech. Dann sind es eben drei Schläge gewesen. – Vielleicht sollten wir die Pause jetzt gleich machen. Wir spielen schließlich kein Turnier."

Schneider hätte es ebenfalls mit zwei Schlägen schaffen können, benötigte aber drei und sah bei dem letzten Schlag Henning vielsagend an.

„Wollen Sie mich etwa bevorteilen?", fragte Kroll, „der war doch sicher."

Schneider wischte noch einmal demonstrativ über seine Stirn.

„Das ist die Hitze, mir läuft der Schweiß schon in die Augen."

Henning fixierte den Ball, als müsse er seine letzten Geisteskräfte mobilisieren. Noch vor einem Jahr wäre es undenkbar gewesen, dass ihn der Sportsgeist und die volle Konzentration im entscheidenden Moment verließen. Das Spiel hatte jetzt ohnehin jegliche Bedeutung verloren. Kroll hatte seine Entscheidung getroffen und eine gewisse Kooperation angeboten. Jetzt kam es darauf an, wie er den Notstand in der Öffentlichkeit verkaufen würde. Kroll hatte ein Interview angeboten. Wie sollte er die stetig weitersinkenden Aktienwerte und die Erpressung als den Beginn einer Konsolidierung erklären?

Jetzt hatte er den Ball geschlagen, ohne es zu wollen. Die weiße Kugel schoss eine Handbreit am Loch vorbei und landete weit dahinter in einem der Sandlöcher. Der Bunker lag in einer ohnehin schon abfallenden Rasenfläche. Henning spürte, wie ihn jedes Interesse, die Herausforderung anzunehmen, verließ. Schneider würde es vermutlich nicht bemerken. Schließlich war vereinbart, Kroll die Rolle des Champions zu überlassen.

Wo auch immer der Ball jetzt hinfliegen würde, eigentlich war es egal. Henning erschrak vor seiner eigenen Resignation.

Dann hörte er Kroll in die Hände klatschen.

„Unglaublich! Das war eine Meisterleistung. Kein Profi hätte das besser hinbekommen."

Der Ball war wider jedes Erwarten mitten im Green keine drei Meter vor dem Loch gelandet.

Henning wechselte den Schläger und setzte ihn sauber ins Loch.

„Das war der Eingriff höherer Mächte, meine Herren. Ich habe kaum etwas dazugetan. Purer Zufall."

„Wie werden Sie mit diesem Ultimatum umgehen?", kam Kroll wieder auf das eigentliche Gesprächsthema zurück. „Wie wollen Sie aus der Situation wieder herauskommen? Alles sieht nach einem Lawineneffekt aus. Die wirksamen Massen sind bereits losgetreten. Wer will das noch aufhalten?"

„Wenn Sie auf persönliche Diffamierungen verzichten", gab Henning zur Antwort, „werde ich darüber im Interview sprechen."

Kroll lachte.

„Jetzt drehen Sie die Spielregeln aber um. Nun gut, Ich werde sehen, was ich tun kann. Das Interview ist garantiert. Ich sage es hier ja immerhin vor einem weiteren Zeugen."

Während Schneider mit Kroll auf dem Weg zum Klubhaus über Schlagtechniken und Qualitätskriterien der Ausrüstung diskutierte, ging Henning vorweg, um zu vermeiden, dass ihm jemand die Stimmung von der Nase ablesen konnte. Die letzten Tage gehörten zu den schwärzesten seines Lebens. Bislang war der Karrierefahrstuhl immer nur in eine Richtung gefahren: nach oben. Er hatte die Nationalbank zu einer globalen Institution gemacht, und das hatte nur der Anfang für eine Ausbreitung in die Finanzmärkte der asiatischen Giganten Indien und China sein sollen. Rückwirkend erschien die globale Profithysterie nur noch wie ein Wahngebilde. Er selbst war in den letzten Jahren zu einem Standbild deutscher Geldmacht geworden, jetzt zerrann ihm diese Macht zwischen den Händen wie die Asche der symbolisch verbrannten Geldscheine.

In Wahrheit hatte er mit Krolls Ankündigung jede Hoffnung auf Rettung aufgegeben. Henning hatte begriffen, dass der Autor des Ultimatums alle Joker in der Hand hielt. Er hatte es jetzt schon geschafft, das System zu treffen. Selbst wenn man ihn zu fassen bekäme, wäre der Prozess kaum noch rückgängig zu machen. Nicht mehr nach der Bedenkzeit-Schlagzeile, die Kroll in wenigen Tagen absegnen würde. Dazu kam immer noch die Forderung, hundert Millionen von seinem persönlichen Konto beizusteuern. Sie war noch nicht konkretisiert worden, aber Henning war jetzt sicher, dass der Erpresser sie durchsetzen würde. Und das wäre sein persönliches Ende. Trotz der Hitze fühlte er einen plötzlichen Kälteschauer. Auf den Treppenstufen zum Klubhaus geschah es dann: Erst spürte er, wie sich das Licht in seinem rechten Auge abschwächte und ein beängstigendes Pochen in seinem Schädel einseitig die Sicht abschaltete. Er geriet ins Stolpern. Dann nahm er gerade noch wahr, dass auch das linke Auge seinen Dienst versagte. Die Kante einer Treppenstufen traf seine Hüfte. Bleierne Schwärze nahm ihm jegliche Wahrnehmung und jedes Gefühl. Sein letzter Gedanke war: Ich sterbe.

7. 5

Frankfurt – In der U-Bahn

Es war schon eine Weile her, dass ich zum letzten Mal mit einer U-Bahn gefahren war. Vielleicht war es schon immer so gewesen, aber heute fiel es mir besonders auf, die Menschen schienen sich in einer merkwürdigen Duldungsstarre zu befinden, einer Apathie und einer offensiven Lustlosigkeit. Sie sahen mit fernen oder in sich gekehrten Blicken hartnäckig aneinander vorbei, als würden sie nur notgedrungen die Existenz anderer ertragen. Gelegentlich wurde auch etwas geredet. Das waren dann Personen, die schon gemeinsam in den Waggon gekommen waren. Meistens hörte man fremde Sprachen. Das reale Zusammenleben der verschiedenen Kulturen sah nach einer Zwangsvermischung aus, an der niemand Freude zu haben schien.

Mein Wagen hatte schon seit Tagen vor sich hingemuckt. Es dauerte einfach zu lange, bis er ansprang. Wenn man wenig Gas gab, ruckelte er bisweilen, und wenn ich einen Gang zurückschaltete, waren immer wieder Fehlzündungen zu hören. So hatte ich das Auto gestern in der Frühe zu einer Werkstatt in einem Industrieviertel gebracht, die von zwei Polen betrieben wurde, die kleinere Reparaturen auch zu kleinen Preisen erledigten.

Als ich meinen Wagen abholen wollte, herrschte auf dem Hof reges Treiben. Vor dem baufällig erscheinenden Schuppen, der die eigentliche Werkstatt beherbergte, standen gut ein Dutzend Wagen mit Reparaturzetteln unter den Scheibenwischern.

„Euer Laden brummt ja richtig!“, sagte ich zu Janek, einem der beiden Teilhaber.

„Ja“, entgegnete Janek, „reden alle von Krise. Bei uns nicht. Da, siehst du, alle über zehn Jahre alt. Fährst du damit in die Werkstatt von VW, Ford oder Mercedes, kommen erst mal Typen in weiße Kittel und machen mit Computer. Bei Janek geht gleich los mit Schraubenschlüssel.“

Er hatte recht, hier auf dem Hof hatte sich eine Form multikulturellen Lebens etabliert, die sich wohltuend von der Stimmung in der U-Bahn abhob. Auch hatte es den Anschein, dass hier nicht nur schrottreife Blechhaufen wieder in Fahrzeuge transformiert wurden, sondern nebenbei noch etliche andere Geschäfte an den Büchern vorbeiliefen. Da hielt ein teurer BMW mit einem schwitzenden Dicken hinter dem Steuer. Einer mit buschigen Augenbrauen und einer riesigen Hakennase in einem schmalen Gesicht kam aus einem verbeulten Opel und stieg zu dem Mann im BMW. Nach einer Weile ging der Hakennasige wieder zu seiner Schrottmühle, und der BMW fuhr davon. Szenen dieser Art variierten. Ein Türke redete mit einem der Gesellen, der in einem Kabuff verschwand und mit einer Plastiktüte wieder herauskam, die er dem Türken übergab, andere fuhren nur kurz vor die Garage, wechselten mit irgendjemandem ein paar Worte und waren wieder verschwunden.

Das alles wurde begleitet von dem Gekreische eines blau gefiederten Papageis, der zwischendurch den Käfigdraht mit seinem riesigen Schnabel bearbeitete.

Janek hatte meinen Wagen gestern einer kurzen Inspektion unterzogen und war zu dem Ergebnis gekommen, dass die Störungen ohne große Kosten behoben werden könnten. Man müsse den Vergaser reinigen und einen neuen Filter einsetzen, Zündkerzen wechseln und noch einmal alles nachsehen. Jetzt stellte sich heraus, dass der Service noch nicht ausgeführt war und ich unverrichteter Dinge wieder mit der U-Bahn zurückfahren müsste.

Bei einem Kiosk auf dem Weg zur U-Bahnstation waren die fetten Schlagzeilen schon aus der Entfernung zu sehen. Als ich näherkam, wurden die Buchstaben schärfer. *Eine Billion Euro!* stand auf der Titelseite der BZ zu lesen. Also war das Endspiel eröffnet. Die FAZ hatte ein außenpolitisches Thema auf die erste Seite gesetzt, aber im Wirtschaftsteil gab es einen entsprechenden Artikel, der auf eine reißerische Überschrift verzichtet hatte. Ich kaufte beide Zeitungen.

Erst im U-Bahnwaggon machte ich mich an das detaillierte Studium der Texte unter den Schlagzeilen.

Gerüchte über einen spektakulären Erpressungsversuch endlich offiziell bestätigt.
Wann stürzt der Geldturm ein?

Die Erpressung wurde über zwei Monate als geheime Staatsaffäre behandelt. Bereits am 12.3.08 erhielt die Nationalbank ein anonymes Schreiben.
(...)
Anklage: Die Finanzwirtschaft der führenden Industrienationen hat sich schuldig gemacht, mehr als hundert Milliarden Euro wissentlich vernichtet zu haben.
Urteil: Zahlung von 1 Billion Euro. Die Nationalbank wird das Management übernehmen, die genannte Summe einer noch zu nennenden Institution zur Verfügung zu stellen.
Verwendungszweck:
Beseitigung des Hungers in der Dritten Welt und der damit verbundenen Todesfolge in millionenfacher Zahl.

Urteilsbegründung: Die gigantischen Kapitalvernichtungen in jüngster Zeit kommen im Ergebnis einer Massenvernichtung menschlichen Lebens gleich.
Gesellschaft zur Rettung der Menschenwürde

Mir war aufgefallen, dass der Text offenbar verkürzt worden war. Einige Formulierungen, an die ich mich erinnerte, fehlten. Ein kurzer Kommentar endete mit dem Hinweis auf Seite zwei mit einem Interview, in dem der Chef der Nationalbank selbst zu Wort kommen sollte.

Dort zeigte ein Foto Henning in selbstbewusster Pose, aber ohne das provozierende Siegerlachen. Wie nicht anders zu erwarten, war das Interview pure Augenwischerei.

BZ: Wird das Logo der Nationalbank bald der Vergangenheit angehören.
Dr. Henning: Wie kommen Sie darauf? Unsere Bank steht absolut auf festen Fundamenten.
BZ: Hat der Erpresser die Nationalbank seit der Hackerattacke in der Hand?
Dr. Henning: Warum sollte er? Ein zweiter Angriff dieser Art wird ihm nicht gelingen. Wir haben mit erheblichen Investitionen in der Sicherheit nachgebessert.
BZ: Wird eine Zahlung der geforderten Summe in irgendeiner Form diskutiert?
Dr. Henning: Die Höhe der Forderung ist absurd. Der Erpresser muss das wissen.
BZ: Ist es wahr, dass Sie zusammen mit verschiedenen internationalen Investmentbanken einen Fonds für Spekulationsfolgen in der Dritten Welt ins Leben gerufen haben? Ist das Ihre Antwort auf die Erpressung.

Dr. Henning: Über unsere Antwort kann ich mich zurzeit noch nicht äußern. Aber lassen Sie mich sagen, dass wir noch niemals unkontrollierte Spekulation befürwortet haben. Auch wir bedauern die Folgen gewisser Fehlentwicklungen in unserer Branche.
BZ: Welche Fehlentwicklungen meinen Sie?
Dr. Henning: Das gesamte System ist aus dem Lot geraten. Der Fonds, den Sie ansprechen, ist im Übrigen schon seit Jahren im Gespräch. Die offizielle Gründung fällt nur zufällig mit der Erpressung zusammen. Hier geht es um langfristige Verantwortung und visionäre Voraussicht.
BZ: Vielen Dank für Ihre offenen Worte.

Das hatte Henning raffiniert eingefädelt, er versuchte jetzt zu retten, was noch zu retten war, indem er die Flucht nach vorn antrat.

Offenbar hatte der NB-Chef nur einen Bruchteil des tatsächlichen Stands der Erpressung bestätigt, oder es gab einen geheimen Deal mit der BZ.

Die FAZ titelte zurückhaltend.

Nationalbank in Bedrängnis.
Seit Wochen halten sich hartnäckige Gerüchte über einen Erpressungsversuch in ungewöhnlicher Höhe. Immer wieder tauchte die Zahl eine Billion auf. Jetzt hat Dietmar Henning die Erpressung und die Höhe der Forderung gegenüber der Bild Zeitung bestätigt. Gerüchte, dass Herr Henning am vergangenen Wochenende auf Mallorca nach einem Kreislaufkollaps auf der Intensivstation einer Privatklinik behandelt wurde, hat der Pressesprecher der Nationalbank dementiert.

Ich überflog den Rest des Textes, in dem noch einmal ausführlich auf die schwierige Situation der Nationalbank eingegangen wurde.

Das folgende Interview unterschied sich erwartungsgemäß deutlich von dem in der BZ.

FAZ: Warum haben Sie erst jetzt die Existenz der Erpressung öffentlich gemacht?

Dr. Henning: Das erste Schreiben war absolut unkonkret. Drohbriefe von Verrückten sind keine Seltenheit.

FAZ: Aber Sie haben das BKA informiert.

Dr. Henning: Ja, natürlich, das machen wir in solchen Fällen immer.

FAZ: Spätestens seit dem Hackerangriff auf die Nationalbank war die Ernsthaftigkeit der Forderung klar. Ein Kurseinbruch der Aktien war die Folge.

Dr. Henning: Die Kursverluste sind seit Monaten kontinuierlich und hängen einzig mit den Folgen der amerikanischen Immobilienkrise zusammen. Wir gehören aber zu den wenigen Banken, die schlimmere Auswirkungen verhindern konnten.

FAZ: Inzwischen hat der Erpresser seinen Forderungen Nachdruck verliehen. Gibt es irgendwelche Formen von Verhandlungen?

Dr. Henning: Wir sind erst seit Kurzem in der Lage, mit dem Erpresser zu kommunizieren.

FAZ: Wie muss man sich das vorstellen?

Dr. Henning: Darüber darf ich aus verständlichen Gründen nichts sagen.

FAZ: Wären Sie bereit, einen Teil der geforderten Summe zu bezahlen?

Dr. Henning: Auch dazu kann ich zum derzeitigen Zeitpunkt noch nichts sagen.

FAZ: Die Erpressung ist auch eine Anklage.

Dr. Henning: Natürlich werden und können wir keine Verantwortung für etwas übernehmen, das wir nicht verschuldet haben.

FAZ: Es sollen Entscheidungen gefallen sein, den Forderungen des Erpressers entgegenzukommen.

Dr. Henning: Wenn Sie auf den neu gegründeten Hilfsfonds ansprechen, muss ich Ihnen sagen, dass sich dieses Projekt seit über einem Jahr in konkreter Planung befindet. Es ist eine Ironie des Schicksals, dass diese Erpressung in gewisser Weise auf Türen gestoßen ist, die bereits geöffnet waren.

FAZ: Wir danken für das Gespräch.

Ich sah von der Zeitung auf. So also wollte Henning den Schaden am Image der Nationalbank reparieren, den Kursverfall verzögern und gleichzeitig den Erpresser vorerst von weiteren Eskalationen abbringen.

Der Waggon war mittlerweile immer voller geworden. Ich beobachtete die Gesichter einiger Leute, die eine Zeitung lasen. Wer auf dieser Strecke um diese Zeit in der U-Bahn saß, entschied sich meistens für die BZ.

Als die Bahn nach der folgenden Station wieder anfuhr, war eine männliche Stimme zu hören.

„Fahrscheinkontrolle. Dürfte ich bitte Ihren Fahrschein sehen?"

Ich war an einer Notiz hängen geblieben.

Mord an Everett Grandell vermutlich aufgeklärt. Der FBI verdächtigt den ehemaligen Mitarbeiter der Nationalbank, Michael Anderson, den Chef der Investmentgruppe Bluestar mit einer Überdosis Kokain umgebracht zu haben. Anderson wurde gestern in einem Hotel in Nizza tot aufgefunden. Die französische Polizei spricht von Selbstmord.

Einige Sitzreihen hinter mir schien sich gerade eine hitzige Kontroverse zu entwickeln.

„Haben Sie nun einen Fahrschein oder nicht?“, hörte ich die Stimme des Kontrolleurs.

„Ihr könnt mich mal“, gab jemand zurück, „alle paar Monate erhöht ihr die Preise und schämt euch nicht einmal.“

„Haben Sie einen Ausweis dabei?“, tönte es drohend.

„Hier, könnt ihr gleich mit zum Sozialamt gehen. Schon mal was von Hartz IV gehört? Da ist 'ne Fahrkarte nicht mehr drin. Dreißig Jahre hab ich nur geschuftet, und jetzt muss ich mich von euch Scheißern noch anmachen lassen.“

Als die Bahn bei meiner Zielstation angelangt war, hatten sich etliche Fahrgäste in die Diskussion eingemischt und verteidigten lautstark den Deliquenten:

Hier, lesen Sie mal die Titelseite.

Die wahren Kriminellen kommen ungeschoren davon.

Lassen Sie doch den Mann in Ruhe!

Die Fahrpreise sind der eigentliche Skandal!

Wieder zurück in meiner Wohnung fand ich eine Nachricht von Bulthaupt auf dem Anrufbeantworter und wählte unverzüglich die Nummer des BKA.

„Sie haben mich hängen lassen“, mäkelte Bulthaupts Stimme aus dem Hörer.

„Ja, tut mir leid“, besänftigte ich. „Ich wollte Sie nicht mit unausgegorenen Theorien abspeisen.“

„Ich dachte, da stünde eine Art Durchbruch bevor“, raunzte Bulthaupt ungehalten. „Aber wie ich von Frau Leismann erfuhr, sind Sie gänzlich untätig. Ich werde Ihnen das Honorar streichen müssen.“

„Ich bin nicht wegen des Honorars eingestiegen“, konterte ich,

„und Sie wissen das. Im Übrigen dachten Sie richtig. Geben Sie mir zwei Tage Zeit, und ich kann Ihnen vermutlich sagen, wer den Hackerangriff hätte durchführen können."

„Ihre Worte in Gottes Ohr", antwortete Bulthaupt. „Übrigens, dieser Spekulantentycoon, dieser Grandell, wurde angeblich von Anderson umgebracht. Das soll jetzt erwiesen sein. Anderson ist gestern ebenfalls tot aufgefunden worden. Selbstmord! Sagen die französischen Behörden ..."

„Ich weiß", unterbrach ich, „ich habe es in der Zeitung gelesen."
„Also gut", brummte Bulthaupt, „machen Sie weiter. Was auch immer Sie machen! Haben Sie sonst noch eine Voraussage für mich, außer, dass Sie in zwei Tagen den Hacker benennen werden."

„Es hört sich vielleicht morbid an", resümierte ich, „aber Selbstmorde kommen in Spekulantenkreisen in Mode. Ich denke, es wird nicht mehr lange dauern, bis der Trend unmittelbar vor unserer Haustür angelangt ist."

„Ich hoffe, Sie liegen falsch", beendete Bulthaupt das Gespräch.

7. 6

Frankfurt – In Markus Romers Wohnung

Dieser Morgen hatte schlecht begonnen. Ich erwachte von lauten metallischen Geräuschen. Als ich aus dem Fenster in den Hof sah, blickte ich auf einen Haufen Gestänge und einige Arbeiter, die ein Baugerüst vor die Außenwände montierten. Offenbar hatte sich der Hausbesitzer entschlossen, der wundervollen gelblich braunen Patina mit gelegentlichen grauen Flecken und kunstvoll gesetzten Rissen eine Generalüberholung angedeihen zu lassen. Zwei Stunden lang konnte ich mich auf nichts konzentrieren. Ich hörte Hämmern, Scheppern, Krachen, das unangenehme Kreischen von Bohrmaschinen und Kreissägen. Am späten Vormittag war nach einem Abfall der Temperaturen unvermittelt ein Gewitter hereingebrochen. Wie aus dem Nichts fing es zu donnern und zu blitzen an. Dann rammte eine Sturmböe gegen meine Scheiben. Sie war so heftig, dass ich vom Fenster zurückwich. Mit einem gewaltigen Brausen stürzten die Gewalten in den Hof und erfassten ungesicherte Bretter, die gegen die Gerüststange geschleudert wurden.

Als ich mich nach dem Rückzug des Gewitters in meinen Sessel fallen ließ und die Augen schloss, dauerte es nur wenige Sekunden, bis sich das gestaltlose Durcheinander zu deutlicheren Bildern und dann zu Gesichtern formierte. Nach einer Reihe unscharfer Transformationen tauchte ein Gesicht (wenn ich das überhaupt so nennen konnte) mehrmals auf. Eine Weile konnte ich es sogar halten. Aber ich hätte es nicht beschreiben können.

Gestern noch hatte ich mich resigniert damit abgefunden, dass die einzige Spur, die vielleicht ein erstes Licht am Ende des Tunnels hätte aufleuchten lassen können, sich wahrscheinlich in Indien verloren hatte. Aber vielleicht war Kamal Pradesch auch gar kein realistischer Kandidat für den Hackerangriff auf die Nationalbank. Und wenn, müsste man unterscheiden, ob er als direkter Helfer agierte oder nur sein Wissen an eine andere Person weitergegeben hatte. Lediglich mein Instinkt und ein paar psychologische Modelle aus meiner Zeit als Profiler nährten meine Überzeugung, dass der Hacker und der Autor des Ultimatums nicht identisch sein konnten. Das führte zu der Frage, die ich mir schon häufiger gestellt hatte: In welcher Beziehung standen die beiden Personen? Wenn es sich nur um zwei handelte.

Wie hatte der Erpresser jemanden wie Pradesch zur Mitarbeit gewinnen können? Vorausgesetzt Pradesch hatte überhaupt mit dem digitalen Anschlag zu tun. Nach dem, was Professor Rethlinger gesagt hatte, war Pradesch ein Wissenschaftler mit hohen Qualifikationen und hervorragenden Karriereaussichten. Menschen dieser Art hatten es meistens nicht auf Nebeneinnahmen durch kriminelle Aktionen abgesehen. Ihnen kam es einzig darauf an, zu den Besten zu gehören.

Auch wenn die Kleinarbeit nicht zu meinen Lieblingsbeschäftigungen gehörte, hatte ich mich zu dem Entschluss durchgerungen, alle bedeutenden indischen Softwarekonzerne zu kontaktieren. Mit meinem DSL-Anschluss und der Free Rate bei allen Ferngesprächen würde auch meine Rechnung damit kaum belastet. Natürlich hätte ich die Aufgabe an die Abteilung Brus delegieren können, aber mein Zutrauen in Bezug auf Einfühlungsvermögen und Sprachgewandtheit der Büroermittler war gering. Ich war in jüngeren Jahren zweimal in Indien gewesen, hatte die indische Mentalität vor Ort kennengelernt und sprach ein einigermaßen flüssiges Englisch. Ich war mir sicher, dass niemand von Brus' Leuten den richtigen Ton treffen würde, um einen indischen Manager zur Kooperation zu bewegen.

Die einzige Arbeit, die man mir vonseiten des BKA abnehmen könnte, war eine Zusammenstellung der infrage kommenden Firmen, und dafür wäre eher Fitzler der geeignete Mann.

Ein Anruf bei Sarah hatte dazu geführt, dass Sie alles mit einem Spezialisten in Fitzlers Abteilung regeln, am frühen Nachmittag die Ergebnisse der Recherche persönlich nach Frankfurt bringen und mich bei der Arbeit unterstützen würde.

Drei Stunden später war Sarah mit einer Liste erschienen, die über dreihundert Firmen anführte, deren Namen lediglich kurze Produkt- oder Leistungsbeschreibungen angehängt waren.

„Du siehst gestresst aus", bemerkte ich zur Begrüßung.

Es war nicht uncharmant gemeint gewesen. Sie erweckte lediglich mein Mitgefühl.

„Das ist ja wohl kein Wunder", entgegnete Sarah gereizt, „die Fahrt alleine reicht schon. Ohne Stau kenne ich die Strecke schon lange nicht mehr. Es wird immer schlimmer. Aber die Firma geht mir genauso auf die Nerven. Vielleicht könntest du mich erst einmal kurz in den Arm nehmen."

Ich kam mir wie ein Holzklotz vor. Als sie in der Tür stand, hatte ich für einen Moment den Impuls verspürt, sie an mich zu ziehen. Vielleicht war es die Angst, sie könnte all die kleinen Annäherungen, die es inzwischen gegeben hatte, nicht ernst gemeint haben. Auf jeden Fall hatte ich zu lange gezögert. Ich strich langsam über ihre Haare, und sie legte für einen kurzen Augenblick ihre Wange an meine. Aber dann löste sie sich, als hätten wir ein Sakrileg begangen. Also bestimmte noch immer die Angst ihre Beziehung zu mir.

Um die emotionale Ratlosigkeit zu überbrücken, flüchtete ich ins Sachliche.

„Schon die undichte Stelle in Brus' Abteilung gefunden?"

Sarahs Miene, gerade noch auf dem Wege zur Entspannung, wurde wieder verdrießlich.

„Brus ist empört und macht mir die Arbeit schwer. Wieso in seiner Abteilung?, war sein Kommentar zu der Angelegenheit, wieso nicht einer von Fitzlers Leuten? Aber inzwischen habe ich einen ganz anderen Verdacht. Es könnte auch Bulthaupt dahinterstecken."

„Warum denn?", wandte ich ein. „Er kann doch ganz offiziell mit jeder amerikanischen Ermittlungsbehörde zusammenarbeiten."

„Schon", sinnierte Sarah, „vielleicht will er Brus eins auswischen. Ich hatte alle in meinem Büro. Jeder saß mir gegenüber. Alle haben sie abgestritten, etwas an einen gewissen Holland weitergegeben zu haben. Sogar Brus und Fitzler habe ich in die Mangel genommen. Natürlich waren alle ziemlich genervt."

„Lass uns an die Arbeit gehen", wechselte ich das Thema, „wir haben eine Menge auf dem Zettel."

Sarah hatte ihr Notebook mitgebracht, um sich via Internet in die öffentlichen Seiten des indischen Wirtschaftsministeriums einzuloggen. Unter der Rubrik *Technology* waren die Regionen des Landes aufgeführt, in den denen die Hightech-Industrie am besten und schnellsten gedieh, und wo sich die innovativsten Firmen konzentrierten. Mit diesem Wissen konnte die Liste auf die Hälfte zusammengestrichen werden. Während Sarah weiter im Internet recherchierte, hakte ich ein Unternehmen nach dem anderen ab. Da jemand wie Kamal Pradesch nur in einer leitenden Position zu finden wäre, verliefen die meisten Gespräche kürzer, als ich gedacht hatte. Selten dauerte es länger als eine halbe Minute, bis man mich zum Personalbüro durchgestellt hatte.

Dennoch waren nach dreißig Telefonaten fast dreieinhalb Stunden verstrichen, die eine zunehmende Mutlosigkeit erzeugten.

Erst jetzt fiel es mir wie Schuppen von den Augen: Wie ein blutiger Laie hatte ich einige wichtige Regeln in der Beachtung der Reihenfolge außer Acht gelassen. Ein derart unprofessionelles Vorgehen hätte mir nicht passieren dürfen. Natürlich hätte ich als Erstes bei der deutschen IBM, Pradeschs ehemaligem Arbeitgeber, anrufen müssen. Ich holte das Versäumnis umgehend nach. In der Personalabteilung wusste niemand etwas über Pradeschs Verbleib zu sagen, aber man verband mich mit einem ehemaligen Kollegen des Inders. Der hatte immerhin mitbekommen, dass Pradesch eine Stelle als Entwicklungschef bei einer Firma mit dem Namen Soft Secure hatte antreten wollen. Das Unternehmen war schnell im Branchentelefonbuch gefunden, aber die Geschäftsleitung gab sich zugeknöpft.

Das BKA habe bereits bei Soft Secure wegen des Hackeranschlags auf die Nationalbank nachgefragt und auch eine Liste von Personen angefordert, die einmal bei der Firma angestellt waren. Ich spürte Ärger aufsteigen. Brus hätte mich darüber informieren müssen. Alle Ermittlungsergebnisse des BKA sollten eigentlich automatisch auch an meine Mail-Adresse gehen.

Pradesch habe nur knapp ein Jahr für das Unternehmen gearbeitet, hieß es. Man wüsste lediglich, dass er vorgehabt habe, zurück nach Indien zu gehen. Auf meine Frage, warum Pradesch die Firma schon nach so kurzer Zeit wieder verlassen habe, wollte man mir zuerst keine Antwort geben. Als ich in beiläufigem Tonfall einen Besuch von BKA-Ermittlern androhte, wurde ich mit einem der Manager verbunden.

Um Sarah an dem Gespräch teilhaben zu lassen, legte ich für einen Moment eine Hand auf die Sprechmuschel und schaltete die Freisprechanlage ein.

Mit schneidigem Tonfall meldete sich einer der leitenden Angestellten und erklärte, dass Soft Secure hauptsächlich Nachrüstungen für die Sicherheit der Computernetzwerke von Banken und Versicherungen liefere. Dr. Pradesch habe verschiedene neue Entwicklungen betreut und sich in der Vergütung seiner wissenschaftlichen Grundlagenforschung benachteiligt gefühlt. Ferner hätten Unstimmigkeiten über die Rechte an verschiedenen eigenen Entwicklungen Pradeschs zu einer gütlichen Trennung geführt. Der Manager behauptete, er wisse lediglich, dass Pradesch mit seinem Know-how in der indischen Hightech-Industrie hatte Fuß fassen wollen.

Ich legte den Hörer auf und sah Sarah an.

„Morgenrot am Horizont. Computernetzwerke für Banken! Ich spüre, wie meine Nackenhaare sich sträuben. Dieser Brus! Warum steht die Firma nicht auf den Ermittlungslisten, die ich bekommen habe?"

Mit neuer Motivation schaltete ich mein Notebook ein und ging die Inhaltsverzeichnisse der Dateien durch, die obligatorisch vom BKA an meine Adresse weitergemailt wurden.

„Doch, sie war dabei", korrigierte ich mich. „Aber mit einem Haken versehen."

„Das ist ja kein Wunder", gab Sarah zu bedenken, „Brus oder seine Leute suchten nicht nach einer bestimmten Person und haben damit auch nicht die richtigen Fragen gestellt."

Meine Stimmung stieg.

„Immerhin, jetzt haben wir einen konkreten Anhaltspunkt."

„Haben wir nicht wirklich", dämpfte Sarah die Hoffnungen, „wenn Pradesch in Indien nicht in einer einschlägigen Firma arbeitet, haben wir keine Chance. In dem Land leben ein paar Millionen Informatiker mit akademischer Ausbildung. Und wie man im BKA aus Erfahrung weiß, ist von indischen Behörden keinerlei Unterstützung zu erwarten."

ACHTER AKT

AUF DEM SCHLACHTFELD

8. 1

Auf der Straße nach Mösslingen

Der Chauffeur hielt die Wagentür zum Fond auf. Henning hatte ihm mehrmals gesagt, er müsse das nicht tun, es sei eine Geste aus vergangenen Zeiten, aber Mirko hatte darauf bestanden und gesagt, dass derlei Service selbstverständlich sei und nun einmal zu den Pflichten eines professionellen Cheffahrers gehöre. Jedes Mal, wenn Mirko aus dem Wagen stieg, setzte er sich die graue Schirmmütze auf und nahm sie wieder ab, wenn er sich erneut hinter das Steuer setzte. Henning war davon überzeugt, dass Mirko die Rituale genoss und nur ungern auf sie verzichten würde.

„Sie kennen ja die Strecke", sagte Henning und ließ sich in die Ledersitze des Mercedes fallen.

Die Zeitungen, die Mirko frisch von einem Kiosk besorgt hatte, legte er neben sich. Das Notebook stellte er nach unten. Er würde es während der Fahrt nicht benutzen.

Die letzten Tage gehörten zu den unangenehmsten seines Lebens. Nach dem Kreislaufkollaps auf dem Golfplatz hatten seine Ärzte ihm geraten, sich eine Weile zu schonen, aber die derzeitige Situation ließ dafür keinen Raum. Die Aktien der Nationalbank verloren weiterhin an Wert. Lediglich die vagen Zusicherungen einiger Mitglieder der Regierung, man würde etwas unternehmen, um eine Übernahme der Nationalbank zu verhindern, hatte die Geschwindigkeit der Kursverluste ein wenig reduziert. Immerhin hatten Kupfer und Gollier das Einverständnis mehrerer großer Finanzgesellschaften erreicht, einen gemeinsamen Fonds zu gründen. Jede von ihnen inklusive der Nationalbank und der Schweizer SIB hatten fünfhundert Millionen Euro eingezahlt. Lediglich die Forderung, auch sein Privatvermögen für die Wiedergutmachung einzusetzen, hatte Henning noch nicht erfüllt. Er hoffte noch immer auf günstige Verhandlungen mit dem Erpresser. Bislang war es in seinem Leben immer nur bergauf gegangen, und die enorme Arbeitsleistung hatte er stets von der sportlichen Seite gesehen. Er hatte sich geschützt gefühlt von der mächtigen Institution hinter seinem Rücken und bestätigt von den Erfolgen, die jahrelang nicht abzureißen schienen. Er selbst war nicht schlecht dabei gefahren. Eines Tages, davon war er immer ausgegangen, würde er in Pension gehen und endlich die Vorteile des Erworbenen ohne ständige Hetze genießen können. Wahrscheinlich würde man ihm dann einen Beratervertrag bei der Weltbank oder etwas Ähnliches anbieten. Diese Zukunftsvision zerbröckelte allmählich. Natürlich sprach er mit niemandem darüber, nicht einmal mit seiner Frau, aber in den letzten Tagen war sein Inneres in Aufruhr geraten, und zum ersten Mal in seinem Leben hatte er so etwas wie Panik empfunden.

Als sie die Außenbezirke Frankfurts erreicht hatten, sagte Henning:

„Nehmen Sie doch die alte Landstraße, Mirko. Und fahren Sie bitte langsam.“

„Sehr wohl“, gab Mirko zurück, „das stimmt: Die Strecke ist bedeutend angenehmer als die Autobahn.“

Um zu seiner Villa in den Ausläufern der Eifel zu gelangen, hatte Henning vor zehn Jahren nur eine knappe halbe Stunde benötigt, aber inzwischen war die Verkehrsdichte so weit angewachsen, dass es nun meistens fünfzehn Minuten länger dauerte. Er nahm eine der Zeitungen in die Hand und legte den Wirtschaftsteil, den er normalerweise zuerst las, beiseite, um das Feuilleton durchzublättern.

Für Kunst hatte er sich bislang nur insoweit interessiert, als sie seinen Status unterstrich, und zum Lesen war ihm in den letzten Jahren kaum Zeit geblieben. Fast beneidete er jetzt Gollier. Der würde im Fall einer Übernahme der Nationalbank seinen Posten aufgeben können, ohne irgendeine persönliche Not zu erleiden.

Henning legte die Zeitung beiseite und dachte nach. Was würde er tun, wenn der Erpresser wirklich auf den hundert Millionen seines Privatkontos bestand?

Mirko schaltete die Scheinwerfer ein und bog von der Bundesstraße in einen asphaltierten Weg ohne Beschilderung. Mittlerweile war die Dämmerung hereingebrochen.

Als Henning die Leselampe einschaltete und erneut nach der Zeitung griff, klingelte sein Handy.

Die Stimme, die er einige Sekunden später hörte, klang merkwürdig künstlich.

„Guten Abend, Herr Henning. Sie befinden sich jetzt in ihrem Wagen auf der Straße nach Mösslingen."

Henning wusste, wer da sprach. Es konnte sich nur um den Erpresser handeln.

„Wer sind Sie? Mit wem spreche ich?"

Seine Frage war rein rhetorisch.

„Sie wissen, wer hier spricht", kamen die verzerrten Worte aus dem Hörer, „ich bin die *Gesellschaft zur Rettung der Menschenwürde.*"

Hennings Mund war so trocken, als hätte er seit Tagen nichts getrunken.

„Sie sind eine einzelne Person?"

„Wir haben keine Zeit zu verlieren", fuhr die Stimme unbeirrt fort, „in Ihrem Wagen befindet sich ein Kilo C4-Sprengstoff, eine Zündvorrichtung, die jederzeit scharf gemacht werden kann und ein Sender. Ich kann Ihre Position auf den Meter genau verfolgen. Ich wiederhole: C4, kein Knetgummi."

„Warum ...?", begann Henning.

„Ihr persönlicher Beitrag zur Wiedergutmachung steht nicht zur Verhandlung. Davon abgesehen setzen Sie auf eine Taktik der Verzögerung."

„Wir tun, was wir können, der Fonds ist gegründet, und die ersten Einzahlungen ..."

„Ich bin darüber informiert. – Weisen Sie ihren Fahrer an", kam die Order aus dem Hörer, „bei der nächsten Kreuzung nach links abzubiegen."

Erst im letzten Moment war der Querweg zu erkennen.

„Biegen Sie nach links, Mirko!", wies Henning seinen Chauffeur an.

Mirko bremste den Wagen ab und drehte seinen Kopf nach hinten.

„Nach links? Aber ..."

„Nun machen Sie schon!", beharrte Henning schroff. „Man hat mich soeben darüber informiert, dass sich ein Kilo Sprengstoff im Auto befindet."

„Folgen Sie dem Schild mit der Aufschrift *Forstweg*", sagte die mechanisch klingende Stimme aus Hennings Handy, „und fahren Sie langsam. Nach einem halben Kilometer kommen Sie an eine kleine Holzbrücke. Unmittelbar dahinter biegen Sie nach rechts in einen Kiesweg."

„Sprengstoff?", wiederholte Mirko. „Mein Gott, was hat das zu bedeuten?"

Henning antwortete nicht. Niemals zuvor in seinem Leben hatte es eine derartige Situation gegeben. Wirkliche Gefahr hatte er nur bei einer Segelregatta auf dem Atlantik erlebt und bei einigen riskanten Geschäften. Stets hatte er die Schwierigkeiten mit nüchternem Kalkül gemeistert. Seine Nerven waren seit Wochen angeschlagen. Er war schon lange nicht mehr Herr der Lage. Henning fühlte sich wie eine Marionette, deren Zukunftsplanung nun jemand anderer übernommen hatte. Was hatte der Erpresser wirklich vor? Henning sah auf die Uhr, als bekäme er von ihr die verbleibende Lebenszeit angesagt.

„Wo sind Sie jetzt?“, fragte die Stimme aus dem Handy.

„An der Brücke“, antwortete Henning.

„Rechts in den Kiesweg!“, befahl die Stimme.

Mirko griff nach seiner Fahrermütze in der Ablage und setzte sie auf.

Vielleicht wollte er damit zum Ausdruck bringen, dass er, wenn schon, dann mit Würde sterben wolle.

„Werden Sie nicht melodramatisch“, kommentierte Henning, „und fahren Sie rechts in den Kiesweg!“

„Da ist ein verschlossenes Gatter“, sagte Mirko.

„Sie kommen an eine Pforte“, war wieder die Stimme aus dem Handy zu hören, „halten Sie den Wagen davor an.“

Es folgte eine kleine Pause.

„Steigen Sie jetzt aus“, kam die nächste Anordnung, „Sie haben jetzt genau drei Minuten Zeit, um sich so weit wie möglich von dem Fahrzeug zu entfernen.“

Henning konnte sich nicht erinnern, wann er zum letzten Mal derartig schnell gerannt war. Trotz seines täglichen Trainings im Gymnastikraum war sein Körper auf einen derartigen Spurt nicht vorbereitet. Mirko lief vor ihm, mit der Kraft eines Mannes, der zwanzig Jahre jünger war.

Henning keuchte, als sie bei der alten Holzbrücke angelangt waren. Er blieb außer Atem stehen und sah zurück.

„Wahrscheinlich wird gar nichts geschehen. Es ist eine Warnung.“

Die Druckwelle der folgenden Detonation warf Henning und Mirko zu Boden. In Panik versuchte Henning unter die Planken der Brücke zu kriechen. Der Wald schien wie von einem Feuerwerk beleuchtet. Äste flogen durch die Luft. Eine zweite Detonation kam Henning noch lauter und heftiger vor. Etwas Großes schlug neben ihm auf den Boden. Mirko schrie auf. Zerborstenes Blech regnete vom Himmel und brennende Kunststoffreste stoben wie kleine Kometen durch die Luft. Es war wieder dunkel geworden. In einiger Entfernung sah Henning nur noch einen glühenden Haufen, der eben noch sein Mercedes gewesen war. Nach dem Getöse wirkte die Stille bedrohlicher als die vorangegangene Explosion. Henning vernahm ein leises Wimmern. Langsam kroch er vorsichtig tastend durch das nachtfeuchte Gras. Ein Geruch von zerschmolzenem Plastik lag in der Luft. Wolken rissen auf, und der aufgehende Halbmond strahlte sein unwirkliches Licht über die Stätte der Verwüstung. Überall lagen zerschredderte Autoteile herum. Es schien ein Wunder, dass ihn keines davon getroffen hatte. Jedes davon hätte einem Menschen Gliedmaßen abtrennen oder den Schädel zerschmettern können.

Dann fühlte Henning einen Arm.

„Mirko?“, fragte Henning mit zitternder Stimme. „Sind Sie verletzt? Sagen Sie etwas!“

Henning hörte ein Röcheln. Er tastete den Arm höher und schrak zusammen. Er fühlte aufgerissenes Fleisch und Knochen.

Henning hörte ein Röcheln.

„Mein Gott, Mirko, halten Sie durch!“

Er spürte Mirkos Körper und versuchte dessen Oberkörper aufzurichten. Als die Laute erstarben, wurde Henning klar, dass er seinen toten Fahrer im Arm hielt.

8. 2

Ein Penthouse

Kelly Hamilton kam lediglich mit einem Handtuch verhüllt aus dem Badezimmer. Sie ging auf ihren Mann zu und schlang ihre Arme um seinen Hals. Er umfasste ihre Taille und zog sie näher heran. Die Geste war halbherzig. Er wollte sich nichts von seiner Stimmung anmerken lassen.

„Gibt es irgendetwas, das ich wissen sollte?“, flüsterte Kelly in sein Ohr.

Hamiltons Stimme klang heiser.

„Was sollte das sein?“

Sie trennte sich sanft von ihm und ging barfüßig mit beschwingten Schritten ins Ankleidezimmer. Vielleicht hatte sie keine Antwort erwartet. Er sah ihr melancholisch nach und dachte an vergangene Zeiten, an all die Jahre, in denen es nur bergauf gegangen war, an die Zeit, als die Töchter geboren wurden, und an die jüngere Vergangenheit, in der die Beziehung angefangen hatte zu bröckeln. Schon mehrmals hatte ihn der Gedanke beschlichen, der schnell verdiente Reichtum hätte zur schleichenden Vergiftung ihrer Ehe beigetragen.

„Gibt es Schwierigkeiten in der Firma?“, war ihre gedämpfte Stimme wieder zu hören, „Wenn man den Zeitungen glaubt, liegt die komplette Finanzwirtschaft am Boden.“

Sie kam zurück in den Salon.

Er sah sie von oben bis unten an.

„Schwarze Kleider stehen dir gut."

Sie drehte sich selbstbewusst auf dem Absatz der hochhackigen Schuhe. „Es ist aus der neuen *Jil-Sander-Kollektion*. Nicht gerade billig."

Sie zeigte eine ironisch gemeinte Modelpose.

„Du solltest dich auch schon lange umgezogen haben."

Hamilton wandte den Blick von seiner Frau.

„Ich werde hierbleiben. Eine Wohltätigkeits-Gala passt heute nicht in mein Konzept."

Kelly Hamilton schien die Begleitung ihres Mannes egal zu sein. Sie trat vor den Spiegel im weitläufigen Flur und zupfte hier und da an ihrem Kleid.

„Wie du meinst."

Mit beiläufiger Geste griff Hamilton in seine Hosentasche, zog eine zierliche Armbanduhr heraus und legte sie seiner Frau um das Handgelenk. Es war eine Damenrolex, deren Rand von funkelnden Diamanten gesäumt war. Noch vor einem Jahr hätte er die Uhr bei einem Juwelier gekauft, diese jedoch war ein Schnäppchen gewesen, die ihm im Schaufenster eines Pfandleihers in der City zu einem Bruchteil des Originalpreises aufgefallen war. Sie zog erstaunt die Brauen hoch, aber es wirkte gespielt.

„Hast du aus irgendeinem Grund ein schlechtes Gewissen?"

Hamilton sah an ihr vorbei.

„Warum sollte ich?"

Als sie eine halbe Stunde später das Appartement verließ, sagte sie im Gehen:

„Wenn du mich belügst, verlasse ich dich."

Ihre Tonlage war unbeteiligt geblieben.

„Natürlich nicht, wie kommst du darauf?"

Sein Blutdruck schien die Schlagadern sprengen zu wollen, als er hinter ihr herlief. Im Hausflur sah er nur noch, wie sich die Fahrstuhltür schloss. Abwesend ging er zurück in die Wohnung, öffnete die riesige Glastür zur Terrasse seines Penthouse-Appartements und lehnte sich über die Brüstung. Tief unter ihm hatten sich gerade die Straßenlaternen und die Neonreklamen eingeschaltet.

Nach einigen Minuten sah er Kelly in ihrem roten Audi Coupé aus der Tiefgarage fahren.

Hatte Kelly vielleicht etwas über sein Doppelleben herausgefunden und wollte ihn nun aus der Reserve locken? Vielleicht sollte er sie über alles aufklären.

Dieser Bulthaupt vom BKA hatte ihn gestern noch einmal befragt und so weit gebracht, den Erhalt des Erpresserbriefes zu beichten. Bulthaupt hatte nur genickt und kühl bemerkt, dass er Ähnliches bereits vermutet hätte. In dem Brief hatte gestanden, dass er sich an Henning von der Nationalbank wenden solle, um mehr über den Hintergrund der Erpressung zu erfahren. Das war jetzt offensichtlich nicht mehr nötig. Bulthaupt hatte ihn unmissverständlich darüber aufgeklärt, dass er nun Opfer eines strategisch präzise geplanten Anschlags auf das kapitalistische Finanzsystem an sich geworden war. Der Erpresser hatte sich den günstigsten Zeitpunkt ausgesucht, die von den Großspekulanten selbst heraufbeschworene Krise ausgenutzt, um das aus dem Gleichgewicht geratene System der Geldwirtschaft aus den Angeln zu heben. Vielleicht, dachte Hamilton, gehörten er und seinesgleichen zu einer überholten Spezies, die in wenigen Jahren zum Aussterben verurteilt sein würde. Könnte man sich überhaupt eine Gesellschaft ohne Millionäre und Milliardäre vorstellen? Welche Motive würden die Menschen dann noch vorantreiben?

Einzig drei Telefonnummern könnten jetzt noch eine Wende herbeiführen, die eines russischen Oligarchen, die eines indischen Autozaren und die eines chinesischen Großinvestors. Ersterer bezeugte nur deswegen Mitgefühl, weil er selbst vor einem finanziellen Abgrund stand, der Inder hatte ihn von einem Manager abwimmeln lassen und der Chinese sprach diplomatisch von einem unberechenbaren Risiko.

Hamilton holte eine Flasche Brandy aus der Bar im Salon. Die Flasche hatte er von einem Abteilungsleiter zu seinem letzten Geburtstag geschenkt bekommen. Auf dem Label stand ein spanischer Name zu lesen. *Das ist ein ganz besonderer Tropfen*, hatte der Mitarbeiter bemerkt, *über zwanzig Jahre alt.*

Das Aroma der goldgelben Flüssigkeit roch nach Tropenhölzern und glitt wie Likör die Kehle hinunter. Hamilton trank das Glas mit einem Zug leer und füllte es gleich darauf wieder auf. Der Alkohol brannte sich ohne Verzögerung seinen Weg in sein Gehirn.

Die Einrichtung kam ihm plötzlich so fremd vor, als hätte er nichts mit dem zu tun, was sich in all den letzten Jahren angesammelt hatte. Das riesige Ledersofa mit den passenden Sesseln, der Marmortisch und die schwarz lackierten Bücherregale waren von einem Innenarchitekten ausgesucht worden. Die meisten der Bücher hatte er mit Ausnahme der Biografien von Börsengurus wie Soros und Kostolany nicht gelesen. Die dicksten Bücher waren ohnehin nicht zum Lesen, sondern nur zum Anschauen gedacht. Das waren Bildbände über Architektur, Orientteppiche, exotische Kochrezepte, Oldtimer und sonstige Symbole des Wohlstands. Niemand interessierte sich wirklich dafür. In seinem jetzigen Zustand war jedes Detail zu sinnentleerter Dekoration geworden. Selbst die sündhaft teuren Kunstwerke, die ihm Gegosian in New York aufgeschwatzt hatte, sollten nur andere beeindrucken. Ihm hatten sie niemals wirklich etwas bedeutet. Der kleine Osterhase aus Chrom von Jeff Koons hatte ihn fast hunderttausend Dollar gekostet und war eigentlich nicht tiefsinniger als ein Gartenzwerg aus bemaltem Porzellan. Dafür waren die drei Keith-Haring-Graffitibilder im Flur wenigstens witzig, aber für fünfzigtausend pro Stück auch nur Statussignale, die er selten eines Blickes gewürdigt hatte. Alles hatte plötzlich eine erschreckende Banalität angenommen. Nichts war von echtem Wert, nichts hatte wirklich mit ihm zu tun.

Mit unsicheren Schritten wankte er wieder auf die Terrasse, lehnte sich über die Brüstung und sah in die Tiefe auf die Lichterketten aus Autoscheinwerfern. Er hatte vergessen, dass es zwei Töchter gab, die er liebte. Sie waren über das Wochenende bei Kellys Eltern. Kellys Existenz war genauso verblasst. Er spürte kaum noch die hereinbrechende Abendkühle. Ein frischer Wind war plötzlich aufgekommen und in die Schwüle gefahren. In der Ferne über der Skyline mit dem imposanten Turm der Nationalbank in der Mitte sah man einen Blitz am nächtlichen Himmel. Erst nach einigen Minuten war ein leiser Donner zu hören. Gegen Mittag war das Thermometer fast auf dreißig Grad geklettert. Jetzt wollte das Wetter wieder das Gleichgewicht herstellen. Ein zweiter Blitz barst aus dem Dunkel, und der Donner folgte in einem kürzeren Zeitraum.

Hamilton lehnte sich über die Brüstung. Sein Blick hatte die Schärfe verloren. Gab es überhaupt noch einen Sinn, weiterzumachen?

8. 3

Frankfurt - In der Anwaltskanzlei

Nachdem ich den Hörer wieder aufgelegt hatte, setzte ich einen neuerlichen Haken auf meine Liste.

Es war das Gespräch Nummer siebenundvierzig.

„Anwaltskanzlei Strehler und Wismann", meldete sich eine weibliche Stimme, „wenn Sie mit Herrn Dr. Strehler sprechen wollen, kann ich Sie weiterverbinden, Herr Wismann ist heute leider nicht im Büro."

Einige Sekunden später war Dr. Strehler am Apparat.

Ich erklärte, dass ich für das BKA arbeite und nach einem Anwalt suche, der die Interessen eines Dr. Pradesch gegen die Firma Soft Secure vertreten hat.

Außer über seinen Honorarsatz, sagte Strehler, sei es gegen seine Gepflogenheiten, irgendeine telefonische Auskunft zu erteilen.

Auf der Fahrt zu Strehlers Büro, unweit des Bahnhofsviertels, hatte ich einen Weg genommen, der direkt an der Nationalbank-Zentrale vorbeiführte. Schon aus einiger Entfernung war mir eine Menschenansammlung aufgefallen. Als ich meinen Wagen vor der Auffahrt zum Halten brachte, wurde mir klar, dass es sich um eine Art Demonstration mit Happening-Charakter handelte. Eine Gruppe überwiegend junger Leute umringte ungelenk tanzend eine überlebensgroße Figur, die wie eine Mischung aus einer Landkuh und einem Stier aussah. Das Gebilde, unelegant in der Ausführung, war mit Goldbronze angestrichen und sollte offenbar das Symbol des Goldenen Kalbs mit dem des Börsenstiers vereinigen. Irgendwo in der Menge musste eine Musikanlage stehen. Zu verzerrten Heavy-Metal-Klängen griffen plötzlich einige der Jugendlichen zu langstieligen Äxten und begannen, mit wilden Schlägen auf die große Skulptur einzudreschen. Die Menge klatschte Applaus. Auf Transparenten stand zu lesen:

Schlachtet das goldene Kalb!

Nachdem der Kopf nur noch an einem Stück Maschendraht herunterhing, goss eine junge Frau einen Eimer mit hellroter Farbe über das gemarterte Kunstobjekt. Jetzt glich die Aufführung einem heidnischen Beschwörungsritual. Als die Polizei eintraf und die Happeningkünstler samt ihren Zuschauern vom Grundstück der Nationalbank in Richtung Straße drängte, ließ ich den Motor wieder an.

Eine Viertelstunde später saß ich Strehler gegenüber.

„Sie arbeiten also für das BKA“, sagte Strehler. „Also gut, Dr. Pradesch war tatsächlich mein Klient. Er ist nach Indien zurückgegangen. Soft Secure hatte sich reichlich unverschämt verhalten. Es ging um Patentrechte. Schließlich habe ich eine gute Abfindung herausschlagen können.“

Mein Puls beschleunigte sich. Endlich war ich an die richtige Adresse geraten. Ich sagte, mich würden die Hintergründe interessieren.

„Soft Secure“, fuhr der Anwalt fort, „hatte einige Entwicklungen Pradeschs unrechtmäßig als geistiges Eigentum der Firma ausgegeben. Ich habe dann zum Ausgleich eine sehr hohe Abfindungssumme gefordert, um Pradesch im Falle eines Vergleichs eine gute Verhandlungsposition zu ermöglichen.“

Ich fragte, wie hoch die Forderung gewesen war.

Strehler dachte einen Moment nach.

„Da müsste ich wohl in den Akten nachsehen. Auf jeden Fall handelte es sich um mehrere Millionen Euro. Da ist dann etwas sehr Erstaunliches passiert. Der Richter hat Soft Secure ohne viel Federlesens zu der geforderten Summe verurteilt. Mit dem Geld kann Pradesch in Indien eine eigene Firma gründen oder sich für den Rest seines Lebens als reicher Mann zur Ruhe setzen."

Meine Aussichten, Pradeschs Aufenthaltsort in Indien zu erfahren, schienen plötzlich dahinzuschwinden. Jetzt müsste ich noch einmal tagelang Ferngespräche führen, die wahrscheinlich alle ergebnislos bleiben würden.

Strehler musterte mich mit einem langen Blick.

„Ich frage mich schon seit einiger Zeit, ob wir uns schon einmal begegnet sind. Ihr Gesicht kommt mir bekannt vor."

Ich sagte, das BKA hätte mich nur kurzfristig für einen speziellen Fall rekrutiert. Früher hätte ich für die Behörde als Profiler gearbeitet. Ich sei inzwischen ins Fach der Bühnenmagier übergewechselt. Vielleicht sei ich ihm bei einem Auftritt im Fernsehen aufgefallen.

Strehler nickte mit einem angedeuteten Lächeln.

„Natürlich, Sie sind der Mann, der diese spektakuläre Vorhersage über einen Zeitungstitel gemacht hat."

Ich nickte.

„Das war sehr beeindruckend", sagte Strehler, „es ging um eine Schlagzeile über die globale Finanzkrise, wenn ich mich recht erinnere. Wie machen Sie das? Haben Sie tatsächlich hellseherische Fähigkeiten?"

„Natürlich nicht", gab ich zur Antwort, „es handelt sich um klassische Magiertricks im modernen Gewand."

Strehler nickte verstehend.

„Klassische Tricks! Also wie im Anwaltsgewerbe. Nun, ich hoffe, die Informationen über Dr. Pradesch helfen Ihnen weiter."

Erst als ich mich bereits verabschiedet hatte und zur Tür hinausging, hielt eine plötzliche Eingebung mich zurück.

„Können Sie mir sagen, wie der Richter hieß?"

„Kann ich", sagte Strehler, „das war Dr. Keyserling."

Es durchzuckte mich wie ein elektrischer Schlag. Keyserling!

„Dr. Johann Keyserling?"

„Genau der", gab Strehler zurück, „kennen Sie ihn etwa?"

„Ja", sagte ich, „flüchtig."

Während ich zum Parkhaus ging, ordneten sich die vielen kleinen Merkwürdigkeiten des Ultimatums. Jemand wie Keyserling passte zu dem Bild, das mir meine Intuition über die Persönlichkeit des Erpressers geliefert hatte. Ich hatte schon häufiger über den Richter nachgedacht. Aber dann hatte ich erfahren, dass Keyserling und Innenminister Möller offenbar alte Freunde waren. Das hatte meine Überlegungen beeinflusst. Und dann gab es da noch diesen seltsamen familiären Zusammenhang mit Gollier.

Jetzt fiel es mir wie Schuppen von den Augen.

Das Bild, das ich unlängst vor meinem geistigen Auge gesehen hatte! War da nicht eine Ähnlichkeit mit Keyserling gewesen?

8. 4

Ortstermin in der Nähe von Mösslingen

Henning hatte vermutlich viele Menschen neben sich in den Abgrund stürzen sehen, aber das waren finanzielle und gesellschaftliche Abstürze gewesen. Der Tod seines Chauffeurs musste ihm jedoch im wahrsten Sinne des Wortes sichtbar nahegegangen sein. In seinem Gesicht zuckten die Wangenmuskeln, als er zwischen all den Markierungen der Spurensicherung hindurchstolperte. Sein Verhalten wirkte abwesend und verunsichert zugleich. Der groß gewachsene Mann schien wie unter einer Schicksalslast gebeugt.

Ich hatte vor dem Ortstermin mit Bulthaupt telefoniert und eine Standpauke über mich ergehen lassen müssen. Der BKA-Chef war überzeugt gewesen, ich wäre im Fall Pradesch weitergekommen und könne mit Informationen aufwarten, die wenigstens den Hackeranschlag auf die Nationalbank aufklären und vielleicht eine Spur zum Erpresser andeuten könnten. Ich hatte jedoch kein Wort über meine neue Theorie verloren. Und die lautete: Pradesch könnte den Hackeranschlag ausgeführt haben und Keyserling der Auftraggeber gewesen sein. Keyserling hatte Pradesch mit seinem Urteil zum Recht verholfen und könnte mit diesem Vertrauensvorschuss den Informatiker zur Mitarbeit gewonnen haben. Die idealistischen Motive des Richters konnten das ihre dazu beigetragen haben. Die Verdachtsmomente waren stark genug, um eine offizielle Untersuchung einzuleiten, aber ich hatte geschwiegen und einige glaubwürdige Ausreden präsentiert, warum ich immer noch nichts Greifbares in der Hand hielt. Jetzt hatte sich eine günstige Gelegenheit ergeben, den Richter und dessen Reaktionen noch einmal genauer zu beobachten.

Bulthaupt hatte darauf bestanden, dass Henning vor Ort noch einmal alles rekapituliert. Und dazu hatte er außer Sarah Leismann, Emmerich vom Innenministerium und Möllers Berater Keyserling auch mich dabeihaben wollen.

Mir hatte er nur kurz zugenickt und knarzig bemerkt:

„Von Ihnen hatte ich mehr erwartet."

„Wir können die Explosion beim besten Willen nicht zum Staatsgeheimnis erklären", sagte Staatssekretär Emmerich. „Jetzt beginnt die Phase des nackten Terrors. Das zielt auch auf den Staat."

„Wer oder was ist denn der Staat?", irritierte Keyserling mit seiner Zwischenfrage. „Und wo ist der nackte Terror?"

Sarah fixierte Henning.

„Sie sind wirklich sicher, dass Sie nach dem Aussteigen nicht noch eine weitere Information bekommen haben?"

Hennings Augen waren auf den Boden geheftet, als suche er etwas. Er sah Sarah an, als wäre sie eine engelhafte Erscheinung aus einer anderen Welt.

„Nein, das bin ich nicht. Ich kann mich nicht einmal daran erinnern, was ich mit dem Handy gemacht habe. Ich hatte nur einen Gedanken im Kopf: mich so weit wie möglich vom Wagen zu entfernen."

„Die Leute von der Spurensicherung haben ein paar kleine Teile gefunden, die wahrscheinlich zu dem Handy gehören", sagte Sarah, „es war entweder im Auto oder in dessen Nähe."

„Vielleicht ist es mir aus der Hand gefallen", murmelte Henning verstört, „vielleicht habe ich es weggeworfen, ich weiß es nicht."

„Ab welchem Zeitpunkt können Sie sich wieder genau erinnern“, hakte Sarah nach.

Henning sah in Richtung der Holzbrücke.

„Auch das kann ich nicht wirklich sagen. Ich habe mich dort unter die Planken gekauert, und dann schepperte es nur noch um mich herum. Mirkos Arm, mein Gott ... Danach wurde mir wohl schwarz vor Augen. Irgendwann bin ich dann auf den Weg gekrochen und habe nach dem Handy gesucht.“

Romer richtete seine Aufmerksamkeit auf Keyserling. Die Augen des Richters lagen tief in den Höhlen und wirkten resigniert. Wenn er tatsächlich der Verfasser des Ultimatums war, musste der Unfall ihn tief erschüttert haben. Nur ein einziger Verletzter musste seine eingebildete moralische Integrität schwächen. Alles war perfekt geplant gewesen. Vielleicht hatte Henning in der Aufregung eine wichtige Anordnung nicht mitbekommen. Schließlich hatte es etliche Möglichkeiten gegeben, sich in Deckung zu bringen. Der Richter erwiderte meinen forschenden Blick mit einem Ausdruck, als wisse er, dass ich ihn durchschaut hatte. Gleichzeitig schien er instinktiv begriffen zu haben, dass ich mein Wissen für mich behalten würde. Zumindest bildete ich mir das ein oder interpretierte sein Verhalten in dieser Richtung.

„Es besteht kein Zweifel mehr“, erklärte Bulthaupt, während er sinnierend vor dem Krater stand und auf die geborstene Erde starrte, „dass der Sprengstoff hier vorher vergraben wurde. Die Spurensicherung hat genügend Indizien dafür gefunden. Er ist zu keinem Zeitpunkt im Wagen gewesen. Der Erpresser wollte wieder einmal ganz sicher gehen, dass niemand bei der Explosion zu Schaden kommt.“

Keyserling nickte unmerklich.

„Dieses Mal sollte die Bedrohung nur direkter ausfallen“, fuhr Bulthaupt fort. „Ich gehe davon aus, dass sich der Verantwortliche für den Anschlag ganz in der Nähe aufgehalten und mit einem Nachtsichtgerät alles genau beobachtet hat. Als er glaubte, Herr Henning und sein Fahrer befänden sich in Sicherheit, hat er per Funk den Sprengsatz gezündet. Ich gehe davon aus, dass er auch den Unfallwagen gerufen hat."

Ich warf einen Blick zu Keyserling, konnte aber keine besondere Reaktion auf Bulthaupts letzten Satz erkennen.

Nachdem Sarah mehrmals die schmale Holzbrücke umrundet hatte, winkte sie mich zu sich und deutete auf einen Holzverschlag, keine zwanzig Meter entfernt im Wald.

„Das ist eine Futterkrippe für Rehe. Da hätten Henning und sein Fahrer einen perfekten Schutz gefunden. Mirko könnte noch am Leben sein."

Ich ging zu der einseitig offenen Hütte. Tatsächlich lagen dort ein paar Strohballen, und das Dach hätte sie vor herunterfallenden Blechteilen geschützt. In Anbetracht der verheerenden Wirkung der Explosion hielt ich es geradezu für ein Wunder, dass Henning ohne Verletzungen davongekommen war.

Sarah ging mir nach.

„Hast du gesehen, wie fahl Henning aussieht? Ich glaube, es wird ihm erst jetzt klar, in welcher Gefahr er sich tatsächlich befunden hat. Unmittelbar neben der Brücke sind einige schwere Teile vom Motor eingeschlagen."

So wie ich die Dinge sah, musste es noch eine weitere Anweisung gegeben haben, die Henning nicht mehr gehört hatte. Nichts könnte der Erpresser weniger gewollt haben als einen Toten.

„Du hältst etwas zurück", sagte Sarah mit beiläufiger Betonung. „Warum?"

Ich vermied ihren Blick.

„Wie kommst du darauf? Warum sollte ich das?"

Nachdem wir noch einmal die nähere Umgebung des Schuppens

in Augenschein genommen hatten, gingen wir wieder zum Explosionskrater zurück, an dem die anderen noch immer versammelt waren.

„Ich bin gespannt, wie es jetzt weitergeht", sagte Sarah, „hast du etwas Neues über Pradesch herausgefunden?"

Ausweichend sagte ich nur:

„Vielleicht."

Bevor Sarah nachhaken konnte, war Bulthaupt uns entgegengekommen.

„Entschuldigen Sie meinen barschen Tonfall zur Begrüßung, Herr Romer. Vielleicht habe ich allen Ernstes eine hellsichtige Voraussage von Ihnen erwartet, eine Intuition, die mit einem Schlage alles aufklärt."

Jetzt kamen auch Emmerich, Keyserling und Henning dazu.

„Intuition?", fuhr Emmerich auf, „Wenn ich das schon höre! Sie haben Herrn Romer wie eine ultimative Geheimwaffe präsentiert. Die Ermittlungen sind ein einziges Desaster. Das einzig Konkrete, was mich aus dem BKA erreicht, sind immer neue Theoriedossiers von Fitzler und Brus."

„Ich bin nahe daran", mischte ich mich ein, „den Hackeranschlag aufzuklären. Alles hängt an der indischen Bürokratie. Ich vermute, ein Informatiker namens Kamal Pradesch ist der Urheber. Und der befindet sich aller Wahrscheinlichkeit nach in Indien."

Ich fasste Keyserling ins Auge, um vielleicht eine Reaktion in seinem Gesicht zu bemerken, aber der Richter sah in eine andere Richtung.

„Indien", wiederholte ich, „verstehen Sie, was das bedeutet? Dort eine bestimmte Person finden zu wollen gleicht der Suche nach einem Sandkorn in der Wüste Gobi."

Mein Blick traf mit dem Keyserlings zusammen, und ich fragte mich, was jetzt wohl in ihm vorgehen mochte.

8. 5

New York sepiafarben

Nach dem Erwachen vergingen einige Minuten, bis ich begriff, dass ich nur geträumt hatte. Es hatte ganz harmlos angefangen. Ich war eine Straße entlanggelaufen, deren Häuser rechts und links so weit in die Höhe ragten, dass der Blick in den Himmel verdeckt blieb, und auf der Fahrbahn sah man keine Autos: nur Fahrräder mit Anhängern in verschiedensten Größen und Formen, beladen mit Säcken, Möbeln, Baumaterial, Fernsehern oder Menschen. Sie fuhren dicht an dicht.

Etwas Merkwürdiges musste geschehen sein. Alles war in ein sepiafarbenes Licht getränkt. Ich zwängte mich durch den ungewöhnlichen Verkehr zu einem Kiosk auf der Mitte der Fahrbahn, um eine Zeitung zu kaufen. Eine alte zahnlose Frau reichte mir einen Packen Papier. Ich sah auf den Titel und murmelte erstaunt:

„New York Times?"

„Das macht fünfhundert Dollar", sagte die Alte.

Ich suchte in meinen Taschen und stellte erstaunt fest, dass sie mit Geldbündeln vollgestopft waren. Ohne nachzuzählen, schob ich der Frau einen Packen zu und sagte:

„Stimmt so!"

Erst als ich mich übergangslos auf einem Bürgersteig vor einem Hochhaus mit einer Spiegelglasfassade wiederfand, wunderte ich mich über den absurden Preis für die Zeitung, deren Inhalt bei näherem Hinsehen nur aus Reparaturanleitungen für Fahrräder bestand. Noch während ich überlegte, warum die Zeitung NEW YORK TIMES hieß, die Alte im Kiosk aber Deutsch gesprochen hatte, zerbarsten die verspiegelten Fenster. Verblüfft beobachtete ich, wie Männer in dunklen Anzügen mit weißen Hemden und Krawatten Computer auf die Straße warfen, wo sie in tausend Stücke zerbarsten. Es folgte ein dichter Regen aus Papierschnipseln. Ich nahm eine Handvoll davon auf. Es waren zerschredderte Kontoauszüge und Fragmente von Zahlenkolonnen, die nach Bilanzen aussahen.

Einen Straßenzug weiter strömten zerlumpte Menschen aus den Häusern und schütteten Geldscheine aus Müllsäcken auf einen riesigen Haufen, den sie mit lodernden Fackeln entzündeten.

Während die Flammen immer höher züngelten, bemerkte ich, dass von einem Wolkenkratzer nur noch das Stahlskelett übrig geblieben war. Hoch oben sah man Arbeiter mit Schweißbrennern Stahlträger durchtrennen, die einer nach dem anderen auf die Straße stürzten und ein Blutbad zwischen den Radfahrern anrichteten. Jetzt erst erkannte ich am Ende der Straße die Freiheitsstatue. Sie brannte lichterloh und schien beständig näherzukommen. Dabei wurde sie größer und größer. Jetzt konnte ich sehen, dass sie wie eine überdimensionale Pappmachéfigur auf Rädern von einer Menschenmasse an Tauen durch die Häuserschluchten gezogen wurde. Als die Häuser eines nach dem anderen einstürzten, kam ein Mann mit einer Glatze und einer braunen Hornbrille auf mich zu kam.

„Holland“, sagte ich, „haben Sie das etwa alles auf dem Gewissen?“

Holland grinste gemein.

„Wo denken Sie hin? Sie überschätzen mich. Das hier ist alles nur das Ende einer großen Illusion. Ein Traum. Wachen Sie einfach auf und Sie werden feststellen, dass alles wieder beim Alten ist.“

Verblüfft erinnerte ich mich, dass ich schon einmal von einer brennenden Freiheitsstatue geträumt hatte. Sie war mitten in einem verfallenen Frankfurt gestanden. Nachdem ich, mit meinen Gedanken immer noch bei meinem Traum, lustlos ein Toastbrot mit Käse gegessen hatte, nahm ich meine Kaffeetasse mit auf den Hof, um mich für einen Moment in die Sonne zu setzen. Leffers, der Anwalt aus dem Vorderhaus, hatte gerade die Türflügel zu den Garagen geöffnet. Sein Gruß war ungewohnt einsilbig und sein Gesicht zeigte keinen Schimmer von seinem gewohnten Optimismus.

„Probleme?“, fragte ich freundlich.

Leffers warf mir einen mürrischen Blick zu.

„Nicht die geringsten. Mir geht's bestens. Nur mein Vermögen ist gestern auf Null geschrumpft. Ich wollte die Aktien schon vor Monaten verkaufen. Dann brachen die Kurse ein, und mein beschissener Bankberater hat mir geraten, die Ruhe zu bewahren. Verkaufen sei das Dümmste, was ich tun könnte. Jetzt sind sie nur noch Makulatur.“

„Du hast immerhin noch deine schwerreichen Gangsterklienten“, sagte ich leichthin.

Leffers nickte müde. So, wie er aussah, musste er schwerwiegende Probleme haben. Ich kannte ihn bis jetzt nur mit seiner launigen Fassade, aus der man niemals ablesen konnte, wie es ihm wirklich ging. Meistens war er mir wie ein neumodischer Geist vorgekommen, wie einer, der nirgendwo wirklich ist. Einmal hatte er sich in einem Gespräch als Kulturmensch dargestellt, als sensiblen Menschenversteher. Tatsächlich hatte er nur von sich selbst und seinem erfolgreichen Anwaltsleben und seinen Liebesgeschichten erzählt. Heute schien es so, er sei er gänzlich eine Hülle ohne Inhalt geworden.

Kurz nachdem Leffers missmutig den dunkelblauen Z3 mit geöffnetem Cabrioverdeck und dem Schild *Zu verkaufen* an der Seite aus der Garage rangiert und dabei mit dem Heck den eisernen Türrahmen gerammt hatte, kam Harry in seinem Rollstuhl auf den Hof. In der einen Hand hielt er eine Bierflasche, in der anderen die unvermeidliche Zigarette und auf den Schoß eine aufgeschlagene Zeitung.

„Schon die Zeitung gelesen? Jetzt geht es den Geldscheißern richtig an den Kragen. Die Süddeutsche Hypothekenbank ist gestern pleite gegangen, zwanzigtausend Entlassungen, die Real Invest macht morgen ihre Filialen dicht, und die Volkssparkasse steht kurz vor der Insolvenz. Die Kunden räumen seit gestern ihre Konten."

Leffers starrte immer noch auf sein Auto.

„Mist, auch das noch. Der ganze Kotflügel ist im Eimer."

„Ein Kotflügel!", rief Harry, „als ob es keine anderen Probleme gäbe! Hast du noch nicht mitbekommen, dass eine ganze Zivilisation aus dem Gleichgewicht gerät? Während du wie ein herrenloser Agent des Nichtigen die Banalität zum Problem erhebst, dankt ein ganzes Zeitalter ab."

Leffers suchte flüchtend das Weite.

„Ihr werdet schon sehen", rief Harry ihm nach, „der ganze Kapitalismus wird zusammenbrechen. Ihr habt in einer Hülle gelebt, und der Inhalt war ein Vakuum. Westliche Kultur! Dass ich nicht lache! In ein paar Jahren ist das hier alles nur noch eine türkische Provinz. Mir soll es recht sein. Dann kann ich mir eine Reise nach Istanbul ersparen. Ich hab es ja schon immer gesagt, aber mir wollte ja keiner glauben. Jetzt habt ihr den Salat."

Für den Nachmittag hatte ich mich mit Keyserling im *Luigis* verabredet. Nachdem ich einer spontanen Eingebung folgend, den Richter einfach angerufen und um ein Gespräch gebeten hatte, war ich verblüfft gewesen, wie schnell er zugesagt hatte, ohne auch nur eine einzige Frage nach dem Grund meines Ansinnens zu stellen. Das nahm ich bereits als eine unausgesprochene Botschaft, mit der er mir zu verstehen geben wollte, er wüsste, dass ich ihn für den Erpresser hielt.

Auf der Fahrt durch die Innenstadt war ich an drei Filialen der Volkssparkasse vorbeigekommen, die von Menschentrauben umlagert waren. Manche trugen Transparente, auf denen zu lesen stand: *Wir wollen unser Geld zurück*! Auf den Bürgersteigen hatten sich Polizeiwagen in Bereitschaft gestellt. Harry hatte zweifellos recht: Das war vermutlich der Anfang vom Ende. Wirtschaft und Konsum würden in einem nie gekannten Maße zusammenbrechen. Der ganze Wahnsinn würde in einem Massenelend enden, das niemand für möglich hielt.

Als ich das Restaurant betrat, sah ich Keyserling schon an einem der Tische sitzen.

Ich entschuldigte mich für meine Verspätung.

Keyserling lächelte verbindlich.

„Ich bin nicht in Eile. Aber mein Magen knurrt schon seit Stunden."

Nachdem Keyserling die Speisekarte studiert hatte, sah er auf und musterte mich eine Weile stumm.

„Was wollen Sie wirklich?"

Ich überging die Frage vorerst.

„Was halten Sie von einer Fischplatte für zwei Personen?", fragte ich. „Das ist eine von Luigis Spezialitäten."

Keyserling nickte zustimmend.

„Warum nicht? Aber Sie haben mir meine Frage noch nicht beantwortet."

Ich sah Keyserling eindringlich an und sagte leise:

„Unser Treffen wird beobachtet. Wenn Sie vielleicht einmal unauffällig nach rechts schauen würden. Am Tisch neben dem Fenster sitzt eine einzelne Person. Der Mann in dem hellen Anzug mit der Glatze und der Hornbrille."

Keyserling wartete ein paar Sekunden und drehte den Kopf ein wenig zur Seite.

„Wer ist das?"

Der Mann nenne sich Holland, antwortete ich, er sei amerikanischer Staatsbürger und arbeite wahrscheinlich für die National Security Agency oder eine ähnliche Organisation. Dass ich mich schon seit einiger Zeit von Holland bespitzelt fühlte, verschwieg ich.

Keyserling verzog seine Lippen zu einem lustlosen Lächeln.

„Was Sie nicht sagen."

Auf einen Wink des Richters war der Kellner mit einer Weinflasche herangekommen und schenkte die Gläser ein. Ich wartete, bis er wieder fort war.

„Er hat mich in der Schirnhalle angesprochen, als ich mir eine *Warhol-Ausstellung* ansah. Offenbar ist er von irgendeiner offiziellen Seite autorisiert, zu beobachten, welche Auswirkungen die Erpressung der Nationalbank auf die Finanzkrise hat."

Keyserling trank einen Schluck und nickte anerkennend.

„Eine gute Wahl. Die Finanzkrise. Soso! Ich würde es inzwischen eine Krise des globalen Kapitalismus nennen. Genaugenommen handelt es sich um eine spirituelle Krise, wenn Sie verstehen, was ich meine. Wenn der Mammon alle anderen Götter ersetzt, ist jede Hoffnung verloren. Der Wahnsinn gibt sich als das zu erkennen, was er wirklich ist: eine Verschwörung gegen die Würde des Menschen."

Mit den letzten Worten hatte er wortwörtlich aus einem Erpresserbrief zitiert. Wahrscheinlich war auch das ein bewusst vorgetragener Hinweis auf seine Täterschaft.

„Wie auch immer", überging ich den Fingerzeig, „Holland glaubt entweder, ich wüsste, wer der Autor des Ultimatums ist oder ich sei nahe dran, es herauszufinden."

Endlich kam der Kellner mit der Fischplatte und legte vor. Optisch sah das Gericht vielversprechend aus, und der würzige Duft ließ mir das Wasser im Mund zusammenlaufen. Als ich noch einmal kurz zu Holland hinübersah, hob der Amerikaner mit einem angedeuteten Winken eine Hand und lächelte mir zu. Dieser Mann hatte etwas durch und durch Unangenehmes, er strömte einen mentalen Geruch aus, der mir zutiefst zuwider war. Er war einer dieser Zyniker, die einen Job machen, über den man lieber nicht zu viel wissen wollte. Ich lächelte freundlich zurück.

„Köstlich", sagte Keyserling, nachdem er den ersten Bissen gegessen hatte.

Ich tat es ihm nach und stimmte zu. Luigis Fischplatten waren wirklich konkurrenzlos in der Stadt.

Eine Weile aßen wir nur stumm. Keyserling ließ sich vom Kellner sein Weinglas nachfüllen und warf einen verstohlenen Blick zu Holland.

„Und? Wissen Sie, wer der Autor des Ultimatums ist?"

Ich hatte mir keinen Plan zurechtgelegt, wie ich mit Keyserling reden würde, und antwortete, ohne aufzusehen, dass ich nahe dran sei.

Bis jetzt zog ich immer noch in Erwägung, dass ich mich in meiner Vermutung geirrt haben konnte, obwohl alles dafür sprach, dass der Richter der gesuchte Mann war.

Beim BKA sei man nicht gerade erfreut über meine Art, den Fall anzugehen, erklärte ich Keyserling, und im Moment hielte man mich für absolut erfolglos. Sie wüssten dort lediglich, dass ich nach einem Informatiker namens Pradesch suche. Aber das hätte er ja bereits bei dem Lokaltermin am Ort der Autoexplosion mitbekommen.

Ich sah ihm offen in die Augen und fragte, ob ihm der Name Pradesch etwas sage.

Keyserlings Miene wirkte für einen Moment geradezu erheitert.

„Pradesch? Vermutlich haben Sie herausgefunden, dass ich die Firma Soft Secure zu einer stattlichen Abfindung zugunsten Herrn Dr. Pradeschs verurteilt habe."

Ich sah zu Holland hinüber. Der Agent, oder was auch immer er war, zahlte seine Rechnung. Er nickte mir noch einmal zu, bevor er aufstand und das Restaurant verließ. Ich fragte mich, ob meine Telefonate nicht doch abgehört wurden. Vielleicht war der Innenminister selbst verwickelt. Wahrscheinlich wurde der Fall schon lange von Geheimdiensten beobachtet, und vielleicht wusste auch Bulthaupt mehr, als er sagte.

„Ich glaube", antwortete ich, „Dr. Pradesch hat den Hackeranschlag auf die Nationalbank ausgeführt. Im Auftrag des eigentlichen Erpressers."

Der Richter schenkte sich erneut Wein nach.

„Donnerwetter! Wie kommen Sie auf diesen Dr. Pradesch?"

Wie Keyserling den Satz ausgesprochen hatte, kam er genauso wie das vorher gefallene Stichwort *Würde des Menschen* einem Eingeständnis gleich. Der Richter verhielt sich allerdings in keiner Weise wie ein Schuldiger. Vielleicht ahnte er, was in mir vorging.

„Ich musste einigen Aufwand treiben", sagte ich wortkarg.

Er hob sein Glas.

„Der Wein ist ebenso gut wie der Fisch. Trinken wir auf dieses Zusammentreffen. Sie waren mir schon bei der ersten Begegnung sympathisch. Wie geht es weiter? Werden Sie nach dem indischen Informatiker suchen?"

Die beiden Gläser berührten sich. Ich lächelte Keyserling an.

„Nicht mehr. Ich könnte mir vorstellen, dass dieser Holland die richtigen Verbindungen mobilisieren könnte, um Pradeschs Aufenthaltsort in Indien ausfindig zu machen. Aber ich hege noch einen ganz anderen Verdacht."

„Ach!", sagte Keyserling. „Und der wäre?"

Vielleicht, ließ ich den Richter an meiner Vermutung teilhaben, dass Pradesch gar nicht mehr am Leben sei und das wahrscheinlich Holland zu verdanken sei. Meine Vermutung basierte zwar nur auf Intuition, aber in meiner Zeit als BKA-Profiler hatte ich genug über die dubiosen Praktiken der Geheimdienste und ihre nicht immer legalen Einmischungen mitbekommen. Mein Szenario sah folgendermaßen aus: Holland könnte in höchstem Auftrag arbeiten. Vielleicht für eine inoffizielle Beratergruppe des amerikanischen Präsidenten. Diese könnte die Folgen des Ultimatums an die Nationalbank als einen Angriff auf den westlichen Kapitalismus einschätzen. Wie bei derartigen Vermutungen üblich, hatte man einen der Geheimdienste eingeschaltet. Ein Agent, Holland zum Beispiel, könnte zu dem gleichen Ergebnis wie ich gekommen sein. Vermutlich hatte er zwar keine Beweise, glaubte aber wahrscheinlich zu wissen, wer hinter der Erpressung steckt. Auf Pradesch zu kommen, wäre für einen kompetenten Geheimdienst vielleicht nur eine Frage der Zeit, sagte ich. Ich hatte es ja auch geschafft. Sollte man Pradesch tatsächlich umgebracht haben, läge es sicher nahe, den eigentlichen Auftraggeber für den Hackerangriff ebenfalls zu eliminieren. Für die Denkart eines CIA- oder NSA-Agenten wäre das jedenfalls keineswegs ungewöhnlich.

Ich hatte zwar Überlegungen in dieser Richtung angestellt, aber was ich Keyserling soeben aufgetischt hatte, war unausgegoren und nur dazu gedacht gewesen, eine Reaktion von ihm zu provozieren. Die abschließende Andeutung sollte ihn lediglich verunsichern.

Tatsächlich gab es ein kurzes Flackern in Keyserlings Blick.

„Das glauben Sie wirklich?"

„Allerdings", antwortete ich. „Ich denke, der Erpresser ist sehr erfolgreich gewesen. Eigentlich ist seine Arbeit getan. Vielleicht werden andere den Schwung nützen."

Die Irritation in Keyserlings Augen war wieder verschwunden. Auf seinen Lippen lag ein Schmunzeln.

„Was spielen Sie eigentlich für eine Rolle? Sind Sie nur ein Humanist oder sympathisieren Sie vielleicht mit dem Erpresser?"

„Wenn ich der Mann wäre", sagte ich, ohne direkt zu antworten, „würde ich für eine Weile verreisen und zuschauen, wie sich alles weiterentwickelt."

Zurück im Westend brauchte ich fast eine Viertelstunde, bis ich in einer schmalen Seitenstraße endlich einen Parkplatz gefunden hatte.

Der Fußweg zu meinem Loft führte mich am *Penny Markt* vorbei, wo ich auf Harry traf, der nach dem Vorbild eines Diogenes inzwischen offenbar zu einem anerkannten Stadtphilosophen avanciert war. Schon bei einem seiner letzten Straßenvorträge hatte ich beobachtet, wie in der Mehrzahl jüngere Menschen stehen geblieben waren.

„Lasst Euch nichts vormachen", hörte ich Harry dozieren, „Finanzkrise, Wirtschaftskrise, Rezession, Systemschwäche, Struktureinbrüche ... Mein Gott! Was für ein Schwachsinn! Die wahre Krise soll damit verschleiert werden. Die Worte sollen euch nur vom Eigentlichen ablenken. Und was ist mit der Hungerkrise, was mit der Demokratiekrise, was mit der Bildungskrise, was mit der Klimakrise? Wie soll das alles weitergehen, wenn ihr nicht endlich alle aufwacht?

Ihr seid das Volk!"

Ein Junge, der nach einem Gymnasiasten aussah, applaudierte.

„Ich kann euch sagen, was die wirkliche Krise ist", fuhr Harry fort, „es ist eine Bewusstseinskrise, die größte seit der Einführung des Christentums! Denkt darüber nach. Hört auf, den Mammon anzubeten, werdet Philosophen. Das kann jeder, und es kostet fast nichts. Geht nach Hause und fragt euch, was ihr wirklich wollt. Wollt ihr noch mehr Scheiß, noch mehr Müll, oder wollt ihr eine Zukunft?"

Harry machte eine Pause und zündete sich eine Zigarette an. Die Menschen rückten jetzt ein wenig näher, weil Harry jedem ein Flugblatt reichte. Inzwischen hatte er bemerkt, dass auch ich mich unter den Zuhörern befand.

Mit der Zigarette im Wundwinkel winkte er mir zu.

„Hallo, Markus, wie geht's?"

Ich nahm mir eines der Flugblätter und las die fett gedruckte Botschaft.

Die Wahrheit ist einfach: Alles ist Lüge.

Geld vermehrt sich nicht. Geld arbeitet nicht.

Geld ist eine Illusion. Alles war nur ein Pyramidenspiel, ein mieser Trick. Und den Letzten beißen die Hunde. *Jetzt sind wir alle die Letzten.*

NEUNTER AKT

DAS ENDE DER TAGE

9. 1

Frankfurt – In Markus Romers Wohnung

Am späten Vormittag läutete mein Handy.

„Keyserling!“, kam die Stimme des Richters aus dem Hörer. „Das Gespräch mit Ihnen war in mancherlei Hinsicht inspirierend. Ich wollte Ihnen nur sagen, dass ich dem Innenminister nicht mehr als Berater zur Verfügung stehe. Angesichts der rasanten Entwicklung hat sich die komplette Regierung in einen einzigen großen Krisenstab verwandelt. Ich nehme an, Möller wird nicht einmal bemerken, wenn ich fehle. Die Suche nach dem Erpresser scheint im Moment in den Hintergrund geraten zu sein. Jetzt sollen nach amerikanischem Vorbild erst einmal kriminelle Spekulanten verhaftet werden.“

„Ich verstehe“, sagte ich.

„Sie verstehen offenbar eine ganze Menge“, fuhr der Richter fort, „ferner wollte ich Sie darüber informieren, dass ich für eine Weile verreisen werde. Ein Urlaub ist schon seit Jahren fällig.“

„Sie werden mir sicher nicht sagen wollen, wohin“, warf ich ein.

„Es ist noch nicht entschieden“, gab Keyserling zurück, „ich werde mit Dartpfeilen auf eine Landkarte werfen.“

„Wenn Sie sich nachhaltig erholen wollen, sollten Sie meinen Rat befolgen und keine Mobiltelefone mehr benutzen und bösen Männern aus dem Weg gehen.“

„Danke für den Hinweis“, kam es krächzend aus dem Hörer.

Keyserling sagte noch etwas, das ich nicht verstehen konnte. Nur noch einmal war ein *Hören Sie mich?* zu erahnen, dann brach die Verbindung ab.

*

Gegen Mittag rief ich Bulthaupt an und kündigte meinen Vertrag als freier Mitarbeiter beim BKA. Erstaunlicherweise gab Bulthaupt keinerlei Kommentar dazu ab. Wahrscheinlich hatte schon lange die amerikanische National Security Agency die Regie übernommen. Was in Europa eine Wirtschaftskrise genannt wurde, hatte die Vereinigten Staaten bereits ins Mark getroffen. Und wenn Amerika sich bedroht fühlte, und sei es von den eigenen Finanzmanagern, fühlten sich auch die Geheimdienste bemüßigt, auf den Plan zu treten.

„Brus hat heute Morgen eine Nachricht vom indischen Inlandsgeheimdienst erhalten", sagte Bulthaupt, „sie haben doch tatsächlich den Aufenthaltsort von Dr. Pradesch ermittelt. Er lebte in einer Villa in einem Reichenviertel außerhalb Bombays."

„Er lebte?", unterbrach ich.

„Er ist erst kürzlich einer Herzattacke erlegen", erklärte Bulthaupt, „ich nehme an, wir werden nie erfahren, ob er es war, der den Hackeranschlag ausgeführt hat, und wenn er es war, ist damit eine Überführung des Erpressers in weite Ferne gerückt. Ich nehme an, da waren höhere Mächte am Werke."

„Nehmen Sie das an", hakte ich nach, „oder wissen Sie mehr, als Sie sagen?"

Bulthaupt lachte trocken.

„Aha, Ihr Instinkt ist also doch nicht ganz erloschen. Sie haben offenbar mitbekommen, dass wir nicht die Einzigen sind, die sich für eine Aufklärung des Falls interessieren. Die Geheimdienste verschiedener Nationen waren schon recht früh mit im Spiel. Ich darf

Ihnen das jetzt auch nur inoffiziell sagen. Informationen über das Ultimatum an die Nationalbank haben sie allerdings nicht von mir bekommen. Dafür ist einzig der Innenminister verantwortlich."

„Was halten Sie von folgender Theorie?", nahm ich den Einwurf auf. „Würde man den Erpresser identifizieren, könnte er zu einem Volkshelden werden. Das darf nicht geschehen. Also wird er auf höheren Wunsch liquidiert. Nur einige wenige werden seinen Namen kennen."

„Dazu sage ich nichts", knurrte Bulthaupt, „Theorien interessieren mich nicht mehr."

Ich verspürte ein inneres Frösteln.

„Was Sie nicht sagen! Also auch Sie sind in irgendwelche zwielichtigen Doppelspiele verwickelt!"

Bulthaupts Atem war in der Muschel deutlich zu hören.

„Ich bin in gar nichts verwickelt. Ich gehe davon aus, dass niemand die Identität des Erpressers herausfinden wird, auch nicht der National Security Service, worauf Sie ja wohl anspielen. Der Mann kann sich Unfehlbarkeit leisten, weil er keine persönlichen Interessen verfolgt. Zumindest unterstelle ich ihm das."

„Könnte es sein, dass Sie von mir in Wahrheit gar keine Aufklärung des Falles erwartet haben? Wofür wurde meine Mitarbeit benötigt?"

„Rechnen Sie es sich als Ehre an", sagte Bulthaupt, „dass ich Sie als Kontrollinstanz benützt habe. Wenn Romer es nicht schafft, schafft es keiner. Ich glaube, Sie waren nahe dran, aber jetzt haben Sie aufgegeben. Damit gebe auch ich auf. Aber sagen Sie das nicht weiter."

Ich nahm ihm seine Erklärungen nicht ab. Vermutlich hatten die chaotischen Tendenzen im Lager der ratlosen Politiker jetzt auch die Behörden der Exekutive erreicht.

Bulhaupts Haltung gab zweifellos Rätsel auf, die mir im Moment verschlossen blieben und in gewisser Weise sogar egal waren. Dennoch konnte ich mein Grübeln über seine Rolle nicht abstellen. Irgendwann fiel mir ein, dass es im BKA schon häufiger unentwirrbare, unverständliche und sogar kriminelle Verwicklungen gegeben hatte, die stets mit Fällen internationaler Bedeutung verbunden gewesen waren. Da hatte es zum Beispiel Agenten gegeben, die Terroristen, Mafiosi, Drogenhändler oder Erpresser spielen mussten und sich dabei derart mit ihrer Rolle identifizierten, dass sie irgendwann nicht mehr zwischen Realität und Fiktion unterscheiden konnten.

Aber auch bewusste Fehlinformation der eigenen Leute im Interesse höherer, oder noch schlimmer, persönlicher Ziele, hatte ich in meiner Zeit beim BKA erlebt. So wäre es durchaus denkbar, dass Bulthaupt frühzeitig eine Anweisung vom Innenminister bekommen hatte, nur eine Scheinaufklärung zu betreiben. Dann müsste es eine Gruppierung einflussreicher Politiker geben, die insgeheim an einem Zusammenbruch der Finanzwirtschaft interessiert war. Irgendwie schien mir das alles nicht wirklich denkbar, aber auch solche Dinge waren schon geschehen. Innenminister Möllers elitäre Arbeitsgruppe wäre demnach vielleicht nur Teil eines Täuschungsmanövers gewesen und hätte möglicherweise andere Ziele verfolgt, als sie vorgab.

In einer anderen Version hielt ich es ebenso gut für möglich, dass Bulthaupt spätestens nach dem zweiten Brief mit dem BND wie mit einem amerikanischen Geheimdienst zusammengearbeitet hatte. In diesem Fall wäre das angeblich subversive Treffen im Palmenhaus eine Farce gewesen, um Vermutungen meinerseits entgegenzuwirken, er wisse über Holland Bescheid.

Des Weiteren könnten unterschiedliche Behörden gegeneinander gearbeitet haben. Auch solches kam nicht gerade selten vor. Für derart gezielte chaotische Strategien gab es dann genauso wie bei den vorherigen Versionen Gründe politischer wie persönlicher Art. Letzteres hatte meistens mit der Egozentrik der Behördenchefs und den Ränkespielen leitender Mitarbeiter zu tun. Manchmal jedoch bildete man sich diese Verschwörungen auch nur ein, weil Inkompetenz, schlechte Kommunikation und Desinteresse fälschlicherweise den Eindruck besonderer Raffinesse erweckt hatten. So gesehen ist die Wahrheit bisweilen so simpel, dass keiner sie glauben würde.

*

Die folgenden zwei Tage hatte ich mir die Mühe gemacht, Keyserling vom Vormittag bis zum Abend zu beschatten. Die meiste Zeit war ich in meinem parkenden Wagen gesessen. Der Richter bewohnte eine bescheidene Villa mit einem kleinen Garten am Rande der Stadt. Einige Male verließ er das Haus, um Einkäufe zu tätigen, eine Bank aufzusuchen und in einem Bistro einen Kaffee zu trinken. Am Tag darauf ging er vormittags in eine Postfiliale, suchte später mehrere Buchhandlungen auf und verbrachte längere Zeit in einem Kaufhaus, um danach mit einem Taxi wieder in sein Haus zu fahren.

Schon als ich mich am folgenden Morgen Keyserlings Haus näherte, glaubte ich intuitiv zu spüren, dass sich der Richter nicht mehr in der Villa aufhielt. Ich wartete eine Stunde in meinem Wagen, bis ich mich entschloss, einfach an der Tür zu klingeln. Als niemand öffnete, umrundete ich das Gebäude und sah durch die Fenster in das Innere. Da gab es eine perfekt aufgeräumte Küche, ein wohlgeordnetes Wohnzimmer mit einem ausladenden Schreibtisch und einer riesigen Bücherwand, und ein Schlafzimmer. Auf dem Bett waren bunte Kissen verteilt.

Als ich gegen Mittag in meinen Loft zurückkehrte, fand ich

neben anderer Post einen Briefumschlag ohne Absender. Der Inhalt bestand lediglich aus einer Daten-CD.

Schon bevor ich sie in den Laufwerkschacht schob, wusste ich, dass sie nur von Keyserling stammen konnte.

9. 2

Frankfurt – In Hamiltons Penthouse

Am ganzen Leibe zitternd trat Hamilton von der Brüstung zurück. Für einen winzigen Moment war er der Versuchung erlegen gewesen, sich hinunterzustürzen. Aber Selbstmord, so hatte er immer gedacht, gehörte nicht zu seinem Repertoire. Er hatte stets zu den Gewinnern gehört, vielleicht nicht in allen Bereichen seines Lebens, aber in den meisten. Hamilton sah sich als einen Unbezwingbaren, einen, der das Schicksal nahm, wie es kam, einen, der sich nicht unterkriegen ließ.

Alles, was geschehen war, hatte zwar an der Basis seiner Lebensgrundlagen gerüttelt, aber es war nicht schwerwiegend genug, um sich für alle Ewigkeit aus der Affäre zu ziehen. Er fühlte sich nicht fähig, seine unterschiedlichen Gefühle zu beschreiben. Alles schien aussichtslos und irreparabel. Geschäftlich stand er vor dem Ruin, und bei der derzeitigen wirtschaftlichen Lage war weit und breit keine Möglichkeit zu erkennen, wie er den Rest seines Vermögens würde halten, geschweige denn an seine früheren Erfolge würde anknüpfen können. Und der Rest schmolz täglich, wenn nicht gar stündlich dahin wie ein Eisberg in der Äquatorsonne.

Was Kelly anbelangte, hegte er den Verdacht, sie könnte jeden Respekt vor ihm verlieren.

Hamilton erinnerte sich, irgendwo in der Wohnung ein paar Gramm Kokain versteckt zu haben, das ein Kollege nach einer

Party liegen gelassen hatte. Nachdem er mit zunehmender Erregung über eine Stunde die entlegensten Ecken durchsucht hatte, fand er es schließlich in einem Briefumschlag zwischen bedeutungslosen Papieren in einer Schreibtischschublade. Hamilton holte sich einen Spiegel aus dem Badezimmer und zerhackte die weißen Kristalle mit einer Cutterklinge zu feinstem Pulver. Die erste Linie, die er sich mit einem Hundert-Euro-Schein in die Nase gezogen hatte, schien eine Explosion in seinem Schädel auszulösen. Nach einigen Minuten jedoch durchflutete ihn ein Gefühl außergewöhnlicher Klarheit. Nichts hatte allerdings seine Stimmung verbessert. Die Gedanken rasten im Gegenteil jetzt noch schneller und peinigender. Zu vorgerückter Stunde öffnete er eine Flasche Wodka. Nach dem zweiten Glas stellte er fest, dass der hochprozentige Alkohol so gut wie keine Wirkung zeigte. Als er weit nach Mitternacht die Flasche fast zur Hälfte geleert hatte, konnte er sich kaum noch auf den Beinen halten. Mit zitternden Händen schüttete er ein weiteres Häufchen Kokainkristalle auf den Spiegel. Dieses Mal brauchte er länger, bis er es zu einer pulverisierten Linie präpariert hatte.

Gegen Morgen stellte er den Fernseher ein. Die Wirtschaftsnachrichten auf dem Bloomberg-Kanal dokumentierten emotionslos den weiteren Verfall seiner Aktien der Frankfurter Börse. Bei der Nationalbank und den meisten internationalen Großbanken sah es nicht besser aus. Einzig die großen Energiekonzerne strichen satte Gewinne ein, weil der Ölpreis gesunken war. Aber das hatte ebenfalls nichts Gutes zu bedeuten. Bald schon würde er ins Unermessliche steigen. Mit Widerwillen nahm Hamilton die Aussagen einiger Politiker zur Kenntnis. Sie schienen die Einzigen, die von der Krise nicht persönlich betroffen waren. Er hasste diese Schwätzer. Niemand kürzte ihre Gehälter, und niemand setzte ihnen den Stuhl vor die Tür. Statt auch nur die Spur einer Verantwortung zu übernehmen, zeigten sie jetzt mit dem Finger auf die Spekulanten und Investoren.

Hamilton hob den Kopf und drehte ihn in alle Richtungen. Geräusche, die wahrscheinlich auch vorher schon da waren, hatten sich zu einem Brausen und Zischen verstärkt, das kaum noch auszuhalten war. Für Momente kam es ihm vor, als würde eisig perlendes Coca-Cola durch sein Gehirn fließen. Er fühlte sich erfrischt und klarsichtig. Dann wieder verdunkelte sich alles in ihm zu paranoiden Wellen, die ihm die Haare zu Berge stehen ließen. Was war das für ein Zeug, das er sich in die Nasenlöcher gezogen hatte? Die Wirkung war auf jeden Fall heftig.

Eine neuerliche dunkle Welle schien sein ganzes Leben auf die winzige Größe eines Atoms zu reduzieren und ihn in zermalmender Wucht einzuverleiben. Er war zu einem Spielball des Schicksals geworden. Sein Innerstes war an einen Ort gelangt, an dem jedes Ego von erbarmungslosen Göttern zertrümmert wurde. Hier war das Ende der Machbarkeit, das Ende der Eitelkeit und das Ende der Überheblichkeit.

Gegen acht fuhr Hamilton mit seinem Wagen aus der Tiefgarage. Um halb neun betrat er einen Baumarkt und kaufte eine Kettensäge. Das Modell verfügte über einen Benzinmotor und war die stärkste Ausführung im Lager.

Eine weitere halbe Stunde später betrat er das Entree seiner Firma mit einem riesigen langen Karton unter dem Arm und einem roten Plastikkanister mit Benzin. Die meisten seiner Angestellten hielten sich in ihren Büroräumen auf, lediglich eine seiner Sekretärinnen warf einen erstaunten Blick auf die ungefüge Verpackung.

In seinem Allerheiligsten angelangt, verspürte er aus purer Gewohnheit für einen Moment den Impuls, sich hinter den Schreibtisch zu setzen und die Papiere in der Ablage zu sichten. Aber vor ihm lag ein langer Karton. Ein stumpfer Brieföffner, den er niemals benutzt hatte, erwies sich als ungeeignet, die verschweißte Plastikumhüllung aufzutrennen. Er warf ihn an die Wand. Bastelarbeiten hatten nicht zu seinem Job gehört, und so fand sich auch keine Schere in einer der Schubladen.

Er wählte die Nummer seiner Sekretärin.

„Können Sie mir eine Schere und ein Messer bringen?"

Minuten später kam eine elegante blonde Frau ins Chefzimmer und legte die gewünschten Utensilien auf den Schreibtisch.

„Mein Gott", bemerkte sie verstört, „geht es Ihnen nicht gut?"

Hamilton lachte schrill auf.

„Ganz im Gegenteil, mir geht es fantastisch! Ich fühl mich geradezu erleuchtet! Sieht man das nicht?"

„Kann ich irgendetwas für Sie tun?", beharrte die Sekretärin.

Hamilton starrte sie mit leerem Blick an.

„Allerdings!"

„Warum schreien Sie so?", fragte die junge Frau eingeschüchtert.

Hamilton machte eine fahrige Handbewegung.

„Ich schreie nicht! Packen Sie einfach ihre Siebensachen und hauen Sie ab! Verschwinden Sie! So schnell wie möglich! Die Globe Invest Group existiert nicht mehr. Lassen Sie noch ein Rundschreiben verteilen. Alle Mitarbeiter sind ab sofort entlassen."

Er kritzelte eine Nummernfolge auf einen Notizzettel und schob ihn über den Schreibtisch.

„Überweisen Sie zehntausend Euro auf diese Kontonummer!"

„Aber ...", stotterte die Sekretärin.

Hamilton stach mit der Schere auf die Verpackung ein.

„Tun Sie, was ich sage!"

Ihre Stimme zitterte.

„Kann ich Ihnen helfen?“

Hamilton warf wutentbrannt die Schere fort. Sie flog wenige Zentimeter am Kopf der jungen Frau vorbei.

„Was stehen Sie hier noch dumm rum!?“, kreischte Hamilton, „verziehen Sie sich! Gleich wird es noch lauter!“

Sie floh in Richtung Vorzimmer.

Er spürte, wie sich seine Muskeln in den Wangen und Händen verkrampften, und stach mit der Messerspitze ungelenk in den Karton. Hamilton fluchte.

„Verdammter Scheißdreck! Warum habe ich mir nicht gleich Handgranaten besorgt!“

Seine rechte Hand war blutverschmiert. Er warf das Messer der fliehenden Sekretärin nach und riss den Rest der Verpackung mit den Fingern auf.

Hamilton bemerkte nicht, wie sich das Vorzimmer mit Angestellten füllte. Er wählte Annas Nummer. Es dauerte eine Weile, bis er ihre verschlafene Stimme hörte.

„Was willst du? Du weißt doch, dass ich um diese Zeit noch schlafe.“

Sein Mund war so trocken geworden, dass er sich Mühe geben musste, deutlich zu sprechen.

„Hör zu Anna, ich wollte dir nur sagen: Es war eine nette Zeit mit dir ...“

„Was soll das?“, unterbrach Anna, „Was ist mit deiner Stimme? Du klingst wie eine kaputte Konservendose. Ruf mich am Nachmittag an!“

Seine Zunge klebte am Gaumen.

„Wir werden uns wahrscheinlich nicht mehr sehen ... Ich habe zehntausend Euro auf dein Konto überwiesen.“

„Wie ... Was hat das zu bedeuten? Kannst du mir vielleicht erklären ...?“

„Nein, alles Gute, und pass auf dich auf! Ich muss jetzt Schluss machen."

Hamilton legte auf und griff nach der Kettensäge. Als er den Tank aus dem mitgebrachten Plastikkanister füllte, floss die Hälfte des Benzins auf den Teppichboden. Zwei Mitarbeiter, die gerade hereinkommen wollten, flüchteten, als Hamilton am Anlasserseil zog.

Der Motor sprang sofort an und heulte auf. Hamilton riss den Kettenschutz fort.

Jetzt kreischten die Frauen im Vorzimmer auf.

Hamiltons Wahrnehmung hatte keinen Fokus mehr. Alles war eins geworden. Die scharfe Kette zertrennte die Schreibtischplatte wie Butter. Sägespäne flogen in die Luft.

„Ja!", schrie Hamilton. „Der ganze Scheiß ist nichts mehr wert!"

Jetzt kam Köhler, sein engster Berater, auf ihn zu.

„Jack! Hör sofort mit dem Blödsinn auf!"

Erst, als Hamilton sich umdrehte, sah Köhler das Gesicht seines Chefs.

„Jack, was machst du?!"

Hamilton ließ die Motorsäge bedrohlich durch die Luft kreisen und zog den Gashebel auf. Köhler hielt sich die Ohren zu und floh.

Die Luft war voller Benzingeruch.

Noch einmal fuhr die Kette der Säge durch die Reste des Schreibtisches. Jetzt war das Ledersofa an der Reihe. Hamiltons hysterische Kommentare zu der Verwüstung gingen im Lärm unter. Nachdem das Mobiliar in wenigen Minuten wie nach einer Schlacht aussah, fiel sein Blick auf das Firmenemblem an der Wand neben der Eingangstür.

„Globe Invest!", schrie er dem Wahrzeichen seines verflossenen Reichtums entgegen und attackierte den Globus aus Plexiglas.

Als sich die letzten unkenntlichen Reste der Einrichtung über den Boden verteilt hatten, setzte Hamilton sein Wüten im Vorzimmer fort. Die Hilfeschreie der Angestellten nahm er nicht mehr wahr.

Dann tauchten plötzlich Männer in schwarzen Overalls mit der Aufschrift POLIZEI auf. Der Anführer rief Hamilton etwas zu. Kein Wort war zu verstehen. Ein Aktenschrank krachte zusammen.

Hamilton rannte mit laufender Kettensäge auf die Polizisten zu. Die Männer in Schwarz hoben Maschinenpistolen und wichen zurück. Nur einer versuchte, an Hamilton vorbeizukommen. Die scharfe Kette streifte seinen Arm. Blut spritzte. Ein anderer stürzte in das Gemenge und griff nach der Hand, die die Säge hielt. Eine schnelle Folge von Schüssen mischte sich in das Motorgeheul. Weitere aus der schwarzen Gruppe sprangen herbei. Der Motor fing an zu stottern.

Plötzlich war alles unheimlich still.

Eine Stimme durchbrach die Spannung.

„Becker! Verdammt, was haben Sie angerichtet?"

Bulthaupt stand wie ein Fels in der Brandung zwischen den zerfetzten Akten. Papierfetzen wirbelten noch immer durch die Luft, und zu dem Benzingestank roch es nach heißem Plastik.

Jetzt hörte man ein Wimmern. Bulthaupt kam näher. Kurz hinter ihm folgte Sarah.

Einer löste sich aus dem blutigen Knäuel.

„Wir konnten nicht länger auf Sie warten. Er ging auf die Angestellten los."

In Sarahs Augen spiegelte sich Entsetzen.

„Das ist ja nicht zu fassen! Wo bleiben die Sanitäter?"

„Einen meiner Leute hat es schwer erwischt", sagte Becker.

Bulthaupt kam näher.

„Was ist mit Hamilton?"

„Tot!", bellte Becker. „Das war nicht beabsichtigt. Kilian wollte ihm die Motorsäge aus der Hand reißen. Als Stöber ihm zu Hilfe kam, ging alles nur noch drunter und drüber."

„Wer hat die Schüsse abgegeben?", fragte Bulthaupt.

„Kann ich noch nicht sagen", gab Becker zurück. „das wird die Untersuchung ergeben."

Sarah drehte sich zur Seite.

„Das ist ja grauenvoll. Hier sind offenbar alle wichtigen Regeln verletzt worden."

„Welche Regeln?", knurrte Becker, „Hier kam es nur noch auf Schnelligkeit an."

Sarah lief ein paar Schritte rückwärts.

„Sie sind ein Fall für die Interne, Becker! Was Hamilton da veranstaltet hat, war ein Amoklauf. Solche Leute lässt man, wenn möglich, erst einmal ausrasen. Es wäre Ihre Aufgabe gewesen, alle Angestellten aus der Gefahrenzone zu lotsen."

Bulthaupt nahm die Kettensäge und öffnete den Tankverschluss.

„Es war kaum noch Benzin drin. In wenigen Minuten hätte die Säge ihren Geist aufgegeben."

„Und ich hätte vielleicht mit Hamilton reden können", fügte Sarah hinzu, „ich nehme an, das schreckliche Spektakel wäre am Ende auf einen Selbstmordversuch zugelaufen. Das ist zumindest eines der möglichen Muster. Sie sollten so etwas wissen, Becker."

„Ich reiß mir meinen Arsch auf, um die Leute hier zu retten, und Ihnen fällt nichts anderes ein, als zu meckern. Wo gehobelt wird, da fallen auch Späne. Wenn meine Informationen stimmen, hat dieses Desaster jemand anderer auf dem Gewissen. Und Sie sind dafür zuständig, Herr Bulthaupt, dass diese Person immer noch nicht gefasst ist."

9. 3

Frankfurt – In Markus Romers Wohnung

So viel stand fest: Keyserling hatte das Land verlassen.

Um keine schlafenden Hunde zu wecken, hatte ich es unterlassen, das BKA für entsprechende Nachforschungen um Unterstützung zu ersuchen. Bei der Gerichtsverwaltung war lediglich zu erfahren, dass der Richter seinen Urlaub genommen hatte.

Der Krisenstab des Innenministers hatte mittlerweile seine besondere Funktion verloren, weil es kaum noch etwas geheim zu halten gab. In den letzten drei Wochen war kein Tag vergangen, an dem die Zeitungen auf ihren Titelseiten nicht mit Hiobsbotschaften konkurrierten. Es gab inzwischen etliche ausführliche Artikel über Details der Erpressung. Fast alle Autoren gaben sich entrüstet über die lange Phase der Geheimhaltung und das Verhalten der Politiker, die noch immer glaubten, alles ginge so weiter wie zuvor. Einflussreiche Kommentatoren meldeten sich zu Wort, die behaupteten, sie hätten alles schon vor Jahren vorausgesehen und es nicht an mahnenden Worten fehlen lassen. Da fielen Stichworte wie *Zusammenbruch der freien Marktwirtschaft, Das endgültige Versagen der Politik, Neuordnung der moralischen Werte und Ende der Konsumgesellschaft.* In den Boulevardblättern war man so weit gegangen, den Volksaufstand zu fordern. Was auch immer sie sich darunter vorstellten, niemand, bis auf einige verspätete Trittbrettfahrer, die mehrere Provinzbanken bedroht hatten, griff bis jetzt zu selbst gebastelten Sprengsätzen. Allerdings hörte man immer häufiger von Bankfilialen, vor denen sich Menschenschlangen bildeten, um ihre Konten zu räumen. Dazu wimmelte es plötzlich im ganzen Land von Erpresserbriefen mit der Unterschrift *Gesellschaft zur Rettung der Menschenwürde*, die ganz sicher nicht von Keyserling verfasst worden waren.

Die wenigen klugen Kommentatoren philosophierten öffentlich über die Frage, ob das Ultimatum an die Adresse der Nationalbank und die rabiaten Folgen wie Kursverluste und Vertrauensschwund die bereits vorhandene Krise wirklich beschleunigt hätten. Ganz sicher, da war man sich einig, hatte die Diskussion durch die Erpressung ein moralisches Echo hinterlassen und möglicherweise einen Teil dazu beigetragen, dass ausgerechnet im Lager der Unternehmer kritisch über die Zukunft des Kapitalismus nachgedacht wurde. Aber nicht nur das. Der Hilfsfonds, der durch die Erpressung vorerst nur wider Willen und in aller Heimlichkeit ins Leben gerufen wurde, war wenige Tage nach dem Anschlag auf Hennings Wagen offiziell vorgestellt worden. Obwohl die Presse von den Zusammenhängen berichtet hatte, wurde davon in den Stellungnahmen der großzügigen Spender aus der Hochfinanz nichts erwähnt. Offenbar war inzwischen eine weltweite PR-Maschine aktiviert worden, um den Fonds als glänzendes Beispiel für die Weitsicht der seriösen wirtschaftlichen Verantwortungsträger zu loben. Niemand aber sprach aus, dass dieselben Leute, die die Schäden angerichtet hatten, nun zur Wiedergutmachung gezwungen worden waren.

Als ich die Daten-CD, die ich im Briefkasten vorgefunden hatte, in den Schacht schob und die als *Anschreiben* deklarierte Datei öffnete, bestand kein Zweifel mehr, dass Keyserling der Absender war.

Sehr geehrter Herr Romer,
offenbar haben Sie bis zum heutigen Tag Ihre Erkenntnisse für sich behalten. Ich schließe daraus, dass Sie mit meinem Projekt sympathisieren. Ursprünglich hatte ich weitere Steigerungen meiner Aktionen vorgesehen. Wie Sie im Anhang sehen werden, haben außer Strackmann noch zehn weitere Spitzenpolitiker Briefe erhalten, in denen ich eine grundsätzliche Änderung der politischen Richtung fordere. Darüber ist bis jetzt Stillschweigen gewahrt worden. Wie sich gezeigt hat, bergen auch Eingriffe, die unter der Flagge des Idealismus segeln, unvorhergesehene Gefahren.
Vermutlich waren Sie, Herr Romer, einer der Ersten, die ahnten, dass ich der Verfasser des Ultimatums bin und jede Form von echter Gewalt vermeiden wollte. Ich war davon überzeugt, dass kein Menschenleben gefährdet würde. Ich habe mich leider geirrt. Der unnötige Tod von Hennings Chauffeur hat mich zutiefst erschüttert und schließlich dazu bewogen, weitere geplante Aktionen einzustellen.
Tatsächlich habe ich zu großen Teilen mein Ziel erreicht.
Der von mir geforderte Hilfsfonds bedarf allerdings einer weiteren diskreten Beaufsichtigung. Ich habe Sie dazu ausersehen, die Aufgabe zu übernehmen. In welcher Weise Sie das bewerkstelligen, überlasse ich Ihnen. Sie werden wissen, was zu tun ist.
Sollten Sie, aus welchen Gründen auch immer, einmal die Hilfe eines Spezialisten benötigen, wenden Sie sich an Leo Zech. Der Mann ist hundertprozentig loyal. Zech war der leitende Kopf einer kleinen Gruppe Tresorknacker, die nur im privaten Bereich arbeitete. Die Opfer waren nicht zu bedauern, und niemals ist jemand umgebracht oder auch nur verletzt worden. Er gehörte zur selten gewordenen Gattung der Gentlemanganoven, und ich habe die Strafforderung des Staatsanwalts von zehn Jahren auf zwei

Jahre reduziert. Er war es, der die Umsetzung meiner Aktionen übernahm. Ich bin mir sicher, dass er keinerlei Spuren hinterlassen hat, die ihn in Gefahr bringen könnten. Die Beschaffung von kompromittierendem Material über Politiker und Wirtschaftsbosse hat Zech bei dem ehemaligen Klatschjournalisten Linowski in Auftrag gegeben. Dokumente dazu finden Sie im Anhang. Linowski verstarb am vergangenen Wochenende in einer Klinik an Herzversagen und scheidet somit als möglicher Unsicherheitsfaktor aus. Ich bin mir sicher, dass hier nur natürliche Ursachen eine Rolle spielten. Linowski war Alkoholiker im Endstadium.
In der Hoffnung, dass Sie die Herausforderung annehmen,
Johann Keyserling.

Es folgten einige umfangreiche Dateien über die Organisation der Erpressung und mehrere Pläne für Steigerungen. So erfuhr ich auch, dass Keyserling Briefe an mehr als einhundert Bankdirektoren in der Provinz verschickt hatte, in denen die Machenschaften ihrer Bosse in den Finanzzentren aufgedeckt wurden.

Ich war mir sicher, dass Bulthaupt davon wusste, und ich fragte mich, warum ich nicht informiert worden war.

Eine Datei war der eigenen Familiengeschichte gewidmet. Auch der Keyserling-Clan war aufgefordert worden, den größten Teil seiner Firmenbeteiligungen zu veräußern und den Gewinn dem Wiedergutmachungsfonds zu überweisen. Speziell über Hans und Karl Keyserling gab es genügend kompromittierendes Material. Die Datei verschwieg, was bei dieser Aktion herausgekommen war. Aber wie man den digitalen Dokumenten entnehmen konnte, war es Johann Keyserling in erster Linie darauf angekommen, die Familie zu zwingen, endlich die Herkunft des Vermögens mit eigenen Kommentaren an die Öffentlichkeit zu bringen. Tatsächlich hatte er auf anonymem Wege erreicht, dass sich ein Fernsehjournalist für das Thema interessierte. Die daraus entstandene Dokumentation über die unrühmliche Geschichte der Keyserlings im Nazireich hatte ich zufällig gesehen, ohne eine Ahnung zu haben, dass sie nur durch eine weitere Erpressung zustande gekommen war. Das einzige Familienmitglied, das sich zu einer persönlichen Stellungnahme vor der Kamera bereit erklärt hatte, war Karl Keyserling gewesen. Das war auch nur logisch, weil den Recherchen zufolge Karls Privatleben aus einer unendlichen Kette von Skandalen bestand, die er stets mit delikaten Beziehungen und großen Bestechungssummen aus der Presse hatte heraushalten können. Obwohl er der erste Keyserling mit großen Firmenanteilen war, der die Verbrechen seines Vaters unter dem Naziregime nicht leugnete, und das sogar vor laufender Kamera, führte er unverbesserliche Ignoranz vor, indem er keinen Zusammenhang zwischen seinem Status als Milliardär und dem Sterben derjenigen, die ihm das ermöglicht hatten, sah. Er selbst fände das zwar alles sehr bedauerlich, aber er hätte sein Geld ehrlich geerbt und ehrlich vervielfacht, wie viele andere auch. Man könne doch nicht von ihm verlangen, sich dafür schuldig zu fühlen.

Schließlich war den Dokumenten der Daten-CD zu entnehmen, dass Johann Keyserling seine Familie nur deswegen nicht weiter in die Enge getrieben hatte, weil der größte Teil des Clanvermögens in der Autoindustrie steckte. Deren Aktien waren in den letzten Wochen so weit abgerutscht, dass sie kaum die Hälfte ihres realen Wertes besaßen. Jetzt erging es ihren Besitzern so wie Hamilton mit seinen Anteilen an der Frankfurter Börse. Wenn sie in großem Stil verkauften, würde der Kurs noch steiler abfallen. Der Zusammenbruch der Keyserling Holding war abzusehen.

Je tiefer ich in Keyserlings Dateien eindrang, desto klarer wurde mir, dass sein umstürzlerischer Plan weitreichender vorbereitet gewesen war, als ich es mir hätte vorstellen können. Nach den Finanzmogulen wären die Wirtschaftskapitäne an der Reihe gewesen und danach die Politiker. Finanzminister Strackmann war tatsächlich nur ein Versuchsballon gewesen, um zu sehen, wie man reagieren würde. Weit davon entfernt, Politiker mit naiven Augen zu sehen, war ich dennoch erstaunt, was Keyserling alles an Material zusammengetragen hatte, das sich für Erpressungen eignete. Kaum jemand hatte sich nicht in irgendeiner Form selbst durch seinen Posten bereichert oder anderweitige Vorteile verschafft, etliche waren aufs Engste mit der Wirtschaft verflochten und kamen in den Genuss von unberechtigten Sonderbezügen für illegale Lobbyarbeit. Rechtsbeugung und Spesenbetrug gehörten noch zu den geringsten Verfehlungen.

Offenbar hatte Keyserling die Umsetzung seiner Pläne nur deswegen aufgegeben, weil eine kaum für möglich gehaltene Beschleunigung der Krise die Politiker zum Handeln gezwungen hatte. Tatsächlich stellten sie jetzt sogar schon den Kapitalismus als solchen infrage und behaupteten, die Bundesrepublik Deutschland hätte stets eine Marktwirtschaft mit sozialer Verantwortung im Auge gehabt, und das sei etwas gänzlich anderes als ungezügelter Kapitalismus.

Schließlich gab es noch eine letzte Datei mit einem Sammelsurium an Ekeligkeiten, die in kleinen Dossiers zusammengefasst waren. Da wurde ein homosexueller Minister erwähnt, der einen Minderjährigen zu sexuellen Handlungen genötigt hatte, ein anderer, der an Waffengeschäften mitverdient hatte, einer, der in einem Edelbordell nichts bezahlen musste. Ein hoher Richter stand auf der Liste, weil er sich für Urteile bezahlen ließ und ein Industriefunktionär, der ein philippinisches Kindermädchen geschwängert und in den Selbstmord getrieben hatte. Es sprach für Keyserlings Charakter, dass er alle diese Dossiers niemals zur Anwendung gebracht hatte.

Die Personen waren nach dem Alphabet angeführt, und als ich

bei *H* angelangt war, tauchte schließlich auch noch persönliches Material über Henning auf und warf in Gestalt eines Fotodokuments noch einmal ein gänzlich anderes Licht auf den souveränen Finanzlenker.

Zuerst sah ich nur einen männlichen Körper rittlings auf einen Stuhl gefesselt. Das Gesicht war so weit zur Seite gewendet, dass ein eindeutiges Profil entstand. Es war ohne Zweifel Hennings Gesicht. Schräg hinter ihm stand eine Domina in einem roten Lederkostüm mit einer Maske über den Augen und einer schlagbereiten Peitsche in ihrer rechten Hand. Auf Hennings Rücken waren dunkle Striemen zu sehen. Den Hintergrund gab eine Wand voller lederner und chromblitzender Requisiten, deren Anwendbarkeit mir rätselhaft blieb. In einer Zusatzbemerkung stand zu lesen, das Foto wäre vor elf Jahren entstanden, kurz nach seiner Scheidung von seiner ersten Frau und ein Jahr vor der Heirat mit seiner jetzigen. Letztere könnte mit Großmut über die kleine Perversion hinwegsehen, sofern die Passion nur vor der Heirat ausgelebt worden war, aber ein solches Foto öffentlich gemacht, könnte eine Person von derartiger Bedeutung leicht in den persönlichen Abgrund stürzen. Eine Notiz besagte, dass auch dieses Dokument nicht zur Anwendung gekommen war.

Wahrscheinlich hatte Keyserling seine Erbschaft nur deswegen angenommen, um die Spezialisten für die Umsetzung seines Ultimatums bezahlen zu können. Darüber allerdings hatte er mir keine Informationen hinterlassen. Ich war davon überzeugt, dass Brus' Abteilung über die Jahre mit viel Aufwand und Geduld einiges über Keyserlings Helfer herausfinden würde. Allerdings nur, wenn ich mein Wissen preisgäbe. Und das würde ich nicht tun. Insgeheim hegte ich die Hoffnung, Keyserling noch einmal wiederzutreffen und über all die Details noch mehr zu erfahren.

9. 4

Rio de Janeiro

Johann Keyserlings Reisepläne waren zusammengefallen mit einem Anruf aus Marbella. Karl war am Apparat gewesen und hatte ihm mit Grabesstimme mitgeteilt, dass Hans gestorben sei. Wie sich im Laufe des Gesprächs erwies, war es nicht der Tod seines Bruders gewesen, der ihm aufs Gemüt geschlagen war, sondern die Umstände, die dazu geführt hatten. Hans hatte die letzten zwei Wochen kaum ein paar Stunden geschlafen, um in der Münchener Firmenzentrale das Schlimmste zu verhindern. Zuerst war der Investmentbereich in Konkurs gegangen. Damit war über ein Viertel des Gesamtvermögens verbrannt. Dann rasten die Anteile im Automobilgeschäft in den Keller. In wenigen Tagen hatte er aufwendige Rettungsaktionen einleiten müssen, um die Firma überhaupt noch handlungsfähig zu halten. In Panik geraten, hatte Hans bereits angefangen, letzte Reserven aus den umfangreichen Familienimmobilien zu verscherbeln. Da einer der wichtigsten Berater, Dr. Zierer, durch Selbstmord, und andere externe Verwaltungsfirmen durch Insolvenz nicht mehr zur Verfügung standen, war die Verkaufsaktion derart chaotisch verlaufen, dass unbeabsichtigt auch der Marbellabesitz angeboten worden war. Als Hans den Irrtum bemerkte, war es bereits zu spät gewesen. Der Immobilienbeauftragte hatte einen Vorvertrag mit einem Schönheitschirurgen aus den Emiraten geschlossen, der einer der Fürstenfamilien entstammte und unabhängig von seinen Einkünften als steinreich galt. Hans war sofort nach Marbella geflogen, um das Geschäft rückgängig zu machen. Als der Anwalt Hans eröffnete, was ihn die Annullierung des Verkaufs kosten würde, hatte er einen Wutanfall bekommen und war einige Stunden später auf dem Keyserling-Anwesen an einer Herzattacke gestorben.

Dass Karl den verfemten Neffen Johann anrief, war lediglich einem Vermerk in Hans' Testament zu verdanken, im Falle seines Todes ausnahmslos alle Familienmitglieder zu benachrichtigen.

Obwohl der Untergang des Hauses Keyserling ihn mit Genugtuung erfüllte, hatte sich die Kindheitserinnerung an die Ferien auf dem Anwesen seiner Großmutter unauslöschlich eingeprägt. Ihnen war auch der Abstecher nach Marbella geschuldet: Hier wollte er dem symbolischen Todeskampf seiner ungeliebten Sippe die letzte Ehre erweisen.

Vom Flughafen hatte er sich ein Taxi zur Finca genommen. Der von zahlreichen Villen gesäumte Weg war mit Verkaufsschildern von Immobilienagenturen gepflastert. Schon als sie das Tor zum Anwesen durchfuhren, ahnte Keyserling, was ihn erwartete. Auf dem Hof vor dem Haupthaus standen etliche Lastwagen mit Baumaterialien und zwei Lastwagen, die mit Einrichtungsgegenständen beladen wurden.

Auf der Treppe zum Eingang kam ihm Karl mit hochrotem Kopf entgegen.

„Johann? Was hast ausgerechnet du hier zu suchen?“

Karl hatte keine Antwort erwartet und fuhr mit einem Schwall von Flüchen fort.

„Das darf doch alles nicht wahr sein! Nur weil der Firmenanwalt geschlafen hat. Dieser Scheißvertrag! Der Käufer hatte sich ausbedungen, gleich mit den Umbauten beginnen zu können. Aber von Umbauten kann keine Rede sein. Sie reißen alles ein. Der Araberarsch ist steinreich. Das Haus hat ihn gar nicht interessiert, nur die

Lage. Mir hat man lediglich eine Frist von einer Woche eingeräumt, um alles fortzuschaffen. Großmutters Antiquitäten, und die Kunstsammlung, das muss doch gerettet werden. Aber sieh es dir selbst an. Es ist die reinste Hölle. Ich bin in ein Hotel gezogen."

Tatsächlich war der Geräuschpegel nervenzerreißend. Motorenlärm der Lastwagen mischte sich mit dem Gequietsche von Ketten und dem Kreischen von Sägen. In einem vormaligen Palmenhain, der zum Teil abgeholzt war, fuhrwerkte ein Bagger, um eine riesige Grube zu schaufeln. Offenbar sollte dort ein neuer Pool entstehen. Der alte wurde gerade zugeschüttet. Überall wurden Pflanzen aus dem Boden gerissen, neue Erdhaufen aufgeschüttet, Natursteinmauern abgerissen, Betonfundamente für Säulen gegossen und Wege verlegt. Ohrenbetäubendes Bersten gab Keyserling die Richtung vor. Ein alter Anbau zerbrach zusehends unter dem Aufprall einer stählernen Abrissbirne. Eine Staubwolke versperrte für einige Minuten jede Sicht. Ein weiterer Bagger rammte eine Garage. Keyserling fröstelte in der Hitze. Vor seinen Augen zerfiel das Keyserling-Imperium gerade zu Staub. Nach Hans würde niemand mehr fähig sein, überhaupt noch irgendetwas zu verwalten und zu leiten. Sicher würden die meisten Erben genügend von ihrem Privatvermögen übrig behalten, um keinerlei Not zu leiden. Aber die wirtschaftliche und somit auch politische Macht einer der ehemals reichsten Familien Deutschlands war zur Bedeutungslosigkeit geschrumpft. Als Keyserling wieder zum Eingang zurückkehrte, konnte er sehen, wie Arbeiter damit begannen, das Dach der Villa abzudecken. Gerade noch bekam er mit, wie Karls Augen sich weiteten. Dann hörte er einen Aufschrei.

„Vorsicht! Nein! Halt! Um Gottes willen!"

Ein riesiger Tieflader mit überragenden Teilen eines Krangerüsts steuerte rückwärts auf den Möbelwagen zu, in den noch immer Henriette Keyserlings Antiquitäten verladen wurden. Der Fahrer des

Lasters schien die Übersicht verloren zu haben und hatte vermutlich vor lauter Lärm die Warnrufe überhört. Langsam, aber unaufhörlich bohrte sich ein Kranausleger durch den Möbelwagen. Es krachte und knirschte, während dazwischen noch immer die dumpfen Schläge der Abrissbirne zu hören waren.

Während Karl schreiend auf den Fahrer zurannte, verließ Johann Keyserling das Grundstück und stieg in das wartende Taxi vor der Einfahrt.

Nach einer ausgeklügelt verschlungenen Reiseroute durch Europa hatte er in Lissabon ein Flugzeug in Richtung Brasilien genommen. Sein vorübergehendes Ziel Rio de Janeiro hatte er einen Würfel entscheiden lassen. Auf seiner Liste waren sechs Städtenamen von sechs verschiedenen Ländern gestanden: Oslo, Neapel, Bombay, Bangkok, Carracas und eben Rio. Da die Maschine am späten Abend gestartet war, hatte er den halben Flug verschlafen und war erst mit dem Sonnenaufgang aufgewacht.

Noch befand sich das Flugzeug über dem Atlantik. Der Pilot hatte nach dem Frühstück angekündigt, dass sie in einer halben Stunde bereits die brasilianische Küste sehen würden. Keyserling lehnte sich in seinen Sitz und beobachtete, wie die Sonne im fernen Dunst immer größer wurde und sich lange Bänder farbiger Schlieren am Himmel bildeten.

Rückwirkend kamen ihm die letzten Wochen und Monate irreal vor. Er konnte nicht einmal mehr sagen, wie alles angefangen hatte. Es spielte jetzt auch keine Rolle mehr, und es war zu spät, etwas zu bereuen. Er hätte wissen müssen, dass irgendwann etwas schiefgehen würde. Das hätte er aufgrund seiner langen richterlichen Tätigkeit wissen müssen. Hatte er nicht den Vertretern der Finanzwirtschaft vorgeworfen, dass sie das Maß verloren, dass sie ihr eigenes System aus dem Gleichgewicht gebracht und sich zu sicher gefühlt hatten? Alles hatte sich jahrzehntelang annähernd reibungslos von einem Gewinn zum nächsten gesteigert, und dann war etwas schiefgegangen, genau wie bei seinem Ultimatum. Die Manager und Spekulanten hätten es besser wissen müssen, genau wie er selbst. Jetzt musste er mit dem Wissen weiterleben, dass er sich in einer Weise schuldig gemacht hatte, die er nicht beabsichtigt hatte. Zumindest zwei Todesfälle hatte er neben Hennings Chauffeur indirekt auf dem Gewissen: Hamilton und Zierer. Er hatte sich herausgenommen, in den Lauf der Dinge einzugreifen, und jetzt überfiel ihn eine dunkle Ahnung, dass er dafür auf die eine oder andere Art würde bezahlen müssen. Er hatte gewissermaßen den Göttern ins Handwerk gepfuscht, und das könnten ihm die Götter übel nehmen. Bis jetzt hatte er zumindest entschieden, sich nicht mit einem Selbstmord aus der Affäre zu ziehen, sondern abzuwarten, auf welche Weise das Schicksal nun ihn, Johann Keyserling, den Richter, richten würde.

Inzwischen war die Sonne höher gestiegen und schien an Volumen zu verlieren. Am Mittag wäre sie in diesen Breitengraden nur noch ein winziger Ball, um hoch am Zenit ihr Licht umso gleißender auf ein Land zu brennen, das er sich als Zwischenstation für eine Reise ausgesucht hatte, von der er nicht wusste, wo und wie sie enden würde.

Als er den Flughafen verließ, war ihm ein glatzköpfiger Mann mit einer Hornbrille aufgefallen, der ihn unverhohlen beobachtete. Er konnte sich nicht erinnern, die Person im Flugzeug gesehen zu haben.

Ohne weiter darüber nachzudenken, war er in ein heranfahrendes Taxi gestiegen und hatte eine Adresse genannt.

Auf der Fahrt schließlich fiel Johann Keyserling ein, dass er den Mann bei seinem Treffen mit Romer im *Luigis* gesehen hatte. Romer hatte ihn auf den Glatzkopf mit der auffälligen Brille hingewiesen und etwas über ihn gesagt, woran er sich nicht mehr erinnern konnte. Dafür war ihm jetzt etwas anderes eingefallen, der Name, den Romer genannt hatte: Holland.

Auf der Fahrt im Taxi zum Hotel hatte er noch eine Weile über diesen Holland nachgegrübelt und schließlich sogar in Erwägung gezogen, er könne sich geirrt haben.

Von Lissabon aus hatte er ein Hotel gebucht, das sich jetzt, als das Taxi vor dem maroden Gebäude mit der schimmeligen Fassade hielt, als genau der Platz erwies, den er sich vorgestellt hatte. Normale Touristen würden solche Orte meiden. Er würde versuchen, sich für einige Tage einfach nur den neuen Eindrücken hinzugeben. Hier schien es alles zu geben, was dem Auge genügend Sensationen bot, um den Geist von überflüssigen Grübeleien abzulenken. Alleine schon auf den letzten hundert Metern zum Hotel hatte er Dutzende Marktstände gesehen, voller Menschen unterschiedlicher Hautfarben, und die meisten von ihnen waren farbenfroher und unterschiedlicher gekleidet, als er es von seiner Heimat her kannte. Es herrschte ein lebhaftes Kommen und Gehen. Auf Dreirädern, Motorrollern oder Fahrrädern wurden Waren geliefert, jemand schüttete unbekümmert Müll auf die Straße, zwei Mädchen liefen in schreiend bunten Kleidern tanzend durch die Stände, Hunde bellten, und überall sprangen wilde Katzen unterschiedlichster Rassen zwischen den Kisten der Händler herum.

Die Rezeption des Hotels bestand aus einem staubigen Ledersessel und einer Ablage, auf der lediglich ein Telefon stand. Eine füllige Frau mit pechschwarzen Haaren begrüßte ihn mit überschwänglicher Herzlichkeit, notierte seinen Namen in ein zerknittertes Oktavheft und führte ihn über eine knarrende enge Treppe in den ersten Stock.

„Ich bin die Chefin“, sagte sie in holprigem Englisch, „und heiße Carmen.“

In dem kleinen Zimmer stand ein breites Bett mit einigen zerschlissenen Kissen, ein wackeliger kleiner Holztisch ohne Decke mit einer Obstschale, in der eine braungelbe Banane lag, und vor einem Fenster zur Straße hingen dunkelrote Seidenvorhänge, übersät mit deutlich sichtbarem Mottenfraß und Schimmelflecken.

Das Badezimmer war ein Verschlag mit einem winzigen Waschbecken, einer unansehnlichen Toilette und einer grünspanigen Messingdusche, die von der Decke hing.

Der Steinfußboden mit dem rot-weißen Schachbrettmuster sah staubig aus. Statt eines Kleiderschranks waren neben der Tür ein paar Haken in die Wand geschraubt. Als Keyserling sein Leinenjackett auf einen davon hing, brach er aus dem morschen Putz. In einer Ecke stand ein uraltes Kofferradio mit einem rosa Plastikgehäuse. Er schaltete es ein. Der Sender brachte Salsamusik. Keyserling zog den Vorhang beiseite, lehnte sich auf die Fensterbrüstung und beobachtete eine Weile das Treiben auf der Straße. Irgendwann fielen ihm mehrere Mädchen in Kleidungsstücken auf, die noch aufreizender waren, als es in diesem Lande ohnehin üblich war. Spätestens, als sie in regelmäßigen Abständen immer wieder rechts und links aus seinem Blickwinkel verschwanden und wieder auftauchten, wurde ihm klar, dass er in einem Rotlichtbezirk logierte.

Nachdem seine Augen sich fürs Erste sattgesehen hatten, ließ er sich auf das Bett fallen. Die Kissen rochen nach einer Mischung aus Heu, Mottenpulver und billigem Parfüm. Das Radio dudelte noch die ewig gleiche Salsamusik. Johann Keyserling versuchte einen klaren Gedanken zu fassen, aber in seinem Gehirn taumelten Hunderte autonomer Gedankenschnipsel unterschiedlichster Momentaufnahmen aus verschiedensten Zeiten seines Lebens. Dabei war die nahe Vergangenheit am wenigsten vertreten.

Auch seine Gefühle irrten in unberechenbaren Sprüngen umher. Nichts ließ sich benennen oder lokalisieren. Während sich das

Chaos in seinen Gedanken unmerklich verlangsamte, überkam Johann Keyserling eine bleierne Müdigkeit.

Als er aufwachte, stellte er mit einem Blick auf seine Armbanduhr fest, dass es bereits Abend war. Jetzt bemerkte er auch den Widerschein der bunten Neonlichter von der Straße, auf der das Leben nun erst richtig zu pulsieren schien.

Gerade als Johann Keyserling das Zimmer verlassen wollte, um sich an der Rezeption eine Flasche Mineralwasser zu holen, klopfte es an der Tür.

„Ich bin's, Carmen!"

Johann Keyserling öffnete die Tür.

„Ich war gerade auf dem Weg nach unten."

„Ein Taxifahrer wartet auf Sie", sagte Carmen.

Johann Keyserling schüttelte den Kopf.

„Ich habe kein Taxi bestellt."

Carmen lächelte.

„Kommen Sie nach unten."

An der Rezeption stand ein schmächtiger junger Mann, sehr dunkelhäutig, mit freundlichen Augen und einer knallroten Baseballmütze.

Wie sich nach etlichen Missverständnissen mithilfe Carmens rudimentärer Englischkenntnisse zeigte, hatte der Mann den Auftrag, einen Herrn Keyserling aus Deutschland abzuholen. Sein Auftraggeber ließ freundliche Grüße bestellen und ausrichten, dass sie sich vermutlich schon auf dem Flughafen gesehen hätten.

Also hatte er sich richtig erinnert. Der Mann auf dem Flughafen war offenbar tatsächlich dieser Holland gewesen. Der Taxichauffeur sollte ihn zu einem Restaurant bringen, wo man zusammen speisen und über ein gemeinsames Thema plaudern würde.

Das alles klang mysteriös. Johann Keyserling dachte noch einmal verzweifelt darüber nach, was Romer ihm über Holland gesagt hatte. Wenn er sich recht erinnerte, waren die Worte Agent und National Security Agency gefallen. Auf jeden Fall wusste dieser Mann etwas über ihn und kannte seinen Aufenthalt. Eine Tatsache, die ihn in höchstem Maße beunruhigte.

Jetzt galt es, die Nerven zu behalten und genau zu überlegen, wie er auf diese mysteriöse Einladung reagieren sollte. Was konnte dieser Holland im Sinn haben? Und wer war sein Auftraggeber?

Was könnte geschehen, wenn er der zweifelhaften Aufforderung nachkam, und was, wenn er einfach hierblieb? Letzteres war keine Alternative, weil er hier nicht mehr sicher war. Ein sofortiger Hotelwechsel stünde an. Zusätzlich kam ihm schmerzlich zu Bewusstsein, dass er für den Fall, dass man ihm nach dem Leben trachten würde, an keinem Platz mehr sicher war. Zum ersten Mal in seinem Leben wünschte er sich eine Waffe, aber auch das war eine Illusion: Er würde noch nicht einmal damit umgehen können. Sollte er vielleicht die Polizei benachrichtigen? Nein! In Rio? Was könnte er schon erzählen, ohne sich selbst bloßzustellen? Außerdem gab es keine direkte Bedrohung. Jemand wollte ihn zu einem gemeinsamen Essen einladen, daran war nichts Kriminelles, die Polizei würde ihn auslachen, und die Zusammenhänge dürfte er nicht offenlegen. In Rio hätten sie gewiss anderes zu tun, als sich mit den paranoiden Wahnvorstellungen eines Touristen zu beschäftigen.

Allem Anschein nach gab es kein Entrinnen, aber er würde sich innerlich auf eine Falle vorbereiten. Schließlich waren genaue Analysen und scharfe logische Schlussfolgerungen im Gerichtssaal sein täglich Brot gewesen.

Er würde der Einladung folgen. Wenn es wirklich eine Bedrohung gab, war es besser, ihr rechtzeitig ins Auge zu sehen, um entsprechende Gegenmaßnahmen ergreifen zu können.

Während er noch verzweifelt über weitere Möglichkeiten der Absicherung nachdachte, war ihm plötzlich eine Idee in den Sinn gekommen, wie er wenigstens seinen Spielraum erweitern könnte. Nachdem er Carmen den Auftrag erteilt hatte, den Taxifahrer noch eine Weile hinzuhalten, verließ Johann Keyserling das Hotel in Richtung eines Supermarkts, der ihm bei seiner Ankunft aufgefallen war. Die große Halle sah aus wie eine Tiefgarage mit einem Marktplatz. Am Ende einer chaotisch gefüllten Regalreihe fand er zwischen Teflonpfannen und Waschmitteln schließlich genau das, wonach er gesucht hatte: eine kleine Spielzeugabteilung. Und da gab es auch eine Plastikpistole, fast so groß wie eine richtige, in täuschend echter Ausführung dazu. Für den Fall, dass ihm während der Fahrt etwas auffallen würde, das auf eine Falle deutete, könnte er die Spielzeugwaffe auf den Schädel des Fahrers richten und ihn zum Anhalten zwingen. In einer solchen Situation würde sich niemand überlegen, ob er vielleicht nur mit einer Attrappe bedroht wurde.

Als Johann Keyserling wieder im Hotel angekommen war, saß der Taxifahrer mit Carmen schwatzend in der Rezeption und lächelte ihm freundlich entgegen. Keinerlei Anspannung war zu erkennen.

Wenigstens der Fahrer wirkte vertrauenerweckend. Hier konnte er sich auf seine Menschenkenntnis verlassen.

Johann Keyserling nickte dem jungen Mann auffordernd zu.

Wenige Minuten später saß er im Fond eines klapperigen Buicks mit etlichen großen Beulen im Blech. Das Auto sah nicht danach aus, als könnten die Türen auf Knopfdruck verriegelt werden. Das wäre im Fall einer vorzeitigen Flucht von Vorteil.

Der Fahrer schaltete das Radio ein und konzentrierte sich auf den dichten Verkehr. Eine Weile fuhren sie immer nur geradeaus. Als der Fahrer an einer Ampel nach links bog, veränderte sich die Umgebung rasant. Die grellen Neonreklamen an den Fassaden wurden zunehmend seltener, und die Straßenbeleuchtung bestand nur noch aus Glühbirnen, die im Rhythmus der Stromschwankungen flackerten. Während der Verkehr sich auffällig verringerte, schienen die übrig gebliebenen Fahrzeuge mit überhöhter Geschwindigkeit zu fahren. Die unverputzten Häuser rechts und links erschienen immer baufälliger, und an den Straßenecken standen leere Ölfässer, in denen Feuer brannte.

Ganz sicher würde es in dieser Gegend kein Restaurant mehr geben, das ein Europäer betreten könnte. Befanden sie sich nur auf einer Durchfahrt von einem Stadtbezirk zu einem anderen? Hatte der Chauffeur sich vielleicht verfahren?

Es bestand kein Zweifel: Sie fuhren mitten durch eine Favela, eine der berüchtigten Vorhöllen der Millionenstadt am Zuckerhut. Johann Keyserling tastete vorsorglich nach seiner Plastikpistole. Sollte er sie jetzt aus der Tasche ziehen und den Fahrer zum Halten zwingen? Johann Keyserling zögerte. Wo sollte er hin, wenn er in dieser gottverlassenen Gegend das Fahrzeug verließ?

Erst als der Fahrer hart auf die Bremse trat, bemerkte Johann Keyserling, wie ein schwarzer Jeep von rechts auf die Fahrbahn schoss. Sekunden darauf geschah das Gleiche von links, nur war es kein Jeep sondern ein antiquierter Straßenkreuzer.

Jetzt ging alles rasend schnell. Die Angst verlor sich im Hier und Jetzt, und die Wahrnehmung fokussierte sich auf Bruchteile von Sekunden, die keinen Platz mehr für Gedanken ließen. Er zog die Plastikpistole aus seiner Hosentasche. Wie lächerlich! Sie würde ihm nichts mehr nützen können. Er warf sie fort. Bilder rasten jetzt durch seinen Kopf, die nichts mit diesem Augenblick zu tun hatten. Der Fahrer flüchtete panisch auf die Straße, stolperte, raffte sich wieder auf und rannte im Zickzack. Links und rechts war das Taxi von den schwarzen Autos flankiert, deren Scheiben nun heruntergl itten. Gesichter waren nicht zu erkennen. Aber Blitze. Jetzt werden wir alle gerichtet, war Johann Keyserlings letzter Gedanke, das ist Armageddon, die letzte Schlacht zwischen Licht und Dunkel, ich werde darin verbrennen, weil ich Schuld auf mich geladen habe, und Holland ist mein Richter und Vollstrecker.

Ein mörderisches Geknatter brandete gegen Keyserlings Trommelfell. Etwas Hartes traf seine Schulter. Er spürte nichts. Religion war niemals seine Sache gewesen, aber jetzt blitzte für einen Pulsschlag der Gedanke auf, er könne nach seiner körperlichen Auflösung in einem metaphysischen Reich unsterblicher Erinnerungen Hennings Chauffeur, Hamilton, Zierer und einigen anderen begegnen, deren Tod er nun verantworten müsse. Was könnte er ihnen sagen? Ein höheres Ziel? Nein, auch er war nur ein Teil des großen Versagens gewesen. Er hatte sich das Recht herausgenommen, in den Lauf des Schicksals einzugreifen, und das Schicksal hatte kein Verständnis für derlei Vermessenheit. Die Gefühllosigkeit machte ihm mehr Angst, als das Kreuzfeuer, in dessen Zentrum er sich befand. Dann spürte er nur noch dumpfe Schläge, die seinen Körper in den Sitz pressten und das Fleisch durchsiebten.

9. 5

Rio de Janeiro

Als ich im Badezimmer in den Spiegel sah, blickten mich müde Augen aus dunkel umränderten Höhlen an. Der Flug nach Rio war anstrengender gewesen, als ich mir vorgestellt hatte. Noch im Flughafen hatte ich fast gefroren, aber draußen rann mir in wenigen Minuten der Schweiß in Strömen vom Körper und tränkte mein Leinenhemd, als wäre ich in einen Pool gefallen.

Im Moment kam es mir hoffnungslos übertrieben vor, eine solche Reise gemacht zu haben, nur um den toten Johann Keyserling zu identifizieren und Fragen nach den genaueren Umständen seines Todes zu stellen. Ich hätte auch alles auf sich beruhen lassen und in Deutschland einen Bericht der brasilianischen Behörden abwarten können. Vielleicht hatte ich auch einfach nur die Flucht aus der Massendepression antreten wollen, um mich für einige Tage mit einem Bilder- und Klangkarneval zu umgeben, der mir vorgaukeln würde, dass der Mensch selbst in tiefer Ausweglosigkeit zu Optimismus fähig ist.

Für das Hotelzimmer an der Copacabana hatte ich mich nur deswegen entschieden, weil der berühmte Schriftsteller Paulo Coelho hier irgendwo in einem Appartement wohnen sollte. Ich hatte fast alles von Coelho gelesen, und was lag näher, als einmal aus dem Fenster auf dieselbe Bucht zu sehen, die den Verfasser einiger meiner Lieblingsbücher inspiriert hatte.

Vielleicht war hier nur deswegen kaum etwas von irgendeiner Krise zu spüren, weil die Brasilianer seit eh und je in einer Dauerkrise lebten und sich niemand in diesem Land an eine Zeit ohne Krise erinnern konnte. Das hatte die schönen Frauen und muskulösen Männer niemals daran gehindert, lustvoll ihre Körper und die ausgelassene brasilianische Lebensart an den Stränden zur Schau zu stellen. Alles glich hier einem Bilderreigen mit unendlichen Variationen aus Farben, Formen und Bewegungen im Rhythmus einer Musik, die man auch zu hören schien, wenn es sie gar nicht gab.

Ich begann mit einem Anruf bei der Polizeidirektion. Wie in Brasilien nicht anders zu erwarten, wurde ich von einem inkompetenten Beamten zum nächsten weitergereicht. Irgendwann geriet ich an einen der höheren Offiziere, der ein halbwegs verständliches Englisch sprach. Nach einem anstrengenden Wortwechsel voller Missverständnisse schien er endlich begriffen zu haben, dass ich eine Leiche in Augenschein nehmen wollte. Gleich am Nachmittag sollte ich in der Zentrale vorbeikommen.

Erst vor zwei Tagen hatte Sarah mich auf eine kleine Zeitungsnotiz über den Tod eines deutschen Staatsangehörigen in Rio de Janeiro aufmerksam gemacht. Die männliche Person, ein Richter, der sich als Tourist in Rio aufgehalten hatte, sei zufällig in ein Feuergefecht zweier rivalisierender Drogenbanden geraten. Am Rande einer Favela, einer der berüchtigten Slumgebiete, sei er von mehr als einem Dutzend Schüssen durchsiebt aufgefunden worden. Anschließend hatte ich umgehend in der Zeitungsredaktion angerufen und den Namen der getöteten Person erfahren. Meine Vermutung wurde bestätigt: Es handelte es sich tatsächlich um Johann Keyserling. Die Nachricht fuhr mir regelrecht unter die Haut.

Bis jetzt hatte ich Sarah gegenüber das Treffen mit dem Richter verheimlicht. Genauso wenig hatte ich sie über meine plötzliche Brasilienreise informiert, sondern stattdessen einen Magierkongress als Grund für eine einwöchige Abwesenheit angeführt. Außer dem dubiosen amerikanischen Geheimagenten wusste vermutlich bis jetzt niemand, dass Keyserling der Urheber des Ultimatums war, und ich selbst hatte nicht vor, mein Wissen preiszugeben. Vielleicht würde ich Sarah irgendwann einmal einweihen müssen, aber das wollte ich so lange wie möglich hinauszögern.

Trotz des ungewohnten Klimas mit seiner hohen Luftfeuchtigkeit und der brennenden Sonne über dem Dunst der Stadt hatte ich das Gefühl, freier atmen zu können. Deutschland und Europa mitsamt ihren krisengeschüttelten Problemen hatte ich etliche Tausend Meilen hinter mir gelassen. Die Sprache verstand ich nicht, aber ich hatte schon auf der Fahrt vom Flughafen zum Hotel den Eindruck gewonnen, dass man sich hier einen Teufel um globale Probleme kümmerte. Der Gegensatz zwischen Reich und Arm war hier schon immer krass gewesen. Auf die eine oder andere Art war es schon immer nur ums reine Überleben gegangen.

In der Polizeizentrale traf ich auf Segalao, einen jugendlichen Leutnant, der mich nach einer endlosen Diskussion durch endlose, nach Schimmel riechende Gänge zu einem Kellergewölbe führte. Segalao öffnete eine schwere Eisentür, hinter der sich ein saalartiger Kühlraum erstreckte, aus dem ein intensiver Formalingeruch strömte. Neonlampen verstrahlten ihr ungemütliches Licht über die spärlich verteilten Gerätschaften. Alleine das Wissen, dass hier einige Dutzend Leichen in ihren Kühlfächern lagerten, schlug mir aufs Gemüt.

Der Offizier studierte ausgiebig eine Liste.

„Nummer siebenundvierzig! Folgen Sie mir!"

Als Segalao eines der Kühlfächer aus den Wandschränken mit der Edelstahlverkleidung zog und das blaue Leinentuch von der darunterliegenden Leiche nahm, verspürte ich zu dem äußeren auch noch ein inneres Frösteln. Während meiner Tätigkeit als Profiler hatte ich mir nur einige wenige Male Leichen im Original ansehen müssen. Meine Aufgabe bestand überwiegend in der Analyse von Fotodokumenten. So fehlte mir die Abgebrühtheit, genauer hinzusehen, ohne dabei die Fassung zu verlieren.

„Wir haben dreizehn Projektile unterschiedlicher Kaliber aus dem Körper entfernt", erklärte der Leutnant ungerührt. „An manchen Tagen reichen die Schubfächer nicht aus, um die Opfer der nächtlichen Bandenkämpfe zu lagern. Wir stapeln die Leichen dann in einem Nebenraum und schütten säckeweise Eiswürfel darüber."

Es gab kaum ein Körperteil, das keine Einschusslöcher aufwies, lediglich das Gesicht war verschont geblieben. Es bestand kein Zweifel: Der Mann in dem Kühlfach war Johann Keyserling.

„Er hatte einfach das Pech, zur falschen Zeit am falschen Ort zu sein", sagte Segalao. „Es ist mir rätselhaft, was ihn dazu gebracht hat, sich am Tage seiner Ankunft bei Dunkelheit mit einem Taxi in die Favelas fahren zu lassen. Erst haben wir gedacht, er könnte selbst in Drogengeschäfte verwickelt gewesen sein. Aber nachdem wir Kontakt mit dem deutschen Konsulat aufgenommen und erfahren haben, dass dieser Herr Keyserling ein Richter ist, der hier lediglich vierzehn Tage Urlaub machen wollte, kann man das wohl ausschließen."

Als ich Segalao fragte, wie es dem Fahrer ergangen war, bekam ich die trockene Antwort:

„Der hat genauso dran glauben müssen."

Während der Leutnant das Kühlfach wieder in die Wand schob, stellte ich das zufällige Zusammentreffen infrage. Was war mit den Bandenmitgliedern? Da müsste es doch etliche Tote gegeben haben. Wusste man schon etwas über die Hintergründe?

Segalao lachte zynisch.

„Wenn es Tote gab, dann sind sie in den Autos gestorben. Meistens werden sie auf Müllkippen geworfen. Und was die Hintergründe betrifft, gibt es bei den meisten Polizisten kein Interesse, darüber etwas herauszufinden. Sie stehen überwiegend auf den Gehaltslisten der Drogendealer. Die Favelas sind rechtsfreies Territorium geworden. Gelegentlich werden für Großrazzien Spezialtruppen vom Militär eingesetzt. Aber das dient nur dazu, den wohlhabenden Teil der Bevölkerung zu beruhigen. Fast immer bekommen die großen Bosse rechtzeitig Warnungen. Sie kennen die Zeiten, die Orte und die Strategie. Gelegentlich lässt man in gegenseitigem Einvernehmen ein paar Kleinkriminelle über die Klinge springen. Da kann die Presse dann wieder über die Erfolge bei der Verbrechensbekämpfung berichten."

Es machte keinen Sinn, weiter mit Segalao zu reden. Er hatte unüberhörbar klargemacht, dass er den Fall für abgeschlossen hielt.

Ich hatte Johann Keyserling gesehen. Der Verfasser des Ultimatums war tot. Niemand würde in Deutschland die Wahrheit über die Erpressung der Nationalbank herausfinden.

Aber es gab noch Holland, diesen zwielichtigen Agenten, von dem ich annahm, er könnte vielleicht alles über das Ultimatum wissen.

Meine Lippen jedenfalls würden verschlossen bleiben. Ich hatte Keyserlings Arbeit fortzuführen. Noch war mir nicht klar, wie das zu bewerkstelligen wäre. Johann Keyserling hatte in seiner Nachricht einige Hinweise gegeben und mir schließlich sein gesamtes Hintergrundmaterial zukommen lassen. Letztlich aber musste ich selbst entscheiden, was zu tun war. Falls überhaupt noch etwas zu tun war.

Erst auf dem Rückflug, hoch über den Wolken, wichen mir die Bilder vom toten Johann Keyserling langsam von der Seele. Nachdem sich der innere Aufruhr gelegt hatte, schwappten die Ereignisse der letzten Monate wieder hoch. Die Schnelligkeit, mit der aus einem Zusammenbruch der Immobilienpreise in den USA eine Finanzkrise und danach eine globale Wirtschaftskrise geworden war, kannte keinen historischen Vergleich. Und die skandalösen Aussagen führender Finanz- und Wirtschaftsbosse, sie verstünden ihre eigenen Zauberformeln nicht mehr, bestätigte meine Vermutung, dass die Welt für diejenigen, die sie dominierten und regierten, zu komplex geworden war. Wie es aussah, war die Zeit der verantwortungslosen Glücksritter und menschenverachtenden Profiteure endgültig vorbei. Harry hatte mit der Behauptung auf seinem Flugblatt, die wahre Krise sei die Bewusstseinskrise, vermutlich nur zu sehr recht. Die Menschen müssten wohl oder übel ein neues Selbstverständnis entwickeln, wenn sie langfristig überleben wollten.

Ich sah aus dem Fenster und verfolgte die weißen Wolken, wie sie unter uns hinwegglitten, und entspannte mich in dem Gefühl, wenigstens für mich selbst eine einfache und folgerichtige Antwort gefunden zu haben, aber dann stürzte ich wieder in tiefe Hoffnungslosigkeit. Ich ahnte, dass es keine einfachen Antworten gab. Vielleicht gab es eine Art kosmischer Bestimmung des Menschen, die uns eine Richtung weisen würde. Doch die religiöse Tendenz meiner Gedanken beunruhigte mich.

9. 6

Mallorca, September

Im Vergleich zu seinem letzten Besuch auf der Insel erschien Gollier das Klima geradezu unerträglich. In Deutschland war das Thermometer vorübergehend auf zehn Grad abgesunken, aber hier hatten sich die obligaten Augusttemperaturen in die erste Septemberwoche hinübergerettet. Während der Fahrt vom Flughafen zu Hennings Finca hatte er aus dem Fenster gestarrt, ohne irgendetwas wirklich wahrzunehmen. Als der Wagen auf dem Vorplatz des Anwesens hielt und er die Tür öffnete, schlug ihm die sengende Luft wie aus einem Backofen entgegen. Vor einer der Garagen stand Henning und rollte einen Wasserschlauch ab.

Er trug khakifarbene, knielange Shorts mit einem beigen *Lacoste-Hemd*, und auf dem Kopf einen Strohhut. Das war ein ungewohntes Bild. Gollier hatte ihn niemals in derartiger Kleidung bei einer solch banalen Tätigkeit gesehen. Waren seine Bediensteten vielleicht schon alle entlassen worden?

„Ich hatte dich früher erwartet“, rief Henning Gollier zu.

Gollier wischte sich mit einem Taschentuch den Schweiß von der Stirn.

„In dieser mörderischen Hitze sollte man jegliche Arbeit niederlegen. Bist du jetzt schon dein eigener Gärtner geworden, Dietmar?“

„Die Sprinkleranlage ist ausgefallen“, klagte Henning, „jetzt muss von Hand gewässert werden. Bei diesen Temperaturen stellt der Garten jegliches Wachstum ein. Die Erde ist knochentrocken, da hilft nur Wasser, Wasser, Wasser."

Er legte den Schlauch aus der Hand und schob eine leere Schubkarre in die Garage.

„Setzen wir uns in den Schatten, Max. Elisabeth hat Kaffee und Kuchen aufgedeckt."

Trotz der Ruhe verbreiteten etliche Kleinigkeiten eine Atmosphäre des Aufbruchs oder, besser gesagt, eines Abbruchs. Neben dem Hauptgebäude stand ein Container.

„Du hast die Finca verkauft?", fragte Gollier.

Henning spannte einen Sonnenschirm auf und rückte die Korbsessel an den gedeckten Gartentisch.

„Noch nicht, aber sie steht zum Verkauf. Ich habe alles flüssig machen müssen, um die geforderte Summe aus meinem persönlichen Vermögen an den Fonds zu überweisen und zusätzlich einen Kredit aufnehmen müssen. Das ist alles absurd."

Gollier deutete auf einen Kistenberg vor einer der Garagen.

„Lässt du etwa schon räumen?"

Henning folgte missgestimmt Golliers Blickrichtung.

„Die meisten Einrichtungsgegenstände werden verkauft. Lediglich die asiatischen Sammlerstücke nehme ich mit. Aber wer weiß? Vielleicht werde ich mich auch davon noch trennen müssen."

„Ich weiß, wie sehr du an deiner Sammlung hängst", wiegelte Gollier ab. „Es wird vielleicht Mittel und Wege geben, dass du sie behalten kannst."

Jetzt kamen zwei Männer mit einem großen Objekt aus dem Haus.

„Ist das etwa die nepalesische Tempeltür aus deinem Büro, Dietmar?", fragte Gollier.

Hennings Blick verdüsterte sich.

„Ja, ich habe sie wieder ausbauen lassen. Schneider hat doch tatsächlich geglaubt, sie sei Firmeneigentum. Er hätte sie gern behalten, weil er glaubt, er könne sich demnächst in meinen Sessel setzen. Ich habe ihm die Quittung vom Auktionshaus unter die Nase gehalten."

Gollier verzog das Gesicht.

„Schneider ist ein übler Intrigant. Als man im Aufsichtsrat über eine personelle Veränderung in der Chefetage nachzudenken anfing, hat er sich bei jeder möglichen Gelegenheit in den Vordergrund geschoben. Ich würde mich nicht wundern, wenn er tatsächlich dein Nachfolger wird. Jetzt werden Leute mit dem Horizont eines Sparkassendirektors gebraucht."

Hennings Frau kam mit einem Tablett aus dem Haus.

„Schön dich zu sehen, Max!"

„Hallo, Elisabeth", sagte Gollier, „du siehst blendend aus. Wie machst du das?"

Elisabeth Henning lächelte gequält.

„Komplimente ändern auch nichts an der Situation. Die Finca ist jetzt nur noch ein Klotz am Bein. Einzig das Ferienhaus in Salzburg werden wir vorerst noch behalten. Es gehört zu meinem Erbteil, und ich würde mich nur ungern davon trennen. Aber wer weiß, vielleicht muss auch das demnächst dran glauben. Was ist mit dir und Inge? Wie ich hörte, steigst du auch aus dem Vorstand aus."

Golliers Miene verschattete sich.

„Ja, aber freiwillig. Die goldenen Zeiten sind für immer vorbei. Was jetzt kommt, muss ich nicht miterleben. Wir haben ja auch noch Inges Anteil am Keyserling-Vermögen."

„Die Keyserling Holding soll am Boden liegen", sagte Elisabeth Henning, „das ist schon wie der Untergang des Hauses Usher bei Edgar Allan Poe."

Gollier nickte.

„Ja, Inge betrifft das nicht. Sie hat ihr Erbe nicht in der Firma belassen. Hans und Karl Keyserling geschieht es recht. Sie waren beide absolut unfähig. Typische Erben ohne jeden Unternehmergeist. Habt ihr mitbekommen, dass Johann Keyserling unter tragischen Umständen umgekommen ist? In Brasilien. Genauer in Rio. Angeblich wollte er nur für vierzehn Tage Urlaub machen. Dort ist er dann in eine Schießerei zweier rivalisierender Drogenbanden geraten. Er war der einzige sympathische Mensch aus der Sippe. Außer Inge natürlich. Sie hat ihn auch immer gemocht."

Henning sah auf.

„Ach! Keyserling! Der Berater des Innenministers! Was für ein schreckliches Ende! Ich bin nie so recht schlau aus ihm geworden."

„Ja, schrecklich", stimmte Gollier zu. „Und was ist mit euch? Wie werdet ihr mit einem niedrigeren Lebensstandard klarkommen?"

Elisabeth Henning schenkte Kaffee ein und verteilte die Kuchenstücke. Vor einem Monat hatte das noch das Hausmädchen erledigt.

„Alles hängt von Dietmars Zukunft ab."

Henning setzte den Strohhut ab und fächelte sich mit der Krempe Luft auf das verschwitzte Gesicht.

„Sind deine Haare grauer geworden?", fragte Gollier.

„Mag sein", antwortete Henning, „ich achte im Moment weniger auf Äußerlichkeiten. Seit dem Kollaps auf dem Golfplatz ist meine Gesundheit angeschlagen. Sie haben mich im Krankenhaus noch einmal gründlich untersucht und eine Herzschwäche festgestellt, von der ich nichts wusste. Man sagte mir, es sei nichts Ernsthaftes, aber ich müsste schon ein wenig kürzertreten. Bislang hatte ich mich stets für kerngesund und unsterblich gehalten. Das hat sich nun geändert. Wir alle sind sterblich. Nirgendwo wachsen die Bäume in den Himmel. Nichts gilt mehr für ewig. Wer hätte gedacht, dass die Chinesen eines Tages den Amerikanern Geld leihen müssen."

„Die Chinesen!“, wiederholte Gollier, „du hast offenbar noch nicht die neuesten Nachrichten gehört. Die Finanzkrise hat jetzt auch Asien erreicht. China, Indien, Japan und sogar Australien hat es jetzt erwischt. Ich sage dir: Die Araber werden das Rennen machen. Sie werden irgendwann die letzten Ölreserven gegen Gold aufwiegen lassen. Das neue Babylon wird nicht Peking, sondern Dubai heißen.“

Gollier griff nach einer mitgebrachten schmalen Ledertasche und zog eine Dokumentenmappe heraus.

„Es gibt hier einiges, das du noch unterschreiben musst. Außerdem hat der Aufsichtsrat jetzt auch über die Höhe deiner Abfindung entschieden.“

Henning schlug die Mappe auf und sah mit stumpfem Blick auf das erste Blatt, auf dem nur eine Zahl geschrieben stand.

„Das ist ein Tropfen auf den heißen Stein.“

„Mehr war nicht drin“, erklärte Gollier. „Du selbst hast dich noch vor einem Monat für die Abschaffung der *goldenen Handschläge* ausgesprochen.“

„Dietmar hat aus der Nationalbank ein Unternehmen von Weltgeltung gemacht“, mischte sich Hennings Frau ein. „Das hätte man vielleicht berücksichtigen können. Und schließlich ist er nicht der Verursacher der amerikanischen Hypothekenblase gewesen.“

„Ich weiß“, sagte Gollier, „aber ihr kennt ja die Spielregeln. Einer muss immer die Verantwortung übernehmen. Dennoch würde ich nicht alles so schwarzsehen, Dietmar. Vielleicht stehen dir einige interessante Möglichkeiten für die Zukunft offen. Immerhin kennt man in der Branche deine Qualitäten als Manager.“

Henning schüttelte resigniert den Kopf.

„Welche Möglichkeiten? Das internationale Bankengeschäft steht vor umwälzenden Veränderungen, und die Anzahl der relevanten Unternehmen hat sich jetzt schon um die Hälfte reduziert.

Gar nicht davon zu reden, dass ich auch nicht mehr der Jüngste bin."

Gollier bemühte ein aufmunterndes Lächeln.

„Kein Grund, die Flinte schon ins Korn zu werfen, Dietmar. In der Mappe liegt noch ein Arbeitspapier. Bis jetzt ist es nur eine Idee, aber ich bin in der Zwischenzeit nicht untätig gewesen, eine akzeptable Lösung zu finden."

Henning setzte sich eine Lesebrille auf.

„Ich verstehe nicht, Max. Wie soll das funktionieren? Das ist doch ..."

„Lies es in Ruhe durch", beharrte Gollier, „ich habe fast mit allen gesprochen, die in den Hilfsfonds eingezahlt haben. Bis jetzt hat es keine weiteren Anweisungen des Erpressers gegeben, wie das Geld nun verwaltet werden soll. Da müssen dringend Entscheidungen getroffen werden, und die will oder kann zurzeit niemand treffen. Davon abgesehen sind einige derjenigen, die die Überweisungen veranlasst haben, von ihren Posten suspendiert worden. Jetzt haben sich schon ein paar Milliarden angesammelt, die von niemandem professionell verwaltet werden. Also, was liegt näher?"

Elisabeth Henning hatte einen Blick auf das Blatt geworfen.

„Wenn das keine Ironie des Schicksals ist! Man bietet dir an, Chef einer Institution zu werden, die aufgrund einer Erpressung gegründet wurde und die dich letztlich deinen Chefsessel bei der Nationalbank gekostet hat!"

„Ja", sagte Gollier, „das Leben geht bisweilen seltsame Wege. Und von dem Erpresser gibt es immer noch nicht die geringste Spur."

Henning nickte.

„Wenn du meine persönliche Meinung wissen willst, glaube ich, dass seine Identität für immer im Dunkeln bleiben wird."

9. 7

Frankfurt – In Markus Romers Wohnung

Als ich die Augen öffnete, empfand ich Erleichterung, dass alles nur ein wirrer Traum gewesen war. Eindrücke von meiner Reise nach Rio hatten sich mit einem unheimlich veränderten Frankfurt vermischt. Es hatte harmlos angefangen. Ich war auf einer Ausstellungseröffnung in der Schirnhalle gewesen.

Die ausgestellten Bilder wirkten wie ins Riesige vergrößerte Ausschnitte von Mülldeponien, Ruinen, Detonationen, Autofriedhöfen und Schrotthalden.

Henning lief vor einem Gemälde auf und ab und redete resigniert von einem erschreckenden Mangel an Ästhetik. Jetzt kam Gollier in einem weißen Kittel dazu und erklärte, er sei der Schöpfer der Gemälde. Seine Arbeiten gehörten zum klassischen Genre der Untergangsmalerei.

Seltsamerweise dachte ich im Traum, eine ähnliche Szene schon einmal geträumt zu haben.

Jemand trat hinter ein Pult und schlug einen Gong. Er hatte den Kopf kahl geschoren und trug eine braune Hornbrille. Er sah aus wie Holland. Es war Holland in der Rolle eines Auktionators.

„Diese Kunst“, sagte Holland mit seiner näselnden Stimme und dem Akzent, „ist zeitlos. Gollier ist einer der größten Maler unserer Zeit. Kommen wir zur Versteigerung.

Nummer 1: Die Vertreibung aus dem Paradies, eine Milliarde. Wer bietet mehr?“

Überall gingen Hände in die Höhe.

„Nummer 2: Die Verbrennung des Geldes, zwei Milliarden.

Nummer 3: Schutt und Asche, drei Milliarden.“

Einige junge Männer in tadellosen Anzügen boten horrende Summen für die Bilder und trugen sie eigenhändig auf den Vorplatz, wo sie ihre Ankäufe zu einem Haufen stapelten, den sie mit Feuerzeugen anzündeten.

Holland kam vorbei und sagte:

„Gut so, Jungs! Der Scheiß ist in Wahrheit keinen Euro wert. Bald wird es kalt, da kann man ein Feuerchen gut gebrauchen.“

Der letzte Satz klang in meinen Ohren wie die Prophezeiung einer kurz bevorstehenden Eiszeit, wie eine Verdrehung der tatsächlich zu erwartenden Folgen einer Klimakatastrophe.

Erst jetzt bemerkte ich, dass die Schirnhalle von Wasser umflossen war. Offenbar war der Main über seine Ufer getreten. Als ich einige Straßenzüge weiterfloh, war das Wasser wieder verschwunden, dafür stand ich vor dem Zentralgebäude der Nationalbank. Eine marodierende Bande aufgebrachter Allerweltsbürger stand auf den Dächern von Autowracks und skandierte: Hängt die Banker auf! Die Fassaden waren von unten bis oben mit Rankgewächsen überdeckt, deren Blätter die modrigen Farben von Schimmel angenommen hatten. Vor dem Eingang standen zerzauste Palmen, zwischen denen einige dunkelhäutige Mädchen in Bikinis Samba tanzten, während gleichzeitig ein roter Cadillac heranfuhr und mit kreischenden Bremsen hielt.

Jetzt kam auch noch Holland mit einem der Untergangsbilder unter dem Arm dazu und sagte mit weihevoller Stimme:

„Wissen Sie, wie man ein unlösbares Problem löst? Indem man die Leute dazu bringt, sich gegenseitig umzubringen. Ich habe mit alledem nichts zu tun."

Jetzt kam ein zweiter roter Cadillac dazu. Plötzlich war das Tageslicht verschwunden. Straßenlaternen bestrahlten nun alles mit einem ekelhaft grünen Licht. Wie aus dem Nichts erschien Johann Keyserling zwischen den beiden Autos, im Arm eine nackte Brasilianerin. Er hob eine Hand, winkte mir zu und sagte:

„Keine Sorge, es sind nur die letzten Tage der Menschheit."

Während er noch etwas sagte, das ich nicht mehr verstand, löste Johann Keyserling sich im Feuerschein eines mörderischen Feuergefechts auf.

Ich quälte mich schlaftrunken aus dem Bett, um die Vorhänge zu schließen. Ein scharfer Strahl des morgendlichen Sonnenlichts hatte mich geweckt, und ein Teil davon fiel auf Sarahs Körper, der nur halb von der dünnen Bettdecke bedeckt war. Als ich zurückkam, öffnete sie ihre Augen ein wenig und blinzelte mich an.

Ich schüttelte benommen den Kopf und sagte:

„Meine Güte, habe ich einen Müll geträumt."

Auf ihren Lippen lag ein feines Lächeln. Eine Weile betrachtete ich ihren zarten Körper. Als würde er unter meiner Berührung zerbrechen, strich ich mit meinen Händen sanft über ihren Busen, der sich gleichmäßig hob und senkte. Während der Nacht hatten wir uns ausgiebig geliebt, und es war anders gewesen als beim ersten Mal. Wir waren nicht betrunken gewesen und hatten es langsam angehen lassen und uns Zeit genommen, Nähe zu verspüren und Vorlieben zu erahnen. Später waren wir eng umschlungen eingeschlafen.

Erst jetzt bemerkte ich eine lange, aber kaum sichtbare Narbe, die sich seitlich von der Taille bis zum Brustansatz hochzog.

„Deine Hände fühlen sich an wie aus Samt“, flüsterte sie heiser.

„Die Narbe“, sagte ich leise, „woher hast du sie?“

„Von einem Autounfall.“

„Davon hast du mir nie erzählt.“

„Ich habe dir vieles noch nicht erzählt.“

Meine Hände glitten über ihre Hüften. Ihre Haut fühlte sich wie Samt und Seide an.

„Du bist eine schöne Frau.“

Sie machte die Augen ein wenig auf und blinzelte durch die schmalen Schlitze. Ich streifte die Bettdecke zur Seite und nahm sie in die Arme.

Sie krallte ihre Finger in meinen Nacken.

„Die Nacht hat mir gut gefallen. Machen wir es gleich noch einmal? Am Morgen kommt es besonders gut.“

Wir liebten uns so lange, bis wir erschöpft voneinander ließen.

Mittlerweile hatte ich jegliches Zeitgefühl verloren und war noch einmal wieder eingeschlafen. Als ich erneut die Augen öffnete, stand Sarah nur mit einem kurzen T-Shirt bekleidet an der Küchentheke und brühte Kaffee auf.

Während ich sie bewundernd betrachtete, warf sie mir aus ihren schrägen Augen einen fragenden Blick zu.

„Warum hast du mir diese Lüge von einem Magierkongress erzählt? Du hättest mir vertrauen können. Und warum bist du nach Brasilien geflogen? Nur um dir den toten Johann Keyserling anzusehen?“

Ich quälte mich unwillig aus dem Bett und streifte mir eine helle Sommerhose über.

„Du hast doch hoffentlich Bulthaupt nichts davon erzählt?“

Mit nervösen Bewegungen stopfte Sarah Brote in den Toaster, holte Butter und Marmelade aus dem Kühlschrank und schwieg.

„Also, was nun?“, beharrte ich.

Ihre Stimme klang ungehalten.

„Natürlich nicht! Ich habe Bulthaupt seit einer Woche nicht gesehen. Der Innenminister hat ihn nach Berlin geholt. Die Verhältnisse haben sich radikal verändert. Der Erpresser scheint im Moment niemanden mehr zu interessieren."

Eine Entwicklung in dieser Richtung hatte ich kommen sehen. „Und wofür interessiert man sich stattdessen?"

Als feine Rauchfäden aus dem Toaster sich zu Qualm verdichteten, griff Sarah nach einer Gabel und pulte die angesengten Reste der Brotscheiben heraus.

„Seit das FBI in Amerika Spekulanten und korrupte Banker verhaftet, haben Möller und einige andere Minister sich entschieden, das Gleiche auch in Deutschland zu machen. Bulthaupt ist begeistert."

Unangemessen wütend schlug sie mit der Faust gegen den Toaster.

„Das Mistding klemmt!"

„Soso", murmelte ich, „endlich geht es den Richtigen an den Kragen."

„Du weißt etwas", sagte Sarah, „und du verschweigst es mir. Hat Keyserling etwa etwas über den Erpresser rausgefunden?"

Schweigend ging ich zu meinem Arbeitstisch und zog eine Mappe mit Computerausdrucken heraus, die ich Sarah neben den Frühstücksteller legte.

„Du wirst mir schwören müssen, zu niemandem ein Wort davon zu sagen."

Langsam entspannte sich ihre Miene.

„Ein Geheimnis! Aha! Ich liebe Geheimnisse. Ich schwöre!"

Sanft strich ich ihre Haare beiseite und küsste ihren Nacken.

„Ich wusste, ich kann mich auf dich verlassen. Keyserling war der Erpresser."

Sarah starrte auf den Aktendeckel.

„Keyserling? Ach, Keyserling, der ehrbare Richter ... Sonderbar, ich habe mich mehrmals gefragt, wie dieser Mann in alles hineinpasst. Und dann diese merkwürdige Freundschaft mit Möller. Wie lange weißt du es schon?“

Ich sagte, Pradesch wäre der Hacker gewesen und Keyserling habe in einem Prozess zu seinen Gunsten entschieden. Den Rest hätte ich mir dann zusammenreimen können. Ich hätte mich mit Keyserling getroffen, ihn aber nicht dazu getrieben, etwas zu gestehen. Meiner Meinung nach müsste er gewusst haben, dass ich mit ihm sympathisiere. Einen Tag darauf hätte ich eine Daten-CD in meinem Briefkasten gefunden. Die Ausdrucke lägen jetzt vor ihr, und der Inhalt käme einem Geständnis gleich.

Es dauerte fast eine halbe Stunde, bis Sarah alle Unterlagen Seite für Seite durchgelesen hatte.

„Er hat dich zu seinem Nachfolger ernannt.“

Ich nickte stumm.

Sarah sah mir ratlos in die Augen.

„Was hat das zu bedeuten?“

Ich sagte, es ginge um den Fonds. Keyserling hätte sein Ziel erreicht, und es wäre ihm offenbar niemals darum gegangen, dass tatsächlich eine Billion eingezahlt würde. Wahrscheinlich hätte er sich gedacht, wenn er eine Billion fordere, würden wenigstens einige Milliarden zusammenkommen. Und jetzt, wo die großen Investmentbanken quasi nicht mehr existierten, würde es keine weiteren Einzahlungen mehr geben. Jetzt käme es nur noch darauf an, was mit dem Geld geschah.

Sarahs Kommentar wurde von einem lauten Geräusch aus dem Hof überlagert. Es klang, als hätte jemand eine Blechtonne gegen eine Wand geschmettert. Kurz darauf war das Kreischen einer Frauenstimme zu hören. Neugierig öffnete ich das Fenster und streckte meinen Kopf hinaus.

Leffers hatte mit dem Heck seines ramponierten Sportwagens das verschlossene Tor der Ausfahrt gerammt. Die Frauenstimme gehörte einer jungen Frau, die barfuß und lediglich mit einem knielangen T-Shirt bekleidet aussah, als wäre sie gerade aus dem Bett gestiegen.

Während er mit unbewegtem Gesicht im Wagen sitzen blieb, trat sie auf die Fahrertür ein.

„Du bist ein elendes Arschloch. Ein aufgeblasener Gernegroß. Und jetzt verteidigst du auch noch die Spekulanten, um dich an dem geklauten Geld zu bereichern."

Mit versteinertem Gesicht ließ Leffers den Motor des Z3 aufheulen und rammte vorsätzlich die Garagenmauer. Fluchend rannte sie ihm nach und trat mit ihren ungeschützten Füßen eine der Rückleuchten ein. Ich sah Blut spritzen.

„Wieso hab ich mich nur mit so einem Drecksack eingelassen?", keifte sie weiter und ignorierte ihren blutenden Fuß.

Wie eine Waldhexe humpelte sie wild gestikulierend um den Wagen.

„Du bist nichts weiter als ein geiler alter Sack, und im Bett bist du auch eine erbärmliche Niete."

Das Getriebe kreischte gemartert auf. Ohne sich umzusehen, lenkte Leffers den Wagen ein zweites Mal rückwärts in Richtung Einfahrt. Jetzt allerdings stand die Tür offen.

Ich schrie:

„Nein!"

Harry rollte genau in dem Moment auf den Hof, als Leffers seinen Wagen mit einem gewaltigen Satz zurücksetzte und genau auf den für ihn nicht sichtbaren Rollstuhl zuschoss. Ein ekelhaftes, durch Mark und Bein gehendes Knirschen ließ mich erstarren und apathisch auf Harrys verdrehten, neben dem Rollstuhl liegenden Körper stieren.

Erst jetzt kam Leffers wieder zu sich und stieg aus dem Wagen.

„Du Mörder!“, schrie die Frau.

Gefolgt von Sarah war ich, ohne nachzudenken, auf den Hof gestürzt. Als ich den Oberkörper des hilflosen Körpers mit den amputierten Beinen aufzurichten versuchte, hörte ich ein lautes Stöhnen. Aus Harrys Stirn floss Blut.

„Verdammt“, sagte Leffers, „jetzt ist auch noch meine Karriere im Eimer. Morgen steht überall in der Zeitung:

Staranwalt überfährt Behinderten im Rollstuhl!

Als wäre ihm soeben klar geworden, dass er sich mit dem Satz selbst entlarvt hatte, flirrte sein Blick unsicher zwischen Harry und mir hin und her.

Es dauerte knappe zehn Minuten, bis der Krankenwagen mit einem Notarzt kam, der nach kurzer Untersuchung feststellte, dass Harry Glück gehabt hatte. Ein Arm war gebrochen, aber ansonsten hatte er den Unfall unbeschadet überstanden. Der Arzt reinigte die Platzwunde auf der Stirn und klebte lediglich ein Pflaster darüber, während Leffers mit abwesendem Blick danebenstand und zu überlegen schien, wie er sich aus der Situation herausreden könnte. Als Harry auf eine Bahre geschoben wurde, legte er ihm eine Hand auf die Schulter.

„Tut mir leid, Harry. Die blöde Schlampe macht mich wahnsinnig. Ich werde dir tausend Euro als Entschädigung überweisen. Ist das okay?“

Harrys Gesicht verzerrte sich.

„Fick dich, du dämlicher Scheißer! Fünftausend! Aber in bar. Du bist ein Teil des Untergangs. Du hast es nur noch nicht gemerkt.“

Für einen Moment wirkte Leffers verunsichert. Ohne noch etwas zu sagen, stieg er in seinen demolierten Wagen und fuhr starr nach vorne blickend davon.

Minuten später war der Spuk vorbei, und der Hof wirkte so idyllisch wie zuvor.

„Das ist nur ein Vorgeschmack“, sagte ich mit einem Anflug von Resignation, „jetzt geht alles den Bach runter, und früher oder später wird es jeden erwischen. Ein Wahnsinn löst den nächsten ab.“

Sarah legte ihre Arme um meinen Hals und zog mich sanft an sich. „Du willst also wirklich nach New York fliegen?“

Um mir meine Zweifel an allem nicht anmerken zu lassen, vermied ich ihren Blick.

„Es ist beschlossene Sache.“

„Wann?“

„Bald.“

Sie legte ihre Arme um meinen Nacken.

„Dann endet es mit uns, bevor es angefangen hat?“

Mein Lächeln fühlte sich falsch an.

„Es muss nicht enden. Ich werde nicht lange bleiben.“

9. 8

Auf dem Weg nach New York

Als ich einige Tage später im Taxi zum Flughafen fuhr, hatten sich die Bilder in der Stadt deutlich verändert. Aus Protest gegen den Regierungsbeschluss, das marode Finanzsystem mit Steuergeldern zu stützen und gleichzeitig Lohnerhöhungen zu verweigern, wurden die öffentlichen Verkehrsmittel bestreikt. Fast alle Bankfilialen, an denen wir vorbeifuhren, waren von vandalierenden Jugendlichen mit großflächigen Graffiti verunziert. In einigen Fenstern sah man sogar Löcher in der Größe von Pflastersteinen. Aus einer Geschäftsstelle der Nationalbank quollen schwarze Wolken, und einige Plastikmülltonnen am Straßenrand brannten lichterloh. Feuerwehrfahrzeuge waren angerückt. Ein Nieselregen, der seit dem Vormittag nicht aufgehört hatte, verdunkelte die Stadt und tauchte die Bilder in eine Unschärfe, die ihre Unheimlichkeit verstärkte. Immer wieder kreuzten demonstrierende Menschengruppen mit Spruchbändern die Straßen. Ständig heulten Polizeisirenen auf. Im Bankenviertel sah ich brennende Autos vor den gläsernen Tempeln der gerade verendenden Profitreligion. Es waren ausschließlich Modelle der Oberklasse.

„Sehen Sie mal nach oben", sagte der Taxifahrer. „Das ist ja irre!"

Ich kurbelte das Fenster runter und streckte meinen Kopf ein wenig hinaus. Vor uns ragte das Gebäude der Nationalbank in die Höhe.

Verblüfft sah ich, wie Dutzende Personen an Seilen gesichert vom Dach her die Fassade hinunterglitten, um ein gigantisches Schriftband um den Turm zu legen. Sie hatten gerade angefangen, erste Teile davon vor dem oberen Drittel zu fixieren, sodass man bislang nur wenige Bruchstücke der Botschaft erkennen konnte. Sie blieben ohne Bedeutung. Als der Taxifahrer wieder Gas gab, umkreiste ein Polizeihubschrauber den Bankturm in bedrohlicher Nähe.

Je mehr wir uns dem Flughafen näherten, mischten sich die Gedanken über meine Entscheidung mit einer Verunsicherung. Wie erst würde es in Amerika aussehen, wenn in Europa schon die Zivilisation zu zerfallen begann?

Und wie würde ich das alles ohne Sarah ertragen?

Auf dem Flughafen herrschte endzeitlicher Betrieb in der Art einer panischen Völkerwanderung. Man spürte, dass nur wenige der Reisenden einem Urlaub entgegensahen. Männer, die wie Geschäftsleute aussahen, trugen graue Mienen zur Schau, und Familien, deren Versorger vielleicht ihre Posten verloren hatten, drängten, als gelte es, einem Kriegsgeschehen zu entkommen. In der Abflughalle hatte das Rote Kreuz eine mobile Küche aufgestellt und verteilte Suppen und belegte Brote gegen einen Unkostenbeitrag, weil die übrigen Kioske keine Waren mehr hatten. Vielleicht hatte das mit einem Streik der Zulieferer zu tun.

Als ich endlich auf meinem Platz im Flugzeug saß und die Maschine über das Feld zur Startposition rollte, befiel mich eine erste Ahnung, dass ich Deutschland vielleicht für länger verlassen würde, als ich Sarah gegenüber behauptet hatte. Die Maschine hob ab und überflog ein verregnetes Frankfurt, das aus dieser Höhe, fragmentarisch aus den Nebelschwaden auftauchend, wie eine Ruinenstadt aussah, die bald nur noch für Archäologen von Wert sein würde.

Das Flugzeug stieg höher, erst wurde es noch dunkler, aber dann wurde es heller und heller. Plötzlich stand wieder die Sonne am Himmel.

Sarah fehlte mir schon jetzt. Ich fragte mich, welche mysteriösen Kräfte einen Menschen dazu veranlassen, gegen seine Gefühle zu handeln. Sarah hatte recht, es hatte gerade erst mit uns angefangen. Was trieb mich dazu, Keyserlings Mission fortsetzen zu wollen? Es gab nichts mehr zu tun. Der Richter hatte der Initialzündung lediglich einige neue Impulse verliehen, aber jetzt geschah alles so schnell, dass man die Details des Zusammenbruchs nur noch als flüchtige Schatten wahrnehmen konnte. Je weiter wir uns vom Ausgangspunkt entfernten, desto klarer und eindringlicher erschien Sarah vor meinem geistigen Auge, und ich verfiel in eine Wachträumerei über mögliche gemeinsame Unternehmungen mit ihr, vielleicht einem gemeinsamen Leben in meinem Loft oder ganz woanders, über erotische Momente und über sexuelle Ekstasen im zeitlosen Reich der Vereinigungsfantasien. Irgendwann war ich eingeschlafen. Als ich wieder aufwachte, lag unter uns bereits der Atlantik. Für einen Moment glaubte ich, einen Luftzug zu spüren, als wäre ein Fenster im Flugzeug geöffnet. Ein Blick auf die Uhr zeigte mir, dass wir schon in einer Stunde die Ostküste erreichen würden. Dieses war jetzt mein zweiter Fernflug innerhalb kürzerer Zeit. Schon auf der Reise nach Brasilien hatte ich darüber nachgedacht, dass eine Überquerung des Atlantiks mich noch vor hundert Jahren ein halbes Jahr oder vielleicht sogar Gesundheit und Leben gekostet hätten. Jetzt hatte ich den größten Teil der Strecke nach Amerika verschlafen, und ich empfand den Verlust der Entfernung, den Verlust einer Reise in Etappen, den Verlust langsamer, aber bewusst wahrgenommener Veränderungen, als schmerzlich. Für einen Moment stellte ich mir vor, neben dem Panoramafenster eines gigantischen Zeppelins zu sitzen und das Gefühl wahren Schwebens zu genießen, die Wellenkämme der See zu beobachten und die Wolken zu berühren.

Bislang hatte ich bei Reisen immer ein gewisses Gefühl der Vorfreude auf einen anderen neuen Ort verspürt. Das war dieses Mal anders. Ich tröstete mich mit dem Argument, dass ich dem Chaos nun wenigstens in einem anderen Ambiente begegnen würde. Außerdem könnte ich jederzeit wieder zurückfliegen. Zurück zu Sarah. Wir könnten uns von meinem Geld eine kleine Finca in Spanien kaufen, das Nötigste zum Essen selbst anbauen und Kinder bekommen.

Gerade, als ich meinen Entschluss für einen Moment in Zweifel zog, schalteten sich die Lautsprecher ein, und der Kapitän meldete sich mit der Aufforderung, einen Blick aus dem Fenster zu werfen. New York sei in Sichtweite, und in wenigen Minuten könnten wir Manhattan von oben sehen. Wer auf der linken Seite säße, genösse obendrein das Privileg, die Freiheitsstatue zu sehen.

Als ich aus dem Fenster schaute, waren Hafenanlagen und große Schiffe zu erkennen. Dann sah ich sie! Sie war es tatsächlich, die Freiheitsstatue. Meine beiden seltsamen Träume, in denen das Wahrzeichen sich brennend gezeigt hatte, fielen mir jetzt wieder ein.

Für einen Moment schöpfte ich Hoffnung, diese ganze monumentale Weltkrise könne wieder auf das erträgliche Maß einer Episode schrumpfen. Aber diese Hoffnung war absurd angesichts der Tatsache, dass ich mit dem Zusammenbruch sympathisierte. Noch einmal stellte ich das ganze Unternehmen infrage. Alleine schon mein Einverständnis mit der katastrophalen Entwicklung war ein Teil der allgemeinen Anmaßung.

Mir ging durch den Kopf, dass Keyserling vielleicht ähnlich empfunden haben mochte. Vielleicht war sein Tod gar nicht durch eine von Holland arrangierte Falle verursacht worden. Vielleicht hatte Keyserling sich mutwillig einer Gefahr ausgesetzt, hatte sie unbewusst gesucht und gefunden und sich eine andere Art von Selbstmord ausgesucht. Nun würde ich es nie mehr erfahren.

Jetzt war der Kopf der Freiheitsstatue aus einem anderen Winkel zu sehen. Der Arm mit der Fackel schien sich dem Flugzeug entgegenzustrecken. Mich befiel der Gedanke, sie könne eines Tages ihren Arm bewegen und in einem Anfall von Statuenwahn mit der Fackel New York anzünden. Blendende Strahlen fielen in mein Auge. Unter mir glitzerten die Fassaden der Wolkenkratzer wie Diamanten. Manhattan. Und da unten in der Wall Street, so hatte ich beim Warten auf dem Flughafen in der Zeitung gelesen, war gerade der bedeutendste Tempel der Welt, die Börse, geschlossen worden. Niemand konnte sagen, für wie lange. Ein Mitglied der Regierung hatte behauptet, für immer.

Wie würden die enttäuschten Gläubigen darauf reagieren?

EPILOG

Ankunft in der fremden Heimat

Mitten in der Nacht wurde es auf der Olson Pier lebendig wie am helllichten Tag. Um zwei Uhr hatten sich die meisten der Ausreisenden mit ihrem Hab und Gut vor den Gangways der *American Dream* versammelt und warteten darauf, dass die Sperrseile geöffnet wurden. Ich wunderte mich, warum die Matrosen vor den Tischen der Ausreisebehörde Gewehre geschultert hatten. Befürchteten sie vielleicht, dass aufgebrachte Passagiere das Schiff stürmen würden? Es bestand kein Anlass, dergleichen zu erwarten. Die Menschen waren vom tagelangen Warten ausgelaugt.

Kurz vor drei kam ein Offizier in einer auffällig schlampigen Uniform die Gangway herunter und hielt sich ein Megafon vor den Mund, um eine weitere Verzögerung anzukündigen, die er mit ungenannten technischen Problemen begründete.

Jemand sagte, die Dieselmotoren seien komplett umgebaut worden, um einen neuartigen synthetischen Treibstoff zu verbrennen, der allerdings nur die halbe Leistung brächte. Er hätte darüber in den BROOKLYN NEWS gelesen. Ob die riesigen Flettnerrotoren, die wie eine Mischung aus zu dick geratenen Masten und zu hohen Schornsteinen aus dem Oberdeck in den Himmel ragten, den Verlust ausgleichen würden, könnte niemand sagen. Bis jetzt sei noch niemals ein so großes und schweres Schiff mit Windkraft gefahren. Die

American Dream sei der erste Ozeanriese, den man damit ausgerüstet hätte.

Die Nachricht von dem neuerlichen Aufschub hatte die Stimmung aufgeheizt. Allenthalben hörte man laute, erregte Diskussionen. Manche befürchteten, der technische Zustand des Schiffes sei so schlecht, dass der Kapitän vielleicht Bedenken bekommen hätte, die Atlantiküberquerung zu wagen, und das auch noch zu einer Zeit, in der man mit den üblichen Herbststürmen rechnen müsse.

Eine halbe Stunde später erschien der Offizier noch einmal, um die aufgebrachten Passagiere mit der Ankündigung zu beruhigen, dass Angestellte der Reederei in Kürze eine Gulaschkanone aufstellen und heiße Suppe verteilen würden. Dazu gäbe es heißen Tee mit Rum.

Noch vor Morgengrauen hatte das zermürbende Warten endlich ein Ende. Der Kapitän persönlich meldete sich mit der erlösenden Botschaft über die Lautsprecheranlage. Alle Personen mit gültigen Reisepapieren sollten sich sofort auf die vier Gangways verteilen, die Ruhe bewahren und sich in disziplinierter Reihenfolge an Bord begeben. Dort solle man sich nach den Anweisungen der Besatzung richten.

Als ich mich der Gangway näherte, sah ich neben einem Beamten der Ausreisebehörde, der hinter einem Pult stehend die Papiere kontrollierte, Holland. Er nickte mir zu und sagte:

„Gute Reise, Mr Romer."

Ich schleuderte ihm einen Blick der Verachtung entgegen.

„Ich nehme an, Keyserlings Tod geht auf Ihr Konto?"

Holland lachte unangenehm.

„Indirekt, Mr Romer. Ich zeichne lediglich für das Arrangement, das zu seinem Tod führte. Aber das sind jetzt alte Geschichten. Und es war nichts Persönliches. Ich an Ihrer Stelle würde nicht mehr weiter darüber nachdenken. Ich hatte einfach nur den Auftrag, eine

Person, die imstande ist, Druckmittel zu finden, mit denen sich ein weltweites Bankensystem erpressen lässt, aus dem Verkehr zu ziehen. Wie wir heute wissen, waren es in Wirklichkeit andere Kräfte, die den Kollaps verursacht haben. Sie standen übrigens auch auf meiner Liste. Schließlich waren Sie ein Mitwisser. Jemand von ganz oben hat Ihren Namen dann aber durchgestrichen."

Während ich die Gangway hochging, spürte ich Hollands Blick im Rücken. Es berührte mich mit einem kalten Schauer, dass ich jetzt nur noch lebte, weil irgendjemand meinen Namen von einer Liste gestrichen hatte.

Schließlich hatte es dann doch noch einige Stunden gedauert, bis alle auf dem Mitteldeck des Schiffs versammelt, die schweren Trossen endlich von den Pollern gelöst waren und der Koloss von vier mächtigen Schleppern aufs offene Meer gezogen wurde.

Erst als die Bugsierer wieder in Richtung Hafen stampften, konnte man hören, wie die Motoren anliefen und die Flettnerrotoren sich langsam in Drehung versetzten. Letztere produzierten ein irritierendes Surren, das in gleichmäßigen Abständen zu einem sirenenartigen Pfeifen anschwoll.

Inzwischen waren etliche der Passagiere zum Achterdeck gekommen, um einen letzten Blick auf die ramponierte Skyline Manhattans zu werfen. Der Himmel über der Stadt war schwer und dunkel. Dichte Wolkenfelder rissen nur gelegentlich in schmalen Streifen auf, die sich gleich darauf wieder schlossen. Nur vom Osten her drang ein fahler Strahl der gerade aufgegangenen Sonne durch eine winzige Wolkenlücke. Aber er reichte aus, um die Gebäude in der Ferne in ein unwirkliches Licht ohne Hoffnung zu tauchen.

Niemand verlor ein Wort darüber, dass die Freiheitsstatue lichterloh brannte. Bereits vor Tagen hatte sich auf der Pier herumgesprochen, dass Hunderte der arbeitslosen Dockarbeiter große Mengen Altöl aus den Bäuchen der stillgelegten Schiffe auf die riesige

Skulptur pinselten, um sie pünktlich zum Auslaufen der *American Dream* in Brand zu setzen. Jetzt konnte man das Ergebnis ihrer Bemühungen bewundern. Der untere Teil der Statue sah aus, als würde er von innen beleuchtet, während am Kopf die Flammen wild in die Luft wirbelten.

Eine Frau sagte entsetzt:

„Die Freiheitsstatue! Das ist Vandalismus! Das ist das Ende der zivilisierten Welt."

Eine vage Erinnerung an zwei Träume aus meiner Zeit in Frankfurt, als die Krise gerade erst begonnen hatte, tauchte vor meinem inneren Auge auf. Da hatte es auch eine in Flammen gehüllte Freiheitsstatue gegeben, und ich hatte darüber nachgegrübelt, wie ein solches Bild in meine Träume gekommen war. Rückwirkend gesehen erwies es sich nun als eine echte Vision.

„Es sieht großartig aus", sagte ein Mann neben ihr, „jetzt ist sie auf ihre alten Tage wenigstens noch in den Rang eines zeitgenössischen Kunstwerks erhoben worden. Würde mich interessieren, wie die Bronze die Hitze übersteht."

„Das römische Reich ist auch in Schutt und Asche zerfallen", fügte ein anderer mit einem starken Akzent hinzu. „Warum sollte Amerika vom Lauf der Dinge verschont bleiben?"

Die meisten Passagiere waren von den schlaflosen Nächten während des Campierens auf den Piers und den damit verbundenen Strapazen derart erschöpft, dass die Außendecks und die Aufenthaltsräume bald schon wie ausgestorben wirkten. Jeder hatte nichts weiter im Sinn, als endlich wieder in einem weichen Bett zu schlafen. Erst am dritten Tag der Reise war der Speisesaal zum ersten Mal voll besetzt.

Ich fühlte mich an alte Filme aus dem vorigen Jahrhundert erinnert, als Amerika für einen Europäer noch das Land der Verheißung gewesen war und das Reiseziel New York hieß. Jetzt wirkte es befremdlich, wie sich die Verhältnisse verändert hatten und die gebildeten Amerikaner nichts sehnlicher erträumten als eine Passage in die Alte Welt, in die Heimat der Kultur, in die Welt, die jetzt vielleicht die neue werden würde. In wenigen Tagen schon könnte ich sehen, ob die Hoffnungen berechtigt waren. Vieles sprach allerdings dagegen.

Mehrmals hörte ich beim Essen Gespräche über den Zustand Europas. Ich hatte während der letzten Monate in New York kaum noch Zeitungen gelesen. Wenn man überhaupt noch von Journalismus sprechen konnte, so war er gänzlich provinziell geworden. In Amerika interessierte sich niemand für Europa. Ein Italiener, der ehemals im Bankengewerbe gearbeitet hatte, wollte mit seiner Frau und seinen beiden Söhnen zurück zu seiner Familie, die in Süditalien ein Weingut besaß. Er glaubte zu wissen, dass zu Beginn des Jahres eine Konferenz der mächtigsten Mafiapaten in Neapel stattgefunden habe, auf der Maßnahmen zur Rettung Italiens beschlossen worden wären. Die Regierung fungierte angeblich nur noch als ausführendes Organ der Beschlüsse der Paten. Das müsse nicht unbedingt schlecht sein, sagte der Italiener, in Italien solle es geordneter als in anderen europäischen Staaten zugehen. Die Mafia verfüge nun einmal über eine gute Organisation und die Fähigkeit, Entscheidungen sofort umzusetzen.

In Deutschland solle das ja anders laufen, hatte er irgendwo gehört, da hätten die Verwaltungsbehörden die Regierung ersetzen müssen, weil die meisten Politiker sich mit ihrem Ersparten in die Toskana abgesetzt hätten, wo sie mit Duldung der Mafia quasi einen eigenen Staat ausgerufen hätten.

Ich sagte, ich hielte das für ein pures Gerücht.

„Vermutlich ist es eine satirische Übertreibung“, stimmte der Italiener zu.

Nachrichten dieser Art waren deprimierend genug, um sich besser in andere Themen zu flüchten oder auszumalen, wie eine Veränderung der Werte sich auf das kulturelle Leben in der Welt auswirken könnte, und ob das Ende der Illusionen nicht auch wieder schöpferische Kräfte freisetzen würde. Einer am Tisch war mir durch seine unpassend gute Laune aufgefallen. Wie er sagte, sei er in der Musikbranche tätig gewesen, er vertrat die Ansicht, die globale Krise würde zweifellos die Unterhaltungsbranche zur wichtigsten Industrie der Welt machen. Das Bedürfnis nach Tröstung würde ins Unermessliche wachsen, und was die Religionen nicht abdeckten, müsse die Unterhaltung umso mehr übernehmen.

Dieser Beitrag betraf auch mich. Vorerst zumindest hatte ich geplant, meine Karriere als Bühnenmagier fortzusetzen. Wenn der Mann recht hatte, würde auch ich davon profitieren.

Am zwölften Tag der Reise war die *American Dream* in einen Sturm geraten. Stunden vorher hatte es über die Lautsprecher mehrere Ansagen des Kapitäns gegeben. Alle Passagiere sollten die Außendecks meiden, und man solle Kinder, Alte und Kranke in den Speisesaal der zweiten Klasse bringen. Der Wetterdienst habe ungewöhnlich starke Unwetter angekündigt, und man müsse sogar mit sogenannten Monsterwellen rechnen. Tatsächlich waren dann auf halber Höhe zwischen Norwegen und England gigantische Brecher über die Decks gedonnert. Das riesige Schiff stampfte und schlingerte wie ein willfähriges Spielzeug durch die schwarzen Wasserberge. Über Stunden steigerte sich der Sturm und die haushohen Wellen donnerten gegen den Bug und überfluteten das Deck.

Einer der Flettnerrotoren wurde aus den Verankerungen gerissen und zerbarst auf dem Oberdeck. Der beängstigende Lärm durchdrang alle Etagen. Erst als wir die Ausläufer der Nordsee erreicht hatten, zeigte das Unwetter Erbarmen, der Sturm milderte ab, und die Wellen begannen, sich zu besänftigen. Sofort war ein Teil der

Besatzung ausgerückt, um die Schäden aufzulisten und mit Reparaturen zu beginnen. In einer Mitteilung an alle Passagiere wurde verlautet, dass die *American Dream* den Angriff der Naturgewalten fast schadlos überstanden hätte und man die Fahrt ungehindert fortsetzen könne.

Ein pensionierter Schiffsingenieur deutscher Herkunft, den ich schon am zweiten Tag der Überfahrt in der Bar der ersten Klasse kennengelernt hatte, sah die Dinge anders und verfügte offenbar über Informationen von der Kommandobrücke. Er war sein halbes Leben für eine amerikanische Reederei auf Frachtschiffen über die Weltmeere gefahren und kannte sich mit Sturmschäden sowie Wind und Wetter aus. Wir hatten uns auf einem Außengang des Mitteldecks an der Reling getroffen. Der altgediente Fahrensmann studierte mit skeptischem Blick die Wolken. Seiner Meinung nach war das Unwetter noch keineswegs vorüber.

Er deutete auf einige dunkelgraue Zusammenballungen am Horizont.

„Wir befinden uns lediglich in einer winzigen stillen Zone eines Flächenorkans. Sehen Sie, es zieht von Westen her wieder auf. Da wird es noch einmal einen Nachschlag geben, der nicht von Pappe ist.“

„Das müssten die Offiziere doch wissen“, führte ich an, „sie werden doch den Wetterdienst verfolgen.“

„Sicher“, sagte der Mann, „die normalen Nachrichten vom Seeamt. Vielleicht haben Sie ja nichts davon mitbekommen, aber vor einem Monat sind zwei wichtige Wettersatelliten ausgefallen. An solchen Sachen sieht man, wie es um die Zivilisation steht. Ohne die Kameras am Himmel fühlen sich die Kapitäne heutzutage aufgeschmissen. Sie haben es einfach verlernt, den Himmel zu beobachten und Messwerte eines klassischen Barometers zu interpretieren.“

Ich war ein wenig auf dem Deck herumgewandert, um mir die Auswirkungen der Monsterwellen mit eigenen Augen anzusehen. Teile der vorderen Aufbauten hatten sich durch den Aufprall der tonnenschweren Wassermassen derart verzogen, dass etliche der schweren Luken schief in den Angeln hingen und zum Teil sogar offen standen. Dort mussten große Wassermengen in das Schiff gepresst worden sein, die wohl nur deswegen nicht in die Passagierbereiche vorgedrungen waren, weil zentimeterstarke Sicherheitsschotten dem Druck standgehalten hatten. Mittschiffs auf den Sonnendecks, die bis jetzt kaum benutzt worden waren, lagen noch Reste des umgestürzten Flettnerrotors.

Während ich den Matrosen bei den Reparaturarbeiten zusah, hatte sich einer der Offiziere neben mich gestellt.

„Gehen Sie lieber wieder unter Deck. Wir wissen noch nicht, wie sicher hier oben alles ist."

„Werden wir jetzt an Fahrt verlieren?", fragte ich nach.

„Unwesentlich", antwortete der Offizier, „ich habe es ja anfänglich nicht glauben wollen, aber diese Rotoren funktionieren hervorragend. Ich wusste auch nicht, dass die Deutschen sie bereits in den zwanziger Jahren erprobt haben. Jetzt, wo das Öl fast am Ende ist, hat man sie quasi noch einmal neu erfunden. Computerberechnet und so weiter ... Sie wissen ja, wenn diese Fahrt ein Erfolg wird, sollen alle anderen Schiffe der Reederei auch mit den Rotoren ausgestattet werden."

Kaum war ich wieder in der Kabine angelangt, spürte ich, wie das Schiff neuerlich zu stampfen anfing. Ein Blick aus dem Bullauge ließ Schlimmes ahnen. Was jetzt kam, stellte das Vorherige noch in den Schatten. Nach einer halben Stunde kochte die See als Gestalt gewordenes Inferno aus aufgetürmten Wassermassen und Gischtwolken. Offenbar war es dem Kapitän nicht gelungen, rechtzeitig den Kurs zu ändern, um den Bug in einen rechten

Winkel zu den schwarzen Riesenwellen zu bringen. Brecher donnerten mit einer Wucht gegen die Seite, auf der auch meine Kabine lag, und brachten die *American Dream* in eine fatale Schräglage. Von den Gängen her waren Angstschreie zu hören. Ich öffnete für einen kurzen Moment die Tür zum Flur und sah Menschen mit Schwimmwesten zur Treppe torkeln. Was hatten sie vor? Wollten sie etwa über Bord springen? Sie würden nur die eine Hölle gegen eine noch schlimmere eintauschen. Den ohrenbetäubenden Geräuschen nach zu urteilen schien das Schiff auseinandergerissen zu werden. Ich hielt mich an den im Boden verschraubten Bettpfosten fest. Das Eisen bebte und vibrierte beängstigend. Wahrscheinlich liefen die Motoren tief im Bauch auf voller Kraft. Mit jeder neuen Monsterwelle schien die Schräglage drastischer zu werden. Wie lange würde das Schiff einer solchen Belastung standhalten können? Waren vielleicht schon einige Schotten undicht geworden und ließen ungehindert Wasser in die Decks strömen?

Wie mochte es jetzt auf der Kommandobrücke aussehen? Gab es noch jemanden, der die *American Dream* steuerte?

Ja! Ein erster Hoffnungsschimmer. Die Richtung der Schräglage veränderte sich. Offenbar waren noch genug Kraftreserven vorhanden, um eine Richtungsänderung vorzunehmen. Auch schien es, dass sich die erbarmungslosen Schläge gegen die Seite abschwächten. Tatsächlich kam es mir vor, als würde sich der Rumpf mit stetiger Drehung langsam wieder aufrichteten. Dafür spürte ich nun wieder, wie sich der Bug erst langsam hob, das ganze Schiff für einen Moment in perfektem Gleichgewicht zu schweben schien, um darauf in ein Wellental zu stürzen. Ich hatte in einem Bericht über Monsterwellen gelesen, dass selbst Ozeanriesen dabei zerbrechen können. Ehe sich der Gedanke zu einem ultimativen Horrorszenario weiterentwickeln konnte, bemerkte ich, dass der Steigungswinkel mit jeder neuen Welle flacher wurde. Nach einer halben Stunde war klar, dass wir das Schlimmste überstanden hatten.

Gegen Abend hatte der Sturm sich immer noch nicht aufgelöst, aber das, was von dem Orkan übrig geblieben war, spielte sich jetzt draußen ab. Im Inneren des Schiffs konnte man wieder hinreichend gerade laufen, und die Besatzung hatte sich bereits an die Arbeit gemacht, das Chaos zu sichten, kaputtes Mobiliar zu beseitigen und alle Einbauten auf ihre Stabilität hin zu untersuchen. In den vorderen Teilen des Schiffes, hieß es, stünden noch große Wassermengen, die aber dank der starken Querschotten nicht so weit vorgedrungen waren, dass sie eine echte Gefahr bedeutet hätten, und außerdem wären die Passagiere rechtzeitig evakuiert worden.

Da es in den Kabinen kaum Einrichtungsteile gab, die nicht fest an den Wänden oder den Boden geschraubt waren, hatte sich der Schaden dort in Grenzen gehalten. Gruppen von Matrosen streiften mit durchnässten Uniformen durch die Etagen und Gänge, um jeden Winkel zu inspizieren. Gegen Mitternacht war nahezu wieder Normalität zurückgekehrt. Man hatte die Passagiere mit heißen Suppen versorgt und versichert, dass der Orkan in Richtung der Britischen Inseln abgezogen sei. Schließlich gab es noch eine Ansage von der Kommandobrücke. Dieses Mal nicht vom Kapitän, sondern vom Ersten Offizier. Die *American Dream* befände sich nun in geschützteren Gewässern, Wellen wie auf dem Atlantik wären nicht mehr zu erwarten, und das Wetter würde sich im Laufe der Nacht weiterhin bessern. Die Passiere könnten sich nun ohne Sorgen um Leib und Leben in die Kojen legen. Morgen früh sähe alles anders aus. Die Mannschaften würden die Nacht über mit den Aufräumarbeiten fortfahren, sodass man den letzten Tag der Überfahrt noch einmal mit einem zivilisierten Frühstück beginnen könne.

Genauso wie der mörderische Orkan die Befürchtungen zu nackter Panik gesteigert hatte, wirkte am Morgen der unerwartete Kontrast einer nahezu glatten See verstörend unheimlich. Der Himmel war noch immer verhangen und spiegelte seine Grauschattierungen auf der Wasseroberfläche. Vor den Nebelbänken, die jede Fernsicht verhinderten, flogen Möwen, die sich zu Gruppen formierten, um schließlich die *American Dream* wie Geier zu umkreisen und zu beobachten, wie ein waidwundes Tier unter ihnen verendete, um sich schließlich als Profiteure des Sterbens auf den Kadaver zu stürzen.

Das Frühstück im notdürftig wieder hergerichteten Speisesaal täuschte Normalität und Optimismus vor. Unter vorgehaltener Hand wurde jedoch von etlichen Todesfällen berichtet, die von der Schiffsführung bislang verschwiegen wurden.

Als ich ein wenig später einen Rundgang über die Außendecks wagte, erstaunte mich die merkliche Erwärmung der Luft. Seit sich die Klimaveränderungen in den letzten zwei Jahren drastisch zugespitzt hatten, traten extreme Wetterveränderungen in kurzen Zeiträumen immer häufiger auf. Dazu gehörten auch Hagelschauer im Mai und Warmfronten im Dezember.

Der gesamte Vorderbereich und große Teile der oberen Sonnendecks war mit rotgelb gestreiften Plastikbändern abgesperrt. Ein weiterer Flettnerrotor war in der Mitte eingeknickt und drohte nun gänzlich abzubrechen. Während ich beobachtete, wie Matrosen an Seilen hängend in schwindelerregender Höhe die restlichen drei Rotoren auf Schäden untersuchten, hörte ich eine Stimme hinter mir.

„Wenn man ein Schiff auf den Namen *American Dream* tauft, muss man sich nicht wundern, wenn die Realität Einspruch erhebt. Ich habe die Absperrungen ignoriert und mir das Vorderschiff angesehen. Da hat es die gesamte Panoramafront zertrümmert."

Es war der pensionierte Schiffsingenieur, mit dem ich mich vor der zweiten Orkaneskalation unterhalten hatte.

Ich zeigte in Richtung der erstaunlich schwachen Bugwellen.

„Das Schiff hat offenbar an Fahrt verloren.“

„Kein Wunder“, sagte der Mann, „die Rotoren drehen sich nicht mehr. Es fehlt jetzt der Wind dafür, aber ich vermute, sie sind obendrein schwerer beschädigt, als man sehen kann. Dass überhaupt noch welche stehen, ist ein Wunder.“

Kaum hatte er seinen Satz beendet, schrie ein Matrose, der am oberen Ende des Heckrotors in einem Montageseil hing, auf. Ein ekelhaftes Knirschen bohrte sich in die Trommelfelle. Erst kippte das Rohr nur unmerklich, um darauf in der Mitte abzuknicken und dann auch den unteren Teil mit sich zu reißen. Der Matrose stürzte aus dreißig Meter Höhe auf den Stahlboden.

Ich wandte den Blick ab und flüchtete in meine Kabine. Der Schrei des Matrosen kreiste für Stunden als schreckliches Echo in meinem Kopf weiter, und das Bild des fallenden Körpers hatte sich hässlich in die Netzhaut eingebrannt.

Noch immer vom Schock der Eindrücke betäubt, suchte ich gegen Mittag den Speisesaal auf, um die letzte Mahlzeit auf dieser katastrophalen Reise einzunehmen. Obwohl alles wieder notdürftig in Ordnung gebracht worden war, sah man keinen Stuhl und keinen Tisch ohne Schäden.

Ein älterer Herr setzte sich an seinen Tisch, der mir schon mehrmals durch seine aristokratische Haltung aufgefallen war. Als wir ins Gespräch kamen, stellte sich heraus, dass der Mann Wissenschaftler war und für die Nasa gearbeitet hatte. Wie sich bald zeigte, war er über die Entwicklung in Europa informierter als alle anderen, weil er erst vor einem Jahr, als es noch Treibstoff für Fernflüge gab, für einen kurzen Besuch in Deutschland gewesen war.

„Was Sie in Amerika in den Medien erfahren, ist ein schlechter Witz“, erklärte er, „Europa ist keineswegs das gelobte Land. Der Zusammenbruch geht nur ein wenig langsamer. Man hält sich an der Kultur fest, aber allein, was ich auf den Straßen sehen konnte, reichte schon aus. Die beliebteste Automarke war Tata. Das sind kleine Blechbüchsen, die in Indien eigentlich die dreiräderige Rikscha ersetzen sollten. Der innerstädtische Flugverkehr war eingestellt. Vorübergehend, hatte man gesagt. Er soll bis heute nicht wieder aufgenommen worden sein. Die Koreaner arbeiten auf Hochtouren an einem neuartigen Wasserstofftriebwerk. Das ist aber noch nicht serienreif. Als ich per Bahn von Berlin nach Frankfurt fahren wollte, hatte man gerade den Betrieb der Transrapidstrecke stillgelegt, weil es an Ersatzteilen fehlte."

„Im NEW YORKER", sagte ich, „habe ich noch vor einem Monat gelesen, dass gerade Deutschland sich nach der Krise zum führenden Hochtechnologieland des Westens entwickelt hat."

Mein Gesprächspartner lachte auf.

„Nach der Krise? Sie machen Scherze? Jetzt geht es erst richtig los. Was die sogenannte Hochtechnologie anbelangt, so mag man das in New York so sehen. Tatsache ist, dass in Deutschland bereits der Strom rationiert wird. Aber soweit ich weiß, legen die Emirate gerade eine dicke Leitung durch das Mittelmeer, um Europa ihren Solarstrom zu verkaufen."

Ich sagte, dass ich noch niemals davon gehört hätte.

„Es wird ja auch nicht an die große Glocke gehängt. Und dass die europäische Forschungsanlage CERN von den Emiraten gekauft worden ist, hat ebenfalls kaum jemand mitbekommen. Die Leute kümmern sich nur noch ums nackte Überleben. Die Araber sind übrigens die Einzigen, die jetzt noch Jumbojets mit Kerosin versorgen können. Wer hätte das vor zehn Jahren zu denken gewagt?"

Ich nickte.

„Ja, solche Gedanken waren tabu."

Auf der Höhe von Helgoland wurde die *American Dream* immer

langsamer. In der Elbmündung erstarb das tiefe Brummen der Motoren.

Als ich am späten Nachmittag wieder das mittlere Außendeck aufsuchte, konnte ich beobachten, wie sich zwei Schlepper vor dem Schiff in Position gebracht hatten und die armdicken Trossen aufnahmen.

Die folgenden zwei Stunden verbrachte ich auf dem zerstörten Vordeck an der Reling und starrte apathisch auf das langsam vorüberziehende Ufer.

Vor zehn Jahren, als ich in New York als ganz normaler Flugreisender angekommen war, hätte ich mir nicht träumen lassen, Amerika einmal auf einem Passagierdampfer zu verlassen. Selbst als große Teile der Weltwirtschaft schon zusammengebrochen waren, wollte kaum jemand wahrhaben, dass es niemals mehr ein Zurück zu den Zuständen vor der großen Krise geben würde.

Der von Johann Keyserling erzwungene Fonds hatte den Namen *Human Future Reserve* bekommen. Anfänglich hatte ich nur beobachtet, wie sich erste Verwaltungsstrukturen entwickelten. Dann geschah etwas Merkwürdiges. Der vom Aufsichtsrat der Nationalbank gefeuerte Vorstandssprecher Henning tauchte plötzlich in New York auf. Er war von denjenigen, die die größten Summen überwiesen hatten, zum Präsidenten eines Kontrollgremiums gewählt worden. Schnell hatte ich herausgefunden, dass Henning für diesen Job kaum mehr als eine Aufwandsentschädigung bekam und ein wenig außerhalb der Stadt mit seiner Frau in einem bescheidenen Haus lebte.

Natürlich reichte das Geld des Fonds bei Weitem nicht aus, das Hungersterben in Afrika und anderen Teilen der Welt zu stoppen, zumal es keine Finanzunternehmen mehr gab, die noch über Gelder verfügten, die sie hätten einzahlen können. Da niemand aus den

Kreisen der ehemaligen Finanzmogule wusste, dass der Urheber des Ultimatums tot war, hatte ich mit drei anonymen Briefen, über drei Monate verteilt, die Illusion einer Bedrohung und Kontrolle aufrechterhalten. Tatsächlich jedoch bedurfte es keiner weiteren Einschüchterungen mehr, weil die *Human Future Reserve* zu einem Aushängeschild für konvertierte ehemalige Großkapitalisten geworden war und schon nach einem Jahr in aller Welt Filialen unterhielt. Jetzt waren es nicht mehr die Finanzkonzerne, die ihre von Keyserling verordneten Strafzahlungen einbrachten, sondern die Masse kleinster Überweisungen. Milliardenfach regnete es mitten in einer der fundamentalsten Krisen der globalen Gesellschaft einen Yen, einen Rupi, einen Euro und Kleingeld anderer Währungen auf die Konten der *Human Future Reserve.* So wurde die ursprünglich geforderte Summe von einer Billion immer realistischer. Henning schien tatsächlich mit seinem Organisationstalent dafür zu sorgen, dass die Gelder unmittelbar dort eingesetzt wurden, wo sie am dringendsten benötigt wurden. Zwar sank in den folgenden Jahren die Zahl der Hungertoten rapide ab, aber gleichzeitig waren die westlichen Industrienationen in ein tiefes wirtschaftliches Koma gefallen, das auch Asien nicht auffangen konnte.

Da es für meinen freiwillig übernommenen Auftrag als geheimer Nachfolger Keyserlings nach annähernd zwei Jahren keine sinnvolle Basis mehr gab, war ein weiterer Aufenthalt in Amerika eigentlich überflüssig geworden.

Nun allerdings hatte ich mir in der Zwischenzeit eine neue Karriere als Bühnenmagier aufgebaut, die trotz oder gerade wegen der großen Depression erfolgreicher verlief, als ich mir hätte träumen lassen. Anfänglich war ich in kleinen Klubs in New York aufgetreten und schon bald zum Geheimtipp für Intellektuelle avanciert. Ich lernte interessante Menschen aus Kunst, Theater und Musik kennen und fühlte mich in meiner neuen Heimat immer wohler. Erst nach einigen weiteren Jahren begann ich, gelegentlich unter Heimweh zu leiden.

Von Zeit zu Zeit lernte ich auch Frauen kennen, die mir gefielen und denen ich gefiel. Mit einigen ergaben sich kurzfristige Beziehungen, die mich schon bald langweilten. Lediglich mit einer Malerin hatte ich es fast ein Jahr ausgehalten. Sie erinnerte mich ein wenig an Sarah. Als mir klar wurde, dass ich Sarah meinte und nicht sie, beendete ich die Beziehung von einem Tag auf den anderen. Zu diesem Zeitpunkt hatte ich fast schon den Entschluss gefasst, nach Deutschland zurückzukehren, aber ein Angebot für einen Auftritt in Las Vegas bewog mich zum Bleiben. In der Hauptstadt des Glücksspiels fühlte ich mich wie ein Eremit in einem Irrenhaus. Trotz weiterer Angebote wollte ich den öden Ort so schnell wie möglich verlassen. Im *Palace* trat ein Showmanager an mich heran, der eine Tour durch die gesamten Vereinigten Staaten organisierte. So gingen dann weitere Jahre ins Land, in denen ich das Verfließen der Zeit kaum noch bemerkte.

Während der ersten Wochen nach meiner Ankunft in New York hatte ich noch regelmäßig mit Sarah telefoniert. Mein kurz entschlossener Abschied von Deutschland war mit dem zarten Beginn einer Liebesbeziehung zusammengefallen, vor der Sarah und ich uns wahrscheinlich gleichermaßen gefürchtet hatten. Sarah hatte mich zum Bleiben überreden wollen, und ich hatte versprochen, so bald wie möglich wiederzukommen. Die Telefongespräche waren anfänglich noch herzlich verlaufen und hatten die Hoffnung aufrechterhalten, das Begonnene fortsetzen zu können. Aber dann musste etwas geschehen sein, über das Sarah erst nicht sprechen wollte. Später gab sie dann zu, dass sie einen anderen Mann kennengelernt hatte. Nur nach außen hin hatte ich die Nachricht gefasst aufgenommen, mein Innerstes jedoch war für lange Zeit aus dem Gleichgewicht geraten. Ein weiteres Telefonat, einen Monat später, war kühl verlaufen. So hatten sich die letzten Argumente für eine Rückkehr nach Deutschland in Wohlgefallen aufgelöst. Es folgten neun Jahre der Funkstille.

Erst eine Woche vor meiner Abreise hatte ich versucht, wieder einen Kontakt herzustellen. Unter Sarahs Festnetznummer, die noch in meinem Adressbuch stand, meldete sich eine fremde Person. Erst nach etlichen Telefonaten mit ehemaligen Freunden hatte ich eine neue Nummer bekommen und hörte nach mehreren erfolglosen Versuchen schließlich wieder Sarahs Stimme.

Sie klang weich und berührt.

„Markus“, hatte sie mit brüchiger Stimme gehaucht, „lass mich Luft holen! Ich glaub es nicht. Wo bist du?“

„In New York“, hatte ich geantwortet. „Noch. Ich komme nach Deutschland. Auf dem Seeweg. Mit der *American Dream*. Ich schätze, ich werde schon in zehn oder zwölf Tagen in Hamburg sein.“

„Ich habe über all die Jahre gehofft, dich irgendwann einmal wiederzusehen.“

Ich glaubte, ein Schluchzen gehört zu haben.

„Ich auch.“

Dann wurde die Verbindung unterbrochen. Während des tagelangen Wartens auf der Olson Pier im New Yorker Hafen hatte ich noch mehrmals ihre Nummer angewählt, aber keine Verbindung mehr bekommen. Jemand in einem verwahrlosten Büro der Hafenverwaltung sagte, die Überseelinien seien aufgrund technischer Defekte in der Vermittlungszentrale außer Betrieb genommen und man könne es frühestens in einer Woche noch einmal probieren.

Ich stellte mir vor, Sarah würde bei der Hamburger Filiale der Olson Reederei anrufen, um den genauen Ankunftstermin zu erfahren und vielleicht von Frankfurt nach Hamburg kommen, um mich abzuholen. Und ich stellte mir vor, wie ich die Gangway herunterkam, Sarah mir mit ausgestreckten Armen entgegenlaufen und ich sie in die Arme nehmen würde.

Ich schob die Wunschgedanken beiseite. Zehn Jahre waren vergangen. Das war eine lange Zeit. Ich und Sarah waren beide zehn Jahre älter geworden. Sarah war siebenunddreißig gewesen, als ich Deutschland verlassen hatte, jetzt wäre sie siebenundvierzig. Meine eigenen Haare waren schütterer und grauer geworden. Wie würde Sarah aussehen?

Allmählich schälten sich zu beiden Seiten des Flusses schemenhafte Landschaftsfragmente heraus. Mal schien es ein Kirchturm zu sein, mal entlaubte Bäume, und sogar weidende Kühe glaubte ich zu erkennen. Gelegentlich glitten dunkle Lastkähne vorüber. Die unheimliche Abwesenheit jeglichen Windes passte zu dem einsetzenden Nieselregen und einem Geruch nach Jauche und Chemikalien.

Gegen Abend endlich war Hamburg in Sichtweite. In perfektem Einklang mit einer ungeschriebenen Dramaturgie brachen die letzten drei Flettnerrohre in sich zusammen. Einer nach dem anderen rauschten die berstenden Segmente auf das Oberdeck und schleuderten gefährliche Blechsplitter auf die flüchtenden Passagiere.

Kaum mehr als ein Wrack, glitt die *American Dream* die letzten Kilometer an einer endlosen Schlange stillgelegter Tanker vorbei. Sie wurde langsamer und langsamer. Von der Brücke her hörte man Anordnungen über ein Megafon. Und schließlich rammte sie unsanft den Kai. Ein Zittern ging durch das verendende Ungetüm, als wolle es kurz vor dem Ende noch einmal alle seine Lebensenergien mobilisieren. Erst eine halbe Stunde später war sie endgültig an den Pollern fixiert. Wahrscheinlich würde sie nie mehr in ihr Herkunftsland zurückkehren. Zur Begrüßung war keine Musikkapelle angetreten, sondern eine Armada von Krankenwagen vorgefahren.

Ich war wie in tiefer Trance auf dem Außendeck stehen geblieben. Unweit der Hafenanlagen hob sich eine riesige Kuppel aus dem Zwielicht der Abenddämmerung, umstanden von vier Minaretten. Die Moschee war von Scheinwerfen bestrahlt und leuchtete wie ein Zauberbild aus dem grauen Hintergrund der Häuser. Auf dem Kai waren nur wenige Menschen zu sehen, die so aussahen, als wären sie zur Begrüßung ankommender Freunde oder Verwandten gekommen. Von den Frauen sah keine wie Sarah aus.

Aus den Lautsprechern schallte die letzte Ansage des Kapitäns:

„Ich bitte die Passagiere, sich auf die vier Gangways zu verteilen und den Transport der Verletzten und Toten nicht zu behindern. Halten Sie im eigenen Interesse die Einreisepapiere bereit. Im Namen der Reederei und der Besatzung wünsche ich Ihnen einen angenehmen Aufenthalt in Europa.“

Ich danke:

Meiner Frau Luna für Rat, Tat und Tea and Sympathy.

Meinem Sohn Julian für Motivation.

Meinem Mentor Wolfgang Hesse für den Satz: „Du musst schreiben!“

Meinem Agenten Thomas Montasser für unermüdliche Unterstützung.

Meinem Verleger Werner Fredebold für die Veröffentlichung: Fanal.

Dr. Heike Fischer für eine gelungene literarische Betreuung.

Klaus Middendorf für sein einfühlsames Lektorat.

Und Elmar Schreiber für seine anschauliche Einführung der Geheimnisse des Golfspiels.

Ulrich Magnus Hammer:
Die Akte Serkassow

editionfredebold
ISBN: 978-3-939674-09-2
Thriller
Originalausgabe
Preis: 15,95 €
416 Seiten

Der ehemalige russische Geheimdienstagent Alexander Serkassow wird mit Polonium 210 vergiftet, einer seltenen radioaktiven Substanz, die über eine halbe Million Euro gekostet hat. Was kann er nur gewusst haben, das es wert war, den bislang teuersten Mord der Geschichte anzuordnen?
Serkassow selbst beschuldigt kurz vor seinem Tod den russischen Präsidenten Romanow, den Mord an ihm höchstpersönlich in Auftrag gegeben zu haben.

Der Fall erhält eine weltpolitische Dimension und schon kurz darauf erhält Michail Dostojewski, ein ehemaliger KGB-Analytiker, von unbekannter Seite den Auftrag, die wahren Hintergründe und Verantwortlichen hinter dem Anschlag aufzudecken. Schon bald tut sich ein erschreckender Abgrund aus politischen Intrigen, Mord und Machtspielen vor Dostojewski auf, und ihm wird klar, dass niemand, der in die Aufklärung des Falles Serkassow verwikkelt ist, überleben wird.

Franziska Steinhauer: Angst

editionfredebold

ISBN: 978-3-939674-37-5
Thriller
Originalausgabe
Preis: 16,95 €
608 Seiten

Was haben Satanisten in einer kleinen, bigotten Gemeinde im Südtiroler Ultental zu suchen? Maja Klapproth, Kriminalhauptkommissarin in Köln, die die Sekte schon lange im Visier hat und im Entführungsfall zweier Jugendlicher gegen sie ermittelt, folgt ihr in das verschlafen wirkende St. Gertraud. Ein kleine, eingeschworene Gemeinschaft, die der satanistischen Sekte jedoch einen mehr als geeigneten Hintergrund bietet, wie Klapproth schon bald feststellen muss.

Denn seit dreißig Jahren schwebt ein unaufgeklärter Mord über den Dörflern. Auch der Mord an einer schwerkranken Frau, zehn Jahre später, wurde niemals gelöst. Und ausgerechnet jetzt kehrt Jakob Gumper, der damals von der Gemeinde für den Tod seiner Frau verantwortlich gemacht wurde, in sein Heimatdorf zurück.

Klapproth sucht nach Zusammenhängen zwischen ihren eigenen Ermittlungen und den beiden zurückliegenden Fällen, wird aber von den Ereignissen eingeholt. Denn die Situation vor Ort nimmt schon bald ungeahnte Dimensionen an.